Margaret Mazzantini
Das schönste Wort der Welt

Margaret Mazzantini
Das schönste Wort der Welt

Roman

Aus dem Italienischen
von Karin Krieger

Die Übersetzerin dankt dem Deutschen Übersetzerfonds e.V.
für die großzügige Unterstützung ihrer Arbeit an dem vorliegenden Text.

Dieser Roman ist frei erfunden. Reale Personen und Begebenheiten
wurden durch die Sicht der Erzählerin verändert.

Die italienische Originalausgabe erschien 2008 unter dem Titel
Venuto al mondo bei Arnoldo Mondadori Editore S.p.A., Mailand.

© 2008 Margaret Mazzantini

Erste Auflage 2011
© 2011 für die deutsche Ausgabe: DuMont Buchverlag, Köln
Alle Rechte vorbehalten
Aus dem Italienischen von Karin Krieger
Umschlag: Zero, München
Satz: Fagott, Ffm
Gesetzt aus der Dante und der Chicago
Gedruckt auf säurefreiem und chlorfrei gebleichtem Papier
Druck und Verarbeitung: CPI – Clausen & Bosse, Leck
Printed in Germany
ISBN 978-3-8321-9536-6

www.dumont-buchverlag.de

für Sergio
für die Kinder

O menschliche Zärtlichkeit,
wo steckst du?

Vielleicht nur
in den Büchern?

IZET SARAJLIĆ

Die Reise der Hoffnung

Die Reise der Hoffnung ... Restwörter unter den vielen auf dem Grund des Tages. Ich habe sie in der Apotheke gelesen, auf einem Glasbehälter neben der Kasse, da war ein Schlitz für das Geld und das mit Klebeband befestigte Foto eines Kindes, eines von denen, die für eine Operation weit fortgeschickt werden müssen, auf eine Reise der Hoffnung eben. Ich wälze mich auf dem Kissen herum, kaue laute Atemzüge. Betrachte Giulianos reglosen, schweren Körper. Er schläft, wie er immer schläft, auf dem Rücken, mit nacktem Oberkörper. Von Zeit zu Zeit dringt ein kleines Grunzen aus seinem Mund, wie bei einem trägen Tier, das Essigfliegen verscheucht.

Hoffnung, ich denke über dieses Wort nach, das in der Dunkelheit Gestalt annimmt. Es hat das Gesicht einer leicht erschütterten Frau, einer, die ihre Niederlage mit sich herumschleppt, sich aber würdevoll trotzdem weiter durchschlägt. Vielleicht mein Gesicht, das eines gealterten Mädchens, reglos in der Zeit, aus Treue, aus Ängstlichkeit.

Ich gehe auf den Balkon, sehe das Übliche. Das Haus gegenüber, seine angelehnten Fensterläden. Die Bar mit dem erloschenen Schild. Es herrscht die Stille der Stadt, Staub ferner Geräusche. Rom schläft. Es schläft sein Glanz, sein Sumpf. Es schlafen die Vorstädte. Es schläft der Papst, seine roten Schuhe sind leer.

Der Anruf kommt in aller Herrgottsfrühe. Ich fahre hoch, als es klingelt, stolpere durch den Flur und schreie vielleicht, um wach zu wirken.

»Wer ist da?«

Im Hörer rauscht es, wie Wind auf der Flucht durch die Zweige.

»Kann ich mit Gemma sprechen?«

Das Italienisch ist gut, doch die Wörter klingen abgehackt.

»Am Apparat.«

»Gemma? Bist du es, Gemma?«

»Ja …«

»Gemma …«

Er wiederholt meinen Namen und lacht jetzt dabei. Ich kenne dieses heisere, zerrissene Lachen, es springt mich sofort an.

»Gojko.«

Er macht eine Pause.

»Ja, dein Gojko.«

Eine reglose Explosion. Eine lange Leere, die sich mit Trümmern füllt.

»Mein Gojko«, stammle ich.

»Genau der.«

Sein Geruch, sein Gesicht, unsere Jahre.

»Ich versuche schon seit Monaten, dich über die Botschaft zu finden.«

Vor ein paar Tagen habe ich an ihn gedacht, auf der Straße, aus dem Nichts heraus, als ein Junge vorbeiging, er sah ihm wohl ähnlich.

Wir plaudern: *Wie geht's? Was machst du so? Ich war ein paar Jahre in Paris, jetzt bin ich wieder zu Hause.*

»Sie planen eine Ausstellung, um an die Belagerung zu erinnern. Diegos Fotos sind auch dabei.«

Die Kälte des Fußbodens kriecht meine Beine hoch, im Bauch hält sie an.

»Das ist eine gute Gelegenheit.«

Wieder lacht er so, wie nur er lachte, ohne wirkliche Freude, vielmehr um eine leise, doch stetige Traurigkeit zu lindern.
»Komm her.«
»Ich überleg's mir, ja ...«
»Du sollst nicht überlegen, du sollst herkommen.«
»Warum?«
»Weil das Leben vergeht und wir mit ihm. Weißt du noch?«
Natürlich weiß ich noch.
»Und es lacht uns aus wie eine alte, zahnlose Hure, die auf ihren letzten Freier wartet.«
Gojkos Gedichte ... das Leben wie eine lange Ballade. Mir fällt seine Art wieder ein, sich an die Nase zu fassen, sie zu kneten wie weiches Wachs und dabei Gedichte aufzusagen, die er auf die Schachteln von Wachsstreichhölzern und auf seine Hände schreibt. Ich bin im Slip, barfuß. Gojko ist am Leben, er ist die ganze Zeit am Leben gewesen. Plötzlich frage ich mich, wie ich es die ganze Zeit ohne ihn ausgehalten habe. Wie kommt es nur, dass wir im Leben auf die besten Menschen verzichten und uns anderen zuwenden, die uns nichts angehen, die uns nicht gut tun, die uns einfach über den Weg laufen, uns mit ihren Lügen bestechen und uns daran gewöhnen, Angsthasen zu werden?
»Gut, ich komme.«
Der fest gewordene Schlamm des Lebens zerfällt zu Staub und fliegt mir entgegen.
Gojko jubelt, er schreit vor Freude.
Auch als ich Sarajevo verließ, war da Staub, der sich vom eisigen Wind aufgewirbelt von den Dingen erhob, durch die Straßen stob und alles hinter sich auslöschte. Er verdeckte die Minarette, die Wohnblocks und die Toten auf dem Markt. Sie waren begraben unter Gemüse, Krimskrams und den Holzteilen umgerissener Stände.

Ich frage Gojko, warum er mich erst jetzt gesucht hat, warum er erst jetzt Sehnsucht nach mir hat.

»Ich habe schon seit Jahren Sehnsucht nach dir.«

Seine Stimme verschwindet hinter einem Seufzer. Wieder rauscht es wie von Wind ... von kilometerweiter Entfernung. Auf einmal habe ich Angst, die Verbindung könnte zusammenbrechen und die Stille der letzten Jahre könnte wiederkehren, die mir jetzt unerträglich wäre.

Hastig frage ich ihn nach seiner Telefonnummer. Es ist die eines Handys, ich notiere sie auf einem Zettel, mit einem Stift, der nicht schreibt. Ich müsste einen anderen suchen, doch ich traue mich nicht, das Telefon hinzulegen. Das Rauschen wird stärker. Ich sehe eine Leitung vor mir, die zerreißt und funkensprühend herunterfällt ... Wie viele im Leeren hängende Kabel habe ich in der abgeschnittenen Stadt gesehen. In meiner Angst, Gojko erneut zu verlieren, spieße ich die Vergangenheit auf, indem ich fest mit dem Stift aufdrücke.

»Ich rufe dich an und sage Bescheid, wann das Flugzeug ankommt.«

Ich gehe in Pietros Zimmer, wühle in seinen Stiften und schreibe die weiße Nummer nach. Pietro schläft, seine langen Füße reichen über das Laken hinaus. Ich denke, was ich immer denke, wenn ich ihn so daliegen sehe, nämlich dass sein Bett zu klein geworden ist und ein neues her muss. Ich hebe die Gitarre auf, die neben den Hausschuhen auf dem Boden liegt. Er wird sich aufregen, und ich werde kämpfen müssen, um ihn zum Mitfahren zu überreden.

Ich dusche und gehe dann zu Giuliano in die Küche. Er hat schon Kaffee gemacht.

»Wer war denn am Telefon?«

Ich antworte nicht gleich, meine Augen sind wie Lack und

starr. Unter der Dusche fühlte sich meine Haut so fest an wie früher, als ich mich noch rasch wusch und mit nassen Haaren aus dem Haus ging.

Ich erzähle ihm von Gojko, sage ihm, dass ich verreisen will.
»So plötzlich?«
Doch überrascht ist er nicht.
»Hast du es Pietro schon gesagt?«
»Er schläft noch.«
»Vielleicht ist es an der Zeit, dass du ihn weckst.«
Er hat Bartstoppeln von der Nacht, seine strubbligen Haare bespritzen ihm die Stirn, die kahle Stelle oben am Hinterkopf ist deutlich zu sehen. Tagsüber ist er stets gepflegt, er ist ein Stadtmensch, einer der Kasernen und Archive. Diese Unordentlichkeit ist nur für mich, und noch immer scheint sie mir unsere beste Seite zu sein, die wohlriechendste und heimlichste ... die unserer Anfangszeit, als wir uns liebten, uns danach nackt und zerzaust gegenübersaßen und uns anschauten. Wir sind Mann und Frau, er kam mir vor sechzehn Jahren auf einem Militärflugplatz entgegen. Doch wenn ich ihm sage, dass er mir das Leben gerettet hat, schüttelt er den Kopf, wird rot, wehrt ab und sagt, *ihr wart es, du und Pietro, die mir das Leben gerettet haben.*

Er nascht gern. Nutzt die Gelegenheit, meine erstaunten Augen, um noch einen Plumcake zu essen.

»Aber beschwer dich dann nicht über deinen Bauch.«

»Du bist es doch, die sich beschwert, ich bin zufrieden mit mir.«

Das stimmt, er ist zufrieden mit sich, und darum ist er so sympathisch. Er steht auf, berührt mich sanft an der Schulter.

»Es ist gut, dass du fährst.«

Er hat einen Sinneswandel in meinem Blick gelesen ... Ja, auf einmal habe ich Angst. Ich bin zu schnell in die Hitze der Jugend zurückgefallen. Die mir jetzt nur noch wie eine schmerzliche Erinnerung vorkommt. Mir ist kalt im Nacken, ich muss zurück ins Bad und mir die Haare fönen. Ich bin wieder ich, ein besiegtes Mädchen, nur einen Schritt vom Alter entfernt.

»Ich müsste da erst ein paar Dinge regeln, muss in die Redaktion, ich ... ich weiß nicht.«

»Und ob du es weißt.«

Er sagt, er werde mich vom Büro aus anrufen, wenn er online ist, vielleicht finde er billige Tickets, er lächelt: »Ich glaube nicht, dass sich die Leute darum reißen, nach Sarajevo zu fahren.«

Ich gehe in Pietros Zimmer und öffne die Fensterläden. Er zieht sich unwirsch die Decke über den Kopf. Ich stehe neben einer Mumie.

In diesem Jahr hat er sich gemausert und sich von seinen kindlichen Knochen verabschiedet, um ein großer, staksiger Reiher zu werden, der noch nicht Herr seiner Bewegungen ist. Neuerdings starrt er wie ein Goldsucher unentwegt auf den Boden, geht aus dem Haus, ohne sich zu verabschieden, und isst im Stehen vor dem Kühlschrank. In der Schule ist er sitzengeblieben, hat eine entwaffnende Dummheit an den Tag gelegt, eine wahrhaft ruhige Kugel geschoben und sich in den letzten Monaten, anstatt sich ins Zeug zu legen, hinter einer lächerlichen Rüpelhaftigkeit verschanzt. Gereizt drehe ich mich beim Klang seiner mürrischen Knarzstimme um, die nur Forderungen oder Vorwürfe für mich übrig hat. Was ist bloß aus dem zart ningelnden Stimmchen geworden, das mich jahrelang begleitet hat? Mit dem habe ich mich wunderbar verstanden, es schien genau auf meiner Wellenlänge zu liegen.

Jetzt tut er mir leid. Wenn er schläft, wenn sich sein Gesicht entspannt, vermisst wohl auch er diesen niedlichen Körper, der in nur wenigen Monaten vom Monster der Pubertät verschlungen wurde, und er sucht ihn im Traum wohl immer noch. Darum will er nicht aufwachen.

Ich beuge mich hinunter, ziehe ihm die Decke vom Kopf und berühre sein Haar, das borstig geworden ist, er wehrt mich ab.

Jetzt wurmt es ihn, dass er sitzengeblieben ist. Jetzt, da es Sommer ist, er mit dem Tennisschläger und seinen Schuhen Größe 43 aus dem Haus geht und dann wütend über seine Freunde zurückkehrt, wobei er knurrt, er wolle sie nie wiedersehen, weil sie nächstes Jahr nicht mehr in derselben Klasse seien und er das Gefühl habe, sie hielten nicht mehr zu ihm.

»Ich muss mit dir reden.«

Er setzt sich abrupt auf, sein nackter Oberkörper senkrecht im Bett.

»Ich hab Hunger.«

Also rede ich in der Küche mit ihm, während er sich Nutella auf die Zwiebackscheiben streicht. Er macht sich Häppchen, die er mit nur einem Bissen verschlingt.

Sein Mund ist verschmiert, er hat den Tisch vollgekrümelt und die Zwiebackpackung ruiniert, er hat sie komplett aufgerissen.

Ich sage nichts, ich kann ihn nicht pausenlos zurechtweisen. Schweigend sehe ich dem Bankett meines Sohnes zu, dann erzähle ich ihm von der Reise.

Er schüttelt den Kopf.

»Vergiss es, Ma, da kannst du alleine hinfahren.«

»Aber Sarajevo ist wunderschön ...«

Er lächelt, legt die Hände zusammen und schüttelt sie, wobei er mich mit seinem sympathischen, pfiffigen Gesicht ansieht.

»Ma, was soll das? Hör auf damit, Jugoslawien ist das Letzte, das weiß doch jeder.«

Ich verhärte mich, verschränke die Arme.
»Es heißt nicht mehr Jugoslawien.«
Er verschlingt noch ein nutellatriefendes Törtchen. Wischt den Tropfen mit dem Finger auf und leckt ihn ab.
»Ist doch egal.«
»Das ist nicht egal.«
Ich senke die Stimme, fast flehe ich ihn an.
»Nur eine Woche, Pietro, du und ich ... Wir werden uns amüsieren.«
Er schaut mich an, und diesmal ist sein Blick aufrichtig.
»Uns amüsieren? Also echt, Ma ...«
»Wir fahren auch an die Küste, das Meer dort ist wunderschön.«
»Dann können wir ja gleich nach Sardinien fahren.«
Ich bin kurz vor einem Zusammenbruch, und dieser Idiot erzählt was von Sardinien. Er steht auf und räkelt sich. Er dreht sich um, ich sehe seinen Rücken und den Flaum in seinem Nacken.
»Interessiert es dich denn wirklich nicht, wo dein Vater gestorben ist?«
Er stellt seine Tasse ins Spülbecken.
»Du nervst.«
Ich bitte ihn inständig, meine Stimme ist dünn, unsicher. Wie seine Stimme, als er klein war.
»Pietro ... Pietro.«
»Was denn?«
Ich stehe auf, werfe aus Versehen die Milchtüte um.
»*Was denn?!* Er war dein Vater!«
Er zuckt mit den Achseln, starrt zu Boden.
»Immer diese nervige Geschichte.«
Diese *Geschichte* ist seine Geschichte, unsere Geschichte, doch

er will nichts davon hören. Als kleiner Junge war er viel neugieriger, viel draufgängerischer und stellte viel mehr Fragen. Damals sah er sich diesen jungen Vater genau an ... Diegos Foto am Kühlschrank, von einem Magnet gehalten und vom Küchendunst vergilbt. Damals hat er mich noch umarmt, sich an mich geschmiegt. Als er heranwuchs, hörte er auf, Fragen zu stellen. Sein Universum reduzierte sich auf seine Bedürfnisse, auf seine kleinen Egoismen. Er hat keine Lust, sich sein Leben und seine Gedanken komplizierter zu machen. Für ihn ist Giuliano sein Vater, er ist es, der ihn zur Schule gebracht hat und zum Kinderarzt. Er ist es, der ihm am Meer eine Ohrfeige verpasst hat, als er in viel zu flaches Wasser gesprungen war.

Ich putze mir die Zähne, ziehe meine Jacke an, gehe wieder in sein Zimmer. Er ist noch in Unterhosen und spielt Gitarre, mit geschlossenen Augen, das Plektrum schrappt über die Saiten.

Die Reise der Hoffnung. Wieder denke ich über diese Worte nach, auf die ich zufällig gestoßen bin. Denke an Pietro. Die Hoffnung gehört den Kindern. Wir Erwachsene haben schon gehofft, und fast immer haben wir verloren.

»Pack eine kleine Tasche, nur Handgepäck.«

Er antwortet nicht, er pfeift.

Wir sitzen im Auto, Rom ist noch fahl. Pietro sitzt hinten, er trägt seine Ray-Ban, die gegelten Haare glänzen.

Das kannst du deiner Mutter nicht antun, hat Giuliano gestern beim Abendessen zu ihm gesagt. Pietro rief seinen Freund Davide an, um Bescheid zu sagen, dass er nicht mit zum Segelkurs kann, weil er mit mir verreisen muss. Sein Freund fragte ihn offenbar, wann er zurückkomme. Pietro nahm das Handy vom Mund und fragte *Wann kommen wir zurück?*

Ich schaute Giuliano an. *Bald*, antwortete ich.
Bald, sagte Pietro zu seinem Freund im Handy.
»Komm bald zurück«, sagt Giuliano, als wir uns am Flughafen küssen. Dann umarmt er Pietro, indem er ihm eine Hand um den Nacken legt und ihn an sich zieht. Pietro lässt sich fangen, senkt den Kopf und reibt ihn an Giulianos. Einen Moment lang bleiben sie so.
»Ich verlass mich auf dich.«
»Ja, Papa.«
Ich lege meine Tasche aufs Band, und wir gehen auf die andere Seite. Wir kommen an den Leuchtreklamen von Lancôme und von Prada Eyewear vorbei, mein Köfferchen rollt hinter meinen Schritten her. Ich bleibe stehen. Kehre um. Giuliano ist noch nicht weg, er steht noch da. Er starrt auf die Ecke, hinter der wir verschwunden sind. Breitbeinig, die Hände in den Taschen wie ein wartender Chauffeur, eine namenlose Gestalt im Kommen und Gehen der Leute. Als hätte er mit unserer Abreise seine Identität verloren. Sein Gesicht ist anders, träge, die Muskeln scheinen erschlafft zu sein. Augenblicklich ermesse ich die Einsamkeit, mit der ich ihn zurücklasse. Er sieht mich, lebt schlagartig wieder auf, fuchtelt mit den Armen, macht einen Satz nach vorn, lächelt. Er bedeutet mir, mich zu sputen, zu gehen. Er küsst mich mehrmals aus der Ferne, spitzt im Leeren die Lippen.

Wir sitzen im Flugzeug. Pietros Gitarre über unseren Köpfen blockiert ein ganzes Gepäckfach. Doch die Stewardess hat kein Theater gemacht, die Economy Class ist ziemlich leer. Dafür ist die Business Class voll besetzt. Geschäftsleute mit Designerkrawatten statt mit den glanzlosen, synthetischen Schlipsen von früher. Neureiche aus dem Osten, verfettet auf dem Schmerz ihrer Völker. Sie lesen Finanzblätter, essen warme Mahlzeiten und trinken Champagner.

Unsere Assietten kommen, kalt und dünn. Zwei Scheiben Kochschinken, Salat in Essig, ein Stück Kuchen in Cellophan. Pietro schlingt alles runter, ich gebe ihm auch meine Portion. Er ruft die Stewardess und bestellt mehr Brot. Auf Englisch, mit einer ganz passablen Aussprache. Ich staune. Er lächelt die Stewardess an. Heute Morgen sieht er bezaubernd aus, seine Augen blank wie zwei Stückchen Meer.

Wir fliegen über die Adria. Er kaut und betrachtet das Blau dort unten, ich betrachte ihn, die Linie seines Profils, weiß vom Licht, das durchs Fenster fällt.

Die Stewardess kommt mit dem Brot zurück, Pietro bedankt sich, seine Krächzstimme klingt geradezu angenehm. Die Mütter seiner Freunde erzählen mir, er sei sehr gut erzogen, und machen mir Komplimente. Er ist ein großer Schmeichler, mein Sohn, nur bei mir führt er sich auf wie die Axt im Walde.

Er beißt in seinen Kuchen, ein butterweiches Eckchen mit Zuckerguss. Es schmeckt ihm nicht, er hält es mir hin.

»Willst du?«

Offenbar findet er es normal, dass ich seine Reste essen soll.

»Nein, danke.«

Er sitzt mit diesem weichen Etwas da, das ihm durch die Finger quillt.

»Ich mag das nicht.«

»Dann lass es stehen.«

Er nimmt die leeren Verpackungen der Speisen, die er gegessen hat, und entsorgt sie auf meinem Tablett. Er klappt seinen Tisch hoch und stützt die Knie dagegen. Stöpselt die Ohrhörer ein und versinkt in seinem Sitz. Er wirft mir einen Blick zu.

»Du wirkst ganz schön durch den Wind.«

Es stimmt, ich bin ein bisschen durch den Wind. Als wir an Bord gingen, schwankte ich zwischen den lichten, dynamischen Momenten einer versierten Frau auf Reisen und Momenten, in denen ich vollkommen neben mir stand. Ich hatte Angst, die Bordkarten zu verlieren und das Gate nicht zu finden. Pietro schaute sich unterdessen mit neugierigen Luchsaugen um. Es interessierte ihn einen feuchten Dreck, ob ich die Bordkarten verloren hatte. Ungerührt sah er zu, wie ich schwitzte, wie ich die Handtasche auskippte.

Dann fahren wir eben wieder nach Hause, sagte er, bevor ich die beiden Schnipsel wiederfand und *Jetzt aber los* zu ihm sagte.

Bei der Kontrolle führte er sich auf wie vom Affen gebissen und machte ein Fass auf, weil der Security-Mann in seine Gitarre gegriffen hatte. Ich sagte ihm, dass der Mann nur seinen Job mache. Er sagte zum x-ten Mal *So'n Scheiß*. Auf dem Weg zur Passagierbrücke erklärte er, das sei doch alles Blödsinn, es sei ja ein Kinderspiel, bis an die Zähne bewaffnet durch die Kontrollen zu kommen. Dann strapazierte er mich mit seinen Theorien eines Comic-Lesers über alle möglichen Verstecke für Teppichmesser und für Gabeln aus dem Selbstbedienungsrestaurant.

Ich fragte ihn, ob er ein Buch dabeihabe. Er sagte Nein, da er sitzengeblieben sei, brauche er für die Ferien keine Bücher mehr. *Ich ruh mich aus*, sagte er.

Beim Einsteigen sagte er, das Flugzeug sei uralt, die Fluggesellschaften aus dem Osten kauften die Maschinen, die die anderen verschrotteten. Die Maschinen, die abstürzten. *Wir werden auf YouTube landen*, sagte er. Ich dachte, *Warum habe ich ihn bloß mitgenommen? Er macht mich noch wahnsinnig.*

Er hat die Augen geschlossen, nickt im Takt zur Musik in seinem iPod. Er ist gut gelaunt und beschwert sich nicht mehr über unser Reiseziel, er hat sich damit abgefunden. Im Grunde ist er eine Frohnatur. Er hat jede Menge Fehler, doch wenigstens leidet er nicht an Apathie wie viele seiner Altersgenossen.

Jetzt ist er eingenickt, die Lippen geöffnet, der Kopf hinuntergesackt, während der iPod weiterwispert. Der Himmel draußen ist wolkenweiß, reglos und unwirklich.

Ich zwinge mich, auf andere Gedanken zu kommen, an den Sommer zu denken, der mich erwartet. Wir werden Freunde in Ligurien besuchen, wir Erwachsene werden dort sein und ein paar Kinder in Pietros Alter. Wir werden barfuß Partys feiern, es wird Bücher geben und Spaziergänge auf den Klippen, mit Krabben in den Pfützen. Giuliano wird zum Eisenwarenhändler gehen und Haken und Schrauben kaufen, um einen Fensterladen zu reparieren. Wir werden uns mitten in der Nacht lieben, in der samtigen Kühle der dortigen Nächte, wenn der Wind vom Meer heraufkommt und uns die Dunkelheit über unser Alter hinwegtäuscht.

Pietro wacht auf, sieht mich an und gähnt.

»Was weißt du über Sarajevo?«

»Haben sie da nicht diesen Erzherzog ermordet?«

Ich nicke, das ist doch immerhin schon etwas.

»Und was noch?«

»Dass dann der Erste Weltkrieg ausgebrochen ist.«

»Und später?«

»Pff ...«

»Was ist mit dem, was ich dir erzählt habe?«

Er antwortet nicht, klebt jetzt am Fenster.

Der Landeanflug beginnt, ich spüre das Rucken des Fahrgestells unter dem Flugzeug. Meine Arme und Beine sind steif, die Räder, die für die Landung ausfahren, scheinen aus meinem Bauch zu kommen.

Ich schaue nach unten. Der schwarze Hang des Igman. Er hat

sich nicht von der Stelle gerührt, er ist noch da, langgestreckt, wie ein schlafender Riese, wie ein erlegter Bison, auf dem die Natur losgebrochen ist, eine Jahreszeit nach der anderen, wild und dunkel. Trotzdem erinnere ich mich, ihn mit Blumen übersät gesehen zu haben (oder waren es Fahnen?), lilienweiße Fähnchen, die die Strecken der Olympia-Athleten markierten und jeden in der Höhe grüßten, der über diesem goldenen Tal, über diesem Jerusalem des Ostens, herunterkam, wo der Schnee auf die schwarzen Turmspitzen der orthodoxen Kirchen fiel, auf die Bleikuppeln der Moscheen und auf die schiefen Grabstelen des alten jüdischen Friedhofs.

Es fährt kein Bus. Wir gehen zu Fuß über die Landebahn. Die Luft ist weiß, die Sonne scheint nicht, es sind mindestens zehn Grad weniger als in Italien.

Pietro trägt ein T-Shirt, das mit dem Hanfblatt darauf und mit dem Spruch GOTT ERSCHUF DAS GRAS UND DER MENSCH DEN JOINT.

»Ist dir kalt?«
»Nein.«

Die Flughafenfassade sieht aus wie früher, leicht wie die einer Industriehalle. Ich hätte gedacht, dass man sie abgerissen hat, stattdessen hat man sie wohl einfach repariert.

Auf der Rollbahn steht lediglich ein kleines Flugzeug, mit einem Kreuz an der Seitenwand, wie bei einem Krankenwagen. Auf den ersten Blick könnte man es für ein Sanitätsflugzeug halten, aber es ist nur eine Maschine der Swissair, für Touristen, für friedliche Zwecke.

Aus den Militärmaschinen stieg man immer mit gesenktem Blick und rannte dann über den gähnenden Platz auf den Schlamm der Tarnuniformen zu. Alle schrien durcheinander, und man hatte das Gefühl, jeder könnte auf einen schießen.

Der Flughafen ... Der Flughafen war in aller Munde, er war der einzige Ausweg aus der belagerten Stadt. Hin und wieder versuchte ein Verzweifelter, ihn nachts zu überqueren, das war keine gute Idee. Ohne Deckung konnte man selbst von einem lausigen Heckenschützen erwischt werden.

Der Eingang ist ruhig, menschenleer. Neonröhren, Wände aus Leichtbauplatten, das trostlose Licht eines Stundenhotels, eines abgelegenen Bahnhofs.

Der junge Mann, der die Pässe kontrolliert, hat ein starres Lächeln in seinem farblosen Gesicht.

»Italiener.«

Ich nicke, er gibt mir die Pässe zurück.

IZLAZ, Ausgang, steht auf einem Schild. Pietro hat sich die Gitarre umgehängt, er mustert die Leute ringsumher. Ein stark geschminktes muslimisches Mädchen mit einem fleischfarbenen Schleier auf dem Kopf umarmt einen Mann vom Bodenpersonal, sie küssen sich mitten im Gedränge und versperren den Weg.

In der Ankunftshalle herrscht ein großes Durcheinander, ich wühle mich durch die wartenden Körper, die an den Absperrgittern lehnen. Ich spähe über die Köpfe der Nächststehenden zu denen hinüber, die sich weiter hinten bewegen. Überall ist Zigarettenqualm, ein Nebel, der die Farben verwischt, sie verschmutzt.

Um besser auszusehen, habe ich mir in der Flugzeugtoilette kurz vor der Landung die Lippen geschminkt und mein Haar aufgelockert.

Rechter Hand ist eine Bar mit einem ringförmigen Tresen und Stehtischen, an denen die Leute trinken und rauchen. Ein Mann löst sich von der Theke und kommt auf mich zu. Ich erkenne ihn nicht gleich, doch er ist es, sofort. Er hat ein paar Kilo zugenommen, trägt ein schwarzes, zerknittertes Leinenhemd, hat einen rötlichen Bart und etwas weniger Haare als früher. Sein Gang ist unverwechselbar: breitbeinig und auch dann noch ruhig, wenn er sich beeilt, dazu übertrieben rudernde, leicht vom Körper abstehende Arme. Er umarmt mich ohne jede Unsicherheit, presst mich an sich, als wäre ich ein Päckchen mit seinem Hab und Gut, dann heftet er den Blick auf mein Gesicht. Er macht eine Rundreise, Lippen, Kinn, Stirn. An den Augen geht es nicht weiter. Er verweilt, bohrt sich hinein. Wie Meerwasser, das auf Reisen war und stürmisch wieder eins wird. Er gräbt sich zurück in die verflossenen Jahre, um die fehlende Zeit durch die schamlose Schlucht dieses quälenden, erfreuten Blicks rinnen zu lassen.

Ich löse mich als Erste, senke den Blick und entziehe mich diesem Pathos, aus Schüchternheit, aus Unbehagen. Kein Mensch in Italien sieht dich so an. Ich reibe mir den Arm, als hätte ich die Krätze. Zwei feuchte, dickliche und wohl nicht mal besonders saubere Hände umschließen mein Gesicht wie ein warmer Verband.

»Du schöne Frau!«

»Ich alte Frau ...«, wehre ich ab.

»*Vafanculo*, Gemma, red keinen Scheiß!«, sagt Gojko. Ich lächle, finde den Klang dieses fehlenden F wieder. Erkenne den Spott wieder, die Ironie, die der Ergriffenheit nach dem Rausch einen Tritt verpasst und das Lachen hervorkitzelt. Er küsst mich, schließt mich erneut in die Arme, drückt mir die Luft ab. Ich spüre das Leinen des Hemdes, die Wärme dieses aufgewühlten, bebenden Körpers. Spüre, wie Gojko meine Knochen befühlt. Er fährt mir über den Rücken wie ein Blinder und zählt mit seinen siedend heißen Händen meine Wirbel. Jetzt erkenne ich auch seinen Geruch wieder, nach Nacken, nach Schweiß zwischen den Haaren, nach Häusern mit Wachstuchtischdecken und Gläsern mit weißen, in Grappa eingelegten Kirschen, nach Büros, in denen die randvollen Aschenbecher Feuer fangen und die Kopiermaschinen ständig kaputt sind, sie springen auf Fußtritte an, auf gut Glück.

Etwas schnürt mir die Kehle zu, und ich schlucke es runter, mit letzter Kraft, letztem Stolz. Ich habe mir vorgenommen, nicht weich zu werden, mit dreiundfünfzig sondert man schnell inkontinente Tränen ab. Ich knuffe Gojko gegen den Arm.

»Du stehst gut im Futter.«

»Ich habe wieder angefangen zu essen, stimmt.«

Er schaut zu Pietro, macht einen Schritt vorwärts und stolpert über seine Beine, die unentwegt schlottern. Er schwankt, fällt jedoch nicht. Er hebt eine Hand. Augenblicklich hebt Pietro seine. Ihre Hände klatschen aneinander wie in einem amerikanischen Fernsehfilm. Gojko zeigt auf die Gitarre.

»Musikant?«

Pietro sieht ihn an, lächelt.

»Dilettant.«

Gojko sitzt vorn, neben dem Taxifahrer. Ein Arm aus dem offenen Fenster, sie unterhalten sich.

»Verstehst du, was sie sagen, Ma?«

»Ein bisschen.«

»Was sagen sie denn?«

»Dass es regnen wird.«

»Vafanculo«, zischt Pietro mit nur einem F.

Ich sitze starr und still auf dem grauen Stoffsitz und sehe meine Hand an, die sich weiter oben festhält, neben der Lüftungsöffnung aus schwarzem Kunststoff. Das Fenster ist verstaubt, und dahinter ist jene Straße, jene lange, unvergessliche Allee. Wenn ich über diesen Augenblick komme, schaffe ich vielleicht auch alles andere. Ich will mir von dieser Stadt nicht die Deckung nehmen lassen. Die ersten Bilder ziehen vorbei, ohne dass ich sie wirklich aufnehme, kurze, flüchtige Blicke, Fetzen wie versengte Briefmarken.

Es genügt, wenn ich so schaue, durchgleite, ohne etwas von dem zu registrieren, was ich sehe. Ich habe gelernt, dass alles vergehen kann, selbst das Grauen kann seine Gestalt verlieren, sich in einem Nebel auflösen, der es verzerrt und lächerlich macht, zu absurd, um je wahr gewesen zu sein, die schwarzen Autowracks, die zersprungenen Fensterscheiben, das lebende Herz, das aus der Brust eines Kindes gegen eine weiße Wand spritzt.

Ich greife nach meinem Ohrring, schiebe ihn im Ohrläppchen auf und ab.

Ich bin ruhig. Pietros Körper hilft mir, sein Knie in den Jeans, das meines berührt, seine Lässigkeit, sein Blick, der alles ignoriert, einfach nur genervt von so viel Stadtwehmut.

Die alten, grauen Wohnblocks des sozialistischen Realismus stehen noch, Balkons wie abgeschabte Karteikästen in einer Behörde. Die Granateinschläge mit Putz geflickt.

Ein Schlagloch genügt, und ich muss den Impuls unterdrücken, mich zu ducken. Spüre das Holpern jener wilden Fahrten wieder. Mit zweihundert Sachen raste man durch die Scharfschützen-Allee, den Kopf auf den Knien, der Atem, der zwischen den Beinen hindurchtropfte. Die roten Gehäuse der reglosen Straßenbahnen, zusammengeschoben als Schutz vor der Feuerlinie. Ich schaue zu Pietro. *Er hat keine kugelsichere Weste an*, fährt es mir durch den Kopf. Ich sauge meine Wangen zwischen die Zahnreihen. *Ruhig Blut.*

Gojko schweigt. Er hat sich nur einmal umgedreht und lässt mich seitdem in Ruhe.

Ich sehe ihn am Leben, in Sicherheit unterwegs auf dieser

Straße. Ein Mann von heute in der sich weiterdrehenden Welt, Haare, die geschlafen haben und aufgewacht sind.

Die Ampeln kommen mir seltsam vor, dieses geordnete Anhalten. Die Leute, die seelenruhig über die Straße gehen. Weiter oben die Hügel, ansteigende Gärten, weiße Häuschen, friedvoll zwischen den dunklen Tannenwäldern. Von dort haben sie geschossen, jede freie Stelle zwischen den Häusern, jeder grüne Spritzer, jedes Aufblitzen war ein Scharfschütze, der dich treffen konnte.

Die Redaktion der legendären *Oslobodjenje* wurde auf ihren Trümmern wiedererrichtet, eingezwängt in ein flaches, geordnetes Gebäude. Nebenan steht ein riesiger Wolkenkratzer mit Spiegelglasfenstern, die ungerührt auf die Ruinen des alten städtischen Hospizes schauen. Darauf steht in großen Leuchtbuchstaben: AVAZ.

»Das ist die meistgelesene Zeitung, ihr Eigentümer hat sich eine goldene Nase verdient.«

Gojko streicht sich über den Schädel.

»Dabei hat sie nicht mal einen Feuilletonteil.«

An einem Beet mit aufgelockerter Erde wartet ein Mann, bis sein Hund mit seinem Geschäft fertig ist. Ein junges Mädchen auf einem Fahrrad zerschneidet quer die Allee. Von einem Werbeplakat der *Sarajevo Osiguranje* lacht eine Familie mit blonden Kindern. Auch die zwei Militärs auf dem Plakat der EUFOR lachen, ein Mann und eine Frau, beide feist, mit verschränkten Armen in ihren Tarnanzügen. Auf beiden Seiten der Allee sind Leute unterwegs. Fleisch, das in den Bahnen seiner geordneten Alltäglichkeit läuft.

Mit den Menschen überqueren Vögel die Straße, sie fliegen über den Köpfen von Baum zu Baum und landen auf dem Boden, um Futter aufzupicken.

Einmal war ich morgens aufgewacht und sah den großen schwarzen Strahl. Alle Vögel flogen davon, verschreckt durch den ständigen Donner, durch den Qualm der Brände, durch den unerträglichen Geruch unzulänglich verscharrter Leichen. Sie flogen die Miljacka flussaufwärts, um in den entlegensten Wäldern Zuflucht zu suchen, dort, wohin man im Sommer zum Picknick fuhr und wo man an kleinen Wasserfällen, die wie Silberknoten glitzerten, Kühlung suchte. Alle Einwohner Sarajevos beneideten diese Vögel, die vom Boden abheben und unbehelligt wegfliegen konnten.

Ich drehe mich um. Und da ist es. Die gelbe Ohrfeige des *Holiday Inn*. Ein regloser Würfel, zusammengesetzt aus Würfeln, die aussehen, als könnten sie sich verschieben. Während der gesamten Belagerung war es die Zuflucht der ausländischen Presse. Die Fassade war den Schützen von Grbavica ausgesetzt, man kam nur von hinten ins Hotel, indem man mit dem Auto zur Garagenauffahrt glitt. Trotzdem war es so etwas wie ein Paradies, unerreichbar für diejenigen, die währenddessen starben, es gab dort warmes Essen und Satellitentelefone. Es gab dort Reporter, die ihre Berichte vom Zimmer aus verfassten, Leute, die fein raus waren, die kommen und gehen konnten.

Wir sind im Zentrum. In der geometrischen Enge der alten österreichisch-ungarischen Paläste schleppt sich der Verkehr nur langsam vorwärts, die Leute überqueren die Straße, wie es gerade kommt, und streifen die im Schritttempo fahrenden Autos. Die Bäume sind nachgewachsen, junge Stämme ohne Vergangenheit. Ich sehe mir die Geschäfte an. Neue Schaufenster neben den trostlosen von früher, wohlgeordnet und wesentlich leerer als unsere. Streckenweise hat der Konsumzwang von dieser Stadt profitiert, die wiederaufgebaut werden muss, von ihrem vom Krieg wie von einer Säure zerfressenen Gesicht. Wie ein Korb dunkler Eier taucht eine Moschee mit ihren kleinen Kuppeln auf. Unser Hotel liegt in einer Nebenstraße, genau hinter dem alten osmanischen Markt der Baščaršija.

Ich bestehe darauf, das Taxi zu bezahlen, doch Gojko scheucht mich weg. Er bringt mein Gepäck herein. Innen ist das Hotel gemütlich, anheimelnd wie die Diele eines Privathauses. An der Tür hängt ein heller, fast silbriger Vorhang, der Teppichboden ist rot mit kleinen schwarzen Rauten. In einer Ecke eine große Vase mit steifen, offenkundig künstlichen Blumen. Pietro fasst sie trotzdem an, um zu prüfen, ob sie echt sind, dann wischt er sich die Hand an den Jeans ab. Er schaut zu dem Mädchen an der Rezeption, das, eingesperrt hinter einem Tresen aus dunklem Holz, im Computer nach unserer Reservierung sucht. Aus dem Salon nebenan dringen Männerstimmen herüber, mein Blick erhascht billige Schuhe und zu kurze Socken. Es wird geraucht, die Luft ist grässlich verqualmt. Der Rauch steigt mit uns die Stufen hoch und schlängelt sich in den kleinen Fahrstuhl. Pietro sagt: »Wenn wir hier mehr als eine Nacht bleiben, kommen wir mit Krebs nach Rom zurück.«

Das Zimmer ist ziemlich groß, es hat einen blauen, synthetischen Bettüberwurf mit Volants und zwei nagelneue Nachttische. Ich öffne das Fenster und sehe hinunter. Eine Sackgasse, einige parkende Autos, ein Baum mit roter Krone, eine breite Traufe an einem mit Taubenkacke getüpfelten Blechdach.

Pietro lacht im Badezimmer auf.

»Sieh dir das an, Ma.«

»Was gibt's?«

Ich drehe mich um. Er hat ein Zahnputzglas in der Hand. Kommt zu mir und zeigt mir, dass das Glas in einer Plastiktüte mit der Aufschrift HYGIENIC CLEANING steckt.

»Na und?«

»Die Tüte ist nicht versiegelt, und das ist ein Nutella-Glas.«

Ich lächle, sage ihm, er solle das Glas dahin zurückstellen, wo er es gefunden hat.

Ich wasche mir die Hände, setze mich aufs Bett, ziehe mir die Handtasche auf den Schoß und räume sie auf, packe aus, was von den Bordkarten übrig ist, stecke die Tickets für den Rückflug wieder ein. Pietro wirft seinen Rucksack in den Schrank, nicht einmal seinen Schlafanzug nimmt er heraus.

»Lass uns rausgehen, Ma. Was wollen wir hier?«

Am liebsten würde ich im Zimmer bleiben, in der Tasche habe ich noch eine Banane, die ein bisschen schwarz ist von der Reise, die reicht mir. Ich möchte die Beine ausstrecken und so liegen bleiben, reglos bis morgen. Gestern Nacht habe ich kein Auge zugetan, weil ich immerzu an die Reise denken musste. Mein Mund ist innen wund, das merke ich jetzt am Blutgeschmack, ich habe mir im Taxi auf die Wangen gebissen, habe die Zähne auf mein Fleisch gepresst, um den Schwall von Emotionen auszuhalten. Ich muss die Hausschuhe unters Bett stellen, muss nachsehen, ob sich die Rollläden schließen lassen, ob der Wasserstrahl der Dusche stark genug ist. Das muss ich tun, und weiter nichts. Unten wartet Gojko.

»Gut, lass uns runtergehen.«

Es ist sieben Uhr abends, das Licht hat nachgelassen, und plötzlich ist mir kalt. Ich höre Schritte. Sie klingen wie Pferdehufe auf alten Pflastersteinen. Die Straße führt zur Gazi-Husrev-Bey-Moschee, Scharen von verschleierten Mädchen albern herum und schubsen sich gegenseitig. In einem Hof voller kleiner Bögen hinter der Madrasa sind Handwerksprodukte der Region ausgestellt. Auf einer Leine hängen in einer langen Reihe Tuniken mit besticktem Brusteinsatz und bilden einen bunten Vorhang. Eine blasse, weiß gekleidete Frau bittet mich mit einer zarten Geste in ihren kleinen Stickereiladen, als ich wieder gehe, legt sie die Hände auf die Brust und verneigt sich.

Pietro fotografiert mit seinem Handy die Gewürzsäcke und die Kupferwaren, die die Läden bis obenhin füllen.

Wir bummeln durch die alten Gassen mit ihrem Pflaster aus Flusssteinen, die Geschäfte schließen allmählich. Die Lichter versinken hinter den Holztüren. Pietro bleibt vor einem Stand mit Granatsplittern und polierten Patronenhülsen stehen ... Souvenirs für die Touristen. Er nimmt eine Patronenhülse, legt sie zurück, lacht und nimmt eine andere, schwerere.

»Wie viel Leute kann man damit umbringen?«

Ich möchte ihm einen Fußtritt verpassen.

Gojko ärgert sich nicht, im Gegenteil, er scheint sich gleichfalls zu amüsieren.

»Das Kriegsrecycling ist unsere saubere Energie.«

»Hast du den Krieg mitgemacht?«

Gojko nickt, zündet sich eine Zigarette an, senkt die Stimme, vielleicht hat er keine Lust mehr, weiterzusprechen.

»Wie alle.«

»Warst du Soldat?«

»Nein, ich war Dichter.«

Pietro ist enttäuscht. Für ihn sind Dichter ein Haufen schmalbrüstiger, dem Unglück verfallener, armer Schlucker, die Millionen Schülern, normalen, unbeschwerten Jugendlichen, das Leben zur Hölle machen. »Ich habe Hunger«, sagt er.

Wir verlassen die Baščaršija und kehren unter einem Laubengang aus Holz ein, um im Freien zu essen, in einem eher öden Lokal, einer dieser Buden im Berghüttenstil mit Aluminiumtischen und Neonlicht. Von drinnen kommt der Geruch von

Zwiebeln und gebratenem Fleisch, der unverwechselbare Geruch von Speisen, die einem wieder hochkommen. Gojko sagt, sie machen hier gute Ćevapčići. Das Mädchen, das den Tisch eindeckt, greift unbekümmert mit drei Fingern in unsere Gläser. Pietro bestellt eine Coca-Cola, er bittet Gojko, das Wort *Strohhalm* zu übersetzen.

Wir essen, die Ćevapčići schmecken köstlich, sie füllen den Mund mit etwas Gutem, mit Blut und Leben. Der Pfeffer brennt in meinem wunden Mund, doch was soll's. Ich bin jetzt nicht mehr müde, und durch das herrliche, würzige Aroma, das sich über die Jahre offenbar nicht verändert hat, ist mein Appetit wieder da. Vielleicht hilft auch der Alkohol, eine Flasche Rotwein aus Montenegro. *Es ist kein Brunello*, hat Gojko gesagt, *aber er ist sumpfig*. Vielleicht wollte er *samtig* sagen, manchmal verwechselt er in seinem nahezu perfekten Italienisch die Wörter. Doch seine Fehler sind goldrichtig, im Grunde genommen ist dieser Wein sumpfig, er versetzt uns in den Schutz einer schlammigen Langsamkeit zurück.

Auch an dem Tag, als wir uns kennenlernten, aßen wir Ćevapčići. Wir kauften sie an einem Kiosk und aßen sie im Stehen, bei klirrender Kälte. Die Frau, die sie briet, trug eine Wolljacke mit Zopfmuster und eine Kochhaube. Sie schaute unserem Hunger zu, beobachtete jeden Bissen und freute sich, dass ihre Ćevapčići uns schmeckten. Sie waren ein Gedicht. Der Stolz ihres kleinen Lebens als Imbissköchin. Ich sehe sie vor mir, als wäre es heute, ein proletarisches Gesicht, leidgeprüft, doch unendlich sanft. Einer dieser wohltuenden Menschen, die dir zufällig begegnen und die du umarmen möchtest, weil sie dir aus der Tiefe ihrer menschlichen Erfahrung zulächeln und dich schlagartig für die andere, die entmutigende Hälfte der Menschheit entschädigen, für die Leute, die gefangen in ihrer Pfütze der Düsternis sitzen. Wie vielen glücklichen Menschen bin ich damals in Sarajevo begegnet! Alle hatten rote Wangen, von der Kälte, natürlich, doch auch aus Schüchternheit, weil sie sich zu hoffen trauten.

Das war während der Olympischen Winterspiele. Das eindrucksvolle Gebäude der Nationalbibliothek im neomaurischen Stil war wie eine eigene Stadt. Dort, in einem der Säle, deren Säulen nach oben zum Licht ferner Fenster davonstrebten, die wie die einer Kathedrale gearbeitet waren, lernte ich Gojko kennen. Ich saß auf einem kleinen Beamtenstuhl unter einem Überhang alter Folianten und fühlte mich winzig klein. Da kam dieser Kerl herein, mit rötlichem Haar, eingemummt in eine mit zerdrücktem Fell gefütterte Lederjacke, und bewegte sich ruckartig wie eine klobige, mechanische Puppe.

»Sind Sie Gemma?«

»Ja.«

»Ich bin Ihr Fremdenführer.«

Wir gaben uns die Hand, ich lächelte ihn an, er war unglaublich groß und breit gebaut.

»Sie sprechen gut Italienisch.«

»Ich fahre wenigstens einmal im Monat nach Triest.«

»Studieren Sie dort?«

»Handel mit Jo-Jos.«

Er steckt eine Hand in die Jackentasche und zieht eine von diesen Plastikrollen hervor, die man an einer Schnur fortwerfen und wieder einfangen kann.

»Sie verkaufen sich gut hier, wirken entspannend. Es herrscht viel Stress unter den Jugendlichen, wir mussten hart arbeiten wegen der Olympiade, und wir arbeiten nicht gern hart. Aber die Stadt musste ja aufpoliert werden, verstehen Sie?«

Er lacht, und ich weiß nicht, warum.

»Wohnen Sie in einem guten Hotel?«
Ich schüttelte den Kopf. Ich wohnte in einer mit Touristen überfüllten Pension.
»Mögen Sie den Sternenhimmel?«
»Wieso?«
»Wenn Sie wollen, können Sie auch unter einer der zahllosen Brücken an der Miljacka schlafen, kein Mensch wird Sie belästigen, nicht ein Betrunkener ist mehr unterwegs und auch kein einziger Taschendieb. Kommunistische Sauberkeit. Es ist das erste Mal, dass wir der ganzen Welt unseren Hintern zeigen, verstehen Sie, was ich meine?«

Ich musste meine Masterarbeit über Andrić abschließen und hatte um einen kompetenten Fremdenführer gebeten, stattdessen saß ich nun mit einem Jo-Jo-Händler da.

Er zieht ein Jo-Jo hervor und spielt damit herum, führt mir diverse Kunststückchen vor und fragt, ob ich es kaufen will.

»Das wäre ein schöner Witz«, sagt er, »einer Italienerin ein Jo-Jo aus Triest verkaufen, für so eine Nummer würden mir meine Freunde glatt einen ausgeben.«

Ich war einige Tage zuvor in Sarajevo angekommen. Der Zauber des Schnees und dieser Stadt in Festtagsstimmung passte nicht so recht zu meiner Laune. Ich war gereizt und unzufrieden. Irgendwie konnte ich mich nicht eingewöhnen. Für diese Forschungsarbeit hatte ich mich auf Drängen meines Professors entschieden, der mich im Grunde nur für eine seiner Publikationen über die Literatur des Balkans ausnutzte. Um mir die Laune zu verderben, genügten nun, nach zwei Tagen Durchfall, schon die Gerüche dieser allzu rustikalen Küche, die Kälte, die ich schlecht vertrug, und der Atem eines jämmerlichen Provinzlers, der in seiner albernen, mit Siamkatze gefütterten Jacke aus schwarzem Leder den tollen Hecht spielte.

Angeekelt betrachtete ich seine zu einem Zopf gebundenen fettigen Haare. An den Füßen hatte er ein Paar spitze Stiefel, wie ein Zigeuner. Ich war mir nicht sicher, ob er die Parodie eines Rockers oder eines Wolfsjägers war. Ich sagte: »Hör mal, ich brauche jemanden, der mich in Sarajevo, in Višegrad und in Travnik zu den Orten von Andrić führt ... Du bist da vielleicht nicht der Richtige.«

»Warum denn nicht?«

»Du scheinst mir nicht gerade ein Intellektueller zu sein.«

»Kein Problem, ich habe ein Auto.«

Ich stellte mir einen verdammten Yugo mit einem Auspuff vor, der schwarzen Qualm spuckte wie die meisten Autos, die da herumfuhren, doch er erschien mit einem Golf. Nicht gerade sauber, aber ganz passabel.

»Die Dinger werden hier bei uns zusammengebaut«, erklärte er. »Weißt du, warum die Deutschen auf uns zählen?«

»Nein, weiß ich nicht.« Ich sah aus dem Autofenster. Es war früh am Morgen, er war zwar pünktlich gekommen, doch man merkte, dass er nicht viel geschlafen haben konnte.

»Weil wir so präzise sind. Auch wenn wir viel kosten.«

Er lacht, zu laut. Er lacht allein. Dann schlingt er die Fransen dieses Lachens hinunter, zurück bleibt ein Schluckauf. Vielleicht sind das die Nachwehen von seinem letzten Besäufnis.

»Hast du das etwa geglaubt?«

Am liebsten möchte ich ihm sagen, dass er still sein soll, ich bezahle ihn, also soll er gefälligst aufhören. Er stinkt wie ein nasser Hund, sein Schluckauf verpestet die Luft mit Šljivovica-Dünsten, und außerdem hat er einen miesen Charakter, das wird mir jetzt klar. Er scheint sich zu ärgern, weil ich nicht nachfrage, mich nicht dafür interessiere, was er erzählt.

»Vielleicht sind wir doch nicht so präzise, dafür aber garantiert spottbillig.« Er sagt das in einem schroffen Ton, als wäre er wütend auf mich.

»Ich bezahle dich aber gut.«

Er schaut mich an, während er fährt, ohne noch auf die Straße zu achten.

»Du musst ja eine ganz große Hure sein!«

Ich sehe ihn nicht an, ich habe den dünnen, steifen Hals einer dummen Statue. Ich habe Angst, bin aber zu stolz, dieser Angst nachzugeben. Ich bin das ideale Opfer für einen Irren. Eine, der man selig stöhnend den Hals umdrehen kann. Er ist ein grobschlächtiger, slawischer Kerl, den seine gefütterte Jacke noch bulliger macht, wahrscheinlich hat er lockere Bremsen, ganz wie der Kommunismus nach Titos Tod. Ich bin ein bürgerliches, zickiges Mädchen, gehöre dem Rückschritt an, der neuen Generation junger Mädchen, die nach dem Feminismus wieder High Heels tragen und auf den sterblichen Überresten fanatischer Birkenstockelsen nun tänzelnd den Überfluss des neuen Jahrzehnts genießen.

Ich bitte ihn höflich, rechts heranzufahren, mich aussteigen zu lassen. Er brüllt etwas, in seiner Sprache. Ich brülle auch.

»Halt die Klappe, du stinkst aus dem Mund!«

Er schaut mich an, um mich umzubringen, doch stattdessen hält er das Auto an.

Ich steige aus, laufe ein Stück auf dem Randstreifen der furchteinflößenden Straße außerhalb der Stadt. Dreckige Lastwagen fahren haarscharf an mir vorbei.

Er wartet, an die offene Wagentür gelehnt, hinter einer Kurve auf mich, er raucht.

»Steig ein, hören wir auf damit.«

Ich steige nicht ein. Er fährt im Schritttempo weiter, mit offener Tür.

»Das Auto hat mir ein Freund geliehen, ich muss es heute Abend zurückbringen.«

Er streckt einen Arm heraus und hält mir ein Buch hin. Ich nehme es, ein Gedichtband von Andrić auf Serbokroatisch.

»Poesie lässt sich nicht übersetzen!«

Idiot, denke ich. Doch ich bin müde, der Schnee am Straßenrand ist hoch und schmutzig, er lässt meine Waden vor Kälte erstarren. Und die Gesichter, die mich aus den Lastwagen anstarren, sind auch nicht vertrauenerweckender als seines.

Ich spreche nicht mit ihm, während er fährt. Auch er ist still, nach einer Weile redet er bosnisch. Er ist konzentriert, ergriffen, ich halte ihn für vollkommen übergeschnappt.

Ich sage ihm, dass ich kein Wort verstehe. Er sagt, ich solle auf den Klang achten, faselt, die Poesie sei wie eine Partitur, sie habe den Klang des Unsichtbaren ... der Nacht, des Windes, der Sehnsucht.

»Mach die Augen zu.«

Das sollte ich nicht tun, weil er mich dann womöglich erwürgt. Er hat die Heizung für mich eingeschaltet, weil ich friere, er schwitzt in seiner Felljacke, fast tut er mir leid. Ich schließe die Augen.

Nach einer Weile höre ich wirklich etwas, Erde, die in die Dämmerung fällt.

»Wovon handelt das Gedicht?«

»Von einem Totengräber, der einen Dichter begräbt und flucht und auf seinem Grab raucht.«

»Und spuckt?«

»Ja, er spuckt.«

»Weißt du«, murmele ich, »ein bisschen habe ich doch verstanden.«

Er nickt, überlässt mir das Buch, fängt an zu erklären.

»Unsere Sprache liest man genauso, wie man sie schreibt.«
Er beobachtet mich, während ich durch die Verse stolpere.

»Voller sanfter Laute, nur mit wenigen Vokalen ... Die Wörter stecken sich gegenseitig an, sie einigen sich mit ihren Nachbarn, ist eines weiblich, wird alles weiblich, wir sind sehr charmant.«

Er fuhr mit mir nach Travnik, zum Geburtshaus von Andrić, wir schlenderten an dessen Manuskripten und Fotografien entlang. Vor der alten Wiege, in der der Schriftsteller seine ersten Träume geträumt hatte, blieben wir stehen. Auf dem Rückweg im Auto nickte ich ein. Gojko weckte mich, indem er mir auf die Augen blies.

»Stinkt mein Atem immer noch?«

»Nein.«

Nach all den Kilometern auf den unbequemen Straßen waren wir hungrig. So fanden wir den Kiosk mit den Ćevapčići, den besten meines Lebens, eingepackt in ihrer mit frischen Zwiebeln gefüllten Brottasche. Die Frau lächelte und segnete unseren Hunger, unsere Jugend.

»Seid ihr verlobt?«

»Nein, Freunde.«

Was wohl aus ihr geworden ist? Aus ihrer fetttriefenden Pfanne, aus ihrem Wollpullover ... aus ihrem Gesicht? Für mich ist diese Frau noch da, nach wie vor an der Ecke vor dem Besistan, und sie lächelt uns zu, während sie unseren Hunger stillt und uns ermuntert, zu essen und an das Gute zu glauben.

Und selbst wenn eine Granate sie weggerissen haben sollte, wenn ein Feuerstoß ihre Habseligkeiten verstreut haben sollte, schwöre ich, dass sie lebt. Heute Abend lebt die Imbissköchin, in unseren Blicken, die sich, aufgeweicht vom sumpfigen Roten aus Montenegro, begegnen.

Gojko hatte eine Schwäche für den Dichter Mak Dizdar, für Bruce Springsteen und für die Levi's 501, gern hätte er ein Paar schwarze gehabt, um damit in den Kneipen, in denen er sich betrank und Witzbilder an die Wände malte, den Vogel abzuschießen. In den folgenden Tagen nahm er mich bei der Hand und zeigte mir Sarajevo, wie er es sah. Das alte öffentliche Bad, die Derwischhäuser, die Tabakfabrik in Marijin Dvor, die kleine Magribija-Moschee, die mittelalterlichen Grabsteine … Er kannte jeden Winkel, jede Geschichte. Er schleppte mich über kleine, duftende Treppen in hölzerne Dachgeschosse, wo schmutzverkrustete Künstler spannungsgeladene Leinwände kratzten; in Sevdah-Rock- und New-Primitives-Kneipen unter Mädchen, die eng umschlungen miteinander tanzten, barfuß neben einem Haufen schneematschverschmierter Stiefel; in Läden, wo Frauen weißen Pitateig auf Bleche, groß wie Schutzschilde, auftrugen, während alte Männer mit einem roten Fes auf dem Kopf an der Tür saßen und würfelten. Er kannte praktisch jeden, und jeder schien ihn zu lieben. Ich ging hinter seinem Zopf her wie hinter dem krummen Schwanz eines räudigen Straßenkaters.

Eines Abends sagt er mir eines seiner Gedichte auf.

Halte den Mund, mein Junge,
bis zu dem Tag, da dir jemand
befiehlt, ihn
zu halten.
Dann aber lehne dich auf und sprich.
Sag ihm, du bist jung und ohne Geduld,
und der Mond ist gelb wie die Sonne.
Deine Mutter ist eine gute Frau,
doch sie ist fortgegangen,
und dein Hund frisst seit zwei Tagen nicht mehr.

Sag ihm, die Straßen sind vollkommen leer,
alle sind schlafen gegangen,
und du möchtest singen,
bevor die alte Anela aufsteht
und einer verrückten Henne den Hals umdreht,
die keine Eier mehr legt
und kräht wie ein Hahn.

»Wie findest du das?«
Ich spiele mit seinem Jo-Jo. Kämpfe verbissen mit dieser albernen Spielerei, die mir nicht gelingen will.
»Wer ist die verrückte Henne?«
»Sarajevo.«
»Interessant.«
Er nimmt sich sein Jo-Jo wieder, er braucht es: Er ist nervös. Ich kann sowieso nicht damit umgehen, und er hält es nicht aus, mir bei dieser Stümperei zuzusehen. Er sagt, wenn mir seine Gedichte nicht gefielen, könne ich ihm das ruhig sagen. Sagt, ich sei eine verdammte Karrierekuh, ich würde als Literaturkritikerin enden und junge Talente abwürgen, weil ich eine blöde, gefühlskalte Oberlehrerin sei, eine Zecke, die anderen das Blut aussaugt.
Wir schlendern am Ufer der Miljacka entlang, Gojko zeigt mit den Händen fuchtelnd auf einen armseligen winterlichen Zweig.
»Jedes dieser Blätter schwingt mehr als du!«
»Blätter fallen«, lache ich höhnisch.
»Wie die Dichter! Sie düngen die Erde vor der Zeit!«
Er hat die verschleimten Augen eines rebellischen Bären, dazu die übliche Schnapsfahne.
Mir platzt der Kragen. Ich sage ihm, er solle duschen und aufhören, nach Grappa zu stinken, denn die Welt sei voll von gro-

ßen Dichtern, die langlebig, maßvoll und pieksauber seien. Er ist eingeschnappt, sieht mich an wie ein kleines Kind. Sagt, er habe sich in seinem ganzen Leben noch nie volllaufen lassen und seine Haare sähen nur deswegen so fettig aus, weil er ein Gel verwende, sagt, wenn ich Kinder haben wolle, müsse ich Jo-Jo spielen lernen, die Kleinen seien ganz verrückt danach.

So gibt er mir Unterricht. Eine Hand auf meiner, damit ich das Spiel des Handgelenks spüre, das Schnurren des Fadens, den Ruck, mit dem man ihn in seiner magischen Spule wieder aufrollt.

An jenem Abend sagte er beim Abschied zu mir *Volim te iskreno*.

»Was heißt das?«

»Ich liebe dich von ganzem Herzen.«

Ich trat einen Schritt zurück, einen kleinen Schritt zurück in meinen Schritten. Gojko sagte nun nichts mehr, er knetete mit dem Daumen seine Nase, als wäre sie aus Plastilin. Auf der Schwelle blieb er stehen.

»Das sage ich, wenn ich meiner Mutter eine gute Nacht wünsche.«

Ich sah ihn auf einer zugefrorenen Pfütze schlittern, bevor er verschwand.

Jetzt ist er hier, an diesem milden Abend, die Ellbogen auf einer Plastiktischdecke in dieser vom Schmerz angegriffenen Stadt, die nun schweigt, auf dem Boden altes Papier, Zigarettenkippen und die Schritte von Leuten, die nach Hause gehen. Eine ausgetrunkene, ausgekostete Flasche Wein, wohltuende Normalität.

Und diese Normalität ist ein Wunder, diese Baklava, die wir uns nun teilen, dieser süße, weiche Kuchen aus Nüssen und Blätterteig. Unsere Teelöffel treffen sich auf dem Teller.

»Iss du das letzte Stück.«

Pietro saugt den Rest aus seiner Coca-Cola-Büchse, er schlürft laut. Er hält sich nicht schlecht, hat sich mit Gojko über Tennis unterhalten und ist aufgestanden, um ihm die Vorhand von Federer zu zeigen. Jetzt will er ein Eis, doch es gibt nur bosnische Süßigkeiten. Gojko streckt einen Arm ins Dunkel und zeigt ihm ein Stück weiter eine Eisdiele.

»Wie sagt man für *Eis*?«

»*Sladoled*.«

»Und die Sorten?«

»*Čokolada, vanila, pistaci, limun* …«

»Verstehen sie es, wenn ich *ice cream* sage?«

Gojko nickt, lächelt ihn an, schaut ihm nach.

»Netter Junge.«

Ich spähe in die Richtung, in der Pietro verschwunden ist, und schon spüre ich eine Leere, wie jedes Mal, wenn er mir aus den Augen geht.

»Er ist wie sein Vater, genauso.«

Gojko sitzt mit offenem Mund da, ein schwarzes O, das tief Luft holen muss.

»Was ist?«, frage ich ihn.

»Nichts, ich sehe dich an.«

Er nimmt meine Hand, fragt mich, ob alles in Ordnung sei.

Ich sage, doch, doch, alles wunderbar, aber ich bin etwas gereizt, habe den piepsigen Tonfall einer Frau, die sich verteidigt.

»Du kannst mich jederzeit anrufen, egal, um was es geht, ich schlafe sowieso immer im Sessel, im Sitzen.«

»Wieso, hast du kein Bett?«

»Ich schlafe nicht gern im Liegen, dann klopft mir das Herz in den Augen.«

Ich sehe ihn an, diese Augen, in denen nachts sein Herz klopft.

Er kneift sie ein wenig zusammen, es sieht aus, als wollten sie lächeln, doch es gelingt ihnen nicht ganz. Im Grunde sitzen wir, er und ich, noch immer in der damaligen Zeit, dazwischen ist nichts gewesen, nicht eine Stunde Frieden.

Ich betrachte seine leicht geschwollene Hand mit den Sommersprossen und dem zu engen Trauring.

»Du bist verheiratet?«

Er nickt.

»Und wie ist sie?«

»Ich habe Glück gehabt.«

Er erzählt mir von den Jahren als Flüchtling, den Gelegenheitsarbeiten als Parkwächter, als Campingplatzwart, als Tankwart.

»Als Bosnier war man gut dran, am Anfang taten wir allen mächtig leid«, er grinst und bestellt zwei Rakija.

»Diese Gastfreundschaft hielt nicht lange vor, Europa hörte bald auf, sich in der Pflicht zu fühlen. Unser Ruf ist nicht der beste, wir trödeln herum, sind zu beschaulich.«

Eine verkrüppelte Frau, klapperdürr, geht an mir vorbei und zieht ein Bein nach wie einen Besen. Wortlos schiebt sie ihre geöffnete Hand auf den Tisch. Gojko legt fünf Konvertible Mark hinein. Die junge Frau ist so schwach, dass sie nicht einmal die Hand schließen kann. Als sie weggeht, sehe ich ihre lappigen, dreckigen Jeans über einem Hintern, der nur aus Knochen besteht.

»Erinnerst du dich noch an sie? Sie hat die Lose für die Stadtlotterie verkauft.«

Ich erinnere mich dunkel ... an eine Hand, an einen albernen Glücksbringer.

»Sie war eines der schönsten Mädchen von Sarajevo. Jetzt nimmt sie Drogen.«

Er kippt den Rakija hinunter und kneift erneut die Augen zusammen.

»Vorher unter den Granaten zu rennen war leichter, als nachher über die Trümmer zu spazieren.«

Pietro kommt mit einer Eistüte in der Hand zurück und starrt die junge Frau an, die nun an der Hauswand steht wie ein Hund, der pinkeln muss.

»Warum humpelt sie so?«

»Eines von den Andenken, die du auf dem Markt gesehen hast, hat sie in die Hüfte getroffen.«

Mein Sohn ist nervös, rutscht auf seinem Stuhl hin und her.

»Kann man ihr denn nicht helfen?«

»Nein, kann man nicht. Wie ist das Eis?«

Pietro leckt es, und eine Weile ist nur noch das Schlürfen seiner Zunge zu hören. Er hat sein schläfriges Gesicht in die Hand gestützt.

»Gehen wir«, sagt er. »Ich kann nicht mehr.«

Aber ich könnte jetzt noch stundenlang herumlaufen. Quer durch die Stadt und weiter bis nach Ilidža, in diesem Sommernebel, diesem schmutzigen Dunst, der ein bisschen Wirklichkeit auslöscht ... könnte wie ein Holzstäbchen in einen Kuchen jetzt in den dampfenden Plunder der Erinnerungen gleiten.

Ich schaue hoch zum Trebević. Frage Gojko nach der Hütte, wo sie Sauermilchkäse und heißen Grappa servieren. Er antwortet nicht gleich und verteilt den Geschmack dieser Erinnerung in seinem geschlossenen Mund.

»Du versetzt mich zurück in die alte Zeit ... du ...«, flüstert er.

Dann sagt er hart, davon sei nichts mehr übrig, die Seilbahn sei geschlossen und ihre Kabinen wie hohle Zähne am Himmel vergessen.

»Alles gespickt mit Minen da. Es ist ein Klacks, sie zu legen, doch um sie zu räumen, braucht man Jahre und Unmengen von Geld. Aber wenn du willst, gehen wir hin, klettern hoch und riskieren Kopf und Kragen, um noch einmal dorthin zurückzukehren.«

Seine Augen blitzen auf, als erwartete er eine Herausforderung, etwas Verrücktes von mir.

»Gute Nacht.«

Wir nehmen die Treppe, weil Pietro dem Fahrstuhl nicht traut.

»Ist dein Freund da verrückt?«

»Die Bosnier sind alle verrückt, und sie bilden sich was drauf ein.«

Ich torkele die Stufen hoch.

»Bist du betrunken?«

»Ein bisschen.«

»Ist ja ekelhaft.«

Er putzt sich die Zähne, ich sitze auf dem Bett und warte darauf, dass er das Bad räumt. Er ist in Unterhosen, über das Waschbecken gebeugt, den weit offenen Mund voller Schaum, er betrachtet sich im Spiegel, während er mit erhobenem Ellbogen bürstet. Er übertreibt es mit der Mundhygiene, zweimal hatte er schon Karies und versteht nicht, warum. Irgendwann hat er mich gebeten, den Mund aufzumachen, er wollte den Zustand meines Gebisses prüfen, denn der Zahnarzt hatte ihm erzählt, Karies sei erblich. Ich öffnete den Mund und schloss ihn gleich wieder. *Lass mich in Ruhe*, sagte ich, *ich bin doch kein Pferd*. Dann fragte er mich nach seinem Vater, allerdings nur, um herauszubekommen, was für Zähne er hatte.

Jetzt schläft er. Aus seinem leicht geöffneten Mund dringt ein Pfeifen, ein nach Zahncreme duftender Windhauch. Er schläft

mit nacktem Oberkörper, seine Brustwarzen sind leicht geschwollen, pubertäre Mastitis, hat der Arzt gesagt.
Ich kriege jetzt doch wohl keinen Busen?
Auch der Arzt musste lachen, *Der Junge ist gut, so einen netten Kerl findet man nicht oft heutzutage.* Tja, alle Welt findet ihn nett, er hat Humor, und er setzt eher sich herab als andere. Nur bei mir ist er ein Mistkerl.
Pietro.
Es mag am Grappa liegen, doch heute Nacht genügt schon sein Name, um mich zum Weinen zu bringen.
Heute Nacht gehört nicht viel dazu, sich von einem Namen aushöhlen zu lassen.
Das Fensterbrett ist breit, Platz genug, um sich darauf zu setzen und ein wenig die Beine zu strecken. Ich klebe an der Scheibe. Giuliano hat angerufen, er hatte die heisere Stimme eines Menschen, der still war und nachgedacht hat.
»Ich habe dir jede Menge Nachrichten geschrieben«, die Kehle verschlissen von Müdigkeit, von Angst. »Du scheinst mir weit weg zu sein.«
»Ich bin weit weg.«
Ich sehe unsere Wohnung vor mir. Den Kalender der Carabinieri an der Flurwand, den Salat, den ich für Giuliano in den Kühlschrank gestellt habe, den Zettel für die Putzfrau und das Schwämmchen, mit dem ich mich abschminke.
Heute Abend habe ich mich nicht abgeschminkt, ich verschmiere mir die Augen, schicke die Wimperntusche in den Augenhöhlen auf Wanderschaft.
Pietro schläft. Die Wimpern im Weiß der geschlossenen Lider wie eine Reihe kahler Bäume im Schnee ... Land, zerteilt von einem Graben.
Ich gehe vom Fenster weg, trete barfuß in den Flur hinaus

und gehe in die Hotelhalle hinunter. Dort sind rauchende und trinkende Männer, in diesem Hotel sind immer Männer, die rauchen und trinken. Sie mustern mich, wollen mich auf ein Glas einladen. Ich bitte sie um eine Zigarette, sie geben mir zwei. Drina, ach ja, die alten Drina. Ich rauche seit Jahren nicht mehr, doch heute Abend, barfuß auf dem Gehweg, rauche ich, denn ich brauche etwas, das mir in den Bauch fährt und brennt.

Jemand kommt vorbei, ein Mann, der an einer Mülltonne stehen bleibt, ein armer Schlucker, der nach ein paar Resten herumstochert, die noch schmecken, nach Abfall, der die Mühe lohnt. Wie ich, im Grunde.

Es war Gojko

Es war Gojko, der mich in diese Kneipe brachte.
Wir sind den ganzen Tag gelaufen, von Bistrik nach Nedžarići, trotzdem lasse ich mich noch weiterziehen. Nebel ist aufgestiegen und umtanzt uns, die Miljacka weiter unten sieht aus wie Frauenmilch, Kolostrum. Es ist meine letzte Nacht in Sarajevo.
Italien hat im Rennrodeln gewonnen, man feiert die Medaille. Viele tanzen auf dem Tisch, den Mund unentwegt an der Šljivovica-Flasche, Sportreporter und Athleten, die in ihren Unterkünften im Olympischen Dorf von Mojmilo längst im Bettchen liegen müssten.
»Komm, ich stelle dir die Italiener vor.«
Ich zwänge mich zwischen die Ellbogen fremder Leute, zwischen rauchverschmierte Augen und sonnenverbrannte Gesichter. Die Kneipe ist ein Stollen mit niedrigen Bögen, aus denen ausgestopfte Köpfe hervorbrechen, Braunbären und Gämsen, vom Deckengewölbe hängen schiefe Stofffähnchen. Ich sitze unter Ostdeutschland.
Er ist nicht da, hat sich schon von seinen Freunden verabschiedet und ist gegangen. Er sucht an der mit Anoraks und schneegefleckten Wintermänteln beladenen Garderobe nach seinen Sachen, kann sie nicht finden und kommt deshalb zurück, um das Mädchen für die Mäntel zu suchen, die kleine Dralle mit dem Kraushaar, die sich gerade ein Bier holt und die Garderobe unbeaufsichtigt gelassen hat. Deshalb kommt er zurück. Er steht da und wartet, bis sie ihr Bier ausgetrunken hat.

Ein Rücken, ein bunter Pullover aus Alpakawolle über einem langen, mageren Rücken. Gojko ruft ihn: »He, Diego!«

Er dreht sich um und greift sich in den Nacken, in seinem hohlwangigen Kindergesicht sitzt ein spärliches Bärtchen. Später erzählte er mir, dass es in seinem Kopf gehämmert habe und seine Augen sich von den Schneeböen, die er im Laufe des Tages abbekommen hatte, wie zwei glühende Kohlebecken angefühlt hätten. Er macht einen Schritt auf uns zu, kommt näher. Später erzählte er mir, dass das so gewesen sei, weil er mich gesehen habe, trotz seiner Augen, trotz seiner Müdigkeit. Er fühlte sich gedankenlos angezogen, wie ein Stier vom Rot. Auch ich sehe ihn an, warte auf ihn, während er näherkommt. Man kann nie sagen, was … was es eigentlich ist. Es ist eine Membran, vielleicht ein Gefängnis von Anfang an. Fern von uns ist ein Leben dem unseren entgegengereist, wir spürten seinen Wind und den Duft eines Anhaltens. Sein Schweiß, seine Mühe waren in uns. Diese Anstrengung war für uns.

Wir verharren reglos wie zwei Insekten und spüren diesen gleichzeitigen Taktschlag der Dinge. Meine Wangen sind rot, da ist zu viel Rauch, sind zu viele Ellbogen, zu viele Stimmen. Da ist gar nichts mehr. Nur noch der Fleck dieses Pullovers, der auf mich zukommt. Im Nu brennen meine Augen die Konturen dieses Körpers nieder. Mir ist, als spürte ich seine Seele, das ist alles.

Er kommt an unseren Tisch, das Mädchen hat ihm seine Garderobe wiedergegeben, eine blaue, etwas steife Winterjacke, er zieht sie an. Zum Schwitzen eingemummt steht er da. Gojko beugt sich vor und umarmt ihn über den Tisch hinweg, auf dem getanzt wird und auf dem ein Bierglas rollt.

»Willst du gehen?«

Er hat sich eine Wollmütze mit Bommel aufgesetzt und nickt, mein Blick liegt auf der kleinen, tanzenden Wollkugel.

»Das ist mein Freund Diego, ich habe dir von ihm erzählt, erinnerst du dich?«

Ich erinnere mich nicht.

Diego gibt mir die Hand. Ein Stück knochiges Fleisch, an dem ich mich verbrenne und das in meiner Hand liegen bleibt. Es ist Pietros Hand. Es ist schon seine. Die Zeit zerfleischt die Zeit, da ist ein Körper vor deinem, stark und jung, und doch übernimmt in diesem Moment bereits ein anderer Körper seinen Platz. Schon ist ein Sohn im Vater, ein Junge in einem Jungen.

Und dieser Sohn wird die Erinnerung sein, das Kind, das mit der Flamme laufen wird.

Ich mache ihm Platz auf der Bank, ein paar Zentimeter, in die er hineingleitet.

Wir lachen, weil wir so eng zusammen sitzen. Wir unterhalten uns, worüber, weiß ich nicht. Er spricht mit einem merkwürdigen Singsang, der mich ans Meer erinnert.

»Woher kommst du?«

»Aus Genua.«

Er hat nicht mal die Mütze abgesetzt, er schwitzt. Ich sehe zu, wie ihm die Tropfen von der Stirn in die Augen laufen.

»Du schwitzt.«

»Lass uns rausgehen.«

Und so gehen wir, sofort zusammen, schieben uns durch das Gewühl der Tische, der schmutzigen Gläser, der Bärenköpfe, der Leute, die vor den Toiletten drängeln. Gojko gibt keinen Mucks von sich und hebt die Hand, starr wie die Kelle eines Polizisten, der Halt gebietet. Später wird er sagen, dass ihm schon alles klar war, dass selbst ein Blinder das gesehen hätte. Dass so ein Funkenflug einen armen Kater ganz einfach niederstreckt, der auf der Lauer liegt und dabei seinen Schwanz einbüßt.

Diego läuft in seiner blauen Jacke neben mir, die aussieht wie von der Kriegsmarine. Er ist ein Junge. Wie alt mag er sein?

»Ich reise morgen früh ab, die Maschine wird so rappelvoll sein wie die auf dem Hinflug.« Er ist wegen seiner Arbeit hier, sagt er.

»Was für eine Arbeit?«

»Fotograf. War das heiß da drin.« Er lächelt.

Dieses Lächeln ist sanft.

Ich erzähle ihm von meiner Masterarbeit, von Gojko, der sehr hilfsbereit war und der meine Liebe zu dieser Stadt geweckt hat.

»Und was hast du hier gemacht, statt schlafen zu gehen?«

»Ich habe auf das Glockenläuten gewartet und auf den Gesang des Muezzins.«

Er sagt, wir könnten ja zusammen warten und zum alten Bahnhof hochkraxeln, weil die Minarettspitzen von dort oben aussähen wie in den Himmel gebohrte Lanzen.

Wir gehen weiter. Wie viel sind wir in dieser Nacht gelaufen? Der Lastwagen der Männer von der Straßenreinigung folgt uns ein Stück und hält an. Sie sammeln leere Bierflaschen und vom Schneeregen schlaffes Papier auf, lange, schwarze Besen rascheln über das Pflaster. Die Männer sind erschöpft, frieren, fegen unseren Weg, fahren weiter und halten erneut. Das wäre gar nicht nötig gewesen, es wäre auch mit dem Touristenmüll der Olympiade gegangen, wir hätten ihn nicht bemerkt. Wir sind an dreckige Städte gewöhnt. Doch den Zauber dieser Hände, die sich für uns abmühen, können wir nicht übersehen.

»Bist du im Auftrag einer Zeitung hier?«

»Nein, als privater Reporter.«

Er hat in Bjelašica, in Malo Polje, tagelang auf dem Boden gelegen, das Kinn in den Schnee gerammt, um die Spritzer der

Bobs zu erwischen und die Schanzensprünge bei der nordischen Kombination. Er sagt, er habe sich die Augen versaut.

»Konntest du denn keine Brille aufsetzen?«

Er lacht, sagt, das sei wie Sex, ohne sich auszuziehen, das Auge müsse förmlich im Objektiv sein.

Er sieht mich an. Ich lasse mich von seinem besonderen Auge erforschen.

»Meinst du, ich bin fotogen?«

Ich neige den Kopf und zeige ihm meine beste Seite, wie ein Teenager.

»Hast du einen Freund?«

Ich bin drauf und dran zu heiraten. Doch das sage ich ihm nicht. Ich sage, dass ich seit Jahren eine Beziehung habe.

»Und du?«

Er breitet die Arme aus, lächelt.

»Ich bin frei.«

Der Brunnen der Reisenden, der Sebilj, ist zugefroren, wir setzen uns auf den Rand, ein kleiner, froststarrer Vogel läuft auf dem Eis. Er lässt sich fangen. Diego hält ihn in den Händen, nähert sich mit dem Mund und haucht ihm etwas Wärme ein.

»Komm mit mir.«

»Wohin?«

»Nach Brasilien, die Kinder in den roten Minen von Cumaru fotografieren.«

Gojko bricht zwischen den Marktständen hervor, als hätte er dort auf uns gewartet, mit seiner Felljacke und seiner brennenden Zigarette.

»Ich habe der Signorina versprochen, sie auf den Berg zu führen, damit wir aus Andrićs Fenster auf Sarajevo runterschauen können.«

»Und wer soll dieser Andrić sein?«

»Ein Dichter, aber keine Bange, Gemma mag keine bosnischen Dichter, sie stinken und saufen.«

Seine Anwesenheit bewahrt mich vor Verlegenheit, diesem Stachel der Emotionen. Wir können so tun, als wären wir drei Freunde auf einem Spaziergang, drei harmlose Geschwister.

Der eisige Wind schüttelt die toten Bäume, Böen von Schneeregen versengen uns das Gesicht und verfangen sich in unserem Haar.

Wir schauen auf die Stadt hinunter, auf die dürren Minarettspitzen zwischen den schneebeladenen Dächern. Sarajevo sieht jetzt aus wie eine liegende Frau, die Straßen sind Kerben im Kleid einer Braut.

Ich habe mein Brautkleid schon ausgesucht. Eine Spindel aus Seide, steif wie eine Callablüte, eine Blume ohne Bewegung.

Die Nacht vergeht, die elektrischen Lichter tanzen im Morgengrauen wie Kerzen auf dem Meer.

Gojko breitet die Arme aus und schreit auf Deutsch:

»*Das ist Walter!*«

»Wer ist Walter?«

»Die Hauptfigur eines Propagandafilms, den sie uns in der Schule gezeigt haben, ein Partisanenheld, den die Deutschen die ganze Zeit erfolglos jagen. Am Ende des Films schaut der SS-Offizier besiegt auf Sarajevo hinunter und sagt: ›Jetzt weiß ich, wer Walter ist! Das ist Walter! Er ist diese ganze Stadt, der Geist von Sarajevo.‹ Ein schöner Scheiß, aber er hat uns zu Tränen gerührt.«

Wir setzen uns unter dem Dach des alten Bahnhofs auf den Boden. Gojko zieht eine Flasche Grappa aus seiner Jacke.

»Die Signorina zuerst.«

Ich trinke einen Schluck, in der Eiseskälte wirkt er wie Lava.

Dann ist Diego an der Reihe. Er schaut mich an, während er die Flasche dort ansetzt, wo eben noch meine Lippen waren. Das ist die erste erotische Regung zwischen uns. Es ist kalt, doch ich schwitze, Klebstoff, der sich auf meinem Rücken ausbreitet.
»Schade.«
»Was denn?«
»Dass ich meine Kamera nicht dabeihabe.«
Er hätte mich gern im Spiegelbild der zugefrorenen Pfütze zwischen den Gleisen fotografiert.

Gojko stürzt den Rest der Flasche runter wie Wasser, dann wirft er sie in den Schnee. Er faselt mit bröckelnder Stimme vor sich hin, redet von der Zukunft, von den Gedichten, die er schreiben wird, und von dem neuen Spielzeug, das er importieren will, dem Zauberwürfel. Ein Knobelspielzeug, das ihn steinreich machen soll. Wir lassen ihn weiterbrabbeln wie ein nächtliches Radio, wie ein Brummen. Ab und zu macht Diego irgendeine Bemerkung, um vorzutäuschen, wir wären zu dritt. Gojko zündet sich noch eine Zigarette an. Diego knufft ihn mit dem Ellbogen.
»Pass auf mit dem Feuerzeug, du bist so abgefüllt mit Grappa, dass wir alle in die Luft fliegen, wenn du rülpst.«

Gojko gratuliert ihm.
»Endlich hast du ein bisschen bosnischen Humor abgekriegt.«
Ich lache, obwohl meine Kiefer vor Kälte erstarrt sind. Gojko sieht mich an, und ich merke, dass er sauer auf mich ist. Er schüttelt den Kopf, schickt uns mit einer weichen Geste zum Teufel und dreht sich im Schnee auf die Seite. »Sagt mir Bescheid, wenn ihr mit dem Geturtel fertig seid.«

Er ist niedergeschmettert, lässt uns aber nicht allein, er bleibt da wie ein räudiger Wachhund, der sich schlafend stellt. Diego nimmt meine Hand, er hebt sie auf wie einen im Schnee verlorenen Handschuh.

»Also dann …«

Er spricht den Satz nicht zu Ende, und ich warte. Er atmet, weißer Hauch im Frost.

»… bist du es.«

»Was? Was bin ich?«

Er holt eine raue Stimme hervor.

»Geh nicht fort, fahr nicht ab.«

Er senkt den Kopf bis in meine Hand und schließt die Augen darin. Er atmet dort unten wie das froststarre Vögelchen vom Brunnen. Ich streiche ihm übers Haar, lasse langsam meine Finger hineingleiten.

»Mach weiter … Nicht aufhören.«

»Ich heirate in vierzig Tagen.«

Er schaut abrupt auf.

»Wen? Die alte Geschichte?«

Hastig raffe ich alles von mir auf. Ich stelle mich hin, fege mir den Schnee vom Hintern, sage, dass man hier ja festfriert, dass ich fertig packen muss. Ich verpasse Gojko einen leichten Tritt: »Na komm schon, Walter!«

Wir kehren ins Hotel zurück, und es ist wie ein langsames Zu-Tal-Wälzen, still und unharmonisch. Wir reden nicht mehr, und das ist gut so. Wir sind zu viel gelaufen, sind müde. Der dünne, geblendete Junge, der neben mir geht, gefällt mir nicht mehr, er hat eine finstere Verliererlaune aus der Nacht geholt, der von Gojko sehr ähnlich. Plötzlich kann ich sie beide nicht mehr ausstehen, ich bin von bescheuerten Männern umgeben, von dahinsiechenden Schmachtlappen. Der Morgen zieht herauf und hüllt die Stadt ein, sich anschleichend wie eine dicke, graue Katze. Ich bin wütend auf mich selbst, was hat mich nur dazu getrieben, nicht zu schlafen, sondern zu trinken und dermaßen zu frieren? Ich schmiege mich an Gojkos Arm, erhasche die Wärme seines Körpers. Er reibt mir beim Gehen den Rücken, offenbar erfreut, mich wärmen zu dürfen. Er hat Diegos schlechte Laune bemerkt, der wie ein Hund an eine Hauswand gepresst vor uns her läuft, er weiß, dass irgendwas passiert sein muss, als er vor sich hin döste. Was soll's. Jetzt ist er wieder am Ball, er hat nichts dagegen, dass ich so wankelmütig bin. Er hebt ein Stück Holz auf und wirft es nach ihm.

»He, Fotograf!«

Diego macht einen Hopser, rutscht im Schneematsch aus und fällt hin. Gojko hat es nicht böse gemeint, hat nicht für möglich gehalten, dass dieser Kerl so weich ist.

»Hast du dir wehgetan, mein Freund?«

Diego steht auf, klopft sich den Schnee von der Hose, sagt, er habe sich nichts getan. Er tut mir leid, plötzlich tut er mir leid. Plötzlich denke ich, dass ich ihm wehgetan habe.

»Wir sehen uns am Flughafen.«

Leicht humpelnd geht er weg, ohne sich umzudrehen, und grüßt mit der Hand.

Ich brauche Gojkos ganzes Gewicht, um den Reißverschluss des Koffers zu schließen, ich habe auf dem Markt viel Blödsinn für mein künftiges Heim gekauft, vor allem bestickte Tischdecken. Wir kommen am Denkmal der Ewigen Flamme vorbei. Ich werfe einen letzten Blick auf die Allee, auf all die nagelneuen Wohnblocks, auf den albernen kleinen Wolf mit den roten Hosen von Sarajevo 84 neben einem Riesenbild von Tito. Der Himmel hinter dem Autofenster ist weiß. Ich habe nicht geschlafen, mir ist schlecht, ich bitte Gojko, doch die Zigarette wegzuwerfen.

An den Check-in-Schaltern stehen viele Leute, die auf ihren Abflug warten, Journalisten, Fernsehteams und Touristen. Eine

Gruppe finnischer Schlachtenbummler folgt einem Mädchen in einem goldfarbenen Anorak und einem Minirock aus Rentierleder, es schwenkt einen aufblasbaren Schneemann.

Nur er ist nicht da. Ich suche ihn nicht, lasse jedoch meine Blicke kreisen, ohne den Kopf auch nur einen Millimeter zu bewegen. Ich kaufe eine englische Boulevardzeitung. Auf der Titelseite prangt die Frau von Prinz Charles mit ihrer zu schweren, blonden Mähne, roten Wangen und dem ersten Sohn auf dem Schoß.

Sein Flug geht eine Stunde vor meinem, er müsste längst da sein. Vielleicht hat er den Wecker nicht gehört, ist ins Bett gefallen und liegen geblieben. Er ist wahrscheinlich eine von den Schnarchnasen, die ihre Zeit vertrödeln.

Ich trage einen Pullover aus Angorawolle mit einem weiten Schalkragen, einen mittellangen Jeansrock und kamelhaarfarbene Stiefel. Dazu eine große Sonnenbrille, fest auf dem Kopf. Ich sehe etwas älter aus, als ich bin. Nach dem Studium habe ich angefangen, mich damenhafter zu kleiden und mir die Haare hochzustecken. Ich öffne den obersten Knopf meiner Jacke und atme unter der Gesetztheit meiner Brust, schlage die Beine übereinander, stelle meine Handtasche neben mich. Ich posiere ein bisschen, doch in öffentlichen Räumen tun wir das ja mehr oder weniger alle, es ist die Generalprobe der Frau, die ich gern wäre. Das Einzige, was ich über mich weiß, ist, dass ich nicht leiden möchte. Ich bin in einer einschichtigen Welt aufgewachsen, einer womöglich abgestumpften, doch tröstlichen Welt.

Am Ende bleibt mir von Sarajevo ein trauriger Nachgeschmack. Ich denke noch einmal an die tadellose, prachtvolle Eröffnung der Olympiade zurück, doch auch dort, über dem glitzernden Stadion, lag die metallische Dunstglocke einer undurchdringlichen Traurigkeit, über die die federleichten Bewegungen der Majoretten und die Sprünge der kleinen Schlittschuhläuferinnen nicht hinwegtäuschen konnten. Es herrschte eine militärische Düsterkeit, dieselbe Düsterkeit, die allen Athleten aus dem Osten gemeinsam ist, der deutlich spürbare Eindruck, dass ihnen das Training kein einziges Mal Spaß gemacht hat. Und was ist mit den Augen des kleinen Verkäufers gerösteter Haselnüsse vor dem Zetra-Eisstadion? Waren das die Augen eines Kindes oder einer Maus? Ich habe ihn gestreichelt, habe ihm ein Trinkgeld gegeben, doch er hat mit keiner Wimper gezuckt, ein Kind aus Stein.

Ich habe Gojko gesagt, er solle gehen, doch er streunt auf dem Flughafen herum und geht seinen Geschäftchen nach. Er kommt zu mir, pustet mir Rauch ins Gesicht und beäugt die Zeitung.

»Wer ist das denn?«
»Die Frau von Prinz Charles.«
»Ist die aus Bosnien?«
»Nein, aus England natürlich.«
»Sie sieht aus wie meine Mutter.«

Ich lege die Zeitung zusammen und stopfe sie in meine Tasche.

»Aber meine Mutter ist schöner.«

Ich habe die Schnauze voll von diesem anmaßenden Bosnier, der sich einbildet, dieses hinterletzte Scheißkaff sei der Nabel der Welt. In einer Tour hat er es wiederholt: *die Grenze zwischen Orient und Okzident, das Jerusalem des Ostens ... der Kreuzweg jahrtausendealter Kulturen und Avantgarden.* Und jetzt ist seine Mutter auch noch eine heißere Braut als Lady Diana. Ach, leck mich doch.

Hier ist es im Winter hundekalt, und im Sommer geht man ein vor Hitze, ihr seid deprimierend, großspurig und lächerlich, die Frauen sind zu stark geschminkt oder zu farblos, und die Männer stinken nach Zwiebeln, Grappa und Schweißfüßen in schäbigen Schuhen. Ich habe die Schnauze voll von Pita und Ćevapčići, habe Appetit auf Salate und Seebarsch. Du bist mir verdammt auf die Nerven gegangen, Gojko, deine Witze bringen nicht zum Lachen und deine Gedichte nicht zum Weinen.

Schadenfroh denke ich an Andrić … *Wenn ich aber in einem Wort ausdrücken soll, was mich aus Bosnien forttreibt, dann würde ich sagen: der Hass.*

»Meine Mutter liegt im Krankenhaus.«

»Aha, und was hat sie?«

»Sie kriegt ein Kind, seit einer Woche ist sie jetzt da drin, sie kriegt ein Kind, aber es kommt nicht.«

»Wie alt ist denn deine Mutter?«

»Vierundvierzig, sie hat mich mit siebzehn bekommen, und jetzt kriegt sie noch ein Kind, nach all der Zeit.«

»Das ist doch schön.«

»Das ist das Leben.«

Warum rufen sie die Flüge nicht auf? Die Anzeigetafeln stehen schon seit einer Weile still.

»Streiken sie?«

Gojko bricht in schallendes Gelächter aus und boxt sich gegen den Kopf. Er kann es nicht fassen, dass ich so einen Blödsinn von mir gebe.

Der Flughafen gleicht inzwischen einem Bahnhof zur Hauptverkehrszeit, der Gestank des Zigarettenrauchs ist unerträglich. Ich stehe auf und gehe nach hinten zu den Fenstern, ich will die Rollbahn sehen, will sehen, ob überhaupt Flugzeuge starten. Ich presse meine Nase gegen die Scheibe, kann aber nichts erkennen, alles ist weiß, es schneit.

Ich höre einen Ton, schwingende Gitarrensaiten. Und drehe mich um. Diego sitzt auf dem Boden, mit dem Rücken an der Wand, in einer Ecke zwischen der Glasfront und einer Tür fürs Personal. Er klimpert auf der Gitarre, mit gesenktem Kopf.

»Es schneit.«

»Tja.«

»Sehr.«

Ich stehe da und warte, gegen dieses reinweiße Mistwetter gelehnt, dieses Schicksal. Nun weiß ich, dass ich mir nichts weiter gewünscht habe, als dass jemand anders für mich entscheidet. Ich fahre mit dem Finger über die Scheibe, über meinen Atem, zeichne eine Wellenlinie, einen Gedanken.

»Du hast mich verletzt.«

Was redet er denn da? Wieso spricht er mit so einer Vertrautheit von uns?

»Komm, setz dich her.«

Ich setze mich neben ihn, auf eine Bank. Nicht auf den Boden, auf den Boden ist zu viel. Ich trage diesen strengen Midirock eines anständigen Mädchens, das sich in die Ungefährlichkeit eines Lebens ohne Höhen, ohne Leiden und ohne Wünsche gefügt hat.

»Magst du Bruce Springsteen?«

Er fängt an zu singen.

You never smile, girl, you never speak ... Must be a lonely life for a working girl ... I wanna marry you ... I wanna marry you ...

»Ich habe mich in dich verliebt.«

Er lächelt mich an und streicht sich die Haare hinter die Ohren.

Wieder erscheint er mir nicht mehr begehrenswert, er erschreckt mich, kommt mir vor wie ein kompletter Idiot.

»Machst du das immer so?«

»Wie – so?«

»So im Schnelldurchlauf ... Du machst alles allein.«

»Aber ich hoffe, alles mit dir zusammen machen zu können.«

»Ich kenne dich doch gar nicht.«

Er erzählt mir sein ganzes Leben, wie aus der Pistole geschossen. Jetzt weiß ich, dass sein Vater Hafenarbeiter war und früh gestorben ist, dass seine Mutter Köchin in der Kantine des Gaslini-Krankenhauses ist, dass er zwischen Aluminiumschalen aufgewachsen ist, dass er in einem grauen Häuserblock wohnt, der aussieht wie ein realsozialistischer, dabei haben ihn die Christdemokraten gebaut, doch im Souterrain ist ein Fotoatelier, und dort hat er angefangen, nachdem er jeden Tag verdammt herumgenervt hatte.

Es schneit immer noch, eine krächzende Stimme verkündet, dass bis auf Weiteres alle Flüge gestrichen sind.

Diego steht auf und nimmt die Gitarre.

»Was will man mehr? Wir behalten unser Ticket, und sie bezahlen uns sogar das Hotel. Nehmen wir zwei Zimmer mit Verbindungstür?«

»Ich warte auf dem Flughafen.«

»Der Flughafen wird geschlossen, hast du nicht gehört? Du wirst hier bald allein sitzen.«

Ich denke an mein Gepäck, an Fabio, der mich in Fiumicino abholen will, an meine Mutter, die frische Tagliolini gekauft hat. Ich sehe mein schneebedecktes Leben, mein schneegetilgtes Leben. Na und, denke ich, ich habe nichts zu befürchten, dieser Spinner wird genau so ein braves Brüderchen wie Gojko. Die Reise war doch so: Ich habe eine ganz annehmbare Eroberung gemacht und zwei arme Irre abgeschleppt, einen Dichter aus Bosnien und einen Fotografen aus Genua. Fabio wird sich amüsieren und sagen, dass die Welt voller Verrückter sei, und auch ich sei ein bisschen verrückt, das gefalle ihm ja so an mir. Er wird mich auf diese bestimmte Art ansehen ... wie wenn er drauf und dran ist, sich auf mich zu stürzen, glücklich wie ein Hund, der losrennt, um sich genau dort im Gras zu suhlen, wo ein Stück Scheiße liegt. Warum sage ich das? Warum spucke ich auf mein Leben? Wer ist dieser Junge?

»Von mir aus können wir auch im Flughafen bleiben, ich und du ganz allein, hier drinnen festsitzend und draußen der Schnee. Für mich ist das in Ordnung.«

Er hüpft, die Hände in den Taschen.

»Ich bin ein Glückspilz.«

»Ach ja?«

»Ein großer Glückspilz.«

»Wie alt bist du?«

»Vierundzwanzig, und du?«

»Neunundzwanzig.«

Er lächelt, sagt, er habe mit Schlimmerem gerechnet, ich sähe aus wie dreißig. Er zieht die Nase kraus, entblößt alle Zähne. Ich betrachte dieses Lächeln, das zu groß ist für dieses kleine Gesicht.

Nun finde ich dich in dieser ersten Nacht in Sarajevo wieder, nach so vielen Jahren. Nach jeder Menge Leben. Meine weiße Haut zählt mehr als fünfzig Jahre Denken und Tun. Würde ich dir noch gefallen, Diego? Würde dir diese schlaffe Haut unter dem Kinn gefallen, und dann diese Ärmchen? Würdest du mich heute noch mit der gleichen triebhaften Lust lieben, mit der gleichen Freude? Du hast einmal gesagt, du würdest mich auch lieben, wenn ich alt wäre, würdest mich auch lecken, wenn ich klapprig wäre. Das hast du gesagt, und ich habe dir geglaubt.

Was spielt es da für eine Rolle, dass uns die Zeit daran gehindert hat, es auszuprobieren. Irgendwo sind wir zusammen gealtert, irgendwo wälzen wir uns noch immer herum und lachen. Das Fenster ist erloschen, man sieht Sarajevo nicht, man sieht nur eine Straße, ein kurzes, anonymes Stück. Doch wie könnte man den Rest ignorieren? Diese Stadt ist eine Pita, gefüllt mit Toten, mit der Unschuld entrissenen Unschuldigen. Dein Sohn Pietro schläft, Diego.

Vor den Telefonen ist eine lange Schlange. Gojko drängelt sich vor und brüllt, es sei ein Notfall.

Ein Ohr presst er an den Hörer, und in das andere steckt er sich einen Finger, er spricht laut. Hängt ein, schreit.

»Meine Mutter hat entbunden, es ist ein Mädchen. Es ist Sebina!«

Er knallt uns die Arme auf die Schultern und zieht uns mit. Wir müssen sofort ins Krankenhaus und uns das Kind ansehen, der Schnee liegt torhoch, aber Gojko hat Schneeketten. Wir müssen das begießen! Er freut sich, dass es ein Mädchen ist, denn in seiner Familie werden nur Jungen geboren, und was für ein Glück, dass sie gerade heute zur Welt gekommen ist, denn wer unter rieselndem Schnee geboren wird, hat ein langes, süßes Leben. Wem wird sie wohl ähneln? Er hofft, dass sie nach seiner Mutter kommt, die bildschön ist und die beste Fleischbrühe in ganz Bosnien kocht. Er küsst uns, umarmt uns. Er ist gerührt. Schlagartig sind auch wir gerührt. Wir sind sechs feuchte Augen, die sich anschauen wie verdutzte Fische.

Im Auto singen wir. Wir wissen nicht, was, doch wir singen, wir folgen den Refrains aus dem Radio. Der Schnee liegt hoch, der Himmel ist dicht wie Kreide. Die Autos fahren mit Licht, kommen nur im Schneckentempo voran. Vor der Kolonne räumt ein Schneepflug die Straße. Auch heute fegt uns jemand den Weg frei!

Alles ist weiß und tief. Gojko steigt aus, um was zu trinken zu kaufen, wir sehen ihm nach, er stapft zu einer Leuchtreklame durch den Schnee. Diego dreht sich um.

»Freust du dich?«

»Ja ... Ich habe noch nie so ein Schneegestöber gesehen.«

Er nimmt meine Hand, er zieht sie aus meiner Tasche und nimmt sie sich.

»Ich will dich fotografieren, heute fotografiere ich dich den ganzen Tag.«

Schneebedeckt wie ein Schlittenhund kommt Gojko zurück. Er entkorkt eine Flasche Perlwein.

»Das ist österreichischer, kostet ein Vermögen.«

Mein Leben liegt in einem fernen Garten unter einer Eisscholle begraben. Die Scheinwerfer fahren ins Weiße. Seine langen Finger sind mit meinen verflochten und halten mich fest, sie reden mit mir, schwören mir alles. Diese Hand genügt. Die Hand dieses Jungen, den ich nicht kenne, die mich aus der abgeschotteten Festigkeit meines Körpers reißt. Sie ist wie die eines Kindes ... wie eine vor langer Zeit verloren gegangene Hand, die eines kleinen Freundes aus meinem Kindergarten, der immer mit mir zusammen sein wollte. Guter Klebstoff der Vergangenheit. Mit einer kleinen, unmerklichen Bewegung wische ich eine Träne weg, die noch in meinen Wimpern hängt.

Im Krankenhaus herrscht eine wohltuende, fast übermäßige Wärme. Die Entbindungsstation hat den Geruch einer Wohnung, von Kochtöpfen auf dem Feuer, von aufgehängter Wäsche. Der Krankensaal ist groß, fast alle Betten sind leer. Gojkos Mutter sitzt gegen die Kissen gelehnt im Bett und schaut zum

Fenster, zum fallenden Schnee. Gojko beugt sich über sie, umarmt sie. Wir bleiben ein paar Schritte zurück, er winkt uns heran. Mirna sagt: »*Hvala vam.*«

»Meine Mutter bedankt sich bei euch.«

Wir fragen ihn, wofür sie sich bedankt, Gojko zuckt mit den Achseln.

»Dafür, dass ihr mir Arbeit gegeben habt.«

Ich bin betroffen, seine Mutter hat wirklich Ähnlichkeit mit Lady Diana, und es stimmt, dass sie sogar noch schöner ist. Sie hat einen stolzen Hals und ein zartes Gesicht, das von den Wangenknochen gehalten wird wie ein schneeweißes Tuch auf einem Klöppelkissen, dazu indigoblaue Augen und ein Knäuel goldblonder Haare.

Da stehen wir nun also an diesem unglaublichen Tag am Bett einer Wöchnerin, die schön wie eine Königin ist. Ein langer Schauder höhlt mich aus wie die Spitze eines Bohrers. Vielleicht empfindet der Fotograf aus Genua genauso. Er hat respektvoll die Mütze abgenommen, wie in der Kirche. Es ist das Leben, das hier die Karten mischt, das plötzlich lossingt und den Tag ankündigt wie ein Hahn.

Man bringt ihr das kleine Mädchen in einer Kartusche aus schneeweißen Tüchern. Es hat leicht quadratische Wangen und ein spitzes Kinn. Eine Schönheit ist es nicht. Es schreit nicht, hat die Augen offen und scheint schon alles zu wissen. Bei seinem Anblick öffnet Mirna den Mund, als suchte sie, die Mutter, Nahrung bei der Kleinen. Gojko ist überwältigt, Tränen, groß wie Kürbiskerne, rollen ihm über die Wangen. Er nimmt ihr Händchen und bestaunt sie. *Gestatten Sie, dass ich mich vorstelle, Signorina, ich bin Ihr Bruder Gojko ... und ich werde Ihnen der Vater sein.*

Gojkos Vater ist wenige Monate zuvor an Krebs gestorben, seine Mutter hat zum Glück eine gute Arbeit, sie unterrichtet an einer Grundschule, sie ist eine Kroatin aus Hvar und sehr katholisch, für sie kam eine Abtreibung nie in Frage.

Jetzt kreischt sie mit einer Stimme, die im krassen Gegensatz zu ihrer Schönheit steht. Sie will nicht, dass ihr Sohn das Neugeborene anfasst, bevor er sich die Hände gewaschen hat. Gojko geht zu einem kleinen, an die Wand geschmiegten Waschbecken und kommt mit tropfnassen Händen zurück. Er hüpft mit seiner Schwester auf dem Arm herum, küsst sie, beschnuppert sie. Er bleibt am Bett, während seine Mutter stillt, legt den Kopf neben die beiden auf das Kissen und verharrt dort, fast ohne Luft zu holen, wie ein Hund, der Angst hat, verjagt zu werden.

Diego hat einen Film eingelegt und macht ein Bild von dieser heiligen Geburtsszene. Mirna ist verlegen, verdeckt ihre Brust mit der Hand. Die schwangere Frau aus dem Nachbarbett hat eine kleine elektrische Herdplatte, sie kocht einen dunklen, herben Tee aus Himbeeren, gießt ihn in Emailtassen und bietet ihn uns an. Mirnas Beine haben rote Flecken, ich sehe es, als sie einen Fuß hervorzieht, um sich zu kratzen. Sie bemerkt meinen Blick, lächelt verschämt und erklärt mir, das sei ein Ekzem, das in der Schwangerschaft gekommen sei.

Ich krame in meiner Handtasche nach der Arnikasalbe, die ich immer dabeihabe, eine weiße, erfrischende Creme, die ich für so ziemlich alles verwende, auch für meine ständig rissigen Ellbogen. Ich frage sie, ob ich sie eincremen dürfe, sie habe doch das Kind im Arm.

Sie schüttelt den Kopf, wehrt mit dem Fuß heftig ab. Doch ich bestehe darauf, und sie gibt nach. Ich spüre, wie sich ihre Beine anspannen, sehe, wie sie den Kopf senkt und schnuppert, vielleicht fürchtet sie, die Pantoffeln unter dem Bett könnten riechen. Sie hat die kräftigen Waden einer Frau, die arbeitet, die herumläuft. Ihre Haut ist trocken und saugt meine Creme auf. Ich lächle zu ihr hinauf, und sie lächelt zurück. Sie bedeutet mir, dass es ihr schon besser gehe, dass die Creme wirklich Wunder wirke. Ich sage ihr, dass ich ihr die Tube dalassen könne, wenn sie wolle, es tue mir nur leid, dass sie schon halb leer sei.

Mirna sagt: »*Hoćeš li je?*«

Ich frage Gojko: »Was hat sie gesagt?«

»Ob du das Baby halten willst.«

Mirna gibt mir das von ihrem Bauch noch ganz warme Neugeborene.

Die Frau, die den Tee gekocht hat, erzählt eine witzige Anekdote, und alle lachen, so vergessen sie mich für einen Moment.

Das Baby sieht aus wie eine alte Frau. Es hat den Geruch seiner Reise an sich, einen Geruch nach Brunnengrund, nach Seegrund. Am Waschbecken hängt ein Spiegel, dort gehe ich hin. Um mich mit dem Baby im Arm anzuschauen, um zu sehen, wie ich aussehe.

Diego kommt mir nach und fotografiert mich im Spiegel.

»Willst du mal Kinder haben?«

»Und du?«

»Ich will nichts anderes als Kinder.«

Er ist ernst, fast schon traurig. Er weiß, dass ich ihm nicht glaube.

Es schneit wieder, es hat aufgehört, dann hat es wieder angefangen. In der Baščaršija haben die Händler vor ihren Läden Schnee geschippt, sodass sich entlang der Gassen nun ein weißer Graben zieht. Um sechs Uhr abends verschluckt die Dunkelheit den Schnee, aus den Bergen steigt der Geruch von Holz herunter, das in den Kaminen brennt, der Muezzin steigt die Minarettstufen zum Gebet hoch, und wir sind schon beschwipst.

Gojko nötigt uns, die Modenschau eines mit ihm befreundeten Designers zu besuchen. Das Licht ist kümmerlich, dazu slawische Diskomusik, die Models sehen aus wie Tropenkuckucke, Raubvogelfrisuren und mit Glitzerpailletten übersäte Kleider, so rücken sie in einem eisigen Raum, der an eine Dorfdisko erinnert, halbnackt und mit Kälteflecken auf dem Körper vor. Das Publikum scheint zufällig hereingekommen zu sein, von der Straße aufgesammelte Leute auf dem Weg zur Arbeit, schlecht gekleidet, mit Schneematsch an den Schuhen und mit triefenden, unter die Füße geworfenen Regenschirmen. Gojkos Freund ist kahl und dicklich, er trägt ein schwarzes, grobmaschiges Netzhemd, ein Spinngewebe, und wenn er auftritt, um sich zu bedanken, verneigt er sich bis zum Boden wie die Callas.

Auf der Straße kugeln wir uns vor Lachen wie Schüler auf einer Klassenfahrt. Ich stakse mit wiegenden Hüften durch den Schnee wie die armen, steif stolpernden Models, Diego fotografiert mich, wirft sich mir vor die Füße, als wäre ich ein Star, und schreit, dass er auch so ein Spinnenhemd haben will. Gojko bezeichnet uns als zwei *krastavci*, als zwei besoffene Gurken. Er ist wütend, wir sind zu einträchtig, zu albern. Wieder ist er gekränkt. Mit seinem großen, harten, griesgrämigen Kopf und seiner mit Katze gefütterten Lederjacke geht er vor uns her.

Später geraten wir in einen Klub der Underground-Szene, und wäre da nicht der Šljivovica, hätte man auf den ersten Blick glauben können, in London zu sein. Künstler mit langen, weißen, nikotinvergilbten Haaren geistern zusammen mit gespenstischen Mädchen umher, die mit geschlossenen Augen herumwanken, die Lider schwarz geschminkt, wie glänzende Miesmuscheln. Die Lichter kommen und gehen, die Musik ist hart, von EKV. Sie scheint aus den Tiefen der Erde zu kommen und lässt die Tische, die Aschenbecher und die leeren Gläser, die kein Mensch abräumt, erdbebenartig erzittern. Gojko stellt uns Dragana vor, die beim staatlichen Fernsehen arbeitet und Stimmen imitieren kann, für uns spricht sie wie die Schlümpfe; dann ihren Freund Bojan, Pantomime und Theaterschauspieler; außerdem Zoran, einen Anwalt mit einem ernsten, aknenarbigen Gesicht, und Mladjo, den Maler, der an der Kunstakademie Brera studiert hat. Von seinen Freunden verschluckt, verschwindet er.

Diego kniet sich neben mich.

»Was willst du trinken, Kleine?«

»Keine Ahn… Was wollen wir trinken?«

Ich bin wie betäubt, schon seit Ewigkeiten bin ich nicht mehr in einem Nachtklub gewesen, alle sind halbnackt, alle tanzen. Ich trage einen Angorapullover und einen strengen Rock, ich fühle mich ungelenk, am falschen Ort.

Ich habe einen Platz auf einem glatten Sofa ergattert. Diego kommt mit einem großen Eisbecher zurück, nur einem für zwei.

»Was anderes habe ich nicht gefunden.«

Wir essen vom selben Löffel. Er füttert mich und sieht mir beim Essen zu. Ein Eis bei all dem Schnee, und doch ist es genau das Richtige, es schmilzt, gleitet in die Hitze des Körpers. Dann kommt er statt mit dem Löffel mit dem Mund heran. Er küsst mich nicht sofort, hält inne, sein Atem auf meinen kalten Lippen. Als wartete er auf die endgültige Genehmigung, er nähert sich diesem Kuss langsam. Vielleicht ist er gerissener, als es den Anschein hat. Vielleicht ist er kein Kind von Traurigkeit, einer von denen, die viel Zeit in zerwühlten Betten verbracht haben. Es ist ein langer Kuss, weich, die Zungen wie Schnecken, die über eine Piazza kriechen.

Was, wenn er in dieser Nacht kein Vertrauen zu mir gehabt hätte. Dabei wollte er nichts anderes als mir vertrauen. Die Münder wie die Masse nur eines Mundes. Pietro hat sich im Bett umgedreht und etwas gemurmelt, ist unvermutet aus dem Schlaf getaucht und wieder hinabgesunken, wie ein Mantarochen, der zur Oberfläche aufsteigt und in seine dunklen Tiefen zurückkehrt. Seit langem schlafe ich nicht mehr mit ihm in einem Bett, ich hatte seine blankliegenden Nerven vergessen, wie Gitarrensaiten, die plötzlich reißen. Er wollte nie etwas über seinen Vater erfahren. *Pietro schützt sich*, sagte Giuliano, *er ist ein Junge, und Jungen fürchten sich davor, zu leiden.*

Ich erzählte Pietro stets mit Unbeschwertheit von seinem Vater, sagte ihm, wie komisch er gewesen sei, mit seinen Straußenbeinen und seinem spärlichen Bart, den er sich stehen ließ, um erwachsener auszusehen. Ich erzählte ihm von dem Tag, als er zu mir kam und sagte, ihm sei die beste Fotoreportage seines Lebens gelungen, und dann feststellte, dass er keinen Film in der Kamera hatte. Ich erzählte ihm, dass ihm beim Gehen immer die Hosen herunterrutschten, weil er so dünn war, *genau wie du*, sagte ich, und dass er immer vergaß, sich einen Gürtel umzuschnallen, weil er mit den Gedanken sonst wo war, *genau wie du*. Und jedes Mal schluckte ich die Tränen runter und lachte.

Giuliano schwieg lange. Dann sagte er: *Und genau das hat er bemerkt … deinen Schmerz.*

Ja, es stimmt, ich suchte seinen Vater in ihm, fieberhaft, an jedem Tag seines Lebens.

Eines Abends sitzen wir in der Küche, Pietro öffnet den Kühlschrank und ärgert sich, weil ich kein Eis gekauft habe. Ich sage ihm, er solle sich wieder hinsetzen, wir seien noch nicht mit dem Essen fertig, sage ihm, er sei verwöhnt und unverschämt. Giuliano legt seine Hand auf meine, sagt, er wolle runtergehen und Eis kaufen, die Bar sei ja noch geöffnet. Jetzt rege ich mich auch über ihn auf, sage, so sei er mir bestimmt keine Hilfe, er lasse sich von Pietro vereinnahmen, lasse sich behandeln wie einen Fußabtreter. Er steht auf und lässt uns allein. Am Kühlschrank hängt Diegos Foto. Pietro baut sich davor auf, dreht sich zu mir: *Was für einen Scheiß du erzählst, ich sehe ihm überhaupt nicht ähnlich.* Er sieht mich an wie ein Mann, wie ein Fremder: *Ich sehe niemandem ähnlich.*

An jenem Abend jedenfalls gab es Küsse, einen im anderen. Diego hatte sich auf dem Ledersofa auf mich gesetzt, zwischen Lichter, die bunt in dieser Höhle aus Rauch und Stimmen umherflatterten wie auf einem Karussell.

»Bin ich dir zu schwer?«

»Nein, bist du nicht.«

Über mich gebeugt mit seinem Geruch, mit seinem Atem, mit zuckersüßen Worten. Wie eine Schlange, die ein kleines Tier verschlingt, es langsam hinunterschluckt, ich bin kurz vor dem Ersticken dort unten.

Ich tanze, wie eine Alge. Ich habe Lust, mich gehen zu lassen. Recke die Arme in die Luft, hebe die Beine, reiße sie vom Boden und schwanke, wen juckt es, dass ich diesen strengen Rock anhabe und dass ich nicht tanzen kann, ich tanze, wie ich auf den Schulfesten getanzt habe, wenn das Licht gelöscht wurde und man sich beim Besentanz vor Lachen nicht mehr halten konnte. Diego schaut mir zu, eine Hand an der Wange, seine an mir knisternden Augen in der Dunkelheit halb geschlossen. Ich habe schon die Hochzeitsliste fertig. Wir, ich und Fabio, brachten einen ganzen Nachmittag damit zu, in diesem Geschäft im Zentrum, mit der Verkäuferin daneben, die ein Blatt nach dem anderen ausfüllte. Ich muss an den Kristallsalzstreuer mit der Silberkappe denken, *der doch ein Set mit dem Pfefferstreuer bilden könnte.* Was fange ich jetzt mit diesem Salzstreuer an? Wohin soll ich das Salz streuen? Auf einen Salat oder unters Bett, um das kleine Gespenst dieses Spinners zu verscheuchen, der mich anstarrt, als wäre ich Bo Derek?

Nichts fange ich damit an, gar nichts. Ich sage ihm, dass es schon spät ist, dass wir gehen müssen. Er sieht mich forschend an, als ich mir den Schal umbinde. Ich schaue ihn nicht mehr an, schaue auf meine Schritte auf dem Weg, folge nur ihnen.

Das Hotel für die Passagiere der gestrichenen Flüge liegt am Stadtrand, und die letzte Straßenbahn ist schon lange weg. Also hat Gojko vorgeschlagen, dass wir bei ihm schlafen, es ist genug Platz, seine Mutter liegt im Krankenhaus. Ein anspruchsloser Wohnblock, der Hof sieht aus wie der eines Gefängnisses. Doch drinnen fühlt man sich wohl. Das Licht scheint in einer behaglichen Wohnung auf, in der es an nichts fehlt. Ein Pianino, ein türkischer Teppich, zwei Bücherreihen an der Wand, dazu wie Weißwürstchen gebauschte Gardinen. Gojko überlässt Diego sein Zimmer.

»Das Bettzeug ist sauber, ich habe erst ein paar Mal drin geschlafen.«

Ich übernachte im Zimmer der Mutter. Gojko erklärt mir, wie man das Licht auf dem Nachttisch anknipst, und räumt einen Stuhl für meine Sachen frei. Neben dem Bett steht schon die Wiege bereit, ein halbiertes Ei aus Korbgeflecht.

»Das war meine, jetzt wird Sebina darin schlafen, meine Mutter hat die Matratze ausgetauscht und die Bettwäsche bestickt.«

Ich bestaune die Spitzen und einen herunterhängenden Satinfaden.

Wir plaudern noch ein wenig im Wohnzimmer. Gojko teilt den Rest einer Flasche Kruškovača auf, ein Birnenschnaps, den seine

Mutter gemacht hat. Im Zimmer hängt ein Foto von Tito, eingerahmt neben den anderen, als gehörte er zur Familie.

Gojko fängt an, von seinem Vater zu erzählen, der sich über die Neretva in Sicherheit brachte, als der Marschall die Brücke sprengen ließ, um die Deutschen zu täuschen.

Ich stehe auf, *Gute Nacht*. Diego steht auch auf, er kommt mir ein paar Schritte nach.

»Darf ich dir einen Besuch abstatten, wenn der Partisan eingeschlafen ist?«

Er hat das Gesicht eines bettelnden Kindes. Ich schüttle den Kopf wie eine strafende Mutter.

Ich höre die beiden noch eine Zeitlang reden, dann setzt das Gebrabbel des Fernsehers ein. Ich höre Diego, der sagt, *ich geh ins Bett, ich kapier nicht die Spur*, und Gojko, der sagt, *stimmt, du kapierst nicht die Spur*.

Ich bin ruhig und lese schon ein Weilchen. Andrićs *Fräulein* bewegt sich heute Nacht nicht aus dem Hotel Europa, die Worte dringen nicht durch, sie bleiben in der Luft hängen, unnütz wie Klammern auf einer Leine ohne Wäsche. Das Bett ist sympathisch, auch das Zimmer ist sympathisch mit seinen Gazegardinen und dem beigefarbenen Baumwollteppich, es ist das Zimmer einer einfachen, reinlichen Frau.

Ich stehe auf und werfe einen Blick in den Schrank: ein geblümtes Kleid, ein Kostüm, zwei Männerjacketts und unten Stapel mit Haushaltswäsche, Laken, Handtücher. An der Tür ein gespannter Draht: zwei Krawatten und ein dünner, roter Lackgürtel. Ich gehe ins Bad. Wasche mir das Gesicht, die Achselhöhlen.

Mit der Zahncreme verschwindet der Geschmack der Küsse. Gojko schläft, auf das Sofa geworfen, mit herabhängenden Armen, die Hände dick wie die eines Kindes. Es stinkt nach Schweißfüßen und nach gerauchten Zigaretten, die noch schwer in der Luft nachklingen.

Diego ruft mich, *psst, hallo*. Lächelnd steht er an der Tür zu seinem Zimmer. Er trägt so etwas wie einen einteiligen Schlafanzug aus hellgelbem Frottee.

»Den habe ich unter Gojkos Kopfkissen gefunden.«

Ich lächle und sage *Gute Nacht*.

»Bist du denn müde?«

»Allerdings.«

»Du lügst heute Nacht, dass sich die Balken biegen.«

Wir fühlen uns etwas unbehaglich in dieser Wohnung, in dieser fremden Behaglichkeit, zumal der schlafende Gojko beeindruckender ist als der wache.

Diego in diesem Entenpyjama, seine Haare lang und gewellt wie die eines Engels. Er formt den Mund wie zu einem Rauchkringel.

»Ich mach die Tür zu ... Dann hörst du mich nicht weinen.«

Ich schicke ihn zum Teufel, freudlos.

Plötzlich macht Gojko ein Geräusch, er lässt einen langen, herzhaften Furz, ein kleines Konzert des Afters. Diego setzt ein feierliches Gesicht auf und nickt.

»Tolles Gedicht, Gojko, gratuliere.«

Ich halte mir den Mund zu und pruste los.

Auch Diego platzt fast vor Lachen. Ich drehe mich um und mache einen Schritt zurück in das Zimmer, in dem ich schlafen oder nicht schlafen werde. Da hebt er mich mit einem Ruck hoch, als hätte er nie etwas anderes getan, so wie ein Gepäckträger einen zusammengerollten Teppich.

Wir fallen aufs Bett, neben die leere Wiege. Im Nu zieht er sich Gojkos Schlafanzug aus und ist jetzt in Unterhosen, in albernen roten Unterhosen, wie für eine Silvesternacht. Ich lache, er lacht nicht. Er hat dünne Beine und den schmächtigen Brustkorb eines Kindes.

»Bin ich hässlich?«

»Nein.«

Ich sehe Teile von uns, meine weiche Hand außerhalb des Bettes, sein Ohr, schwarz wie ein Brunnen, die Stelle, an der unsere Oberkörper zusammenkleben. Bevor er in mich gleitet, hält er inne, bittet mich um Erlaubnis wie ein Kind.

»Darf ich?«

Eine Wurzel, die sich in Erde bohrt. Er sieht mich an, sieht das Wunder unserer Gemeinsamkeit an. Er legt mir seine Hände um den Kopf wie eine Krone und betrachtet mein Haar, während er es streichelt.

»Jetzt bist du mein.«

Später waren da das Bett und die leere Wiege, in der Gojko als Kind geschlafen hatte und in der nun seine Schwester schlafen sollte.

Ich liege lang ausgestreckt mit einem Arm unter Diegos Kopf. Ich bin ruhig, satt, und betrachte diesen kleinen Wahnsinnskerl. Diesen Jungen, der es verstanden hat, mich zu erkennen, sich selbstverständlich um mich zu kümmern, als hätte er sein Leben lang nichts anderes getan.

Das Schneetreiben ist vorbei. Von der Straße klingen Stimmen herauf, betrunkene junge Männer. Wir stehen auf und beobachten sie durchs Fenster. Diego zieht mich an sich, ich bedecke mich mit einem Stück Vorhang. Es sind hochgewachsene Jungen, die Englisch sprechen, Athleten neben der Spur. Sie bewerfen sich noch ein bisschen mit Schnee, dann ziehen sie weiter.

Wir gehen wieder ins Bett. Diese Nacht wird tropfenweise vergehen.

Diego berührt meine Brustwarze, klein und dunkel wie ein Nagel. Er berührt die Sehnsucht, die er nach mir haben wird. Wir verderben nichts. Da ist keine Angst, kein Vorwurf, keine Verlegenheit. Nicht ein bekanntes Gefühl taucht auf, um mir dazwischenzufunken. Das Schuldgefühl ist ein alter, müder Herr, dem es nicht gelingt, über diesen Zaun zu klettern.

Diego nimmt die Gitarre und spielt. Mit angewinkeltem Bein und nacktem Oberkörper, die Augen auf den Saiten.

»Was ist das für ein Lied?«

»›*I Wanna Marry You*.‹ Unseres.«

Wir schlafen ein bisschen. Es ist ein sehr tiefer Schlaf, eingegraben in vollkommene Blindheit. Als ich die Augen öffne, finde ich den Duft dieses Körpers. Diegos Nase ist in meinen Haaren versunken, als hätte er die ganze Zeit meinen Geruch gesucht. Langsam zieht der Morgen herauf, klein und fahl. Es bleibt noch Zeit, um sich erneut zu lieben, um zueinander zu fallen. Sein Ellbogen reißt ein wenig an meinen Haaren, na und. Dann stehe ich auf, und das kostet wirklich Mühe. Die erste in dieser Nacht. Er ist hinter mir, schaut mir zu, als ich mich bücke, meinen Slip anziehe und die Sachen zusammensuche.

»Du wirst mir zeitlebens fehlen.«

Wir treffen uns in der Küche. Gojko hat Kaffee gekocht, er war draußen, um Milch und süßes Pitabrot zu kaufen. Er ist in sein Zimmer gegangen und hat natürlich das unberührte Bett gesehen. Er schaut uns an, als wir zusammen frühstücken in dieser Küche mit den taubenblauen Hängeschränken und einer Lampe wie ein umgedrehter Pilz. Er spielt mit den Krümeln auf dem Tisch und starrt auf meine Hand am Henkel der Tasse. Er lässt uns in Ruhe, macht keine Bemerkungen. Wir sind weder fröhlich noch traurig, nur jeder für sich.

Ich nehme meine Brieftasche. Ich möchte Gojkos Gastfreundschaft bezahlen, das Essen und das Bettzeug, das gewaschen werden muss. Er wirft einen Blick auf das Geld, auf all die Dinare, die ich noch habe. Er ist pleite, wie immer, doch er wehrt mich mit einer energischen Bewegung ab.

Ich sage, er müsse mich in Rom besuchen, dann werde er mein Gast sein.

Er sieht uns an, sterbenselend.

»Warum reist ihr denn ab?«

Ich gehe mir die Zähne putzen. Ich weine, mein Mund ist eine weiß schäumende Kloake, die sich nicht mehr schließen lässt. Ich wische mir die Schminke ab, die ich noch unter den Augen hatte. Komme mit meiner Tasche zurück. Diego spielt mit einem Jo-Jo. Gojko dreht sich weg, beugt sich über das kleine Spülbecken und wirft die Tassen hinein, sein Rücken brummelt, er ist tief bewegt.

»Ihr seid zwei *bakalar*, zwei Stockfische.«

Vierundzwanzig Jahre später sitze ich in einem weitläufigen Raum mit einer zu niedrigen Decke mit meinem Sohn beim Frühstück. Tageslicht gibt es hier nicht, nur Neonröhren, wir sind im Souterrain des Hotels. Rings um uns her viele bereits schmutzige Tische und einige, an denen sich die Männer, die sich am Vorabend in der Hotelhalle miteinander unterhalten haben, nun wieder unterhalten, viele von ihnen rauchen auch schon wieder. Pietro beschwert sich über den stinkenden Qualm und das Essen.

»Gibt es denn hier gar nichts Normales?«
»Was meinst du mit normal?«
»Ich meine ein Croissant, Mama.«

Ich stehe auf, um ihm Butter für sein Brot zu holen. Spähe in die Metallbehälter, die so trostlos wie die einer Mensa sind, und angle mir einen Joghurt und ein Stück Kirschtorte. Ich habe Hunger, habe einfach Hunger. Ich bestreiche Pietros Brote mit Butter und sage ihm, dass der einheimische Honig ausgezeichnet sei. Das Mädchen aus der Küche kommt zu uns. Sie trägt Kellnerkleidung, weiße Bluse, schwarzer Rock, kurze Schürze. Pietro mustert sie aufmerksam. Sie ist jung, wohl fast noch ein Kind, hat ein ovales, beinahe transparentes Gesicht und große, gelbliche Augen. Sie fragt, ob wir etwas Heißes trinken möchten. Ich bestelle einen Tee, Pietro fragt, ob sie Cappuccino haben. Das Mädchen kommt mit meinem Tee und mit einer großen Tasse dunkler Milch für Pietro zurück. Als sie sie vor ihm abstellt, lächelt sie, auf der Stirn hat sie kleine Pickel. Pietro beäugt diese vollkommen schaumlose Brühe, versucht etwas zu sagen, kennt aber das englische Wort für Schaum nicht und bricht mitten im Satz ab. Das Mädchen lächelt ihn weiter an. Dann geht alles blitzschnell, vielleicht ist das Tablett nass, die Teekanne fällt zu Boden und geht zwar nicht kaputt, da sie aus Metall ist, doch ihr voller Strahl trifft Pietros helle Jeans.

Er springt wie angestochen auf, weil er sich das Bein verbrannt hat, hüpft herum und hält sich den kochenden Stoff von der Haut. Das Mädchen steht da wie vom Donner gerührt. Sie entschuldigt sich, sie arbeite erst seit ein paar Tagen hier. Ihr Englisch hat einen leicht slawischen Akzent. Pietro knöpft sich die Jeans auf, lässt sie bis auf die Knöchel rutschen, steht in Unterhosen da und pustet auf seinen Schenkel. Auf Italienisch knurrt er *behindertes Trampeltier*, doch so gemein er auch gerade ist, auf Englisch sagt er *Don't worry ... It's okay*.

Das Mädchen entschuldigt sich immer noch, sie bückt sich, um die Teekanne aufzuheben. Aus der Küche ist eine stämmige Frau mit Schürze und kurzem, lockigem Haar herbeigestürzt. Sie redet schnell auf das Mädchen ein, man versteht kein Wort, doch es ist klar, dass sie sie zusammenstaucht. Die Wangen des Mädchens sind jetzt rot, sie glühen. Pietro hat die Jeans wieder hochgezogen, tippt der Walküre auf die Schulter und sagt *It's my fault, the girl is very good, very much good*, dann hängt er ein sinnloses *indeed* an.

Die Frau geht weg, und Pietro setzt sich.

»Es heißt nicht *very much good*.«

Er beschwert sich, dass ich ihm ständig auf die Nerven gehe, selbst dann, wenn er sich gut benimmt.

Ich muss lächeln, denn diesmal hat er recht.

Ich sehe ihm beim Essen zu, sehe seine weißen, schiefen Zähne, die das Brot zermalmen. Sehe die Kellnerin aus Sarajevo, die ihn anlächelt und sich mit einer kleinen Verbeugung bei ihm bedankt.

Wir verabschiedeten uns auf dem Flughafen. Lehnten eng zusammen an der Wand. Diego fuhr mit den Händen in meinen Mantel und suchte die Wärme meines Körpers. Ich ließ ihn suchen. Alle anderen waren schon gegangen. Wir standen noch da, reglos neben der Reihe leerer Sitze. Dann drehte ich mich um und ging. Ich sah ihn an der Glaswand, er klopfte wie ein Vogel mit dem Schnabel. Ich hatte geweint, und jetzt schrie er mir zu, ich solle lächeln, solle unbedingt glücklich sein, auch ohne ihn.

Ich kroch in mein Leben zurück

Ich kroch in mein Leben zurück wie in einen Sack, und als der Blindenverband wegen der Kleidersammlung vorbeikam, verschenkte ich den langen Anorak, den ich all die Tage in Sarajevo getragen hatte. Ich zog wieder meinen Stadtmantel an, der mir wie auf den Leib geschnitten war. In den Fluren der Universität waberten die Stimmen der Studenten, die aus den Vorlesungen kamen, Echos noch unbeschwerter Leben, weit entfernt von meinem. Mit Fabio gab es keine Probleme, ich brauchte ihm nur die Wahrheit zu sagen: dass ich müde war und ein bisschen depressiv. Er verlangte keinerlei Rechenschaft von mir. Er war ein toller Kerl, die Gründe für mein Unwohlsein fand er gleich selbst heraus. Er sagte, das sei normal, ich hätte zu viel gearbeitet und verlangte mir zu viel ab. Wir schliefen nicht miteinander, dafür war keine Zeit. Wir trafen uns, wenn wir bei seinen Verwandten vorbeischauen wollten, um ihnen die Heiratsanzeige zu bringen. Unsere Geschichte war nett und zahm. Ich sah Fabio an, beobachtete ihn, wenn er mit seinem nachdenklichen Blick Auto fuhr. Er arbeitete in einem Ingenieurbüro, das ihm sein Vater nach und nach überließ, sie bewarben sich ständig um öffentliche Aufträge, Multifunktionsräume, Grünflächen, Sozialzentren. In diesem Büro, zwischen den senkrechten, mit Folien bespannten Reißbrettern, hatten Fabio und ich uns das erste Mal geliebt. Ich war damals noch Jungfrau, er erzählte irgendwas von einer Affäre vor mir, doch er war so übertourt, dass ich ihm das nicht abkaufte. Jetzt erinnerte ich mich an nichts mehr von uns beiden dort, in diesem leeren Büro, das über Jahre unser Samstagabendnest gewesen war. Fabio war der Juniorchef, er benutzte das Bidet in dem kleinen Bad, in dem nie die Duftkapsel fehlte, die die Wasserspülung hellblau färbte. *Das Bad ist frei*, sagte er. Er sah mich an, wenn ich nackt durch den Raum ging: *Du hast lange Beine.* Oder: *Du hast die Brust einer Statue* ... Der professionelle Blick, den er auch bei der Zementkalkulation hatte.

Ich betrachtete sein Gesicht, das den Verkehr beobachtete, seine Gedanken verkeilt in irgendein Problem in puncto Baustelle, Anlagenbau, Entwässerung. Mir gefiel der Geruch seines Autos, die Packung Schokoladenkekse, die er mitbrachte und die wir nach dem Sex aßen. Ich fragte mich nicht, warum wir ein so großes Bedürfnis hatten, uns danach den Mund zu zuckern, warum er es so eilig hatte, sich zu waschen, sich meine Körpersäfte vom Schwanz zu spülen. Angekleidet ging es uns besser, in den Restaurants, in die er mich ausführte, nahm er mir den Mantel von den Schultern und studierte die Weinkarte. Er war vierunddreißig, ein gestandener Mann, und ein gesetzter. Ich war fast dreißig und kleidete mich damenhaft, weil ihm das gefiel. Unser Einvernehmen war still und stabil. Der gute Geruch eines Lebens, das uns nie ohne Deckung lassen würde.

Inzwischen gingen wir fast jeden Abend zum Priester. Wir waren beide nicht besonders gläubig, doch uns gefielen diese Gespräche vor der Hochzeit, der Geruch der Sakristei, das Türchen, an dem wir läuteten, die näher kommenden Schritte des Priesters, seine Stimme, *Nur zu, Kinder, kommt rein.* Er war ein stämmiger, temperamentvoller Bursche, der in ein zu enges Gewand gezwängt war und noch Theologie an der Katholischen Universität studierte. Er sprach wie ein Freund mit uns, klärte uns über das Sakrament auf, das wir uns mit Leidenschaft spenden sollten, und bat um Verzeihung, bevor er uns indiskretere Fragen stellte. Dort drinnen fühlte ich mich sicher. Es war ein sauberer Raum, ein Warteraum. Ein Raum der Läuterung. Mit seiner Ordnung und Bescheidenheit erinnerte er mich an manche Räume in Sarajevo. Ich hatte keine Schuldgefühle. Es war, als wäre ich meinem zukünftigen Ehemann zu nichts verpflichtet, nicht in diesem Sinn. Das Messer saß fest in meinem Bauch, doch es tat nicht weh. Ich hatte nicht die geringste Absicht, an der Schulter unseres priesterlichen Freundes zu beichten. Was in Sarajevo passiert war, gehörte nur mir, es wiegte einen uralten Teil meines Daseins.

Diego fehlt mir, doch ich habe nie in Betracht gezogen, mein Leben zu ändern. Das sage ich ihm im Tunnel eines sehr langen, nächtlichen Telefongesprächs. Seine Stimme ist ein Schluchzen unmöglicher Bitten, es geht ihm schlecht, er tut nichts anderes, als an mich zu denken, isst nicht, fotografiert nicht, fährt nicht nach Brasilien. Stirbt. Redet über jene Nacht, unsere Körper, unseren Schlamm.

Ich traue seiner Stimme nicht, ziehe mich zurück. Das hält so nicht, das kann nicht halten. Diego sagt, doch, seine Liebe halte das ganze Leben, weil er verrückt sei, doch ich hätte ihm keine Zeit zum Kämpfen gelassen. Tagelang habe er sich nicht gewaschen, um die Kruste meiner Haut weiter an sich zu haben. Er versucht zu lachen, doch es ist ein sterbendes Lachen. Fragt mich, ob ich immer noch so rieche. Ich rede nicht, ich weine.

»Sei still.«

»Ich warte«, sagt er. »Ich bin hier.«

Er ist völlig aus dem Häuschen, ist ein kleiner Junge.

Er fragt nicht nach Fabio, nicht nach meiner Hochzeit. Er fragt nach meinen Füßen, meinem Bauchnabel, der kleinen Vertiefung hinter den Ohren. Er hat die Fotos aus Sarajevo entwickelt, die vom Schnee und die von den sich ausruhenden Athleten, hingeflegelt in ihren Unterkünften in Mojmilo, und vor allem die letzten Bilder, die von mir. Er lacht und erzählt, seine Mutter habe nach diesem Mädchen im Schnee gefragt, das in so großen Nahaufnahmen in seinem Zimmer hängt, dass es zu leben scheint, in Bewegung. Er senkt die Stimme, um mir von dem intimeren Foto zu erzählen, das er versteckt hält, ich nackt am Fenster.

»Wann hast du das gemacht?«
»Als du es nicht gemerkt hast.«

Er holt es nachts heraus, schaut es bei unseren Telefongesprächen an, schaut es an, wenn er allein ist, presst es auf seinen Bauch, schläft damit ein. Kann sein, dass er auch noch andere Sachen damit macht, lässt er durchblicken.

Ich sehe ihn in dem Zimmer, das er mir beschrieben hat, die Fußballfahne von Genoa, die Fotos von den Kindern in den Indianerreservaten, die Fotos von seinen Freunden bei den Ultras und das spartanische Bett, das er sich aus Brettern zusammengenagelt hat. Er hat die Stereoanlage eingeschaltet, hat unsere Musik eingelegt, spielt sie mir am Telefon vor, er hält den Hörer an die Lautsprecher und sagt, ich solle nicht mehr reden, wir sollten uns zusammen unser Lied anhören.

... *To say I'll make your dreams come true would be wrong ... But maybe, darlin', I could help them along* ... Er ist nackt, er ist dünn, er ist es. Er schließt die Augen, sucht mich.

Als ich Fabio sah, kehrte ich seelenruhig zurück. Wäre ich wirklich unglücklich gewesen, hätte ich ihn verlassen, ich hatte genug Mut, das zu tun. Doch er heiterte mich auf, war eine Windstille, die mir entgegenkam. Er war mein Freund, der Geruch mancher Winternachmittage ... die Bücher aufgeschlagen auf dem Tisch im Teezimmer, in das wir uns zurückzogen, um zu arbeiten und uns mit Törtchen vollzustopfen, wir hatten es geschafft, das Studium abzuschließen, gemeinsam zu wachsen. Er begleitete mich beim Einkaufen, setzte sich hin und wartete auf mich, hatte Geduld und Geschmack. Ich schlug die Beine übereinander. Ich mochte das Nylon der Strümpfe, Feinstricksachen, die Tasche über der Schulter, all die Schichten, die mich fern von meiner Nacktheit hielten, von dem verletzbaren, kindlichen Graben, der mein Körper war. Ich wollte nicht leiden. Als kleines Mädchen schmachtete ich mit Begeisterung im Fahrwasser melancholischer Literaturgeschöpfe, aber ich war nicht dafür geschaffen, Hirngespinsten nachzujagen und Tränen zusammenzukratzen. Die Welt schien mir mit allem gesättigt zu sein. Liebesgeschichten waren, wie alles andere auch, karzinomartig von Sehnsucht durchsetzt, doch rasch abgenutzt. Nur Dumpfbacken glaubten an sie. Ich kehrte zurück, um mich in Frieden zu fühlen, gesegnet von der Normalität, vom maßvollen Wohlstand.

Die Nacht in Sarajevo war ein endgültiger Abschied von einer anderen Frau gewesen, einer kümmerlichen Bettlerin, die ich besiegt hatte und die nicht mehr in mir lebte.

Zwei Wochen waren erst vergangen, es schienen Jahre zu sein, es schien gerade erst geschehen zu sein. Vielleicht hatte meine Mutter etwas gemerkt, das Telefon, das nachts immer so lange besetzt war. Sie sagte nichts. Die Menschen um dich her wollen dich nicht erkennen, sie akzeptieren deine Lügen als schon in Ordnung. Meine Mutter tat, was sie immer tat: Sie stützte sich auf meine Schultern. Von ihr hatte ich gelernt, mich vor Kummer zu fürchten, und dass ein gültiges Leben keine Wahrheit um jeden Preis braucht. Man brauchte sich bloß zurückzuziehen, sich anderem zuzuwenden, einer Blumenvase oder einem vorbeifahrenden Auto, man musste bloß ein paar ehrliche Blicke opfern, um diskret weitergehen zu können. Sie war die klassische monstergeeignete Ehefrau. Mir ist klar, dass ich hier etwas Ungehöriges sage, doch wer weiß. Wäre mein Vater ein Pädophiler gewesen, hätte sie einfach ihre Hände betrachtet, hätte den Ehering abgezogen, hätte dann jedoch entschieden, dass, nein, diese nackte Hand doch zu grausam sei, und sie hätte sich den Ring mit einem traurigen Lächeln wieder angesteckt, überzeugt davon, es auch diesmal wieder zu schaffen. Doch das Leben gab Annamaria nicht die Gelegenheit, zu ermessen, wie weit ihre Angst gehen würde. Mein Vater war kein Mädchenschänder, er war ein taktvoller, rechtschaffener Mann, zu unbestimmt und abgekapselt, um in meinem aufgeregten Leben einer Dreißigjährigen einen Platz an der Sonne zu finden. Umso stärker beeindruckten mich seine Worte aus dem Nichts, aus dem Flur, aus dem üblichen Buch in der Hand, aus dem üblichen Gesicht eines üblichen Abends nach dem Essen.

»Bist du sicher, dass du das Richtige tust?«

Ich drehe mich um, will gerade mit Fabio ausgehen, er sitzt unten im Auto, wir müssen zum letzten Termin mit dem Priester.

»Was meinst du, Papa?«

Er zeigt auf den Wohnzimmertisch, im Dunkel der ausgeschalteten Deckenlampe ein mit Geschenkpaketen beladener Katafalk: Kartons mit Tellern, Besteck, Silberkannen, kleinem Hausrat für Schränke, für Abendessen, für beschissene Hochzeiten.

»Wir schicken das Zeug einfach an die Absender zurück, mach dir bloß keine Gedanken wegen diesem Kochtopfchaos.«

Er ist Lehrer für den Werkunterricht, seine Hände riechen nach Sägemehl und Leim, doch abends liest er Homer und Yeats. Sein Gesicht ist rot, erhitzt. Er wusste, dass er es tun musste, er musste mit mir sprechen. Vielleicht hat er vorher darüber nachgedacht, vielleicht auch nicht. Er merkte, dass die gemeinsamen

Tage zur Neige gingen, dass keine Zeit mehr zum Reden blieb, und so ist seine Stimme einfach losgegangen, ist aus dem Bauch aufgestiegen und heraus in den dämmrigen Flur gesprungen. Meine Mutter ist hinten, im kleinen Wohnzimmer, in ihrem Fernsehneon, in ihrem Gesicht, das diesem kathodischen Frieden zugeneigt ist. Ich bin wie sie, bin eine verfeinerte, gewieftere Version von ihr. Ich verstehe es, Lügen wie Klumpen von Wahrheit zu verbreiten.

»Ach, weißt du, Papa, ich bin zufrieden, mehr will ich gar nicht.«

»Und der andere?«

Mir geht durch den Kopf, dass Diego dankbar für diesen aufrichtigen Mann wäre, der sich im Dunst dieses Hauses ein Herz gefasst hat.

Ich werde nicht einmal rot, verziehe den Mund. Ich bin es, die ihn verleugnet, die Diego keine Chance lässt.

»Den anderen gibt es gar nicht, Papa, er ist ein Niemand.«

Er nickt. »Na gut, dann lassen wir weiter Kochtöpfe heraufbringen!« Er lächelt und brummelt etwas. Er ist schüchtern, hat sich weit vorgewagt. Er hat mir ein Seil zugeworfen, und ich habe es fallen lassen.

Er geht weg, ich sehe ihm nach. Er glaubt mir, weil ich seine Tochter bin. Glaubt mir, wenn auch nicht ganz. Glaubt dem Plan in meinem Kopf, den Kästchen, die ich geöffnet und wieder geschlossen habe, setzt auf dieses Risiko, auf diese Schachpartie. Er schlüpft nicht in meinen Slip, und er dürfte nur mit Mühe in den meiner Mutter geschlüpft sein. Frauen sind für ihn kleine Ungeheuer, Leckerbissen für tollkühnere Gaumen. Er hat Respekt vor dem Denken, der Stirn: Dorthin küsst er mich. Den Rest kennt er nicht, er geht ihn nichts an, vielleicht ahnt er ihn, und deshalb zittert er.

Am nächsten Tag wird es mir klar. Es wird mir klar, weil ich es schon weiß, und während ich es schon weiß, gehe ich zur Apotheke, die Beine schlapp wie die eines Hundes, der aus dem Zwinger entlaufen ist. Ich kaufe den Test. Ich weiß nicht einmal, wie man ihn nennt, mir fällt das Wort nicht ein, ich sage *das Dings ... das Schwangerschaftsdings*. Die Verkäuferin packt ihn ein, nimmt ein Klebeband. Die Zeit in ihren Händen ist endlos.

Ich gehe in eine Imbissbude. Es ist ein Uhr, die Fußböden schwitzen Fett aus, alles ist voller junger Leute, Tabletts, die über die Treppen schlingern, Geschubse, Gestank nach Fleisch, nach Bratfett. Vor dem Klo ist eine Schlange. Ich stehe mit Mädchen an, die sich in der Zwischenzeit schminken und zu allem ihren Senf dazugeben. Ich bin allein, mit geschwollenem Busen, in der Schlange vor dem Klo. Schließlich gehe ich hinein, warmer Pissegeruch, Plätschern hinter den Trennwänden. Ich lese den Beipackzettel, überschwemme das Stäbchen, verschließe es. Warte.

So habe ich es erfahren, mit dem Rücken an einer mit Liebesbotschaften und Schweinereien vollgeschmierten Tür, ein Fuß auf der Kloschüssel, die Augen starr auf dem Teststäbchen. Der blaue Strich erschien zunächst schwach, dann stärker neben dem anderen. Ich steckte das Stäbchen in die Manteltasche. Ging los, blieb an der Ara Pacis stehen, um es noch einmal zu überprüfen. Der Strich war da, blau wie das Meer.

Diego rief an. Das leise, nächtliche Klingeln des Telefons, genau in dem Augenblick, als ich ihn anrufen wollte. Wir sagten uns nicht viel, in Genua regnete es. Der Regen war unter den Worten zu spüren. Ich sagte ihm, nach meiner Heirat könne er mich nicht mehr anrufen. Er sagte, er wisse das, er nutze die letzten Tage. Dann fragte ich ihn, ob es denn wahr sei.

»Was?«

»Dass du innerhalb weniger Stunden nach Rom kommen würdest.«

Er ließ mich nicht ausreden. Ich glaube, er schrie und sprang herum, es war nicht ganz klar, was er da tat.

Er fuhr zum Bahnhof und nahm den ersten Nachtzug. Er hatte sogar ein Geschenk für mich. *Was für ein Geschenk? Du wirst schon sehen.* Er sagte, er werde mich ausziehen und vom Kopf bis zu den Füßen lecken. Bis ihm die Zunge herausfalle.

Doch so ging es nicht. Es ging so, wie es ihm gefiel. Ich habe es sofort verloren, noch in derselben Nacht, dieses gerade erst entstehende Kind. Es war nicht der Rede wert, körperlich. Ich schlief und habe weitergeschlafen. Am nächsten Morgen sah ich das Blut. Ich wusch mich, war im Spiegel wie versteinert. Auch an diesem Morgen war ich nicht bereit zu leiden. Ich verließ sofort das Haus, es war zwar nicht unbedingt nötig, doch ich ging trotzdem ins Krankenhaus. Die Frauenärztin war alt, sie untersuchte mich und sagte, es gebe keine Probleme, ich brauchte nichts, oft bemerke man so eine Schwangerschaft nicht einmal, der Körper entsorge sie schnell von allein. *Das sind blinde Eier*, sagte sie, *Fruchtblasen mit einem verkümmerten Embryo.* Ich bedankte mich, gab ihr die Hand, schüttelte ihre vielleicht mehr als nötig, wollte sie noch etwas fragen, wusste aber nicht mehr was.

Auf dem Motorroller schloss ich die Augen, ich stand an einer Ampel. Mir fielen die Eier ein, die meine Mutter mir zu Ostern zum Bemalen gegeben hatte, sie entleerte sie mit einer Garnierspritze, damit sie nicht anfingen zu stinken.

Diego würde in Kürze am Bahnhof sein. Ich ging in eine Kaffeebar frühstücken. Aß eines dieser überdimensionalen Hörnchen, die wie große Ohren aussehen. Die Marmelade erinnerte an Ohrenschmalz. Es ging mir nicht schlecht, der Arztbesuch, der ruhige Tonfall der Gynäkologin hatten mich wieder ins Lot gebracht. Ich dachte sogar, es sei gut so. Nun fielen auch die letzten Reste dieses Jungen von mir ab. Diese Geschichte hatte nichts Glaubwürdiges, nur billige Knalleffekte, Fechthiebe einer nach dem anderen, wie im Puppentheater.

Ich sah ihn ankommen. Sein Kopf ragte aus dem Zugfenster, seine langen Haare im Wind wie eine zerrissene Fahne. Er stand ganz vorn, bereit hinauszustürzen. Er suchte mich wie einer, der aus dem Krieg heimkehrt. War auf seinen dünnen Beinen herausgesprungen. Was hatte er bloß an? Eine merkwürdige Fliegerjacke und rote, röhrenförmige Hosen, in denen seine Beine noch dünner wirkten. Er sah kleiner aus als sonst, wie ein Sechzehnjähriger. Wie einer von denen, die zum Fußball und zu Demonstrationen gehen. Ich beobachtete ihn vom anderen Bahnsteig aus, versteckt hinter einer dicken, viereckigen Säule mit Marmorsitzen. Ich wäre ihm gern um den Hals gefallen wie ein kleines Mädchen. Stattdessen wartete ich wie ein Mauergecko. Manchmal ist man mit dreißig älter als mit fünfzig.

Da stand er nun, der Trottel, und sah sich mit offenem Mund um. Der Bahnsteig hatte sich geleert, und er stand immer noch da. Ich würde jetzt gehen, ja, das würde ich. Stank er nach Zug, oder hatte er noch seinen typischen Geruch? Ich spähte weiter zu ihm rüber. Es war ein trübseliges Spiel, wie in einem dieser Autorenfilme mit Bahnhöfen und tieftraurigen Blicken, in denen sich die Protagonisten kurz streifen, doch nicht begegnen, weil der Regisseur ein knickriger Hurensohn ist und es von Anfang an nur darauf abgesehen hatte, dich mit trockenem Mund sitzen zu lassen, ohne die Küsse der amerikanischen Schlussszenen.

Jetzt gehe ich aber, sagte ich mir. Doch ich blieb. Ich war auf die Bank am Fuß der Säule gesunken. Diego ging auf und ab, er schaute sich in einem fort um, als könnte ich hinter seinem Rücken auftauchen wie ein Geist. Er spähte zu den Menschen hinüber, die in der großen Halle wimmelten, rührte sich aber nicht vom Bahnsteig. Ich konnte seine Gedanken lesen, seine Schritte vorausahnen. Er hatte eine Ledertasche über der Schulter und einen Stuhl in der Hand. Einen kleinen, grünen Plastikstuhl. Wozu brauchte er den? Hin und wieder hüpfte er, um etwas Schwung, etwas Spannkraft in die Beine zu bekommen. Der Bahnsteig hatte sich wieder gefüllt, mit Leuten aus einem anderen Zug.

Ich sah ihn einsteigen, *Er fährt weg*, dachte ich. Doch er half nur einer Frau, ihre Koffer herunterzuheben. Sie war ein hell gekleidetes Pummelchen. Vermutlich eine dieser Amerikanerinnen, die über und über mit Gepäck beladen reisen, weil sie mit Gepäckträgern rechnen, mit Burschen aus einer anderen Zeit. Diego zeigte ihr etwas auf einer Landkarte. Dann war der Bahnsteig wieder leer. Er lag fahl und verlassen da. Der Himmel war dunkel, vielleicht war der Regen aus Genua über Nacht mit Diego nach Süden gekommen. Diego hatte sich auf eine Marmorbank gelegt, den Rucksack unter dem Kopf. Den Stuhl bei sich. Er hob ihn in die Luft, betrachtete ihn, stellte ihn wieder ab.

Ich trete dicht an ihn heran.

»He ...«

Er zieht sich hoch wie ein Turner. Nicht ein Wort über meine auffällige Verspätung. Er nimmt meine Hand, schaut mich eine Weile an, streicht mir eine Haarsträhne von der Wange. »Wie schön du bist ... in meiner Erinnerung warst du auch schön, aber nicht so schön. Was hast du gegessen, mein Paradies?«

Woher nimmt er solche Sätze? Er hüpft um mich herum.

»Und ich, wie sehe ich aus?«

Er trägt eng anliegende Torerohosen und hat dieses kräftige Körperchen.

»Du siehst gut aus.«

»Ich habe ein bisschen abgenommen.«

Er gibt mir den Stuhl.

»Hier.«

»Was ist das?«

»Das ist das Geschenk. Gefällt es dir nicht?«

»Doch ...«

»Das ist mein Kinderstuhl. Das Einzige, was ich nicht kaputtgemacht habe, er ist nämlich aus einem sehr haltbaren Kunststoff, ich wollte ihn dir gern schenken.«

Er setzt sich darauf, mitten im Bahnhof.

»Er passt mir noch, siehst du? Mein Arsch hat sich nicht verändert.«

Er kommt näher, sucht meine Augen, öffnet den Mund, um mich zu küssen, ich weiche ein wenig aus, überlasse ihm nur ein Stückchen Wange. Er zieht mein Kinn hoch.

»Ciao, wie geht's?«

»Geht so.«

Er ist mir zu nahe, und ich rieche seinen Atem, seine Liebe ohne Deckung. Wir sind im Freien, im Gewusel der Stazione Termini.

»Komm, lass uns gehen.«

Ich gehe voraus, ohne seine Hand zu nehmen.

Er trägt seinen Stuhl. Was für eine alberne Idee, einen Stuhl mitzuschleppen.

Mein Motorroller steht in der Via Marsala. Vor uns taucht das Schild einer der vielen sternlosen Pensionen am Hauptbahnhof auf. Er zieht mich am Arm und sagt, am liebsten würde er jetzt in eine dieser Pensionen gehen. Ich sage, sie seien hässlich und verwahrlost, voller armer Ausländer und schmutziger Pärchen.

Er sagt, er liebe Sex an verwahrlosten Orten.

»Ich kann gerade nicht.«

»Nicht zu fassen, du rufst mich nach all der Zeit an und ... gutes Timing.« Er macht ein Gesicht wie ein Wurm. »Was mich betrifft, kein Problem, ich habe rote Hosen.«

Ich verpasse ihm eine kräftige Ohrfeige mitten ins Gesicht.

Er lacht: »Bist du übergeschnappt?«

Mit einem Ruck aus der Hüfte hebe ich den Motorroller vom Ständer, Diego hält sich hinten mit seinen langen, angewinkelten Beinen und seinen knochigen Knien fest. Er umschlingt meine Taille, kitzelt mich. Ich sage, wenn er so weitermacht, fallen wir hin und bauen einen Unfall. Er sagt, auf dem Motorroller sei ich eine Niete, andauernd würde ich bremsen. An der Ampel küsst er mir den Nacken, die Ohren. Wir sehen aus wie zwei Schüler.

Später, in einer Bar, erzähle ich es ihm. Ich erzähle ihm von dem Schwangerschaftstest in der Imbissbude und alles andere. Ich bin ruhig, trage eine Sonnenbrille, sehe einem Körper nach, der vorübergeht. Er sagt nichts, hat sich ein Bier geholt, trinkt jetzt aber nicht.

»Tut es dir leid?«

Er nickt, lächelt, doch sein Mund ist traurig wie ein rostiger Angelhaken. Schweigend trinkt er das ganze Bier aus.

»Und dir?«

Ich zucke die Achseln. Ich habe keine Zeit zum Bedauern gehabt, es ging alles zu schnell. Ich sage ihm, es sei ein blindes Ei gewesen, ein Windei.

Er sagt, seine Großmutter sei blind.

»Sie war zwölf Jahre älter als mein Großvater. Er sah sie immer mit dem Fahrrad vorbeikommen, einmal fiel sie ins Wasser, sie hatte das Meer nicht gesehen, mein Großvater fischte sie und das Rad wieder heraus. Sie blieben zeit ihres Lebens zusammen. Mein Großvater ist tot, meine Großmutter lebt noch. Sie lässt sich nicht helfen, kann kochen, kann einfach alles. Wenn ich sie besuche, macht sie mir was zu essen, sie setzt den Topf mit dem kochenden Wasser treffsicherer auf als ich, obwohl ich sehen kann.«

»Was hat denn deine Großmutter damit zu tun?«

»Nichts, ich wollte dir nur sagen, dass die Liebesgeschichten, die absurd erscheinen, manchmal die besten sind ... dass ich nur fünf Jahre jünger bin als du, dass ich so zuverlässig wie mein Großvater bin ... dass ich vor dir sterben werde, weil Frauen länger durchhalten ... Ich wollte dir sagen, dass du nicht heiraten sollst, Kleine. Dass du lieber mich nehmen sollst. Ich bin dein blindes Ei.«

Er hat den Himmel in den Augen und macht diese eine Bewegung, er greift sich in den Nacken und wartet, es ist eine Geste des Aufgebens, vielleicht der Niederlage, es ist, als stützte er sich mit dem ganzen Gewicht seines Körpers auf seinen Nacken, es ist die Bewegung, die ich gesehen habe, als er sich damals in der Kneipe zu mir umdrehte, er griff sich in den Nacken und blieb so, reglos. Es ist die Bewegung, die mir irgendwann bis an den Rand der Verzweiflung fehlen wird.

Ich sage, dies sei unser letztes Treffen, und wenn ich verheiratet sei, dürfe er mich nicht mehr anrufen.

Er fragte mich, ob er mich fotografieren dürfe. Ich blieb an der Treppe von San Crispino stehen und ließ ihn gewähren, auf dem Boden hatten sich Tauben niedergelassen, neben mir postiert wie kleine, krummbeinige Totengräber, ich verscheuchte sie mit der Hand. Wir schlenderten ein bisschen herum, aßen einen Happen Pizza, sahen uns ein Schaufenster mit Objektiven an, ich traf eine Freundin, grüßte sie, ohne stehen zu bleiben. Unterdessen sank das Licht. Für einen Augenblick leuchteten die Pflastersteine im Zentrum blassblau auf, dann breitete sich die Dunkelheit wie Rauch in den Gassen aus. Ich brachte ihn zum Bahnhof. Auf diesem Rückweg in der vergehenden Dämmerung saß nun er am Lenker. Er raste wie ein Verrückter. Sagte, er fahre immer so, für ihn sei das normal, denn es sei praktisch, er habe jede Menge Motorroller gehabt und seine Jugend mit ölschwarzen Händen und Ersatzteilen verbracht. Jetzt habe er ein cooles Motorrad. Das nächste Mal komme er mich damit besuchen.

Es wird kein nächstes Mal geben. Wir gehen zum Bahnsteig. Er will einen Kuss, ich gebe ihm einen. Es ist ein sonderbarer Kuss, der schon nach Zug schmeckt, nach dieser Fahrt, die er allein machen wird, mit seinen roten Hosen, seinen dünnen Knien und seinem Genoa-Fußballschal ... wenn er den Kopf ans Fenster lehnen wird, wenn er zum Klo gehen wird, wenn er an seinen Platz zurückkehren wird. Wenn es stockdunkel sein wird und er seinen Rucksack nehmen und in Genua-Brignole aussteigen wird, wenn er sich in die Hafengegend, in die ligurischen Gassen, in seine kleine Dunkelkammer zurückzwängen wird. Wenn er das Foto von den Tauben und meiner Hand entwickeln wird, die sie verscheucht, so wie ich ihn verscheucht habe.

Es reicht, gehen wir. Das Leben hat es eilig. Ein Letztes noch, ja. Bevor sich die Zugtür schließt, sage ich ihm an den Griff über der Eisenstufe geklammert: »Pass auf dich auf, und mach bloß keinen Unsinn.«

Er sieht aus wie ein Kind, das ins Ferienlager fahren muss.

Ich heirate. Gehe zum Altar, auf Fabio zu, der sich umgedreht hat und mich anschaut. Er trägt einen grauen Cutaway aus schillerndem Stoff mit zwei Schößen und steifer Hemdbrust. Da vorn, in der geschmückten Düsternis der Kirche, wirkt er wie eine große Taube. Da ist der Altar, der priesterliche Freund, der rote Teppich, die weißen Gestecke aus Rosen und Callas. Da ist der Arm meines Vaters. Steif und angespannt. Wie ein an einem Faden hochgehaltener Holzarm. Er ist es nicht gewohnt, in egal welchem Mittelpunkt zu stehen. Er rückt langsam vor, ist unschlüssig, ob er die Leute grüßen oder einfach geradeaus schauen soll, wählt einen Mittelweg und grüßt nur mit den Augen, er zittert. Wenn in einigen Jahrzehnten sein Sarg durch denselben Gang an denselben Bänken vorbeikommt, wird er sich mehr in seinem Element fühlen, und ich werde mich nach diesem umnachteten Tag zurücksehnen, nur seinetwegen, nur wegen seines Holzarms, der mich führte, als wäre ich in den Tiefen meines Schleiers aus Glas. Hätte ich zu ihm gesagt *Lass uns von hier verschwinden*, hätte ich mich zu seinem Ohr geneigt und ihm das zugeflüstert, dann hätte er mit keiner Wimper gezuckt. Sein Arm wäre wieder weich geworden, wäre wieder Fleisch geworden, er hätte mich bei der Hand genommen, ich hätte meine Stöckelschuhe weggeworfen, wir wären über den Kirchplatz davongerannt und hätten all die gestelzten Niesfische hinter uns gelassen. Mein Vater hatte ein kleines Lieblingsrestaurant in San Giovanni, Spaghetti mit Käse und viel Pfeffer. Dorthin wären wir entwischt und hätten uns die Pasta mit einem Viertel Rotwein schmecken lassen. Wie hätte ihm das gefallen! Ein Festessen für Huren, ich im Brautkleid, das auf den Strohstühlen unter meinem Hintern zerknautscht, und er mit leuchtenden Augen, so verrückt wie meine. Doch das passt nicht hierher. Weil es nicht stattgefunden hat. Mein Vater setzte sich auf die Bank, meine Mutter rückte etwas beiseite, um ihm Platz zu machen. Er hustete. Meine Mutter: das Gesicht angespannt, die Schuhe zu eng. Meine Schwiegermutter: ein Vogel wie ihr Sohn, möwenfarbige

Seide, Haare wie Staub, Sommersprossen und Verschwommenheit. Mein Schwiegervater, der Ingenieur: weißhaarig, kräftig, hochelegant und genervt von diesem Kirchenbesuch.

So habe ich meinen Ehemann geehelicht. Ich las den Schwur ab. Wir steckten uns die Ringe an, ohne sie fallen zu lassen. Reis regnete auf uns nieder. Ein verdammter Fotograf fotografierte. Wir gingen mit dem Korb voller Hochzeitsmandeln zwischen den Gästetischen umher. Es gab Gesänge und Reden. Ich lächelte unentwegt, auch wenn ich allein zur Toilette ging, um mich klaglos etwas zu erfrischen. Die Korsage stand mir gut, sie sah aus wie ein steifes Blütenblatt, wie ein kleiner Panzer. Die Alten waren gegangen, übrig blieben die Jungen, die Freunde. Wir tanzten barfuß auf dem Rasen, Fabio mit freiem Oberkörper, nur in Hosen und Zylinder. Ein Rock 'n' Roll, er zog mich an sich, als wäre ich eine Sprungfeder, war vollkommen erledigt, stockbetrunken.

Wir gingen in unsere Wohnung. Weiße Wände, Parkett, kaum Möbel, ein Biobett, das nach Vogelfutter stank, und ein zu großer Kühlschrank.

Szenen einer Ehe.

Fabio kommt aus dem Büro, ich höre die Schlüssel, höre seine Bewegungen. Ich sitze auf dem Sofa, stehe nicht auf. Begrüße ihn von dort aus.

»Wie geht's?«

Er geht mit dem Rücken zu mir vorbei.

»Ich muss ins Bad.«

Fabio vor dem Fernseher, sein Gesicht blass im Dunkeln. Fabio, der den Kühlschrank öffnet: »Was essen wir?« Fabio nachts am Fenster, wie er auf die Straße schaut. Fabio im Kino, mit Brille, den Mund geschlossen, sein Atem, der ein wenig anders ist,

als er ihn wieder öffnet, er ähnelt dem seines Vaters. Fabios Sachen durch das Bullauge der Waschmaschine, er war laufen, jetzt duscht er, kommt nackt heraus, tropft auf das Holz, ich sehe den nassen Boden an, sehe seinen blonden Körper an. »Was ist?«, fragt er.
»Nichts.«
Zum Abendessen bei seinen Eltern. Der Tisch oval, poliert, die Schiebevorhänge lang, Fabio trägt eine Krawatte aus blauem Garn, unterhält sich mit seinem Vater. Kalkulationen für eine Müllkippe. Seine Mutter hat Hühnchen in Aspik gemacht, ich lächle der Philippinerin zu, die die Teller abräumt.
Zum Abendessen bei meinen Eltern. Mein Vater sagt keinen Ton, meine Mutter steht ständig auf. An der Tür sage ich, sie sollen mir den Müll mitgeben. Fabio beschwert sich im Fahrstuhl über den Gestank, sagt, ich benähme mich abartig, hätte keine Achtung vor ihm.
»Entschuldige, wegen einer Mülltüte?«, antworte ich, während ich den Hebel hochdrücke, der den Container öffnet.
»Nicht nur deswegen ... sondern überhaupt.«
Ich sage, ich hätte keine Lust auf Diskussionen, ich sei müde, hätte den ganzen Tag gearbeitet.
»Ich war bis spät in der Universität.«
»Das ist doch keine Arbeit.«
»Und was ist es dann?«
»Das wird nicht bezahlt.«
Wir lieben uns nicht, liegen eng nebeneinander im Bett und unterhalten uns, über unsere Freunde, die Lampen, die noch fehlen, ein verlängertes Wochenende, das man da auf diesem Öko-Bauernhof in Argentario am Meer verbringen könnte.
Ich kann nicht sagen, dass es eine unglückliche Ehe war, es war ein Besuch in einem dieser Design-Ausstellungsräume, man

setzte sich auf die Sofas, sah sich die neuen Küchen ohne Anschlüsse an, probierte die Sitze aus, legte sich auf die Betten. So blieb es, ohne schmutzige Laken, ohne zerbrochenes, abgenutztes Geschirr, ohne Kratzer auf dem Parkett, ohne Auseinandersetzungen. Es war etwas, das ich mir vorgenommen hatte, um einem stumpfen Willen zu gehorchen. Ich wollte mich wenigstens ein paar Tage an das Gelübde halten.

Abends kommt Fabio nach Hause und setzt sich zu mir auf das Sofa, manchmal nimmt er meine Hand, manchmal ist er müde, dann hält er sich seine Hände, eine auf der anderen, auf der Knopfleiste seiner Hose. Ich weiß nicht, was er denkt, frage mich das auch nicht. Weiß auch nicht, was ich selbst denke. Finde es nicht unangenehm, mich in diese vier Wände zurückzuziehen, in diese Designerkaserne. Es fehlt uns an nichts, wir sind jung und sehen ziemlich gut aus. Die Duschkabine ist die teuerste, die es gab, aus nur einer gebogenen Glasscheibe. Wir gehen barfuß auf dem Holz wie in der Werbung. Wir sind ein junges Paar, Probleme mit der Zeiteinteilung oder Ähnlichem gibt es nicht. Der Kühlschrank ist oft leer. Ab und zu packen wir einen Einkaufswagen im Supermarkt voll. Fabio beschwert sich nicht, er isst, was er findet. Samstags kocht immer er, dazu bindet er sich eine lange, weiße Profikochschürze um, die er sich in einem Hotel hat schenken lassen. Wir laden oft Gäste ein, es macht uns Spaß, gemütliche Abendessen für Freunde zu veranstalten. Wein zu öffnen, Kerzen anzuzünden.

Fehlt mir der Junge aus den ligurischen Gassen? Ich denke nicht darüber nach. In dieser weißen Wohnung ist kein Platz für ihn. Ich weiß, dass er verreist ist. Endlich hat er sich ein Herz gefasst und ist in die rote Gegend an der Grenze zum Amazonasgebiet gefahren. Das wollte er schon immer tun, den Rucksack voller Filme, die Kamera um den Hals, per Anhalter, stinkende

Züge, Lastwagen voller Laub, Kinder zum Fotografieren. Gut so. Jeder an seinem Ende der Welt, in seinem Stückchen Leben. An der Universität geben sie mir kein Geld, ich verdiene keine müde Lira. Ich denke darüber nach, dort aufzuhören, habe diesen Mief satt. Mein Forschungsauftrag ist nicht verlängert worden, Andrić interessiert mich nicht mehr, er ist Vergangenheit wie alles andere auch.

Wir stehen vor dem Kühlschrank, ich und Fabio.

»Was ist?«

»Ich bin unzufrieden mit mir.«

»Das bist du doch immer.«

Ich stürze mit dem Motorroller, rutsche im Regen aus. Ich tue mir nichts, bleibe aber trotzdem wie ausgestopft sitzen, unfähig, mich zu rühren, mich von den Autos wegzubewegen. Ein Junge hilft mir auf. Einer aus dem Gymnasium. Er hat ein Bandana um den Hals und ein nasses Gesicht.

»Danke.«

»Keine Ursache, Signora.«

Ich bin eine Signora. Bin eine elende Signora. Schiebe meinen Motorroller durch den Regen. Halte an einer Bar, trinke ein Bier. Ein einsames Bier nachmittags um vier. Ich gehe zu meinen Eltern, trockne mir die Haare, mache mir einen Zopf und ziehe die Jeans und einen alten Pullover aus meiner Oberschulzeit an.

Mein Vater trifft mich und mein weißes Gesicht auf dem Flur.

»Um diese Zeit, wie kommt's denn?«

Ich wollte den kleinen, grünen Plastikstuhl holen. Mein Hintern passt jetzt besser hinein, ich habe abgenommen. Ich setze mich auf den Balkon meiner Eltern. Es wird zur Angewohnheit, hier draußen zu sitzen, eingezwängt in den Stuhl, die Knie dicht am Mund, die Pulloverärmel über die Hände gezogen, wenn es

kalt ist. Ein Stück Uferstraße ist zu sehen, ich betrachte die Möwen, die aus dem Meer aufsteigen, die Leute, die joggen gehen. Ich fange wieder mit dem Rauchen an, vor ein paar Jahren hatte ich damit aufgehört. In die Uni gehe ich nicht mehr.
»Und was machst du?«, fragt meine Mutter.
»Einen Scheißdreck.«
Fabio ist Mitglied in einem Sportklub, abends spielen sie Hallenfußball. Ich gehe mit. Stehe an die Absperrung geklammert und rauche. Das Grüppchen der Ehefrauen feuert die Männer an, die Absätze haken in den Tribünenstufen. Die auf das Spielfeld gerichteten Scheinwerfer strahlen eine nächtliche Herde verschwitzter Hornochsen in glänzenden Shorts an.
»Ich will nicht mehr mitkommen, es ist feucht hier.«
Fabio nickt, er packt seine Tasche. Zeigt mir die Schuhe, die er sich gekauft hat, sündhaft teuer und übersät mit durchsichtigen Gummiblasen, die Erschütterungen dämpfen sollen. Er hat jetzt einen Sportfimmel, es gefällt ihm, sich in Form zu fühlen und gut auszusehen. Ich rauche, bin kurzatmig, er sagt nichts, nur, ob ich es vermeiden könne, zu Hause zu rauchen.

Eines Nachmittags, der fast schon ein Abend ist, gehe ich zu Ricordi und setze mir neben den Jugendlichen Kopfhörer auf. Ich kaufe mir ein paar Kassetten, kaufe auch *unser* Lied ... *You never smile, girl, you never speak* ... Ich höre es auf dem Motorroller und kurve im Zentrum herum. Ich rase jetzt, so wie er gerast ist. Auf meiner Haut, die den Wind durchstößt, fließen Tränen nach hinten, ich bin aufgewühlt wie mit vierzehn Jahren. Bin eine jämmerliche dumme Gans. An der Piazza Farnese halte ich an. Inzwischen ist es tief in der Nacht, sogar die Junkies sind schon weg. Ich strecke mich auf dem Marmor aus und rauche eine Zigarette. Es tut mir gut, den Rauch zu inhalieren. Er schmeckt nach etwas, was mir fehlt, was meinen Körper füllt.

Ich bleibe nun oft bei meinen Eltern. »Es liegt näher an der Uni«, habe ich zu Fabio gesagt. Dass ich nicht mehr zur Uni gehe, habe ich ihm nicht gesagt. Ich habe einen Wohnungsschlüssel, meine Eltern schlafen. Sie haben gemerkt, dass etwas nicht stimmt, stellen jedoch keine Fragen, sie tun so, als ob nichts wäre. »Was hast du vor, isst du mit uns?« Meine Mutter brät Fleischklöße, die ich so gern esse. Mein Vater macht einen Wein auf, wir reden über Politik, über Reagan und Thatcher, über unsere Fünfparteienregierung. Mein Vater sagt, ich sei auf dem besten Wege, ein subversiver Geist zu werden, und das findet er nicht schlecht, er bittet mich um eine Zigarette. So fängt auch er wieder mit dem Rauchen an, meine Mutter beklagt sich nicht, wir rauchen, wo wir wollen.

In der Nacht stelle ich die Musik leise und lösche das Licht. Ich tanze vor der offenen Schranktür, vor dem Stück Spiegel, das die Lichtritzen der Fensterläden reflektiert. Ich betrachte meine Brust und meinen Bauch. Die nasse Fackel der Zigarettenglut im Dunkel. Ich bin in meinem Kinderzimmer. Hier habe ich geweint, gelernt, Radio gehört. Hier sind noch meine Poster, meine Bücher und meine alten Kleider in den Cellophanhüllen der Reinigung. Hier ist die weiße Maske von meinem Fechtunterricht, der Poncho mit den abgenutzten Fransen, an denen ich im Bus zum Gymnasium genuckelt habe. Hier ist mein Leben bis zu meinem dreißigsten Lebensjahr. Ich sehe es mir an. Sehe mir an, was tagaus, tagein auf mich gewartet hat. Ich war allein, eine Geisel meines Willens und keiner Sache je wirklich gewachsen. Ich tanze im Dunkeln. Ich kranke an Unfertigkeit, an Illusionen.

»Ich habe Arbeit gefunden.«

»Was für eine Arbeit?«

»Ich mixe abends Cocktails in einer Bar. Das macht mir Spaß. Ich lerne schnell.«

Mein Mann schüttelt den Kopf, sieht mich anders an als sonst, macht sich jetzt über mich lustig, sagt, ich hätte nicht mehr alle Tassen im Schrank. Ich antworte, ich sei jung, wir hätten keine Kinder, ich könne mir eine extravagante Arbeit leisten. Eines Abends kommt er in die Bar in Testaccio, in der ich arbeite. Er ist nicht allein, hat ein paar von den Typen mitgebracht, mit denen er Hallenfußball spielt, einen Anwalt und einen, der wie er Ingenieur ist. Er starrt mich an, während ich mich im Minirock und mit schwarzem Schürzchen zwischen den Tischen bewege. Ich sehe nur einmal zu ihm hinüber, mein Tablett ist immer voll. Mitten in dem ganzen Trubel sehe ich unscharf einen blonden Kopf. Er hält den Krach und den Qualm nicht aus, bleibt aber, bis wir schließen. Er lässt mich ins Auto einsteigen. Hält am Gianicolo, stürzt sich auf mich. Stammelt, dass ich ihm gefalle, dass wir uns wieder wie frisch Verliebte benehmen sollten, ich sei ihm nicht wie seine Frau vorgekommen, sondern wie eine ganz andere, seine Freunde hätten mich auf so eine Art angestarrt, er sei eifersüchtig gewesen. Er finde es schade, dass wir keinen Sex mehr hätten, aber jetzt ... Er ist schlaff und betrunken.

Ich sage ihm, dass ich ihn nicht liebe.

»Und du liebst mich auch nicht.«

Ich sage ihm, dass wir mit dieser Heirat einen Fehler gemacht hätten. Er pinkelt, ich höre seinen Urin ins Gras prasseln, er sagt, ich übertreibe, ich sei zu dramatisch, es sei nicht leicht mit mir.

In dieser Nacht rief Gojko an.

»He, schöne Frau ...«

Ich bekam Sehnsucht nach seinen ungewaschenen Haaren, nach seiner Stimme.

»Du bist ja doch nicht nach Italien gekommen.«

»Doch, ich war bei Diego in Genua, fast einen Monat.«

»Und da hast du mich nicht angerufen?«

»Diego hat gesagt, du bist jetzt eine verheiratete Frau und willst nichts mehr von alten Verehrern wissen.«

»Ach, leck mich.«

»Es ging ihm sehr schlecht.«

»Ich weiß.«

»Es war nicht leicht, ihn aus diesem Loch herauszuholen. Ich habe ihm geholfen, wir haben uns ein paar Flaschen zu Gemüte geführt.«

»Was du nicht sagst.«

Er erzählt, er habe den Zitronenschnaps für sich entdeckt, ausgezeichnet sei der, er erzählt, Diego sei auf Reisen.

»Ich weiß.«

»Nächste Woche feiern wir Sebinas Taufe.«

»So spät?«

»Wir haben die Trauerzeit für meinen Vater abgewartet.«

»Wie geht es Mirna?«

»Gut, doch sie hatte keine Milch, Sebina bekommt Pulver.«

Ich lächle. »Gib ihr einen dicken Kuss von mir.«

»Willst du ihre Taufpatin sein?«

Er lässt nicht locker, ruft am nächsten Abend wieder an. Mirna würde sich sehr freuen, sie erinnere sich noch an die Salbe, mit der ich ihr die Beine eingecremt hätte. Er lässt nicht locker, sagt, ich hätte ja nur Schnee gesehen, doch jetzt seien die Berge grün, der Duft von Erika und Alpenveilchen dringe in die Felsklüfte und ziehe durch die Gassen der Baščaršija.

Ich gehe in ein Juweliergeschäft und kaufe ein Kettchen mit einem Kreuz für Sebina. Fabio sagt nichts, außer dass er mich nicht zum Flughafen bringen könne, er habe mit einer versiegelten Baustelle zu tun, bei Erdarbeiten seien sie auf die üblichen römischen Überreste gestoßen.

Und so sind wir wieder wir. Sitzen im Freien, mit Tauben, die auf den Tisch flattern. Gojko trinkt sein Sarajevsko Pivo und ich einen Bosanska Kafa mit seinem dicken Grund. Ich habe ihm eine Stange Marlboro und zwei Flaschen industriell hergestellten Zitronenschnaps mitgebracht. Er bietet mir eine seiner grässlichen Drina an.

»Ich freue mich, dass du wieder rauchst.«

Er sieht mich an. Stellt fest, dass ich meine Haare abgeschnitten habe. Sagt, ich sähe jünger aus, die Ehe habe mir gut getan. Er fragt mich nach der Universität, ich sage ihm, dass ich als Kellnerin in einer Bar arbeite.

»Geben sie dir ein gutes Trinkgeld?«

»Nein.«

»Du musst lernen, mit dem Hintern zu wackeln.«

Er steht auf und zeigt mir, wie man das macht. Setzt sich wieder, liest mir eines seiner Gedichte vor.

Warum schwimmt dein Körper nicht mehr auf meinem?
Wie der Lastkahn, den wir auf der Neretva sahen
der Nebel rosa wie dein Busen
meine Beine kühn wie das Hochwasser
Die glühende Sonne kam und trank selbst noch den Schlamm aus
du riebst, wie eine träge Kuh, die Zunge
in den Löchern, wo kleine Fliegen ächzten.
Ich lag auf dem Rücken wie ein totes Tier
und blieb in Erwartung deines Mundes
auf meinen Knochen.

»Bist du verliebt?«

»Sie hat mich verlassen. Um einen anderen zu heiraten«, er lacht.

Ich weine, sage ihm, dass meine Ehe eine Farce ist, dass ich auch wie eine kleine Fliege ächze. Er fragt, ob ich in Diego verliebt sei, ich sage nein.

»Na, dann bleibt mir ja noch ein Funke Hoffnung.«

Sarajevo hatte seine Olympiade wieder abgebaut. Weg mit den Fahnen, weg mit den großen, für die Ausländer bestimmten Werbeplakaten. Die Stadt sah aus wie ein Haus, in dem sich die Gäste auf den Heimweg machen. Sie war noch schöner, friedlich in ihrer Stille, in ihrer Sparsamkeit.

Am nächsten Tag stand ich bei der schlichten, bewegenden Taufe in der Herz-Jesu-Kathedrale. Der Priester sagte wenige, eindrucksvolle Worte, die alle auf das Irdische gerichtet waren, wobei er die Gesichter der Anwesenden suchte.

Sebina trug ein Häubchen mit großen weißen Rüschen, die ihr Gesicht umrahmten wie ein Heiligenschein, sie sah aus wie eine kleine Äbtissin mit roten Wangen, die tiefen, aus der Ferne kommenden Augen eingebettet im Fleisch.

Heißgeliebte Sebina, ich denke an dich im bernsteinfarbenen Licht der Kathedrale zurück, an jenen seltsamen Tag, als man das Sakrament spendete, durch das du im Kreis deiner muslimischen Verwandten von der Erbsünde der Christen befreit wurdest. Dein Frieden gewährte Frieden. Er ging von deinem Körper auf meine Arme über. Du warst mit dem Nimbus des Guten, des Weisen umgeben, das wieder Fleisch wird. Später solltest du eine große Pita-Esserin werden, einen Fisch namens *Bijeli*, Weiß, haben und im Fernsehen mit Begeisterung die *Simpsons* anschauen, und du solltest die schludrigsten Hefte deiner Klasse und die schnellsten Beine deines Wohnviertels in Novo Sarajevo haben.

Ich spüre jemanden neben mir. Und fürchte, dass mir nach diesem Schlag das Kind aus den Armen fällt, meine Beine werden schlaff, das Blut weicht mir aus dem Kopf und sackt vollständig in die Füße. Ich habe kein bisschen Farbe mehr im Gesicht. Ich schaue nicht zur Seite. Dieser Ellbogen gehört zu ihm, und auch dieser Geruch. Ich presse Sebina an mich, sie wiegt nicht viel, doch ich habe wirklich Angst, sie nicht festhalten zu können. Er ist es. Diese Art aufzutauchen ist seine. Er ist es, weil er ein Trottel ist, weil er sich nicht darum geschert hat, dass ich in Ohnmacht fallen könnte.

Er neigt sich zu mir und flüstert mir ins Ohr: »Ich bin der Taufpate.«

Jetzt wird mir alles klar, der Sinn dieses Tages und dieses Ortes. Gojkos verschlagener und weicher Blick. Später, als ich ihm gehörig in den Bauch boxe, wird er zugeben: »Du ahnst nicht, wie schwer es für mich war, es dir nicht zu sagen, aber ich hatte es versprochen.« Ich merke, dass ich genau darauf gewartet habe, dass ich in dieser Kirche genau das von Gott erbeten habe. Ich erbat es bei jedem Körper, der hereinkam.

Allmählich kehrt das Blut durch die Halsvenen in mein Gesicht zurück, ich kann mich umdrehen und ein bisschen von ihm anschauen ... eine Hand, ein Haarbüschel, ein Stück seiner Jeans.

Er ist allerdings nicht der Pate. Später wird Gojko erzählen, dass er sich gefreut hätte, wenn wir beide Sebinas Taufpaten gewesen wären, doch es habe familiäre Zwänge gegeben. Und dass Diego ihm geraten habe, doch mich zu bitten, *So ist sicher, dass sie kommt.* Diego wusste nicht, ob er rechtzeitig da sein würde, er war zwei Tage und zwei Nächte unterwegs und riecht jetzt nach Flughafen, nach Wartezeiten.

So trete ich mit einem anderen ans Taufbecken, einem Herrn mit einem großen, schwarzen Schnauzbart, Mirnas Bruder.

Trotzdem ist diese Taufe unsere Taufe. Als das Wasser Sebinas Körper benetzt, hebe ich den Blick und treffe auf Diegos.

Wir sitzen im Freien vor einer Berghütte mit einem gigantischen ausgestopften Bären am Eingang und essen an der langen Tafel, an der Sebina gefeiert wird, Forellen und Bosanski Lonac. Ich rede, leere meine Kehle und mein Herz. Wir geben uns unter dem Tisch die Hand. Diese Hände glühen, beben. Unsere Hände erneut zusammen. Er staunt, weil ich so gefügig bin. Vielleicht glaubt er mir nicht. Er schwitzt und trinkt. Er hat so eine Suppe nicht für möglich gehalten, so eine Henne, die keinen Kamm und keine Krallen mehr hat. Er betrachtet meine kurzen Haare und mein ungeschminktes Gesicht.

»Du bist jünger geworden und ich älter.«

Er zeigt mir ein weißes Haar in den Koteletten, die er sich hat wachsen lassen. Er hat weniger Haare, ist sonnenverbrannt und abgemagert. Vielleicht hat er recht, er wirkt älter. Ein paar Monate. Er hebt den Arm, steckt seine Nase in die Achselhöhle, entschuldigt sich bei mir, weil er stinkt. Er hat sich nur auf der Toilette eines Flughafens gewaschen und trägt seit drei Tagen dasselbe T-Shirt.

»Wieso, wo warst du denn?«

»Am anderen Ende der Welt.«

Er stand in einem schlammigen Strom und riskierte neben einer trägen Kolonie von Kaimanen seine Beine und sein Leben. Er fotografierte einen alten Fährmann auf seinem voll beladenen Bambusboot und die Fracht aus in der Sonne getrockneten Fellen. Es ging ihm gut, er rappelte sich langsam wieder auf, hatte sogar versucht, mit einem Mädchen zu schlafen, einer Deutschen, in einem Bungalow unter einem Propellerflügel, der Mücken herumscheuchte. Sie war aufgestanden, um die Tür zu schließen, weil sie Angst davor hatte, dass Schlangen hereinkamen. Er hatte ihr zugesehen. Die wenigen Schritte hatten genügt, um ihm klarzumachen, dass er es nicht schaffen würde.

»Du Lügner, und was hast du ihr gesagt?«
»Dass ich Dünnpfiff habe. Ich habe mich im Klo eingeschlossen, bis sie gegangen ist.«
Er lacht. Sagt, er habe geglaubt, es ginge ihm gut, er sei bei Tagesanbruch aufgestanden, habe die Sonne abgepasst, die aus der Hochebene kam, schon rot, *wie einer dieser Lutscher voller Farbstoffe*, er habe Filme in die Kameras gelegt und sei durch den Regenwald zu den Dörfchen der Seringueros gewandert. Am Ende sei ihm der Gedanke durch den Kopf gespukt, sich dort niederzulassen wie ein Einsiedler, wie ein Mönch. Er sieht mich an, lächelt sein kleines Lächeln und wirft die Haare zurück.
»Aber ich bin kein Mönch, Kleine ...«
Als Gojkos Telegramm kam, warf er seine Sachen in den Rucksack und rannte im strömenden Regen los, einen Daumen nach oben gerichtet, falls ein Lastwagen vorbeikam, irgendein Auto. Schließlich las ihn ein Jeep der Polícia Civil auf, und er reiste kurzärmelig und nass durch den Wald, zwischen zwei großen, dunklen Christenseelen, die nicht gerade wie Schutzengel aussahen, eher wie Teufel. *Wenn sie nach Sarajevo kommt*, sagte er sich immer wieder, *heißt das, dass sie auch Sehnsucht nach uns hat.*
Er kommt mit dem Kopf auf mich zu wie ein Stier, macht *buh*, fällt über mich her.
»Schenk mir deinen Blick, verfluchtes Mädchen, reiß ihn nicht los ... Diesmal schnappe ich dich.«
Der Schmerz hat ihn männlicher gemacht, kühner. Er ist ein herangewachsener Halbstarker. Er zieht mich vom Stuhl hoch, führt mich zum Tanz zu den anderen mitten auf die Wiese. Er presst mich an sich wie ein Bräutigam. Seine Arme sind kräftiger geworden. Er nimmt mich bei den Haaren wie einen Maiskolben, drückt mich auf seinen Mund, atmet in meinen. Er sucht mich, bedrohlich wie ein Kaiman an der Wasseroberfläche.

»Sieh mich an.«

Ich sehe ihn ja an.

»Ich liebe dich.«

Er tanzt wie ein Gott, in seinen Armen bin ich ein Putzlappen, der sich führen lässt. Er hat den geraden Rücken eines Flamencotänzers, ein geschmeidiges Becken und verrückte Beine, die aus den Fugen geraten wie die von Michael Jackson. Wohin wird mich dieser Wahnsinnige bringen? In welche Hölle? In welches Paradies? Unterdessen möchte ich mich nicht von seinen Lippen lösen.

»Das wird ein Fest, Kleine, jeder Tag ein Fest. Ich gebe dir alles, verlass dich drauf.«

Es wird dunkel, die Sonne geht von der Wiese. Sebinas Kleidchen ist zerknittert, die Rüschen sind schlaff, sie sieht aus wie ein milchverschmiertes Zicklein. Sie ist auf mir eingeschlafen, schwitzt an meiner Bluse. Riecht nach kleinem Fleisch, eingerollt in einen Himmel, der größer ist als unserer. Sie ist wie warmer Leim, Honig im Schwamm eines Bienenstocks. Vor mir bewegt sich das Ungreifbare, vom Summen eines Insekts mitgerissen ... Das Gefühl, dass das Leben vergehen wird, ein Ring im anderen.

Diego und Gojko spielen Armdrücken auf dem Tisch, der jetzt leer ist, nur ausgetrunkene Gläser stehen noch da und Speisereste, die die Frauen unter sich aufteilen, sie spannen Geschirrtücher über rosarote Steinguttöpfchen.

Sarajevo ist weiter weg, eingebettet zwischen seinen Bergen. Die Sonne erlischt, die letzten Strahlen knistern. Die Stadt wirkt wie in Wasser getaucht. Als wäre alles, ihre Häuser und ihre Minarette, wie durch Zufall, wie durch Zauberhand zusammengewürfelt, angeschwemmt von einem Fluss, und als könnte es von einem Moment zum nächsten wieder verschwinden. Wie wir, wie Sebina und wie alles, was zu lebendig ist, um dauerhaft zu sein.

Wir nehmen uns ein Zimmer in dem nach der Olympiade verwaisten *Holiday Inn*. Wir gehen zu Fuß hinauf, über die langen Gänge, die rings um die Hotelhalle angeordnet sind. Der monumentale Kronleuchter an der Decke sieht aus wie eine im Netz gefangene Meduse. Unten ziehen die Kellner vorbei wie Algen in einem leeren Meer. Das Zimmer riecht neu, nach Möbeln, die frisch aus der Fabrik kommen. Es gibt ein großes Bett und ein großes Fenster zur Allee. Diego sagt, er müsse duschen, weil er stinke wie ein Wiedehopf. Also warte ich auf ihn und schaue aus dem Fenster auf das Viereck des Zemaljski Muzej mit seinem botanischen Garten neben der nagelneuen Klippe des Parlaments. Er küsst mich von hinten, hat nasse Haare, das Wasser läuft an mir herab. Wir lieben uns, fast ohne uns zu bewegen, angeklammert. Es ist anders als neulich, wir sind schüchterner. Haben gelitten, haben Angst. Wir trauen uns nichts mehr. Wir sind wie zwei Eheleute, die sich wiedersehen. Die Angst haben, etwas falsch zu machen. Diego hat seinen Schwung verloren. Er hat die Augen geschlossen. Ich hätte ihm sehr, zu sehr gefehlt, sagt er, und jetzt sei er zu betrunken, um glücklich zu sein.

Danach küsst er mir den verschwitzten Nacken, nimmt meine Haare von der Haut.

»Genau hier, weißt du, hier im Nacken entsteht das Leben. Der Nacken ist ein Fluss, ist das Schicksal.«

»Woher willst du das wissen?«

Wir schlafen Fleisch an Fleisch. Von oben sehen wir aus wie zwei in eine Schlucht Gestürzte. Wir wachen im Morgengrauen auf, weil das Fenster schon lichtüberflutet ist. Wir frühstücken auf dem Zimmer. Der Kellner klopft an und schiebt den Servierwagen herein. Später liegt das Tablett neben den zertrampelten Handtüchern auf dem Boden. Wir sind wieder im Bett. Ich liege auf dem Rücken, meine Brüste fallen auseinander, eine dahin, eine dorthin. Diego fotografiert meinen Bauch, presst das Objektiv auf meinen Nabel. Erst am Nachmittag ziehen wir uns an. Er kann seine Socken nicht finden, sucht sie im ganzen Zimmer, bückt sich, um unters Bett zu schauen, ich bücke mich auf der anderen Seite auch. Wir bleiben eine Weile so dort unten und sehen uns an, zu beiden Seiten des Bettes. Am Flughafen sagt er: »Was soll ich bloß tun?«

»Warte auf mich.«

Er ist niedergeschlagen, hat seinen Rucksack voller Dreckwäsche auf den Boden geschmissen, malträtiert eine verrostete Schnalle.

»Du wirst mich wieder sitzenlassen, das steht geschrieben.«

»Entschuldige, aber wo steht das geschrieben?«

Er lässt mich stehen, geht zur Toilette und kommt fast augenblicklich zurück. Er hat eine Hand auf der Stirn.

»Bitte sehr, hier steht's geschrieben.«

Er nimmt die Hand weg, ich lese SCHEISSKERL, mit Kugelschreiber auf die Stirn geschrieben. Ich spucke auf meinen Finger, reibe. Seine Stirn bleibt ein bisschen blau.

»Du bist ein Idiot.«

»Ich bin verzweifelt.«

Ich komme nach Hause, um diese Zeit ist Fabio nicht da, ich weiß es. Ich suche meine Siebensachen zusammen und packe sie in Mineralwasserkartons, ich will keinen Koffer von ihm nehmen. Ich setze mich aufs Sofa, rauche eine Zigarette und sehe mir im Fernsehen die Nachrichten an. Der Sprecher hat dicke

Brillengläser und schmächtige, eckige Schultern, es sieht aus, als steckte sein Hals in einer Schachtel. Er liest die Meldungen vor. Hinter ihm die Universität La Sapienza und das Bild eines leblosen Körpers, in einem Auto zusammengesackt. Dazu das weiße, maschinengeschriebene Flugblatt mit dem fünfzackigen Stern der Roten Brigaden. Dann die Kuppeln des Roten Platzes. Vor ein paar Tagen ist Tschernenko gestorben. Über den Bildschirm laufen die Bilder des neuen Generalsekretärs der KPdSU. Er wirkt sympathisch, trägt einen schwarzen Mantel, der sich im Wind öffnet, er lächelt. Sein Gesicht rund wie das eines Bäckers, auf der Stirn ein Fleck, der wie eine Landkarte aussieht. Fabio kommt nach Hause und wirft die Sporttasche auf den Boden. Er ist überrascht, als er mich sieht. Ich rede mit ihm. Er sagt nichts. Sagt: »Ich muss mich erst mal sortieren.«

Er schaut sich um: Die Wohnung gehört ihm, sie ist aufgeräumt, er wirft einen kurzen, taxierenden Blick in die Runde … findet sich mit dem, was geschehen ist, rasch ab, ohne viele Fragen zu stellen. Doch dann weint er. Er kommt aus der Dusche und hat rote, verquollene Augen. Er klammert sich an eine Milchtüte. Ich rate ihm, nach dem Verfallsdatum zu sehen. Er spuckt in die Spüle, sagt *verdammt*, sagt, die Milch sei sauer, sieht mich besorgt an, fragt, ob ihm das schaden könne. Ich schüttle den Kopf: »Das ist wie Joghurt.«

»Du wirst mir fehlen«, sagt er. Er weint nicht mehr. Er hat sich schon sortiert.

Er hilft mir, meine Sachen runterzubringen, auch die Bücher. Er schwitzt, zwängt sich durch die Fahrstuhltür und betrachtet seine kräftigen Fitness-Arme im Spiegel, während wir hinunterfahren. Ich bedanke mich bei ihm, umarme ihn. Es ist, als würde ich den Hauswart an mich drücken, jemanden, der dich grüßt, wenn du nach Hause kommst, und dir die Post aushändigt.

Ich habe nie mehr an ihn gedacht. Doch letzten Sommer sah ich ihn wieder. Wir fuhren gerade auf die Fähre nach Korsika, ich stand im Eisenbauch des Schiffes, in dem Gestank nach Meer und Diesel eingekeilt zwischen den schon parkenden Autos. Giuliano hatte sich wie immer in die langsamste Reihe gestellt, und ich war aufgestanden, um mich grün und blau zu ärgern und an die offene Wagentür gekrallt nach den Autos weiter vorn Ausschau zu halten, die durch eine zusätzliche Schlange von einem anderen Pier abgeklemmt wurden. Giuliano saß seelenruhig da und las Zeitung. Wir stritten uns. Pietro schlug sich wie üblich auf Giulianos Seite, er hatte die Stöpsel seines iPods aus den Ohren genommen und verkündete *Ist das bescheuert, sich in den Ferien zu streiten*. Schließlich fuhr ich das Auto auf die Fähre, und die beiden gingen über die Fußgängerrampe an Bord. Pietro kam zurück, um seine Gitarre zu holen. Also stand ich verschwitzt da und wühlte in unserem Kofferraum, der sich nicht ganz öffnen ließ. In der Nachbarreihe stand Fabio. Er stieg aus einem kraftstrotzenden Geländewagen, einem alten, gut erhaltenen Modell. Er hatte noch alle seine blonden Haare auf dem Kopf, eine mit Taschen übersäte Weste am Leib und die Arme eines Mannes, der nie aufgehört hat, Sport zu treiben. Wir standen uns von Angesicht zu Angesicht gegenüber, da konnte ich schwerlich so tun, als sähe ich ihn nicht. Er umarmte mich und redete mit seiner kräftigen Stimme los, die durch die Schiffsgarage dröhnte. Er sah mich an, und zusammen mit seinen Augen sah auch ich mich an. Ich trug ein vom langen Sitzen im Auto zerknautschtes Top, meine Haut unter den Armen war das, was sie war, nämlich die Haut, die ich schon oft genug im Spiegel betrachtet hatte. Ich wurde steif und zog die Arme ein. Ich musste an meine Haare denken, an die nachgewachsenen weißen Streifen an den Schläfen, ich war nicht beim Friseur gewesen, es hätte sich nicht gelohnt, wir fuhren ans Meer, und ich würde ja den ganzen Tag mit einem Strohhut auf dem Kopf herumlaufen. Mir war nicht wohl in meiner Haut, ich war blass vom Redaktionsbüro und nicht geschminkt. Er dagegen war braungebrannt, einer von denen, die schon im Mai im Wasser sind. Er redete, erzählte mir von seiner Frau und seinen Kindern, drei an der Zahl, der Kleinste noch klein. »Aber er klettert schon auf das Brett!« Er schlug oben gegen den Kofferraum des Jeeps, wo die perfekt ineinander verkeilten Surfbretter aufgereiht waren.

»Wie geht's deiner Familie? Deinem Vater, deiner Mutter ...«

»Sie sind tot.«

Er lächelte, nickte: »Ja, natürlich ... Jetzt sind wir die Alten.«

Er war alles andere als alt. Er sah besser aus als früher, die Jahre hatten ihm einen raueren Anstrich verliehen, eine kleine Unordnung, durch die sein Gesicht, das im Grunde das eines Einfaltspinsels war, sehr gewonnen hatte.

Ich stellte ihm meinen Sohn vor.

»Er ist fünfzehn.«

Pietro schielte zu den Harpunen und den Taucheranzügen im Gepäck auf Fabios Jeep hinüber. Er fragte, was das für ein Beutel mit Tülle sei, der für mich wie ein schlaffer Dudelsack aussah. Fabio sagte, das sei eine tragbare Dusche. Sie bestehe aus einer speziellen Thermohaut. Man fülle morgens Süßwasser ein, brauche sie nur den Tag über in der Sonne zu lassen und könne dann abends, wenn man nach den Tauchgängen frierend aus dem Wasser komme, direkt am Strand warm duschen.

»Wenn man sparsam mit dem Wasser umgeht, können bis zu vier Personen eine Dusche nehmen.«

Eine Dusche nehmen. Fabios Hintern stieg vor mir die kleine Treppe hoch. Sein schwimmender Schlüsselanhänger hing ihm aus der Tasche. Pietro sagte: »Wahnsinn, Mama. Die langweilen sich garantiert nicht. Hast du gesehen, was die für Ferien machen und wie die ausgerüstet sind?«

Ich war deprimiert und hitzegeschädigt, ich hatte Schweißflecken unter den Achseln, die mein Top dunkel färbten, und das Geld, das Giuliano ausgeben würde, war nichts wert, der Strand war nichts wert und das Hotel auch nicht. Giuliano konnte bestenfalls bei Sonnenuntergang einen Angelhaken mit kläglichen Würmern bestücken. Pietro aber wollte surfen, unter Wasser Fische jagen und einen dieser kreuzgefährlichen Drachen am Strand steigen lassen. Liebend gern wäre er aus unserem Auto in Fabios Jeep umgestiegen. Giuliano war schon im Selbstbedienungsrestaurant, hatte die Plätze belegt und die Tabletts gefüllt. Er winkte mich herbei. Er war nicht mehr wütend. Er aß und war froh. Wegen der überladenen Tabletts hatte er Angst vor meiner Reaktion.

»Damit wir nicht zweimal anstehen müssen«, rechtfertigte er sich. Er steckte mir einen Gabelbissen italienischen Salat in den Mund, »der ist ausgezeichnet«. Sein Bauch hing ihm über den Gürtel, ich schämte mich ein bisschen. Fabio kam und stellte uns seine Frau vor, eine Blondine, so alt wie ich, doch so sportlich wie er. In dem tief ausgeschnittenen T-Shirt erspähte ich einen zu prallen Vorbau.

»Die hat sich den Busen operieren lassen«, sagte ich an Deck zu Giuliano. Er wies auf einen in der Nacht kaum sichtbaren Schaumspritzer.

»Sieh mal, Delphine.«

Er hatte mir die Hand auf die Schulter gelegt, und ich umfasste seine Taille, seinen Speck. Wir standen an Deck dieses Schiffes, das uns in Ferien bringen sollte, die so lala werden würden. Mein Sohn würde dafür sorgen, dass sie uns vermasselt wurden, das lag in der Luft. Doch jetzt drehte er eine Runde, um unauffällig nach den anderen Jugendlichen auf dem Schiff zu schielen, wir waren frei und vorläufig unbehelligt. Das Meer war groß und schwarz, Mondstreifen lagen auf seiner Oberfläche. Wir waren ein Paar im mittleren Alter, nicht schön, nicht hässlich. Aber sympathisch, das ja. Hätte uns jemand gerufen, hätten wir uns mit einem Lächeln umgedreht, mit dem Wunsch, ihm entgegenzukommen.

Oft bemerken wir nicht, was wir haben, sind dem Leben nicht dankbar. Ich berührte Giulianos Hüfte, roch den Duft seines Rasierwassers, der mich zusammen mit dem des Meeres anwehte, und dankte dem Leben dafür, dass es mir diesen anständigen Mann gegeben hatte.

Meine Mutter fragte mich nach den Hochzeitsgeschenken, aus Nervosität, glaube ich, um nicht über Dinge zu reden, die der Rede wert waren, die ihr jedoch Kummer bereitet hätten. »Ich habe alles Fabio überlassen«, sagte ich, ohne bei ihr stehen zu bleiben, bei ihrem Körper, reglos am Türpfosten. Mein Vater zog ein düsteres Gesicht, er stellte sich betrübt, zurückhaltend. So musste sich wohl seines Erachtens der Vater einer Tochter verhalten, die einen jungen, mit öffentlichen Aufträgen gespickten Ingenieur heiratet und nach wenigen Monaten Ehe wieder nach Hause zieht.

»Was! Du hast ihm die Kochtöpfe gelassen?« Er musste lachen, während meine Mutter ihm Blitze entgegenschleuderte. Ich packte eine kleine Tasche.

»Wo willst du denn hin?« Neugierig und nur scheinbar beleidigt. Der Schurke.

»Ich mache eine kleine Reise.«

»Und wohin?«

Ich antwortete nicht. Als er sich an der Tür von mir verabschiedete, bat er mich, ihm ligurische Nudeln und Pesto mitzubringen. Er lächelte. Er wusste Bescheid.

Ich steige in Genua-Brignole aus, ich gehe durch den Regen und halte zwischen den Autoscheinwerfern nach einem Taxi Ausschau. Weit und breit ist keins zu sehen. Ich habe seine Adresse, weiß aber nicht, ob er zu Hause ist. Es soll eine Überraschung sein. Ich passiere die Grenze von der reichen Stadt zur Kasbah. Man muss einfach nur bergab gehen, dem Geruch des Meeres nach. Gassen, schmal wie Schnürsenkel, herabgelassene Rollläden. Die Straße zum Hafen ist eine Stickerei aus blassen Lichtern … auf Motorhauben liegende Fixer, Gestank nach angebrannten Kichererbsen, nach Hafendreck. Er wohnt in einem Block mit Sozialwohnungen in einem schiefen Tal. Irgendwo bellt ein eingesperrter Hund. Es regnet nicht mehr, aber es ist feucht. Aus der Sprechanlage ertönt eine Frauenstimme, dünn und heiser.

»Wer ist da?«

»Ich bin eine Freundin von Diego.«

Die Stimme verschwindet von der Sprechanlage, und ein Kopf erscheint unter einem hochgezogenen Rollladen im ersten Stock. Hellgelbes, ordentliches Haar, ein Morgenrock, der wohl türkisblau ist. Die Frau mustert mich.

»Bist du die aus Rom?«

»Ja.«

Sie öffnet mir, bittet mich herein. Diego ist nicht da, wird aber wiederkommen. Er fotografiert in irgendeiner Garage eine Band von Freunden. Sie ist klein, schmächtig wie ihr Sohn, hat jedoch andere Augen, hellblaue, und die gleiche, etwas breite Nase. Ich entschuldige mich, weil ich sie um diese Uhrzeit störe. *Das ist doch keine Störung*, sagt sie, *das ist eine Freude.* Sie entschuldigt sich nun ihrerseits für die unordentliche Wohnung, doch mir kommt sie tadellos vor. Sie hat die polierten Möbel bescheidener Häuser und einen angenehmen Geruch. Die Frau bietet mir einen Platz in einem Wohnzimmer an, dem man ansieht, dass es nie betreten wird. Sie will mir etwas zu essen und zu trinken geben. Ich gehe ins Bad, um meine Hände zu waschen, und sie kommt mir mit einem sauberen Handtuch hinterher. Ich nehme etwas Warmes an, einen Kamillentee. Sie schaut mich an. Ich stehe auf, sie auch, blitzschnell. Als hätte sie Angst, ich könnte wieder gehen. Dabei bin ich nur aufgestanden, um ihr ein kleines Geschenk zu geben, das ich ihr mitgebracht habe, eine Uhr für den Nachttisch, in einer Porzellanmaske. Sie beugt sich zu mir und gibt mir einen Kuss.

»Das war doch nicht nötig.«

Sie küsst mich noch einmal. Ich spüre ihren bebenden Körper an meinem.

»Diego hat mir so viel erzählt …«

Sie hat einen starken Genueser Akzent, ein kleiner Singsang. Sie heißt Rosa.

Jetzt fällt ihr auf, dass meine Haare nass sind, sie besteht darauf, dass ich ins Bad gehe und sie trockne, gibt mir noch ein sauberes Handtuch.

Sie zeigt mir Diegos Zimmer. Da ist das Fußballposter von Genoa, da ist die Stereoanlage, da ist das aus Brettern von ihm zusammengenagelte Bett, die Laken sind blau, zerwühlt. Da bin ich, überall. Mein Bauchnabel ist am Fußende des Bettes, neben dem Fenster. Auf dem Boden liegt ein Paar umgeworfener Stiefel, die Mutter bückt sich, um irgendein Stück Stoff aufzuheben, vielleicht eine Unterhose.

»Ich darf hier ja gar nicht rein, Zutritt verboten …«

Ich höre Schlüsselklappern und eine sich schließende Tür.

Drehe mich um. Wir treffen uns im Flur. Er bleibt wie angewurzelt stehen: »Nein.«

Er wirft sich auf die Knie, mir zu Füßen. Wälzt sich wie ein Hund, reibt seinen Kopf auf dem Boden, küsst mir die Schuhe, die Jeans.

»Das ist nicht wahr ... Das ist nicht wahr!«

Er schnellt hoch wie eine Sprungfeder, ich springe ihn an, meine Knie fest um seine Hüften. So schleppt er mich durch die Wohnung. Seine Mutter zerfließt an der Wand, schlüpft ins Bad.

»Mama, das ist meine Frau! *Meine* Frau! Die Mutter meiner Kinder! Das ist mein Traum!«

Rosa trocknet sich die Augen mit einem Zipfel ihres Morgenrocks und schlägt die Hände zusammen. Ich sage zu Diego, er solle nicht so schreien, die Leute schlafen doch, er wecke ja das ganze Haus auf. Aber seine Mutter schreit, man müsse schreien, denn ständig machten die anderen einen Mordskrach, *und heute Nacht machen wir welchen!* Auch sie ist verrückt, die ganze Familie besteht aus Übergeschnappten.

Wir essen in der Küche, ein bisschen Obst, ein paar Waffeln. Dann gehen wir in dieses Studentenbett mit den blauen Laken. Wir lieben uns mucksmäuschenstill. Wie zwei Halbwüchsige, die nicht von ihren Eltern gehört werden wollen. Die rauschende Musik, die Stereoanlage mit ihren kleinen Lichtern im Dunkel. Von der Straße dringt ein leuchtender Himmel herein, es scheint ein üppiger Mond. Wir betrachten die Großaufnahme meines Bauches, der Nabel sieht aus wie ein Krater.

»Was hast du mit meinem Bauch gemacht?«

»Ich habe Dart damit gespielt.«

Ich blieb bis zum Ende des Sommers in dieser Wohnung. Jeden Tag sagte ich, dass ich abreisen müsse, und jeden Tag blieb ich.

Diego hatte vollkommen andere Gewohnheiten und einen anderen Lebensrhythmus als ich. Er schlief bis zum Mittag, tappte dann in Unterhosen in die Küche, machte den Kühlschrank auf, nahm eine von den Aluminiumassietten heraus, die seine Mutter aus der Gaslini-Küche mitbrachte, und verschlang eine Portion nicht mehr frischer Lasagne oder eine Seezunge mit viel Brühe, eiskalt. Er aß immer so. Seine Mutter war nie da, sie hatte einen Freund, einen Kerl der alten Schule mit zweifarbigen Schuhen und einem Foulard.

Wenn die Sonne schien, gingen wir ans Meer. In einem heruntergekommenen Bootsklub hatte er ein kleines Boot mit zwei tischtuchkleinen Segeln liegen. Wir blieben bis zum Abend draußen, ohne Essen, mit nassen Öljacken. Nachts zogen wir in den Hafengassen um die Häuser, von einer Kneipe zur nächsten. Er fand es toll, mich hier in seiner Welt zu haben, und stellte mir den verrückten Haufen seiner Freunde vor, junge, bereits verlebte Gesichter, er übersetzte mir den Dialekt und wachte darüber, dass ich glücklich war. Er gab mir einen von Mündern verdreckten Joint, ich schüttelte den Kopf und wollte auch nicht, dass er kiffte. Er führte mich zum Molo Etiopia, wo sein Vater ums Leben gekommen war, von einem Container zerquetscht. Wir setzten uns auf einen Poller, an ein Meer so trostlos wie Cellophan.

Er gestand mir, dass er sich eine Zeitlang Heroin gespritzt hatte, *Ab und an einen Schuss und basta, weil es in Genua schwer ist, sich nicht irgendwie zuzudröhnen*, und dass er mit den Ultras vom Marassi-Stadion im Gefängnis gesessen hatte.

»Bist du jetzt enttäuscht?«

»Nein.«

Ich sage ihm, dass ich so nicht leben könne, so in den Tag hinein, von allem losgelöst. Auch seine Mutter kommt mir verändert vor, als ich gehe, niedergeschlagen, eine mitgenommene kleine Eidechse.

»Entschuldige«, sagt sie.

»Was denn?«

Wir warten in der Hotelhalle

Wir warten in der Hotelhalle, ich und Pietro. Es regnet. Pietro sieht durch die Scheiben dem herabrinnenden Wasser zu, sein hellblauer Blick hat sich zusammen mit dem Himmel verfinstert. Er hat sich ein Sweatshirt übergezogen und die Kapuze aufgesetzt, da sitzt er nun, auf die zu niedrige Couch gelümmelt, breitbeinig und den Kopf zwischen die Schultern gezogen. Gegenüber vom Hotel ist ein Internetcafé, dort wäre er jetzt gern, um mit seinen Freunden zu chatten. Ich habe Nein gesagt. Also hat er sich die Kapuze übergezogen und sitzt niedergeschmettert und rüpelhaft da wie ein Fußballspieler kurz nach seinem Platzverweis. Das Mädchen aus dem Frühstücksraum schiebt einen Staubsauger über den Teppichboden auf der Treppe. Die zu lange Schnur wickelt sich um ihre Beine. Pietro setzt sein übliches Grinsen auf und sagt: »Die ist ja komplett unfähig.«

Ich sage: »*Die* ist genauso alt wie du und arbeitet schon.«

Da wird er rot, redet nun schnell, mit abgehackten Wörtern, sagt, er hätte auch gern gearbeitet, doch ich hätte es ihm ja nicht erlaubt. Das stimmt, er wollte für zwanzig Euro am Tag Werbezettel an die Windschutzscheiben von Autos klemmen. Mir gefiel nicht, dass er stundenlang mitten im Verkehr, mitten in diesem ganzen Dreck, stehen würde, und das auch noch in Gesellschaft von Biffo, einem etwas zu schlitzohrigen Kumpel von der Sorte, die permanent einen haschischverklärten Blick hat. Ich könnte ihm sagen, dass das keine richtige Arbeit sei, dass das nur das übliche Herumjobben sei, dass eine Arbeit, um diesen Namen zu verdienen, eine wirkliche Notwendigkeit voraussetze, und dass er stattdessen einen Motorroller habe, eine Gitarre, eine Sonnenbrille und ein Sparbuch, doch ich halte den Mund, weil ich keine Lust auf Diskussionen habe.

Ich stehe auf, gehe zur Rezeption und bitte um einen Schirm. Man gibt mir eine schlaffe und halbkaputte gelbe Krücke. Inzwischen ist das Mädchen auf der Treppe tatsächlich hingefallen, hat keine Miene verzogen und ist sofort wieder aufgestanden, wobei sie sich in Sorge darüber, dass sie jemand gesehen haben könnte, umgeschaut hat. Wir sind die Einzigen. Pietro hat sich die Fäuste gegen die Schläfen gepresst und schüttelt seinen Kapuzenkopf. Er lacht wie ein Bekloppter, schluchzt in sein blaues Sweatshirt. Das Mädchen sieht ihn ernst an. Da tut Pietro so, als wäre ihm schlecht, hält sich den Bauch und täuscht einen Brechreiz vor. Er deutet auf den mit Kippen überfüllten Aschenbecher auf dem Tisch. Das Mädchen kommt und räumt den Aschenbecher weg. Pietro sagt *thank you*, versucht, sich das Lachen zu verkneifen, schafft es aber nicht, er giggelt immer noch wie ein Idiot. Das Mädchen macht so etwas wie eine leichte Verbeugung, ihr Atem verstreut etwas von der Asche. Pietro schüttelt den Kopf, fegt sich die Asche von den Jeans, hebt die Hände und lacht. Diesmal zärtlich.

»Ich geb's auf.«

Das Mädchen kraust das Gesicht, das fest und klar wie eine kleine, frisch geschälte Kartoffel ist, und fragt: »*What?*«

Pietro schüttelt den Kopf, er weiß nicht, wie man *Ich geb's auf* übersetzt.

Er sagt: »*Sorry.*«

Das Mädchen dreht sich um und kommt kurz darauf mit dem sauberen Aschenbecher zurück. Ihr Gesicht ist rot.

»*You are great*«, sagt sie leise, als sie wieder geht.

Pietro hustet und sieht mich an.

»Ma, was hat sie gesagt?«
»Das weißt du doch, sie hat gesagt, du bist *great*, großartig.«
»Wirklich?«
Er plustert sich auf, betrachtet die sich entfernende schmächtige Gestalt der Kleinen aus Sarajevo, streift sich seine Schutzkappe vom Kopf und streicht sich die Haare glatt.
»Gefällt sie dir?«
Er fährt zu mir herum wie eine Schlange. »Spinnst du?! Sie ist so sentimental. Mir sind italienische Mädchen lieber.«
»Und wieso?«
»Weil ich sie verstehe.«
Gojko kommt und bleibt am Eingang stehen. Er hat keinen Schirm dabei, seine Jacke ist auf den Schultern dunkel vom Regen. Er schüttelt den Kopf wie ein Hund. Sucht mich mit den Augen, kommt näher und küsst mich. Sein nasser Körper ist warm, auch an diesem Morgen. Er verströmt einen angenehmen Dunst, wie Heu im Regen. Er setzt sich, bestellt einen Kaffee, zündet sich eine Zigarette an und schlägt die Beine übereinander. Er ist zu spät, weil er in der Galerie war, um bei der Vorbereitung der Fotoausstellung zu helfen. Seine Laune ist bestens, er erkundigt sich, wie wir geschlafen hätten und ob wir ein bisschen Sightseeing machen wollten, weiter auf der traurigen Route entlang der Kriegsschauplätze, er sei daran gewöhnt, denn alle Touristen wollten das. Wir könnten auf den jüdischen Friedhof gehen, von wo aus die Heckenschützen geschossen haben, oder uns im Zentrum herumtreiben, bis die Ausstellung öffnet.

Pietro sagt, ihm sei es egal. Doch dann, dass er lieber im Zentrum bleiben wolle. Mir ist heute Morgen etwas Dummes passiert, ich habe im Halbschlaf die Hand nach ihm ausgestreckt und ihn aus Versehen Diego genannt, weil die Nacht allzu sehr von diesem kleinen Genueser Gespenst heimgesucht war.

Pietro rückte von meiner Hand weg und sagte: »Mama ...«
Ich schlief immer noch halb. »Oh.«
»Wie hast du mich eben genannt?«
»Keine Ahnung, wie habe ich dich denn genannt?« Ich bebte, denn ich hatte es nicht einmal bemerkt. »Entschuldige.«
»Du bist ja völlig durch den Wind.«
Er verschwand schnell im Bad, um von mir wegzukommen, von meinem vergangenheitsgepeinigten Körper. Dann kam er wieder heraus und beugte sich über das Bett, um zu sehen, ob es zufällig zwei waren, ob es sich teilen ließ. Ich sagte: »Wenn du willst, nehmen wir ein anderes Zimmer, wir fragen nach einem mit getrennten Betten. Ich kann auch nicht neben dir schlafen, du wühlst mir zu viel herum.«
Doch mir war zum Heulen zumute.

Es regnet, trotzdem sind viele Leute unterwegs, viele junge Leute. Wir sind in der Allee, die zur Madrasa führt, und Gruppen muslimischer Schüler mit vollen Rucksäcken gehen vorbei wie Schüler jeder anderen Schule auf der Welt. Der Schirm aus dem Hotel ist das Letzte, ich muss aufpassen, dass ich keinem Passanten die Augen aussteche. Ich bleibe stehen, um Pietro auch einen zu kaufen, Gojko will keinen Schirm, er sei ihm lästig. Ich sage, dass es ab einem gewissen Alter ungesund sei, sich die Knochen aufweichen zu lassen. Er brummt, dass ab einem gewissen Alter alles ungesund sei, also brauche man sich nicht weiter darum zu kümmern. Ich hake mich bei ihm unter.
»Schreibst du noch?«
Gern würde ich einige von seinen Gedichten hören, von ihm gesprochen, mit dieser Stimme, die in Gefühl und Absichten ertrinkt. Er senkt den großen Kopf, sagt, er habe vor kurzem wieder angefangen, abends mit Wörtern herumzufuhrwerken.

Ich frage ihn, warum er so lange gewartet habe. »Das ging nicht anders«, sagt er. »Dazu ist ein bisschen weiße Zeit dazwischen nötig, ein bisschen Verbandmull; dazu ist nötig, dass Gott dir hilft und mit deiner verschlissenen Seele nicht zimperlich ist. Dazu ist nötig, dass er dir eines Tages ohne dein Wissen hilft, das Gleichgewicht zwischen Gut und Böse wiederherzustellen.«

Er öffnet die Hand, und ich weiß nicht, warum er hineinspuckt.

»Irgendwann bin ich an einer Wiese vorbeigekommen, die rot von Mohnblumen war, und zum ersten Mal dachte ich nicht an Blut, ich war fasziniert von dieser ungemein zerbrechlichen Schönheit. Es brauchte viel weniger als eine Axt oder eine Maljutka-Rakete, es brauchte nur einen Windstoß. Sie lag still für uns da, diese Wiese, wartend hinter einer Kurve. Ein riesiges Feld, gesprenkelt mit roten Zungen, wie vom Himmel ins Gras gefallene Herzen. Ich saß mit meiner Frau im Auto. Wir hielten an und begannen zu weinen. Erst ich, und nach einer Weile folgte sie mir wie ein Sturzbach. Dieses Weinen hat uns langsam ausgeleert, hat uns entschädigt. Von diesem Abend an konnten wir wieder in die Brust atmen. Wir hielten das wieder aus. Jahrelang war uns die Luft im Hals steckengeblieben, sie kam einfach nicht tiefer ... Zwei Monate später war meine Frau schwanger.«

Wir gehen weiter. Mein Arm unter seinem ist in Sicherheit. Und nach einer Weile fühle ich mich genauso wie damals bei unseren ziellosen Spaziergängen, als unsere Leben unter dem Schirm dieser Freundschaft, die uns kühn machte, geschützt zu sein schienen.

Eine Frau, die mit ihrem Einkaufsnetz an mir vorbeigeht, wirkt wie eine x-beliebige Frau, in Eile und darauf bedacht, nicht zu spät nach Hause zu kommen, doch sie hat den merkwürdigen Gang eines versehrten Insekts, ihre Hüften schlingern unter der für den Regen zu leichten Jacke schief wie ungleiche Räder an einem Auto, und ihre Beine bewegen sich steif wie die Pendel einer Wanduhr. Allmählich geht mir auf, dass hier überall solche Menschen sind, Menschen mit alten Granatsplittern in den Knochen, und dass sie alle geübt darin sind, sich nichts anmerken zu lassen und zwischen den anderen unterzutauchen.

»Das haben wir als Allererstes gelernt.«

Ich sehe die Menschen an und rechne aus, wie alt sie damals waren. Ob sie schon erwachsen oder noch Kinder waren, rechne aus, wie viel ihnen der Krieg unterschlagen hat, rechne es anhand der Augenringe, der glasstarren Blicke, der Zigaretten aus, die nass zwischen den Fingern zittern. Ich rechne es anhand der regengrauen Gesichter aus, die ich nun ansehe wie Tote, die wieder aus dem Meer auftauchen.

»Wir haben zu viel Uran gefressen, zu viele von diesen verdammten humanitären Büchsen, ausrangierte aus dem Koreakrieg.«

Immerhin sind die Kinder, denen ich begegne, unversehrt, sage ich mir. Sie wissen nicht, haben nicht gesehen, können sich also nicht erinnern, aber so ist es ganz und gar nicht. Auch sie scheinen zu wissen, vorsichtig folgen sie den Schritten der Erwachsenen. Es sind die Kinder, die geboren wurden, und auf ihnen liegt das unsichtbare Universum der anderen, derer, die nicht zur Welt kommen und ihr irdisches Schicksal durchlaufen konnten.

Ich betrachte Pietros Nacken im Regen. Von Zeit zu Zeit bleibt er vor einem Schaufenster stehen, die Waren interessieren ihn nicht, er interessiert sich für die Preise in Konvertiblen Mark, er interessiert sich für deren Umrechnung in Euro. Er sagt, die Sachen seien *ziemlich billig*. Dann überlegt er es sich noch einmal, *aber so billig nun auch wieder nicht.* Er fragt Gojko nach den derzeitigen Einkommen. Ich wusste gar nicht, dass sich mein Sohn für Ökonomie interessiert.

»Eine, die als Kellnerin im Hotel arbeitet, was verdient die?«

»Einhundertfünfzig, zweihundert Euro.«

Ich muss lächeln. Pietro rümpft die Nase, er ärgert sich über mich.

»Was denn?«

Das Wasser tropft von den Dachrinnen, von den Balkons, von den Vordächern.

Wir gehen über die Lateinerbrücke, auf der Franz Ferdinand ermordet wurde.

»Man hatte die Gedenktafel für eine ganze Weile abgenommen, weil Princip Serbe war, doch für die Touristen hat man sie jetzt wieder hingehängt, von dem Wort *Held* gereinigt.«

Auf dem Platz, auf dem Schach gespielt wird, haben die Alten alle einen Schirm. Sie spielen unbeirrt im strömenden Regen, hin und wieder bücken sie sich, um die großen Springer und Bauern auf dem Spielfeld zu verschieben, das auf das Pflaster gemalt ist. Pietro macht Fotos mit seinem Handy. Ungläubig steht er vor diesen alten beharrlichen Spielern.

»Das sind fast alles Bauern, Leute, die erst später zugezogen sind. Die Stadt ist ländlicher geworden. Jahrelang habe ich keinen Menschen wiedererkannt.«

Wir schlendern noch ein bisschen weiter, und der Regen hört auf, zunächst lässt er nach, dann fließt er über die Abflussrinnen ab. Der Himmel ist noch schwer, doch für den Augenblick schweigt er. Pietro ist nass bis auf die Haut. Er mag es, nass zu werden, krank zu werden. Eine Nacht lang zu glühen und schon am nächsten Tag wieder topfit zu sein. Bei all der Nässe bekommt er Durst, er macht an einem Kiosk Halt und stürzt eine eiskalte Coca-Cola hinunter. Er schaut auf den Boden und fragt, was das für rote Farbspritzer auf dem Asphalt seien.

Es sind die Rosen von Sarajevo, sie zeugen von Toten und Granaten. Wir gehen über die Rose, die an das erste Massaker erinnert, das an den Menschen, die nach Brot angestanden haben. Gojko sieht mich kurz an, ich öffne den Mund und schließe ihn wieder.

Wir gehen über die Straße, biegen um eine Ecke, noch mehr Rosen, noch mehr rote Farbspritzer, verblasst vom Kommen und Gehen der Leute, die sich auf dem Obst- und Gemüsemarkt drängen.

»Irgendwann haben sie behauptet, wir hätten selbst auf uns geschossen, um ins Fernsehen zu kommen, um die Aufmerksamkeit der Öffentlichkeit auf uns zu ziehen.«

Die Stände sind farbenfroh und viel ordentlicher, als ich sie in Erinnerung hatte. Die Tafel mit den Namen der Toten hängt weiter vorn an einer grauen Steinmauer, sie ist sehr eindrucksvoll. Es ist die Aufzählung von Lebenden, die dem Leben entrissen wurden, alle im selben Moment, mit demselben Flügelschlag ein und desselben Teufels. Unversehens frage ich mich, wo dieser Teufel wohl jetzt ist, ob er inzwischen weit genug weg ist oder ob er noch hier in der Nähe herumhinkt.

Gojko hat vor kurzem etwas gesagt, was mir einen Schauer über den Rücken jagte.

»Viele in Sarajevo denken, dass der Krieg nicht vorbei ist, sondern nur unterbrochen wurde.«

Wir gehen die Treppe zu einem kleinen Restaurant hoch, das direkt über dem Markale liegt, der Markthalle. Es ist eine Art Galerie mit Tischen und Bänken aus Holz und mit Blick auf den darunterliegenden Markt, es scheint in einem Bahnhof vom Beginn des letzten Jahrhunderts zu liegen. Unten sehe ich Käse in Bottichen, weiß wie Kreidestücke. Gojko zeigt mir den einzigen Stand, der noch Schweinefleisch verkauft, man hat ihn nach hinten verbannt, an eine abgelegene Stelle.

Pietro will wissen, was die Leute aus Sarajevo gegen Schweinefleisch haben. Gojko erklärt ihm, dass sie inzwischen fast ausschließlich Bosniaken sind, also muslimische Bosnier, und dass Muslime kein Schweinefleisch essen. Pietro sagt, das wisse er, er habe es gelernt, als er eine Hausarbeit über die drei monotheistischen Religionen geschrieben habe. Er lacht und sagt, hier könne man aber nicht erkennen, dass sie Muslime seien.

»Sie sind alle viel zu weiß«, sagt er.

Gojko erzählt ihm, dass er als Kind zu Hause Weihnachten feierte wie ein guter Katholik und anschließend mit seinen Freunden loszog, um zum Ende des Ramadan Almosen zu sammeln.

»Für uns war das vollkommen normal. Jetzt haben wir in der Schule drei verschiedene Sprachen, und wenn man ein Kind anmeldet, muss man angeben, zu welcher Volksgruppe es gehört.«

Wir bestellen eine bosnische Suppe. Ich habe Appetit auf diesen dicken Gemüseeintopf mit Fleischstücken. Pietro isst Pljeskavica, das, was einem Hamburger am ähnlichsten ist.

»Wie ist es überhaupt zu diesem Krieg gekommen?«

Gojko lacht, die Augen wahnsinnsschwarz.

Er legt Pietro eine Hand auf den Kopf.

»Weißt du, wen man bräuchte, damit er dir die Antwort gibt? Einen großen Komiker, einen Verzweifelten und Stummen, wie wir es sind, die wir nie aufgehört haben zu lachen. Buster Keaton bräuchte man. Hast du mal *Film* gesehen?«

Pietro schüttelt den Kopf, er mag keine Filme ohne Farbe.

Gojko drückt seine Zigarette aus, sein Finger dreht sich auf ihr.

»Was willst du werden, wenn du mal groß bist, Pietro?«

»Keine Ahnung, vielleicht Musiker.«

Und natürlich hat er nicht den Mut, mich anzusehen. Das ist eine alte Geschichte. Ich habe ein Klavier gemietet für ihn und es jahrelang behalten, damit es bei uns zu Hause vergammeln konnte. Pietro hat so gut wie nie darauf geübt, er sagte, er brauche das nicht. Dann, vor zwei Jahren, wechselte er zur Gitarre, er macht alles allein, geht in einen Jazzclub und nimmt dort Unterricht. Ich kümmere mich absichtlich nicht darum. Immer wenn er den kleinsten Druck von mir spürte, steuerte er aus Leibeskräften dagegen.

Wir sind wieder auf der Straße, der Regen hat den Asphalt gewaschen, die Straßen glänzen wie Eisen.

Pietro läuft mit seinem lässigen Gang vor uns her, er tritt in die Pfützen, absichtlich. Seit unserer Ankunft meidet er mich. Er schlurft über die Rosen der Granaten, als wären sie die Pflastersteine einer römischen Gasse, wirkt unsensibel und betont ausgelassen, fast schon verletzend. Diese Gemeinheiten sind an mich adressiert, weil er spürt, dass es mit dieser Reise noch etwas anderes auf sich hat, dass da eine Absicht ist, die er nicht kennt. Ich möchte mich bei ihm unterhaken, ihn an mich ziehen. Doch ich habe nicht den Mut, ihm nahezukommen. Falls es etwas gibt, was Pietro verstehen muss, falls er eine Fährte wittern muss wie ein Hund, muss er das allein tun, ich kann ihm da nicht helfen. Außerdem ist er wie sein Vater, er ist ein kleines Radar für verloren gegangene Wellen.

»Er hat Ähnlichkeit mit ihm, nicht?«

Gojko sieht nicht Pietro an, er sieht mich an.

»Willst du die Wahrheit hören?«

»Ja.«

»Er hat Ähnlichkeit mit dir ... den gleichen Gang, das gleiche Lächeln, die gleiche Launenhaftigkeit.«

Er umarmt mich, erdrückt mich mit seiner Masse. Er atmet in mein Haar.

»Du musst in ihn hineingekrochen sein, Gemma. Du hattest schon immer die Gabe, in die Haut anderer zu schlüpfen, sie zu besiegen, ohne etwas zu tun. Habe ich dir nie gesagt, wie verliebt ich in dich war?«

»Nein, das hast du mir nie gesagt.«

»Du warst so verliebt in ihn, ihr wart beide so verliebt.«

Wir kommen in einen Hof mit niedrigen osmanischen Bögen neben der Moschee. Die Fotoausstellung befindet sich in zwei länglichen, gleichen Räumen mit Glaswänden, die von weißen Eisenrahmen durchzogen sind, sie sehen aus wie ein langer Erker, wie ein Gewächshaus. Ein Mädchen, zart und hochgewachsen wie ein Model, mit einem Paar dicker, schwarzer Stutzen, die ihr um die nackten Beine schlenkern, rückt ein letztes Mal ihre an dünnen Stahlseilen hängenden Werke zurecht. Sie kommt uns entgegen, boxt Gojko gegen die Schulter, wühlt in seiner Jacke nach Zigaretten, klaut ihm eine, lächelt und küsst ihn auf den Mund.

Ich frage ihn, ob das seine Frau sei. Das Mädchen lacht, denn obwohl sie kein Italienisch kann, hat sie das verstanden. Sie schüttelt den Kopf. Sie ist eine bekannte Künstlerin, verrückt wie ein Pferd und tüchtig wie der Teufel.

Ich bleibe stehen, um mir ihre Fotos anzusehen, Bilder von Männern und Frauen, die das Gefangenenlager von Omarska überlebt haben. Momentaufnahmen von eingefallenen Gesichtern, ausgehöhlt von Hunger, von Angst. Großaufnahmen von alten Menschen, so nahe, dass ihr Haar oft vom Bildrand abgeschnitten ist, man sieht nur die Augen, die gewundenen Wege der Falten, die verschlissenen Münder. Keiner von ihnen blickt sanft, alle scheinen auf ein und denselben Punkt in einer dunklen Zone zu starren, die nichts von ihrer Geschichte als menschliche Wesen weiß. Es ist, als wollten sie etwas von dem Objektiv wissen, das sie erforscht, eine Antwort, die ihnen noch niemand geben konnte.

Diegos Fotografien hängen im zweiten Raum. Ich setze mich auf einen Stuhl und schaue sie mir an. Die Ausstellung ist für das Publikum noch nicht geöffnet, eine Frau stellt Häppchen auf einen Tisch, auf dem ein Papiertischtuch liegt. Ich kenne die Fotos schon, es gab keine Veranlassung, extra herzureisen, um sie anzuschauen. Es sind nur wenige, sie nehmen eine kleine, hinter einer Säule versteckte Seitenwand ein. Da ist die Frau, die vor den Scharfschützen davonläuft, die Haare von der Flucht zerrissen, ein angehobenes Bein wie ein gebrochener Flügel. Da ist die Badewanne zwischen den Trümmern, auf ihrem Rand ein Shampoo und in ihr ein Toter, bedeckt mit dem grünen Tuch der Moslems. Da ist die alte Frau, die im Schnee Wäsche abnimmt, die Arme greifen durch den Rahmen eines geschlossenen, glaslosen Fensters. Da ist die Katze, die auf dem Fahrersitz eines ausgebrannten Busses schläft. Da ist der Kinderwagen voller Wasserkanister, gezogen von der lächelnden Sebina.

Pietro schlendert herum, tritt dicht an die Wände, studiert die Schnappschüsse der Ausstellung. Ich warte auf ihn. Und plötzlich finde ich Ruhe.

Zu Hause habe ich haufenweise Fotos von Diego, versteckt auf dem Dachboden. Lange Zeit haben sie mich am Leben erhalten. Ich wartete darauf, dass mein Kind einschlief, war euphorisch und nervös. Als wollte ich zu einem Liebhaber davonlaufen. Ich dachte tagelang, monatelang, nicht an sie. Wie beim Sex, für den ich auch nur ein stets sprunghaftes Interesse hegte, bestehend aus plötzlichen Böen und dann wieder aus Nichts, aus Vergessen. Am späten Nachmittag machte mich jede Tür im Haus traurig, die Tür zum Flur, die Tür zum erloschenen Wohnzimmer. Überall war Schlamm, waren Dinge, die sich regten, mitgeschleppte Dinge. Giuliano hatte häufig Nachtdienst in der Kaserne, und ich war allein. Dann dachte ich aus dem Nichts heraus, aus dem Dunkel der Fenster heraus, aus dem Schlaf des Kindes heraus, mit solcher Intensität an Diego, dass mir schlecht wurde.

Ich zog mich ins Schlafzimmer zurück und öffnete die Kartons. Das Licht schwach genug, um alles ringsumher auszulöschen. Ich breitete die Fotos auf dem Bett aus, auf dem Teppich. Ich kroch auf allen vieren auf diesem Weg aus Hochglanzpapierstücken herum, weinte, lächelte, sabberte wie ein Hund auf dem Grab seines Herrn.

Eines Morgens fand Giuliano ein Foto, das noch unter der Tagesdecke in der Falte des Kissens steckte. Es war in der Nacht zerknittert. Er versuchte, es mit den Händen halbwegs glattzustreichen. Dann gab er es mir, *Hier, Liebes, das muss deins sein ... Es ist sehr schön.*

Er saß auf dem Bett, mit hängenden Schultern, sein Bauch wie ein kleiner Beutel. Ich rückte näher, nahm seine auf dem Laken verwaiste Hand, legte sie mir aufs Gesicht und weinte hinein. Nach einer Weile schniefte auch er, kleine, einsame Schluchzer. Mir ging durch den Kopf, dass er viel einsamer war als ich, dass Männer einsamer sind als Frauen, egal, wie es kommt. Zusammen weinen ist für ein Paar ein winziges, symbolhaftes Ereignis, es ist der Atem des anderen, der in deiner Kehle zerbirst. Es ist der Schmerz über die Welt und über dich, den du in dir hast, du Stück Fleisch, beseeltes Würstchen, wertloser Sack. Dein Bauch tanzt zusammen mit deinen Tränen. Steh auf, du Elender, verschwinde von hier, im Graben des Hauses, oder reiß das Fenster auf und spring raus, doch wenn du bleibst, sag etwas, das uns tröstet.

Giuliano sagte: »Es tut mir leid, dass dieser Kerl tot ist, du ahnst nicht, wie leid mir das tut.«

Ich lächelte: »Vielleicht hättest du ihn eingesperrt, er war einer von der Sorte, die alles dafür tut, dass sie eingesperrt wird.«

Pietro kommt, auf der Hut wie eine Maus, die sich der Falle nähert, weil sie Hunger hat und deshalb ihren Hals riskiert.

»Sind sie das?«

»Ja.«

Er sieht sich die Fotos an, hastig, von unten nach oben und wieder nach unten, zwei Schwertstreiche mit den Augen, mehr nicht.

»Gefallen sie dir?«

»Das mit der Katze gefällt mir, das ist stark ... Warst du dabei, mit ihm zusammen?«

»Nein, nicht immer.«

Er setzt sich neben mich, es gibt keine weiteren Stühle, er rutscht an der Säule herunter und setzt sich auf die Fersen, wie ein großer Vogel.

»Und ich, wo war ich?«

»Du musstest erst noch geboren werden.«

»Und hattest du keine Angst?«

»Wovor denn?«

»Na, du warst doch schwanger, hattest du keine Angst, im Krieg schwanger zu sein?«

Ich nicke, schniefe und sage, dass ich wohl gerade krank werde, ich hätte mich im Regen erkältet, meine Schuhe seien nass. Pietro wirft einen Blick auf meine Füße und trollt sich. Ich sehe ihn naschen, er greift sich ein belegtes Brot, legt es wieder hin und nimmt sich ein anderes. Inzwischen sind einige Besucher gekommen, Grüppchen von zwei, drei Leuten, sie bleiben vor den Fotowänden stehen und plaudern mit einem Glas in der Hand. Hinten in der Ecke bin nur ich. Obwohl ich die Fotos schon kenne, beeindruckt es mich, sie an dieser Wand ausgestellt zu sehen.

Ich sehe mir die Details an, eine Hand, einen Vogel, der den Himmel verkleckst, die in eine Ecke geworfene Stoßstange eines Autos. Ich sehe Sebina an, ihre knopfrunden Augen, diesen komischen Mund, an den Rändern fein, in der Mitte voll und rot wie eine Zunge.

Ich muss lächeln, denn ich kenne diesen Gesichtsausdruck nur zu gut, es ist der eines Räuberhauptmanns, einer kleinen Tyrannin des Wohnviertels.

»Komm mal her, *Bijeli biber*.«

So nannte ich sie, *Weißer Pfeffer*.

Dann kam sie herbei, mit ihren verträumten Augen und dem Grübchen am Kinn, so makellos wie das Bett einer Perle. Ich versteckte ein Bonbon in meinen geschlossenen Händen, und sie musste erraten, in welcher es war. Sie riet immer richtig.

»*Bijeli biber*, du musst lernen, hast du verstanden?«

Sie nickte, mit dem Drang, schnell wegzukommen. Ich sagte Gojko, er solle auf sie aufpassen, solle sie nicht zu lange auf der Straße lassen.

»Was soll Sebina denn mal machen, wenn sie nicht lernt?«

Gojko erfreute sich an dieser spitzbübischen Schwester wie an einem entzückenden Geschenk.

»Sie wird Künstlerin, sie kann Schlittschuh laufen, sie kann auf dem Seil balancieren, und sie ist verlogen.«

Manchmal war sie verstockt, dann grüßte sie nicht einmal mehr und spielte nur verbissen mit den klappernden Kugeln, die ihr Bruder eine Zeitlang importiert hatte, die jedoch nicht so ein Erfolg waren wie die Jo-Jos. Niemand konnte sich diese schlechte Laune erklären. Doch ich konnte Sebina zum Reden bringen, konnte ihr die Ursache für ihren Überdruss aus der Nase ziehen. Es war immer eine absolut unvorstellbare, unsinnige Albernheit, und doch verstand ich sie. Als kleines Mädchen war ich eine verrückte Perfektionistin gewesen, mehrmals am Tag von mir selbst außer Gefecht gesetzt, genau wie Sebina.

Sie wurde schwierig und war sogar hässlich anzuschauen. Sie saß da, auf der Hofmauer, nuckelte an ihren Haaren und gab jedem, der zu ihr kam, patzige Antworten. *He, Weißer Pfeffer*, ich umarmte sie. Und es war, als umarmte ich einen zu harten Stolz, den weniger reizvollen Teil meiner selbst. Jene zu schroffe Klippe, die es niemandem je gestattet hätte, mich bis auf den Grund zu lieben. Sebina kam an meine Einsamkeit heran, wir waren gleich. Anmaßend und dumm. Sie hängte sich an meinen Hals, und ich trug sie ins Haus zurück, hoch zu ihrer Mutter, auf der Treppe ihre baumelnden Beine an meinem Körper. Sie war geheilt, die Düsternis verflogen. Ich war nie eine von denen, die besonders gut mit Rotznasen umgehen können, ich habe keine Geduld und rede nicht mit piepsiger Stimme. Doch mit Sebina war das etwas anderes. Sie war ein Gottesgeschenk für mich, eine Liebe im Voraus. Ich sehe noch einmal den Treppenabsatz vor mir, auf dem ich Halt machte, um zwischen zwei Stockwerken nach Luft zu schnappen, weil sie so schwer war, dazu das Grau des Hofes in dem langen, geschliffenen Fenster, das Licht schon dunkel ... und am Hals sie, ihr Atem, ihr Rätsel.

Pietro ist hinter einer Säule stehen geblieben.

»Und das hier, Ma?«

Dieses Foto, über dem Schirmständer an der Tür, habe ich noch gar nicht bemerkt.

»Ist das von Diego?«

Ich sage, ich sei mir da nicht so sicher.

»Da steht sein Name drunter.«

Es ist ein grobkörniges Bild, unscharf, vielleicht ein Stück Mauer mit einem tiefdunklen Fleck, umgeben von roten, auseinanderklaffenden Blütenblättern, eine Art Rose.

»Was ist das?«

»Ich weiß es nicht.«

Pietro gefällt es, er betrachtet es länger.

»Das bedeutet einen Scheiß, aber irgendwie ...«

Er sagt, für ihn sehe es aus wie das Cover einer richtig coolen CD.

Für mich hat es eine greifbare Traurigkeit. Es ist ein sonderbar stoffliches Bild. Für mich steckt in diesem roten Fleck mehr Krieg als in allen anderen Kriegsfotografien.

Ich strecke die Hand aus, um es zu berühren, um das körnige Loch in der Mitte zu berühren. Ich schüttle den Kopf.

»Ich glaube, das ist nicht von Papa, sie haben sich geirrt.«

Diego erschien auf seine Art in Rom, mit dem Motorrad, im Morgengrauen, nach fünfhundert Kilometern Autobahn in der Nacht. Er hatte mit seinem Mückenkörper einen LKW nach dem anderen überholt, Unmengen von Scheinwerfern, und hielt nicht ein einziges Mal an. Er klingelte an der Sprechanlage meiner Eltern, in der Hand einen Strauß Sonnenblumen, die er bei einem nächtlichen Händler gekauft hatte. Ich ging im Nachthemd runter auf die Straße, das erste Tageslicht schwamm im Dunkel, die Rollläden der Bar waren noch geschlossen.

»Ich habe mich schon sortiert!«

Ich nehme die Sonnenblumen und lasse sie einfach so hängen, zwischen meinen verschränkten Armen. Ich bin wütend, verwirrt. Erst am Vortag bin ich aus Genua abgereist. Ich habe noch nicht einmal meine Sachen ausgepackt, und er ist schon da, mit vom Helm plattgedrückten Haaren und von der Kälte fleckigen Wangen.

»Du kannst nicht bei mir wohnen, das weißt du ja wohl. Meine Trennung war erst vor ein paar Monaten, ich kann jetzt keinen anderen Typen bei meinen Eltern anschleppen.«

Er schaut sich um.

»Und wer soll dieser andere Typ sein?«

Er lächelt: »Ich habe schon eine Bleibe, ich bin unabhängig.« Es habe ihm nicht gefallen, mich in einem so heiklen Moment meines Lebens allein zu lassen, sagt er, das Gesicht lammfromm. Ich trete ihn gegen das Schienbein, und er lacht, weil ich mir wehgetan habe, ich trage Flipflops, während er Beinschützer aus Hartleder hat, für Biker.

Er schaut nach oben und winkt. Ich folge seinem Blick und sehe meinen Vater am Geländer der Terrasse lehnen, er ist im Schlafanzug und raucht. Mit der Zigarette in der Hand grüßt er zurück.

Unten fuchtelt Diego mit den Armen.

»Hallo.«

»Hallo.«

»Ich bin's, Diego.«

»Ich bin Armando, ihr Vater. Wie war die Fahrt?«

»Zügig.«

Ich mache meinem Vater ein Zeichen, damit er wieder im Haus verschwindet. Doch er kommt im Pyjama und in den Pantoffeln herunter, die ich ihm zum Geburtstag geschenkt habe, er wirft die Kippe in die Morgenröte und kommt zu uns. Sie geben sich die Hand. Mein Vater dreht eine kleine Runde um das Motorrad.

»Triumph Bonneville Silver Jubilee, erstklassige Wahl.«

Dann sollte ich erfahren, dass die beiden während meiner Ehe schon oft am Telefon miteinander gesprochen hatten. Über mich, über Fotografie, über Reisen. Sie waren sich sympathisch, jetzt schauen sie sich an, und man sieht sofort, dass sie sich gut leiden können. Dass aus dieser Morgenröte eine Liebe entsteht, noch eine. Vielleicht ist das so einfach, weil das Leben so schräg ist. Weil Diego von klein auf Halbwaise ist und mein Vater nie einen Sohn hatte. Er hatte nur diesen Schwiegersohn, den er nie so richtig verdaut hat, er blieb ihm auf halbem Weg im Hals stecken wie ein Räuspern.

Diego fragt ihn, ob er das Motorrad ausprobieren und eine Runde drehen wolle. Mein Vater ist schon drauf und dran, er fängt an, seinen Mantel zuzuknöpfen, den er über dem Schlafanzug trägt. Ich blitze ihn mit den Augen an. Er lässt sich anblitzen, sagt *Was soll's*, er könne die Runde ja auch ein andermal drehen, in der richtigen Montur.

Die Bar öffnet, und mein Vater besteht darauf, uns zum Frühstück einzuladen. Neben ihm im Pyjama und in Pantoffeln gehen wir über die menschenleere Straße. Wir warten darauf, dass der Kaffeeautomat heiß wird und der Junge am Tresen die Croissants auf die Tabletts legt. Diego isst, er hat Hunger. Mein Vater trinkt nur einen Espresso, wir rauchen noch eine Zigarette. An einen Stehtisch gelehnt, schauen wir durch die Glasfront auf die Straße, auf die ersten Bewegungen des Tages. Mein Vater sagt: »Wie schön.«

»Was denn, Papa?«

»Wenn was entsteht.«

»Also, wo soll das nun sein?«

»Unten am Fluss.«

Wir verlaufen uns hinter einem Markt. Diego hat einen zerknitterten Zettel mit einer Adresse und ein Schlüsselbund in einem Briefumschlag dabei, beides hat er von einem Freund, einem Musiker. Wir gehen die großen Travertinstufen zum Uferdamm hinunter, an Moosflecken und an Flaschen nächtlichen Kampierens vorbei. Unten ist es kälter und rutschig. Das Flusswasser ist gelblich, es wickelt sich gierig um kleine Inseln aus Grün, die vom Grund aufragen und an denen Abfall hängen bleibt. Der Lärm ist oben geblieben, weiter weg, auf dem Markt. Hier unten hört man nur das Gluckern des Wassers und das rostige Kreischen einiger Möwen. Ich schaue mich um, sehe nichts.

»Bist du sicher, dass es hier ist?«

»Nein.«

Wir gehen am Ufer entlang, kehren um. Unter einer Brücke steht eine umgedrehte Kiste, die Mauer ist rußig von einem erloschenen Feuer.

»Gott lebt.«

Ich drehe mich um. Er hat es an der Mauer gelesen, zwischen anderen Sprüchen steht dort rot und wuchtig: GOTT LEBT.

»Glaubst du daran?«

»Woran?«

»Dass Gott hier unter dieser Brücke ist.«

Ich zucke die Achseln und seufze: »Das klingt wie ein Codewort aus dem Gangstermilieu.«

Diego glaubt nicht an Gott. Bei einem seiner nächtlichen Anrufe hielt er mir einen irrwitzigen Vortrag und sprach von einer großen Energie, die das Universum wie ein Heiligenschein umgebe, eine Art fließende Haube. Hässliche Seelen könnten nie zu ihr gelangen, sie seien alt, von zu vielen irdischen Aufenthalten besudelt, und sie würden fast augenblicklich sterben, zu Staub zerfallen, wieder aufgesogen von der kosmischen Finsternis. Schöne Seelen dagegen würden, in die Höhe gerissen, blitzschnell nach oben fliegen. Dort erholen sie sich von der Mühsal des Lebens, und wenn sie könnten, versetzten sie der Erde kleine, wohltuende Impulse. Wahrscheinlich hatte er in dieser Nacht gekifft. Ich für mein Teil bin wie die meisten Menschen, ich glaube nur bei Gelegenheit an Gott, nur wenn ich Angst habe.

Hinter der Brücke ist der Uferweg ordentlicher, dort gibt es ein Sportzentrum mit zwei Tennisplätzen und einen kleinen, verlassenen Kinderspielplatz, im Schilf versteckt. Im Wasser liegt ein vertäutes Boot.

»Da wären wir.«

Es ist das Lokal eines Freundes, den er auf einer Reise kennengelernt hat, seit einigen Monaten ist es geschlossen … *Es war ein bisschen was zum Rauchen im Umlauf, und mein Freund hatte da ein paar Scherereien.* Er sagt, in der schönen Jahreszeit werde das Lokal wieder öffnen, doch jetzt sei schon Ende September, sein Freund überlasse es ihm als Ausweichquartier, solange er es aushalte, solange nicht zu viel Feuchtigkeit vom Fluss heraufsteige. Ich sage nichts, kann es nicht glauben. Der Schlüssel öffnet ein großes, verrostetes Vorhängeschloss, die Holztür braucht einen Stoß mit der Schulter. Drinnen ist es dunkler als draußen, die Fenster sind staubtrüb und grün von Schimmel. Der große Raum ist mit einem Parkettimitat aus Linoleum ausgelegt. In der Mitte ein Bartresen unter einer großen Lampe in Form eines Steuerruders, auf dem Boden aufgetürmt Tische, Bänke und Stühle aus Metall. Ich reibe mir die Arme, mir ist jetzt schon kalt. Diego ist entzückt, er schiebt die Eisenhaken von den Bullaugen, auf dem Fluss kommen zwei Kanufahrer vorbei.

»Willst du etwa wirklich hierbleiben?«
»Gefällt es dir nicht?«

Ich werfe einen Blick auf den durchsichtigen Barkühlschrank ohne Inhalt und auf ein Kunstledersofa, das mit Kugelschreibersprüchen beschmiert ist. Diego bückt sich und liest ein paar Schweinereien vor. Er lacht wie ein Irrer.

»Das ist doch der Hammer hier!«

Er ist hellauf begeistert, seine Augen im dunklen Kreis seiner Augenringe glänzen fiebrig.

»Hast du wieder angefangen, irgendwelche Drogen zu nehmen?«

Er ist nicht beleidigt. Sagt ja, er sei high von mir, ich sei besser als Heroin, weil die Wirkung nicht nachlasse, sie bleibe im Blut, und mich könne man nicht mit Strychnin strecken. Er wolle auf der Stelle mit mir schlafen. Ich sage, er solle mich nicht anrühren und mir vom Leib bleiben. Dieser Ort mache mich krank, ich wisse nicht, wohin ich mich setzen solle, alles sei feucht und dreckig.

Er packt seine Sachen aus, Bücher, einen Kassettenrecorder und wenige, zwischen die Fotoapparate geknüllte Kleidungsstücke. Er hat wieder ein Geschenk für mich: ein Glas ligurische Walnusssauce, eingewickelt in ein Paar öltriefende Unterhosen.

Er trällert vor sich hin, während er einen Platz sucht, wo er seine Sachen unterbringen kann. Er räumt seine Kleidung auf das Abstellbrett für Gläser. Ist schon barfuß auf dem von altem Dreck verkrusteten Linoleum. Er geht eine kleine Treppe hinunter und kommt mit einem Schrubber und einem Eimer Wasser wieder hoch, das er auf den Boden kippt. Ich ziehe die Beine an, er wischt auf. Da sitze ich nun eingesunken zwischen den schweinischen Sofasprüchen. Und denke, dass wir nirgendwohin gehen werden, dass wir nur ein paar Monate aushalten werden, dass dieser Kerl übergeschnappt ist, eine verkrachte Existenz, die schon überall geschlafen hat, sogar auf einer Kloschüssel in den Toiletten eines afrikanischen Flughafens.

Ich trage meine weißen Turnschuhe, die frisch aus der Waschmaschine kommen, schaue sie an. Denke an Fabios Gesicht, an das, das er machen würde, wenn er mich hier sehen könnte. Hinter einem Vorhang ist eine Nische, nicht größer als ein Schrank, mit einem dieser weißen Blechkocher mit zwei Feuerstellen. Diego ist hineingeschlüpft und hantiert mit einer alten Gasflasche, er schüttelt sie, um herauszufinden, ob sie gefüllt ist.

»Ich lade dich zum Essen ein. Kommst du?«

Ich gehe hin. Es ist neun Uhr abends. Er hat darauf bestanden, dass ich mich in Schale werfe, also halte ich die Luft an, um den Reißverschluss eines zu engen, schwarzen Kleides aus einer alten Silvesternacht zu schließen. Dann öffne ich vor dem Spiegel den Mund und fahre mit dem Lippenstift über meine Lippen, nicht ohne in dieser kleinen, weichen Bewegung zu schwelgen. Ich habe ihn gefragt, ob ich etwas Fertiges mitbringen solle, etwas Lachs, eine Mozzarella, er sagte, Gas sei vorhanden, er habe alles im Griff. Ich gehe raus, um Wein zu kaufen. Die Geschäfte beginnen zu schließen, doch ich schlüpfe noch unter dem halb heruntergelassenen Rollgitter eines Dessousgeschäfts durch, um mir ein Paar neue Strümpfe zu kaufen. Im Taxi schlage ich die dunklen Beine in den eng anliegenden, halterlosen Strümpfen übereinander, die Lichter der Autos auf der Straße am Tiber tanzen über mein Gesicht, und ich fühle mich wie eine kleine, dumme Schönheit.

Die Tennisplätze sind erleuchtet, irgendwer spielt eine nächtliche Partie. Ein Lichtermeer umschließt eines der Boote am anderen Ufer, das unter einer ohrenbetäubenden Musik vibriert, offenbar eine private Feier, eine Hochzeit, ein Geburtstag.

Das Boot liegt fast völlig im Dunkeln, ein mattes Licht flackert aus dem Innern und pulsiert wie das Leuchten im Bauch eines nächtlichen Insekts. Es sieht aus wie aus Pergament, es sieht aus wie eine aufs Wasser gesetzte Laterne. Ringsumher der Fluss, sein Glucksen in der Finsternis, sein leicht trauriger Dunst, verschwiegen wie eine Lagune.

Er kommt aus der Dunkelheit, ich kann sein Gesicht nicht erkennen, sehe nur den weißen Fleck seines Oberkörpers und höre das Geräusch seiner leichten Beine.

»Herzlich willkommen.«

Er reicht mir die Hand, zieht mich an sich. Er duftet, wie ich es noch nie an ihm erlebt habe.

»Was ist das?«

»Wacholderschaumbad«, er lacht.

Ich lache auch. Wir sind beide etwas verlegen. Es ist ein besonderer Abend, wir feiern unsere Verlobung.

Er bleibt an der Tür stehen und schaut mich an, er lässt seine Augen über mich wandern, über meine Beine, mein schwarzes, tief ausgeschnittenes Kleid, meinen Lippenstift.

»Wow …«

Auch er ist auf seine Weise elegant, er trägt hautenge, schwarze Hosen mit Streifen und um den Hals einen schmächtigen Schlips, schief auf dem T-Shirt.

»Die Hemden habe ich in Genua vergessen.«

Er sieht mich weiter mit seiner sanften, frechen Miene an. Hinter seinem Rücken dringen ein Lichtschleier und ein kleiner Duft nach gutem Essen hervor.

»Bitte, meine Liebe, tritt ein.«

Ich schaue mich um und weiß nicht, was er mit diesem Dreckloch angestellt hat, er hat die Tische und Stühle aufgebaut, wohlgeordnet wie in einem Restaurant, das auf seine Gäste wartet, auf jedem Tisch brennt eine kleine Kerze, und auf dem Fußboden sind hier und da Inseln von Biergläsern, aus denen Blumenbüschel sprießen, wie kleine Beete. Ich schaue auf … die Fotos von uns in Sarajevo, von uns in Genua, mein Mund, meine Augen, mein Bauch, mit Wäscheklammern auf zwei Leinen gehängt, die sich wie Girlanden durch das Boot ziehen. Die kleine Stereoanlage läuft, die Musik wispert, verliert sich in dem zu großen Raum. Hinten am Fenster steht ein gedeckter Tisch mit einem weißen Tischtuch und langen Kelchgläsern, in diesem Schummerlicht wirkt sogar das Kunstledersofa elegant.

Er lacht: »Na, wie ist es?«

»Es ist wie du.«

Mir kommen die Tränen. Noch nie hat jemand so etwas für mich getan und wird es auch nie wieder tun. Ich betrachte dieses Meer aus Lichtern und Tischen, ich lächle. »Das sind Grabkerzen.« Auch er lächelt.

Er bringt mir etwas zu trinken. Pfirsichsekt. Er hat ihn im Supermarkt gekauft, zusammen mit dem Schaumbad, dem Nudelsieb, dem Radicchio und den Kerzen.

Die Walnusssauce ist köstlich. Er hat auch einen kleinen Braten gemacht, einen Schmorbraten, weil der Backofen kaputt ist.

Er sieht mir beim Essen zu, kommt mit dem Glas näher, möchte noch einmal anstoßen, ich weiß nicht, wie oft wir das schon getan haben, ich habe den Überblick verloren.

Ich frage ihn, ob er sich ein bisschen ausgeruht habe. Er sagt, er könne nicht mehr schlafen, er sei zu glücklich, zu sehr aus dem Häuschen. Weil unser Leben beginne und er voller Jubel, voller Dynamit sei. Ich sage ihm, er solle sich beruhigen, er erschrecke mich, so könne es ja nicht weitergehen. Eines Tages werde er aufwachen und mich so sehen, wie ich bin, normal und sogar ein bisschen unsympathisch.

Er antwortet, das sei unmöglich, er liebe mich.
»Ich mache dir jede Menge Kinder.«
Ich lache, schüttle den Kopf, sage ihm, wir hätten nicht eine Lira, wir könnten uns nicht mal einen Hund leisten.
»Wie gedenkst du dich in Rom durchzuschlagen?«
Er wollte sich nach Fotoagenturen umsehen, nach Hochzeiten. Oder bei alten Damen anklopfen. Das hatte er in mageren Zeiten schon öfter getan.
»Sie brauchen alle ein Foto für den Grabstein und setzen sich mit ihren Ohrringen in Positur. Und machen mir Kaffee.«
Ich schaue ihn an, seinen dünnen Schlips, der ihm wie eine Leine vom Hals hängt, er ist aufgeregt wie ein Hund, der seinem Herrchen weggelaufen ist. Man könnte ihn für einen Oberschüler halten. Wir werden nirgendwohin gehen, wir werden zusammen mit diesem Kahn untergehen.
»Wie schaffst du es nur, immer so fröhlich zu sein?«
»Ganz einfach, Traurigkeit ödet mich an.«
Er schreit auf: »Ahhh!«, und sackt zusammen, als hätte man ihn erschossen. Ich habe die Beine bewegt, und er hat das nackte Fleisch über dem Spitzenrand des Strumpfes erspäht, deshalb zieht er jetzt eine bühnenreife Show ab, er senkt den Kopf und brüllt, ich hätte beschlossen, ihn umzubringen, dieser Anblick sei zu viel für einen Moribunden. Er kriecht herbei, zieht mir die Schuhe aus, massiert mir einen Fuß, küsst mich durch den Nylonstrumpf, säuselt, wenn wir all diese Kinder haben wollten, müssten wir uns sofort an die Arbeit machen, denn er brauche Zeit, viel Zeit, die Arbeiten würden so langsam vorangehen wie bei der U-Bahn von Genua.
Wir legen uns auf das mit Sprüchen und mit durchbohrten Herzen und mit spritzenden Pimmeln beschmierte Kunstledersofa.

Später schaue ich Diego von unten bis oben an, ich liege noch, er hat mir einen seiner Pullover gegeben, weil mir kalt ist, ich habe die Beine angezogen, die Knie unter der Wolle. Er läuft barfuß auf diesem Boot herum, das für mich inzwischen der schönste Ort der Welt ist. Er hat abgeräumt, das Geschirr in den Ausguss gestellt. Er ist nackt, trägt nur noch den Schlips, er hat ihn an seinem Hals vergessen, zum ersten Mal kommt er mir vor wie ein Mann. Wenn wir uns lieben, wenn wir nicht mehr reden, wenn ich nur noch seine Seele spüre, habe ich Vertrauen zu ihm.

Ich schließe die Augen und weiß, dass er mich fotografiert, dass er sich ganz langsam zu mir gebeugt hat und mir nun ein Auge stiehlt, eine Hand, ein Stückchen Mund, ein Ohr.

Es ist fast völlig dunkel um uns her, die Kerzen sind eine nach der anderen in ihrer weichen Pfütze versunken. Jetzt gehe ich, denke ich, ich schnappe mir meine Strümpfe und meine Schuhe. Doch ich rege mich nicht und betrachte weiter die immer schwächer werdenden Lichter. Die Zeit sitzt mir nicht mehr im Nacken, sie breitet sich, träge, in meinem Bauch aus. Ich bleibe und weide selig, wie eine verträumte Ziege bei Sonnenuntergang.

Am frühen Morgen kam ich in die Wohnung meiner Eltern, um postwendend wieder zu gehen. Meine Mutter wartete mit einem angespannten, niedergeschlagenen Gesicht auf mich.

»Wer ist dieser Junge?«

»Ein Junge eben.«

»Weißt du auch, was du da tust?«

»Nein, Mama, ich weiß überhaupt nichts.«

Ich ging die glitschigen Stufen zwischen den Linden hinunter und fand Diego auf dem Fluss. Jetzt kam es mir normal vor, dass er hier wohnte. Die Stadt dort oben schien weit weg zu sein, kleine Schwärme dunkler Enten zogen auf der Strömung sitzend vorbei. Wenn es regnete, war es wie in einem U-Boot, die Fensterscheiben ertranken im Wasser. Ich war gern dort unten, hatte mich an die Schluchten aus Schilfrohr und an das rabiate Kreischen der Möwen gewöhnt. Manchmal schlich Diego bei Tagesanbruch hinaus und machte nach dem Regen Jagd auf Pfützen. Er brachte Stunden auf den Knien zu, um im Spiegel einer Wasserlache einen Palazzo, den Ast eines Baumes oder eine Ampel zu fotografieren. Ich folgte ihm, packte die neuen Filme aus und steckte die alten in meine Taschen. Er konnte stundenlang so bleiben. Autos fuhren vorbei und spritzten ihn nass. Er nahm keine Notiz davon, ja er freute sich sogar über das aufgepeitschte Wasser, über die zerstückelten Bilder, die wie explodiert aussahen. Er brachte die Fotos nicht zum Entwickeln, stapelte die Filme auf dem Bartresen des Bootes und vergaß sie dort. Manchmal kümmerte ich mich darum. Dann kam ich mit den gelben Kodak-Tüten zum Boot zurück. Ich rief ihn und warf einen Stein. Er bedankte sich und verstreute die Bilder auf dem Boden. Ging zwischen ihnen umher und schob eines mit dem Fuß beiseite, um das darunterliegende zu mustern. Oft erkannte er seine Arbeit nicht wieder, sie zu betrachten fiel ihm schwer. Es war, als brauchte er diese Distanz, um sich selbst vom Leib zu bleiben. Er fischte zwei, drei Fotos heraus und hängte sie mit Wäscheklammern auf die Leine, steckte die übrigen in die Tüte zurück und überließ sie auf dem Tresen neben den Filmen ihrem Schicksal.

Wir waren eines von diesen schrägen Pärchen, auf die niemand auch nur einen rostigen Nagel gewettet hätte. Von denen, die für eine Handvoll prächtiger Monate bestimmt sind und später dazu, im Nu abzuschlaffen wie Diegos Locken, wenn es regnete. Wir waren grundverschieden. Er schlaksig, ich immer ein bisschen steif, mit Säcken unter den Augen und im strengen Mäntelchen. Doch die Monate vergingen, unsere Hände waren auf der Straße noch immer ineinander verschlungen, und unsere Körper schliefen nah beieinander, ohne sich lästig zu werden, wie zwei Feten in derselben Fruchtblase.

Ein neues Jahr brach an, ein neuer Wendepunkt. Ich wurde Publizistin, die holprige Zusammenarbeit mit den Zeitungsredaktionen begann.

Diego blieb den ganzen Winter über auf dem Boot. Er hatte eine rote Nase und war immer erkältet, wenn ich ihn sah. Sich dort auszuziehen, war inzwischen unmöglich geworden, wir liebten uns in einem Schlafsack, ich zog den Pullover nicht mehr aus. Wir hatten uns eine Kiste Whisky gekauft und angefangen, ein bisschen zu viel zu trinken, Schluck für Schluck, um uns aufzuwärmen, wie zwei Penner.

Dann half uns das Schicksal mit dieser Wohnung. Wir entdeckten, dass sie von einer religiösen Institution für eine moderate Summe zur Miete angeboten wurde. Eines Nachts gingen wir hin, um sie uns anzusehen, wir drehten eine Runde unter den versperrten Fenstern, zählten sie in der Dunkelheit und konnten kaum glauben, dass es so viele waren. Sechs große Fenster im zweiten Stock eines schönen umbertinischen Palazzos. Wir warteten auf den Kerl von der Verwaltung, und eines Morgens im März gingen wir dort zum ersten Mal die Treppe hoch. Was soll ich sagen? Es hatte den Anschein, als wartete die Wohnung auf uns. Denn auch Wohnungen warten auf ihre Insassen, sie leben jahrelang weit von uns entfernt, und dann öffnen sie ihre Arme, die Türen und Fensterläden, für ein junges Paar, für zwei glückbebende Schwachköpfe. Und jetzt fällt mir dieses Herz wieder ein. Es war auf dem Treppenabsatz mit einem Nagel in den

Putz gekratzt, daneben ein Pfeil, der zur Tür zeigte. Der Hauswart erzählte uns, in der Wohnung hätte jahrzehntelang nur ein altes, kinderloses Ehepaar gelebt. Wer hatte dieses Herz eingeritzt? Ein Neffe? Ein Kind aus dem Haus? Ein Bettler, der ein großzügiges Almosen von den beiden hutzeligen Alten bekommen hatte? Ich weiß es nicht, und es ist auch nicht wichtig. Wichtig ist nur, dass dieses Herz dort war und über Jahre dort blieb, bis dann der Putz erneuert wurde und ich fuchsteufelswild wurde, weil ich an dem Tag leider nicht zu Hause war, als die Arbeiter die Wand an unserem Treppenabsatz verputzten.

Diego zog sein Scheckheft hervor und bezahlte die Kaution und drei Monate im Voraus, wobei er den Scheck im Stehen an der Wand ausstellte, mit einem Stift, der nicht schrieb. Sein Gesicht war rot und verschwitzt.

»Hast du denn so viel Geld?«, fragte ich ihn, als wir die Treppe hinuntergingen.

»Wir wollen es hoffen.«

Es war eine angenehme Wohnung, eine Zeugin von zurückhaltenden, sparsamen Leben, von Lichtern, die früh gelöscht wurden, um keinen Strom zu verbrauchen. Als wir allein waren, das erste Mal, nachdem wir die Schlüssel erhalten hatten, war es wie der Eintritt in ein Heiligtum. Wir streichelten die Wände, legten unsere Wange daran und küssten sie. Ganz als wären sie lebendig, denn dieser Kalk und diese Ziegel sollten nun unserem Leben Schutz bieten.

Das einzige noch verbliebene Möbelstück in der leeren Wohnung war ein altes, milchweißes Klavier, für Damen, mit Blümchen vorn auf dem Aufsatz. Der Trödler, der die Wohnung leergeräumt hatte, sollte es noch abholen. Diego öffnete den Deckel und ließ seine Finger über die Tasten wandern.

Er hatte es nie gelernt, er spielte nach Gehör. Das Klavier war völlig verstimmt, doch für mich war das die schönste Musik der Welt.

»Was ist das?«

»Was mir so einfällt, Debussy, Leonard Cohen ...«

Seine Schulterblätter bewegten sich unter dem erdfarbenen Baumwoll-T-Shirt, ein bisschen Sonne benetzte den Fußboden. Der Straßenlärm blieb unten. Hier oben gab es nur das kleine, milchfarbene Klavier und diese Hände, die es zum Leben erweckten. Die Töne schwammen in den leeren Zimmern, sie tauften unsere Zukunft.

Als der Trödler kam, einigten wir uns mit ihm und behielten das Klavier für einen Spottpreis.

Wir wechselten die kaputte Badewanne aus und strichen die Wände, reparierten die Löcher in dem alten Parkett. Wir brachten Stunden damit zu, mit dem Fön in der Hand den Estrich zu trocknen. Mittags machten wir es uns auf dem Fußboden bequem und aßen nach Bauarbeiterart ein Brötchen mit Presswurst, Mortadella und Auberginen. Die besten Brötchen unseres Lebens. Eines Nachts liebten wir uns auf den am Boden ausgebreiteten Zeitungen, und die Druckerschwärze färbte auf unsere erhitzten Körper ab, ein Stück von einem sowjetischen Soldaten in Afghanistan blieb auf Diegos Rücken tätowiert.

Ich schenkte ihm ein Poster, das er sehr gern hatte, Braque in seinem Arbeitszimmer, fotografiert von Man Ray, ich ließ auch die Fotos rahmen, die mir am besten gefielen, die Ultras vom Marassi-Stadion, den traurigen Marsch der antarktischen Pinguine und ein Floß aus Laub auf dem Mekong, heimgesucht vom Flug blauer Käfer, und dann die Bilder aus Sarajevo, das schlafende Neugeborene in einer Holzkiste auf dem Gemüsemarkt.

Die Telefongesellschaft schloss ein graues Telefon an, das lange in einer Ecke auf dem Boden stand.

»Wie geht es dir, mein Dichter?«

»Wie geht es euch, meine Turteltäubchen?«

Gojkos rauchzerfressene Reibeisenstimme kam über diese Leitung zu uns.

»Ihr klingt fröhlich.«

»Das sind wir auch.«

»Irgendwo auf der Welt ist einer, der für euch arbeitet.«

»Wer denn?«

»Ein Dichter.«

»Schickst du uns gute Gedanken?«

»Meine Gedanken ... Ich weiß nicht, ob die so gut sind.«

Er lachte, wie nur er lachte, in der Kehle, die ein Heiligtum zu sein schien oder ein Schrottplatz.

Wir kauften uns ein weißes Baumwollsofa, mit kleinen Rollen, die es in Bewegung setzten, kreuz und quer durch das Wohnzimmer. Diego schrieb einen weiteren Scheck aus, er wollte alles allein bezahlen. Dann entdeckte ich, dass er kein Geld mehr hatte und seine Mutter zur Bank gelaufen war, um ihre Hafenarbeiterwitwenrente auf das überzogene Konto ihres Sohnes zu überweisen. Meine Mutter schenkte uns einen langen, kupfernen Schirmständer und sah mich mit ihrem ausgezehrten Gesicht an, als wollte sie sich entschuldigen: »Wenigstens ist es etwas Praktisches.«

Diego gab ihr zwei lange, klebrige Küsse auf die Wangen.

Nur an die kümmerlichen Anwandlungen meines Vaters gewöhnt, wurde sie dunkelrot und ließ sich reglos wie eine Puppe schütteln.

»Bist du sicher, dass er volljährig ist?«, raunte sie mir zu.

»Nein, ich habe seinen Pass nicht gesehen. Er hat ihn verbummelt.«

Mein Vater trat ans Fenster, ihm gefiel der Ausblick, die Tramschienen, die die Straße durchschnitten, und die zwischen den Platanen zusammengedrängten Marktstände, ihm gefielen sogar die Scharen kackender Vögel. Es war einer der alten Palazzi, wie er sie liebte, er, der sein Leben lang in einem kleinen Wohnblock aus den sechziger Jahren gelebt hatte, weil meine Mutter eine Garage wollte.

Die Wohnung roch noch nach Farbe, meine Mutter hustete, sah sich befangen um, hielt meinen Vater bei sich, erlaubte ihm nicht, ins Schlafzimmer zu schauen. Diego lief barfuß hin und her und holte belegte Brote und Schälchen mit Oliven und Lupinenkernen aus der Küche. Meine Mutter starrte ihn an, wie man ein wildes Tier anstarrt, fasziniert und entsetzt. Die Pasta schwamm in der Soße, und Diego hatte zu kräftig gewürzt. Mein Vater bekleckerte sich das Hemd, meine Mutter schüttelte den Kopf und fuhr mit einem Serviettenzipfel über den schrecklich roten Fleck.

»Was machen Sie beruflich?«, fragte sie Diego.

»Ich bin Fotograf.«

Sie nickte: »Aha.«

Sie aß noch einen Bissen, dann kam sie auf das Thema zurück.

»Fotograf wovon? Werbung … Hochzeiten …«

Diego lächelte, er zielte mit der Gabel, an der eine dicke Nudel steckte, auf eines seiner Fotos an der Wand.

»Von Pfützen.«

Ich kicherte los, denn ich hatte schon zwei Gläser getrunken, ich war fröhlich. Ich hatte das Parkett geklebt und hatte die Wände gestrichen. Auch meine Mutter versuchte zu lachen. Das tat mir etwas leid, ich kannte diese Anstrengung, diese Hölzernheit.

Mein Vater setzte sich die Brille auf und ging zur Wand, um sich Diegos Fotos anzuschauen. Er rief meine Mutter: »Annamaria, komm mal, sieh dir das an.«

Und Annamaria ging hin. Da standen sie nun, meine alten Herrschaften, mit dem Rücken zu uns, die Nase dicht an der Wand, und versuchten, in Diegos Bildern etwas von mir aufzuspüren, was ihnen entgangen war.

Später entspannte sich meine Mutter, sie begann uns zum Essen einzuladen, sogar zu oft. Jetzt hielt sie Diego die Wangen hin und wartete an der Tür auf die klebrigen Kinderküsse. Im Grunde hatten mein Vater und ich sie immer ein bisschen allein gelassen, wir waren intelligenter als sie, eigenbrötlerische Köpfe, durchsetzt mit arroganten Extravaganzen. Dieser dünne Junge, der wie ein Wasserfall redete und unentwegt aufstand, um ihr zu helfen, rührte sie an. Sie tat ihm gigantische Portionen auf.

Einmal kaufte sie ihm einen Pullover und steckte ihn mir an der Wohnungstür in die Tasche, weil sie sich schämte, ihn ihm direkt zu geben.

»Was ist das, Mama?«

»Nichts weiter, ein Pullover ... Falls er euch nicht gefällt, könnt ihr ihn ja verschenken.«

Doch Diego zog ihn sofort über, diesen schönen, doppelt gestrickten Wollpullover mit Rollkragen.

»Den habe ich zehn Jahre lang, das ist das klassische unverwüstliche Stück.«

Meine Mutter war rot geworden, froh darüber, die richtige Farbe, die richtige Größe getroffen zu haben, froh darüber, dass Diego so unkompliziert war, so ganz anders als ich.

»Lass uns nach Hause gehen, Liebling.«
»Ciao Pa, ciao Ma.«
Ich schlüpfte schnell in den Fahrstuhl, er hing noch einen Moment an diesen alten Wangen.
»Ciao Kinder, bis zum nächsten Mal!«
Er nannte sie allen Ernstes *Kinder*.

So hatte die Ebene unserer Normalität begonnen. Ich fürchtete, dass der tägliche Trott, dieses Wiederkäuen der immergleichen Dinge früher oder später auch uns zermürben würde und dass irgendwann zusammen mit einem dieser Tage bei schlechtem Wetter und Smog die Ernüchterung durch die Lamellen der Fensterläden lugen könnte. Beide würden wir, voneinander losgelöst, wieder anfangen, jeder an sich zu denken, an die eigenen Probleme. Auch über uns würde sich der trübe Schleier legen, der nach einer Weile die Paare umhüllt, wenn die Illusion schwindet und mit ihr die wohlwollende Blindheit, die die Fehler des anderen verblassen lässt. So geht das immer, so ist es auch meinen Eltern ergangen. Mein Vater war froh, wenn er morgens aus dem Haus gehen konnte, und auch meine Mutter holte tief Luft und sog selig den Duft ihrer Einsamkeit ein. Trotzdem hatten sie sich gern, sie respektierten sich.

Doch wir gehörten einer anderen Welt an, einer vielleicht kühneren und jedenfalls nicht so monogamen. Wir waren bröckelige Naturen, Kinder der Verweichlichung, jenes Wohlstands, der als die einzig notwendige Errungenschaft zur Schau gestellt wird.

Viele meiner alten Freunde hatte ich aus den Augen verloren, nach der Trennung von Fabio waren sie weggeschrumpft wie verfilzte Wolle. Die wenigen Pärchen um die dreißig, mit denen wir uns gelegentlich trafen, waren deprimierend. In nur wenigen Jahren waren sie lahm geworden und abgeschlafft. In

Restaurants, in den Umkleidekabinen der Geschäfte und der Fitness-Center redeten sie lauthals über Geld und Sex. Sie sagten nicht *mit jemandem schlafen*, sie sagten *ficken*, und sie breiteten ihr Intimleben aus. Schamgefühl schien es nicht mehr zu geben, offenbar war es von der Ironie verschlungen worden.

Diego akzeptierte die entwürdigenden Abende, zu denen ich ihn von Zeit zu Zeit mitschleppte.

»Wir dürfen uns nicht so abkapseln«, sagte ich zu ihm.

Er pflanzte sich irgendwo in eine Ecke und goss sich ein Glas Wein ein. An den Gesprächen beteiligte er sich nicht, weil er nichts dazu zu sagen hatte. Doch er war nie abweisend. Was gingen ihn die jungen Karrieristen an, denen das Grinsen ihres angeschmuddelten Endes bereits im Gesicht stand? Aas, das fügsam in der Pökellake des Wohlstands aufweichen würde, fast ohne es zu bemerken, ohne überhaupt noch irgendetwas und irgendjemand zu bemerken. Damals hielt ich sie für meine Freunde. Später, im Laufe der Jahre, sollte ich sie für das halten, was sie eigentlich waren: Lavierer durch Höhen und Tiefen. Einige sollte ich im Fernsehen wiederfinden, mit schicker Brille und gestreiften Strümpfen, die unter dem strengen, schwarzen Kleid unkonventionell wirken sollten. Ein nettes Wort hier und eine Schmeichelei da, ein Schlückchen Weihwasser und ein Schlückchen Sünde. Volle Taschen, Vorzeigewohnungen, lange Sofas, um alle aufzunehmen.

Ich schleppte Diego zu dem mit, was mir eine anspruchsvollere Welt als meine zu sein schien, ein Landungsplatz. Ich war die Tochter eines Werklehrers, eines Mannes, der mit einer kleinen Säge und Sperrholzplatten in den Unterricht ging. Ich stank nach Büchern und Anständigkeit. Ich lachte über die Witze und beteiligte mich an den Spielen, die ich für intellektuell hielt, den

Anfang eines Buches, den Gedanken eines Philosophen erraten, Szenen aus den unbekanntesten Filmen nachspielen.

Eines Abends sah ich ihn am Fenster stehen, an dem, das am weitesten von dem Sofa entfernt war, auf dem palavert wurde. Er schaute auf die Straße, es regnete.

»Woran denkst du?«, fragte ich.

»An meinen Vater.«

»An deinen Vater?«

»Es regnet, und wenn es regnet, denke ich an Genua, an meinen Vater, wie er in seiner Öljacke durch den Regen läuft.«

Ich war abgelenkt, mit einem Ohr noch bei denen auf dem Sofa, bei dem Spiel, das weiterging. Ich kehrte zu meinen Freunden zurück, von allen aus meiner Mannschaft gehätschelt, weil ich die richtige Antwort wusste. Es war kinderleicht, der Anfang eines Buches, das damals groß in Mode war. Die Wolke von Tschernobyl schwebte über Europa, und ein Freund von mir, ein Ernährungsexperte, stellte eine Liste mit den am stärksten kontaminierten Lebensmitteln zusammen, nicht einmal Brot konnte man noch bedenkenlos essen.

Diego stand immer noch da und schaute dem Regen zu. Da fiel mir ein, dass sein Vater an einem Tag gestorben war, an dem es in Strömen gegossen hatte, ein Container hatte sich von einem Stahlseil gelöst.

Ich ging zu ihm und legte ihm eine Hand auf die Schulter. Schweigend blieb ich bei ihm stehen. Und schweigend hörte ich das Geräusch seines Herzens ... seine Kinderschritte. Er war mit seiner Mutter herbeigelaufen, und sein Vater hatte in einer blutigen Wasserpfütze gelegen.

Das ist das erste Foto, das ich im Kopf hatte, sagte er an jenem Tag vor einem Jahr in Genua zu mir. *Die erste Pfütze, die Pfütze, die immerfort bei mir ist, auf dem Grund jedes einzelnen Films.*

Wir brachen auf, obwohl es noch regnete, obwohl es noch früh war.
»Lass uns gehen.«
»Wirklich?«
»Ich bin müde.«
Auf dem Motorradsattel wurden wir nass. Völlig durchgeweicht kamen wir zu Hause an. Wir liebten uns auf dem Boden, in der Lache unserer nassen Kleider. Wir liebten uns auf diesem nie geschossenen Foto, auf diesem toten Vater, der regennass und platt wie eine Flunder war. Er sagte *Danke* zu mir. Ich hob seinen Kopf an, drängte mit meiner Zunge gegen seine Augen und leckte die Tränen ab.

»Ich will ein Kind«, sagte ich zu ihm, »ein Kind, wie du eins warst, wie du eins bist, ich will dir den Vater zurückgeben, ich will dir alles zurückgeben, mein Lieber. Den ganzen Regen ...«

Da hielt er es nicht mehr aus, er schluchzte auf den Knien wie an jenem Tag, wie ein verzweifelter, schmutzverschmierter Rotzjunge in einem Platzregen, der ihm den Vater getötet hat.

An einem äußerst schwülen Julimorgen begleitete ich ihn zum Hilfszentrum, wo die ersten Kinder aus Tschernobyl eingetroffen waren. Ich assistierte ihm, legte die Filme in die Fotoapparate ein. Fasziniert sah ich ihm zu. Ich war angespannt, fühlte mich unwohl zwischen diesen unwiderruflich entstellten Kindern, hatte Angst vor Strahlung, in meinen Augen waren sie phosphoreszierend wie diese Puppen, die im Dunkeln leuchten. Ich bewegte mich vorsichtig und hielt mich etwas abseits. Diego dagegen nahm sie auf den Arm und kramte ein paar russische Wörter hervor. Er hatte nicht die Absicht, sie auf Teufel komm raus zu fotografieren. Nach den ersten Aufnahmen legte er die Kamera weg und begann zu spielen. Mir war klar, dass er als Reporter keinen Pfifferling verdienen würde, sein Auge war keines von denen, die permanent an der Kamera kleben, krankhaft und blind. Ich sah, wie er auf die besten Schnappschüsse verzichtete, zugunsten anderer, die den Kindern einfach Spaß machten. Einem von ihnen hängte er die Kamera sogar um den Hals und ließ es einen ganzen Film versauen. Wir gingen mit einer jämmerlichen, nicht zu verkaufenden Reportage nach Hause. Wir hielten uns mit meinem Gehalt über Wasser, ein Kind konnten wir uns nicht leisten. Ich sagte ihm nichts davon und nahm weiter die Pille.

Jeden Tag, auch an den miesesten, stand er voller Energie auf und bedankte sich bei mir dafür, dass ich immer noch bei ihm war. Es war wie das Leben mit einer Katze, einer von denen, die sich an dich geschmiegt durch die Wohnung bewegen, dich anspringen, sobald sie Gelegenheit dazu haben, und dich mit ihrer kleinen, rauen Zunge ablecken. Er blieb bis spätnachts in der Dunkelkammer und kam mit roten Augen und rissigen Händen heraus. Morgens bemühte ich mich, leise zu sein; wenn ich die Schranktüren öffnete, hielt ich den Atem an. Doch er wollte nah bei mir sein, machte Kaffee und schrieb kleine Nachrichten, die er mir in die Manteltaschen steckte. Es fiel mir schwer, ihn dort in der Küche am Fenster klebend zurückzulassen. Ich nahm die Kette vom Motorroller, drehte mich um und winkte. Mittags aß er nichts, er tat nichts ohne mich und ging ebenfalls aus dem Haus. Er lief herum, um ein paar seiner Fotos zu verkaufen, die niemand haben wollte. Mit seiner Umhängetasche zog er auf seinen klapperdürren Beinen zuversichtlich durch diese Stadt, die nicht seine war, ohne sich je deprimieren zu lassen.

Da sind so Dinge. Kleinigkeiten, die ich nicht mehr vergessen werde, die nichts sind und doch stärker als alles andere bleiben. Es bleiben die Treppen im Palazzo unserer ersten Wohnung, die Marmorserpentinen mit den schwarzweißen Stufen, die Treppenabsätze und der Handlauf, an dem ich mich beim Rennen festhielt. Ich kam mit meiner Tasche, die mir von der Schulter fiel, nach Hause, mit meinem Schal, der auf den Stufen schlingerte, und mit meinen Einkaufstüten. Ich wartete erst gar nicht auf den Fahrstuhl, sondern hastete die Treppen hoch, mit weiter Lunge. Noch im Mantel begann ich zu kochen. Ich schüttete die Tüten auf dem Tisch aus, holte die Unterteller und die Gläser mit Stiel heraus, ich wollte, dass jeder Abend wie ein Fest war.

Ich hatte eine Arbeit als Redakteurin bei einem kleinen Wissenschaftsjournal gefunden, das einmal im Monat erschien. Wir waren nur zu fünft, ich war eine Art Mädchen für alles, übersetzte Artikel aus dem Englischen, kümmerte mich um den Umbruch, um das Archiv, verbrachte Stunden am Telefon, um die Zahl der Jahresabonnements zu erhöhen, sprach mit Lehrern, Schulleitern, Kulturveranstaltern und mit den Sekretären von öffentlichen Einrichtungen und Privatfirmen. Ich hatte keinen festen Arbeitsvertrag, die Zeitschrift stand Monat für Monat kurz vor dem Aus. Ich rackerte mich für einen Hungerlohn und mit wenig Zukunftsperspektiven ab. Molekularbiologie, radiale Vektorfelder, Energien aus dem Meer und die Wellentheorie des Lichts interessierten mich nicht besonders, doch die kleine, abgeschiedene Welt dieser unbedeutenden Zeitschrift war mir nicht unangenehm. Mir gefiel die Redaktion im Zentrum, ein einziger Raum im Untergeschoss eines historischen Gebäudes, wo früher Ställe gewesen waren und der Salpeter noch aus dem Backsteinboden drang und die Kellerbögen noch die Vertiefungen von den Pferdekruppen aufwiesen. Mir gefielen die Eisenregale mit den Aktenordnern, der Wasserkocher in einer Ecke, das

Körbchen mit den Teebeuteln, die Plaudereien im Stehen mit den Kollegen und die heißen Tassen in der Hand.

Manchmal holte Diego mich ab. Er klopfte an die Scheiben der knapp über dem Asphalt liegenden Fenster. Er kam die kleine Treppe herunter und lugte mit seinem munteren, blassen Gesicht durch die Tür, mit seinen hervorstehenden Augen und dem zu großen Lächeln, das ihm die mageren Wangen zerriss. Es war Winter, er trug seine Wollmütze. Von dieser dunklen Mütze umschlossen sah sein Kopf kleiner aus.

»Wie schön du bist.«

Ich war nicht schön, ich war normal, ich hatte die Augenringe jenes Tages, meinen kleinen, abgestandenen Bürogeruch und die heisere Stimme nicht im Freien verbrachter Stunden. Zwischen Schaufenstern, die ihr Licht löschten, und auf den Bürgersteigen hastenden Passanten gingen wir Arm in Arm nach Hause. Ich brauchte mich nur an seine Knochen zu schmiegen, um Frieden zu finden.

Rom war prall gefüllt mit Geschäften, stets vollen Restaurants, Autos in der zweiten Spur, Chauffeuren, die vor den Drehtüren der großen Hotels im Zentrum warteten, Luxustouristen, Politikern und Frauen mit langen Pelzmänteln in diesem milden Klima. Wir aber gingen neben diesem allzu sehr herausgekehrten Wohlstand. Es schien Platz für alle zu sein, aber war das wirklich so? Die Leute bewegten sich auf dem Treibsand dieser Illusion vorwärts. Manchmal dachte ich an Gojko und an seine kartonharte Lederjacke, Sarajevo fehlte mir, all die bescheidenen Menschen voller Würde, der Pitageschmack, der Geruch der Kamine, in denen das Baumharz verbrannte.

Dann kam Gojko zu Besuch. Ihm gefiel unsere Wohnung, ihm gefielen die zwei Flaschen, die wir austranken. Diego trug eine dünne Krawatte aus rauer Halbwolle. Gojko lachte darüber. Vielleicht kamen wir ihm etwas angestaubt vor, und er hatte erwartet, dass wir ein funkelnderes Leben führten, er schaute mich an, während ich mir eine Schürze umband, um das Geschirr abzuwaschen. Auch er wirkte erwachsener, schweigsamer, mehr dem Sumpf des Lebens verhaftet. Er handelte nicht mehr mit Jo-Jos und gefälschten Levi's. Er besprach Gedichte im Radio, arbeitete regelmäßig für eine Kulturzeitschrift und nur noch an den Wochenenden als Fremdenführer. Er schlief in dem einzigen zusätzlichen Bett, das wir hatten und das aus einem alten Sessel herausgezogen wurde, in einem ansonsten leeren Zimmer.

Eines Abends nahm er einen Zeitungsausschnitt aus der Brieftasche, den er wütend aufbewahrt hatte, wie eine fixe Idee. Er übersetzte uns einige Passagen. Der Artikel stammte von einem Freund, den er in Belgrad hatte, ein Dichter wie er. Tote von vor sechshundert Jahren und Schlachten gegen die Türken wurden wieder ausgegraben, mit einer heldischen, kriegerischen Gesinnung, die alles in allem lächerlich war.

Diego starrte Gojko an. Unsere Welt war inzwischen ein weicher Bauch, nunmehr ohne Gepräge, der sich unruhig in einer gefräßigen Gegenwart bewegte. Doch er war ein Typ aus dem Marassi-Stadion, und womöglich erahnte er hinter diesen irrsinnigen Worten, die von Völkern, von Zugehörigkeiten und von lebendigen Wunden faselten, den primitiven Code, der allen Extremisten gemeinsam ist.

»Machst du dir Sorgen?«

Gojko zuckte mit den Schultern.

»Nein ... Quatsch, faschistischer Scheißdreck.«

Er rollte den Artikel seines Freundes zusammen und zündete ihn an, und mit diesem kleinen Brand steckte er sich eine Zigarette an.

Diego freundete sich mit einem Galeristen an, und so konnte er endlich seine Fotos von den Ultras ausstellen. Ich sah, dass er sogar auf den Stadionrängen immer die Einsamkeit aufgespürt hatte, eines Nackens, eines Paars roter Ohren, eines wie eine Streitaxt geschwungenen Schals. Die Bilder aus dem Stadion gehörten zu den schönsten, die er je gemacht hatte, schwarz-weiß, grobkörnig, Münder wie Löcher, Augen wie Planeten, aus der Nähe betrachtete Monde.

Die Ausstellung hatte Erfolg, sie wanderte aus der Galerie in die Klassenzimmer eines Gymnasiums, dann zu einem anderen. Diego konnte sogar einige Abzüge verkaufen.

Er gab alles aus. Kam mit einem weißen Trüffel nach Hause, den er mir auf den Teller raspelte wie ein Kellner.

Doch die Bilder der auf die U-Bahn wartenden Füße wollte niemand. Diego war drei Tage dort unten gewesen, hatte unzählige Fotos von Leuten geschossen, die auf ihren Zug warteten, und hatte sie alle aneinandergereiht. Es war ein Feld urbanen Lebens, ein langer Garten der Einsamkeiten. Dünne Morgenfüße bis hin zu müden, staubigen Abendfüßen. Es war meine Idee, sie in der Wohnung aufzuhängen. Sie füllten unseren Flur, drehten eine Runde in unserem Wohnzimmer und reichten bis in die Küche, eine lange Reihe von Schuhen fremder Menschen, die uns Gesellschaft leistete.

Er hatte schreckliche Angst, mir könnte seine Aufdringlichkeit zu viel werden, sein physisches Bedürfnis nach mir, danach, mich wie ein Kind ständig zu berühren. Nachts schlief er eng an meinen Rücken gepresst, ich war völlig verschwitzt, hatte seinen Speichel in den Haaren. Ich wartete auf den Tag, da er sich ganz natürlich auf seine Betthälfte zurückziehen würde. Doch nein, wenn er abrückte, dann aus Versehen oder in schwülen Nächten von mir verscheucht. Sobald er es merkte, kam er selbst im Schlaf zu mir zurück. Er legte sich quer, mit dem Kopf auf meinen Bauch wie ein Kind im Bett seiner Eltern, selig über dieses weiche Kopfkissen. Manchmal gab ich ihm einen Fußtritt. Drei Jahre waren vergangen.

Es brachen härtere Zeiten an. Diego suchte nach kleinen Gelegenheitsjobs. Eine Zeitlang war er Verkäufer in einem Elektronikgeschäft. Dann zog er los, um die Touristen an der Spanischen Treppe zu fotografieren, er schoss Bilder an der Fontana di Trevi und lief anschließend in einen kleinen, benachbarten Laden, um sie zu entwickeln. Häufig warteten die Touristen gar nicht erst auf ihn, sie gingen weg, bevor er zurückkehrte. Er kam mit den Taschen voller Fotos von fremden, lächelnden Leuten nach Hause. Er breitete sie auf dem Küchentisch aus, um sie mir zu zeigen, lachte und erzählte mir irgendetwas Dummes, was ihm passiert war. Ich fragte mich, ob sich hinter dieser Munterkeit nicht allmählich etwas Traurigkeit sammelte.

»Warum fährst du nicht weg?«, fragte ich ihn. »Mach doch wieder eine von deinen Reisen.«

»Ich bin der glücklichste Mensch auf Erden.«

Mein Vater versuchte hin und wieder, mir ein bisschen Geld zuzustecken, doch ich lehnte ab, hartnäckig. Er hatte sich eine Nikon gekauft und bat Diego um Rat, was Objektive und Licht anging. Und Diego gewöhnte sich an, ihn ab und zu mitzunehmen. Mein Vater assistierte ihm, wechselte die Filme und nummerierte die benutzten. In den Pausen kam er zu uns nach Hause. Er drängte sich nie auf, setzte sich in eine Ecke und wollte nicht einmal ein Glas Wasser. Mein Vater half ihm, ein bisschen Ordnung zu schaffen. Er warf den Ausschuss weg, kaufte kleine Alben und katalogisierte Diegos sämtliche Arbeiten, er sammelte die durcheinandergewürfelten Negative und brachte sie für Probeabzüge zum Entwickeln. Tagelang saß er mit der Lupe da, um die besten Fotos zu ermitteln.

Meinem Vater war es auch zu verdanken, dass Diego schließlich eine Agentur fand. Er zog sich ein schönes Tweedjackett an, nahm den Zug und stieg mit einer Fotomappe unter dem Arm in Mailand aus. Er überredete eine Frau, die ungefähr sein Alter hatte, ganz in Schwarz gekleidet war und ihre eisfarbenen Haare extrem kurz trug, sich um Diego zu kümmern und dieses Talent mit irgendeinem Vertragswisch im Zaum zu halten.

Diego schien nicht sehr erfreut zu sein, wieder und wieder las er sich die Vertragsklauseln durch und suchte nach einer Ausrede, um nicht unterschreiben zu müssen. Dann nahm er den Stift und kritzelte seinen Namen darunter, weil es ein guter Vertrag war und weil mein Vater sich wie ein Polizeikommissar mit verschränkten Armen hingesetzt hatte.

»Unterschreib!«

Und so akzeptierte er seine erste wirkliche, ordentlich bezahlte Arbeit. Er fotografierte eine neue Schuhkollektion für eine Verkaufsausstellung im Stadtzentrum. Sandalen, hoch wie Kothurne, mit silbrigen, kristallbesetzten Schnürbändern, die Diego den strapazierten Füßen einer Ballerina aus der Schule von Pina Bausch überstreifte. Er ließ sie mit den Sandalen an den Füßen vollkommen nackt zwischen zerbrochenen Fensterscheiben und Unkraut in einer verlassenen Fabrik tanzen und rollte auf der Erde neben diesem dramatischen Körper, der über ihn hinwegflog wie ein sterbender Vogel. Der Kontrast zwischen der klapperdürren Gestalt mit dem zurückgeworfenen Rippenbogen und dem wie eine Klaue gekrümmten Bein und den schwülstigen Sandalen war verstörend. Die Aufnahmen waren scheinbar ungenau, unscharf, durch das Weitwinkelobjektiv verzerrt, Flecken in Bewegung, als hätte man einen Eimer Wasser über die Bilder geschüttet. Das beworbene Objekt war kaum zu erkennen, man sah ein gelöstes Schnürband, eine metallische Schuhsohle. Gleichwohl hatte der misshandelte Luxus dieser Sandalen, in diese schmutzige Halle und in die Nacktheit dieses gepeinigten Körpers geschleudert, etwas Grenzüberschreitendes, was dem jungen Schuhproduzenten gefiel.

Die Fotos wurden in einer langen Galerie des Showrooms gezeigt, eines nach dem anderen, wie die Einzelbilder eines einzigen Sprunges. Diego erhielt einen schönen Scheck und ich als Geschenk ein Paar dieser untragbaren Sandalen.

Er lud mich zum Essen in ein Restaurant mit zwei Michelin-Sternen ein. Ich zog mein schwarzes Kleid an. Er hatte sich auf dem Flohmarkt in der Via Sannio einen amerikanischen Smoking aus den vierziger Jahren gekauft, der ihm zwei Nummern zu groß war. Die Ärmel hatte er umgekrempelt, sodass ein Stück Futterstoff zu sehen war. Wie ein Königspaar nahmen wir im Restaurant Platz und aßen schweineteures Zeug, salzige Puddings und mit Speiseeis gefülltes Fleisch. Wir tranken auf alles.

Was weiß ich noch von jenem Tag?

Was weiß ich noch von jenem Tag? In der Nacht hatte es geregnet, ein heftiges Prasseln hatte die Fensterscheiben bestürmt, die Donnerschläge hatten uns mehrmals geweckt. Am Morgen war die Stadt klatschnass und der Himmel eine graue, bedrohliche Steinplatte.

»Gehst du nachher Pfützen fotografieren?«, fragte ich Diego, als ich das Haus verließ. Er schüttelte den Kopf, er musste auf sein Wasserfest verzichten, musste eine Arbeit abgeben und würde fast den ganzen Tag in der Dunkelkammer verbringen. Mein Vater war gekommen, er hatte Kiwis mitgebracht und schälte sie in der Küche. Diese Früchte waren der neueste Schrei, außen pelzig wie Affen und innen quietschgrün. Mein Vater erklärte, sie seien ein Konzentrat aus Vitamin C, und beharrte darauf, dass sie uns Kraft geben würden.

Ich erbrach die Kiwis in den Papierkorb unter meinem Arbeitsplatz, eine gallegrüne Ausflockung überschwemmte meinen Mund.

In der Pause ging ich an die Luft, ich fühlte mich besser, und der Regen hatte nachgelassen. Ich hatte keinen Hunger, und so ging ich in einen Plattenladen, ich wollte ein Geschenk für Diego kaufen, einen alten Doors-Sampler, der ihm gefiel. An der Kasse bemerkte ich, dass das Geld in meinem Portemonnaie nur noch für das Album reichte. Da fasste ich einen Entschluss, und ich weiß nicht, warum. Ich wartete, dass die Leute vor mir bezahlten, und wurde unruhig, aus meinem wattierten Mantel stieg eine Hitzewelle auf, die mir die Wangen verbrannte. Ein

Ellbogen hatte mich versehentlich an der Brust getroffen, und ich hatte mit beiden Händen abgewehrt. Würde ich die Doors-Platte nehmen, könnte ich nichts anderes mehr kaufen. Noch wusste ich nicht so genau, was mir eigentlich im Kopf herumspukte, der Gedanke nahm gerade erst Gestalt an, es war ein Gefühl, das aus der Tiefe meines Körpers aufstieg. Ich warf einen Blick auf die Riesenposter an der Wand über der Kasse, das von Joan Baez neben dem von Jimi Hendrix in einer Rauchwolke. Ich ließ die Doors liegen und verließ den Laden. Ich lief ein paar Schritte und ging in eine Apotheke. Ich wartete, bis der Kunde vor mir gegangen war, und brachte mit einem von Heiserkeit fleckigen Flüstern hastig mein Anliegen vor.

Einen Schwangerschaftstest, bitte.

Die Apothekerin kam mit ihrem kleinen rot-goldenen Kreuz am Kittel und mit einer länglichen, hellblauen Schachtel zurück. Mir fiel das Geld auf den Boden, ich bückte mich, um es aufzuheben, lächelte freudlos und verzweifelt.

Verzweifelt darüber, dass es nicht wahr sein könnte.

Ich lief zu einem McDonald's. Dem nächstbesten. Auf dem Klo machte ich den Test, mit dem Rücken an der Tür. In der herrschenden Dunkelheit las ich die Gebrauchsanweisung. Ich hielt den Stick unter den Strahl, wartete.

Ich sah, wie sich der Urin im Mittelteil des Sticks ausbreitete, und draußen dieser ganze Regen. Es hatte zwei Tage lang geregnet. Die Grundmauern der Stadt waren durchtränkt.

Der Strich, der eine Schwangerschaft anzeigte, erschien neben dem anderen, zunächst sehr hell, dann in einem deutlicheren Blau. Ich war schwanger.

Wir schliefen seit mehr als einem Jahr ohne Verhütung miteinander, und es war noch nicht passiert. Ich war fast vierunddreißig. Jeden Tag entdeckte ich kleine Schuttstücke der vergehenden Zeit an mir. Ich steckte mir die Haare hoch, schminkte mich und war noch schön, vielleicht schöner denn als junges Mädchen, doch ich schlingerte herum zwischen frech und bebend. Und gerade diese Unsicherheit machte mich menschlicher. Einige Monate zuvor hatte ich an einem x-beliebigen Tag im Spiegel eines Fahrstuhls die unzähligen Wege gesehen, die meine kleinen, kaum sichtbaren Falten nehmen würden, wie Schnurrbärte, wie launische Locken, während sie meine Gesichtszüge umformten. Und ich hatte erkannt, dass das Epizentrum dieser Explosion ein Kummer ist, der uns von innen zerfrisst. Von dort gehen die Risse aus, wie bei einer Fensterscheibe, die zerspringt, doch nicht zusammenfällt. Wir altern nicht Tag für Tag, wir altern schlagartig, durch einen bitteren Knoten. Ein schadhafter Blitz, der uns trifft und beschmutzt, breitet Bitterkeit über unser Gesicht.

Jener feste, uneingestandene Wunsch löste sich beim Anblick des blauen Strichs in dem weißen Stick auf. Nun stand es der Zeit frei, sich auf mich zu stürzen und mich altern zu lassen, denn das Epizentrum, von dem aus dieses Alter seinen Anfang nahm, würde nicht Kummer sein, sondern ein Geschenk, und alles würde erfreulich sein. Mein Gesicht würde das einer Mutter sein, von den Jahren mit den freundlichen Falten der Fruchtbarkeit versehen, der Liebe, die kommt und sich in einem Beweis festsetzt.

Ich steckte die Kappe auf den Stick und schob ihn in meine Tasche. Ich ging hinaus ins Freie und sah wirklich den Himmel, er war eine düstere Pfütze, noch voller Nässe und mit tief hängenden, dunklen Wolken, wie dichter Rauch. Ich blieb an einer Telefonzelle stehen, um Diego anzurufen.

»Was machst du? Was machst du gerade?«

Er erzählte mir, dass er noch wegmüsse, er hatte eine Verabredung mit einem Galeristen wegen eines Auftrags. Er hörte den Verkehrslärm und fragte, wieso ich nicht in der Redaktion sei.

»Ich wollte mir ein bisschen die Beine vertreten.«

»Regnet es noch?«

»Nein.«

Ich beschloss, noch nichts zu sagen, nicht am Telefon, mitten in dem brausenden Verkehr. Ich wollte warten, bis ich nach Hause kam, bis wir Gelegenheit hätten, uns in die Arme zu schließen und uns in aller Ruhe, vor allem geschützt, unserer Rührung hinzugeben. Ich kehrte in die Redaktion zurück und tat gar nichts, ich gab vor zu arbeiten und starrte unablässig auf den Computerbildschirm. Ich war nicht fähig, mich auf irgendetwas zu konzentrieren.

Diego war barfuß, er spielte Klavier. Ich drehte den Schlüssel im Schloss und sah ihn dort sitzen, mit seinen langen Händen, die aus dem schlotternden Pullover ragten.

Ja, Musik! Ja, da war das kleine Concerto d'amore, das in jenen Jahren immer wieder neu erklungen war, unaufhörlich, Ton für Ton, die sich in der großen Trommel dieser sanften Wohnung an den Wänden brachen. Ich ließ mich langsam in den Sessel hinter ihm gleiten und hörte zu, bis er aufhörte und mit dem Finger in der Nase bohrte wie ein kleines Kind.

Ich pfiff das Konzert weiter, ich, die ich nie die richtigen Töne treffe. Er drehte sich um.

»Meine Liebe, du bist ja schon da.«

Wir waren müde. Seit Monaten waren wir müde, eingeengt von den Lappalien des Alltags, vom Weggehen und Nach-Hause-Kommen in dieser zunehmend tyrannischen Stadt.

Ich ging zu ihm.

Er schaute mich noch immer an, vielleicht witterte er dieses Heim dichter Gedanken.

Ich gab ihm den Teststick.

Hier, du Vater, hier hast du das erste Bild deines Kindes. Und entschuldige, dass nicht du es fotografiert hast.

Er zog sich den Pullover aus, er riss ihn sich vom Leib, riss den alten Schmerz weg, um sich mit Freude zu füllen. Er begann, mit nacktem Oberkörper durch die Wohnung zu irrlichtern, und trommelte sich auf die Brust wie ein siegreicher Schimpanse. Er wurde lästig wie ein Ehemann, ich solle vorsichtig sein, solle mich schonen. Warum hatte ich ihn nicht angerufen? Er hätte mich abgeholt, es sei leichtsinnig von mir, mit dem Motorroller zu fahren, bei all den Schlaglöchern! Er ging in die Küche und kam mit einer Flasche Rotwein und zwei Gläsern zurück. Mir war nicht nach Alkohol zumute, und ich trank nur ein paar Schlucke. Ich schaute zu, wie er sich betrank. Dann nahm er die leere Flasche und wiegte sie wie ein Baby.

»Pietro«, sagte er. Pietro. Diesen Namen hatten wir uns schon immer für unseren Sohn vorgestellt.

»Und wenn es ein Mädchen ist?«

»Pietra.«

Ich lachte, müde, erschöpft von der Freude, die alles erstrahlen ließ. Es war ein sanfter Abend, ein gemütlicher Stadtwohnungsabend, die Heizung lief, und Diego hatte eine Weinfahne.

Ich sagte, ich wolle ein Bad nehmen, und er drehte den Wasserhahn auf. Er hielt noch immer die Hand unter den Strahl, der in die Wanne lief. In der anderen Hand hatte er den Stick.

»Bist du auch sicher, dass das Ding funktioniert?«

Ich rief meine Frauenärztin an. Sie riet mir, am nächsten Morgen zur Blutentnahme zu kommen, damit die Beta-HCG-Werte getestet werden konnten.

Diego schlüpfte zu mir in die Wanne, ließ das Wasser überschwappen und zog die Beine an.

»Willst du mich nicht?«

»Doch, ich will dich.«

Wir hatten das Licht gelöscht, auf dem Wannenrand tropfte neben der Seife eine Kerze. Wir lagen im schmelzenden Schaum, im weichen Licht, das die Umrisse der gemeinsamen Wanne und der kleinen verglitzerten Fliesen verwischte, eingetaucht in vollkommenes Wohlsein. Sanft hatte uns das Leben bis hierher getragen. Hier war der Stausee, wo alles von uns zusammenfloss, die stille, stagnierende Lache mit unseren kleinen Unterwasserbewegungen. Unsere Hände suchten sich, unsere Finger verflochten sich wie jene Zellen dort unten, die sich umschlangen, sich ungeschützt zusammendrängten.

»Ich liebe es jetzt schon.«

Er versank im Wasser und tauchte wieder auf. Mit nassen, an seinem kleinen Kopf klebenden Locken und seinen großen Ohren, platt wie Flundern.

Ich war mir sicher, dass es Ähnlichkeit mit ihm haben würde.

So schliefen wir ein, gewärmt von diesem Bad. Noch halbnass waren wir unter die Decken gesunken. Musik weckte mich, es war Diego am Klavier.

Ich dachte an die Fotogalerie an unseren Wänden, an all die unbekannten Füße. Jetzt schien es mir, als hätten sie sich in Marsch gesetzt, sie kamen durch den noch im Dunkel versunkenen Flur auf uns zu. Ich stellte mir vor, dass sie Schuhe, Stiefel und Traurigkeit abwarfen und zu diesen Klängen tanzten, um gemeinsam mit uns zu feiern.

Kaffeeduft drang herüber. Diego war in der Küche, ich kam zu seiner Hand, zu seiner Brust. Wir zogen uns an und gingen hinaus, von dem Verlangen getrieben, diese Stille auszukosten, diese Nacht, die sich dehnte wie ein langer Vorabend.

Die Morgendämmerung kam mit ihrem Dunkelblau aus der Finsternis, und die Nacht zog sich zurück. An der Kaffeebar ging der Rollladen hoch. Die Leute vom Markt begannen, um die Stände zu wuseln. Ich fühlte mich wie in den Ferien, wie auf einem Ausflug. Wir warteten darauf, dass das Labor öffnete, gingen in die Bar, warteten, bis sich die Kaffeemaschine halbwegs erwärmte.

Ich schob den Ärmel meines Pullovers hoch, man schnürte mir ein Gummiband um den Arm, ich wandte den Blick ab, um nicht zu sehen, wie die Spritze das Blut aufsog.

Die ersten Frauen kurvten mit ihren Einkaufswagen zwischen den Ständen herum. Wir gingen Arm in Arm, mit diesem Geheimnis, das in uns weidete.

»Wollen wir etwas einkaufen? Ein bisschen Broccoli?«

Es war eine schöne, grüne Kiste mit frisch geernteten, taubenetzten Früchten.

»Ja, gut, nehmen wir von dem Broccoli.«

Und noch ein paar Bananen, und ein Bund Radieschen. Wir zogen uns in unsere vier Wände zurück. Mittags dünstete Diego die Broccoli, wir aßen sie direkt aus der Pfanne, ich eine Gabel, er eine Gabel, Brotstückchen eintunkend, die sofort grün wurden.

Später ging Diego noch einmal ins Labor, um die Ergebnisse abzuholen.

Ich wartete am Fenster auf ihn, im Slip und in einem seiner Pullover. Er schaute hoch und wedelte mit dem Umschlag. Er lächelte mit diesem Mund voller junger Zähne.

Ich rief meine Gynäkologin an. Sie sagte mir, es sei alles in Ordnung, die HCG-Werte seien zwar etwas niedrig, aber noch im Bereich des Normalen, da die Schwangerschaft ja gerade erst begonnen habe.

Tage in sattem Frieden brachen an. Diego rief mich in einem fort in der Redaktion an, wollte wissen, wie es mir gehe, ob ich etwas gegessen hätte, ob zu viele in meinem Zimmer rauchten. Ich behielt meine Gewohnheiten bei, fuhr mit dem Motorroller, aß im Stehen in der Bar.

Diego legte sein Ohr auf meinen Bauch. Nur das Ohr, denn er wollte nicht, dass sein Kopf zu schwer für mich war. Er blieb in dieser etwas unbequemen, lehnenden Haltung und horchte mit einem träumerischen, fast schon schwachsinnigen Gesicht.

Als wir es meinen Eltern sagten, brachten sie kein Wort heraus. Ich sah, wie sich ihre Augen veränderten, wie sie sanft und weich wurden, unwillkürlich suchte mein Vater die Hand meiner Mutter. Diese Geste hatte ich seit Jahren nicht mehr gesehen. Dann sagte meine Mutter: »Wir dachten, dass ihr keine wolltet … dass du, Gemma, keine wolltest.«

»Und warum?«

»Weil ich … so … viel zu ängstlich war«, sagte sie.

Mein Vater hörte auf zu rauchen und begann mit dem morgendlichen Lauftraining. Er erschien im Jogginganzug, um Diego abzuholen, der ihm schlaff und verschlafen folgte, mit einem Paar alter Superga-Schuhe, die nicht einmal Schnürsenkel hatten.

Mir kam es vor wie ein Wunder, in der Reglosigkeit meines Körpers diesen Sturm von Zellen zu empfangen. Es war, als hätte ich die ganze Welt verschlungen. Ich ging plötzlich langsamer, eingetaucht in einen weichen Lagunenwald, in dem sich das Leben verzweigte, versunken wie albinotische Wurzeln in der Stille eines Sumpfes. In der Redaktion störte mich der Lärm, das permanente Klingeln der Telefone, die Kollegen, die auf einmal zu laut sprachen und alle viel zu aufgeregt zu sein schienen. Ich saß leise auf meinem Platz, hinter einem Schutzwall aus Papierkram und Akten verschanzt. Reglos in der Zäsur, die sich zwischen mir und meiner Umwelt gebildet hatte, wie ein kleiner Maulwurf tief in seinem unterirdischen Gang. Als Diego mich abholte, klammerte ich mich an seinen dünnen Körper. Er gab mir seine Hand, hielt sie in der Wärme seiner Tasche. Wir blieben vor den Schaufenstern eines Babyausstatters stehen. Ich war neugierig, albern und ängstlich, ich erforschte diese mir unbekannte Welt von Kleinigkeiten. Trotzdem wollte ich weg, eine sonderbare Unruhe stieg in mir auf. Diego führte mich zum Schaufenster einer Imbissbude voller in Öl angeschwitzter Reisbällchen.

»Wollen wir Reiskroketten essen?«

Schon nach zwei Bissen drehte sich mir der Magen um, Diego aß für mich mit, den Mund voller Reis, voller Glück.

Es war die weiße Zeit des Wartens, der Träume, die sich in ein langes Wachen dehnen. Wenn ich die Augen schloss, sah ich die verschwommenen Kreise, die man in der Sonne sieht, wenn die Strahlen auf den Lidern lasten und sich eine gehörige Mattigkeit sommerlichen Müßiggangs herabsenkt.

Dann kam die Schlange. Sie kroch in ihrer schuppigen Hülle durch dieses Weiß und ließ das glitschige Glitzern ihrer Bahn hinter sich zurück.

Einmal gingen wir in einen Park. Diegos Füße neben meinen auf dem roten Laub, über uns der blätterbefleckte Himmel, ringsumher der Geruch nach Pflanzenwuchs und Hundepisse. Es war ein prächtiger Tag. Die Schlange sah nur ich, eine harmlose Ringelnatter, die mir über den Schuh glitt. Es war schon eigenartig, dass sie hier war, in diesem hundeschnauzenverseuchten Stadtpark. Es ging ganz schnell, sie schlüpfte vom Weg ins Grün unter die Büsche.

»Hast du die gesehen?«

Nein, hatte er nicht. Er beugte sich über den Strauch, hob einen Stock auf und stocherte zwischen den Zweigen herum, doch umsonst, die Natter war nicht mehr da. Wir ließen die Schlange hinter uns, und ich tat so, als machte ich mir keine Gedanken mehr über sie.

Es war der erste Ultraschall, wir waren in dem kleinen Raum der Arztpraxis im Dunkeln. Das Gel auf meinem Bauch ließ mich frieren, es hatte die Konsistenz einer unangenehmen Kriechspur. Der Arzt ließ das Gerät durch diese Nässe gleiten. Ich musste wieder an die Schlange denken. An dieses widerliche Gewürm, das mir über den Fuß gekrochen war. Das Gesicht des Arztes war reglos. Er schob den Schallkopf nach unten, unmittelbar bis an meine Schamhaare. Der Embryo war da, ein schwarzes Pünktchen im Magma der Gebärmutter, doch der Herzschlag nicht, dieses weiße Pulsieren fehlte. Dieses Geräusch eines galoppierenden Pferdes, von dem die Bücher erzählten. Der Arzt sah mich an, fragte mich, ob ich eine vaginale Sonografie wünschte. Ich nickte, ohne zu wissen, was ich da eigentlich befürwortete. Ich wusste nur eines, ich wollte das Herz schlagen sehen. Diego war da, seine Augen wie ein Reh auf dem Sprung, am Bildschirm und am geizigen Mund des Arztes klebend. Die Sonde drang in meinen Körper, forschte tiefer. Sie kam wieder heraus, mit Zellophanhülle und Gel, kam heraus wie ein bloßes medizinisches Gerät, das entnervte, das quälte.

Es gab keinen Herzschlag.

»Vielleicht ist es noch zu früh«, sagte der Arzt. »Vielleicht haben Sie sich geirrt und die Empfängnis war später, als Sie dachten.« Er füllte eine Karteikarte aus, sagte, wir sollten die Untersuchung frühestens in einer Woche wiederholen, und rief die nächste Patientin auf, eine Frau mit einem dicken Bauch, die mindestens im siebten Monat war.

Wir suchten Zuflucht in einer Bar. Bestellten zwei Tee, zwei Papierschnipsel, die aus einer Metallkanne ragten. Es roch nach dreckigen Herdplatten und kaltem Bratfett. Dazu das Getümmel von Jugendlichen, die irgendwas feierten. Diego hatte ein Lächeln aufgesetzt, das mich trösten sollte, dabei konnte es nicht einmal ihn trösten. Ein bitterer Blitz fuhr durch seine freundlichen Augen. Er hielt auf dem schmutzigen Tisch meine Hand, deckte sie mit seiner zu wie mit einem Zelt, als wollte er all meine Gedanken darunter ersticken.

»Die Schlange«, sagte ich. »Diese Scheißschlange.«

Schnell kippten wir den schlechten Tee hinunter, der mit dem Wasser der Kaffeemaschine gekocht war und einen chemischen Nachgeschmack von Spülmittel hatte. Diego stand auf und kam einen Krapfen kauend wieder, das Kinn voller Puderzucker. Er kitzelte mich, steckte mir den Teig in den Mund und sagte, ich solle kauen, essen.

»Es ist alles in Ordnung, du wirst schon sehen.«

Wir wiederholten den HCG-Test am folgenden Tag. Sie zerstachen mir den Arm. Ich schaute weg, zur Wand, zu dem Glas mit dem Alkohol neben den Tupfern auf dem Metallwägelchen. Wir verließen das Labor. Leute stritten sich, ärmliche Leute, die nach überfüllten Bussen stanken, Leute mit der Aufrufnummer in der Hand, Münder voller Bitterkeit. Wir gingen in eine bessere Bar. Frühstückten im Stehen am Tresen. Ein kräftiger, schwatzhafter Kerl kam herein. Er kannte Diego, ein Werbefachmann, einer seiner Auftraggeber. Er umarmte ihn und redete sofort wegen eines Projekts auf ihn ein. Etwas aufdringlich, ein lärmender Typ, laut quakend vor Leben. Wir wirkten wie zwei Lemuren, zwei arme Spukgestalten, die sich nur versehentlich auf die Erde stützten. Ich sah, wie Diego unbändig lachte, um sich Mut zu machen. Er stellte mich vor, und ich streckte mein knochiges Händchen aus. Wir kehrten nach Hause zurück. Später ging Diego noch einmal los, um die Testergebnisse abzuholen. Ich stand am Fenster und sah ihn zurückkommen, er ging auf der Straße am Markt vorbei, dessen Stände gerade abgebaut wurden. Mit angespanntem Gesicht und dem Umschlag in der Hand. Wir öffneten ihn gemeinsam auf der Couch. Ich rief meine Frauenärztin an. Die HCG-Werte waren zu niedrig.

Ich verlor das Kind zwei Tage später. Ich war in der Redaktion, spürte diesen Schwall zwischen meinen Beinen und stand entsetzt auf. In dem winzigen Klo mit den Konsolen voller Papierpacken und Stifteschachteln zog ich mir die Strumpfhosen und alles Übrige herunter. Da war dieser kleine Sumpf aus Blut und Gerinnseln, der immer noch weiter sickerte, ich tamponierte mich mit Papierhandtüchern und hielt mich auf den Beinen, verstört, schief. Dabei schaute ich in das Stückchen Spiegel, das an der Wand hing, und sah ein entstelltes Gesicht. Ich war so entsetzt und klar im Kopf wie ein durch eine plötzliche Raserei oder durch unglückliche Umstände frischgebackener Mörder, ich versuchte, die Beweise wegzuwischen, hellrotes Wasser floss ins Waschbecken, ins Bidet.

Ich stopfte mir einen Stapel Papierhandtücher zwischen die Beine, stützte mich an der Tür ab und wartete darauf, dass die Blutung aufhörte. Das Papier war im Nu durchnässt, ich entfernte das weiche Bündel, das von einem unfassbaren Feuerrot war, und nahm noch mehr Papier. In meinem ganzen Leben hatte ich noch nicht so viel Blut gesehen.

»Komm und hol mich ab.«
»Ist was passiert?«

»Komm und hol mich ab.«

Ich wartete draußen auf ihn, auf der Stufe, auf der sonst immer ein Penner kampierte, der jetzt schon weg war. Diego kam angerannt, seine Schritte auf dem Pflaster klangen wie Ohrfeigen. Ich stürzte mich mit offenem Mund in seine Arme. Ertrank in seiner Jacke.

Ich hab's verloren. Ich hab's verloren. Ich hab's verloren.

Im Krankenhaus tauchten wir in eine ruhige Atmosphäre, Pfleger, die rauchten und an einem Radio klebten, in dem ein Pokalspiel übertragen wurde, dazu warmes Licht, ein alter Palazzo im Stadtzentrum. Breite, von Schritten dunkle Marmortreppen. Es war kurz vor Weihnachten, die Leute liefen nach Geschenken herum, auch das Krankenhaus wirkte halbleer. Ich weinte nicht mehr, ich tropfte wie ein müder Himmel.

Man untersuchte mich, machte einen Ultraschall. Reichte mir ein langes Stück Papier, damit ich mir das Gel vom Bauch wischen konnte. Der diensthabende Arzt lächelte. Er war ein stämmiger Mann mit der flammenden Stimme eines fliegenden Händlers.

Er sagte, ich hätte Glück gehabt, die Blutung habe mir eine Ausschabung erspart. Und ansonsten … handle es sich gar nicht um eine richtige Fehlgeburt.

»Das sind blinde Eier«, sagte er. »Der Körper stößt sie auf natürlichem Weg ab.«

Ich sei jung und ich könne fast sofort wieder schwanger werden.

»So etwas kommt sehr häufig vor.«

Also gingen wir nach Hause, mit leeren Händen und leerem Bauch, getröstet von den Worten dieses fachmännischen Arztes. Kein Grund, in Traurigkeit zu verfallen, nur weiterzumachen.

Wir schalteten das Licht in der Wohnung an und wappneten uns für diesen Scheißabend. Diego machte die x-te Flasche Wein auf, die beste, die wir im Haus hatten. Er wollte diesen Mist vertreiben. Er hielt sich den Korken an die Nase, roch daran und sagte *Verdammt, was für ein Wein*. So trösteten wir uns, mit einem Glas dunklem Roten. Es war nun mal so gelaufen, was soll's. Der Wein war wirklich gut, Traubensaft, der wärmte. Dieses Kind war nichts, es war zwischen den Gerinnseln verschwunden, ohne sichtbaren Körper, nur ein armseliges Stück Schleim. Ein Tod ohne Sarg, ohne Begräbnis. Eine Trauer, die wir nicht hätten haben sollen.

Wir nahmen das Buch über die Schwangerschaft und suchten in dem kleinen Anhang nach dem Begriff *blindes Ei*. Es gab ihn nicht. Wir klappten das Buch zu und schleuderten es in die Ecke. Diego versuchte, mich zum Lachen zu bringen. Er kam mit einem Tuch über den Augen zurück, rieb sich an mir und betastete mich.

»Huhu, ich bin's, dein blindes Ei.« Doch die Lampe warf Licht auf seine Traurigkeit.

»Das heißt, dass es nicht unser Kind war. Kinder, die kommen müssen, kommen auch, sei unbesorgt.«

Wir sprachen nicht mehr darüber. Ich meldete mich in einem Fitness-Center an. Hier war mein dürrer Körper von Vorteil, eine notwendige Voraussetzung. Ich war mir nicht einmal mehr sicher, ob ich es nochmals probieren wollte.

Eine Zeitlang waren wir niedergedrückt, dann gewöhnten wir uns daran und fanden zu unserem normalen Rhythmus zurück. Die düsteren Gedanken verrauchten. Die Tage in unserer Wohnung zogen vorüber. Sie zogen über die Marmorstufen, über das zugeklappte Klavier, über meinen Schal, der am Eingang neben seiner Biker-Jacke hing. Es war wieder unser sanftes Leben, aus kleinen Dingen bestehend. Doch auch aus Wundern. Wie an dem Tag, als ich ihn zufällig traf.

Ich fahre mit dem Motorroller die Straße am Tiber entlang, halte an einer Ampel mit meinem üblichen, im Verkehr und im Alltag angespannten Gesicht, und da sehe ich ihn. Er geht zu Fuß und überquert die Straße mit seiner zu schweren Tasche, die ihm die Schulter ruiniert. Ich hupe, er dreht sich um, sieht mich aber nicht und beschleunigt seinen Schritt auf dem Zebrastreifen. Also fahre ich rechts heran und lasse den Strom der Autos vorbei. Ich folge ihm eine Weile im Schritttempo, in seinem Tempo. Dann rufe ich ihn.

»Diego …«

Er dreht sich um, erkennt mich und lässt die Tasche fallen, um mich zu umarmen.

»Ich habe gerade an dich gedacht!«, schreit er. »Ich habe an dich gedacht, und da kommst du …«

Er drückt mich an sich, wir haben uns erst vor wenigen Stunden am Morgen getrennt, doch es ist, als hätten wir uns seit Monaten nicht gesehen, es ist eine Überraschung, ein Geschenk.

Wir schlendern ein bisschen am Tiber entlang, Hand in Hand wie zwei Touristen. Die letzten Tage sind nicht die besten gewesen, seine Fürsorge hat mir nicht genügt. Ich habe eine Falte der Ratlosigkeit auf der Stirn, die ich nicht mehr loswerde. Meine Arbeit befriedigt mich nicht, mein Wesen ist unverändert, ein lahmer Kerkermeister. Ich dümple ohne Zuversicht durch die Welt, die Augen voller Fragen. Das verlorene Kind ist weit weg von mir, hastig verdrängt, doch vielleicht ist es ja hier, in dieser Falte.

Es tut gut, sich an einem beliebigen Tag zufällig zu begegnen. Ich umklammere seine Hände und will sie nicht mehr loslassen. Seine Augen entschädigen mich für alles.

»Wo wolltest du hin?«, frage ich.
»Nirgendwohin. Ich war auf dem Weg nach Hause, zu dir.«
»Mein Schatz.«
»Mein Schatz.«
»Du sollst nie traurig sein.«
»Ich lebe nur für dich.«
Ein Auto fährt vorbei, kommt ins Schleudern, streift uns, so könnte es enden, aus Versehen, im Bruchteil einer Sekunde.

Wir gehen zum Fluss, zu dem dreckigen Ufer, das uns so gefällt, das uns klein und dumm erlebt hat. Es hat uns nackt und eng umschlungen tanzen sehen, mit R.E.M., die uns wiegten.

Wo unser Boot jetzt wohl ist? Wo sind die kleinen, säumigen Schwalben, die immer zum Trinken einkehrten? Hier unten spazieren wir ganz ohne Sorgen, die Stadt ist oben, über der großen, schwarzen Backsteinmauer, hier unten gibt es nur die mächtige Rinne des schweren, forttragenden Wassers.

In dieser Nacht lieben wir uns. Den Sonnenuntergang am Fluss haben wir da unten gelassen, zusammen mit dem Geruch nach Kanalisation, und nach Erinnerungen. Wir sind wieder in die Stadt hinaufgegangen. Denn hier leben wir jetzt, in dieser Metropole, die uns manchmal beraubt, uns entfleischt und unsere Leben auf nicht reißfeste Fäden reduziert. Wir gehen Arm in Arm hinauf ... Wir hätten uns auch da unten lieben können. Uns in diesen Dreck werfen können oder in diesen Saustall. Doch so viel Mut habe ich nicht, mir ist kalt, vielleicht werde ich langsam alt.

Liebst du mein Herz noch?

Immer. Für immer und ewig dich.

Meinst du nicht, dass ich mich verändert habe, zum Schlechteren? Ängstlich, wie ich bin, engstirnig und eingezwängt in meine Wolljäckchen, in meine kümmerlichen Schritte.

Ich denke, dass du auf eine Art duftest, die mir immer gefallen wird.

Wir lieben uns in unserem Bett. Und zum ersten Mal nach Monaten kehrt die Hoffnung zu uns zurück, mit ihrem kleinen Sehnen, mit ihrer flitzenden Zunge. Sie leckt und reinigt.

Das Kind sehe ich mehrmals, immer dieses, immer dasselbe. Trotzdem kann ich mich nicht an sein Gesicht erinnern, es taucht nie vollständig vor mir auf. Es sitzt reglos da, am Ende eines Bahnhofs, seine Beinchen baumeln vom Holzgitter einer alten Bank herab. Das Kind ist da hinten, wie ein kleiner Eisenbahner mit seiner Laterne im Nebel, der den Zügen bedeutet, abzufahren, sich zu beeilen.

Auch wir fuhren ab, nach Paris. Im Centre National de la Photographie gab es eine Ausstellung der Werke von Josef Koudelka, die Diego besuchen wollte. Wir sahen uns den Vogel an, der mit dem Kopf nach unten an einem Draht hängt, und den Engel auf dem Fahrrad. Betäubt kamen wir heraus, schweigend. Am Beaubourg kehrten wir ein und aßen im Freien Œufs à la neige, während wir die große digitale Uhr beobachteten, die anzeigte, wie viel Sekunden uns noch von Neujahr 2000 trennten. Die Fotos von den umherziehenden Zigeunern hatten uns Lust gemacht, alles hinzuwerfen, Rom zu verlassen und auf Reisen zu gehen. Dieser Gedanke nagte immer mal wieder in uns. Welchen Sinn hatte es denn, in Rom zu leben, einer Stadt, in der wir eigentlich keine Freunde hatten und in der wir, um uns überhaupt zu spüren, zu dem dreckigen Fluss hinuntergehen mussten, der uns der einzige noch lebende Muskel zu sein schien?

Auf dem Rückweg kaufte ich am Flughafen einen Schwangerschaftstest. Diego sagte ich nichts, ich ging weg und kam mit einem Päckchen Kaugummi und einem Röhrchen französischem

Aspirin wieder. Ich schob den Gedanken beiseite. Ich öffnete den Koffer und stopfte die Schmutzwäsche in die Waschmaschine. Ich ließ den Test bis zum Abend in meiner Handtasche, bis ich ihn wirklich vergessen hatte.

Ich wartete auf die nächtliche Stille der Wohnung, auf die sich leerenden Straßen. Entfernte Stimmen von Leuten, die aus dem Restaurant kamen und nun schwatzend an einem parkenden Auto standen. Ich ging ins Bad und hielt den Stick unter den Urinstrahl. Schloss die Kappe und ließ den Stick auf dem Rand der Badewanne liegen. Ich wartete, ohne ihn anzuschauen. Ich schminkte mich ab, putzte mir die Zähne. Drehte mich um und schaute nach. Ich war wieder schwanger.

Es war eine kalte Freude. Inzwischen hatte ich Erfahrung, kannte ich die fälligen Untersuchungen, die Bedeutung der Hormonwerte, inzwischen konnte ich meinen Zustand mit wissenschaftlichem Auge betrachten. Ich wollte mich nicht in mich selbst versenken. Die Stimme jenes Bedürfnisses wurde allmählich zu stark.

Wir erzählten es niemandem. Tagelang gingen wir mit dieser still in der Verknotung unserer Hände liegenden Erwartung umher. Wir taten so, als lebten wir.

Die erste Hormonanalyse war in Ordnung.

Wir warteten auf die Ultraschalluntersuchung. Dann gingen wir hin. Es gab keinen Herzschlag. Die Sonde suchte ihn vergeblich, fest auf mein Fleisch gepresst. Der Raum blieb dunkel, ohne jedes Herz.

Der Arzt knipste das Spotlight auf seinem Schreibtisch an und griff nach seinen Unterlagen, nach seinem Stift.

»Vielleicht ist es noch zu früh, vielleicht haben Sie sich im Datum der Empfängnis geirrt.«

Wir hatten uns nicht geirrt, wir hatten danach nicht mehr miteinander geschlafen, um diese Zellen nicht zu stören.

Apathisch kam ich nach Hause. Ich warf mich aufs Bett, zog mir die Decken über den Kopf und verkroch mich in der Dunkelheit.

Ich will schlafen, lass mich schlafen.

Ich schleuderte die Schuhe weg und riss mir die Sachen vom Leib. Ihr könnt mich mal, ihr könnt mich alle mal. Noch ein blindes Ei, noch ein verkümmerter Embryo, noch eine Spinne ohne Herz. Ich musterte die Ritzen des alten Parketts, wo nur hielt sich dieses Unglück versteckt?

Diesmal kam ich um die Ausschabung nicht herum.

Diego begleitete mich bis zur Milchglastür, er lief neben der Liege her, ohne ein einziges Mal meine Hand loszulassen.

Ich war abgeklärter, hatte das Unrecht akzeptiert. Diego war blass, sprach zu laut und riss Witze mit dem Krankenpfleger, der mich transportierte.

»Ich warte auf dich, meine Kleine, ich bin hier, ich geh nicht weg, ich bin hier.«

Er strich mir übers Haar, mit einer schweren, festen Hand. Sah mich zu durchdringend an. Seine Augen hatten eine andere Farbe, sie waren dunkler, die geweiteten Pupillen hatten den Rest verschlungen.

Später erzählte er mir, er habe einen Joint geraucht. In der Wartezeit ging er ins Erdgeschoss und setzte sich in der Kapelle des Krankenhauses im Neonlicht vor die Gestalt einer Plastikmadonna. Nur er und eine Nonne saßen dort für kurze Zeit nebeneinander. Er konnte sich an kein einziges Gebet erinnern, sodass ihm die Nonne mit einem *Ave Maria* aushalf.

Ich kam mit offenen Augen heraus.

»Mein Schatz, ich will dich nie wieder leiden sehen.«

Monate zogen vorbei, einer am anderen, nutzlos wie abgestellte Waggons.

Ich kaufte mir etwas Neues zum Anziehen. Ein Paar Stiefel, eng anliegend wie Handschuhe, und einen stark taillierten Mantel mit einem großen Gürtel um die viel zu schmale Taille. Mein Kopf wirkte kleiner. Ich hatte meine Haare abgeschnitten, wollte meinen Schädel spüren. Meine Augen schauten aus diesem Haufen dunkler, schwerer Stoffe heraus wie die eines Tiers, die Wunde versteckt im glänzenden Fell.

Diego sah mich beinahe ängstlich an, er hatte meine Haare sehr gemocht. Sagte, ich sei immer noch schön, meine Gesichtszüge kämen nun mehr zur Geltung. Er fand sich neben einer anderen Frau wieder, einer kleinen Füchsin mit knochigem Gesicht und länglichen, reglosen, unergründlichen Augen.

Ich wollte nicht darüber reden.

Mittlerweile ging es mit Diegos Arbeit voran. Vormittags unterrichtete er in einer Privatschule für Fotografie. Er verließ das Haus vor mir, um pünktlich um acht Uhr dreißig in der Schule zu sein. Seine Studenten vergötterten ihn, sie tappten hinter ihm her wie Jünger. Wenn das Licht günstig war, nahm er sie mit, um im Freien zu fotografieren, weit weg von den Aufnahmestudios, die er nicht ausstehen konnte. Gruppen von Motorrollern bewegten sich dann durch die Stadt, von den Parks im Zentrum bis hin zu den Senknetzen der Fischer an der Tibermündung. Die Studenten ahmten ihn nach, warfen sich mit ihm auf den Boden und fingen umgekehrte, schräge Bilder ein. Die Studentinnen umschwärmten ihn, viele von ihnen waren hübsch und von einer etwas zu betonten Exzentrizität. Manchmal nahm ich in der Mittagspause den Motorroller und holte ihn ab, um ein Brötchen mit ihm zu essen. Ich sah, wie er sich aufhalten ließ, wie er lächelte. Ich kam mit meiner Fuchsschnauze heran.

»Die ist hübsch …«

Er nickte ohne Überzeugung, ohne Interesse. Er war einer von denen, die nicht weiter auf Frauen achten. Auch in dieser Bar, mit den Studentinnen, die neben uns aßen und sich einen Joint drehten, schaute er lieber den vorbeikommenden Hunden nach. Ihm gefielen Jagdhunde mit breiten Ohren, schmalen Schnauzen und geflecktem Kurzhaarfell.

Ich wollte keinen Hund und führte Ausreden ins Feld, die klassischen, dass man mit ihm rausgehen müsse, dass wir nicht mehr ungehindert verreisen oder ohne festgelegte Zeiten kommen und gehen könnten, wie wir es gewohnt seien. Doch im Grunde wollte ich mich nicht von der Vorstellung besiegen lassen, dass wir zusammen allmählich traurig wurden, dass wir ein anderes Lebewesen brauchten, das die Stille der Wohnung durchbrach, die Stille der Gedanken, die ich mir allein machte … die er sich allein machte. Den Gedanken an das Kind, das nicht gekommen war.

An das Ende jenes Jahres 1989 kann ich mich noch gut erinnern. Es geschahen drei Dinge. Die Berliner Mauer fiel, Samuel Beckett starb, dünn wie ein Strich, und am selben Tag starb auch Annamaria Alfani, meine Mutter. Ein Tod, so unbestimmt wie ihr ganzes Leben. Eines Morgens bekam sie am ganzen Körper Hämatome. Sie wurde wachsbleich, während sich auf ihren Beinen und ihrem Bauch dunkle Flecken bildeten.

Ihre Krankheit dauerte nicht lange, und ich konnte praktisch nichts für sie tun. Das Einzige, worum sie mich bat, war Stracchino, Frischkäse aus der Lombardei, darauf hatte sie Appetit. Also verließ ich mittags die Redaktion, ging in ein teures Delikatessengeschäft und eilte dann zu ihr. Ich fütterte sie mit einem Teelöffel und wischte ihr den Mund ab. Ich zog mir die Schuhe aus und sah ein bisschen fern, neben ihr auf dem Bett liegend.

Es lief das Bohnenquiz, man sollte erraten, wie viel Bohnen in einem Glasbehälter waren. Einmal sagte meine Mutter dreitausendsiebenhundertdreiundzwanzig und hatte richtig getippt. Sie betrachtete ihr Ende mit demselben Blick, mit dem sie zum Fernseher sah. Ohne wirkliches Interesse, mit den Gedanken woanders. Das war typisch für sie.

Sie ließ seelenruhig los, fuhr sich mit den Händen über den Körper und legte sie selbst übereinander. Das war eine ihrer Lieblingshaltungen, sie hatte oft so dagesessen, mit einer Hand auf der anderen.

Mein Vater magerte ab, bis auf die Knochen. Ich lud ihn zum Abendessen ein, doch er wollte nicht kommen. Also ging ich zu ihm, um für ihn zu kochen, ich versuchte, Annamarias Fleischklößchen zu machen. Armando saß vor den Küchenfliesen und rührte so gut wie nichts an.

Gojko zieht sich die Jacke über den Kopf, es regnet wieder. Er geht über die Straße, um sich Zigaretten zu kaufen. Zündet sich eine im Regen an, raucht sie, obwohl sie nass ist, und wirft sie nach der Hälfte weg, weil sie ausgegangen ist. Er dreht sich zu mir um, ich sehe sein Gesicht mit den an der Stirn klebenden Haaren und dazu diese Jacke auf seinem Kopf wie eine Decke, er sieht aus wie eine Frau, sieht aus wie seine Mutter.

Wir kommen aus der Fotoausstellung. Schlendern gemeinsam mit einer kleinen Gruppe von Leuten zu einem Restaurant. Ich habe Angst vor meinen Gefühlen, vor der Hand des Schmerzes, die reglos ist. Es wäre mir lieb, wenn Gojko sich nicht mehr zu mir umdrehte, wenn er zuließe, dass ich verschwinde. Ich bleibe vor einem Schaufenster mit kleinen Schmuckstücken stehen. Betrachte eine filigrane Ansteckstecknadel in Form einer silbernen Rose.

»Gefällt sie dir?«

Ich hatte nicht bemerkt, dass Pietro hinter mir steht. Er ist da, sein Atem streift mich und lässt die Scheibe beschlagen. Er hat die Kapuze des Sweatshirts auf dem Kopf, blau wie seine Augen, die heute Abend schwarz zu sein scheinen. Er zeigt mit dem Finger auf die Rose, die in der Mitte des Schaufensters auf ein armseliges Samtkissen drapiert ist.

»Gefällt sie dir?«

»Was, mein Schatz?«

»Die Anstecknadel, da ... die Rose.«

Ich nicke. »Sie ist schön, ja.«

Ich hole Luft und atme aus, gegen das Glas, gegen die Rose. Diego hatte mir die gleiche Frage gestellt und auf ein Schaufenster unweit von diesem gedeutet, auf demselben türkischen Basar, auf eine filigrane, silberne Rose. Er hatte sie mir unter dem Treppenverschlag einer Bierkneipe an die Bluse geheftet ...

Pietro sieht mich an, sieht, dass ich schwanke wie eine Betrunkene.

»Bist du müde, Ma?«

»Nein ... nein ...«

»Es ist wegen der Fotos, stimmt's?«

Ich wende mich meinem Sohn zu, seinem Gesicht, das lang und knochig ist wie das seines Vaters.

»Haben sie dir gefallen?«

Er antwortet nicht gleich, wiegt den Kopf und nagt an seiner Unterlippe.

»Sie tun weh, Ma.«

Es ist seit Monaten das erste Mal, dass er mir aufrichtig vorkommt, das erste Mal, dass da nicht dieses unsägliche unterdrückte Lachen ist, das hinter einem angespannten Gesicht auf der Lauer liegt.

Ich suche seine Hand, nehme sie ihm weg, sie ist kalt.

»Das tut mir leid, Pietro.«

Ich sehe, dass er etwas runterschluckt, dass sich seine Kehle im Dunkeln bewegt.

»Diego war gut, er war einer von den ganz Großen.«

Er betrachtet das Schaufenster, die Rose auf ihrem kleinen Kissen.

»Ich sehe ihm nicht ähnlich, stimmt's?«

»Du bist ihm wie aus dem Gesicht geschnitten.«

»Huhu, meine Kleine …« Er kommt in den Raum und lächelt mich an.

Wir sind im Wartezimmer einer privaten Arztpraxis. In einem eisigen Aquarium. Vor mir steht ein leeres Sofa, haargenau das gleiche, auf dem ich sitze, perlgraues Leder. Die Fenster haben Eisenrahmen, im Stil industrieller Archäologie, ein großes abstraktes Gemälde nimmt eine ganze Wand ein, rote Flecken, Blasen aus Licht und Blut, die in einen dunklen Hintergrund ziehen.

Diego ist da, zum Glück. Ich habe die ganze Zeit nur auf die Tür gestarrt, leicht vorgebeugt, die Hände zwischen den Beinen verschränkt, am Gummiband der Socken. Und jetzt ist er endlich da, mit zerdrückten Haaren und seinem hageren Gesicht, das mich jederzeit aufmuntert.

»Bin ich zu spät?«

Ich schüttle den Kopf. »Nein, ich bin auch gerade erst gekommen.«

Er sinkt zu mir auf das Sofa und küsst mich auf die Wange, er hat seinen Helm in der Hand, riecht nach sich selbst, nach der Stadt, durch die er mit dem Motorrad gefahren ist.

Er küsst mich und zieht sich die schweren Handschuhe aus.

Ich lächle ein hässliches, angespanntes Lächeln. Er reibt mir die Schultern, schüttelt mich.

»Muss ich mir noch einen von der Palme wedeln?«, fragt er lachend.

Ich versuche auch zu lachen.

Als der Genetiker sich Diegos Analyseergebnisse ansah, nickte er zufrieden, *zum Glück ist die Spermaqualität ihres Mannes ausgezeichnet, so brauchen wir uns nur auf Sie zu konzentrieren.*

Ich fange an zu weinen. Die üblichen Tränen auf dem üblichen reglosen, beherrschten Gesicht. Er sagt nichts, ist an dieses Weinen gewöhnt, es ist eine Szene, die sich jedes Mal mehr oder weniger gleich wiederholt.

»Wollen wir gehen?«

Unentwegt wiederholt Diego mir gegenüber, *falls das in eine Quälerei ausartet,* lassen wir es sein. Ich bin diejenige, die darauf besteht, die diese Termine vereinbart.

»Wo kommst du her?«, frage ich ihn.

»Aus dem Atelier.«

»Musst du nicht zurück?«

»Keine Angst, sie warten.«

Inzwischen macht er nur noch Werbefotos. Er bedient den Geschmack der Auftraggeber, verdreckt die Bilder nicht mehr und macht, worum man ihn bittet, kristallklare Fotos. Das ist keine kreative Arbeit, darum gefällt sie ihm. Er sagt, er schalte den Autopiloten ein.

Wir brauchten viel Geld für die Behandlungen. Ein weiteres Jahr ist vergangen. Das schlimmste meines Lebens. Das Jahr des Bauchaufschlitzens, der Qualen. Der gespreizten Beine, der Dilatatoren, der Nadeln im Bauch.

Man spritzte mir Hormone, um den Eisprung anzuregen, dann saugte man die Eizellen ab und untersuchte sie. Sie sind fehlerhaft, die Nukleinsäuren sind nicht in der richtigen Reihenfolge angeordnet. Ich bilde Gerinnsel, wo keine sein sollten. Man spritzte mir Kortison, Gerinnungshemmer, dann wieder ovulationsfördernde Medikamente. Meine Eizellen waren besser. Man fand schließlich ein paar ganz passable. Diegos Spermien wurden zentrifugiert, und wir hatten die erste homologe Insemination. Wir hatten auch eine zweite. Die Schwangerschaft begann, der Herzschlag war da. Nach zwei Wochen war er nicht mehr da. Eine Woche später stürzte ich mit dem Motorroller, man nähte mich mit fünf Stichen unter dem Kinn. Der Genetiker sagte *irgendwas gefällt mir da nicht*.

Also machte man eine Hysteroskopie. Der Genetiker lächelte mich an.

»Sie haben ein Septum in der Gebärmutter, wussten Sie das?«
»Was ist das?«
»Das ist eine Scheidewand, die die Gebärmutterhöhle teilt und die Einnistung der befruchteten Eizelle verhindert.«

Ich ging zum, wie es hieß, besten Spezialisten. Nach Mailand. Wir nahmen einen Zug, ein Hotel. In einer Privatklinik zog ich mir einen grünen Kittel an. Man entfernte das Septum. Diego stützte mich beim Gehen, während ich – eine Hand am Unterbauch – über den polierten Flur humpelte. Wir kamen zur Säuglingsstation, warfen einen Blick auf den weißen Garten schwarzer Köpfchen. Wir waren diesseits des Glases, des Aquariums. Schmiegten uns aneinander. Ich war wie ein Panzer. Sagte *Ich will es schaffen, und ich werde es schaffen*.

Ich nahm wieder ovulationsfördernde Medikamente, Profasi 500 und Pergonal 150. Ich ging auf wie ein Hefeteig, verlor den Humor, und meine Libido verabschiedete sich in die Antarktis. Ich befolgte eiserne Regeln, rührte nicht eine Zigarette an. Jetzt warte ich hier auf grünes Licht für die nächste Insemination.

Endlich betreten wir den Raum, einen großen Raum mit einem riesigen Schreibtisch aus poliertem Glas und einem Bild, das von Alberto Burri sein könnte, eine seiner Wunden.

Der Genetiker ist freundlich, er hat den typischen Schnauzbart und die typische Haut eines Mannes von früher, er bewegt die Hände. Ich sehe seinen Trauring und die schwarzen Haarbüschel auf seinen Fingern.

Ich gehe hinter den Vorhang, ziehe den Rock hoch, öffne die Beine. Er schaltet den Monitor ein, führt die Kanüle ein, sucht. Ich warte.

Immerhin ist er aufrichtig. Er fasst sich an den Kopf, öffnet die Hand. Wir sitzen wieder am Schreibtisch, ich habe wieder mein Gesichtchen eines sterbenden Fuchses. Er sieht uns an, heftet seinen Blick erst auf Diego, dann auf mich und schüttelt den Kopf, es tue ihm leid, sagt er, wirklich, doch es habe keinen Sinn, es noch einmal zu versuchen.

Trotz der Hormongaben hätte ich so gut wie keine Eizellen, weniger als beim letzten Mal. Er hat eine schrillere Stimme als sonst hervorgeholt, vielleicht benutzt er sie immer, wenn er in Schwierigkeiten steckt. Für mich komme kein Programm künstlicher Befruchtung mehr in Frage, und ich könne auch nicht daran denken, eine Eizelle von einer fremden Spenderin zu erhalten, denn meine Gebärmutter sei nicht voll ausgebildet, nicht dehnbar genug ... *Sie ist verwelkt*, die Entfernung des Septums habe eine beträchtliche Narbe hinterlassen. So was komme vor, leider, das seien dunkle Bereiche, weiches Gewebe.

Die schrille Stimme sagt: »Sie sind empfängnisunfähig, Ihre Sterilität liegt bei siebenundneunzig Prozent, nach unseren Maßstäben ist das eine totale Sterilität.«

Ich nicke, die Hände zu einer kleinen Rose aus Knochen und gelber Haut verkrampft.

Diego steht auf, wischt sich die Hände an den Jeans ab, setzt sich wieder.

»Und die übrigen drei Prozent?«

Der Professor verzieht den Mund.

»Wunder ...«, lächelt er. »Wir sind in Italien, da lässt man sich immer ein Hintertürchen für ein Wunder offen, das kostet ja nichts.«

Er begleitet uns bis vor die Tür, so weit hat er uns noch nie gebracht, an der Anmeldung vorbei bis zum Ausgang. Ihm tut es auch leid, er ist wie ein Priester, der zwei Gläubige aus einer Kirche jagt.

»Danke.«

Diesmal wollte er nicht eine Lira und hat uns fortgezogen, weg von der Anmeldung.

Wir gehen die Treppe hinunter, ich berühre den glänzenden Lack des Handlaufs. Dieser Palazzo ist bildschön, aus den vierziger Jahren, weiß und glatt wie ein Schiff.

Ich leide nicht mehr. Ich habe schon genug gelitten. Vielleicht bin ich sogar erleichtert. Ich werde nie eine Mutter sein. Werde für immer ein Mädchen bleiben. So werde ich altern, vertrocknet und allein. Mein Körper wird sich nicht verformen, sich nicht vermehren. Gott wird nicht da sein. Es wird keine Ernte geben. Es wird kein Weihnachten geben. Es gilt, den Sinn des Lebens in der Welt zu suchen, in ihrer Dürre, in ihren Engpässen ... in diesen Läden, in diesem Straßenverkehr. So werde ich altern. Tot, ja, genau so fühle ich mich. Ruhig und friedlich, weil verstorben.

Der Weg des Lebens liegt hier, in dieser Straße, die ich mit meinen üblichen Beinen überquere. Auf meiner Brust trage ich ein Schild, so wie die Armen eines um den Hals, wie eine Hundemarke. UNFRUCHTBARE FRAU.

Ich reiße die Fenster auf. Die Wohnung kommt mir dunkel vor, vielleicht sind die Wände schmutzig, nachgedunkelt vom Staub, der von der Straße heraufkommt. Ganz hinten ist ein leeres Zimmer. Bei schlechtem Wetter hängen wir dort die Wäsche auf, es ist geblieben, wie es war, unbenutzt seit der Renovierung. Dieses Zimmer war für das Kind.

Und der Flur ist lang. Ideal für einen Ball, für ein Dreirad.

Ich gehe mit meiner Baskenmütze und meinem Gendarmenmantel die immergleichen Wege.

In der Redaktion bin ich misstrauischer geworden. Den anderen Frauen gegenüber. Sie wissen zwar, dass ich Probleme hatte, doch den ganzen Rest nicht.

Als wir darauf warten, dass der Kaffee in den Plastikbecher läuft, erzählt mir Viola, dass sie schwanger ist, und ich umarme sie. Ich bin ziemlich ehrlich. Als ihr Bauch meinen berührt, bekommen wir einen Schlag. Ich lächle, vielleicht sei unsere Kleidung schuld, der synthetische Mist, aus dem sie hergestellt ist. Sie nickt und zündet sich eine Zigarette an. Zweimal hat sie abgetrieben, doch diesmal will sie es behalten. Sie ist schon siebenunddreißig.

»Das Verfallsdatum rückt näher, wie beim Joghurt.«

Später, als sie mich nicht sehen kann, betrachte ich ihren Bauch. Ich mag sie gern. Sie gehört zu den leicht chaotischen Menschen, die man einfach gernhaben muss. Doch jetzt stört es mich, mit ihr im selben Raum zu sitzen, ich finde sie schlampig und blöd.

Ich übersetze einen Artikel über männliche Impotenz aus dem Englischen. Ein Mann sagt im Interview: »Wenn du blind bist, kannst du deine Frau bitten, mit ihren Augen für dich zu sehen. Doch wenn du impotent bist, kannst du sie nicht bitten, Sex für dich zu haben.« Ich weine.

Die Welt ist jetzt zweigeteilt. Ich gehöre zur fahlen Hälfte. Wie die verbrannten Wälder, die von Algen erstickten Meere, die Frauen von Tschernobyl.

Diego holt mich ab. Ich schiebe meinen Arm unter seinen, bin steif, unsicher. Plötzlich scheint mir diese Stadt voller schwangerer Frauen zu sein. Vorher hatte ich nie darauf geachtet, doch jetzt kommen sie mir vor wie eine ganze Armee. Ein unerschrockenes Bataillon, das mir entgegenmarschiert. Ich sehe nicht hin, wenn sie an mir vorbeigehen. Wittere sie schon von weitem, mit der Spürnase eines Hundes. Aus den Augenwinkeln spähe ich zu Diego hinüber.

Ich gehe zum Friseur, halte der Kosmetikerin meine Hände hin. Sehe ihr zu, während sie mir die Nägel poliert, mir die Häutchen entfernt. Es ist ein regloses Vergnügen für meinen Körper, steril wie alles andere. Das proletarische, in diesem Schönheitssalon über mich gebeugte Mädchen hat einen blühenden Busen und einen fruchtbaren Bauch, sie treibt es mit ihrem Kerl und passt auf, dass sie nicht schwanger wird, verschwendet Kinder an Kondome. Ich wette, sie ist glücklicher als ich. Ich gebe ihr ein gutes Trinkgeld, sie lächelt mich mit ihren dicken Lippen an, mit ihrer kräftigen Haut, mit ihren frechen Augen. Vielleicht hasse ich sie, hasse die Fruchtbarkeit der Armen. Hasse die somalische Frau, die die Treppen im Hausflur putzt, manchmal bringt sie ihre Tochter mit. Dann setzt sich das Mädchen in eine Ecke, folgt der Mutter auf den Stufen, liest irgendein Heftchen oder spielt still vor sich hin. Ich gehe vorbei und lächle dieser kleinen Kröte zu.

Es ist Weihnachten. Wir haben keine Lust, in Rom zu bleiben, in diesem Rummel von Geschäften und Weihnachtskrippen. Wir fahren in die Berge, in ein Hotel, das aussieht wie aus Marzipan. Wir machen eine Thermalkur, decken uns mit grünem Schlamm zu und hüllen uns in den Luxus weißer Bademäntel. Das Hotel hat Fenster mit gelbem Licht, die auf den Schnee zeigen. Nach dem Abendessen betrachten wir diesen Zauber, diese Ödnis. Wir verlangen den Zimmerschlüssel und gehen hinauf. Das Bett ist groß, auf dem Kopfkissen liegt eine Praline. Der Wasserhahn ist aufgedreht, ich sehe dem Wasser zu, das herausströmt und vergeudet wird. Hätte ich ein Kind, würde ich den Hahn zudrehen und mich um die Welt sorgen, um ihren Durst. Die verspäteten Flitterwochen gefallen mir nicht mehr, sie fühlen sich schlecht an, unglückselig.

Am nächsten Abend gehen wir zum Bowling. Darauf hat Diego bestanden, damit wir uns ein bisschen amüsieren. Die Stimmung ist wie in einem amerikanischen Fernsehfilm, Kinder, die spielen. Am Eingang Gummischuhe voller Schneematsch. Wir schlürfen mit einem Strohhalm heiße Schokolade aus riesigen Gläsern und essen Hotdogs. Wir lassen die schwarzen Kugeln rollen, sie gleiten über die polierte Bahn und donnern hinten mit einem Heidenlärm gegen die Kegel. Mir gefällt dieser Krach, will man sich unterhalten, muss man schreien. Ich schreie gern. Wir kichern wie kleine Kinder. Wir haben einen Schritt zurück gemacht im Leben, das ist nicht verkehrt. Um nicht zu leiden, müssen wir ein bisschen albern werden. Ich habe rote Wangen und Fieber in den Augen. Diego hängt sich an mich, küsst mir den Nacken. Hilft mir, das Gewicht auszubalancieren, zu werfen.

Ich betrachte die aufgestellten Kegel. Denke an Kinder. An dieses Heer von Infanten, die einfach aufs Geratewohl kommen, oftmals dort, wo sie es nicht sollten, wo niemand sie braucht. Ich nehme Anlauf, lasse den Arm schwingen, werfe die Kugel mit aller mir zur Verfügung stehenden Wut.

Auf dem Zimmer isst Diego die Praline. Er dreht sich um.

»Warum adoptieren wir eigentlich kein Kind?«

Er ist ein zeugungsfähiger Mann, er kann es sich leisten, großzügig zu sein. Am liebsten würde ich ihm einen Fausthieb verpassen. Ich lächle und warte. Bis das Feuer aufgestiegen ist und wieder verschwindet.

Mir gruselt vor fremden Kindern. Gruselt vor der genetischen Karte, vor dem Abstammungsnachweis. Um sich auf einen Zufallstreffer zu verlassen, braucht man zumindest etwas Leichtigkeit. Ich bin eingeschlossen in meinen verplombten Körper. Die Welt wird ihre Kinder behalten, und ich werde meine Unverträglichkeit mit dem Leben behalten.

Ich sehe ihn an, lächle wieder.

»Wir sind nicht verheiratet. Wir könnten höchstens eine Patenschaft übernehmen, nichts Enges.«

Nichts Enges.

Es ist eine Kirche

Es ist eine Kirche im Zentrum, voll mit barockem Gold, schmierigen Gewölben, Lichtreflexen auf Fresken und düsteren Allegorien.

Es ist die Zeit der Reue, des Leidenswegs. Die heranrückende Fastenzeit. Ich setze mich auf einen kleinen, goldfarbenen Stuhl unter einem Seitengewölbe, weiter hinten im Dunkeln nur ein paar alte Jungfern, Frauen, deren armselige Körper keine Früchte tragen mussten.

Ich schäme mich, weil ich glaube. Weil ich mich diesem Mittelalter hingebe. Ich habe mich mit dem wissenschaftlichen Ursprung des Lebens beschäftigt, mit Mikroorganismen, die in rauen Mengen die Meere bevölkerten, mit dem Agnostizismus, mit den Überlegungen der freiesten Mystiker ... Ich hatte Sex, habe geheiratet und mich wieder getrennt, bin gereist, habe mich von Bedenkenlosigkeit genährt. Was tue ich hier, bei diesen Betschwestern? Es ist Mittwochnachmittag. Die Geschäfte quellen über von Schokoladeneiern, die Kinder sehen ihren Überraschungen entgegen und Er seinem Leidensweg.

Ich fühle mich nicht wohl auf diesem Stühlchen, komme mir fehl am Platz vor, wie eine, die klaut, oder wie diese Touristen, die ohne Glauben hereinkommen, nur um mit ihren Fotoapparaten und ihren brötchenverschmierten Mündern die Fresken anzugaffen. Ich will sofort wieder weg, doch ich bleibe, weine.

Ich habe stets geglaubt, alles beherrschen und jeden meiner Schritte kontrollieren zu können. Jahrelang habe ich die Pille genommen. Was für eine Ironie des Schicksals.

Zum Bankett des Lebens wurde ich nicht zugelassen. Vielleicht sollte ich mich einfach fügen. Nicht jeder muss Kinder kriegen, ich weiß es ja.

Da sitze ich nun, die Hände um den Griff der Handtasche geklammert, mit meiner von Kreditkarten bauchigen Brieftasche, meinen Papieren und meinen allgemeinen Kennzeichen: Augen blau, Haarfarbe kastanienbraun, Geschlecht weiblich. Bauch tot.

Ich bin eine von Intelligenz zerkratzte Frau, alles, was mir zu helfen schien, lässt mich jetzt im Stich.

Zum Glauben fehlt mir der Mut. Und die Unschuld.

Gott ist nur ein weit entfernter Komplize für die Versehrtheiten der Menschen.

Doch der Genetiker hat von einem Wunder gesprochen, von der winzigen Möglichkeit, die man dem nicht Greifbaren überlässt. Für dieses Wunder bin ich hergekommen, ja, das ist die Wahrheit. Ich habe diesen grotesken Versuch unternommen und trolle mich jetzt mit eingezogenem Schwanz, entmutigt von meinem matten Glauben, der mich auf keinerlei Belohnung hoffen lässt.

Ich will aufstehen, doch irgendwas hält mich zurück und lässt mich den Kopf neigen. Eine Hand, die mich niederdrückt, die mich zur Demut führt.

Kann sein, dass ich nicht an dich glaube, aber vielleicht bist du ja so großzügig und glaubst an mich.

Ich habe soeben gelernt zu beten.

… gib mir die Chance, in diesem Schicksal etwas Gutes zu sehen, nur darum bitte ich dich.

Ich besprenge mich mit Weihwasser. Neben mir sehe ich den Erzengel Gabriel in einer Verkündigung voller Entsetzen. Die Madonna ist klein, in Not, wie erschlagen von dieser Erscheinung. Von dieser Aufgabe.

Im Fitness-Center verwende ich viel Zeit darauf, mich mit Creme zu glätten. Beim Sex mühe ich mich ab, ich habe Angst, ans Licht zu kommen. Ich konzentriere mich, suche tief in mir eine feste, in eine ferne Einsamkeit gezwängte Lust. Alles stört mich, selbst das kleinste Geräusch. Diego fällt neben mich. Wir sind zwei getrennte Körper.

Er betrachtet meinen Rücken. Sagt, wir müssten ja nicht miteinander schlafen, wir könnten ja auch so daliegen, eng umschlungen.

Ich betrachte seinen nackten Körper, seine fruchtbaren Hoden.

Ich greife ihn an, fordere eine Heftigkeit, die er nicht hat.

Wenn wir ficken, sind wir in Sicherheit, sind wir ein Paar. Aber was sind wir sonst ... Was werden wir sein?

Mein Bauch ist muskelhart. Früher gefiel ich ihm mehr, als mein Bauch wie ein warmer Sack war, voller gutmütiger Geräusche und weißer Spinnweben. Ich weiß, dass er mich voller Nostalgie betrachtet. Na und. Diese Härte schützt mich. Den Bauch einer Mutter habe ich nicht mehr, gut, wenn er sich daran gewöhnt, ich werde mein Leben lang eine Geliebte bleiben. Ein Wesen für Sex ohne Folgen.

Seine Augen und seine Nostalgie sind mir unangenehm. Ebenso die Fotos an der Wand. Manchmal ist mir, als würden sich all diese Füße und all die Pfützen, die mich belauern, über mich und meine Unvollständigkeit lustig machen. In dieser Wohnung nistet etwas, das uns Unglück gebracht hat.

Auch unsere Vormieter hatten keine Kinder.

Trotzdem hatten sie sich sehr gern, erzählte mir der Hausmeister. Ich muss wohl auf das gleiche Schicksal hoffen. Ich stelle mir das Leben vor, das uns erwartet, das Alter, unsere vier einsamen Beine.

Das proletarische Mädchen, das sich um meine Hände kümmert, fragt mich, warum ich keine Kinder habe.

Am liebsten würde ich ihr sagen, sie solle sich um ihren eigenen Scheiß kümmern, ich blättere in einer Zeitschrift und schaue nicht auf.

»Mein Freund will keine«, sage ich.

Das Mädchen ist mit der Antwort zufrieden, sagt, Umfragen hätten ergeben, dass viele Männer keine Kinder wollten, sie hätten Angst, von ihren Frauen vernachlässigt zu werden.

Hau ab, mein Freund. Hau ab, Diego.

Manchmal denke ich, er sollte sich eine andere suchen, eine von seinen Studentinnen. Eine mit vollen Eierstöcken und mit einer Gebärmutter ohne Narben.

Es wäre einfacher, wenn er mich nicht lieben würde.

Ich gehe zum Fotoatelier. Stelle mir vor, ihn mit irgendeinem Mädchen herauskommen zu sehen, ihn dabei zu erwischen, wie er im Dunkel einer Hauswand herumknutscht, wie er eine andere ableckt und sie sich besabbern, wie wir uns besabbert haben. Ich habe Angst davor, doch irgendwie wünsche ich es mir auch. Um aus dieser Vorhölle herauszukommen, um ihm mitten auf der Straße einen Fußtritt verpassen zu können und ihm ins Gesicht zu schreien, dass ich recht habe.

Doch er ist da, egal, ob allein oder in Begleitung. Immer er, seine Wollmütze, sein hageres Gesicht. Und sein langer, schiefer Körper. Er winkt und läuft zum Motorrad. Der Schulterriemen seiner Tasche zerteilt diagonal seinen leicht gekrümmten Rücken.

Wir setzen uns an den Tisch. Da sind unsere vier Ellbogen, dicht beieinander wie jeden Abend. Unser Tisch ist groß, mindestens zwei kleine Rotznasen hätten daran Platz. Aber niemand macht hier irgendwas dreckig. Wir sind wohlhabend, steril und sortiert. Nach dem Essen ist im Handumdrehen alles wieder sauber und geräuschlos. Wir stellen unsere Teller in den kleinen Geschirrspüler. Wir sind schon viel zu wohlerzogen, viel zu rücksichtsvoll. Ich klappe den Geschirrspüler zu, die rote Kontrolllampe leuchtet auf, das Raunen von Dingen, die im Dunkeln sauber werden, setzt ein.

»Du wirst schon sehen, früher oder später findest du eine andere und machst ihr ein Kind.«

Ich sage das mit dem Rücken zu ihm, eingesperrt in meinen dünnen Körper, in meinen schwarzen Kaschmirpullover.

»Ich könnte das verstehen, ich mag dich wirklich sehr.« Ich lächle, greife mir an den Kopf, an meine neue Frisur, mit der ich aussehe wie ein nasses Küken.

Er packt mich am Nacken und dreht mich kraftvoll zu sich.

»Ich mag dich nicht sehr, du blöde Kuh. Ich liebe dich.«

Alle unsere Freunde kriegen jetzt Kinder, ihre Wohnungen riechen nach aufgehängter Wäsche, nach Grießbrei und Fencheltee, ich erfinde Ausreden, um sie nicht besuchen zu müssen. Rede mir ein, dass sie langweilig sind, dass sie nach Bratendunst und Hausmief stinken. Ich kaufe mir ein neues Kleid. Geld auszugeben verschafft mir kleine Schübe von Befriedigung. In den Umkleidekabinen der Geschäfte ist Magerkeit eine Tugend, die Stoffe schmiegen sich an meinen flachen Bauch, und es macht mir Spaß, auf den Sachen herumzutrampeln, die ich anprobiere und dann doch nicht nehme.

Ich bin sexy, vielleicht mehr als früher. Wenn ich mich schminke, stelle ich mir zuweilen vor, dass mir jemand ins Gesicht schlägt, mit einem großen Boxhandschuh, der mir die Nase zerschmettert und meine Augen in Schwarz ertränkt.

Wir gehen ins Kino, in Konzerte und in Restaurants, wo Schwule und Künstler verkehren, Leute, die an sich selbst denken. Ich gebe meinen Armani-Mantel an der Garderobe ab und gehe auf meinen hohen Absätzen zum Tisch.

Wir haben einen guten Wein und ein gutes Abendessen bestellt. Ich stelle mir ein Gemetzel vor, einen Terroristen, der durch die Drehtür kommt und mit einem Maschinengewehr wild in der Gegend herumballert ... auf die Tische, auf die Wand mit den edlen Flaschen. Spritzer von Wein und Blut. Ich stehe auf, um zu sterben. Den Bauch von Schussgarben durchsiebt. Ich sterbe lachend wie Joker in *Batman*.

Ich beschließe, zur Psychoanalyse zu gehen.

Ich spreche mit einem Mann, ich will keine Frau. Ich fürchte, sie könnte fruchtbar sein.

Der Mann sagt nicht viel, und das wenige reicht mir, um zu erkennen, dass er mich nie verstehen wird.

Ich glaube nicht an Intelligenz. Nicht mehr. Ich glaube an die Natur, an ihre Zyklen.

Der Mann redet mit professioneller Gesetztheit, er will nicht aufdringlich sein, will mir nur Hilfsmittel an die Hand geben. Sie nützen mir nichts. Ich durchschaue die ganze Prozedur. Durchschaue, dass das eine Methode ist, eine angewandte Regel, die normalerweise funktioniert. Nicht bei mir. Ich denke an Granatapfelbäume, an die roten Kerne, ich denke an eine werfende Hündin, öffne die Beine ein wenig, um diesen Wurf hinauszulassen.

Freie Assoziationen, von denen ich ihm erzählen müsste. Doch ich habe keine Lust dazu.

Ich stehe auf, gehe und komme nicht wieder.

Diesen Mann brauche ich nicht.

Manchmal gehe ich zu den Müllcontainern und den umgestürzten Kisten hinter dem Markt. Vielleicht finde ich ja ein ausgesetztes Baby. Ich lache in mich hinein, fest eingewickelt in meinen schwarzen Mantel. Ich drehe gerade ein bisschen durch. Und das finde ich gar nicht so schlecht.

Ich werde darüber hinwegkommen, irgendwann werde ich aufhören, daran zu denken. Es gibt viele Leute, die keine Kinder haben, sie wollen keine. Die Supermärkte sind voll von Produkten für Singles, von Einwegpackungen und Fertiggerichten.

Doch wir sind nicht so. Wir zwei füttern die Katzen auf dem Hof. Auf unserem Balkon nistet eine Taube, gurrt in einem fort und verdreckt alles mit ihren Federn. Ich müsste sie mit dem Besen vertreiben und die Eier wegwerfen. Aus den stinkenden Schalen schlüpfen ein paar gammlige, schwarze Küken. Diego baut eifrig Barrieren aus Pappe, weil er Angst hat, sie könnten herunterfallen, zu den Katzen. Am Ende fliegen die neuen Tauben mit den anderen aus ihrer Familie in Richtung Dachrinne weg, übrig bleibt ein schwarz-weißer Kacketeppich, den ich abkratzen muss.

Eines Abends kommen wir an einer Tierhandlung vorbei. Das Schaufenster ist voller Welpen, die in ihren Käfigen fiepen, die kleinen, rosa Zungen hängen ihnen aus dem Maul. Diego nimmt einen Dackelwelpen auf und lässt sich von dem glänzenden, lackschuhschwarzen Würmchen das Gesicht ablecken. Er lacht. Es ist lange her, dass ich ihn so habe lachen sehen. Ich streiche über die Käfige, über einen armen Papagei mit grün-gelbem Federschopf. Ich rieche den staubigen Gestank nach dreckigem Sägemehl und Tierfutter, das ist garantiert nicht der Geruch meines Lebens. Diego berührt mich an der Schulter, er hat den Hund zurückgesetzt, hat ihn dem Ladenbesitzer wiedergegeben und dem winselnden Käfig mit den anderen Welpenbrüdern.

»Komm, lass uns gehen.«
»Nimmst du ihn denn nicht mit?«
»Wir überlegen uns das noch mal.«

Ich lasse die Handwerker kommen, lasse die Wohnung weißen, lasse eine neue Badewanne einbauen, eine mit Hydromassage, lasse die Fliesen in der Küche auswechseln, nehme nun glänzende in leuchtenden Farben. Mit Lackproben und mit Stoffmustern für Vorhänge und für das Kopfende unseres Bettes laufe ich in unserem Haus treppauf, treppab. Ich schwirre herum wie eine Fliege, spüre eine frische Lebenskraft.

»Gefallen dir die neuen Sofas?«

Diego nickt, probiert sie aus. Für ihn war auch das alte noch in Ordnung, es war bequemer, er mochte die lappigen Kissen und die schmutzigen Armlehnen, aber er würde ohnehin nie irgendwas verändern. Er ist einunddreißig und hat noch immer sein Jungengesicht. Doch er ist langsamer geworden, zaudernder. Ihm sitzt ein trockener Husten in der Brust, der stoßweise hervorbricht, wenn er nervös ist.

Wie immer verbummelt er seine Sachen, die Brille, die Filmnegative ... Doch neuerdings ist er versessen darauf, sie wiederzufinden. Er verausgabt sich völlig bei den Suchaktionen quer durch die Wohnung.

Mein Vater hilft uns bei dieser häuslichen Schatzsuche, bückt sich bis unter die Möbel und sieht vorsichtig auf den Regalen nach, er will seine Nase nicht in unsere Angelegenheiten stecken, will nur helfen.

Er hat den Film gefunden und gibt ihn Diego, doch kurz darauf sind die Autoschlüssel weg.

Mein Vater reißt Witzchen über uns, sagt, Diego sei wohl schon vertrottelt und werde langsam alt. Er spürt unsere Mühe. An dem Abend, als ich ihm erzählte, dass ich keine Kinder bekommen kann, legte er mir eine Hand auf den Mund, damit ich nicht weitersprach, nicht weiterlitt. Er kam mit dem Gesicht heran und küsste seine Hand, die fest auf meinem Mund lag. Er küsste mein Schicksal, unser Blut, das hier endete. Er küsste die Wunde. Wie damals, als ich klein war und er meine aufgeschürften Knie küsste, um mich zu heilen, wenn ich mit dem Fahrrad gestürzt war.

Es ist vorbei, mein Schätzchen, es ist vorbei.

Diegos Husten macht mir Sorgen, ich gehe mit zum Röntgen. Er hat nichts, nicht einmal eine Bronchitis. Nur seine Stimme ist leiser, weil die Stimmbänder vom vielen Husten angegriffen sind. Er hat nun ein wimmerndes Kinderstimmchen, was mich anrührt.

Ich kaufe ihm einen dicken Schal und verabreiche ihm Aerosol wie eine überängstliche Mutter. Eine von denen, die ihre Kinder krank machen, um sie fest an sich zu binden.

Er inhaliert das Aerosol und lächelt mich an.

Ich bin ein Wrack, sagt er.

Er scheint sich darüber zu freuen und sieht mich in Erwartung eines Lächelns oder einer Segnung an.

Der Weihnachtsbaum ist tot, er hat es auf dem Balkon nicht geschafft. Ich nehme den Ballen trockener Erde und schleudere ihn in die Mülltonne.

Das hintere Zimmer ist jetzt ein Fitnessraum, das hat sich der Architekt so ausgedacht. An den Wänden hängen große Spiegel und eine Sprossenwand, in der Mitte steht ein Laufband. Ich laufe im Dunkeln auf diesem Band, allein mit den Lichtern von der Straße. Es ist Nacht, und ich schwitze. Der Schweiß läuft mir in den Mund, er schmeckt bitter, nach Toxinen, nach Wut, wie der Auswurf eines jahrtausendealten, ausgestorbenen Tieres. Im dunklen Spiegel die Umrisse meines Körpers, der sich einsam bewegt, dieser Raum war für die Zukunft bestimmt. Unten auf der Straße lacht jemand, das Band ist schneller als meine Schritte; als ich es bemerke, bin ich schon hingefallen.

Mit verstauchtem Handgelenk und einem kleinen, weißen Verband unter dem Ärmel besuche ich Viola, die entbunden hat. Sie liegt im Bett, mit zerknittertem Morgenrock und ihrem typischen Gesicht, das sie bei der Arbeit macht und auch wenn wir in die Bar gehen. Nur dass sie nun auch diesen etwas schlaffen Bauch und eine Veneninfusion hat, die mit einem weißen Pflaster am Handgelenk befestigt ist. Da liegt sie nun, ruhig in diesem Krankenhauszimmer, im Nachbarbett eine farbige Frau mit einem kleinen Radio am Ohr.

Sie hat ein Bein im Bett angewinkelt und aufgestellt, dazu diesen gelblichen Teint und ungekämmte Haare. Als sie mich sieht, strahlt sie.

»He, dass du gekommen bist …«

Ich werfe einen Blick in die Runde und frage mich, warum sie sich keinen besseren Ort als den hier ausgesucht hat. Doch Viola ist ein unbedarfter Mensch, ihre Fruchtblase ist geplatzt, sie hat einen Krankenwagen gerufen, und man hat sie dahin gebracht, wo gerade ein Platz frei war.

»Rauchen wir eine?«

»Darfst du denn rauchen?«

»Das ist mir so was von scheißegal.«

Auf einer Art Balkon, nicht breiter als ein Fußabtreter, drücken wir uns an eine smoggeschwärzte Brüstung, unter uns der Abzug einer Kantine, es stinkt nach Küchenabfällen.

Viola raucht, zieht am weißen Stäbchen ihrer Zigarette und sieht hinunter auf den Krankenhausrasen, auf die Kranken, auf die eintreffenden Besucher.
»Freust du dich?«
»Ja.«
Ihr Gesicht erschöpft im Wind.
Während der Schwangerschaft hat sie sich von ihrem Freund getrennt, einem volltätowierten Blödmann. Sie hat allein weitergemacht, mit ihrer Mittelmäßigkeit.
Kein Gedicht über diesen Bauch, kein Liebesfilm. Nur kurz angebundener Realismus. Trotzdem hat dieses Mädchen eine ganz eigene Sanftheit.
Ich helfe ihr, sich mit Reinigungstüchern den Hals zu waschen, mache ein bisschen Ordnung im Schubfach ihres Metallnachtschränkchens, ein verschütteter Fruchtsaft, eine angeklebte Zeitschrift. Viola bedankt sich mit einem Nicken. Ich gehe runter, kaufe ihr eine Schachtel Zigaretten und ein Eis. Es kommt mir merkwürdig vor, dass kein Mensch bei diesem Mädchen ist, das gerade entbunden hat.
»Wo ist denn deine Mutter?«
»Zelten.«
Alles, was ich da sehe, beißt sich mit dem Bild der Mutterschaft, mit der widerlichen Süßlichkeit, die ich glaubte, wie eine Strafe schlucken zu müssen. Viola ist dermaßen träge und allein, dass sie mir Kraft gibt. Sie sieht nicht aus wie eine Wöchnerin, sondern wie eine, die vom Moped gefallen ist und sich ein Bein gebrochen hat.
Man bringt das Kind. Viola gibt es sofort mir, reicht es mir wie einen Aktenordner oder wie ein Brötchen.
»Wie findest du es?«, fragt sie.
Es ist ein kleines, schwarzes Etwas mit zerdrückter Nase und

der Miene eines Erwachsenen. Es sieht nicht italienisch aus, eher afghanisch, es ähnelt dem Vater.

»Ihm fehlt bloß noch der Schlips, es sieht schon aus wie ein Mann ... Das geht bestimmt schon auf den eigenen Füßen nach Hause.«

Viola lacht, stimmt mir zu, sagt *zum Glück*. Und der Afghane schreit nicht, er ist freundlich, heiter.

»Hoffen wir, dass es schläft.«

»Kannst du stillen?«

Ihre Brust ist noch klein, sie nimmt das Kind und legt es an, sie pustet, weil die Krankenschwester ihr das geraten hat, denn *wenn das Kind nicht saugt, schießt die Milch nicht ein*.

Viola nickt, während sie sie mitsamt ihren weißen Trägern zum Teufel schickt.

Nun helfe ich ihr. Ich, die ich keine Ahnung habe ... Ich beuge mich auf dem Kopfkissen zu ihr, stütze das Köpfchen des Kleinen und zupfe es am Kinn, damit es den Mund aufmacht.

Viola sieht mir zu und sagt, ich sei besser als die Schwester. Ich lache und werde rot.

Ich umarme meine Freundin, bemerke ihren Geruch nach Schweiß und Anstrengung. Als ich gehe, weint sie. Und weinend lächelt sie.

»Das sind die nachlassenden Hormone.«

Ich gehe hinter der Krankenschwester, die das Kind zurück auf die Säuglingsstation bringt. Ich bleibe stehen und schaue mir durch die Scheibe die Metallbettchen an, diese Plantage von Köpfchen. Samen, die aus Schnee sprießen. Vor ein paar Tagen habe ich in der Zeitung von einer Frau gelesen, die ein Kind aus einer Säuglingsstation gestohlen hatte, sie kam nicht weit, ein paar Häuserblocks hinter dem Krankenhaus hielt sie an einer Bank an. Als die Polizisten eintrafen, war sie froh, es ihnen übergeben zu können, das Baby schrie, und sie wusste nicht, wie sie es beruhigen sollte, sie hatte nicht daran gedacht, dass es so schreien könnte, dass es Hunger haben könnte. Sie hatte an gar nichts gedacht, nicht an den Schock der Mutter, nicht an die Folgen. Sie hatte instinktiv gehandelt, wie ein Hund, sie hatte sich den Knochen genommen, den sie brauchte. Früher habe ich solche Meldungen nicht beachtet, ich übersprang sie, sie gingen mich nichts an. Doch jetzt bin ich interessiert und stelle mir die Augen dieser Frau vor, die es nicht schafft, die Fetzen ihrer Psyche zu bezähmen.

Ich gehe die Krankenhaustreppe hinunter und steige ins Auto. Mag sein, dass Viola keine gute Mutter wird, sie ist zu bedürftig, zu verwahrlost. Aber wer weiß das schon, das ist nicht unbedingt gesagt. Ich muss mich mit dem Gedanken anfreunden, dass Kinder eben wie Gras sprießen, dort, wo es sich gerade ergibt, dort, wo der Wind den Samen hinweht.

Aus Rumänien kommen Briefe von den beiden Kindern, für die wir eine Patenschaft übernommen haben, ich lese sie nicht einmal, mir liegt nichts daran, irgendeinen Kontakt zu ihnen herzustellen. Ich fülle den Überweisungsschein für die Post aus, ich schicke das Geld, und damit ist es genug.

Diego markiert mit dem Rotstift die Fotos, die nach Mailand geschickt werden sollen. Das Model ist klapperdürr und trägt Stofffetzen in Tarnfarben, eine Schirmmütze und Militärstiefel, das Gesicht ist schwarz verschmiert wie bei einem Soldaten, der durch den Wald kriecht.

Der Fernseher läuft, es geht um die Gemetzel in Ruanda. Niemand hört hin, außer meinem Vater. Schwarze Gestalten häufen sich in einem Fluss aus rotem Schlamm ... Ich komme näher.

»Was ist das?«, frage ich.

»Tote.«

Ich betrachte die von Macheten zerfleischten Körper, die Köpfe weit vom Rumpf entfernt. Brüder, die von einem Tag auf den anderen angefangen haben, sich gegenseitig umzubringen. Als ich den Fernseher ausschalte, graust mir immer noch. Aber das hält nicht lange vor. Ich habe mir die Kontonummer notiert, die unten über den Bildschirm lief, und will auch dem Strom schwarzer Waisenkinder Geld schicken.

Mein Vater trinkt einen Whisky, Diego schläft. Heute Abend war seine Stimme am Ende, seine Kastratenstimme.

Wie aus heiterem Himmel sagt mein Vater: »Hör mal, Gemma, warum adoptiert ihr nicht ein Kind?«

Ich antworte unaufgeregt. Sage ihm, dass wir die Patenschaft für zwei Kinder übernommen haben, dass das schon in Ordnung so ist.

Er nickt, ist aber nicht beruhigt.

»Ihr beide seid jung und tüchtig ...«

»Wir sind nicht verheiratet, Papa.«

Er nickt mit gesenktem Kopf, der schwer auf seinem Hals lastet, sagt, daran habe er nicht gedacht. Er geht in den Flur zu seinem Mantel. Später klingelt er noch einmal an der Tür.

»Was gibt's, Pa, hast du was vergessen?«

»Und warum heiratet ihr nicht?«

»Gute Nacht, Papa.«

Wir heirateten. Auf dem Standesamt. Da waren wir, einige Verwandte und die Trauzeugen. Duccio, Diegos neuer Manager, in roten Hosenträgern und Nadelstreifenanzug, und Viola mit dem kleinen Afghanen auf dem Arm. Es war ein Tag wie jeder andere, ein anonymer, eher trister Donnerstag. Vorbereitungen hatte es keine gegeben, alles war rasch vonstatten gegangen, mit einer gewissen Brutalität meinerseits. Wir hatten die vorgeschriebene Aufgebotsfrist abgewartet, und nachdem man uns Uhrzeit und Datum mitgeteilt hatte, fanden wir uns in einem Saal ein, an dessen Eingang neben einer schlaffen Trikolore zwei Bronzerüstungen standen. Mit uns wartete ein geschiedenes Paar um die fünfzig, das wieder heiraten wollte. Ich trug ein graues, etwas zu strenges Kostüm. In letzter Minute hatte ich mir ein geblümtes Tuch um den Hals geschlungen, um wenigstens etwas Leben in diese steife Garderobe zu bringen. Ich sah aus wie meine Mutter. Diego trug sein Cordjackett, das er den ganzen Winter über nicht ausgezogen hatte. Das einzige festliche Indiz war eine senfgelbe Fliege. Ein schiefer Schmetterling auf einem Sporthemd.

Am Ausgang zog Viola eine noch vakuumverpackte Tüte Reis aus der Handtasche. Wir warteten, bis sie die Folie mit den Zähnen aufgerissen hatte, bis die Tüte reihum gegangen war. Lächerliche, unangenehme Augenblicke. Und dann traf der aus zu großer Nähe geworfene Körnerhagel ohne jede Überraschung unsere verkrampften Gesichter.

Diego fotografierte, er stellte die Kamera mit dem Selbstauslöser auf eine kleine Marmorsäule und lief zu mir und den Geschenken. Ich weiß nicht mehr, ob wir uns die Bilder je angesehen haben.

Anschließend suchten wir Zuflucht in einem Restaurant in der Nähe des Kapitols, das voller deutscher Touristen war. An das meiste von diesem Tag kann ich mich nicht erinnern. Meine schlechte Laune hatte ihn vergiftet. Diego hob das Glas zu der Touristenrunde am Nebentisch und prostete ihr zu. Deutsche Pfiffe und Glückwünsche ließen uns hochleben. Die Vereinigten Staaten bombardierten den Irak. In der Nacht zuvor hatten wir im Fernsehen gebannt mitangesehen, wie B-52-Bomber und Wild Weasels ihre intelligenten Laserraketen abschossen.

»... es heißt, sie würden nur strategische Ziele angreifen ... dann schießen sie ein Krankenhaus oder einen Bus ab ... und entschuldigen sich hinter einer Flasche Mineralwasser.«

Mein Vater fuchtelte mit den Armen.

»Weißt du, was auf den Raketen steht? Die Jungs vom Apache-Bataillon haben schon ihren Spaß ... Sie schreiben DAS HIER IST FÜR DEINEN ARSCH, SADDAM, und auf eine andere schreiben sie dann UND DAS HIER IST FÜR DEN ARSCH DEINER FRAU.«

Er hatte ein bisschen zu viel getrunken, saß nun niedergeschlagen da und grübelte vor sich hin, zusammen mit seinem langsam kauenden Mund. Seit einer Weile gefiel ihm die Welt immer weniger. Meine Mutter hatte seine Stimmungen stets ausgeglichen und ihn zu kleinen, banalen Dingen zurückgebracht. Seit ihrem Tod war Armando störrischer und überließ sich seinen Gedanken nun ungezügelt.

Ich hatte einen nagelneuen Ehering am Finger und ein lästiges Gesichtchen. Ich freute mich nicht. Ich hatte geheiratet, um ein Kind adoptieren zu dürfen. Unsere Namen würden nun im Doppelpack durch die endlosen Tunnel der italienischen Bürokratie wandern. Ich hatte Angst, dass diese rechtskräftige Beurkundung unserer Liebe uns irgendwie berauben würde. Als ich neben Diego die Papiere der Eheschließung unterschrieb, spürte ich keinerlei Freude, nur den bitteren Geschmack einer Niederlage. Durch diese Heirat wurde meine Behinderung endgültig besiegelt.

Ich krümelte Brot auf den Tisch. Von Zeit zu Zeit lehnte Diego seinen Kopf gegen meinen. Mein Vater erhob das Glas, klopfte mit der Gabel dagegen und bat so um Aufmerksamkeit.

Er war der Ansicht, dass man die Dinge in bestimmten Situationen laut aussprechen müsse. Er schwieg eine Weile und hing an seinem offenen Mund, bis die Pause zu lang und fast schon pathetisch wurde. Er warf einen Blick in die Runde unserer armseligen Tischgesellschaft, wenige aktuelle, gelangweilte Freunde. Er kniff die Augen zusammen, wie es seine Art war, um die dichten Brauen und die Gedanken zu sich zu rufen. Dann kramte er ein paar Worte hervor.

»Ich wünsche dem Brautpaar Gesundheit, Frieden, einen vollen Teller und … und das, was kommen wird.«

Er sah Diego und mich an wie einen einzigen Körper. Er hatte einen Kloß im Hals, tat aber so, als wäre es ein Rülpser. Er führte die Serviette zum Gesicht, *Pardon*.

»Annamaria fehlt mir«, brummelte er.

Viola beschwerte sich, weil das Fleisch zäh war.

»Dann bestell doch was anderes«, antwortete ich gereizt.

Duccio wartete nicht einmal bis zum Nachtisch und ging wieder zu seinen Models.

Diegos Fliege landete in der Tasche seines Cordjacketts, ich fand sie ein paar Tage später.

An diesem Abend liebten wir uns nicht. Diego machte eine Flasche Champagner auf, die er kaltgestellt hatte, und kam zum Anstoßen zu mir. Wir verschlangen die Arme ringförmig und bespritzten unseren Hals, unsere Kleidung. Wir wurden beschwingt und redselig. Hatten Angst vor der Stille, Angst davor, uns nackt und besiegt wiederzufinden.

Das Telefon weckte uns. Gojko war am Apparat, er pfiff den Hochzeitsmarsch in den Hörer. Ursprünglich sollte er einer der Trauzeugen sein, doch dazu waren Papiere und Wege zur Botschaft nötig, und wir waren alle drei zu träge und Bürokratieverweigerer, deshalb wurde nichts daraus.

»Jedenfalls bist du der eigentliche Trauzeuge, der einzige ...«, sagte ich zu ihm.

»Ich weiß, doch leider nur der Zeuge«, witzelte er. »Ich wäre lieber der Täter gewesen.«

Er fragte uns auf seine Art nach den Flitterwochen.

»Unter welchen reichen Himmel werdet ihr denn zum Ficken fahren?«

Diego lächelte, rieb sich den Kopf und sah mich an.

»Wir bleiben in Rom und arbeiten.«

»Bist du bescheuert, du Idiot? Nach der Hochzeit fährt man weg, man nimmt seine Frau in den Arm und verschwindet.«

Wer weiß, was er sich vorstellte, wohl eine ihrer wilden Hochzeiten, mit reich verzierten Bräuten inmitten eines Gelages von Männern, die blau vom Šljivovica sind. Ihm schwebte garantiert nicht diese Gesetztheit vor, diese erloschene Wohnung und wir zwei reglos in den Falten unseres Bettes, verschlafen und langweilig.

»Schnapp dir deine Frau und bring sie in ein Hotel!«

Diego grinste.

»Ich werd's versuchen.«

Er legte das Telefon aus der Hand, sah mich an und löschte das Licht.

»Komm, wir gehen ins Grand Hotel und nehmen uns eine Suite.«

Ich brabbelte den typischen Satz einer achtlosen, besorgten Ehefrau.

»Wozu denn so viel Geld aus dem Fenster werfen.«

Er wälzte sich mehrmals herum, dann stand er auf. Ich fand ihn am Morgen auf dem Sofa vor dem Fernseher, in dem ein schnauzbärtiger Fettwanst naive Malerei verkaufte ... mit nacktem Oberkörper und einem auf den Teppich herunterhängenden Arm, die Champagnerflasche leer. Ich sammelte einen Hausschuh auf, ein Kissen. Ich ging in die Küche, sah aus dem Fenster auf die vorbeifahrenden Autos und die Marktstände. So blieb ich stehen, geistesabwesend an die Scheibe gedrückt, und vermischte das, was ich sah, zu einem Brei aus schmutzigen, schlammigen Farben.

Zwei Tage später reichten wir beim Jugendgericht unseren Adoptionsantrag ein. Der lange Weg der Bescheinigungen und Ämter begann. Das Warten füllte sich mit gestempeltem Papier, Fragebögen, Familienbüchern und Auszügen aus dem Geburtsregister. Diese körperunabhängige Schwangerschaft voller Büromief gefiel mir gar nicht schlecht. Das war Zeit, die verging.

Das Problem hatte sich aus meinem Körper in den Papierkram von Amtsstuben und in Behördenkarteien verlagert. Ich fuhr mit dem Motorroller herum, bockte ihn auf, lief treppauf, treppab, freundete mich mit Pförtnern und mit untersetzten, hochnäsigen Bürodamen an.

Mein Vater ging zum Notar, um seine Einwilligungserklärung für das Nachlassvermögen zu unterschreiben, Diego fuhr nach Genua. Im Strafregister stand noch dieser Vermerk, diese kleine Strafsache mit den Ultras vom Marassi-Stadion, für die man ihn vor Gericht gestellt und verurteilt hatte.

Man bestellte uns zum Polizeipräsidium. Wir gerieten an einen jungen, feisten Mann mit platter Nase. Ein ausdrucksloser, borniertèr Typ. Mit seinem breitgedrückten Albinogesicht sah er aus wie einer dieser Fische, die unter dem Sand leben.

Ich erinnere mich nur noch an sein Feuerzeug, einen goldenen Zylinder, den er unentwegt in den Händen herumdrehte. Er sprach leise und sah uns fast nie an. In einem fort leckte er sich die Lippen.

Diego war lächelnd und schwungvoll hereingekommen. Diese Geschichten gehörten zu einem früheren Leben. Er hatte seine Wollmütze auf dem Kopf, der Typ hob das Kinn.

»Bitte nehmen Sie die Kopfbedeckung ab.«

Diego nahm sie ab und entschuldigte sich.

Irgendwann sagte der Polizist zu ihm: »Sitzen Sie doch still.«

Mit glänzenden Augen schaukelte Diego leicht mit dem Oberkörper vor und zurück, er versuchte gerade, sich an jene Jahre zu erinnern.

Er hielt inne, sein Gesichtsausdruck veränderte sich. Auf die Fragen antwortete er nun gereizt. Ein Funkeln, das ich noch nie an ihm gesehen hatte, verdunkelte seinen Blick. Der Kerl in Uniform wurde immer unverschämter. Das Licht veränderte sich. Wieder leckte er sich die Lippen. Aus seiner Blässe trat jetzt ein farbloser Sadismus hervor. Plötzlich fühlten wir uns wie zwei Schwerverbrecher. Er wusste alles über uns, von den Reisen nach Sarajevo und allem anderen, ich fing an zu stottern und mich für meine erste Ehe zu rechtfertigen, die nur wenige Monate gedauert hatte. Der Typ fixierte mich mit seinem Amphibienblick, der irgendwann auf meiner Brust kleben blieb. Ich zog meine Bluse zurecht. Diego stand auf. Der Polizist sagte, er sei noch nicht fertig. Diego fragte: »Was wollen Sie machen? Uns einsperren?«

Von dem Tag an fühlten wir uns beobachtet. Manchmal kam ein Polizeiauto an unserem Haus vorbei und fuhr langsamer.

Der Psychologe vom Gesundheitsdienst war freundlich und stand komplett über den Dingen. Wir waren zu Fuß zu der Außenstelle gegangen, einem Zentrum für Geisteskrankheiten. Eine schöne, baufällige Villa aus den zwanziger Jahren, umgeben von einem verwilderten Garten. Ein Ödland von Zimmern, von Kitteln, die zum Rauchen auf den Fensterbrettern saßen, von Drogensüchtigen auf der Weide. Neben uns eine schemenhafte

Frau, die ihre Brieftasche in einer zerknitterten Einkaufstüte verstaut hatte.

Wir traten ein, der Psychologe vom Gesundheitsdienst lächelte uns an, er telefonierte und legte nicht auf. Dann stellte er Fragen und füllte den Fragebogen aus. Fast ohne uns anzusehen, gab er uns eine ausgezeichnete Beurteilung.

Endlich setzen wir uns zu einem ersten Gespräch. Die Psychologin, die unseren Fall betreuen wird, ist eine stämmige Frau, sie hält sich noch mit der Sozialarbeiterin an der Tür auf, einem farblosen Mädchen, das mit Weste und Krawatte wie ein Mann gekleidet ist. Dann kommt sie näher, sieht uns an, ohne uns anzusehen, und legt unsere Akten auf den Tisch, sie hat dichtes Haar und kleine, mit Lidschatten geschminkte Augen, sie trägt eine Handvoll klirrender Halsketten. Sie muss einmal sehr schön gewesen sein, ich betrachte ihre vollen Lippen und die weißen Zähne, die sie in einem fort entblößt, ein Mund mit einer ganz eigenen Sinnlichkeit, einer ganz eigenen Vulgarität. Sie schaut auf, und mir wird klar, dass sie mich hassen wird. Es gibt eben Frauen, die mich hassen. Ich habe gelernt, sie beim ersten Wimpernschlag zu erkennen. Habe gelernt, mich zu schützen. Ich versuche, nicht daran zu denken, mich nicht von dieser Wahrnehmung beeinflussen zu lassen, und antworte auf ihre Fragen. Ihre Stimme ist so kräftig wie ihre Statur, dumpf tönt sie durch den Raum, der voller Poster mit Kindern darauf ist, mit Händen, die sich begegnen. Sie lächelt mir zu und bittet mich, weiterzusprechen. Doch mir kommt es so vor, als tue sie eigentlich alles, um mir den Mut zu nehmen. Ihre Augen laufen wie Billardkugeln von mir zu Diego. Ich fühle mich angreifbar und unsicher. Sie wägt gerade unsere Fehler ab. Diego ist jünger als ich, das sieht man. Mein Rücken ist krumm, ich schlinge die Arme um mich und sitze zusammengekauert da wie eine, die Bauchschmerzen hat. Es liegt auf der Hand, dass ich diejenige bin, die unfruchtbar ist. Ich rede unnützes Zeug, weiche den Fragen aus. Ich kann nicht die Wahrheit sagen. Die Wahrheit ist, dass ich ein Kind mit den Augen und den Schultern des Jungen wollte, den ich liebe. Die Wahrheit ist das, was diese Frau mir ansieht: Ich bin in Not hier. Dies ist mein letzter Strand. Denn hätte ich ein leibliches Kind haben können, wäre ich garantiert nicht hier, bei dieser Frau, die so laut ist wie ihre Ketten und mich als Lügnerin entlarvt. Mich treibt nicht die geringste Gutmütigkeit. Ich habe nur Angst, dass Diego fortgeht, ich will ihn an mich fesseln. Genau das will ich. Ich will ein Vorhängeschloss aus Fleisch und Blut. Ich versuche, selbstsicher zu wirken, und piepse herum. Doch eigentlich möchte ich zusammensinken und weinen, die Arme um diesen Tisch voller Papiere geschlungen, voller Dokumente von Leuten, die wie wir gelitten haben. Ich habe gehofft, die Psychologin werde mich überzeugen. Habe geglaubt, so könne es funktionieren, wie beim Priester, habe geglaubt, eine erfahrene Hand werde mich bei der Hand nehmen. Stattdessen macht diese Frau ihre Arbeit als Elternprüferin. Sie sagt mir die Wahrheit, sagt, dass es ein langer, schmerzhafter Weg sei. Ein Leidensweg für Psyche und Seele.

»Auch sehr gut aufeinander eingespielte, hoch motivierte Paare erleben fürchterliche Rückschläge.«

Ich rieche etwas, meine Achseln sind nass von einem nervösen, säuerlichen Schweiß, sickerndem Schmerz.

Zu Hause rege ich mich auf: »Diese Schlampe! Diese fette Arschkuh!«

Ich fühle mich verletzt, bloßgestellt. Ich spüre eine Hand, die in mich eingedrungen ist, um meine intimsten Zonen auszukratzen und meine letzten Gerinnsel zu entfernen.

Diego schließt sich in die Dunkelkammer ein, weit weg von mir. Soll er doch. Er ging in seinem Pullover an mir vorbei, und am liebsten hätte ich ihm den zerfetzt und ihn an den Haaren gezogen. Er hatte mich nicht verteidigt, hatte mich über die Klinge springen lassen. Während ich sprach, wandte sich die Psychologin an ihn, für eine Ohrfeige: »Meinen Sie, dass Ihre Frau ehrlich ist?«

Diego verschlug es die Sprache. Dann nickte er, doch so wie diese künstlichen Hunde, die früher hinten im Auto lagen, mechanisch und träge.

Das nächste Gespräch lasse ich ausfallen. Ich habe Schwierigkeiten in der Redaktion. Eine lächerliche Ausrede. In Wahrheit habe ich keine Lust hinzugehen, ich fühle mich dort wie am Pranger.

Wir hatten gehofft, dass es leichter sein würde. Hatten uns ein Kind erträumt, das schon auf uns wartet. Stattdessen wissen wir jetzt, dass wir uns lange gedulden müssen, dass wir kilometerlange Stunden der Nachforschungen durchstehen müssen. Wir erfahren, dass wir kein Neugeborenes bekommen können, die gibt man unerfahrenen Paaren nicht.

Vielleicht hat auch Diego Angst.

Im Elternratgeber steht, die beiden ersten Lebensjahre seien die wichtigsten. Dieses geschmeidige Eisen kann man noch schmieden. Danach muss man mit hartem Material arbeiten.

Ein Werbefachmann, den Diego in der Agentur kennengelernt hat, lädt uns zum Abendessen ein. Er und seine Frau haben ein kleines Mädchen adoptiert: Ludmina ist süß, blond und schmächtig, sie sieht aus wie Glöckchen aus *Peter Pan*. Die Wohnung ist modern und fernsehkameratauglich. Dunkle Flächen, die Küche mit einem hohen Arbeitstisch in der Mitte. Die Mutter ist Engländerin und blond wie die Adoptivtochter. Die wirklich Ähnlichkeit mit ihr hat. Vielleicht haben sie sie deshalb ausgesucht, dieser Gedanke ist erbärmlich, doch nun habe ich ihn gedacht. Weil ich weiß, dass es stimmt. Ich bin sehr aufmerksam geworden, eine Tiefenforscherin. Alles ist sehr gefällig, der Rotwein in den passenden Gläsern und der Blumenkohlauflauf mit Béchamelsauce. Das Paar wirkt harmonisch, die beiden sind freundlich zueinander. Der Vater öffnet den Herd mit einem Küchenhandschuh, die Mutter füttert das Mädchen, das fast sechs Jahre alt ist, sich aber immer noch bedienen lässt. Später bringt sie es ins Bett. Ludmina verabschiedet sich mit ihrer Puppe, die ihr wie eine Verlängerung am Arm hängt. Die Mutter kommt zurück und zündet sich eine Zigarette an. Sie nimmt die Schälchen mit dem Pudding aus dem Wasserbad. Nach einer Weile kommt auch das Mädchen wieder, es will Wasser, sagt es auf Russisch. Wenn es müde ist, spricht es seine Muttersprache. Die Mutter drückt die Zigarette aus, gibt ihm Wasser und bringt es zurück. Das Mädchen kommt wieder, es hat immer noch Durst. Dann geht der Vater mit, das Mädchen kommt wieder und wieder heraus. Jetzt hat es ein anderes Gesicht. Es ist nicht mehr so schmächtig. Die mörderische Verlegenheit wird spürbar, die schon seit einer Weile in der Luft liegt, über diesem zeitgemäßen Tisch ... ohne Grenzen. Ein Italiener, eine Engländerin und ein russisches Kind. Allmählich zerbröckelt das fernsehkamerataugliche Schloss. Das Mädchen ist todmüde, hat jetzt aber überhaupt nicht mehr die Absicht, ins Bett zu gehen. Die Eltern sehen sich an, vielleicht sind sie kurz davor, sich zu streiten. Der Werbefachmann hat nun die roten Wangen eines Menschen, der schreien möchte, doch nicht kann, weil er einen Knebel im Mund hat. Die Mutter raucht noch eine Zigarette, etwas Asche fällt auf ihr Wolljäckchen, sie wischt sie weg und besieht sich das kleine Loch. Und da sind noch wir. Sie entschuldigen sich, lächeln. Lassen das Mädchen jetzt tun, was es will. Es wirft mit Kissen, springt herum, es hat ein grässliches sprechendes Spielzeug eingeschaltet. Im Nu zieht es diese ganze Gemütlichkeit in den Dreck, diese ganze Herzlichkeit wie aus der Werbung. Der Vater steht auf und flüstert ihm etwas ins Ohr. Auch die Mutter geht zu dem Mädchen, doch es tritt mit dem Fuß nach ihr. Am Tisch wird zusammen mit dieser kleinen Zwietracht Portwein serviert. Dann sackt das Mädchen vor den *Tom und Jerry*-Filmen auf dem Boden in sich zusammen. Die sehen wir uns auch eine Weile an, mit verdrehten Hälsen am Tisch. Der Ton ist zu laut, als dass wir ihrem Sog widerstehen könnten. Die Mutter nimmt die Kassette aus dem Videorekorder und beginnt zu reden. Sie erzählt mir einen Haufen poetischen Quatsch, von der Reise, von der Begegnung mit Ludmina im Zimmer des Waisenhauses. Dann bricht ein Stück Wahrheit hervor. Das Mädchen lehne sie ab, es erinnere sich an seine Mutter, deshalb sage es, wenn es wütend ist, *Du bist nicht meine Mutter*, zu ihr. Mit dem Vater klappe es besser, doch das Mädchen sei sehr aggressiv. Es sei gut, dass es das ist, denn das bedeute, dass es seinen Schmerz ausspuckt, die Wut, die es in sich trägt, die Wut aus dem Waisenhaus mit den hohen Gittern an den Kinderbetten, wie im Gefängnis. »Du kannst dir nicht vorstellen, wie man sie dort hält, es ist unbeschreiblich.« Sie ist tief bewegt. Dann sagt sie einen ehrlichen und schrecklichen Satz.

»Ich liebe Ludmina ... Aber falls sie wieder zurückgeht, ich weiß nicht. Wir haben uns so viel Leid aufgehalst, das gar nicht unseres war.«

Sie sieht mich mit diesem blonden, netten und ahnungslosen Gesicht an. Diesem vielleicht in den letzten zwei Jahren gealterten Gesicht.

Es ist ja nicht wahr, dass du eines dieser Kinder adoptierst. Du adoptierst das Leid der Welt. Es ist ein Indikator deiner Unfähigkeiten.

Das fünfte Gespräch verläuft besser. Ich habe gelernt, ehrlich zu sein. Ich weine, rede nicht. Die Psychologin sagt, Weinen sei in Ordnung.

Nach einer Woche rede ich doch. Über meine Mutter, ich erzähle, dass ich sie nie nackt gesehen habe, dass sie mir ein Deodorant in die Turnschuhe sprühte und mich der Einfachheit halber von Plastiktellern essen ließ. Ich weine wegen nichts. Wegen dieser Plastikteller, wegen dieser Sterilität.

Nach zwei Monaten sage ich frei heraus, dass die Adoption für mich eine Notlösung sei. Und dass ich mir nicht sicher sei, ob ich jedes beliebige Kind gernhaben könne. Ich habe Gefallen an der Wahrheit gefunden, sie schmeckt besser. Frecher. Ich sage, dass ich Angst habe. Diego zu verlieren. Weil er jünger ist als ich, weil ich diejenige bin, die unfruchtbar ist, er jedoch *eine ausgezeichnete Spermaqualität hat*. Ich erzähle von meinem Leidensweg voller Nadeln und schwarzer Eizellen. Ich weine nicht mehr, ich sehe mich an.

Heute ist Diego derjenige, der weint. Er zittert und hustet seinen rauen Husten.

Die Psychologin lässt uns allein, damit wir uns wieder fangen können. Als sie zurückkommt, bietet sie uns Bonbons an. Wir kauen gummiartige Lakritzkugeln, sie tun uns gut.

Diegos Hand liegt in meiner. Wir sind wie zwei Kinder. Kleine Kinder, die sich im Kindergarten begegnen und sich mit einer Zuneigung lieben, die viel größer ist als sie.

Ich sehe Diego an und sage: »Ich möchte ein Kind mit seinen Augen und seinem Nacken.«

Ich sehe die Psychologin an und sage: »Gibt es das, Ihrer Meinung nach?«

Die Psychologin mit ihrem kräftigen, fürsorglichen Körper nickt: »Ja, das gibt es.«

Ich umarme sie. Heute ist sie meine Mutter. Die richtige. Die, die mich adoptiert hat.

Beim nächsten Mal spricht Diego von seinem Vater. Er erzählt von einem Maschinenraum und von einem Landungssteg voller Sägemehl.

Beim letzten Gespräch sagt die Psychologin *In diesen Kindern findet man mehr, weil sie mehr zutage fördern. Du, Gemma, wirst Diegos Nacken finden. Und du, Diego, wirst deinen Vater finden.* Sie sagt, dass wir gelernt hätten, tiefer zu schürfen.

Ich gehe eng an Diego geschmiegt. Ich weiß nicht, wohin wir gehen. Wir besuchen unsere alten Orte, das Boot, das jetzt eine neumodische Bar ist, und nichts ist mehr da. Das Kunstledersofa mit den schweinischen Sprüchen, auf dem wir uns so oft geliebt haben, ist nicht mehr da. Dafür weiße Parkettstreifen. Wir essen Bresaola. Voller Liebe weinen wir vor diesem trockenen, dunklen Fleisch. Unser Fleisch ist lebendig und rot. Ich schaue auf den Fluss hinaus. Er ist wie immer, gelb und wütend. Ich bin nicht mehr unfruchtbar. Meine Hände sind weich. Diego sagt: *Wir haben noch das ganze Leben vor uns.*

Wir gehen nach Hause. Vor uns ist ein Nacken. Das Kind ist zum Greifen nah.

Die Psychologin hat jetzt Vertrauen zu uns, sie beruhigt uns. Es sei kein Sprung ins Dunkle. Es gebe einen Entscheidungsspielraum und Orientierungsgespräche. Diego sagt *Nein, keine Auswahl.* Das erste Kind, das das Zimmer betritt, das erste, das uns ansieht, soll es sein. Kinder sucht man sich nicht aus wie Fisch auf dem Markt.

Wir sind ein Vater und eine Mutter. Wir sind bereit.

Der Abschied erfolgt in einer Pizzeria. Es war die dreckigste Pizza unseres Lebens, die keimigste: Mozzarella mit Scheißdreck. Wir weinen alle drei. Die Psychologin sagt: »Mir sind noch nie zwei so nette, junge Leute begegnet, so ehrliche.«

Unser Antrag wurde abgelehnt. Wir sind für die Adoption eines Kindes ungeeignet. Diegos Strafregister ist nicht sauber. Dieser glatte, schwammige Schnüffler hat in der Vergangenheit gewühlt, diese schlaffe, stumpfsinnige Qualle ist uns in die Quere geschwappt.

Mein Vater hat Mispeln mitgebracht, Diegos Lieblingsfrüchte. Er wäscht sie, zerteilt sie und sagt: »Lasst uns doch einfach auswandern. Nach Island.«

Diego steht am Fenster. Ich betrachte seinen Nacken.

Ich bin erwachsener geworden. Es ist Unsinn, doch ich habe das unbestimmte Gefühl, dass etwas auf uns zukommt, und diese Zuversicht ist an diesem Abend wirklich absurd.

Gojko hat heute schlechte Laune. Er wirkt älter, als er ist, und schlurft zögernd auf eine bereits greisenhafte Art, mit vom Körper abgespreizten Armen, die großen Hände geöffnet. Wie sieht er aus? Wie eine der alten Mühlen, die verlassen am Ufer der Drina stehen. Ein gedrungener Körper mit dunklen Ziegeln und kaputten, altersschwachen Flügeln, die trotzdem noch auf den Himmel warten, auf den Wind.

»Ich hätte nicht für möglich gehalten, dass wir so weit ins Böse zurückfallen, dass meine Generation anfangen könnte, das Böse zurückzuverfolgen, die Toten des Zweiten Weltkriegs auszugraben und die aus den Schlachten mit den Türken, bloß um sich in Hass zu wälzen, ich kann es einfach nicht glauben, wir hatten doch das Leben vor uns … ein U2-Konzert, ein Mädchen, das uns liebte und das uns zugehört hätte, was fehlte uns denn? Warum haben wir uns für diese schlechte Saat entschieden, für vergiftete Brunnen und verweste Leichen?«

Wir sitzen an der Bushaltestelle unter einem milchigen Plastikdach, nebeneinander auf einer Bank wie drei müde Touristen, die sich verlaufen haben, sich aber nicht darum scheren, weil sie es nicht eilig haben. Hinter uns sieht der runde Metallkörper eines Hallenbades mit seinem Arrangement aus schwarzen Röhren aus wie das Gerippe eines Urtiers. Die Straße vor uns ist breit und kahl, kaum matschig vom Regen, der schon vor einer Weile aufgehört hat. Ein Auto kommt vorbei, ein alter Opel, und lässt eine schwarze Wolke zurück. Pietro hält sich die Hand vor den Mund.

Gojko grinst und sieht Pietro an.

»In Rom lebt es sich gut, was?«

»Ja«, brummt Pietro. »Einigermaßen.«

Gojkos Stimme hat eine Heiserkeit, die an den Wörtern klebt und sie bedrohlich klingen lässt, in seinem Gesicht scheint mir Ärger auf dem Vormarsch zu sein.

»Und hier kommt dir alles ein bisschen trostlos und grau vor.«

Pietro zuckt mit den Achseln und wirft einen Blick auf die Straße, auf diese menschenleere Allee, auf einen gerupften Baum mit einem dünnen Stamm, der angelrutenartig gebogen ist.

»Nein, der Platz mit dem Schachspiel hat mir gefallen.«

»Der Platz mit dem Schachspiel ist ein Treffpunkt von alten Nostalgikern, von Flüchtlingen, wärst du mal besser auf der Piazza Navona geblieben, in der Bar vor dem Bernini-Brunnen … Du hast Glück, du bist Italiener.«

Ich lege ihm eine Hand aufs Bein, eine Hand, die ihn trösten möchte, doch es ist eine erschrockene Hand. Ich greife ihm ins Fleisch. Habe Angst, Gojko könnte Pietro etwas verraten.

Vielleicht war es falsch, ihm zu vertrauen, er hat zu viel durchgemacht, plötzlich scheint mir seine Ruhe ein lauernder Groll zu sein.

»Frag deine Mutter, wie diese Stadt vor dem Krieg war.«

»Sie war wunderschön«, sage ich hastig.

Ich wende mich Gojko zu, er ist penetrant, nicht wiederzuerkennen.

»Hier hat sie deinen Vater kennengelernt, das weißt du doch, oder?« Pietro nickt, diesmal mit gesenktem Kopf.

»Er war wirklich ein netter Kerl ... Deine Mutter dagegen war ein bisschen überheblich, allerdings so schön, dass sie sich das erlauben konnte.«

Pietro kratzt mit seinen langen Fingernägeln, die er zum Gitarrespielen braucht, an seinen Jeans. Auch er ist unruhig.

»Hör auf damit!«, sage ich. »Das nervt.«

Er protestiert nicht. Er hört auf, sich zu kratzen.

Zwei Jungen in ärmlichen Synthetik-Sweatshirts mit der Aufschrift OLIMPIK SARAJEVO auf dem Rücken spielen auf dem freien Platz vor dem runden Metallkörper Fußball. Gojko schießt den Ball zurück, der bei ihm gelandet ist. Er steht auf und spielt jetzt mit, er ist noch wendig und behält den Ball wie angeklebt am Fuß.

»Ich will hier weg, Ma, ich will nach Hause.«

»*Italijan!*« Gojko zeigt schreiend auf Pietro. »He, Del Piero!«

Die Jungen laufen auf Pietro zu, Gojko hat sie aufgefordert, ihn zu rufen. Sie sehen sich ähnlich, haben die gleichen Augen, die gleichen roten Flecken auf den Wangen. Vermutlich sind sie Brüder.

Pietro lächelt und schüttelt den Kopf, Fußball hat ihm noch nie Spaß gemacht, es ist nicht seine Sportart. Er knurrt, dass er nicht die richtigen Schuhe anhabe, doch dann lässt er sich nicht mehr bitten.

Ich sehe ihn bei Gojko, während sie sich den Ball streitig machen. Pietro ist sanfter, Gojko meint es todernst, er hat den leicht übertriebenen Eifer der Alten, wenn sie mit der Jugend in Wettstreit treten.

Einer der Jungen aus Sarajevo stößt Pietro zu Boden und schnappt ihm den Ball weg. Pietro rafft sich auf, klopft sich den Dreck von den Jeans, bleibt zurück und hüpft allein auf der Stelle. Er hat sich die Kapuze seines Sweatshirts übergezogen. Das tut er immer, wenn er sich schützen will.

Wieder setzt ihm einer zu, umkreist ihn, schwänzelt um ihn herum. Diesmal kann Pietro ihm den Ball abnehmen, er knallt ihn gegen die Mauer und schreit Tor. Die Jungen pfeifen mit den Fingern im Mund und behaupten, der Ball sei im Aus gewesen. Gojko breitet die Arme aus, irgendetwas verbindet ihn mit den beiden Jungen, eine Art Grausamkeit. Sie spielen ohne Gnade, spielen, um wehzutun. Pietro humpelt, sein Gesicht unter der Kapuze ist angespannt, seine Augen sind gesenkt und spähen nach dem Ball wie nach einem Feind. Ja, wie nach einem Feind. Sie sind zu viert, jeder spielt für sich, und trotzdem scheinen alle nur gegen ihn zu sein. Ich merke, dass Pietro allein auf einem Feld voller Gegner ist. Er ist schlank und in seinen Bewegungen elegant, er trägt Jeans und Schuhe, die teuer waren, er sieht gut aus, ist voller Licht. Er hat ein freundliches Wesen und ist auch so erzogen worden. Giuliano hat ihn zum Judo mitgenommen, zu einem Lehrer der alten Schule, der feinen englischen Art, auch zum Wasserball und zum Tennis. Er ist es gewohnt, fair zu kämpfen, ist keiner, der schlappmacht, doch unfähig, jemandem wehzutun. Ich betrachte ihn mit den Augen eines Menschen, der ihn zum ersten Mal sieht, mit den Augen dieser Jungen, die mir jetzt hässlich und trübe vorkommen mit ihren Synthetikanzügen, ihren fleckigen Wangen und ihren harten, neiderfüllten Blicken und die ihn vielleicht hassen. Sie sind alle Kinder des Krieges, sie haben das entsprechende Alter, krebskranke Mütter und arbeitslose, saufende Väter. Sie haben einen bulligen Körper, eine ruppige Spielweise, und sie treten meinem Sohn gegen die dünnen Schienbeine.

Es ist kein Mitleid möglich, mit niemandem. Diese Jungen gefallen mir nicht, ihre schweißüberströmten Gesichter gefallen mir nicht, sie scheinen aus einem schlechten, minderwertigen Material zu sein, aus lichtlosem Fleisch, aus Schutt und Asche.

Mein Sohn ist wohlbehütet. Er steckt nicht in diesem Gefangenenlager. Hände weg von ihm, ihr Wildschweine, ihr kaputten Typen.

Von diesem Berg aus haben die Scharfschützen geschossen, sie trieben ihr Spiel mit ihren Opfern, trafen eine Hand, einen Fuß … Manche zielten auf die Hoden, auf einen Busen, sie hatten ja alle Zeit der Welt, um zu töten, also amüsierten sie sich erst noch ein bisschen.

Für mich war das wie Karnickelschießen, sagte einer von ihnen im Interview. Er fühlte sich nicht schuldig, ja er verstand nicht einmal, warum so viel Rummel um ihn gemacht wurde, er war kein Verrückter oder Sadist oder sonst was. Er hatte ganz einfach den Sinn fürs Leben verloren.

Das Mitleid stirbt mit dem Ersten, den du umlegst.

Auch er war gestorben, darum grinste er.

Auf dem Rückweg rufe ich Giuliano an. Ich laufe am Handy klebend durch die Gegend, einen Finger im anderen Ohr, es herrscht viel Verkehr, Gestank und Krach.

»Mein Schatz.«

»Mein Schatz.«

Ich bitte ihn, von Italien aus einen früheren Flug für uns zu buchen, er verspricht, es zu versuchen.

»Aber solltet ihr nicht doch noch ans Meer fahren?«

»Das Wetter ist schlecht, das Essen auch, und Pietro meckert herum.«

Das sind kleine Ausreden, so armselig wie mein Herz, wie meine Ängste. Und Giuliano spürt das. Er lässt mich eine Weile in Ruhe.

»Giuliano?«

»Ja, ich bin noch da.«

Warte erst noch ein bisschen, denkt er, ich fühle es. Ich sehe sein Gesicht vor mir, seine kleiner werdenden Augen, ich kenne die Miene, die er hat, wenn er an mich denkt.

»Wo bist du gerade?«

»Unterwegs.«

»Was siehst du da ... vor dir?«

Ich verstehe seine Frage nicht.

»Hier ist eine hässliche Straße mit viel Verkehr, ein Handy-Shop, ein Bäcker und eine Tafel mit lauter Namen von Toten.«

»Lauf nicht weg.«

Vor dem Hotel verabschiede ich mich von Gojko, ohne ihm in die Augen zu sehen. Er merkt, dass ich weit weg bin, zurückgezogen in meine Jacke und hinter meine Brille.

»Gute Nacht.«

»Gute Nacht.«

»Und morgen?«

»Morgen ruhen wir uns mal aus.«

Ich drehe mich um und spüre seine verfluchten Blicke im Rücken, die mich fest im Griff haben.

Pietro schraubt die Wasserflasche auf, setzt sie an und nimmt einen ordentlichen Schluck. Er ächzt. Dann rülpst er leise und bittet um Entschuldigung.

Wir versuchen, den Fernseher in Gang zu bringen. Am besten empfangen wir einen deutschen Sender, es läuft ein Quiz, das es auch in Italien gibt, eine dieser Spielshows, die überallhin verkauft werden. Exportquatsch, für die ganze Welt geeignet, Drucktasten und Berge von Geld.

Wir sitzen träge auf dem Bett und starren auf das helle Viereck, in dem sich lachende Leute zwischen Geldstücken bewegen, die wie aus einem Tresor gefallen über den Bildschirm flimmern, unechte Münzen, groß und glänzend wie Piratenbeute.

So was sehe ich mir sonst nie an. Doch jetzt lasse ich es dahinplätschern, ohne mich zu wehren, ich spüre, dass es mir gut tut, mich entspannt. Es zieht mich vom Sumpf weg und gibt mir ein bisschen Dummheit zurück.

Irgendwann habe ich Diego gefragt, wie es war, als er in jungen Jahren Heroin nahm.

Ein Arschgesicht wurde erträglicher, das Marassi-Stadion verwandelte sich ins Maracanã, und mein Vespino ging ab wie eine Harley-Davidson ... Ich konnte die Welt einfach besser aushalten, das war alles.

Ich starre auf den Bildschirm, auf die Bilder, die in mich eindringen und sich nicht festsetzen, nach einer Weile denke ich gar nichts mehr. Ich werde vollkommen leer, mir bleibt nur ein schwachsinniger Mund, der an mein Gesicht geklebt vor sich hin döst.

Pietro rutscht mit dem Rücken an der Wand herunter bis zu seinem Kopfkissen.

Ich mache den Fernseher aus und gleite in die Dunkelheit des Zimmers. Pietros Fuß berührt meinen und rückt nicht sofort ab. Er bleibt dort liegen. Was hat dieses Kind heute Abend? Er kommt mir gutmütiger vor, weniger gereizt.

»Woran denkst du?«

»An nichts, Ma.«

Doch er hat die wache Stimme eines Menschen, der noch ganz in der Welt ist.

Er zieht den Fuß nicht weg, lässt ihn, wo er ist, dicht an meinem. Im Dunkeln betrachte ich sein Haar, ich strecke die Hand aus und streiche ihm über den Kopf. Zu Hause hätte er mich mit einer groben Bewegung und einem Grunzen verscheucht. Doch heute Nacht in Sarajevo nimmt er mein Streicheln an, er bleibt, wo er ist. Ja, er kommt sogar unmerklich näher, schmiegt sich zusammengerollt wie ein Embryo an meine Brust, an meinen Bauch. Ich schließe ihn in die Arme. Halte meinen Sohn so wie schon lange nicht mehr. Vielleicht ist er angeschlagen. Von diesem merkwürdigen Tag, von dieser Stadt, in der er geboren ist, zufällig, wie er glaubt, weil sein Vater Fotograf war und durch die Welt reiste. Jetzt geht sein Atem kräftiger, vielleicht ist er eingeschlafen.

Wenige Tage vor ihrem Tod erzählte mir meine Mutter, sie habe geträumt, ich sei noch in ihrem Bauch, der Traum war so gegenwärtig, dass sie am Morgen noch ganz verwirrt war. Sie lag im Angesicht des Todes in diesem Bett und fuhr sich ungläubig über den Bauch, weil er leer war. Sie war sich sicher, dass ich in sie zurückgekehrt war.

»So ein Blödsinn«, sagte ich und tat ihr weh damit.

Und später passierte das auch mir. Pietro war noch klein, er hatte eine Otitis, der Eiter rann ihm aus dem Ohr, das Fieber stieg.

In jener Nacht behielt ich ihn bei mir, winzig klein und glühend. Ich nickte für ein paar Minuten ein. Und da träumte ich, dass ich die Beine spreizte und ihm das Leben schenkte. Es gab weder Schmerz noch Blut. Ich erwachte mit einem Schrei, einem langen Wimmern.

Giuliano machte erschreckt Licht, mit blinzelnden Augen.

»Was ist los?«

Pietro schlief, das Fieber ging zurück.

»Nur ein Traum«, beruhigte ich ihn.

»Schlimm?«

»Das erzähle ich dir morgen.«

Heute Nacht schläft mein Sohn wieder bei mir, angeschmiegt wie ein großer Embryo. Heute Nacht, in diesem Hotel, habe ich im bleichen Licht, das von der Straße heraufscheint, Angst, dass Sarajevo ein feines Stimmchen haben könnte, das singt und erzählt. Ich lausche auf Pietros Atem.

»Vielleicht sage ich es ihm irgendwann«, hatte ich Giuliano damals zugeflüstert.

»Ich werde ihm sagen, dass ich nicht seine Mutter bin.«

In Dubrovnik schwamm die Sonne

In Dubrovnik schwamm die Sonne in jedem Himmelsstück, als wäre sie geschmolzen und tropfte nun herunter … auf die roten Dächer der Altstadt, auf den hellen Rücken der Stadtmauer. Wir waren fasziniert vom Anblick dieses Anlegeplatzes. Nach so langer Zeit endlich richtige Ferien.

Wir stiegen in den Laderaum der Fähre hinunter und holten das Auto, das Schiffsheck klappte auf, und ein mörderischer Benzingestank schlug uns aus dem schwarzen Qualm entgegen. Da stand Gojko. Weiße Hosen, eine dunkle Brille und schon sonnenverbrannt. Er hatte einen Fuß auf eines der dicken Taue gestellt, die das Schiff an Land hielten, half den Autos bei der Ausfahrt, winkte den Fahrern, die Räder geradezustellen, und unterhielt sich dabei mit einem Offizier in weißer Uniform, der neben ihm stand.

Diego streckte den Kopf aus dem Fenster, steckte sich zwei Finger in den Mund und stieß einen seiner ligurischen Gassenpfiffe aus.

Gojko drehte sich um, entdeckte uns, und ein breites Lächeln über schiefen Zähnen schloss sein Gesicht auf. Wir standen noch weit hinten, doch er stürzte auf uns zu, indem er sich mit katzenartigen Sprüngen zwischen den Motorhauben der wartenden Autos durchschlängelte. Er presste Diegos Kopf an seine Brust und schrie vor Glück. Er küsste ihn, sah ihn an, küsste ihn wieder. Und schrie erneut.

»*Dobro došli, Diego! Dobro došli!*«

Dann kam er zu mir herüber. Ich versuchte, mich vor seinem

Überfall zu schützen, er zerrte mich buchstäblich aus dem Auto, er hob mich auf wie einen kleinen Zweig.

»*Dobro došli u Hrvatsku*, schöne Frau!«

Er setzte sich an unser Steuer, und wir fuhren auf die Mole. Dann tauchten wir Arm in Arm in die kleinen, vom Meer polierten Gassen ein, eng umschlungen wie Bruder und Schwester. Er bestand darauf, mir einen Hut mit dem rot-weißen Wappen Kroatiens zu schenken. Ich setzte ihn auf, betrachtete mich in einem Stück Spiegel und fand den Hut wunderschön, mein Gesicht sah darunter aus wie das von damals.

Diego war zurückgeblieben. Er fotografierte den Hafen von oben, wobei er sich über die Mauer lehnte. Gojko sah über meinen Kopf zu ihm hinüber.

»Hat er dich gequält?«, fragte er.

Er hatte den typischen Blick eines Mannes vom Balkan, tief, drohend und voller uraltem Ehrgefühl.

»Nein, er hat damit nichts zu tun.«

Er fragte nicht weiter.

»Wir haben Zeit«, sagte er.

Er schrie Diego zu:

»He, du Künstler, mach ein Foto von mir und deiner Frau!«

Das Foto habe ich noch. Gojko hat darauf sein Angebergesicht des armen Opfers, und ich habe den kroatischen Hut und spindeldürre aus den Shorts ragende Beine. Ein Gesicht habe ich nicht, weil ein Öltropfen, der Pietro heruntergefallen ist, als er klein war, es ausgelöscht hat.

Wir setzten uns unter die Hibiskuspergola eines Lokals hinterm Stradun, vor uns eine Flasche Wein und ein Teller mit kleinen, schwarzen Oliven. Mit den Kernen spielten wir zu dritt Weitspucken. Diego gewann. Er gewann immer. Er hatte eine unglaubliche Kraft in den mageren Wangen.

Gojko bat Diego, ihm einen Schuh zu geben. Diego lachte und warf ihm einen seiner Treter zu. Gojko besah ihn sich lange mit angewidertem Gesicht und gab ihn zurück. Triumphierend beugte er sich über einen der Mokassins, die er trug, zog ihn aus und zeigte uns den Schriftzug von Dior darin. Wir nickten entgeistert. Gojko zündete sich eine Zigarette an und rauchte unter seiner Sonnenbrille.

»Wo hast du die denn geklaut?«

Er sagte, er werde keine Provokationen dulden, wolle uns aber gern noch eine Runde ausgeben.

Die Sonne war hinter dem Vordach hervorgekommen, weiter unten lag reglos und tiefblau das Meer. Wir waren ziemlich beschwipst.

Gojko hatte sich seinen Schuh halb angezogen und trat ihn hinten zu einem Pantoffel herunter, wahrscheinlich war er zu eng, und er bekam ihn nicht mehr über den verschwitzten Fuß. Am Hafen standen zwei Armeepanzer.

»Wozu sind die denn hier?«, fragte ich Gojko.

»Die sind von der Armija, von Zeit zu Zeit werden sie auf Erkundungsfahrt hergeschickt.« Er schaute mit seiner amerikanischen Sonnenbrille aufs Meer. In der Krajina hatte es Unruhen gegeben, die Toten von Borovo Selo. Einer der vierzehn Leichname war ohne Augen zurückgegeben worden, einem anderen fehlte eine Hand. Diego fragte nach.

Gojko grinste. »Streitereien unter Nachbarn, bescheuerter Quatsch.«

Er zog ein Gadget hervor, auf das er sehr stolz war, ein halbnacktes, kurvenreiches Gummipüppchen mit einer Klammer statt des Kopfes. Das sei für Fotos, erklärte er uns, jeder könne seinen Lieblingskopf auf den Hals klemmen.

Er kramte in seinen Taschen und förderte ein kleines Passbild zutage, das er in die Klammer steckte. Ich erkannte es wieder, es war mein Akkreditierungsfoto für den Sportpalast während der Olympischen Spiele.

Er stellte das Sexpüppchen mit meinem Kopf auf den Tisch.

»Du warst den ganzen Winter bei mir.«

Diego verpasste ihm einen Fausthieb.

Die Insel Korčula war mit Weinbergen bestickt, die den Schutz der gewundenen Meeresbuchten suchten. Wir schliefen in einem kleinen Hotel im venezianischen Stil. Zum Mittagessen gingen wir nicht dorthin zurück. Wir wanderten durch das Strauchwerk der Garrigue und über helle Felsen zu einem kleinen Strand, der sofort unser wurde. Den ganzen Tag über blieben wir im Wasser. Stundenlang erforschte ich den Meeresgrund und die kleinen Fische, die in dem glasklaren Wasser dicht an meinen Körper heranschwammen. Die Kieselsteine am Strand wechselten mit jeder Stunde des Tages ihre Farbe. Sie zogen das Licht an, schienen zu wandern und sich nach einem geheimen Muster fortwährend neu zu ordnen. Frühmorgens war es, als ginge man über ein unermessliches Gelege kleiner Eier, die kurz davor waren aufzuplatzen. In der Abenddämmerung nahmen die Steine ein gemasertes, flimmerndes Blau an und ähnelten krabbelnden Insektenkörpern. Nachts ließ der weiße Lichtschein des Mondes die Felsen zerlaufen. Die Steine bekamen den metallischen Widerschein erlöschender Kohle.

Gojko hatte sich von einem Reifenhändler einen Schlauch besorgt und war hineingeschlüpft, nun dümpelte er, die Ellbogen auf den schwarzen Gummi gestützt und ein Buch lesend, im Wasser herum. Von Zeit zu Zeit unterbrach er seine Lektüre und sang aus voller Kehle.

»*Kakvo je vrijeme ... Vrijeme je lijepo ... sunce sija ...*«

Auf seiner Stirn, die er mit einem nassen Fetzen Zeitungspapier vor der Sonne schützte, schälte sich bereits ein großes Stück Haut ab. Als er müde wurde, verließ er seine Seestation und wanderte mit freiem Oberkörper in der Sonne meilenweit zu einem Getränkekiosk, von dem er schweißüberströmt mit kaltem Bier und Fischspießen für alle zurückkam. Diego fotografierte Salzpfützen, die wie Gesichter aussahen, Totenmasken altertümlicher Krieger. Er war einunddreißig, die Jahre waren ihm gut bekommen. Sein Gesicht war asketisch und sinnlich zugleich. Er hatte das Grübchenkinn eines Kindes und in seinem tiefliegenden Blick eine zusätzliche Traurigkeit. Ich war sechsunddreißig, mein Körper war noch jung, doch mein Gesicht litt unter meiner Magerkeit. Meine Sonnenbräune betonte die kleinen Spuren des Mienenspiels. Das Neonlicht im Bad des Hotels war brutal, ich schaltete es nach Möglichkeit nicht ein und schminkte mich auf dem Bett sitzend im Halbdunkel des Zimmers, ein Stückchen Gesicht im Taschenspiegel meines Rougekästchens. Abends aßen wir in den kleinen Restaurants am Touristenhafen, Krustentiere, Miesmuscheln *alla buzara* in Knoblauch und Semmelmehl und den köstlichen Käse aus der Milch der Ziegen, die auf den Felsen die Büsche abfraßen. Dazu Karaffen mit Wein aus der Region. Mir fielen ein paar junge Mädchen auf, die mehr als einmal an unserem Tisch vorbeischlenderten, Saisonkellnerinnen von der Insel, angesteckt von der Ausgelassenheit der Touristen. Verstohlen schauten sie zu Diego herüber, zu seinem gebräunten Gesicht, das aus dunklem Holz geschnitzt und poliert zu sein schien. Immerhin waren wir ein Dreiergespann, und ich sah vielleicht aus wie Gojkos Frau. Um die kleinen kroatischen Glückssucherinnen zu vertreiben, schmiegte ich mich an Diego und küsste ihn.

Der Krieg war schon da, doch in jenem Sommer wusste ich

das nicht, ich kümmerte mich nicht darum. Gojko schwamm den lieben langen Tag in seinem schwarzen Gummiring herum, kritzelte Gedichte und vertickte irgendwelchen Krimskrams zum Spielen. Nach dem Abendessen verschwand er, um sich mit seiner stämmigen Figur zum Schwitzen auf irgendeinen Körper zu werfen, doch wenn ich es heute bedenke, war der Krieg damals bereits in seinen Augen und auch in seiner Lust, über die Stränge zu schlagen und alles mitzunehmen. Vielleicht tat er es nur für uns, wollte er, dass seine beiden italienischen Lieblinge noch in den Genuss dieses Meeres, dieser Miesmuscheln und dieses Weines kamen. Die letzte Beute vor der Finsternis. Heute weiß ich, dass Gojkos Vergnügungssucht die fröhliche Tochter, das Freudenmädchen jener düsteren Vorahnung war.

»In Zagreb sind alle Serben Tschetniks geworden, in Belgrad sind alle Kroaten Ustaschas.« Er spuckte Traubenkerne ins Meer. »Die Propaganda … das Fernsehen … Erst kommt die Propaganda, dann die Geschichte …« Er lachte, sprach von den Führern, deren Namen wir zum ersten Mal hörten, wie von einem Haufen Trottel, Leute, die sich mit dem Föhn die Haare aufbauschten und sich das Gesicht mit Schminke zukleisterten, um im Fernsehen aufzutreten. Milošević habe angefangen, die Gebeine von Fürst Lazar durch die Gegend zu tragen wie ein übergeschnappter Totengräber, und Tudjman wolle die Speisekarten der Restaurants und die Straßenschilder austauschen. Ein ernsthaftes Gespräch war nicht möglich, Gojko zuckte mit den Achseln und zeichnete eine Karikatur: Tudjman, der einem Freund seine Frau vorstellt, dazu eine Sprechblase: SIE IST KEINE SERBIN, SIE IST KEINE JÜDIN, SIE IST KEINE TÜRKIN, DOCH LEIDER IST SIE EINE FRAU. Er kaufte sich auch keine Zeitungen mehr: »Redet doch sowieso jeder nur mit sich selbst … Er braucht bloß einen Furz zu lassen, um sich vom eigenen Arsch umjubelt zu fühlen!« Sein Humor schützte uns, bei ihm fühlten wir uns in Sicherheit.

Er war vollkommen überdreht, manchmal ging mir seine Unruhe auf die Nerven. Gojko ähnelte jenem Meer und jenem Sommer, er kam mit der Flut auf Touren, schlug gegen die Klippen und verwirbelte sich. Dann wieder, an manchen Abenden, wenn die Ebbe das Wasser zurücksog und der Strand sich entblößte, ähnelte er den kleinen Krabben, die auf dem Trockenen liegen geblieben waren und sich auf den Felsen ängstigten wie Kinder ohne Zudecke.

Eines Nachts sagte ich gedankenlos und von seinem ewigen Gelächter gereizt, das zu laut und zu grob in den menschenleeren Gassen dröhnte, durch die wir zum Hotel zurückgingen, *Du bist wirklich bescheuert.*

Später, mit dem letzten Glas Travarica in der Hand, stieg er mit seinen Dior-Mokassins in den griesgrämigen Springbrunnen im Zentrum der leeren Hotelhalle, der wie ein türkisches Bad mit kleinen Fliesen besetzt war, und fing an zu schreien.

»Stimmt, ich bin bescheuert! Dichter sind so bescheuert wie Fliegen an einer Fensterscheibe! Sie prallen gegen das Unsichtbare, um ein Stückchen Himmel zu erwischen!«

In das Zimmer neben unserem war ein deutsches Ehepaar mit zwei dieser blonden Gören eingezogen, die wie aus dem Paradies geraubte Engel aussehen. Wir trafen sie im Flur, in Badelatschen auf dem Rückweg vom Strand. Die Mutter ging vor mir, mit geschwollenen, sonnengebräunten, fleckigen Beinen, die von dunklen Venenfasern durchzogen waren. Eine junge, bereits verwelkte Frau ohne jede Sinnlichkeit. Der Vater trug Klettersandalen und hatte einen Bierbauch. Sie lächelten uns zu, und ich lächelte ihnen zu, auch den beiden entzückenden Kindern.

»Wenn sie groß sind, werden sie genauso hässlich sein wie ihre Eltern«, sagte ich lachend, als wir in unser Zimmer kamen. Diego hatte mich erstaunt über diese bissige Bemerkung angesehen. Sie waren eine rücksichtsvolle Familie, störten nicht und sprachen leise. Doch jetzt hingen da diese kleinen Schwimmsachen über der Brüstung unseres Nachbarbalkons. Der Wind hatte einen Badeanzug heruntergeweht, den hellblau geblümten des kleinen Mädchens. Ich hatte dagestanden und ihn angeschaut, wie er nun in der Stille dieses Hofes am Meer lag, auf den ein Hotelangestellter gerade einen Müllsack schleppte.

Zwischen den beiden Zimmern ist eine Verbindungstür, weiß gestrichen wie die Wand. Von dort kommen die Geräusche. Es ist mitten in der Nacht, die Kinder schlafen. Ihre Mutter hat ihnen die Füße gewaschen und sie ins Bett gebracht. Wir kommen immer spät zurück, wenn nebenan schon Ruhe herrscht. Doch heute Nacht haben die Deutschen Lust auf Sex und wollen ihre zwar plumpen, doch sich suchenden Körper vereinigen. Ich höre die Geräusche ... das unverkennbare Geräusch sexueller Annäherung. Mir steigt vom Magen ein Sodbrennen auf und zerfrisst mir die Kehle. Die Fischsuppe war zu scharf. Mir ist übel von diesem Essen, von dem zu starken Wein, von diesen zwei hässlichen, unbeholfenen Körpern, die sich im Nachbarzimmer aneinander reiben. Mich packt der Ekel vor allem Sex der Welt, vor diesem Ficken und Ficken bis in den Tod, vor diesem Löchersuchen. Ich stelle mir den Mann vor, seinen nackten Schmerbauch, ihn und seine Fettwülste am Bauch ... und dazu die Frau, ihr Geschlecht groß und so verwelkt wie ihre Beine, wie der Rest ihres Körpers. Ich lausche auf das Geräusch des Bettes, auf das Geräusch quietschender Sprungfedern. Sie haben Urlaub, haben Deutsche Mark, für sie ist es günstig, an dieser Küste Ferien zu machen. Es soll Krieg geben? Tja, vielleicht, vielleicht auch nicht … Es ist Juni. Es ist der Monat der Mütter und Kinder. Heute Nacht wird gevögelt. Man leiert das ohnehin schon ausgeleierte Bett aus. Die Deutschen haben gegessen, sind Hand in Hand über das glatte Steinpflaster der Gassen geschlendert und haben den Kindern eine Papierwindmühle gekauft. Sie sind gut gelaunt ins Hotel zurückgekommen und haben ihre Gören ins Bett gebracht, diese beiden Engelchen, die nun mit ihren blonden Locken auf der verschwitzten Stirn schlafen. Sie haben ein paar Mücken totgeschlagen. Dann sind sie in ihr Bett geschlüpft. Sie sind ein gut eingespieltes Paar, wissen, wie man Lust aus dem anderen zieht, ohne einen Mordskrach zu veranstalten. Die Geräusche sind nur minimal, die des abgenutzten Bettes, das Schnaufen … Man hört weder Schreie noch schlüpfrige Wörter. Ich möchte aufstehen, weil es heiß ist, weil ich nicht richtig verdaut habe, weil Diego schläft und nichts mitkriegt. Dann höre ich einen plötzlichen Schrei, den Schrei der Seevögel, wenn sie dem Wasser trotzen, wenn sie mit nassem Kopf wieder auftauchen, nachdem sie für einen kurzen Augenblick die harte Fläche des Meeres durchpflügt haben.

Was da schreit, ist eines der Kinder. Jetzt schluchzt es. Ich höre die Stimme der Mutter, ihr liebevolles Muhen. Sie fickt nicht mehr, diese Arschkuh. Sie hat ihre Hinterbacken von der Garnitur des Fettwanstes gelöst und ist aufgestanden, um sich über ihr Gör zu beugen und es mit ihrem Atem zu beruhigen, der jetzt wirklich der warme Atem einer Kuh ist.

So ist also Sex, wenn man Kinder hat. Man lässt die Geilheit sausen und beugt sich stimmungszerknittert und schnurstracks über sein Kleines, um es zu trösten und ihm über seine Alpträume hinwegzuhelfen. Die Deutsche ist eine gute Mutter. Sie singt ein Schlaflied. Sie ist wenig attraktiv, zwar jung, doch verblüht wie eine Frau in mittleren Jahren. Sie hat nichts Schönes an sich, doch ihr Kind liebt sie wie einen menschlichen Schutzschild, wie einen Liebesturm. Ihr Kind findet sie wunderschön, taucht seine Nase in den schweren Duft nach Haaren und nach Haut, die geschwitzt hat, es erkennt den Geruch des Bauches wieder, der elfenbeinweißen Schmiere der Geburt.

Ich stehe auf dem Balkon, ich schlafe nicht mehr, der Tag bricht an. Die Luft ist reglos und frisch und von einem kräftigen Kobaltblau. Mich packt ein zunächst schluchzender, zaghafter, dann jedoch immer bewussterer Hass. Ich hasse dieses wimmernde Kind und diese Frau. Doch vor allem hasse ich mich selbst, und dieses Gefühl gibt mir Trost.

Am nächsten Morgen isst Diego einen dieser kleinen, mit Honig und Käse durchtränkten Pfannkuchen, er ist schon in Badehosen.

»Ich habe keine Lust, zum Strand zu gehen«, sage ich.

Mitten in den Ferien gibt es immer eine Krise, nach der Gier der ersten Tage kommt die Flaute. Diego lächelt, sagt, auch er sei ein bisschen müde und werde mir Gesellschaft leisten.

»In der Nacht hat ein Kind der Deutschen geweint, ich konnte nicht schlafen.«

»Wir nehmen ein anderes Zimmer.«

»Ja, lass uns ein anderes Zimmer nehmen.«

Im Flur treffe ich die Deutsche, in ihrem Gesicht wohnt eine pralle Röte, die jetzt zum Vorschein kommt, vielleicht befürchtet die Frau, ich könnte auch alles andere gehört haben. Als sie vorbeigeht, frage ich: »*What was the matter with the child last night?*«

Sie erzählt, dass das Mädchen seinen Badeanzug verloren und deshalb geweint habe. Es habe schon am Strand geweint,

und offenbar habe es sich in der Nacht im Traum an diesen Verlust erinnert.
»*It was old, but she liked it so much.*«
Ich denke an den heruntergefallenen Badeanzug im Hof und an den Hotelangestellten, der ihn aufgehoben und in den Müllcontainer geworfen hatte. Ich hatte ihm zurufen wollen, er solle das nicht tun, ich wisse, dass er von der Balkonbrüstung am Zimmer der Deutschen gefallen sei. Doch verbittert, wie ich war, hatte ich ihn gewähren lassen, mit einem diebischen Vergnügen hatte ich zugesehen, wie dieses verblichene Badezeug verschwand.

Eigentlich waren wir alle drei ein bisschen traurig, darum gaben wir uns fröhlich. Die Natur durchdrang uns und brachte uns wieder zu uns selbst. Die Tage vergingen, das Meer entwässerte meinen Körper. Der salzige Wind gab mir neue Kraft. Schlangen erwachten unter der von der Sonne schuppigen Haut. Diego badete inzwischen nur noch selten, das Salz griff seine Augen an, er war lieber auf dem Felsen. Mit meinem kroatischen Hut schloss ich mich ihm an, barfuß kletterten wir unter dem sengenden Himmel in die Höhe. Ich hörte Diegos Atem und betrachtete seine Füße, die greifen konnten wie gefingerte Pfoten. In den Felsen nisteten Seevögel, sie saßen geduckt in diesen Steinnestern und beobachteten den Wind. Unversehens stießen sie sich ab und glitten in die Tiefe, um einen Fisch zu fangen. Diego fotografierte diesen Moment, den Fisch, der an die Oberfläche kommt, und den eintauchenden Schnabel, der ihn schnappt. Das gebauschte Meer und mittendrin dieser räuberische Körper, der fast ertrinkt, weil er es mit einem fremden Element aufnimmt. Dann der silbrige Kampf am Himmel. Das Leben des Vogels und der Tod des Fisches. Im Bruchteil einer Sekunde.

Diego greift nach meiner Hand, der Tag ist klar, blitzblank. Alles wirkt unecht. Wie eine lichte Kopie der Wirklichkeit. Die Inseln sind buchstäblich wie aufs Wasser gesetzt.

»Hier würde ich gern leben ... Irgendwann kommen wir wieder her, wir schmeißen einfach alles hin.«

Heute sieht man sogar Italien. Hinter dem Gespinst der Inseln verläuft am Horizont eine dunkle Linie.

»Wir wohnen so dicht dran.«

Gojko lässt mich nicht aus den Augen, ich spüre seinen Blick hinter der Sonnenbrille, der sich bis zu mir erstreckt. Ich versinke in lange Momente des Schweigens. Wiederhole ein und dieselbe Bewegung immer wieder, nehme den körnigen Sand auf und lasse ihn langsam durch die Sanduhr meiner geschlossenen Hand rinnen.

Sie kommen gegen zwei Uhr nachmittags, in der heißesten Stunde. Eine Gruppe Kinder von der Insel, sie stürmen aus den Sträuchern hervor und laufen auf das Meer zu. Wie kleine, aus der Macchia hervorbrechende Wildschweine sehen sie aus. Ihre Körper sind schmächtig, ihre Badehosen salzverschlissen.

Eines von ihnen, das kleinste, löst sich manchmal aus der Gruppe, läuft auf uns zu und bleibt stehen, es kauert sich auf den Boden und verharrt reglos, nur leicht auf den angewinkelten Beinen schwankend. Es sieht aus wie ein Ei.

Vermutlich will es Geld wie die Kinder am Hafen, die ins Wasser springen, wenn die Fähren aus Dubrovnik ankommen. Wie alt mag es sein? Sieben, höchstens acht. Sein Kraushaar starrt vor Salz und sieht aus wie die Haarbüschel einer Ziege. Mir kommt es so vor, als sei es heute etwas näher als sonst herangerückt. Seine Augen beobachten uns, schwarz und reglos wie große, glänzende Knöpfe. Ich schlummere ein und wache wieder auf. Die Rotznase ist immer noch da. Meine Beine sind leicht geöffnet. Das Kind starrt auf das Bikinidreieck, auf die Wölbung zwischen den Schambeinknochen. Ich schließe die Beine und ziehe den Stoff zurecht. Was ist das für ein Kind?

Jetzt steht es bis zum Bauch im Meer. Unbeweglich schaut es auf das Wasser rings um seinen Körper. Ich verstehe nicht, was es da macht. Plötzlich taucht es eine Hand ein, es versucht, Fische zu fangen. Diego schiebt sich zu den Klippen vor. Das Kind schaut vom Wasser auf.

Die anderen Kinder interessieren sich für den Fotoapparat, es sind zu viele, sie haben zu viele Hände. »Pass bloß auf«, habe ich zu Diego gesagt, »vielleicht nehmen sie ihn dir weg und werfen das Objektiv in den Sand, um dich zu ärgern.« Doch er lässt sich anfassen, hat keine Angst, obwohl ein paar von ihnen schon groß sind, stämmige, lästige Körper, und bereits ausgebildete Muskeln haben. Einer hat einen roten Fleck im Gesicht, wie von einem Saftspritzer, ein anderer hat als Einziger in der Gruppe Schwimmflossen. Schwarz und gelb, genauso wie die eines französischen Touristen, der sie vor seiner Abreise lange gesucht hat. Der Junge zieht sie nicht aus, er schwimmt nicht damit, sondern watschelt über die Kieselsteine wie ein lächerlicher Pinguin.

Diego fotografiert die Kinder vor den Klippen, ich sehe, wie sie in Grüppchen posieren und laut kichern. Das Kleinste scheint gar nicht zur Gruppe zu gehören, niemand nimmt Notiz von ihm. Es steht immer noch im Wasser, fest wie ein Zaunpfahl. Jetzt stehen alle um Diego herum. Ich sehe ihn am Strand hocken, umlagert von dieser Schar ärmlicher Jünger. Er hat das Objektiv abgeschraubt und erklärt etwas, ich weiß nicht, in welcher Sprache. Die Kamera hängt jetzt am Hals des Jungen mit dem roten Muttermal im Gesicht, nun schießt er die Fotos. Diego lacht.

Er kommt zu mir zurück, sein gebräuntes Gesicht ist noch voll von diesem Lachen. Er packt die Kamera in das Lederfutteral.

»Sie lassen mich nicht mehr in Ruhe.«
»Hast du gute Bilder gemacht?«
»Keine Ahnung.«

Er weiß nie, ob seine Fotos gut geworden sind, ob da etwas sein wird, was es wert ist, gerettet zu werden. Ein Bild, nur ein einziges, das die Berge von weggeworfenen Filmen aufwiegt. Wenn er fotografiert, sieht er falsche Dinge, Meisterwerke, die aber Mist sein werden. Zwischen den Fehlern scheint das Bild auf. Schönheit, die aufs Geratewohl hervorbricht, wie immer im Leben.

Am folgenden Tag bei Sonnenuntergang ist das Kind wieder da. Diego liegt in der Abendsonne, sie ist uns am liebsten, weil sie rot ist und sanft wie alles, was kurz davor ist zu vergehen. Er hat die Sonnenbrille abgenommen, das herrliche Licht überflutet sein Gesicht. Lautlos wie eine Schlange gleitet er zur Kamera, nimmt sie aus dem Futteral und presst sie ans Auge.

Das Kind ist da, mit dem Rücken zu uns, zusammengekauert wie immer, wie ein Ei. Ich weiß nicht, wann es gekommen ist, eben war es noch nicht da. Es kam mit diesem sanften Licht. Aus den Sträuchern aufgetaucht wie eine Ziege, die sich verlaufen hat. Diego hat sich bäuchlings herangepirscht. Auf den Ellbogen kriecht er noch einige Meter weiter nach unten. Das Kind ist jetzt im Wasser und geht seiner Beschäftigung nach. Es versucht, mit bloßen Händen Fische zu fangen, und taucht die Hand wie einen Schnabel ein, so wie ein hungriger Vogel. Diego drückt ab, es ist nur der Bruchteil einer Sekunde. Das Kind hat einen Fisch gefangen, für den Bruchteil einer Sekunde hat es ihn gefangen. Ich sehe das Foto vor mir, ein Möwenkind und ein kleiner Fisch in der Luft vor der sinkenden Sonne. Vielleicht ist dies das Bild, die Schönheit aufs Geratewohl.

Es war nur dieser Bruchteil einer Sekunde, unmittelbar darauf ist der Fisch verloren und das Kind auf und davon. Auch die Sonne ist weg, sie hat einen trüben, eintönigen Himmel zurückgelassen, der aussieht, als hätte es diese Sonne nie gegeben.

Ich sehe Diego an, der auf den Rücken fällt, der tief erschöpft durchatmet und seine Leica umklammert. Da denke ich, dass es einen Engel gibt, der von Zeit zu Zeit herunterkommt, weil wir ihm leidtun, wir und all die Dinge, die uns aus den Händen gleiten und aus den Augen.

Eines noch fernen Tages sollte Gojko beim Anblick dieses Fotos überwältigt sagen: »Jetzt weiß ich, was Kunst ist.« Und mich mit seinem triefenden, vor Klugheit benommenen Blick durchbohren: »Es ist Gott, der sich nach den Menschen sehnt.«

Gojko ist nicht bei uns, er fehlt schon seit Tagen, erst am Nachmittag kommt er ans Meer. Er behauptet, er habe ein paar Sachen in der Altstadt zu erledigen, die Sonne schlage ihm auf den Kopf, ihm sei ein Gedicht eingefallen. Vielleicht hat er uns satt. Vielleicht sind wir langweiliger als früher. Seine Dior-Mokassins sind inzwischen ausgelatscht, seine weißen Hosen vorn dunkler und voller Fettflecke. Die Ferien gehen zu Ende.

Wir haben angefangen, uns wieder auf die Welt einzulassen, die uns erwartet. Diego steht in der Telefonkabine des Hotels und spricht mit Duccio, für die kommende Woche hat er bereits zwei Fototermine. Ich habe mit dem Kofferpacken begonnen. Aus heiterem Himmel fragt mich Gojko: »Warum habt ihr zwei eigentlich noch keine Kinder?«

Der Wind weht Musik herüber, Geigenklänge. Gojko steht auf und geht ihnen nach. Später kommt er zurück, singend, torkelnd. Er hat sich mit Freunden ein paar Gläschen genehmigt.

Sie gehören zu einer Gruppe von Studenten der Musikakademie von Sarajevo und wohnen direkt am Strand in der ehemaligen Forstwache, einem großen, grauen Haus, baufällig und mit einem Backsteinboden umgeben, der so dunkel wie der Felsen ist.

Wenn sich der Wind dreht, klingen aus diesem grauen Haus die Instrumente herüber, die sich aufeinander einstimmen. Sie proben für ein Konzert, wie uns Gojko erzählt hat.

Das Kind hat uns gesucht, als hätte es unseren Mangel gewittert. Es kommt zwischen den anderen zu uns, zwischen ihrem Geschrei. Wie gewöhnlich späht es von weitem zu uns herüber, hinter dem Schutzschild seiner Wildheit hervor.

Es ist windig. Gegen zwei Uhr wandern Diego und ich zur ersten Bude, an der man – in einem Plastikzelt – etwas zu essen bekommt, und bestellen Pager Käse und Gurken. Das Zelt schwankt, die Zipfel flattern. Der Wind hat zugenommen. Das Meer gerät in Aufruhr und schlägt in hohen Wellen, dicht wie Heuballen, auf den Strand.

Wir kehren zurück, um unsere Sachen zu holen, die Handtücher sind auf die Klippen geflogen, auch der kroatische Hut fliegt weg. Wir machen uns auf den Heimweg.

Wir hätten ihn auch überhören können, diesen Schrei, das Heulen des Windes war ohrenbetäubend, wie eine Viehherde auf der Flucht. Er wirbelte den hellen Sand des Weges auf. Noch wenige Meter, und wir hätten die Kammlinie überschritten, hätten die ersten Häuser des Ortes gesehen, die Sträucher wildwachsender Geranien und die gelbe Wand des Fischladens. Noch wenige Schritte, und wir hätten diesen Schrei nie und nimmer gehört: »Ante! Ante!«

Weiter unten sehen wir, wie die Kinder auf dem düsteren Strandstreifen hin und her laufen und diesen Namen schreien.

Es geht blitzschnell, mit einem Ruck. Diego ist nicht mehr bei mir. Barfuß stürzt er die Klippen hinunter. Hals über Kopf hastet er die Strecke zurück, die wir soeben gekommen sind, auf dem kürzesten Weg, dort, wo die Felsen steil abfallen.

Jetzt läuft er über die Kieselsteine, und ohne anzuhalten wirft er Rucksack und Kamera hin.

»Warte!«

Als ich den Strand erreiche, ist es schon spät. Diego ist ein kleiner Vogelkopf, der von Welle zu Welle springt. Die Kinder rings um mich her sind sprachlos und verzweifelt wie dumme Ziegen. Auch ich bin sprachlos. Das Kind ist nicht mehr da. Dieses verfluchte Ei sitzt nicht auf seinen Fersen und schwankt hin und her, ich suche es mit den Augen und weiß doch schon, dass ich es nicht finden werde.

Ich greife mir die gelb-schwarzen Schwimmflossen, die zu groß für meine Füße sind, stürze mich ins Wasser und versuche, wie Diego die Wand zu überwinden, wo sich die Wellen brechen, doch diese Wand schleudert mich zurück. Ich schlucke Wasser, bekomme keine Luft. Und während ich Wasser schlucke, schießt mir durch den Kopf, dass schon seit Beginn dieser merkwürdigen Ferien abwechselnd einer von uns dreien sterben will.

Klitschnass und erschöpft starre ich auf das Meer, hinter die Schaumbarriere. Die Zeit vergeht. Die Zeit steht still. Die Kinder um mich her sind wie erloschene Kerzen, ihre Reflexe sind grau. Mir ist, als hätte ich erneut Diegos Kopf gesehen, oben auf einer Welle, und dann verschluckt von ihrem Tal. Ich musste an die Vögel denken, die übers Wasser gleiten und ihr Leben aufs Spiel setzen, um einen Fisch zu fangen.

Auch die Musiker sind jetzt da, herbeigelaufen aus ihrem grauen Haus. Der Junge mit dem roten Fleck im Gesicht hat sie alarmiert, sodass nun eine ganze Menschenansammlung am

Strand ist. Gojko kommt mit offenem Reißverschluss an der Hose, das Hemd weit offen. Garantiert hat er gerade mit einer der Musikerinnen gefickt, die nach getrockneten Sardellen und billiger Schminke stinken. Seine Haare sind zerzaust, und sein Gesicht ist finster und bestürzt wie das eines pathetischen Schauspielers.

Er wirft einen Blick auf die Bucht und auf die Klippen, die dort aufragen, wo die Kiesel aufhören. Er klettert hinauf und verschwindet hinter den Felsen.

Wenig später taucht er wieder auf, erschöpft wie ein Schiffbrüchiger, und mit ihm Diego, der den Jungen fest an sich presst, ein Arm baumelt herab. Mit dieser kleinen Trophäe aus Fleisch und Blut kommt er näher. Ich laufe los, erreiche sie.

Diego lächelt mir schwer keuchend zu. Die Strömung hat sie in die kleine Bucht nebenan gespült, dort sind sie an Land geklettert. Ante ist blassblau, benommen vom Wasser. Diego reibt ihm den Rücken, Gojko gießt ihm ein Gläschen Grappa in den Hals. Die anderen Kinder stehen zu dicht um ihn herum, begraben ihn unter sich und begaffen sein übermäßiges Zittern, seine Zähne, die wie ein Hammer auf einen Nagel schlagen. Sie lachen über seine runzligen, vom Wasser verzehrten Hände, über seine dunkelblauen Lippen. Sie starren ihn an wie einen abartigen Fisch, der sich im Netz verfangen hat. Das Kind spuckt etwas Meer aus, zieht sich hoch und reißt aus, es verschwindet in der Macchia.

Die anderen Kinder fassen sich an den Kopf und geben uns zu verstehen, dass dieser Rotzjunge nicht ganz bei Trost ist, irgendwie unterbelichtet ... dass er nicht alle Tassen im Schrank hat.

Wir kehren ins Hotel zurück. An diesem Abend ist es kalt. Der Wind hat sich gelegt, hat aber eine rauere Luft gebracht. Salzverklebt, wie wir sind, schmiegen wir uns ins Bett.

Ante kommt nicht mehr zum Strand. Die Kinder erzählen uns, dass die Mutter ihn bestraft habe, sie hat ihn mit einem Strick verprügelt, mit demselben, mit dem sie nachts die Ziegen im Stall festbindet. Das Meer ist ruhig wie Glas. Der Junge mit dem Fleck im Gesicht peitscht das Wasser mit den gestohlenen gelb-schwarzen Flossen des französischen Touristen. Diego liegt auf dem Bauch und sieht zur Macchia und zu den Klippen hinüber. Er vermisst das verfluchte Ei, er sucht es. Weil dieses Kind manchmal aus den Büschen auftaucht und zum Strand späht, ohne sich zu trauen, die Macchia-Grenze zu überqueren. Die anderen werfen dann mit Steinen nach ihm, rufen, sie hätten es gesehen, und verhöhnen es prustend.

Diego steht auf und geht mit der Kamera um den Hals weg. Er sieht nach, ob die Eier der Möwen schon aufgeplatzt sind, schießt von oben die letzten Fotos.

Ich lasse ihn gehen, doch dann folge ich ihm. Ich zerkratze mir die Beine an den Sträuchern, um ihn nicht aus den Augen zu verlieren. Er geht schnell, als verfolgte auch er jemanden. Er kommt am Haus der Musiker vorbei, ihre Instrumente liegen verlassen unter dem Maulbeerbaum, der zu schlafen scheint, erschöpft von der Hitze und vom Gewicht seiner Blätter. Die Musiker lungern in ihren Hängematten. Ich bleibe stehen und spähe verstohlen zu Gojko, er hat die Augen geschlossen, und sein Arm liegt auf dem nackten Rücken einer Frau. Dann entdecke ich sie, Diego und Ante. Das Kind hat ihn herankommen lassen, und Diego fotografiert es.

Ich folge ihnen bis zum Gipfel, bis an den Rand eines Steilhangs, wo sich die Macchia lichtet und ein Steinhaus steht. Davor sitzt eine magere, zerlumpte Frau, ihre hellen Augen liegen tief in den Höhlen, reglos wie die eines Blinden. Sie schaut Diego an und verbeugt sich leicht. Ich sehe, wie sie ins Haus gehen.

Am Abend leeren wir auf dem Balkon eine Flasche Lombarda und essen etwas Käse, wir haben die Restaurants über. Ich sage zu Diego, dieses Kind habe etwas von ihm, vielleicht die Beine, seine Art wegzulaufen.

Am nächsten Tag kaufe ich Ante zwei T-Shirts und ein Paar Turnschuhe und bringe alles hoch zu seiner Mutter. An ihrer Brust, die so schlaff ist wie das Euter einer kranken Kuh, hängt ein weiteres Kind. Sie bedeutet mir, dass es dem Baby nicht gut geht, dass das kleine Mädchen die Milch nicht schlucken kann. Ich komme mit einer Tüte voller Lebensmittel wieder, und bevor ich gehe, lege ich ihr alles Geld, was ich in der Tasche habe, unter eine leere Bierflasche. Sie verzieht das Gesicht zu einem betrübten Lächeln, zur undankbaren Grimasse mancher streunender Hunde, die dich anknurren, nachdem du ihnen was zu fressen gegeben hast. Sie spricht kein Italienisch, versteht es aber. Sie ist aus der Krajina geflohen und hierher zurückgekehrt, wo sie geboren ist und wo sie diese Hütte und ihre Mutter hat, eine schwarz gekleidete Greisin, die wir oft auf den Felsen gesehen haben, wo sie die Ziegen hütet, mit mürrischem Gesicht und einem beißenden Schnapsgeruch, der ihr in den Kleidern sitzt.

Heute überlässt Ante Diego seine Hand. Wir gehen mit ihm zum Strand zurück, seine Mutter vertraut uns jetzt.

»Vielen Dank«, sagte das Kind, als die Frau ihm vor unseren Augen eine Ohrfeige gab, um es zum Sprechen zu bringen.

So hörten wir zum ersten Mal seine Stimme. Das heisere Flüstern einer Möwe.

Jetzt ist es unseres. Für die restlichen Tage ist es unser Kind. Diego nimmt es an die Hand, hängt ihm die Kamera um den Hals. Mittags gehe ich Tintenfischspieße kaufen, wir essen sie am Strand. Das Kind hat Hunger. Jetzt spricht es viel, verstummt niemals, seine Stimme flitzt los, bekommt Flügel, gerät außer Atem. Wenn es lacht, welkt das ärmliche Gewebe seines Gesichts vor Dankbarkeit. Wir verstehen nicht alles, was es sagt, doch wir verstehen, dass es glücklich ist. Jetzt zeigt es Diego, wie man mit bloßen Händen Fische fängt. Sie stellen sich im Wasser auf wie zwei Zaunpfähle. Ja, es hat Ähnlichkeit mit ihm, das dachte ich schon beim ersten Mal, als ich die kleine, wie ein Ei verschlossene Gestalt sah, die am Strand leicht hin und her schwankte.

Gojko sieht uns mit dem Kind vorbeigehen, als wir es nach Hause bringen. Wir kommen am Maulbeerbaum vorüber und an der Forstwache, die Musiker proben, eine Flöte spielt zusammen mit einer Bratsche. Und Gojko stellt uns seine Sommerliebe vor.

»Das ist Ana.«

Sie hat schwarze Haare, struppig geschnitten, wie es Mode ist, über einem dicken Gesicht. Und sie hat die weiße Haut eines Mädchens, das noch nie im Leben in die Sonne gegangen ist.

Gojko wirft einen Blick auf das Kind und zuckt mit den Achseln, er weiß, dass es der Sohn jener tölpelhaften Frau ist, und kann nicht verstehen, warum wir es uns aufhalsen.

Dann, eines Abends, antworte ich ihm auf seine Frage. Wir sitzen auf den breiten, von den letzten Sonnenstrahlen überschwemmten Stufen vor einer Kirche. Diego ist am anderen Ende des Platzes durch das weiße Türchen eines Reisebüros gegangen, wir haben beschlossen, ein paar Tage länger zu bleiben. Das Pressebüro des Auftraggebers in Rom hat sich aufgeregt, und Duccio hat herumgebrüllt. Wir haben aufgehört zu telefonieren.

»Ich bin unfruchtbar, Gojko. Ich kann keine Kinder kriegen.«

Er ist betroffen. Er hat immer einen Spruch auf Lager, doch jetzt schaut er verwundet um sich, er presst die Lippen zusammen und zerknetet seine Nase mit dem Daumen. Er holt einen knittrigen Zettel hervor und liest mir eines seiner Gedichte vor.

... und das Leben lacht uns aus
wie eine alte zahnlose Hure
die wir mit geschlossenen Augen ficken
während wir von einem Lilienarsch träumen ...

Seine Augen sind stumpf und still.
»Wir sind eine glücklose Generation, Gemma.«
Er schüttelt mich, umarmt mich. Ich halte seine Hand fest, betrachte die feinen Nägel an den geschwollenen Fingern.
»Wir haben dieses Kind liebgewonnen.«
Ich bin jetzt ein gebrochener Staudamm an seinem Hemd.
»Hilf mir, sprich mit der Mutter, such einen hiesigen Anwalt, irgendwen. Vielleicht können wir es adoptieren, es in Pflege nehmen ... Wir könnten der Mutter Geld geben.«
Diego kommt mit den umgetauschten Tickets und einem Lächeln zurück. Er sieht mein hinfälliges Gesicht. Ich stehe auf.
»Ich habe es ihm erzählt.«
Wir umarmen uns alle drei mitten auf dem weißen Platz.
Gojko sprach mit der Mutter, er ging mit einer Flasche Kruškovača zu ihr hoch und setzte sich unter das Plastikvordach in den Ziegengestank. Die Mutter verzog das Gesicht zu einer Grimasse, der üblichen. Sie sagte, sie werde es sich überlegen.
»Was hast du ihr gesagt?«
Wir hatten damals ein Boot gemietet, um einen Ausflug zur Insel Mljet zu machen. Wir fuhren über den Salzsee zum Benediktinerkloster. Ante war mit von der Partie, Diego nahm ihn auf die Schultern. Sie sahen wirklich aus wie Vater und Sohn. Gojko und ich gingen ein paar Schritte hinter ihnen.

»Ich habe ihr die Wahrheit gesagt, dass du keine Kinder kriegen kannst, dass ihr euch um das Kind kümmern wollt und es zur Schule schicken wollt.«

»Hast du ihr auch gesagt, dass wir ihr Geld geben können?«

Er senkte den Kopf mit dem rötlichen Haar und kratzte ihn sich schwerfällig.

»Willst du es kaufen?«

»Ich will alles tun.«

Er schaute mich lange an, forschte in meinem hungrigen, entschlossenen Blick.

»Aber auch die Armen haben das Recht, ihre Kinder zu behalten.«

»Diese Frau verdient das Kind nicht, sie liebt es nicht, sie schlägt es.«

Ich lief zu Ante und zog sein T-Shirt hoch, um Gojko die verschorften Striemen zu zeigen, die allmählich abheilten.

Gojko schüttelte den Kopf.

»Das hat Gott zu entscheiden.«

Ich sagte, er sei ein verfluchter, kroatischer Scheinheiliger, und wünschte ihn zum Teufel.

Am nächsten Tag gingen wir wieder zu ihr und auch am übernächsten. Die Frau lächelte, nahm unsere Geschenke an und zuckte mit den Achseln.

»*Patre* …«, sagte sie, der Vater hat das zu entscheiden.

So begann eine lange Reihe von Telefonaten in der Telefonzelle unseres Hotels. Nie war der in der Krajina gebliebene Ehemann zu erreichen, immer nur irgendwelche Verwandten. Ante kam in unser Zimmer und legte sich zwischen uns ins Bett. Ich hatte angefangen, ihm ein paar Brocken Italienisch beizubringen, und ich duschte ihn in der Badewanne.

Auf dem staubigen Platz an der alten Mole wurde eine Auto-Scooter-Anlage aufgebaut. Wir verbrachten den ganzen Abend dort, bis nur noch wir drei übrig waren und uns lachend gegenseitig rammten. Als Diego ihm zu Leibe rückte, schrie Ante *belin, ach du Scheiße*, wie ein Junge aus der Via Pré in Genua.

Als wir uns an diesem Abend verabschiedeten, weinte er.

Tags darauf erwischten wir seinen Vater am Telefon. Die Mutter rief Gojko in die Kabine. Ich beobachtete ihn durch die Scheibe, sah, wie er zusammensank, redete, schwieg und dann wieder lange redete.

Niedergeschmettert kam er heraus. Ante ging in die Kabine. Sein Vater wollte mit ihm sprechen.

Er sagte nicht ein Wort, und nur ein einziges Mal sahen wir ihn nicken. Er kam mit einem anderen Gesicht heraus, einem wissenderen, wie mir schien. Seine großen, klaren Augen fest auf uns geheftet.

»*Moram ići za ocem*«, sagte er mit seiner Möwenstimme.

Gojko übersetzte.

»Ich muss zu meinem Vater.«

Das Kind sollte im September mit ihm in die Krajina zurückkehren. Er war Soldat bei den kroatischen Truppen. Auf seinen Sohn verzichtete er nicht. Er verfluchte seine Frau, und anstatt ihn bei diesem unseligen Weibsstück zu lassen, wollte er ihn lieber mit in den Kampf nehmen.

Ante verabschiedete sich ohne Tränen von uns, still reichte er uns seine kleine, runzlige Hand.

»Ist das der Gott, der zu entscheiden hat?«, fragte ich Gojko. Ist es dieser böse Wind?«

Ich packte unsere Klamotten ein. Wir legten uns neben den geschlossenen Koffer aufs Bett. Morgen würde ein neuer Bewohner in dieses Zimmer kommen und unseren Geruch vertreiben. Wir verließen das Hotel, gingen durch die kleinen Straßen im Zentrum und tauchten in Richtung Hafen ab. Gojko saß an einem Tisch in dem Strandrestaurant, wo seine Freunde auf einer Art Podest eine Symphonie von Haydn spielten.

»Haydn war stark von der kroatischen Musik beeinflusst«, flüsterte er mir zu.

Das ist mir scheißegal, dachte ich.

Seine Eroberung Ana war die Einzige, die kein Instrument spielte, sie blätterte die Seiten des Cellisten um, eines alten Mannes mit einem langen, wie eine Zunge aufwärtsgebogenen Bart. Der Wind fuhr in die Kleidung der Musiker und in ihre Haare, die Musik lief übers Wasser, und für einen Moment schien sie uns trösten zu können. Zumal wir inzwischen einen sitzen hatten, wir hatten die letzte Flasche Lombarda niedergemacht und schickten alles zum Teufel. Irgendwann begann ich mich schlecht zu fühlen. Ich weiß nicht mehr genau, was ich sagte. Diego legte mir die Hand auf den Arm, doch ich wehrte ihn ab, *Lass mich, ich muss das jetzt rauslassen.*

Die Musiker machten eine Pause. Ana, Gojkos kleine Dunkelhaarige, hatte das Gesicht in die Hand gestützt und sah mich an wie von einem Fenster aus. Ich betrachtete den Lack auf ihren Fingernägeln, diese tanzenden roten Tupfen. Ich hatte angefangen, ihr meinen Leidensweg zu erzählen, einfach so, vom Grund dieses Weines aus, dieser Übelkeit. In Rom hatte ich mit niemandem darüber gesprochen, und nun schüttete ich dieser Fremden mein Herz aus. Vielleicht lag es an ihrem Nagellack, Fischlein, die auf mich zuschwammen. Sie zündete sich eine Zigarette an.

In einem zerrissenen Italienisch sagte sie: »Du kannst stützen auf andere Frau.«

Und während sie Rauchkringel in die Luft blies, erzählte sie mir, dass sie eine Österreicherin ohne Gebärmutter, doch mit einem Restaurant in Belgrad kenne, die sich den Bauch einer Kossovarin ausgeliehen hatte.

Ich betrachtete Anas kleinen, gespitzten Mund, so rot wie ihre Fingernägel, in diesem breiten Gesicht ohne Wangenknochen. Ich wusste nicht, ob sie eine Fee oder eine Hexe war. Ich ging weg und übergab mich hinter den Klippen.

Am nächsten Morgen waren wir schon zeitig am Landungssteg. Mit Sonnenbrille und sauberem T-Shirt. Zwei sorglose Touristen auf dem Heimweg. Wir waren zu früh und setzten uns in die Hafenbar, um eine Limonade zu trinken. Ante war nirgends zu sehen. Wir warteten auf ihn, ohne den Mut zu haben, uns das zu sagen. Wir waren unruhig und hatten das Gefühl im Rücken, dass er sich ein Stückchen weiter hinter einer der rosa Mauern postiert hatte und zu uns herüberspähte. Wir blieben bis auf den letzten Drücker auf der Mole, Gojko kam mit freiem Oberkörper, schon von weitem hörten wir das Schlappen seiner zerlatschten Dior-Mokassins. Es war ein merkwürdiger Abschied. Und merkwürdig war auch das Gedicht, das er uns widmete.

Genügt der weiße Streifen der Morgenstunde
um uns von der Nacht zu trennen?
Werden wir uns wiedersehen?

Wir gingen an Bord der Fähre. Stützten uns wie zwei Vögel auf das Geländer aus weißen Rohren. Ante tauchte erst am Kai auf, als das Schiff ablegte. Wir sahen ihn auf die Mole laufen. Dort blieb er stehen, denn davor war das Meer, und er konnte nicht schwimmen. Er war kaum größer als einer der Eisenpoller. Er schwenkte einen Arm, nur einen schwarzen Arm, der mir wie eine Kralle in den Augen blieb.

Erst als wir ihn nicht mehr sahen, gingen wir unter Deck. Es roch nach Schiff, nach feuchtem Teppichboden und Treibstoff, nach an Rost haftendem Salz. Ein Fernseher lief ohne Sender, ein verschneiter Bildschirm, ein Rauschen.

Diego stand auf: »Ich muss mal aufs Klo.« Ich fand ihn hinter einem hängenden Rettungsboot. Er war zusammengekauert und schwankte auf den Fersen, wie ein Ei. Ich schaute aufs Meer und stellte mir vor, Diego an die Hand zu nehmen und loszuspringen, hinunter, hinter den Schaum. Wer weiß, ob wir nicht unter all dem Meer ein anderes Leben gefunden hätten. *Fische*, dachte ich, *wir sind nichts als Fische ... Kiemen, die sich aufblähen und schließen ... Dann kommt eine Möwe, packt uns von oben und zerfleischt uns, während sie uns fliegen lässt, vielleicht ist das die Liebe.*

Ein Knall zerfetzte die Stille, unwillkürlich zog ich den Kopf ein und hielt mir die Ohren zu. Militärflugzeuge rasten im Tiefflug über das Meer, sie streiften uns beinahe und fegten über die Wellen. Eine Zeitlang dachte ich, sie hätten uns getroffen. Ein paar Seeleute erschienen auf der Bildfläche. Ich sah ihre erdfahlen Gesichter. Die Flugzeuge kamen vom Militärstützpunkt in Dubrovnik, während weitere Staffeln gleichzeitig in Split, Rijeka und Pula abhoben: Das erfuhren wir später, als der Fernseher vor dem Bartresen endlich lief. Diego hatte es sich in einem Sessel bequem gemacht, das eine Bein hochgezogen und es gegen die Rückenlehne des davorstehenden Sessels gestemmt, er trug seine Sonnenbrille. Touristen in Badelatschen, mit Gürteltaschen am Bauch und mit Kaffeetassen in der Hand drängten sich vor dem Fernseher, vor den Bildern, die kamen und gingen. Auch die Seeleute waren alle da, sogar der Kapitän wandte kein

Auge von dem flackernden Bildschirm, während er ein Bier aus der Flasche trank.

»Wer, zum Teufel, steuert jetzt eigentlich diesen Kahn?«, fragte ich Diego.

Ich entlockte ihm ein Lächeln, er zog mich an sich.

Wir begannen auf Englisch ein Gespräch mit einem Norweger. Er war Reporter, hatte die Panzer der Bundesarmee gefilmt, die an den Grenzlinien aufgefahren waren, und hatte die Dienstreise dann natürlich genutzt, um die Inseln zu besuchen. Er hatte einen popeligen blonden Zopf, blinzelte unentwegt und redete zu schnell. Er war skeptisch, pessimistisch. Er hatte Milošević interviewt, der ihm mehr als einmal gesagt hatte, dass *jedes Stück Land mit einem serbischen Grab zu Serbien gehört.*

»Kroatien ist voll von serbischen Gräbern«, knurrte der Norweger.

Die Militärflugzeuge waren verschwunden. Diego schaute durch das salzverkrustete Fenster aufs Meer, ein Sonnenstrahl fuhr ihm in den Mund.

Es ging ganz schnell

Es ging ganz schnell. Im Fernsehen sahen wir die Bombardements von Zagreb, von Zadar und dann von Dubrovnik, wo wir jenen Tag verbracht hatten. Manchmal glaubte ich, eine Stelle wiederzuerkennen, eine Hauswand, an der ich in Latschen entlanggegangen war, während ich ein widerliches Eis mit Bananengeschmack geleckt hatte. Wir saßen auf unserem neuen Sofa. Draußen herrschte Roms schlaffe Ruhe, und der Oktober war wie immer großzügig mit Licht. Ich steckte mir die Finger in den Mund und zerkaute meine Nägel. Ließ jenen Tag und alles, was wir in Dubrovnik gesehen hatten, noch einmal Revue passieren.

Das Pile-Tor, die lange Fußgängerzone der Placa Stradun und den Onofrio-Brunnen. Dann weiter zum Glockenturm und zur Rolandsäule.

Diego hatte die Stadt nicht ein einziges Mal fotografiert, nur Teile von Leuten in Bewegung und Stühle in einer Bar. Ebendiese Stühle sahen wir in einer Fernsehreportage auf dem Boden liegen.

So begann der Krieg für uns. Mit diesen umgeworfenen Stühlen in den Trümmern einer Bar ... der Bar, in der wir wenige Monate zuvor gesessen hatten und in der Gojko seine Spielereien und das kurvenreiche Püppchen hervorgeholt hatte, an dessen Hals ein Foto von mir klemmte. Wir riefen ihn nun häufig an. Er beruhigte uns. Doch er hatte Verwandte in Zagreb, die ihre Wohnungen räumen mussten.

»Ich bin im Urlaub, in Österreich.«

Ich weiß nicht, ob aus Stolz oder aus anderen Gründen, doch es fiel ihm nun schwer, über sein Land zu sprechen, das gerade Stück für Stück zerplatzte wie Popcorn in einer Pfanne.

Auch in der Redaktion fällt mir auf, dass niemand große Lust hat, sich mit diesem Krieg zu befassen, zumal die Zeitschrift eine wissenschaftliche ist. In der Bar sagt Viola, während sie sich ein belegtes Brötchen aussucht: »Die Balkanländer ... Kein Schwein kapiert, was da los ist, in den Balkanländern.«

Sie beißt in ihr Brötchen und sagt, es sei pappig und der Thunfisch sei alt, sie habe einen Fehler gemacht, sie hätte das mit Spinat nehmen sollen. »Die gehen ja auch allen am Arsch vorbei ... Kein Wunder.«

»Wieso *kein Wunder*?«

»Wen, zum Geier, interessieren die denn schon?«

Ihre Miene ist genervt und gutmütig wie immer. Sie zuckt mit den Schultern, zeigt auf den Brotröster hinter dem Tresen und sagt, dass sie da gerade mein Brötchen anbrennen lassen, sie protestiert für mich.

»Was macht das Baby?«

»Ist in der Krippe.«

Wir sehen ihn Abend für Abend im Fernsehen, diesen Krieg, das ist die eigentliche Neuigkeit. Er ist ganz nah, nur wenige Seemeilen entfernt, und er ist weit weg, weil er über den Fernsehbildschirm flimmert.

Es ist der 18. November, ich weiß es so genau, weil es der Geburtstag meines Vaters ist. Wir haben eine Torte gemacht, haben uns an der Tür verabschiedet, so wie er sich neuerdings von mir verabschiedet, ganz als würden wir uns nie wiedersehen. Vielleicht ist er ein wenig depressiv. Am nächsten Morgen besucht er uns. Er klingelt an der Sprechanlage und sagt, dass er mit Mangos heraufkomme. Jetzt hat er eine Vorliebe für Mangos, er schält sie und schneidet sie auf. Die Reste der Torte sind noch auf dem Tisch, ich wische sie mit dem Finger von der silbrigen Pappe und lecke ihn ab. Einen Finger stecke ich auch Diego in den Mund. Er drückt auf die Fernbedienung.

Eine Stimme sagt: *Nach sechsundachtzig Tagen der Belagerung hat sich die Stadt Vukovar den Truppen serbischer Freischärler ergeben.*

Ein schnell laufender Mann mit einem Kind auf dem Arm ist von hinten zu sehen. Die Kamera folgt diesem Lauf. Das Kind ist schlaff, seine Beine schlenkern wie die einer Puppe. Womöglich ist es verletzt, und sein Vater hastet zum Krankenhaus. Man sieht ein Stückchen vom Hintern des Mannes, und das starre ich an. Er hat keinen Gürtel in den Hosen, vielleicht hatte er geschlafen und sich in großer Eile angezogen. Ich starre auf dieses Detail, auf die rutschenden Hosen und auf die Hand, die versucht, sie festzuhalten, so gut es geht.

Als wir den Fernseher ausschalten und weiter auf den schwarzen Bildschirm starren, der noch etwas Licht abstrahlt, bleibt mir dieses Bild vor Augen. Ich habe das Gefühl, dass sich die ganze Tragödie dieses Krieges darin offenbart, in diesem Mann, der versucht, sein Kind zu retten und zugleich nicht mit nacktem Hintern dazustehen.

Über das Kind aus Korčula sprechen wir nicht mehr. Wir sind mit diesem Schmerz zurückgekehrt, dann ist er verschwunden. Sacht. Er hat sich gelegt, wie ein Fisch auf einen Spiegel. Trotzdem ist Ante bei uns geblieben. Ich glaube, wenn man ein Kind in der Welt findet, bleibt es immer da, egal, was kommt. Manche Menschen verlieren es und finden es doch stets wieder, jeden Tag aufs Neue, auf Fotos, im Kleiderschrank. Und so fanden auch wir ihn immer wieder. Auf einem Bild in der Galerie für moderne Kunst. In einem Hasen, der vor den Scheinwerfern unseres Autos sitzen bleibt und uns lange ansieht, als hätte er uns etwas zu sagen. Und in Diegos Nacken. Dort ist er geblieben, wie eine kaum berührte Liebe. Ich spähe zu Diego, als er zu lange auf dem Klo sitzt, die heruntergerollten Jeans auf dem Boden, den Kopf an die Fliesen gelehnt, als würde er schlafen.

»Woran denkst du?«, frage ich ihn.

Ja, er denkt an diese Rotznase und an den Auto-Scooter.

Der Winter ist auf dem Vormarsch, er zieht seine kalten Tage hinter sich her. Die Autoabgase verpesten die Luft und legen sich auf die Wäsche, die auf den Balkons der Häuser an der Umgehungsstraße hängt. Auf dem Weg zur Arbeit komme ich jeden Tag daran vorbei. Dick eingemummt fahre ich mit dem Motorroller. In der Redaktion ist es kalt, ich habe einen kleinen Heizkörper für mich allein und Klebezettel, die mein Chef mir geschrieben hat. Am häufigsten lese ich das Wort EILT. Ich löse die gelben Zettelchen ab, rolle sie zusammen und spiele damit herum. Wie kann denn ein Artikel über die Magnetkraft einer neuen Kunstfaser, die unsere Hausputzmethoden revolutionieren soll, eilig sein? Die Zeitschrift ist mittlerweile nur noch ein als Wissenschaftsjournal getarnter Werbekatalog. Es sollte eine vorübergehende Arbeit sein, ein paar Monate, dann nichts wie weg, doch stattdessen wurde ich zur Chefredakteurin befördert. Ich stehe auf, um mir einen Kaffee aus der Maschine zu holen, jeden Tag um die gleiche Zeit. Ich warte, bis er in den braunen Becher gelaufen ist, und denke dabei, dass ich wohl nicht mehr weggehen werde. Ich bin versiert in meiner Arbeit, ich bin schnell. Weil ich mich nicht im Geringsten für das interessiere, was ich da tue. Es geht auch so. Leidenschaft haut mir die Beine weg und macht mich unbeholfen. Es fällt mir schwer, bei Dingen, die mir zu sehr am Herzen liegen, maßzuhalten. Dann werde ich ängstlich und fange an, mich zu kratzen, als würde mein Blut unter der Haut plötzlich zu schnell fließen und brennen. Vor ein paar Tagen fand ich die Aufzeichnungen zu meiner Masterarbeit wieder. Und die Zeit, als ich noch glaubte, mein Leben lang weiterzustudieren, schien mir weit zurückzuliegen. Ich musste an Andrić denken, an die krankhafte Einsamkeit, die ihn abweisend und paranoid werden ließ. In den letzten Interviews wirkte er erbost über die Fragen und seines Werkes überdrüssig, ganz als hätte er zu viel von sich enthüllt und es dann bereut. Ich hatte das Gefühl, etwas zu verstehen, was ich vorher nie verstanden hatte. Wenn wir älter werden, können wir plötzlich mit uns geizen und der Welt die kalte Schulter zeigen, weil uns nichts wirklich entschädigt hat.

»Wer weiß, wie es jetzt in Sarajevo aussieht.«

Das sagt Diego, gegen eine Balustrade auf dem Pincio gelehnt.

Wir treffen uns um sieben Uhr abends, geben uns einen Kuss und schlendern Arm in Arm zu einer Weinstube, in der wir mittlerweile fast wie zu Hause sind und die uns aufnimmt wie ein fettiger Bauch. Wir essen ein paar Happen geröstetes Brot mit verschiedenen Saucen und trinken einige Gläschen Rotwein. Es gibt eine Sitzbank und ein Fenster zur Straße. Die Leute auf dem Bürgersteig haben es eilig, wir sehen sie vorbeiziehen wie Aschegestalten.

Wir halten uns über dem Tisch die Hand. Lächeln dem jungen Kellner zu. Wir reden nicht mehr über die Arbeit. Diego hat keine Lust dazu, er bringt seine Filme nicht mehr mit nach Hause und hat jetzt einen Assistenten, der sich um alles kümmert.

Selbst wenn er Zeit hat, geht er nicht mehr mit der Kamera um den Hals los, um Jagd auf Pfützen zu machen, er bleibt zu Hause und schläft auf dem Sofa ein. Der Klavierdeckel ist seit Monaten geschlossen.

Wir sind nicht direkt traurig, wir sind wie zwei Baumstämme in der Strömung, dümpeln träge talwärts, aber pfeifen darauf. Wir sind gleichgültiger. Besuchen fast niemanden mehr, erfinden Ausreden. Wir sind gern allein. Nach diesem merkwürdigen Urlaub lieben wir uns mehr denn je. Es ist eine andere Liebe. Ein Paar hat sich von einer Brücke gestürzt. Das habe ich in der Zeitung gelesen. Der Besitzer eines dieser Wohnmobile, die belegte Brötchen verkaufen, hatte sie als Letzter gesehen. Sie waren seelenruhig und fast fröhlich gewesen. Sie hatten Brot und Spanferkel gegessen und ein Bier getrunken. Am Himmel waren Wolken, sie ballten sich hinter den Bergen zusammen. Der Mann mit dem Wohnmobil sagte, am Nachmittag werde es Regen geben, und die beiden lächelten mit einem Blick zum Himmel, zu jenem Regen, der sie nie erreichen würde. Wir sitzen in der Weinstube, entspannt und voneinander durchdrungen, so als hätten wir nichts mehr zu verlieren, nichts mehr zu verlangen. Als sollten wir aufstehen und uns von einer Brücke stürzen.

Vielleicht ist das die Liebe, wenn sie ihren Gipfel erreicht. Man ist berauscht wie ein Bergsteiger, der hochgeklettert und angekommen ist, noch höher kann es nicht gehen, weil nun der Himmel beginnt. So schauen wir aus dem Fenster auf diese künstliche Landschaft, auf die Welt, aus der wir weggegangen sind, um mit dem Aufstieg zu beginnen, und die uns nun weit entfernt erscheint. Wir sind oben und allein, auf dem von uns erreichten Gipfel.

Diegos Hand liegt auf dem Tisch, sein Handgelenk ist weiß.

Er hat die Flüchtlingsscharen gesehen, menschliche Fahrbahnbegrenzungen auf ungepflasterten Straßen, den verzweifelten Alten vor einem Stall toter Tiere, die Frau mit nur einem Ohrring und nur einem Ohr, die vierzig blinden Kinder von Vukovar, die den Krieg nicht sehen, ihn mit ihren Eiweißaugen jedoch spüren. Vielleicht will er lieber dort sein, zwischen diesen Menschen, mit seiner Kamera und seinen alten Bergschuhen.

Wir setzen unsere Füße auf den Asphalt und gehen nach Hause. Streifen die Hauswände. Der Wein ist uns in die Beine gefahren und in die Hände, die vereint schlenkern. Jetzt ist es leichter zurückzukehren, das Licht anzuschalten und diesen Haufen von Zimmern vorzufinden, von Sachen, die uns gehören, die den ganzen Tag allein waren und nun nach Stille stinken.

Wir schalten den Fernseher ein. Warten auf die Nacht, auf die ausführlichen Nachrichten. Sind die Kinder im Bett, werden die Toten gezeigt, fahl und nutzlos, dazu Menschen, die Abzüge drücken, Granatwerfer laden, die Arbeit anderer Menschen zerstören. Welchen Nervenkitzel kann es bringen, in nur einem Augenblick Dinge zusammensinken zu lassen, die über Jahrhunderte aufgebaut wurden, und die Spuren menschlichen guten Willens zu verwischen? Das ist der Krieg. Alles auf dasselbe Nichts zu reduzieren, ein öffentliches Klo und ein Kloster im selben Schutthaufen, ein toter Mensch neben einer toten Katze.

Manchmal schweigt der Sprecher. Der Kameramann filmt. Dann hören wir die Stimme des Krieges. Sie ist ein deutlich wahrnehmbares Geräusch wie Tellerklappern im Ausgussbecken. Sie ist eine hier und da unterbrochene Stille, Stoff von einem nervösen Schneider zerschnitten. Die Schritte eines Weglaufenden, dumpfe Steine, die im Matsch versinken. Ein Feuerstoß, gar nicht so entsetzlich, eher wie eine zerreißende Kette. Dann der harte

Schlag einer Granate. Die erzitternde Fernsehkamera. Das Objektiv von einem Glassprung zerspritzt. Stimmenraunen wie von Kindern aus einer Schule. Aus einem verbrannten Auto taucht ein Kopf auf, klein und flink wie der eines Kükens, das gerade seine Eierschale zerbrochen hat.

Währenddessen gehen wir in der Wohnung herum und erledigen unseren Kram, ich trage meine Nachtcreme auf. Diego öffnet das Fenster und sieht auf die Straße, auf den geregelten nächtlichen Autoverkehr, mit roten und weißen Lichtern, mit verschwommenen Leuchtstreifen.

Nachts eine Verbindung zu bekommen ist einfacher. Wir wählen die Vorwahl, dann die Nummer. Wir warten die Leere ab, den Sprung über die Ländergrenzen, über Kilometer zu Land und zu Wasser … Doch es klappt nicht, die Leitung wird unterbrochen, sie scheint ein Gummiband zu sein, das reißt und zurückschnellt. Wir versuchen es wieder und wieder, und endlich kommt das Freizeichen, tief, fern. Wir stellen uns vor, dass es wie an einer Zündschnur die Kabel entlangläuft, die sich durch Wälder ziehen, durch Ebenen mit Pappeln, durch Sonnenblumenfelder, durch Flüsse, die aus dem Gestein von Bergen wie dem Zelengora, dem Visočica und dem Bjelašnica herabstürzen … und schließlich durch Sarajevo, die Zündschnur durchquert die Stadt, sie erreicht den rosa Wohnblock und das graue Beamtentelefon, das unter dem Bild von Tito auf der mit Spiegelrauten geschmückten Anrichte steht.

Gojko meldet sich mit einer Stimme, die so nah ist, als stünde er in der Telefonzelle, die man vom Fenster unseres Badezimmers aus sehen kann. Er schreit seiner Mutter zu, sie solle den Fernseher leiser stellen. Diego spricht mit ihm, er ist es, der den Hörer hält. Ich stehe neben ihm, mein Kopf an seinen gepresst, wie ein Hund. Er fragt, wie es ihnen geht, ob sie etwas brauchen. Gojko antwortet, dass er nichts gegen eine Kiste Brunello di Montalcino hätte.

»Nein, im Ernst. Brauchst du was? Ich schicke es dir, ich bringe es dir.«

»Immer mit der Ruhe.«

»Wie geht es deiner Mutter? Wie geht es Sebina? Vielleicht sollte ja wenigstens sie da rauskommen.«

»Bei uns ist kein Krieg.«

»Wird es welchen geben?«

Gojko sagt, es wird keinen geben. Niemand wird Sarajevo antasten.

Ich nehme ein Stück Parmesan und eine Birne und bringe den Teller zu Diego. Wir essen, wo es sich gerade ergibt, Bissen für Bissen. Ich schiebe ihm das Essen in den Mund.

Die Wohnung ist zu vollgestopft, wir sollten fast alles wegwerfen. Nur das Sofa stehenlassen, doch vielleicht nicht einmal das, nur das Klavier, und uns mit dem Rücken an der Wand auf den Boden setzen wie früher, wie vor wenigen Jahren, als wir jung waren.

Er ist nackt, er fotografiert den Fernseher. Nachts schleudert er Blitze auf dieses Blau, diesen Krieg, den wir im Kasten sehen. Er fotografiert so die Toten im Krankenhaus von Vukovar, die wächsernen Münder, zerrissen vom letzten Atemzug.

Ringsumher der Glanz der Wohnung, die Nippsachen, die hellen Vorhänge, die Autoschlüssel, Normalität bestrichen mit Butter und Unzufriedenheit. Diego schießt Fotos, er hockt auf dem Boden, verwendet ein Weitwinkelobjektiv, fotografiert in die Breite, reißt die Dinge aus den Rändern. Er wird blaue Abzüge machen, gedehnt und im Querformat wie im Cinemascope, der

Fernseher, der in diesem polierten, nächtlichen Raum schwimmt, ringsumher schwarze Dinge und nur dieses Licht, dieses Blau, das den Tod beleuchtet.

»Das reicht, komm ins Bett.« Sein Hintern ist abgezehrt wie der eines Hundes.

Wir lieben uns. Sein Körper ist ein Knochenmantel.

Verschwitzt fällt er neben mich. Er hustet, ein dunkler, kurzer Husten.

Er lächelt mich an, Faltentrauben im Gesicht eines Kindes.

Er sieht wieder fern. Eine Autowerbung. Und dann das erhängte Mädchen im roten Pullover, mit gespreizten Beinen, die so stämmig sind wie die der Kuh in ihrem Stall.

Es geschah beim Friseur. In dieser warmen Blase aus geföhnter Luft und aus dem Duft nach Shampoo und Färbemitteln. Ich mochte es, dorthin zu gehen und den Kopf nach hinten auf eines der Waschbecken zu legen, die aufs Parkett gepflanzt waren. Das Mädchen massiert den Schmutz der Stadt und meiner Gedanken weg, und für einen Augenblick ist es, als könnte alles in dem Abfluss hinter mir verschwinden. Ich hebe den Kopf an, man reicht mir ein kleines, schwarzes Handtuch, und in diesem großen Friseursalon im Stadtzentrum, der wie ein New Yorker Loft aussieht, gehe ich zu den Spiegeln hinüber. Keine grobe Werbung für Tinkturen und Frisuren an den Wänden, nur große, grau getönte Bilder, flüchtige Seestücke, die auf eine tröstliche Zukunft hoffen lassen, in der alle normalen Menschen ausgestorben sein werden und nur noch die Stylisten übrig sind.

Ich warte mit meinen nassen Haarbüscheln auf Vanni, den Chef dieser Oase für vom Smog und von kleinen Traurigkeiten misshandeltes Haar. Es ist Mittagszeit, und es geht ein bisschen drunter und drüber. Reiche Schnepfen unter den Trockenhauben, Anwältinnen, Steuerberaterinnen und wuchtige Nutten, die auf irgendeinen Politiker warten, denn das Parlament liegt gleich um die Ecke. Einer der schwarz gekleideten Burschen legt mir einen Stapel Zeitschriften hin.

»Möchten Sie etwas lesen?«

Ich habe eigentlich mein Buch dabei. Doch ich will mich nicht konzentrieren, möchte im Zwischenreich dümpeln, in diesem Glamouraquarium. Ich blättere in einer Illustrierten, Werbung für Kleider und Lippenstifte, ein Beitrag über die Wiederherstellung des Jungfernhäutchens, eine BH-Werbung, eine Reportage über eine Londonreise für Normalsterbliche, Briefe von Frauen, die von Männern enttäuscht wurden. Dann bleibe ich hängen. Ich betrachte das Foto einer Frau mit einem Kind auf dem Arm. Die rote Titelzeile lautet: DER STORCH KOMMT VON WEITHER.

Ich lese ein Interview mit einer Französin, die seit einer Krebsbehandlung unfruchtbar ist. Ihre Schwester hat ihr eine Eizelle gespendet, die im Reagenzglas befruchtet und dann in die Gebärmutter einer dritten Frau eingepflanzt wurde, einer jungen Ungarin, einer Leihmutter, die sozusagen den Storch spielte. Ich lese den Fachterminus für diese Möglichkeit: *Ersatzmutterschaft*. Ich denke an meine Mutter und an den Suppenersatz, den sie in der Apotheke kaufte.

Vanni kommt zu mir und küsst mich auf die Wange, einen Kaugummi im Mund, er ist schwul, stämmig, doch athletisch, und er läuft auf diesem Teppich aus Haaren barfuß wie ein Reeder auf seiner Jacht. Er zieht meine Haarbüschel hoch und betrachtet sich zusammen mit mir im Spiegel. Er hält den Atem an, schneidet los, berührt die Haare wie ein Künstler sein Material. Er massiert mich mit seiner Expertenhand, und der Schnitt nimmt Gestalt an.

»Gefällt es dir?«

»Es gefällt mir.«

Er wirft einen Blick auf die Zeitschrift, nimmt sich einen Aschenbecher und bleibt rauchend neben mir stehen, rauchend und Kaugummi kauend. Wir reden über den Artikel, er sagt: »Wenn man es recht bedenkt, hat auch die Jungfrau Maria Gott ihre Gebärmutter geliehen.«

Es regnet. Ein Tropfen, der größer ist als die anderen, läuft an der Fensterscheibe herunter, ich sehe ihm zu. Ein langer, wässriger Schnitt, der die Nacht zertrennt. Das Atmen durch die Nase ist wie der Pulsschlag der Erde und dieser Tropfen eine vorzeitliche Träne, die unsere Welt von der der anderen trennt.

Heute Morgen hat mein Vater Mandarinen mitgebracht. Bevor er zu uns heraufkommt, geht er immer über den Markt ganz in der Nähe. Er schlendert herum, saugt die Gerüche ein. *Das ist die gute Seite der Stadt*, sagt er, *die letzten Überbleibsel einer Menschheit, die noch zusammenlebt. Der Rest ist Einsamkeit.* Er hat jetzt einen Hund, einen Jagdhund mit ausgefranstem Fell. So hat er einen guten Grund, zu einem Spaziergang aus dem Haus zu gehen. Er stellt die braune Papiertüte ab, sie erfüllt die Wohnung mit einem frischen Duft. *Ein paar Vitamine*, sagt er.

Wir setzen uns alle drei in die Küche. Wir schälen Mandarinen. Diego isst auch die Schalen, sie schmecken ihm.

Das Gepäck steht bereit, noch offen. Diego hat seinen Rucksack vom Hängeboden geholt, er wollte unbedingt den. Er kletterte die Leiter hoch und wäre beinahe gestürzt. Den Rucksack warf er auf den Boden. Als er ihn aufhob, sog er seinen Geruch ein. Er erkannte den Duft der Reisen wieder, der Nächte auf den Flughäfen, der Träume und der Verletzungen.

Das ist meine alte Haut, sagte er.

Der Hund meines Vaters streicht um den Rucksack herum und schnüffelt ebenfalls.

»Der Hund wird uns doch wohl nicht ins Gepäck pinkeln, Papa?«

»Komm her, Pane, kusch.«

»*Pane?* Wer nennt denn seinen Hund *Brot?*«

»Ich habe auf der Straße etwas Brot gegessen und ihm auch ein Stück zugeworfen, da ist er mir nicht mehr von der Seite gewichen.« Er streichelt den Hund, der sofort zu ihm gekommen ist und nun die Schnauze reckt wie ein süßes Waisenkind. Die Mandarinen sind aufgegessen. Mein Vater schaut auf das Gepäck. Er hat es keine Sekunde aus den Augen gelassen. »Was werdet ihr für Wetter haben? Regen?«

Er nimmt die volle Mülltüte aus dem Eimer.

»Aber, Papa, was machst du denn da, willst du unseren Müll wegbringen?«

»Was ist denn dabei?«

»Lass das.«

Er ist stärker als ich, energischer. Wütend hält er die Mülltüte fest.

»Lass mich doch irgendwas tun, Herrgott noch mal!«

Er besteht am folgenden Morgen darauf, uns zum Flughafen zu bringen. Mit dem Taxi ginge es leichter, schneller. Stattdessen müssen wir mit diesem Mann fahren, der mein Vater ist, im Morgengrauen aufsteht und im Auto auf uns wartet, viel zu früh wie ein gewissenhafter Chauffeur. Er klingelt an der Sprechanlage.

»Ich warte hier unten, lasst euch Zeit.«

Er mag dieses Morgengrauen und ist so vergnügt, als würde

er zum Angeln fahren. Er ist frisch rasiert und trägt sogar eine Krawatte, wirklich wie ein Chauffeur. Er duftet nach seinem Aftershave und nach dem Kaffee, den er in der Bar getrunken hat.

So sitze ich nun hinter diesem grauen, vertrauten Nacken. Wie damals, als ich klein war und er mich zur Schule fuhr. In Mathematik war ich nicht gut, ich litt. *Schreib ab, setz dich neben jemanden, der dich abschreiben lässt.* Ich wurde rot, dieser Rat wollte nicht zu meinem Stolz passen. *Papa, du verstehst aber auch gar nichts.* Dabei verstand er alles. *Lerne nur das, was dir Spaß macht, Gemma, den Rest überlass den anderen, mach dich nicht verrückt.*

Er fährt konzentriert, achtet auf alles. Und es ist, als wollte er uns ein Zeichen geben, als wollte er uns raten, ebenfalls vorsichtig zu sein. Er zeigt keinerlei Unsicherheit. Weiß, wie er fahren muss und welche Auffahrt zum Flughafen er nehmen muss, um uns am richtigen Eingang abzusetzen, offenbar hat er sich den Weg vorher genau angesehen. Er öffnet den Kofferraum, läuft los, um einen Gepäckwagen zu holen. Er verabschiedet sich hastig von uns, will uns nicht zur Last fallen. Heute Morgen will er ein Profi sein, einer von denen, die die Leute ans Ziel bringen und dann verschwinden, weil sie noch andere Verpflichtungen haben. Er hat keine Verpflichtungen, tut aber so, als ob. Er steigt wieder ins Auto, nickt. Seine Kiefer hinter der Scheibe sind angespannt. Er sagt nur eines: *Ruf an.*

Vielleicht bleibt er noch in Fiumicino, macht einen Strandspaziergang und wartet, bis es Mittag ist, halb eins. Er isst gern gebackenen Dorsch. Ich stelle mir vor, wie er einen ganzen Teller davon herunterschlingt, und bin mir sicher, dass er sich auch Wein bestellt, eine gekühlte Flasche, er wird sie austrinken und rote Wangen bekommen. Wenn er allein ist, macht er es sich gemütlich, ich kenne ihn. Sein ganzes Leben war er bemüht, ein Vorbild zu sein, für mich, die ich immer ein bisschen dämlich war, und das Privileg eines solchen Vaters werde ich erst begreifen, wenn er weg ist, wie die Fliegen und der Wind, wie immerfort alles.

Die Fliegen sitzen auf dem Brotkorb, einem dieser Plastikkörbchen, die man am Meer bekommt, in den Restaurants an den Badestellen. Mein Vater isst und trinkt, er genießt das Salz, den blauen Anblick des Meeres. Von dort aus kann er die startenden Flugzeuge sehen, die erst einen Bogen fliegen, bevor sie auf Kurs gehen.

In einem dieser Flugzeuge sitzen wir, er hat uns nachgeschaut, hat das Kinn angehoben. Kurz zuvor waren wir noch nah und groß, Körper und Geruch, jetzt sind wir in den Himmel gesandte Schicksale. Mein Vater betrachtet die Entfernung zwischen dem Nichts und dem Alles, zwischen diesem Furz aus weißem Rauch mitten in den Wolken und dieser Liebe da unten, zärtlich in einem Herz, das langsam alt wird.

»Woran denkst du?«, fragt mich Diego, während der Flügel des Flugzeugs der im Fenster gespiegelten Spur der Sonne folgt.

»Ach, an nichts.«

Auf dem scheinbar reglosen Flugzeugflügel sitzt mein Vater.

Da ist etwas, das du mir nicht sagst, stimmt's, Gemmina?

Was denn, Papa?

Sag's mir nicht, ist nicht so wichtig.

Wir sitzen in der Business-Class

Wir sitzen in der Business-Class, breite Sessel, richtige Trinkgläser und Servietten. Ich hatte keine Lust, in der Economy-Class zu fliegen, nicht in diesen hinfälligen Flugzeugen. Ich hatte keine Lust auf enge Sitze und auf Stewardessen, die einen ignorieren. Ich habe Lust, meine Beine auszustrecken. Wir machen keine Vergnügungsfahrt. Es ist wie eine Kur. Wie wenn man krank ist und sich, sofern man es sich leisten kann, eine Klinik aussucht, ein Einzelzimmer, eine Krankenschwester, die wie ein Zimmermädchen aus einem Hotel aussieht, und einen Vorhang, den man zuziehen kann, um die Welt fernzuhalten. Ich hatte mit einem leeren Flugzeug gerechnet. Wer will schon einen Krieg überfliegen? Aber es sind durchaus Leute an Bord. Männer, die Etablissements mit trübem Licht besuchen wollen, mit butterweißen Mädchen, die gerade erst begonnen haben, sich dreckig zu machen. Der Ausverkauf steckt noch in den Anfängen, es ist verlockend, als Erster da zu sein und die Reinheit wegzuraffen. Männer, die dann mit ein paar Büchsen Kaviar und ein paar Ikonen nach Hause kommen. Außerdem Russen, die nach Hause fliegen. Wie die beiden neben uns mit ihrem schwarzen, steifen Übernachtungskörbchen, das sie nicht im Gepäckfach, sondern unterm Sitz verstaut haben, von ihren Füßen bewacht, von schwarz glänzenden Schuhen. Italienische Schuhe für zwei Geschäftsmänner aus der ehemaligen Sowjetunion. Was sie wohl verkaufen wollten? Teile ihres Landes, das auf dem Weg der Demobilisierung ist … Pipelines, Wohnblocks, Bergwerke, Atomsprengköpfe. Für einen Augenblick stelle ich mir vor, in den Köfferchen würden sich Kugelschreiber, die töten können, und Blausäureampullen befinden, wie in den amerikanischen Filmen mit den Spionen, die aus der Kälte kamen. Doch der Kalte Krieg ist genauso weggeschmolzen wie alles andere, und diese beiden werden höchstens ein paar Stückchen Parmesan mit nach Hause bringen.

Der Vorhang, der uns von der Economy-Class trennt, ist zugezogen. Die Russen haben viele Gläser Sekt getrunken, ohne dass sich ihr Gesichtsausdruck oder ihr Tonfall verändert hätte.

Die Stewardess, die uns bedient, hat ein feistes Gesicht und eine kurze Nase, ihr für das toupierte Haar zu kleines Käppi droht herunterzufallen. Es sieht aus wie ein Schiffchen auf den Wellen. Anmutig streckt sie ihren dicken Arm und gießt uns mit einigem Charme etwas zu trinken ein, ohne einen Tropfen zu verschütten.

»*More, please.*«

Auf diesen Moment habe ich sehnsüchtig gewartet, und jetzt weiß ich nicht mehr, warum. Ich habe alles getan, um dieses Flugzeug nehmen zu können, doch wenn ein Verrückter oder ein Entführer jetzt die Tür aufmachte, würde ich wieder aussteigen, hinaus ins Mehlweiß der Wolken, in die kalte Höhe.

Es ist ein plötzlicher Entschluss gewesen, ich war es, die die Tickets besorgt hat, und ich habe nachgesehen, ob die Pässe noch gültig waren. Wir werden uns das mal ansehen, werden verstehen, was kostet uns das schon?

Es war eine Herzensangelegenheit, sagte die Frau in dem Artikel, den ich beim Friseur gelesen habe. *Ich habe einer Frau geholfen, wie ich selbst eine bin, ich war keine Brutmaschine, ich war eine Leihmutter.* Ich trinke Sekt. *More, please.* Weich im Kopf vom Trinken und von der Höhe quäle ich mich ein wenig selbst. Wenn es eine Herzensangelegenheit ist, warum fahren wir dann in ein armes, orientierungsloses Land? Die Römer weiter vorn reden laut, was unterscheidet diese Hurensöhne eigentlich von mir? Auch ich bin auf der Suche nach einer Frau, nach einem Bauch.

»Hör mal …«

Diego nimmt einen Ohrstöpsel heraus und steckt ihn mir ins Ohr. Musik von R.E.M. Wir hören zusammen ein Stückchen *Losing My Religion*.

… *That's me in the corner … that's me in the spotlight …*

»Mach dir keine Sorgen.«

Später schläft er. Ich betrachte seine Hand. Was ist eine Hand? Wer hat uns so zugeschnitten?

Eine Frau steht auf, öffnet ein Gepäckfach und zieht eine Tasche heraus. Sie fällt beinahe auf mich, weil es ein paar kleine Turbulenzen gibt.

»Entschuldigung.«

Sie hat ein sympathisches Gesicht. Ihr Mann schläft auch. Ein Schädel mit wenigen grauen Haaren, der offene Mund auf dem Kissen, das man uns vor dem Start gegeben hat.

Sie sitzt hinter mir, nach einer Weile tippt sie mir auf die Schulter.

»Haben Sie Angst vor dem Fliegen?«

»Nein, ich habe Angst vor dem Land.«

»Wie bitte?«

Was, zum Teufel, rede ich da? Ich weiß es nicht. Das muss der Sekt sein.

»Ich habe Angst vor der Landung«, verbessere ich mich.

Die Frau gehört zu der Sorte, die gern redet.

»Mir macht die Landung nichts aus, weil man schon die Häuser sieht.«

In der Reihe neben uns ist ein Platz frei, die Frau steht auf und setzt sich dorthin. Sie ist weder jung noch alt, in mittleren

Jahren. Ihr Lächeln ist hübsch. Sie hat die Tasche geöffnet und etwas herausgenommen. Zunächst Kakaobutter, *weil die Lippen im Flugzeug immer so austrocknen, ist Ihnen das auch schon aufgefallen?*, und dann einen Karton, den sie nun öffnet. Sie holt ein Paar Turnschuhe mit einem rosa Rand heraus, für Mädchen.

»Sind die nicht schön?«

Ich nicke.

»Die hat mein Mann aus New York mitgebracht, er ist beruflich oft dort.«

Die Frau hält sich die Schuhe an die Nase, riecht daran und streichelt sie.

»Sehen Sie mal, es gibt da einen Gag …«

Sie lächelt, und ich vermute, dass sie ein paar Probleme hat, sie sieht aus wie eine, die Psychopharmaka nimmt, wie eine, die sich zudröhnt.

»Sie leuchten, sehen Sie?«

Sie fährt mit den Händen in die Schuhe, beugt sich zum Teppichboden hinunter und ahmt mit den Händen Schritte nach. Die Schuhe haben tatsächlich kleine Lämpchen, die in der durchsichtigen Gummisohle aufblinken.

»In Italien gibt's die noch nicht.«

»Sind die für Ihre Tochter?«

Sie antwortet nicht gleich und riecht erneut an den Schuhen, vielleicht duften sie nach Erdbeeren.

»Sie ist noch keine Tochter.«

Ich glaube, darauf hatte sie es nur abgesehen. Sie gehört zu den Frauen, die auf Reisen nach einem Trichter Ausschau halten, in den sie ihre Stimme stopfen können. Und an diesem Morgen hat sie mich gefunden. Ihr Mann schläft, er hat gelernt, sich zu schützen und seinen Kopf auf einem Kissen entschlummern zu lassen. Ich lasse ihre Geschichte über mich ergehen. Sie und ihr Mann haben in zwei aufeinanderfolgenden Sommern ein Mädchen aus Tschernobyl aufgenommen, eines von denen, die kommen, um sich von der Verstrahlung zu erholen, eine Waise. Im Waisenhaus brauchten sie einen Kühlschrank und einen Projektor, sie haben ihnen beides geschenkt. Sie freundeten sich mit der Leiterin an. Jetzt besuchen sie das Mädchen, Annuschka, und die Frau bringt ihr die Schuhe als Geschenk mit. Die zwei sind zu alt, sie können sie nicht adoptieren, aber sie hoffen darauf, sie in Pflege nehmen zu dürfen.

»Unser Anwalt hat mit einem ukrainischen Anwalt gesprochen.« Sie hebt die Hand, und ihr Daumen reibt am Zeigefinger und am Mittelfinger: »Geld, es ist bloß eine Frage des Geldes. Da unten kann man mit Geld alles regeln.«

Annuschka ist sieben, doch sie dürfen nur ein Kind ab neun Jahren in Pflege nehmen. Jetzt holt die Frau noch zwei Finger hervor, sie zückt sie wie zwei Messer, ihre Stimme ist ein jammerndes Flüstern.

»Zwei Jahre ... Was sind schon zwei Jahre?«

Wieder bewegt sie die Schuhe, dann schüttelt sie mit einem nervösen Zucken, das ein Tick zu sein scheint, zwei Mal den Kopf, sie verjagt etwas, einen wiederkehrenden Gedanken, den sie oft verjagen muss, ich kenne diese Bewegung. Es gibt einen gemeinsamen Code aller verhinderten Mütter.

»Zwei Jahre ... Ich habe sogar versucht, meine Papiere zu fälschen, ich schäme mich nicht, das zuzugeben. Sie zwingen einen ja regelrecht, gegen die Gesetze zu verstoßen.«

Sie kommt mir jetzt vor wie eine hässliche Kopie meiner selbst.

Ich bestelle noch mehr Sekt. Dabei frage ich mich, ob ich in diesem Flugzeug nicht die Frau getroffen habe, die ich selbst einmal sein werde, ob das Leben das ist, was es zu sein scheint, oder eher eine Strecke von Leuchtzeichen wie diese verdammten Schuhe, wie die Lämpchen, die den Ausgang markieren.

Die Frau redet und redet.

»Als Annuschka zu uns kam, wusste sie nicht, was ein Schrank ist, sie hatte noch nie einen gesehen, sie bekam es mit der Angst zu tun und versteckte sich unterm Bett. Wir haben den Schrank abgebaut und sie ihre Sachen auf den Stuhl legen lassen, wie sie es gewohnt war. Doch diesen Sommer wollte sie den Schrank wiederhaben, wir haben ihn aus dem Keller geholt und wieder aufgebaut. Mein Mann hat geschwitzt wie ein Schwein, *Zum Teufel mit dir*, habe ich gedacht. Aber es war der schönste Tag unseres Lebens. Annuschka lachte und hatte keine Angst mehr, sie wollte in den Schrank klettern, dann klopfen und sehen, wie wir ihn aufmachten und sie befreiten.«

Die Frau beugt sich vor und lässt die Schuhe erneut auf dem Boden wandern, diese Sohlen, die in der Bewegung aufleuchten. Für einen kurzen Moment habe ich das Gefühl, sie zu kennen, diese Annuschka, die ich nicht kenne. Ich sehe sie mit ihren amerikanischen Schuhen herumlaufen. Die gut für die Nacht sind, dafür, dass man sich nicht verirrt. Mir fällt der Tag wieder ein, als ich Diego begleitete und er Kinder aus Tschernobyl fotografierte, die gerade in einem Ferienlager in Ostia angekommen waren. Ich hielt sie für radioaktiv.

»Und Sie?«, fragt die Frau.

Ich fahre über die Armlehne meines Sitzes und über das schwarze Brandloch einer Zigarette.

»Haben Sie Kinder?«

Ich bohre meinen Finger in die alte Polsterung.

»Noch nicht.«

Sie lächelt und seufzt.

»Sie sind jung, Sie haben noch Zeit.«

Diego hat die Augen aufgeschlagen, sieht nach, wie spät es ist, streckt die Arme hoch und reckt sich.
»Ihr Mann sieht aus wie ein kleiner Junge.«
Diego lächelt.
Er hört die Frau sagen:
»Und? Wohin fahren Sie so?«
Er ist es, der über meinen gesenkten Kopf hinweg antwortet.
»In den Urlaub.«
Er überlegt noch einmal und lächelt.
»Ans Schwarze Meer.«

Auf dem Flughafen in Kiew treffen wir unsere Dolmetscherin, Oxana, ein dünnes, hochgewachsenes Mädchen. Sie steht in der Ankunftshalle starr in der Menge und umklammert ein handgeschriebenes Schild mit unserem Namen. Sie hat die ernste Miene und die würdevolle Haltung eines Soldaten. Als sie uns sieht, entspannt sie sich, wir gehen auf sie zu und geben ihr die Hand. Sie lächelt schwach und neigt sich etwas vor, um eine Verbeugung anzudeuten. Sie hat ihr Haar zusammengebunden, trägt einen hellblauen Mantel, dessen zu kurze Ärmel die Handgelenke frei lassen, und über der Schulter eine Basttasche. Sie erkundigt sich, wie unsere Reise war. Ihr Italienisch ist gut, mit einem für uns amüsanten Akzent. Wir folgen ihrem Zopf durch eine wogende Anakonda aus verwahrlosten Menschen, die nicht so aussehen, als wollten sie verreisen, sie sind wegen der Wärme da, die aus den Heizungsgittern dringt. Ich frage Oxana, was sich in den herrenlosen Bündeln am Ausgang befindet.
»Post.«
»Wird sie denn nicht zugestellt?«
»Doch, früher oder später schon.«

Ein schnauzbärtiger Mann schaut aus einem alten Fiat-Kleinbus, legt den Rückwärtsgang ein, öffnet uns die Autotür und nimmt unser Gepäck. Zwischen all den leeren Plätzen setzen wir uns irgendwohin. Oxana schiebt das Fenster auf, das uns vom Fahrer trennt, sagt leise etwas zu ihm und setzt sich dann uns gegenüber, entgegengesetzt zur Fahrtrichtung.

»Haben Sie Dollars?«

»Ja.«

»Dollars sind gut.«

»Und Lire?«

Sie lächelt, will uns nicht beleidigen.

»Lieber Dollars.«

Sie sieht uns an und wartet auf unsere Fragen. Sie hat die etwas strenge Anmut einer Balletttänzerin.

»Wie viel Kilometer sind es?«

»Etwas über einhundert.«

Ich frage sie nur, wann wir den Arzt sprechen können.

»Noch heute.«

Ich sehe Diego an: »Wir fahren ins Hotel, stellen unsere Sachen ab und fahren dann gleich weiter.«

»Ja.«

Auch er mustert Oxana, ihr ernstes, zu uns gerecktes Gesicht und ihre hohe, klare Stirn.

Haarscharf fahren Lieferwagen, Traktoren und Reisebusse auf der Landstraße an uns vorbei. Die Straße zerschneidet bleiche Felder und dann endlose Ebenen voller noch grüner Ähren.

»Ist das Weizen?«

»Ja. Tschetschenien ist unser Öl, die Ukraine ist unser Korn.« Sie lacht. »Das hat Stalin gesagt.«

Diego fragt sie nach Gorbatschow, nach dem Danach, doch sie schüttelt den Kopf.

»Ein Reinfall, ein einziger Reinfall.«

Diego sagt, es sei doch nur normal, dass so ein Übergang Zeit brauche. »Es dauert vielleicht zwanzig Jahre.«

Oxana nickt, ihr Kopf schaukelt auf dem Sockel des Halses. »Zwanzig Jahre ... wie ich.«

»Sie sind erst zwanzig?«

Sie nickt. Ich habe sie auf dreißig geschätzt. Vielleicht weil sie so dünn ist, so ernst.

Seit einer Weile liegen die Felder nun hinter uns, wir sehen nur noch baufällig wirkende Fabriken. Die Stadt scheint kein Zentrum zu haben, nur Randgebiete. Oxana steigt vor uns aus, begleitet uns und spricht mit dem Mann an der Rezeption.

Unser Zimmer ist komplett mit einem himmelblauen Atlasstoff ausstaffiert, steif und glänzend, wie Plastik. Alles sieht gleich aus, die Vorhänge, das Kopfende des Bettes. Wir stellen das Gepäck ab, waschen uns die Hände und schlagen die Tür hinter uns zu.

Das Ambulatorium war nur wenige Häuserblocks vom Hotel entfernt, ein wuchtiges, schmuckloses Gebäude in schönster sowjetischer Bauart. Wir fuhren mit dem Fahrstuhl in den zweiten Stock. Dort warteten wir in einem Zimmer, die Füße auf einem weißen Linoleumboden. An den Wänden einige Urkunden hinter Glas und zwei große, laminierte Drucke, wie sie früher in den Hörsälen der medizinischen Fakultät hingen. Sie zeigten den Geschlechtsapparat des Mannes und der Frau. Man sah die rosa Säcke des Hodens und der Eierstöcke, die Samenleiter, die Eileiter und eine Unmenge von roten und blauen Fäden für die Arterien und die Venen. Ich betrachtete den Querschnitt des riesigen Penis, weich wie ein hängender Rüssel, und die Vagina in Dunkelorange, die wie das Innere einer Muschel aussah. Traurigkeit stieg aus meinem Bauch auf und machte im Nacken Halt. Ich schielte zu Diego hinüber. Er lächelte vor sich hin, dumm wie ein Schüler.

Eine Frau in einem Kittel, der über ihrem üppigen, plumpen Körper spannte, rief uns auf. Der Arzt saß hinter einem Beamtenschreibtisch, auf dem eine grünliche Glasplatte lag und der zu groß für die bescheidenen Ausmaße des Zimmers war, hinter ihm hingen zwei Vorhänge mit Volants und diverse gerahmte Ehrenurkunden.

Er stand auf, gab uns die Hand und forderte uns mit einem Wink auf, uns zu setzen.

»Prego«, sagte er auf Italienisch.

Oxana setzte sich neben mich, sie dolmetschte, dass Doktor Timoschenko sich entschuldige, weil er kein Italienisch spreche, er kenne nur wenige Wörter, habe jedoch die Absicht, es zu lernen, weil jetzt viele Italiener kämen.

»Unser Land hat eine Vorreiterrolle auf diesem Gebiet.«

Oxana übersetzte ohne zu zögern und mit regloser Miene. Ich hatte den Eindruck, dass sie diese kleine Ansprache, die sie in ein und demselben Tonfall fortsetzte, schon auswendig kannte. Zu beiden Seiten des Zimmers hingen Bilder von lächelnden Kindern auf dem Arm von lächelnden Müttern. Das war offenbar eine ähnliche Marschroute wie in diesen Hotel-Thermen, wo man aus der Kälte in die Hitze kommt, von den Steinen zum Öl. Erst der deprimierende Warteraum mit den schlaffen Fortpflanzungsorganen, dann das aufheiternde Zimmer mit den Spitzengardinen im Berghüttenstil und dazu diese glücklichen Mütter. Ich war angespannt und versuchte herauszufinden, wo hier der Haken war.

Doktor Timoschenko trug einen sauberen, doch leicht angegrauten Kittel, hatte mongolische Wangenknochen und grau meliertes Haar voller Brillantine. Er sagte, wir könnten getrost rauchen, wenn wir wollten.

»Wir rauchen nicht.«

Er zündete sich eine Zigarette an und wartete.

Ich war es, die redete. Ich erzählte unsere Geschichte. Von Zeit zu Zeit legte mir Oxana eine Hand auf den Arm, um mich zu unterbrechen und übersetzen zu können. Ich beobachtete sie, um zu erkennen, ob sie ihre Arbeit gut machte. Mit einer schroffen Bewegung wandte ich mich an Diego, damit er mir die Unterlagen gab, den gigantischen Packen von Ultraschallbildern, Analysen, herausgeschmissenem Geld, ich zeigte dem Doktor das Foto von meiner Gebärmutter und alles andere.

»Ein Blindgänger«, sagte ich. »Ein Gebärmutterblindgänger.«

Ich wartete darauf, dass Oxana dieses Wort übersetzte. Der Doktor schlug die Mappe auf, sah sich das Ultraschallbild an und nickte. Ich verzog den Mund. Das Fenster ging auf einen Sportplatz hinaus, eine große Lagune mit einem alten Basketballkorb ohne Netz. Ich sah dieses Eisenauge an und weinte.

Er ließ mich weinen, ohne mit der Wimper zu zucken, offenbar war er auch daran gewöhnt. Harte Schluchzer, Steine.

Ich stand auf und ging zum Fenster, Diego folgte mir, wir umarmten uns hinter diesen beiden Menschen, die wir nicht kannten. Wir schauten auf den Sportplatz und auf die Reihe von Häusern dahinter, ohne Dach, alle gleich, sie sahen aus wie die Umkleidekabinen einer verlassenen Badeanstalt.

Ich setzte mich wieder. Ich war ruhig. Das Elend war vergangen, wie Nierengrieß, der sehr schmerzhaft ist, wenn er abgeht, doch dann ist er wirklich weg, man ist dann nur noch ein bisschen erschöpft. Eine riesige Frau kam mit einem dampfenden Samowar herein, und wir tranken Tee. Wir erfuhren, dass der Arzt Französisch sprach, und behalfen uns eine Weile damit, ohne Oxanas Hilfe. Dann verfiel er wieder ins Russische. Er zog ein Schubfach auf und nahm einige Blatt Papier heraus.

Ich war jetzt aufmerksam und hellwach.

Er zeichnete drei Kreise, A, B und C, und über die Kreise ein Dreieck mit einem X. Er zeigte mit dem Stift auf das X.

»Das ist Ihr Mann.« Er sah Diego an und lächelte.

Die Mutter A war die Spenderin der Eizelle, die mit der Samenflüssigkeit des Dreiecks X befruchtet und dann der Leihmutter B eingepflanzt wurde. Jedes Mal zog er mit dem Stift einen kleinen Verbindungsstrich zwischen einem Kreis und dem anderen, bis er zu mir kam, zum Kreis C.

Zu viele Kreise, dachte ich, *zu viele Mütter.*

»Es wäre mir lieber, wenn es nur eine wäre … nur eine andere Frau.«

Er sagte, das sei kein Problem, man könne alles mit ein und derselben Frau erledigen. Doch das sei teurer.

»Eine Leihmutter mit einem Kind, das ihr genetisch nicht gehört, kann keinerlei Ansprüche erheben, die leibliche Mutter dagegen …«

Mir war klar, dass ich ein höheres Risiko einging, doch ich wollte der Frau ins Gesicht sehen, sie lächeln sehen, eine Verbindung herstellen.

Oxana übersetzte, doch ich sah nur den Arzt an. Die großen Hände, den Mund, wenn er sprach, die kleinen, tiefblauen Augen, und ich überlegte, ob ich ihm trauen konnte. Ob irgendetwas an diesem Mann auf etwas Gutes hindeutete.

Wir begleiteten ihn auf einem kurzen Rundgang durch das Ambulatorium und gingen in ein Zimmer mit einer Krankenliege, einem Eisenschrank, einem Regal voller Ampullen und Medikamente, einem Eimer voll Watte und einem weiteren für die Dilatatoren, ich sah einen alten Plastikbehälter mit Henkel, vielleicht bewahrte er darin die Eizellen oder die Samenflüssigkeit auf. Der Behälter sah aus wie eine dieser Strandkühltaschen von früher.

Der Arzt setzte sich auf die Liege und begann unumwunden über Geld zu reden. Er wolle in Valuta bezahlt werden, Dollar oder Deutsche Mark. Es fielen keine Vermittlungsgebühren an, auch keine Unterhaltskosten für die Leihmutter während der Schwangerschaft und keine Kosten für den einheimischen Anwalt. Das wollten alles sie regeln.

»Und wenn die Mutter es sich anders überlegt?«

Oxana übersetzte: »Sie überlegen es sich nicht anders. Die Frauen stellen sich aus eigenem Antrieb zur Verfügung.«

Einen langen Moment dachte ich, dass im Blick dieses Mannes und in allem, was er gesagt hatte, kein Funken Wahrheit steckte.

Wir kehrten zu Fuß zum Hotel zurück. Es regnete. Oxana hatte einen Schirm und bestand darauf, ihn von hinten über unsere Köpfe zu halten. Wir sagten, sie könne uns allein lassen und nach Hause gehen. Dann verliefen wir uns. Die Schilder waren auf Kyrillisch, und kein Mensch kannte auch nur ein Wort irgendeiner Fremdsprache. Die meisten Geschäfte waren geschlossen, die Aufschrift PRADUKTI verblasst und die Schaufenster halb leer. Wir gingen in eine Bäckerei. Ein paar einsame Brotlaibe auf einem Holzregal wie Steine auf einem Grab. Die wenigen Leute, die vorbeikamen, drehten sich nach uns um.

Vor einer Betonhütte fotografierte Diego eine reglose alte Frau, die sich in einer großen Pfütze spiegelte. Sie rührte sich nicht und verzog keine Miene angesichts dieses Jungen, der sich hinkniete und das dreckige Wasser am Straßenrand fotografierte. Diego stand mit nassen Knien auf und kramte einen Zehn-Dollar-Schein aus seinen Taschen. Die Alte hatte ein gelbliches

Gesicht, das aus einem schwammartigen Gewebe zu bestehen schien, aus einem vertrockneten, kranken Muskel. Sie warf sich zu Boden und wollte Diego die Hände küssen. Er versuchte, sie festzuhalten und diese übertriebene Reaktion zu stoppen. Er gab ihr einen Kuss auf den Kopf, auf das Kopftuch.

Wir gingen weiter.

Schließlich fanden wir das Hotel, das an diesem trüben, regenverhangenen Nachmittag aus dem Beton heraustrat.

Ich stellte mich unter die schlaffe Dusche, unter einen Brausekopf mit verstopften Löchern, der hier und da gegen den Plastikvorhang spritzte, weit weg von meinem Körper. Die Betten waren klein und separat, wir rückten sie zusammen, das Quietschen des Eisens auf dem Fußboden zerkratzte unsere Ohren. Die Laken schlossen sich sackartig um die Federkissen und hatten Ähnlichkeit mit einer Zwangsjacke. Diego beschwerte sich nicht über die Dusche, er ging zum Fenster und fotografierte, was unten zu sehen war: eine lange, graue Mauer mit einer Spirale Stacheldraht darauf, wie an einer Kaserne.

Wir gingen zum Essen hinunter. Da war ein bisschen Leben, eine Sängerin in einem roten Paillettenkleid, viele einsame Männer und einige Pärchen. Ein schwarz-weißer Kellner mit einem prallen Bauch und großen, langsamen Füßen sah wirklich aus wie ein Pinguin. Wir setzten uns an einen Tisch, und man brachte uns eine große Speisekarte mit einer französischen und einer englischen Übersetzung. Wir studierten sie und riefen den Kellner. Es war eine kleine Farce. Jedes Mal, wenn wir ein Gericht nannten, schüttelte der Pinguin den Kopf und breitete die Arme aus, *njet*.

Es gab Borschtsch, und den bestellten wir. Dann kam der Mann zurück und zog unter seiner Jacke eine Dose hervor, die er uns unter dem Tisch zeigte, wobei er so tat, als wollte er nicht vom Oberkellner gesehen werden. Es war Kaviar, er kostete zehn Dollar, zahlbar bei ihm, cash. Wir nahmen den Kaviar, und der Geldschein flutschte weg. Mit dem zweiten Schein gelangte auch eine Flasche Spezialwodka in unseren Besitz.

Jetzt lächelte uns auch der Oberkellner mit einer kleinen Verbeugung zu, als er an unserem Tisch vorbei auf andere Gäste zuging. Toupierte Frauen mit Minirock und spitzen Stiefeln, Männer in glänzenden Jacketts. Der Kaviar war ausgezeichnet, mit Blini und saurer Sahne serviert. Diego hatte eines der winzigen, schwarzen Eier auf der Nasenspitze, ich lächelte, rückte dicht an ihn heran und wischte es mit einem Finger weg. Er starrte in den Ausschnitt meiner Seidenbluse wie ein jugendlicher Liebhaber, und für einen Moment fühlten wir uns wie ein Pärchen im Urlaub. Wir blieben auch nach dem Abendessen noch auf den Polsterbänken sitzen. Diego prostete mit dem Wodka der Sängerin zu, und diese etwas verschlissene Frau mit dem roten Sirenenkleid, deren Augen in grünem Lidschatten ertranken, stimmte für uns *Volare, oh oh oh* an. Wir lachten und klatschten Beifall.

Im Hotelzimmer lieben wir uns, die Betten machen einen Höllenlärm. Es ist Sex pur, ein Erguß. Wir finden das nicht übel, zumindest sind wir lebendig.

»Und wenn nichts dabei herauskommt, wen juckt das schon«, seufze ich.

»Wir sind zusammen verreist, haben uns geliebt …«

Diego steht am Fenster und richtet das Objektiv auf die Dunkelheit.

»Was fotografierst du da?«

»Ein Licht.«

Wahrscheinlich den weißen Scheinwerfer der Kaserne von gegenüber.

Am nächsten Morgen gingen wir in den Frühstücksraum hinunter, dort standen zwei große Behälter mit heißem Wasser, ein paar Eier und Süßes. Es roch nach diesem immer wiederkehrenden Küchenmief, nach abgestandenem, in Brühe eingeweichtem Fleisch. Oxana holte uns ab, derselbe Haargummi, dieselbe Blässe. Wir schoben ihr eine Tasse Tee in die roten Hände. Sie sagte, wir müssten warten, der Arzt suche nach der geeigneten Frau für uns, am Nachmittag gebe er uns Bescheid.

Wir gingen spazieren. Diego fotografierte eine alte Holzkirche und ein Kosakendenkmal neben einer blauen und ewigen Methangasflamme. Auch im Stadtzentrum herrschte eine allgemeine Armseligkeit und eine merkwürdige Stille.

Am Nachmittag kam Oxana wieder. Wir nahmen ein Taxi zum Ambulatorium, einen pflaumenblauen Skoda ohne Stoßstangen. Der Arzt hatte eine Frau ausfindig gemacht, die in Frage kommen könnte.

»Wer ist sie?«, fragte ich.

Oxana hatte sich neben den Chauffeur gesetzt und ihm die Straße genannt. Sie drehte sich zu uns um und sagte, die Frau sei zuverlässig.

»Sie hat das schon mal gemacht.«

Ich dachte über diese Frau nach, die irgendwo auf mich wartete und ihre Kinder weggab … gegen Geld. Ein Profi, zwang ich mich zu denken, was konnte es Besseres geben als einen Profi. Ich sah Diegos zur Faust geballte Hand auf dem Sitz an. Sie lag still da, doch es war keine ruhige Hand, ihre Haut war so straff, als umklammerte sie einen Nagel.

Vor der Abfahrt hatten Diego und ich lang und breit über die moralischen Grenzen dieser Reise diskutiert. Diego hatte gesagt *Es gibt nur ein Gesetz, das Gesetz unseres Gewissens. Wir müssen uns auch weiterhin im Spiegel anschauen können und das Gefühl haben, uns treu geblieben zu sein. Sonst kehren wir um und reden nicht mehr davon.*

Ich war es, die ihn in dieses Abenteuer hineingezogen hatte, nach einer Nacht voller Tränen und Verzweiflung. Nun ärgerte mich sein ernstes Gesicht, sein nachdenklicher Blick.

Wir betraten das Zimmer, die Frau saß mit dem Rücken zu uns da. Der Doktor kam uns entgegen, sie rührte sich nicht. Ich streifte sie mit einem holprigen Blick, ohne sie richtig anzusehen. Wir setzten uns, und erst nach einer ganzen Weile schaute ich sie wirklich an, während der Doktor unentwegt weitersprach. Ich zog sie aus allem heraus und verschlang sie heimlich. Ich sah eine Hand, ein Ohr und männlich kurzes Haar. Sie war eine einfache Frau, bescheiden, doch anständig gekleidet. Ihr Gesicht lang und hohlwangig, ihre Nase ebenmäßig. Sie umklammerte eine Kunstledertasche mit einem festen Henkel. Ich warf einen Blick auf ihre knochigen Fußgelenke und ihre bequemen Schuhe, die vorn geschnürt waren wie die Schuhe mancher Kirchenfrauen. Sie nickte zu den Worten des Arztes. Oxana übersetzte.

Ich bemerkte einen Geruch nach Gras und Asche. Ich fragte die Frau, ob sie von hier sei, aus dieser Stadt. Es war einfach die erste Frage, die mir in den Sinn gekommen war.

Sie lächelte mir gezwungen zu und sah bei ihrer Antwort Oxana an. Sie lebe auf dem Land, etwa zwanzig Kilometer von der Stadt entfernt. Wir sagten uns ein paar Belanglosigkeiten. Dann kam die Riesenfrau mit dem Samowar herein und servierte Tee. Die Frau trank, sie neigte den Kopf zur Tasse, darauf bedacht, nicht zu schlürfen und die Untertasse nicht zu bekleckern.

Dann stand sie auf und deutete eine Verbeugung an. Oxana

übersetzte, die Signora müsse nun gehen, damit sie nicht ihren Bus verpasste, der sie nach Hause bringen sollte. Die Frau gab mir die Hand, sie war kalt und dermaßen sanft, dass sie fast körperlos wirkte.

»Danke«, sagte ich.

Diego stand auf. Er hatte kein einziges Wort gesagt. Auch er gab ihr die Hand und verbeugte sich, als müsste er sie für etwas entschädigen.

Die Frau machte eine freundliche Geste, eine tröstende, sie tätschelte Diegos Hand, hastig, wie eine Mutter die Hand ihres Kindes.

Sie ging, ohne die geringste Spur zu hinterlassen, mitsamt ihrem Aschegeruch und ihrer Plastiktasche.

»Sie passt perfekt«, sagte der Arzt. »Sie ist eine zuverlässige, sehr zurückhaltende Frau.«

Es war ein kurzes Informationsgespräch gewesen, so sollte es sein, so war es üblich. Wir hatten über gar nichts geredet.

»Dazu ist später noch Zeit«, sagte der Arzt. »Sie sollten ins Hotel zurückgehen und eine Nacht darüber schlafen.«

»Wie alt ist sie?«, fragte ich.

»Zweiunddreißig.«

»Hat sie eigene Kinder?«

»Sie hat drei.«

»Ist sie verheiratet?«

Der Arzt lachte laut auf.

»Natürlich ist sie verheiratet.«

»Wie können wir dann sicher sein, dass …« Ich brach verlegen ab.

Der Arzt verstand, offenbar beantwortete er einen Fragenkatalog, den er schon oft beantwortet hatte.

Oxanas Stimme sagte, die Signora werde nach der Befruchtung ein paar Tage in der Klinik bleiben, wo der Doktor den erfolgreichen Verlauf überwachen werde, erst danach werde sie nach Hause zurückkehren.

Er lächelte. »Ihre Interessen sind auch unsere.«

Er fuhr sich mit der Hand über den Kopf, über die Brillantine, die sein Haar gefangen hielt, und seine Stimme wurde härter.

»Unsere Frauen sind anspruchslos, und sie sind großzügig, sie betrachten sich als neutrale Elemente. Nie würden sie ein Kind vom eigenen Mann weggeben. Da können Sie ganz beruhigt sein.«

Wir aßen den Kaviar mit weniger Heißhunger als am Abend zuvor. Abgelenkt von zahllosen Gedanken. Von Zeit zu Zeit fiel ein Wort auf den Tisch. Die Sängerin trug dasselbe rote Kleid, hatte dieselben samtigen Augen und dieselbe heisere Stimme wie am Vortag. Ich dachte über das Gespräch nach, über die Frau. Sie hatte schlicht und sauber ausgesehen, mit einem leichten Flaum im Gesicht und strubbligen Augenbrauen, sie benutzte nicht einmal eine Pinzette. Ihre Schuhe und ihre Haare waren wie die einer Nonne gewesen. Sie passte perfekt, der Arzt hatte recht. Ein paar Wodka waren geflossen, hatten sich tief im Körper eingerichtet und ein glitzerndes Nest geschaffen.

»Na? Was meinst du?«

»Sie scheint mir in Ordnung zu sein.«

»Also ist sie es.«

»Wollen wir tanzen?«

Wir tanzten zwischen den Rücken plumper Männer und Frauen mit kräftigen Hinterteilen und zu süßem Parfum, wir tanzten eng umschlungen und einsam.

Der Arzt holte uns gleich nach dem Mittagessen ab. Wir stiegen in eine blaue Limousine mit Ledersitzen, die nach dem Reinigungsmittel rochen, mit dem sie erst vor kurzem behandelt worden waren. Die Straßen waren ruhig, fast zu ruhig, und auch in den Wohngebieten menschenleer, helle Häuser mit fahlen, für Bergregionen typischen Dächern vor der endlosen Ebene. Im Radio lief eine Nachrichtensendung mit kurzen musikalischen Unterbrechungen. Wir verstanden, dass es um den Krieg ging, und baten Oxana, uns zu übersetzen, was gesagt wurde.

»Sie haben ein Abkommen zur Einstellung der Kampfhandlungen in Kroatien unterzeichnet.«

Der Arzt lachte auf.

»Das machen sie am liebsten, erst unterschreiben und sich dann nicht an die Abmachungen halten.«

Wir kamen an einem mit Eisenpfosten umzäunten Gebiet vorbei. Die Pfosten zogen sich über Hunderte von Metern in die Landschaft, und dahinter standen halbkreisförmig angeordnete, massive Gebäude.

»Was ist das?«, fragte Diego.

»Ein Bergwerk für …«

Der Arzt warf ihr einen Blick zu. Er drehte sich zu uns um und antwortete in seinem schlechten Französisch.

»Das ist ein altes, verlassenes Bergwerk.«

Wir bogen auf eine Schotterstraße ab, der Wagen kam nur langsam voran. Es war ein Bauernhaus in einem kleinen ländlichen Vorort. Vom Regen, der gerade erst aufgehört hatte, war alles matschig. Ich sah einen Sprungfederrahmen und ein Kinderfahrrad an einem Schuppen lehnen.

Ein vierschrötiger Mann mit einem düsteren Gesicht und in einem Pullover mit roten und tabakbraunen Rauten kam uns entgegen. Er war bestimmt noch keine vierzig, wirkte aber viel älter. Die Frau wartete im Haus. Sie begrüßte uns und bot uns mit einer kurz angebundenen Geste einen Platz an. Sie stellte ein Tablett mit Gläsern auf den Tisch und eine Flasche mit einer rötlichen Flüssigkeit, Kirschsaft, sie tippte sich an die Brust, um uns zu bedeuten, dass sie ihn selbst gemacht hatte. Wir hörten ein Weinen. Sie ging weg und kam mit einem kleinen Kind auf dem Arm wieder, das höchstens ein Jahr alt war. Sie gab ihm einen Teelöffel zum Spielen und setzte sich. Ihr Mann redete, wobei er die Hände auf dem Tisch wie Messer bewegte, als wollte er etwas durchschneiden. Er und der Arzt sprachen Russisch miteinander, mehrmals fiel das Wort *dollars*. Oxana übersetzte für Diego: »Die erste Rate zu Beginn der Schwangerschaft, die zweite im fünften Monat, die dritte bei Übergabe.«

Sie hatte Italienisch im Fernstudium gelernt und gebrauchte harte, bürokratische Formulierungen, ohne sich bewusst zu sein, wie sehr sie uns verletzten. Diego schluckte.

»In Ordnung ... Das geht in Ordnung.«

Das Kind war so blass wie seine Mutter und hatte die gleichen Augen wie sie, von einem erloschenen Braun, es trug einen Filzstrampelanzug, dessen Farbe undefinierbar war. Jetzt sah mich die Mutter an.

»Ich möchte wissen, ob sie es gern tut, ob sie es von Herzen tut, das ist sehr wichtig für uns.«

Die Antwort kam von ihrem Mann, in seinem Russisch und mit seiner nikotinverrosteten Stimme.

Oxana übersetzte, sie seien sehr froh, die Frau sei glücklich, uns helfen zu können.

Er stand auf und führte uns durchs Haus, wenige, aufgeräumte Zimmer, alle mit dem gleichen weinfarbenen Keramikboden, Gardinen an den Fenstern, Lampen aus gestärkter Spitze und wenige, massive Möbel aus hellem Holz. Der Mann machte die

Türen weit auf, wir steckten die Nase hinein. Alles war armselig, alles mit demselben Geruch, doch sauber.

Ich fragte, ob ich mit der Frau ein bisschen allein sein könnte. Sie war schüchtern und wich mir aus, und ständig war da dieser viel zu besitzergreifende Ehemann, der uns überwachte.

Sie nahm mich mit raus, als sie Brennholz holte. Draußen war es unordentlicher, neben Stapeln von Baumaterial lag überall aufgehäufter Hausrat herum. Oxana ging hinter uns. Ich fragte die Frau nach ihrem Namen. Wir unterhielten uns über das Landleben und die noch raue Jahreszeit. Sie erzählte, dass sie ein Ingenieursstudium begonnen hatte, es jedoch aufgeben musste. Sie sah fast die ganze Zeit auf den Boden und schaute nur manchmal zu Oxana auf, die übersetzen sollte. Diese ständige Vermittlung war mir unangenehm, sie nahm dem Gespräch jede Vertrautheit.

»Weißt du, Tereza, ich will nur wissen, ob es eine freie Entscheidung ist, oder ob es nicht dein Mann ist, der ...«

Sie schüttelte den Kopf. Wiederholte, sie sei froh darüber, das tun zu können, sie hätte es auch ohne Geld getan, doch sie brauche es für ihre Kinder, damit sie studieren könnten. Sie sagte, sie sei gern schwanger, die Schwangerschaften bereiteten ihr keinerlei Beschwerden, im Gegenteil, die Hormone des Lebens wären gut für ihre Stimmung.

»Und was willst du danach deinen Kindern sagen?«

Sie lächelte, ein kleines Lächeln, das zwei kaputte Zähne zum Vorschein brachte, zwei abgebrochene Frontzähne.

»Sie merken nichts davon, ich bin sehr dünn ... und ich ziehe mich immer so an.«

Sie tippte an ihr etwas weiter geschnittenes Kleid, das ihr um die Knochen schlotterte. Ich stellte ihr die Frage, die ich stellen musste.

»Und du? Wird es dir nicht schwerfallen, dich von dem Kind zu trennen?«

Sie trug Gummischuhe, mit denen sie nun im Matsch kratzte. Offenbar wollte sie nicht antworten.

Ich wandte mich an Oxana: »Hat sie verstanden, was ich gesagt habe?«

Mir war ein autoritärer Tonfall herausgerutscht, wie man ihn bei Kindern und alten Menschen gebraucht, bei Menschen, die von uns abhängig sind.

»Nein«, übersetzte Oxana. »Für sie ist das normal, sie weiß, dass ihr das Kind nicht gehört.«

Endlich sah Tereza mich an.

»*Ja eto dom.*«

»Ich bin das Haus.«

Sie bückte sich, ich schaute auf ihren von den Schwangerschaften abgenutzten, weichen Bauch unter dem Kleid. Sie griff unter das Stroh im Hühnerstall und zog zwei noch warme Eier heraus. Sie bestand darauf, dass ich sie nahm, man könne sie gut austrinken. Ich schüttelte den Kopf, dann steckte ich sie mir in die Manteltasche. Und ließ eine Hand dort, auf diesen warmen Eiern.

Nach einer Weile sagte sie: »Du darfst nicht glauben, dass ich eine schlechte Frau bin.«

Ihr Mann tauchte auf, um uns zu holen, er stieß ein merkwürdiges Pfeifen aus, als wollte er die Hühner rufen. Sofort lief Tereza zum Haus. Ich blieb hinter ihr und musterte ihren Hintern und ihre Hüften, wie man ein Tier mustert. Sie war nicht schlecht gebaut, hatte lange Muskeln und zarte Fußgelenke. Sie hatte keinen körperlichen Defekt, keine Anomalie. Sie war neutral ... Ja, genau das war sie. Sie war nicht fröhlich, und sie war nicht traurig, sie war nicht schön, doch auch nicht hässlich, sie hatte nicht viel menschliche Wärme, doch sie war auch nicht abweisend, sie war einer jener farblosen Menschen, die keinen Eindruck hinterlassen, ein Lamm in der Herde. Sie war seit drei Sekunden weg, und schon hatte ich keine Erinnerung mehr an sie. Sie passte gut, und wahrscheinlich eignete sie sich gerade deshalb so perfekt, weil sie ein Niemand war. Sie war Frau Niemand. Ein Kreis auf dem Papier.

Ich schlenderte noch ein wenig allein auf dem Hof vor dem Haus herum. Ich sog den Geruch ein, ließ meine Blicke schweifen und erkundete das Terrain, die wenigen Meter, auf denen Tereza mit unserem Kind im Bauch leben würde. Ich bückte mich und räumte eine rostige Eisenspitze weg, wie eine vorsorgliche Mutter.

Ich ging zurück. Diego hatte angefangen, das Kind zu fotografieren, das sich nun am Rand eines kaputten Laufställchens festhielt und mit dem Mund am Plastik klebte. Vollkommen desinteressiert betrachtete es das Objektiv der Kamera. Es war so farblos und passiv wie seine Mutter. Es hatte nichts von einem kindlichen Herumzappeln. Es stand nur da, in Trübheit eingesperrt wie ein Fossil in Harz, und sein Elend hatte etwas Ewiges, nutzloses Fleisch, das sich seit Jahrhunderten fortpflanzt, das aufkeimt und spurlos wieder verschwindet. Diego fotografierte das Kind, und vielleicht gefiel ihm und berührte ihn gerade diese reglose Unveränderlichkeit des menschlichen Schicksals.

»Lass uns gehen.«

Es passte mir nicht, dass er dieses Kind fotografierte. Manchmal passte es mir nicht einmal, ihn überhaupt fotografieren zu sehen. Er umhüllte die Kamera wie ein Herz, wie etwas, das pulsierend aus seiner Brust gekommen war und das er an sich presste, um noch ein paar Augenblicke zu leben.

»Lass uns gehen.«
Mir passte seine Miene nicht, sein hohlwangiges Missionarsgesicht. Es lag zu viel Niederlage in dieser Art zu lieben. Irgendwann würde das alles vorbei sein. Und irgendwann würde er stundenlang nur noch unser Kind fotografieren, und all die anderen, all die Antes der Welt, würden in einen niederen Tümpel rutschen.

Diego sagte die ganze Fahrt über kein Wort, er döste an der Fensterscheibe vor sich hin.
»Wie geht's jetzt weiter?«
Oxana übersetzte. Schon am nächsten Tag werde Tereza zur Blutentnahme ins Ambulatorium gehen. Der Doktor werde die Follikelaktivität überwachen, der Eisprung stehe unmittelbar bevor, es sei vielleicht eine Frage von Stunden. Eine Stimulation des Eierstocks sei überflüssig, da die Frau überaus fruchtbar sei.
Der Doktor drehte sich um: »Es sei denn, Sie wollen Zwillinge oder Drillinge.«
Ich lachte, schüttete mich aus vor Lachen. Schon seit langem hatte ich nicht mehr so gelacht. Jetzt gefiel mir dieser direkte, grobe Mann. Ein echter Kosak, dem Kampf gegen die menschliche Unfruchtbarkeit verpflichtet!
Diego lachte nicht. Ich nahm seine Hand.
Ich hatte nicht die Absicht, seine schlechte Laune und seine Skrupel mitzumachen. Ich sorgte mich jetzt um die Frau, um *moi malenki dom*, mein kleines Haus. Ich würde ihr zusätzlich Geld geben, natürlich … Ich würde ihr Vitamine und Mineralien schicken, Magnesium und Eisen. Die Befruchtung schien mir jetzt nur noch eine Kleinigkeit zu sein. Etwas, das rasch abgewickelt wurde, innerhalb weniger Minuten, in diesem Ambulatorium mit den Spitzengardinen.

Der Arzt war auf dieser Rückfahrt redselig und entspannt, er beantwortete alle Fragen und entkräftete jede Sorge. Man werde die Frau mit regelmäßigen Kontrollen begleiten, werde uns die Ultraschallbilder und alle Ergebnisse der pränatalen Diagnostik nach Italien schicken, und wir könnten die Frau jederzeit besuchen kommen. Er empfahl, mir zumindest, die letzten Monate der Schwangerschaft in der Ukraine zu bleiben.

»Dann müssen Sie niemandem etwas erklären, und wenn Sie möchten, können Sie ganz einfach sagen, Sie hätten im Ausland entbunden. Es wird wichtig für Sie sein, Anteil zu nehmen, Ihre Hand auf den Bauch der Leihmutter zu legen und die Kindsbewegungen zu spüren. Das wird Ihnen helfen. Ihnen stehen große Aufregungen bevor, Sie müssen auf Ihre Gesundheit achten, häufig ist es die auftraggebende Mutter, die krank wird. Sie werden sich schwach fühlen und zum Zeitpunkt der Geburt regelrecht Wehen spüren.«

Ich hatte das Gefühl, nur noch einen Schritt vom Leben entfernt zu sein.

Diego sah aus dem Fenster und hörte zu, von Zeit zu Zeit fotografierte er etwas, einen Traktor, der die Felder zerschnitt, einen Mann auf einem Fahrrad. Er hatte monatelang keine Fotos gemacht, und jetzt fotografierte er dieses Nichts, diese hässlichen Felder, diesen staubigen Himmel.

Wir kamen wieder an der langen Umzäunung aus Eisenstangen und Stacheldraht vorbei, die das Bergwerk umgab, und an Schildern, die wer weiß was bedeuteten. Diego nahm die Kamera hoch und schoss ein Bild durch die Fensterscheibe. Er fragte noch einmal, was denn in dieser Bunkeranlage gefördert werde, doch Oxana drehte sich nicht um und zuckte nur schwach mit den Achseln.

An diesem Abend trug die Sängerin ein anderes Kleid, sie war ganz in Weiß, wie eine dicke Wolke, der Oberkellner hatte uns Kaviar gebracht und sein Trinkgeld bekommen. Dann floss der Wodka und brachte die Wörter.

»Ihre Zähne sind abgebrochen. Die Zähne dieser Frau sind abgebrochen.«

Ich versuchte zu lächeln. »Na und?«

»Mein Schatz, hast du das wirklich nicht gesehen?«

»Was soll ich nicht gesehen haben?«

Er fuhr sich mit der Hand übers Gesicht und hielt auf dem Wangenknochen inne.

»Sie hatte da etwas, einen Abdruck ... einen blauen Fleck.«

Ja, ich hatte dieses blaue Auge gesehen, als sie sich zu mir umgedreht und gesagt hatte *Ich bin das Haus.*

»Das wird das Kind gewesen sein, es hat ihr mit irgendwas aufs Auge geschlagen ... Oder sie hat sich bei der Feldarbeit verletzt.«

Diego nickte.

»Ja, vielleicht.«

Später, im Dunkeln, konnte ich nicht einschlafen, es herrschte ein unangenehmer Geruch im Zimmer. Ich hatte meinen Mantel zum Trocknen auf die Heizung gelegt. Schließlich waren mir die zwei verdammten Eier in der Tasche doch noch zerbrochen, ich hatte nicht mehr an sie gedacht. Die Schalen hatte ich ins Klo geworfen und die Manteltasche nach außen gekehrt, um sie, so gut es eben ging, auszuwaschen. Jetzt zog dieser Geruch nach trocknenden, stinkenden Eiern von der Heizung herüber.

»Ihr Mann verprügelt sie, das denkst du doch, oder?«

Auch Diego schläft nicht.

»Dieser Mann gefällt mir nicht, und das Kind ist sehr traurig.«

Am nächsten Tag gingen wir früh aus dem Haus. Oxana holte uns im Hotel ab, und wir luden sie zum Frühstück ein. Sie hielt ihr weißes Gesicht an die warme Teetasse und presste sie an die Wange. Sie war zu Fuß gekommen, durchgefroren und erschöpfter als an den Tagen zuvor. Als Diego aufstand und ins Zimmer hinaufging, um einen Film in den Fotoapparat einzulegen, fragte ich sie auf den Kopf zu: »Werden die Frauen bei euch von den Männern geschlagen?«

An diesem Morgen hatte sie wenig Lust zu lächeln. Sie sagte, dass sich die Frauen frühmorgens auf der Straße musterten, dass sie sich zählten.

»Es gibt keine Arbeit mehr, und die Männer saufen bis zum Umfallen.«

Ihre Stimme war matt. Ständig rieb sie sich die rote Nase, ihre bleichen Lippen fanden nicht zu ihrer natürlichen Farbe zurück.

»Mein Bruder hat auf einem Schiff gearbeitet, dann hat er seinen Job verloren, und wenn ich ihm jetzt die Tür aufmache, kommt er herein und schlägt nach ein paar Schritten lang hin. Er ist so heruntergekommen ...«

Ich nahm ihre Hand.

»Oxana ...«

Sie schien weit weg zu sein, ihr ganzer jugendlicher Stolz war schlagartig zerbröselt.

»Kasimir, mein Nachbar, ein Greis von achtzig Jahren, hat sich aus dem Fenster gestürzt, das ist passiert, ja, er hatte nichts mehr zu essen.«

Sie weinte, ohne dass sich ihr Gesichtsausdruck veränderte. Dann lachte sie.

»Mein Cousin Epifan arbeitet in einer Fabrik und wird mit Toilettenpapierrollen bezahlt, mit Bergen von Toilettenpapier. Das ist das Einzige, woran es bei uns zu Hause nie mangelt.«

Ich wollte ihr helfen, sie jedoch nicht verletzen, ich griff neben mich, nach meiner Handtasche, Oxana blitzte mich an und hob die Hand.

»*Njet*!«

Ich log, sagte, ich hätte nur nach der Kakaobutter für meine Lippen gesucht.

Am Nachmittag gingen wir wieder ins Ambulatorium. Tereza war schon da, sie hatte die Untersuchungen hinter sich und zog sich gerade an. Ohne um Erlaubnis zu bitten, trat ich in die Tür, Tereza war über die Liege gebeugt. Ich sah kurz ihren Rücken. Die Schulterblätter, mager wie die Flügel eines gerupften Huhns. Auch dort hatte sie einen Fleck, einen Bluterguss, der vom Hals abwärtslief. Ich lächelte sie an. In einer Ecke des Raumes stand ihr Mann, er kam auf uns zu. Ich drehte mich um. Aufmerksam betrachtete ich Terezas Auge, es war dunkler und stärker geschwollen als am Vortag. Der Arzt sagte, die Follikelaktivität habe begonnen. Der Ehemann rieb sich die Hände an seiner Hose. Für mich war es das hässlichste Geräusch auf Erden.

»*Njet*«, sagte ich.

Der Arzt verfing sich in meinem Blick. Krümmte sich.

»Diese Person ist ungeeignet für uns. Entschuldigen Sie.«

Mitten auf der Straße brutzelt eine große Öltonne. Es ist Samstag, Markttag. Ein Mädchen mit nassen Zöpfen verschlingt einen dunklen Kringel. Unter einem tropfenden Schutzdach verkauft eine alte Frau einzelne kleine Gläser und einen Messingleuchter. Über Nacht hat sich die Kälte herabgesenkt. Das Gras am Straßenrand ist weiß und starr. Der eisige Wind sticht ins Gesicht. Im fegenden Schneeregen verkauft eine andere Alte steife, schwere Socken und wieder eine andere ein Bund Rüben, eine Puppe aus Gummi und ein Kaninchen. Die Frauen sind so reglos wie die Eiszapfen, die sich in langen, starren Tropfen an die Dächer klammern. Diego fotografiert an diesem Morgen nicht. Er kauft alles, wirft alles in seinen Rucksack. Er zieht bündelweise ukrainische Karbovanets hervor, die nichts mehr wert sind, und schickt die alten Frauen nach Hause, an den Ofen.

Noch einmal Kaviar. Es ist Samstag, die Sängerin hat sich von der Stange gelöst und trägt das Mikrofon heute Abend durch die Gegend, sie wogt an den Tischen entlang und kommt zu uns, vielleicht hat sie gesehen, dass ich geweint habe. Sie streicht mir übers Haar und bleibt einen Moment zwischen uns stehen. Von nahem ist sie älter.

Diego will nur weg, doch ich will bleiben. »Nur noch einen Tag«, sage ich. Ich starre die Frauen auf der Straße an, die Aushilfe an der Tankstelle, die Arbeiterin, die eine Wand streicht. Ich durchwühle sie mit meinen Blicken, verweile auf ihren Körpern, reibe meine Schnauze an dem, was mir fehlt.

»So geht das nicht«, sagt Diego.

»Lass mich in Ruhe«, antworte ich.

Oxana läuft hinter uns, mit ihrem hellblauen Mantel und ihrem weißen Statuenhals. Ich frage sie: »Könntest du es nicht machen?«

Oxana antwortet nicht, sie tut so, als hätte sie das nicht verstanden.

Diego verdreht mir das Handgelenk, er tut mir weh.

Der Arzt lässt uns nicht weg. Er hat ein neues Treffen arrangiert. Diego hat ein merkwürdiges Gesicht, er ist hässlich an diesem Morgen, seine Züge sind verzerrt. Heute Nacht hat er weit weg von mir geschlafen, in diesem Bett, so weiß und straff gespannt wie eine Zwangsjacke.

Die Frau sitzt auf demselben Stuhl, auf dem Platz der anderen. Sie ist jünger, kurvenreicher. Sie steht auf, lächelt. Sie hat unversehrte Zähne und einen kräftigen Mund. Sie ist größer als Diego. Und während die erste nach gar nichts gerochen hat, scheint diese hier aus einer Fabrik zu kommen, in der schlechtes Kölnischwasser hergestellt wird. Ein süßlicher Gestank überschwemmt die Luft. Sie trägt eine weiße Bluse, die mit einer Kamee auf der Brust zusammengehalten ist, und einen dunklen Rock wie ein Internatszögling. Sie scheint sich extra für dieses Gespräch so angezogen zu haben und lauert nun auf unsere Reaktion. Ihre munteren Augen huschen in alle Richtungen, genau wie ihre Stimme. Ich begutachte ihre Haut, sie scheint in Ordnung zu sein. Ihre Haare sind blondiert und am Ansatz dunkler. Ihr Gesicht ist sonderbar, wie das eines ungeschminkten Clowns. Dann merke ich, dass sie keine Augenbrauen hat, stattdessen nur die Knochenwölbung, weiter nichts. Sie wirkt wie ein unvollendetes Bild.

Ich suche Diegos Blick, er schaut aus dem Fenster, auf den Sportplatz und auf den Korb ohne Netz.

Wir gehen die Straße entlang. Ich frage Diego, was er davon hält.

»Willst du das wirklich wissen?«

»Natürlich will ich das wissen.«

Er wendet sich mir nicht zu und tippt, als würde er sie zählen, weiter jede Zementsäule an, an der wir vorbeikommen.

»Wenn du mich fragst, ist das eine Nutte.«

Er bleibt stehen, schwankt ein wenig und lächelt.

»Ich denke, dass wir zum Kotzen sind, mein Schatz.«

In dem Kleinbus, der zum Flughafen fährt, sagt uns Oxana endlich die Wahrheit über das Bergwerk. Es ist eine Uranmine, und die kleine Stadt dort in der Nähe war bis vor wenigen Jahren in keiner Landkarte verzeichnet, es gab sie nicht.

»Eine Freundin von mir hat ihren kleinen Sohn verloren, doch meine Großmutter ist fast neunzig und hat sich nie von dort weggerührt. Sie hat einen Gemüsegarten und sagt, Uran sei gut für den Wirsingkohl.«

Die Postbündel am Flughafen sind immer noch da, sind noch abgewetzter.

Ich halte Oxanas Gesicht fest, und als ich mich von ihr verabschiede, versinkt mein Kinn in ihrem hellblauen Mäntelchen. Diego gibt ihr alle Dollars, die wir noch haben, und diesmal nimmt sie sie an, sie steckt sie in ihre Basttasche.

Wir machten eine Zwischenlandung in Belgrad, bis zum nächsten Flug waren es noch mehrere Stunden. Wir lehnten uns an den Tresen einer Cafeteria und bestellten Tee. Da saßen wir nun, zwischen all den schwarzen Tassen. Neben uns aß ein Mann eine rote, lange Bratwurst, die vor Fett triefte. Diego stellte seinen Tee weg und bestellte sich auch eine von diesen Würsten und dazu einen Humpen Bier.

Ich sah zu, wie er dieses Grauen verschlang, und sagte nichts. Er aß nicht, er zerfleischte. Ich sagte *Lass uns eine Runde drehen*, er antwortete *Geh ruhig*. Ich zappelte mit dem Bein und ließ auch den Barhocker erzittern, auf dem er saß. Ich wankte durch Asche, wie nach einem Feuer.

»Hör auf damit.«

Mein Bein zappelte immer noch.

»Bitte.«

Sein Kinn war fettig, er sah mich mit einem tiefen Blick an, der von wer weiß wo heruntergefallen war, flackernd und weit weg in dieser Nähe.

»Vielleicht sollten wir uns trennen.«
Er stand auf.
»Wo gehst du hin?«
»Pinkeln.«

Aber bei den Toiletten war er nicht. Ich wanderte zwischen den Leuten herum, die auf ihren Flug warteten, und ging in diese erleuchteten Garagen zu den Regalen mit Flaschen und Zigarettenstangen. Dann hörte ich auf, ihn zu suchen. Ich dachte zurück. Fragte mich, wann, in welchem ranzigen Moment wir angefangen hatten, uns zu verlieren. Ich ging noch einmal zu den Toiletten, wusch mir das Gesicht und rannte dann zum Gate für den Flug nach Rom. Die Stewardess vom Bodenpersonal zählte schon die Papierschnipsel.

Bis zur letzten Minute blieb ich auf einem der zusammengeklebten Stühle sitzen. Ich drehte mich um, jemand hatte mir eine Hand auf die Schulter gelegt. Die Frau, die ich auf dem Hinflug kennengelernt hatte, lächelte mich an. Sie hatte sich ein russisches Kopftuch umgebunden, das ihren Pony vom übrigen Haar trennte.

Das Mädchen, das sie in Pflege nehmen wollte, war zur Adoption in eine andere Familie gegeben worden.

»Franzosen.«
»Das tut mir leid.«
»Sie haben auch den kleineren Bruder genommen, drei Jahre alt. Jetzt sind sie zusammen. Für die Kinder ist das ein Segen. Wir hätten sie nie im Leben beide bekommen. Die Franzosen sind noch jung …«

Ich umarmte sie. Spürte ihren bebenden Körper und ihren Busen, der in einen steifen BH gepresst war.

Diego kommt in die gerade entstandene Menschenleere gelaufen. Er setzt sich zu mir.

»Wolltest du mich nicht verlassen?«

»Ich bin zurückgekommen.«

»Das Flugzeug ist weg.«

»Von wem sind die Schuhe?«

»Von der Frau, die wir auf dem Hinflug getroffen haben. Sie hat sie mir geschenkt.«

»Wieso denn?«

»Keine Ahnung. Sie leuchten.«

Ich stecke die Hände in die Schuhchen, fange an, zwischen Bänken und Rohren herumzukrabbeln, und drücke auf, damit die Sohlen aufleuchten. Diego schaut den kleinen Lichtern hinterher. Sein Haar ist verstrubbelt, sein Bart zerrauft und seine Augen sind müde, aber noch lebhaft. Er nimmt seine Leica und drückt auf den Auslöser, ich lächle mit den Händen in diesen Schuhen.

»Also ist es wahr«, sagt er leise.

»Was denn?«

»Dass das Leben durch das Licht spricht wie die Fotografie.«

Er hilft mir auf und stützt sich auf mich.

»Weißt du, wem wir diese Schuhe mitbringen?«

Es ist wie ein Hieb von innen, wie ein vorbeiziehender Besen, der beim Ausfegen kratzt.

»Es gibt einen Flug nach Sarajevo, ich bin hier, um dir das zu sagen.«

Der Flughafen ist halb leer, nur mit Personal und ein paar einheimischen Passagieren bevölkert. Das Gepäckband steht still, und als es sich in Gang setzt, transportiert es ein paar vereinzelte Koffer, Sachen, die eine Weile im Kreis herumfahren und von niemandem abgeholt werden. Ein australischer Kameramann mit einer Fernsehkamera auf der Schulter filmt einen sprechenden Mann. Es ist ein Taxifahrer, an seine Autotür gelehnt, eines jener eingefallenen Gesichter, die man in Sarajevo oft sieht, Knochen, die sich unter nikotinbleicher Haut abzeichnen. Gojko ist auch da, er spielt den Dolmetscher. Als er uns entdeckt, wird er rot, ungeduldig, bedeutet uns, zu warten, und breitet die Arme aus, um uns zu verstehen zu geben, dass er da nur zufällig reingeraten ist. Was er übersetzt, scheint ihm nicht zu gefallen.

… sie haben gesagt, sie lassen uns ein Stück Land, gerade so viel, wie für die Gräber reicht. Das haben sie gesagt … in unserem Parlament …

»Verdammter Nihilist«, sagt er und schickt den Taxifahrer und den australischen Mistkerl mit einer Handbewegung zum Teufel. Er küsst uns. Presst uns auf die übliche Weise an sich, indem er uns mit seinen langen, trägen Armen, die plötzlich stark werden, den Brustkorb zerdrückt, wie ein Schraubstock.

»… du schöne Frau, du dünner Fotograf …«

Keiner von uns dreien hätte gedacht, dass wir uns so schnell wiedersehen, es ist ein Morgen im März. Seit der Kroatienreise sind neun Monate vergangen, die Zeit einer Schwangerschaft, eines Krieges.

Er zieht uns an sich. Lehnt seine Stirn gegen unsere, fragt, ob es uns viel Mut gekostet habe, herzukommen.

»Wegzubleiben war viel schlimmer.«

Er sagt, dass wir seine Freunde sind, und umarmt uns noch einmal. Ich sehe, wie seine kleinen, honigfarbenen Augen tränensumpfig werden.

»Das ist der Dichter, der sich immer mal in die Hosen macht«, sagt er. Dann tut er so, als würde er pinkeln, und lacht.

Diego atmet tief durch; er breitet die Arme aus und atmet tief durch, die Luft ist noch kalt, doch der Frühling ist schon da.

Gojko trägt eine Gore-tex-Jacke, *Aus Deutschland*, sagt er, er hat sie einem Journalisten von Reuters Deutschland abgetauscht und zieht sie sich hier auf dem Flughafenvorplatz aus. Darunter trägt er nur ein Baumwoll-T-Shirt, er will, dass wir die Jacke in die Hand nehmen, will uns zeigen, wie leicht sie ist. Er zieht sie wieder an, während wir zum Auto gehen.

Er sagt, er spüre die Kälte nicht mehr, die Jacke sei die Lösung seines Lebens, er könne auch bei zehn Grad unter null die ganze Nacht im Freien bleiben. Er redet über Gore-tex, über die Literaturzeitschrift, in der er veröffentlicht, über den Radiosender, in dem er gelegentlich arbeitet und wohin er uns bringen will, weil da Leute sind, deren Gedanken schnell kreisen, ganz wie die Rotorblätter eines Hubschraubers. Ich werfe einen Blick auf die Straßen, auf die Linden, auf die bleigrauen Wohnblocks. Ich atme tief durch. Warum sind wir nicht schon früher hergekommen? Diese Stadt ist wie eine Manteltasche für uns, wir stecken unsere Hände ins Dunkel und spüren eine Wärme, die aus der Tiefe kommt.

Wir fahren in die Stadt. Gojkos Stimme ist warmer Schlamm, er erzählt, dass jetzt viele Journalisten unterwegs sind, dass unter der Ägide der Europäischen Gemeinschaft eine internationale Konferenz über Bosnien-Herzegowina stattfindet und er wieder als Fremdenführer arbeitet, wie damals während der Olympischen Spiele.

Diego fragt ihn nach dem näherrückenden Krieg.

Gojko wirft seine Zigarette aus dem Autofenster.

»Die Augen der Welt sind auf uns gerichtet. Hier wird nichts passieren.«

Er bringt uns zu einer Kafana, zu der am Markale, gepolsterte Wände und aus den Lautsprechern bosnischer Blues. Gojko raucht schon wieder, wir betrachten sein Gesicht, das wohl etwas verquollener ist als im letzten Sommer. Er senkt den Mund zu meiner Hand auf dem Tisch, er küsst sie. Dann nimmt er die Kamera von der roten Kunstlederbank und schüttelt den Kopf, weil Diego immer noch seine legendäre Leica hat, die seiner alten Reportagen.

Diegos erstes Foto zeigt diese Kaffeebar, diese Sitzbank und mich Arm in Arm mit Gojko, der Zeigefinger und Mittelfinger zu einem V spreizt und so vor unseren lächelnden Gesichtern das Victoryzeichen macht.

»Liebt ihr zwei euch immer noch so?«, raunt Gojko mir zu.

Die Antwort kommt von Diego: »Ja.«

»Schade.«

Wir gehen hinaus, schlendern durch die Kälte. Die Leute stecken in ihrer Normalität. Die Läden in der Baščaršija sind alle geöffnet, Unmengen von Gewürzen, dazu Kupfergeschirr und weiße, goldgesäumte Tuniken.

Wie sahen die Gesichter der Juden aus, als sie, ohne es zu erkennen, das Böse erblickten, das auf sie zukam? Sie dürften nicht anders ausgesehen haben als diese hier. Als dieser alte Mann, der Lederschnittarbeiten ausführt, und als dieses Mädchen, das aus der Madrasa kommt, mit ihren von einem Gummiband zusammengehaltenen Büchern, ihrem Schleier und ihren Jeans.

Wir gingen in die überdachte Arena und setzten uns in die Zuschauerreihen. Es war eine große Sporthalle, eine von denen, die man für die Olympischen Spiele gebaut hatte. Sebina stand neben einem Haufen blauer Gummimatten. Wir beobachteten sie eine Weile, ohne dass sie uns sah. Sie hatte sich kaum verändert, war nur ein paar Spannen größer geworden. Ihre Beine waren nackt, weiß wie Kerzen, ein wenig plump und von Muskeln gezeichnet, die wie kleine Würste unter der Haut hervortraten, sie war barfuß und trug einen Wollschal, den sie als Legwarmer benutzte. Ich sah, wie sie ihn vor einer Übung abnahm und ihn anschließend gleich wieder um die Beine wickelte wie eine erfahrene Athletin. Es gab wenig Licht in der Halle, nur zwei Neonstäbe, die weiter unten hingen, die Ränge lagen praktisch im Dunkeln.

Dann entdeckte sie uns. Sie schaute auf, hielt inne und starrte uns an. Ich regte mich nicht. Erkannte sie mich? Wir hatten miteinander telefoniert, ich hatte sie auf Fotos wachsen sehen. Jedes Jahr zu Weihnachten schickte ich ihr ein Spielzeug und etwas Geld, und sie schickte mir dafür Glückwunschkärtchen, ausgeschnittene Papierengel. Sie rührte sich nicht weg, blieb auf ihrem Platz, in der Gruppe bei den anderen Mädchen, diszipliniert. Doch alles, was sie von nun an tat, war für mich bestimmt, für meine Augen, die ihr zuschauten. Ich sah sie am Barren und auf dem Schwebebalken, ich sah sie auf dem Pferd, sah, wie sie sich an den Griffen festhielt und sich kerzengerade hinaufschwang, mit dem Kopf nach unten und uns zugewandt. Sie hatte mir in ihren Briefen von dieser Leidenschaft geschrieben, doch sie zu sehen war etwas ganz anderes. Sie verpatzte einen Abgang und fiel hin. Doch dann schlug sie eine Serie von Rädern quer durch den Raum, wie eine kleine Flamme, und landete in einem perfekten Spagat.

Wir trafen uns auf dem Linoleumflur, weiter vorn das Licht der Umkleideräume. Ich rief sie, als sie mich suchte. Sie drehte sich zu mir um und lief los. Sie hatte noch dasselbe zerdrückte Gesicht wie schon als Neugeborenes, denselben Mund, diese vorstehende Oberlippe, wie ein Bläschen, das immer noch das vom Stillen zu sein schien. Ich fing sie auf, ich glaube, wir fingen sie zusammen auf, Diego und ich. Wir machten uns diesen Geruch streitig, diese zarte, verschwitzte Haut.

»Mein Schatz ... mein hübscher Schatz ...«

»Gemma ... Diego ...«
»Sebina ...«
Was ist Freude? Das ist sie, dieser abgelegene Flur, ranzig von guten Gerüchen, und dieser kleine, angeklammerte Körper.
Sie war winzig, aus der Nähe war sie viel kleiner.
»Aber schwer bist du«, sagte ich zu ihr.
»*To su mišići*«, das sind alles Muskeln.

Gojko wohnte inzwischen für sich, holte Sebina aber fast jeden Abend ab. Er wartete vor den Duschen auf sie, manchmal half er ihr beim Haaretrocknen, manchmal setzte er ihr die Fleecemütze auf, und sie gingen so hinaus. Wenn er in der richtigen Stimmung war, führte er sie aus; in einer Imbissbude mit hohen Stühlen, wo man mit dem Blick zur Wand kaute und aus der man nach Fett riechend wieder herauskam, aßen sie einen mit Äpfeln und Honig gefüllten Pfannkuchen. Zwischen zwei Bissen unterhielten sie sich, ohne sich anzusehen. Er fragte sie nach ihrem Tag, nach der Schule, wie ein großer Bruder, wie der Vater, den es nicht gab. Sebina plapperte viel zu schnell, sodass Gojko Mühe hatte, ihr zu folgen. An der Schule gefielen ihr nur zwei Dinge, das Fenster im Flur, das auf die Parkanlagen an der Miljacka hinausging, wo sich die Liebespärchen küssten, und die Versuche im Chemielabor. Sie wollte eine Spitzensportlerin im Turnen werden, doch sie wuchs nur wenig.
»Ich bin die Kleinste.«
Ihr Bruder wischte ihr mit der Hand den Mund ab. »Die Kleinen haben die bessere Bodenhaftung.«
Wenn sie traurig war, las er ihr eins seiner Gedichte vor.

Das kleine Mädchen saß auf dem Boden
vor einem Scheiterhaufen aus Blumenköpfen

wie Winterflammen sahen sie aus.
Hilf mir, ich bin müde.
Bis zum Sonnenuntergang rupften wir Rosen
in dem viel zu süßen Duft
betäubend wie Rauschgift.
Wer wird all den Grappa trinken?
fragte ich sie.
Du, wenn du wiederkommst.
Ich wusste nicht, ob ich den Rückweg finden würde.
Sie winkte mir vom Fenster aus
das Gesicht wie zerflossene Kreide
die Hände blutig von Blüten.

Sebina gefielen die Gedichte ihres Bruders, allerdings fragte sie zu viel nach.

Er sagte: »Gedichte lassen sich nicht erklären, wenn sie an die richtige Stelle kommen, spürst du sie, dann kratzen sie in dir.«

»Wo ist denn die richtige Stelle?«

»Such sie.«

Sebina verzog den Mund und sah ihn mit ihrer Schurkenmiene skeptisch an. Sie betastete ihren Bauch, ihre Beine.

»Geht auch ein Fuß?«

»Das ist ein bisschen tief.«

»Ich merke, dass es mich da kratzt, dein Gedicht.«

Gojko setzte sie sich auf die Schultern, ging die Treppe zu seiner alten Wohnung hoch und setzte sie bei Mirna ab.

Wir gingen in ein Restaurant, um eine mit allem gefüllte Pita zu essen, mit Fleisch, mit Kartoffeln, mit Kürbis. Sebina begann zu gähnen, abwesende Augen voller Wasser, die Schläfrigkeit eines Kindes. Sie ningelte nicht. Sie beugte einen Arm auf dem

Tisch und schlief auf diesem Arm ein. Wir blieben noch, um uns zu unterhalten. Diego zerbröselte eine von Gojkos Zigaretten, öffnete seine kleine Dose und baute einen Joint. Gojko sah zu und zog ihn auf.

»Seit wann nimmst du denn Drogen?«
»Das ist keine Droge, das ist was zum Rauchen.«
»Na, dann rauchen wir.«

Gojko sog sich an dem Joint fest und sabberte ihn nass.

»Aber das Kind«, sagte ich.
»Das Kind schläft«, antwortete Gojko.

Die beiden rauchten, ich kraulte Sebinas Nacken. Irgendwann beugte ich mich hinunter, und meine Nase versank in dieser Mulde aus Fleisch. Ich fand den Duft nach Milch und Wald wieder, noch unversehrt nach all den Jahren. Und er schien mir der Duft der Zukunft zu sein … Da war sie vor uns, wie damals. Ich betrachtete unsere Körper im Spiegel, der die Wand verkleidete, und hatte das Gefühl, dass uns die Zeit nichts genommen hatte. Diego weinte, reglos. Vielleicht bemerkte er die Tränen gar nicht, die still wie Schweiß rannen. Ich berührte ihn an der Schulter.

»Mir geht's gut«, sagte er. »Ich bin bei Gott.«

Wir gingen im Dunkeln nach Hause, durch jene freundlichen Straßen. Sebina schlief am Hals ihres Bruders, die kampflosen Arme fingen das Licht der Laternen ein.

Es war hundekalt. Ich griff nach Sebinas Händen, sie waren eisig. Schnell strebten wir zum Hotel, zu dem roten Portal, nicht größer als eine Haustür. Wir nahmen unseren Schlüssel in Empfang und gingen hoch. Gojko hatte keine Lust, sich von uns zu trennen, und auch wir wollten uns nicht von ihm trennen. Es war ihm gelungen, uns ein Zimmer zu besorgen, das größer war als die anderen, mit einem Dielenboden und einem großen

Wollteppich. Er hatte auch das Bett ausprobiert, er sagte: »Ich habe ein Nickerchen gemacht.« Tatsächlich war in der Mitte eine kleine Mulde und die Tagesdecke knittrig.

»Schlaft ihr zwei noch zusammen?«

Wir hatten gerade diese deprimierende Reise hinter uns, und die Kälte hatte unsere Weichlichkeit nicht weggeputzt.

»Heute sind wir todmüde.«

»Gerade wenn man todmüde ist, liebt es sich am besten, wenn der Körper leer ist, dann fliegt man.«

Später schaltete Gojko den Fernseher ein. Karadžić redete, mit Föhnfrisur und rosa Puppenschminke, es war ein langes, affektiertes Interview. Er sprach über seine Arbeit als Psychiater und als Dichter, neben seinem Gesicht wurden ein paar Verse eingeblendet. Gojko las sie und lachte höhnisch auf.

»Dieser montenegrinische Psychopath!«

Er kratzte sich am Kopf und am Arm, als hätte ihn ein grässlicher Juckreiz gepackt.

»Wie kann man bloß auf so ein Arschloch reinfallen?«

Diego hatte sich aufs Bett geworfen.

»Gerade vor den Arschlöchern sollte man Angst haben.«

Diego schließt die Augen, ein Arm ausgestreckt neben Sebina, die nicht aufgewacht ist, sie liegt noch genauso auf dem Bett, wie sie hingelegt wurde.

»Ziehst du dich denn nicht aus?« Doch er ist schon eingeschlafen.

Gojko zündet sich eine Zigarette an. Ich sage ihm, er soll sich ans Fenster stellen, und er raucht dort in den Spalt.

Ich sehe auf die Uhr, es ist fast drei.

»Was habt ihr in Belgrad gemacht?«

Wir setzen uns auf die Bettkante, ich rede mit gesenktem Kopf. Erzähle ihm von dieser Reise in die Ukraine, von diesen Frauen. Gojko sieht mich ernst an, dann lacht er los.

»Du bist ja verrückt. Du wolltest, dass er ein Kind mit einer Nutte macht?«

Diegos Körper liegt dicht neben uns, auf dem Bett ausgestreckt wie ein großes Kind.

»Er hat nicht mal die Serviette abgenommen.«

Ja wirklich, die Serviette aus dem Restaurant steckt noch in dem runden Ausschnitt seines Pullovers. Gojko steht auf, nimmt sie ihm ab und putzt sich die Nase damit. Er tut so, als würde er weinen, und schlägt mit dem Kopf gegen die Wand.

»Warum? Warum braucht ihr keinen Mann? Warum ist das Leben so ungerecht?«

Er umarmt mich von hinten und kitzelt mich. Ich wehre ihn matt ab.

»Dieser Stress geht schon seit Monaten, ich weiß gar nicht mehr, wer ich bin.«

Ich beuge mich über Diego und ziehe ihm die Stiefel aus, die alten Camperos, die fest am Fuß sitzen. Gojko beobachtet diese müde, mütterliche Geste.

»Du hast Angst, ihn zu verlieren, stimmt's?«

»Ich bin siebenunddreißig.«

»Er würde dich nie verlassen.«

Ich werfe die Stiefel auf den Boden und ziehe ihm auch die Socken aus. Ich betrachte die langen, weißen Füße, die an den Seiten leicht gerötet sind.

»Ich will ein Kind mit diesen Füßen.«

Gojko verzieht das Gesicht.

»Was soll denn an diesen Füßen schön sein?«

»Es sind seine.«

»Eben.«

Das offene Fenster klappert in seinem Metallrahmen, Gojko macht es zu. Es ist tief in der Nacht. Man sieht die Spitzen der Kathedrale mit ihren kleinen Kreuzen wie aus Glas.

In dieser Nacht schliefen wir zu viert in dem einen Bett. Gojko war zu müde, um sich seine Schwester auf die Schultern zu laden. Ich hatte nicht die Absicht zu schlafen. Ich legte mich an den äußersten Rand des Bettes, kipplig und starr wie eine Schlittschuhkufe auf dem Eis. Ich wartete auf die Morgenröte und tauchte dann in einen kurzen Tagschlaf, endlich beschützt vom Licht. Als ich die Augen öffnete, sah ich Sebinas Gesichtchen über mir. Sie war vor den anderen aufgewacht, hatte sich das Gesicht gewaschen und sich gekämmt.

»Warte mal.«

Ich stand auf, öffnete meinen Koffer, schenkte ihr die Schuhe.

»Sie leuchten beim Laufen.«

Sie bekam einen Schluckauf, ihr Körper reagierte auf diese Aufregung, indem er die Atmung zerstückelte. Ich half ihr in die Schuhe hinein und tastete nach ihren Zehen, es war noch genug Platz für mindestens ein Jahr Wachstum. Von kleinen Hicksern geschüttelt, die kein Ende nehmen wollten, starrte sie auf ihre Füße.

»Lauf los, probier's mal aus!« Die Schuhe leuchteten auf.

Sie sah nicht glücklich aus, eher verzweifelt. Diese Verzweiflung konnte ich verstehen. Auch ich hatte sie in den Momenten höchsten Glücks empfunden. Wenn ich erkannte, dass ich alles hatte, spürte ich plötzlich das Zupacken des Nichts. Sebina war wie betäubt. Also schrie ich, um sie aus dem Schluckauf zu reißen. Es war ein wildes Aufheulen, von dem ich nicht für möglich gehalten hätte, dass ich es in mir habe.

Sebina fuhr auf. Sie starrte mich mit weit offenem Mund an. Ich weiß nicht wieso, doch irgendwie steckten wir beide fest. Und rebellierten dagegen.

»Na los, worauf wartest du noch?!«

Sie lächelte. Der Schluckauf war weg. Sie begann durch das Zimmer zu laufen und betrachtete die Sohlen, diese Plastikblasen, die von innen leuchteten. Sie kam zu mir zurück und gab mir einen Kuss auf den Mund, ich spürte die Frische ihrer Lippen auf meinen.

Gojko war heruntergefallen und schlief auf dem Teppich. Seine Schwester kletterte auf ihn, auf seinen Bauch, um ihn zu wecken. Sie hielt ihm die Schuhe unter die Nase. Gojko öffnete ein Auge, erforschte die lichtdurchfluteten Sohlen und fuhr zu mir herum wie eine Schlange.

»Verdammt, wo hast du die her? Die will ich importieren.«

Sebina kreischte los und beschimpfte ihren Bruder. Nur sie allein wollte diese Schuhe haben, sie allein in ganz Sarajevo!

Auch Diego war aufgewacht, sah die leuchtenden Schritte und lächelte.

»So finden wir dich immer wieder, auch im Dunkeln.«

Gojko war in der Nähe der alten Synagoge in ein altes, baufälliges Haus ohne Fahrstuhl gezogen. Abgesehen von ein paar älteren Mietern wohnten dort keine Familien, sondern junge Leute, Studenten, angehende Künstler, künftige Intellektuelle. Sarajevos neue Generation, die die Konzerte, die Literaturcafés und die Filmklubs bevölkerte, Leute, die sich am CeKa trafen und sich nachts amüsierten, wenn sie unter Titos alten Statuen wie U2 brüllten *I wanna run ... I wanna tear down the walls that hold me inside*. Gojko wohnte im obersten Stock in einer dieser chaotischen Wohngemeinschaften, in die Jugendliche für eine Weile ziehen, bevor sie ins richtige Leben gehen, in einer Art kleinen Kommune. Er war mit seinen fünfunddreißig Jahren der älteste Mitbewohner. Trotzdem passte dieses offene Haus zu ihm. *Wer hier vorbeikommt und Licht in den Fenstern sieht, kommt herauf, wenn ihm danach ist.*

Er öffnete uns die Tür, und eine schwere Woge aus Rauch und Gewürzduft schlug uns entgegen. Am Fenster spielte ein Junge Saxophon, er beugte sich mit geblähten Wangen und geschlossenen Augen über die Tasten, und sein Gesicht spiegelte sich in den dünnen Scheiben, die, wie früher üblich, mundgeblasen und handgeschnitten waren und sich wie Wasser zu bewegen schienen.

Wir hatten damit gerechnet, eine deprimierte Gesellschaft anzutreffen, Leute, die wegen des näherrückenden Krieges etwas aus der Bahn geworfen waren, doch stattdessen gab es Musik, Plaudereien und einige Mädchen, die sich in die Küche zurückgezogen hatten, um in einer Suppe zu rühren.

Wir kamen fast jeden Abend in diese Wohnung hoch oben in der Luft, in dieses Serail in der Altstadt. Und vielleicht fanden wir dort das, was uns fehlte, die menschliche Wärme junger Gesichter, die uns anlächelten, und Zeit, ja, Zeit, die alte bosnische Sitte, das Leben anzuhalten, um zu reden, um zu verweilen. Wir fanden diese Zeit wieder, die sich ausdehnte und dem Durchatmen diente, diesem Bedürfnis von Körper und Geist. Wir trafen Mladjo, den Maler wieder, der inzwischen Körper jeden Alters mit unvermischten Farben beschmierte, sie in Leinen wickelte und diese modernen Leichentücher in einer Fabrikhalle in Grbavica ausstellte. Wir trafen Zoran wieder, den Anwalt mit dem Narbengesicht, und auch Dragana, die zusammen mit ihrem Freund Bojan am Theater spielte.

Ana traf ich ein paar Abende später, und auch sie hatte ihr

Lächeln nicht eingebüßt. Sie lehnte an einer Tür, mit einem leeren Glas in der Hand und mit einem engen, schwarzen Pullover über dem üppigen Busen. Ich betrachtete ihren Hals, über den die Schatten der Vorbeikommenden strichen. Ich sah sie noch halbnackt auf der Insel Korčula vor mir, den Bauch unter dem Maulbeerbaum hingestreckt. Als wir miteinander sprachen, fiel mir auf, dass sie schwankte, sie neigte sich langsam vor und kam langsam wieder zurück, als stünde sie starr auf einer Schwelle und könnte sich nicht entschließen einzutreten. Ich warf einen Blick in die Runde und schauderte. All die jungen Menschen, die hier plauderten und so lebhaft wirkten, sie alle standen starr auf derselben Schwelle.

»Wie schafft ihr es, keine Angst zu haben?«, fragte ich sie.

»Wir bleiben zusammen, zusammenzubleiben ist wichtig.«

Ich sah noch einmal zu dem jungen Saxophonspieler, der sich über sein Instrument beugte wie über einen geliebten Körper, wie zu einem letzten Liebesspiel.

Pietro dreht sich im Bett um

Pietro dreht sich im Bett um und zieht sich das Kissen über den Kopf, das Licht stört ihn.
»Steh auf, es ist schon spät.«
»Regnet es?«, fragt er mich von unten herauf.
»Nein.«
Er fährt schlagartig hoch: »Ist nicht wahr!«
Er geht zum Fenster und betrachtet an die Scheibe gepresst die schemenhafte, unter dem dunstigen Himmel erstickte Sonne.

Gojko will an diesem Morgen mit ihm in den Aquapark fahren, dem von dem Werbeplakat in der Tito-Allee. Pietro öffnet den Schrank, dann kippt er seine Tasche auf dem Bett aus. Er schließt sich im Bad ein. Ich höre das Wasser im Leerlauf.

»Dreh den Wasserhahn zu, die ganze Welt ist am Verdursten!«

Das ist einer meiner Standardsätze. Auch bei Giuliano. Ich ertrage dieses sinnlos fließende Wasser nicht, wenn er sich rasiert. Manche Dinge gehören zu mir wie mein Schatten. So auch die tote Frau auf dem Straßenpflaster neben der Bierfabrik, wo die Menschen nach Wasser anstanden, die Beine angewinkelt wie im Schlaf, der Kopf auf dem pflaumendunklen Fleck ihres Blutes, daneben der Kanister, den sie nicht mehr füllen konnte.

Pietro kommt mit seinem Surfanzug aus dem Bad, einem dieser schnelltrocknenden. Dinka, das Mädchen von der Hotelbar, wird die beiden begleiten. Er hat sie gestern Abend gefragt.

»Was meinst du, Ma, soll ich sie einladen?«

Er schlug sich schon eine Weile mit diesem Gedanken herum, hatte aber nicht den Mut, es mir zu sagen.

»Klar, lade sie ein.«

Er ging los und kehrte gleich wieder um. »Ist ja auch egal.«

»Warum?«

»Na, was soll ich denn sagen?«

»Was dir gerade einfällt.«

Er rappelt sich erneut auf und steuert auf die Theke zu, wo Dinka Eisstückchen in Gläser füllt. So sehe ich zum ersten Mal, wie er sich einer Frau nähert. Er ist ein anziehender Junge, trotz seiner Schüchternheit und der langen Arme. Um sich zu entspannen, trommelt er mit den Händen gegen seine Jeans, als er auf sie zugeht, er setzt sich, schaut mit seinen tiefblauen Augen auf und lächelt.

Dann kommt er zurück und setzt sich zu mir.

»Und? Was hat sie gesagt?«

Er hat sich eine Portion bosnische Kartoffelchips von der Theke geschnappt und knabbert sie. »Ja, sieht so aus, als würde sie mitkommen.«

Dinka ist an diesem Morgen dünn und sehr groß, hoch aufrankend auf Sandalen mit Keilabsätzen, dazu enge Jeans und ein kleiner Silberring im Bauchnabel. Pietro erfasst dieses Piercing wie im Flug, es glänzt mitten auf dem blassen Streifen Bauch, der ihm gefallen soll und der ihn einschüchtert.

Er sieht woandershin und fängt an herumzublöden. Er zeigt ihr das Handtuch, das er dabeihat, eins aus dem Hotel. Dinka lacht, sagt, das dürfe man nicht, also versteckt Pietro es unter seinem T-Shirt und schlägt mit den Händen gegen den Frotteebauch, wieder lachen sie.

Gojko erscheint in Jackett und Hemd wie am Abend zuvor, doch mit Flipflops an den Füßen. Wir trinken in der Bar gegenüber vom Hotel einen Kaffee, einen italienischen Espresso. Neben uns sitzt ein Mann und liest in einem Buch, das auf dem Tresen liegt, seine Haare sind fast weiß und lang wie auch sein Bart. Er sieht aus wie Karadžić, als man ihn eingesperrt hatte, als Heiliger verkleidet, er hat das gleiche weiße Gewand, ganz wie ein indischer Guru, und den gleichen lammfrommen Blick. Plötzlich muss ich daran denken, wie viele von diesen Leuten wohl noch frei herumlaufen, Mörder, die seelenruhig durch die Gegend spazieren wie Karadžić, der ins Fußballstadion ging und wieder als Arzt arbeitete. Ich frage Gojko, was er empfunden hat, als man ihn verhaftete.

Er drückt seine Zigarette aus, quetscht auf dem Stummel im Aschenbecher herum, bis er sich die Finger verbrennt. Sagt, Karadžić sei nicht verhaftet, sondern verkauft worden. Sagt, er habe überhaupt nichts empfunden.

Ich frage ihn, ob die Rutschen im Aquapark sehr hoch seien, ob sie sicher seien.

Sie steigen ins Auto und schlagen die Türen zu.

»Wann kommt ihr wieder?«

»Wenn sie schließen.«

Ich gehe ins Zimmer hoch und packe einen kleinen Rucksack. Ich möchte die Hände frei haben, möchte wandern.

Die Alten auf dem Platz der Schachspieler sind schon da, zusammen mit den Vögeln. Ein neues Gefecht beginnt. Die Figuren sind schon angetreten. Ich betrachte die beiden Fronten, die schwarze und die weiße.

Ich komme an dem Rundbau der Markthalle vorbei. Gehe aufmerksamer und achte nur auf meine Schritte. Ich bleibe stehen. Entdecke ein Bankgebäude, das es hier früher nicht gegeben hat, vor seinen Fenstern parkt ein weißes Auto mit einer kleinen, blauen Aufschrift: HEINRICH-BÖLL-STIFTUNG. Ich schüttle den Kopf und muss lächeln. Von diesem Schriftsteller habe ich ein Buch im Rucksack.

Die Musikschule ist ein Stück weiter. Ein verwinkeltes Haus an einer steilen Straße. Sie sieht noch so aus wie damals, nur der Putz ist erneuert worden, blassgrau, wie Himmel. Kein Mensch nimmt Notiz von mir. Ich gehe ins erste Stockwerk hinauf. Es riecht muffig, nach Körpern, die sich in kleinen Räumen drängen, so, wie es in jeder Schule riecht. Nach Orten, wo man wächst, wo man schwitzt. Ich gehe den Flur entlang, auf einem beigefarbenen, mit Messingstreifen eingefassten Teppichboden. Darunter wackelt ein morscher Fußboden, den man nach dem Krieg vielleicht einfach überdeckt hat. Notenläufe und Akkorde regnen auf mich nieder, während ich weiter hinaufsteige, eine Geige übt, und ein Kontrabass. Ich lasse mich von diesem Ort der Beharrlichkeit und der Einsamkeit aufsaugen. Dem Ort der Hände, der Atemstöße, der Verrücktheit, dem Ort einer alten, exzentrischen Lehrerin, eines jungen autistischen Talents. Gepolsterte, lederbezogene Türen … FLAUTA, GITARA, KLAVIR, VIOLA … Ich stoße eine Tür auf, zwei junge Gesichter und eine über ein Pianola gebeugte Lehrerin, ätherisch wie ein soeben verlöschendes Licht. Dann eine Kaffeemaschine.

Ich frage die Pförtnerin, ob ich meinen Rundgang fortsetzen dürfe. Sie begleitet mich. Ihr Gesicht ist alt, sie trägt einen kurzen Kittel, wie ein Ministrant, und sie humpelt. Wir gehen noch weiter hinauf, die Etage ist gerappelt voll mit Kindern, die wohl darauf warten vorzuspielen. Ein auf dem Boden hockender Junge drückt auf die Tasten einer Klarinette, die weit von seinem Mund entfernt ist, entlockt ihr jedoch keine Töne. Die Pförtnerin erklärt mir, dass es untersagt ist, auf dem Flur zu musizieren und laut zu sprechen.

Neben dem Stampfen des schwarzen Schuhs mit der Doppelsohle, die ihr kürzeres Bein stützt, gehe ich weiter hinauf. Sie bleibt stehen, öffnet ein Fenster und verscheucht ein paar Tauben, die in dem Winkel zwischen den Eisengittern nisten. Wir sind fast ganz oben.

An einer Wand finde ich die alte Aufschrift wieder: TIŠINA, Ruhe, bitte, doch darunter klafft das große Loch einer Explosion. Die Pförtnerin erzählt, man habe es so gelassen, um daran zu erinnern, dass die Ruhe doch gestört wurde. Sie zündet sich eine Zigarette an und greift sich an ihr steifes, klapperdürres Bein. Ganz für sich nickt sie dieser Erinnerung nach. Ich frage, ob ich noch ein bisschen bleiben könne. Ihr steifes Bein nachziehend geht sie weg und überlässt mich mir selbst.

Ich setze mich vor diesem Loch in der Wand auf den Boden. Auf der anderen Seite leitet am Ende des Raumes eine korpulente Frau mit einer merkwürdigen Schneckenfrisur die Gesangsübungen einer kleinen Schülergruppe und fuchtelt wie ein Dirigent energisch mit einem Stift herum.

Ich betrachte die Aufschrift, sie wirkt lächerlich und feierlich zugleich. RUHE, BITTE! Ich denke an den Einschlag, an die Granate, die die Stille dieser an die Aufnahme von Musik gewöhnten Mauern entweihte. Ich betrachte mein Leben durch die zerschossene Wand, durch dieses Loch, das niemand mehr geschlossen hat.

Es hatte ein Referendum über die Unabhängigkeit Bosniens gegeben, die Straßen waren mit nationalistischen Plakaten gepflastert. Die Mütter der zur Bundesarmee einberufenen Soldaten demonstrierten mit Transparenten auf ihrem Körper dafür, dass ihre Söhne wieder nach Hause kamen. Die Nachrichten waren inzwischen alarmierend, irgendwer behauptete sogar, man habe schon bei den Vorbereitungen zu den Olympischen Winterspielen, als man die Pisten anlegte, die Schützengräben für den kommenden Krieg im Auge gehabt.

Gojko sagte, das sei alles nur dumme Panikmache.

»Auf dem Land fällt die Propaganda auf fruchtbaren Boden, weil es nicht schwer ist, einen Bauern davon zu überzeugen, dass sein Nachbar ein Türke ist, der ihm den Acker wegnehmen und ihm die Kehle durchschneiden will. Doch hier gibt es keine Türken und auch keine Tschetniks und keine Ustascha. Hier sind wir alle nur Einwohner Sarajevos.«

Doch Diego kannte die Sprache der Stadien. Karadžić war der Psychologe der Fußballmannschaft von Sarajevo gewesen und Arkan der Anführer der Hooligans von Roter Stern Belgrad.

»Kriege beginnen in Zeiten des Friedens und in den Außenbezirken der Städte, während ihr in euren Kulturzirkeln sitzt und über Poesie palavert.«

Endlose Diskussionen begleiteten uns am Abend nach Hause.

Diego und ich waren aus dem Hotel ausgezogen und hatten ein Zimmer bei einem alten Ehepaar gemietet. Er, Jovan, war Biologe, ein weißhaariger, wortkarger Herr, der empfindlich gegen Kälte war und Barchenthemden trug, die bis zum obersten Knopf geschlossen waren. Seine Frau Velida hatte ihr Leben lang als seine Assistentin gearbeitet. Sie war sehr dünn, immer grau gekleidet wie eine Nonne, und hatte lebhafte, grüne Augen. Wir erwiesen uns gegenseitig kleine Gefälligkeiten. Ich gab ihnen die ausländischen Zeitungen, die Diego einmal in der Woche kaufte und die für ihre Rente zu teuer waren, und Velida stellte uns einen Teller vor die Tür, wenn sie etwas Schönes gekocht hatte. Ein kleiner Gang trennte unser Zimmer von der restlichen Wohnung, sodass wir für uns waren. Wir hatten einen eigenen

Schlüssel und ein eigenes Bad, und dazu noch einen kleinen Kaffeekocher.

An jenem Abend war Diego losgegangen, um in der Gegend von Grbavica zu fotografieren. Ich war allein und aufgewühlt. Es war sehr spät, Gojko klopfte an die Tür, machte ein paar Schritte ins Zimmer hinein und ließ sich aufs Bett fallen. Er hatte den ganzen Tag mit einem Amerikaner im Parlament verbracht und die politischen Debatten übersetzt, die bis in den späten Abend gedauert hatten. Die Mitglieder der Partei der bosnischen Serben hatten den Saal verlassen. Er war erschöpft und deprimiert.

»Šteta.«

Ich drehte mich um. »Was ist schade?«

Er zuckte mit den Schultern. »*Ništa*«, nichts.

»Wollt ihr wirklich wieder weg?«

Ich nickte.

Er schloss die Augen, und ich ließ ihn eine Weile schlafen. Er schnarchte laut. Als ich mich zu ihm beugte und ihn weckte, roch ich seine Schnapsfahne, offenbar hatte er sich mit dem Amerikaner volllaufen lassen. Er sah mich mit einem sonderbaren Blick an, wie ein verirrtes Kind, das einen Alptraum hatte und seine Mutter nicht mehr vom schwarzen Mann unterscheiden kann.

Er umfasst meinen Nacken und streichelt mir die Wange.

»Meine Liebe …«

»Du bist ja betrunken, geh nach Hause.«

Er zieht seine Brieftasche aus der Jacke und kramt in einem Fach voller Zettel. Dann liest er mir ein Gedicht vor.

Meine Schwester schläft, schade.
Ihre Hände wachsen
weit von mir entfernt

während der Tag krepiert.
Morgen nehme ich sie zum Eislaufen mit
sie wird in der Vase-Miskina-Straße
vor dem Schaufenster mit dem Computer
den sie gerade eingeschaltet haben
stehenbleiben.
Sie glaubt an die Zukunft, meine Schwester,
schade.

Ich lächle, nicke.
»Du findest es abscheulich?«
Ich breite die Arme aus, soll er doch denken, was er will. Er hat eine unmögliche Art, er ist jung, fängt jedoch an, schlecht zu altern.
»Wünscht sich Sebina denn einen Computer?«
Gojko dreht sich um.
»Ich bin gekommen, weil ich euch zu einem Konzert einladen will.«
Es ist die Jahresabschlussveranstaltung der Musikschule von Sarajevo, er möchte mir ein Mädchen vorstellen.
»Ich habe ihr von dir erzählt.«
Ich packe gerade den Föhn in den Koffer. Abrupt halte ich inne.
»Und was hast du ihr erzählt?«
Er macht einen Schritt auf mich zu und legt mir seine Hand auf den Bauch, tief unten. Dort verharrt sie reglos, ich spüre ihre Wärme, sie ist ein freundliches Feuer, das mir durch und durch geht. Ich schwitze. Er zieht sich nicht zurück, bleibt, wo er ist, mit dieser schamlosen Hand kurz über meiner Leiste. Ich atme tief ein und verjage ihn nicht, und vielleicht verlangt es mich plötzlich nach ihm, weil an ihm etwas ist, was auch zu mir ge-

hört, eine Niederlage, eine Einsamkeit, die ich nicht mehr mit Diego teile. Ich atme tief ein, und mein Atem gleitet in meinen Bauch, unter diese feste, glühende, drängende Hand.

Diego kommt mit dem Gesicht eines Nachtkaters zurück.

»Was macht ihr zwei denn da?«

Gojko rührt sich nicht, er scheint tot zu sein. Ich verpasse ihm einen leichten Tritt.

»Ich bin betrunken«, sagt er und geht.

Ich sehe ihm vom Fenster aus nach, während er auf der dunklen Straße verschwindet. Diego betrachtet meinen Kopf und meine Hand, die den kleinen, bestickten Vorhang hält.

»Ist er dir an die Wäsche gegangen?«

»Nein, er hat uns zu einem Konzert eingeladen.«

So gehen wir also in die Musikschule. Es ist ein Schlechtwetternachmittag, das Wasser läuft in Strömen die Straßen hinunter. Ich warte darauf, dass das Konzert anfängt, und stelle so lange abwechselnd einen meiner nassen Füße auf die gusseiserne Heizung. Rings um uns her Frauen mit bäurischen Gummischuhen oder mit Sommersandalen und langen Abendkleidern, die unten nass sind. Eine stämmige Frau mit einer Trillerpfeife um den Hals kümmert sich um Stühle. Es ist ein kleines kulturelles Ereignis, das den Anwesenden offenbar viel bedeutet. Das laute Stimmengewirr klingt ängstlich und brav, und auch die klägliche Exzentrik der Festgarderoben hat einen ganz eigenen Charme. Ich muss an Rom denken, an die gemischte Gesellschaft, die die sogenannten *events* bevölkert, Frauen in millionenschweren Fummeln, Diskotheken-Intellektuelle, Politiker, Leute ohne Reinheit, das war unser *Zeitgeist*, den die Werbetexter im Munde führten.

Viele müssen stehen, beschweren sich aber nicht, sie lehnen sich nicht einmal an die Wand. Es ist heiß im Raum und ich fächle mit dem Programmheft. Die Musiker auf dem Holzpodest wechseln sich ab, es ist ein ständiges Kommen und Gehen. Alle sind jung, die Mädchen in schwarzen Kleidern, die extra zu diesem Anlass aufgestylt wurden, die Jungen mit Fliege. Sie bedanken sich, stehen hinter ihren Instrumenten auf und neigen den Kopf. Die zweite Gruppe kommt herein, dann die dritte. Ich kann nicht mehr. Gojko berührt mein Knie und zeigt auf die Bläser.

Sie ist die größte in der Gruppe, ihr Gesicht ist weiß, ihr Lippenstift zu dunkel, die Haare rot wie Rost. Sie ist noch nicht an der Reihe, hält ihr Instrument, eine Trompete, fest, als wäre es ihr Herz. Sie trägt ein Chenillekleid, das sich an ihre mageren Hüften und an ihren Busen schmiegt, der trotz des Schwarz auffällt. Im Nu verschlinge ich jedes Detail, wie ein Mauerblümchen, das neugierig einen schöneren Menschen beäugt. Ich fasse sie scharf ins Auge, um einen Fehler an ihr zu entdecken. Sie hebt das Kinn, ich sitze zu weit entfernt und kann ihre Gesichtszüge nicht gut erkennen, ich bräuchte eines dieser kleinen Ferngläser, wie sie die Damen in der Oper benutzen. Ich sehe den verschwommenen Fleck ihres Gesichts, den Umriss der Ausdruckskraft. Von Geigen umgeben beginnt sie zu spielen. Sie leert ihre Wangen, presst die Lippen zusammen, beugt sich über die Trompete und hebt sie der ungestümen Musik folgend hoch. Ich weiß nicht, ob sie gut ist, ich kenne mich da nicht aus, es interessiert mich auch nicht. Sie spielt mit geschlossenen Augen und bewegt sich etwas zu viel. Sie schwenkt den Kopf, die roten Haare, die in ungenaue Strähnen geschnitten sind. Sie sieht aus wie ein Vogel mit zu vielen Flügeln.

Es ist das Konzert für Klavier, Trompete und Streichorchester von Schostakowitsch. Die Musik verändert sich, wird drängender, dunkler. Die Geigen bestürzen mit ihrem Wimmern schmerzvoller Saiten, die Trompete setzt stoßweise ein, das Mädchen scheint jetzt eine Durstige zu sein. Ihre Wangen füllen sich und sinken ein, sie leeren sich langsam. Ihre Finger auf den Ventilen sind Soldaten auf einem Schlachtfeld, sie geraten aneinander, ziehen sich zurück. Auch der hyperblonde Junge am Klavier scheint verrückt geworden zu sein, er läuft von einer Seite zur anderen, wobei er seinen ganzen Körper hinter den Händen herzieht, er schlägt hin und her wie ein sterbender Nachtfalter … Die Trompete ist jetzt der Schrei einer Eule, die in der Nacht auftaucht. Die Brust des Mädchens hebt sich und senkt sich dann verletzt, die roten Haare sind ein blutiger Schweif. Niemand hat den Mut, sich zu rühren, alle sind hingerissen. Draußen hat es keinen Augenblick aufgehört zu regnen, durch die Fensterscheiben ist nichts zu erkennen, wir sind in einem Kerker aus Wasser eingesperrt, und die Musik scheint die Gefangene dieses unaufhörlich fallenden Wassers zu sein. Es ist heiß, ich fächle mir Luft zu, die Frau neben mir weint. Einsame Tränen laufen ihr über das reglose Gesicht. Alle wirken wie Heimkehrer aus einem großen, noch bevorstehenden Schmerz, den die Musik vorwegnimmt.

Ich greife nach Diegos Hand, er hält meine, ohne sich dessen bewusst zu sein, so wie man einen abgenutzten Handschuh hält. An den vergangenen Abenden haben wir versucht, miteinander zu schlafen, wir rückten zusammen, ohne weiterzumachen. Wir lachten, so was passiert gescheiterten, erledigten Liebespaaren nun mal. Früher war ich sein Mädchen, jetzt zieht er mit seiner Kamera los, er hat auf diese Art Sex, mit dem, was sich ihm in der Welt bietet, wie ein Priester. Danach kehrt er zu seinem Hausdrachen zurück.

Das Mädchen spielt und bewegt sich fest mit der Trompete verschmolzen, sie geht darin auf. Wie eine Schauspielerin, die

Abend für Abend auf der Bühne stirbt, rappelt sie sich dann wieder auf und lächelt, während sie einen kleinen Marsch hinfurzt.

Ich sehe Diego an, er hat die Augen geschlossen. Das Konzert ist vorbei.

Die Frau neben mir steht als Erste auf, mit rotem Gesicht und beifallklatschenden Händen. Die Trompetenspielerin geht zu den anderen, sie ist so groß wie die Jungen, sie überkreuzt die Beine und macht eine übertriebene Verbeugung. Die Gruppen, die vorher aufgetreten sind, kommen herein und drängen sich auf dem Podest, jetzt ist das Konzert ein einziges Spektakel. Der Dirigent wirft seinen Stab in die Luft, und alle anderen werfen auch etwas hoch, einen Geigenbogen oder eine Partitur, wie Studenten nach dem Examen ihre schwarzen Hüte. Diego hat die Augen geöffnet, er steht nicht auf und applaudiert langsam.

»Ich bin eingeschlafen«, sagt er.

»Die da ist Gojkos Freundin.«

Diego glaubt, ich meine die rundliche Geigerin mit dem Zopf, der ihr über den Kopf läuft wie ein Hahnenkamm. Ich sage *nein, die mit den roten Haaren, die den blonden Klavierspieler umarmt.* Diego mustert sie, ihre Haare, ihre schwarzen Lippen.

»Was ist sie, ein Punk?«

Gojko steht auf und lässt einen Pfiff ertönen, der sich durch einen ganzen Wald schreddern könnte.

»Großartig, oder? Erst reißen sie dir die Eingeweide raus und tanzen darauf herum, und dann stecken sie sie dir wieder zurück in den Bauch.«

Für einen kurzen Moment habe ich das Gefühl, dass hier alle verrückt sind, sie sehen so glücklich aus, als hätte es den Krieg schon gegeben, als wäre er schon vorbei, als wäre dies ein Fest der Versöhnung.

Da stehen wir, Diego und ich, an der Wand, zwischen dem Haufen Frauen, die wie kleine, bestickte Lampenschirme aussehen, und diesem bosnischen Cowboy, der mit seiner krustigen Lederjacke, von der es Fransen regnet, an mir vorbeigeht. Wir sind im Raum neben dem Konzertsaal, die Frau mit der Trillerpfeife hat Tabletts mit selbstgemachten Süßigkeiten und mit Herzhaftem gefüllte Röllchen auf den Tisch gestellt.

In den Geruch nach Regen, nach nasser Kleidung, die den warmen Dunst der Körper verströmt, mischt sich der Geruch nach den Speisen Sarajevos, nach Gewürzen, nach Tierfett, nach Sauermilchkäse.

Das Mädchen kommt zu uns. Von nahem sieht sie viel jünger aus, sieht aus wie ein kleines Mädchen, das sich geschminkt hat. Ihre verschwitzten Haare sind wie tropfender Rost. Sie hat sich umgezogen, unter dem Chenillekleid brechen kaputte Jeans hervor. Sie trägt eine Sicherheitsnadel im Ohr, den Kasten ihres Instruments um den Hals und eine vollgestopfte Stofftasche über der Schulter. Die hohlen Hände voller Gebäck.

»Das ist Aska, meine Freundin.«

Sie sieht Gojko an, lächelt, schluckt. Sie gibt uns eine fettige Hand.

»Ich bin Aska, Gojkos Freundin.«

Sie spricht *einigermaßen* Italienisch, erzählt sie uns, weil sie ein Jahr in Udine auf dem Konservatorium war. Sie hat Hunger, vor dem Spielen kann sie nichts essen, *sonst kotzt sie den anderen auf den Kopf*, daher hat sie jetzt Hunger. Sie betont die Wörter nicht, sie trennt sie, sperrt sie ein. Jedes Wort ein Taktstrich, es klingt wie die monotonen Stimmen aus den Parkautomaten *Guten Tag, bitte führen Sie den Parkschein ein, bitte warten Sie.*

»Aska, wie das Lamm aus der Erzählung von Andrić«, platzt es aus mir heraus.

»Ja, den Namen habe ich mir selbst gegeben.« Sie lacht.

Ich betrachte die hohe Stirn, die das Gesicht dominiert, und die wie Blätter verlängerten Augen, tiefgrün, eingerieben mit schwarzer Schminke, die ihr ins Weiße sickert.

Sie kniet sich hin und legt das Gebäck auf den Trompetenkasten. Dann zieht sie ihre Absatzschuhe aus, um in ein Paar schwere grellviolette Militärstiefel zu schlüpfen.

Wir gratulieren ihr.

»Die Leute haben geweint.«

Sie richtet sich auf und bedankt sich ohne Überschwang.

»Die Leute haben keinen Sinn für Ironie.«

Ein alter Herr mit einer Kippa auf dem Kopf kommt vorbei, ein Lehrer, er spricht sie an und umschließt ihr Gesicht mit seinen zitternden Händen. Ernst hört sie ihm zu, dann klaut sie ihm eine Zigarette aus der Drina-Schachtel, die in seiner Jackentasche steckt. Der Alte lächelt und gibt ihr Feuer. Jetzt redet Aska mit dem Alten, wobei sie ihn fest anschaut und ihm Rauch in die Augen bläst. In ihrer Sprache spricht sie mit einer anderen, klangvolleren Stimme, sie hastet über die Wörter wie vor kurzem über die Noten.

Sie sagt, sie habe es eilig, habe gegessen und geraucht und müsse jetzt los, um in einem Tanzklub Trompete zu spielen. Vor der Schule steht ihr Motorrad, ein altes Geschoss, das wie eine Militärmaschine aussieht. Sie schlingt sich ein schwarzes Tuch um den Kopf, vielleicht ist sie Muslimin, vielleicht ist es nur wegen der Kälte. Ihr Kleid hat sie hochgerafft und hinten wie zu einem Schwanz verknotet, jetzt steigt sie breitbeinig auf, mit ihren Jeans, mit ihren violetten Stiefeln und mit dem Trompetenkasten um den Hals.

Diego will ein Foto von ihr machen, hat aber keinen Blitz, vielleicht reicht der Lichtkegel der Laterne, jedenfalls versucht er es.

»Hat mich gefreut, euch kennenzulernen.«
Aska wirft den Motor an und sticht mit ihrer Karre in die Nacht.

Später bittet mich Diego, ihm Andrićs Geschichte von Aska, dem Lamm zu erzählen.
Es ist die Geschichte eines widerspenstigen Lämmchens, das immer nur tanzen will und nicht auf die Ermahnungen seiner Mutter hört. So entfernt es sich eines Tages von der Herde. Als es die Augen wieder öffnet, steht der Wolf da. Er hat großen Hunger, will aber noch warten, das dumme, tanzende Lämmchen amüsiert ihn. Es spürt die schwarzen Wolfsaugen auf seinem schneeweißen Fell, und es weiß, dass sein letztes Stündlein geschlagen hat, weiß, dass es auf seine Mutter hätte hören sollen. Es ist in panischer Angst, doch es tanzt weiter, weil es das Einzige ist, was es kann … Und tanzend weicht es zurück. Der Wolf steht immer noch da, er bräuchte nur die Pfote auszustrecken, um es zu packen, doch das kleine Lamm tanzt so schön, dass er sich noch ein Weilchen daran ergötzen will. Gewiss würden ihm noch andere Lämmchen über den Weg laufen, doch nie wieder würde ihm eines begegnen, das so tanzen kann.«
»Und wie geht es aus? Frisst der Wolf es auf, oder lässt er es laufen?«
Ich mache ihm einen Kräutersud für die Augen und drücke ihm den Mull auf die Lider.
In der Dunkelheit seiner verbundenen Augen nimmt er meine Hand.
»Was ist denn los?«, fragt er.
»Gojko hat gesagt, Aska wäre bereit, uns zu helfen.«
Ich musterte das unbewegliche Gesicht des alten Jovan, er saß versunken in seinem abgewetzten, grünen Samtsessel, auf des-

sen Rückenlehne ein besticktes, weißes Tüchlein lag, das Velida fast täglich wechselte. Er hörte sehr schlecht und sah fern, ohne sich noch die Mühe zu machen, auf den Ton zu achten. Der Fernseher war ein altes Schwarz-Weiß-Modell mit einer Zimmerantenne, deren Empfang zu wünschen übrig ließ. Die fehlenden Farben und der blasse, körnige Schleier, der den Bildschirm überzog, erinnerten an Archivmaterial, an alte Filmstreifen aus dem Zweiten Weltkrieg. Die serbische Armee hatte die natürliche Grenze der Drina überschritten und rückte in Bosnien vor. Mir fiel die lange Nacht des ersten Menschen auf dem Mond wieder ein, dieses Signal aus weiten Fernen. Ich war damals noch klein und saß neben meinem Vater, der auf den Bildschirm starrte, als sähe er ein ultimatives Stück Zukunft, etwas, das er nie wieder sehen würde. Plötzlich fühlte er sich als Teil einer einzigartigen Generation von Menschen, die es nach den Flügeln des Ikarus, nach Leonardos Flugmaschinen und nach dem ersten *Flyer* der Gebrüder Wright nun endgültig geschafft hatten, die Gravitationskraft der Erde zu überwinden und sich auf jenem durchscheinenden, fernen Auge niederzulassen. Der weiße Taucher, der sich auf der bleigrauen Kruste so unsicher bewegte wie ein Neugeborenes, war er selbst.

Er glaubte an die Zukunft, mein Vater, genauso wie Sebina. Er glaubte, dass jeder Normalsterbliche anfangen würde, mit Volldampf durch den Himmel zu rauschen.

Auf dem Bildschirm rückten unheimliche Panzer vor, und das einzige Signal, das nun ankam, war das gestörte in dem alten Fernseher. Velida stand auf, um die beiden Amseln aus dem weißen Käfig in der Küche zu lassen. Sie wollten nicht weg, flogen durch die Zimmer und überquerten höchstens die Straße, um sich auf den Balkon des Hauses gegenüber zu setzen. Wenn Velida sie rief, kamen sie zahm wie die Hühner zurück. Mit einem

Anflug von Ärger schaltete sie den Fernseher aus, fast aus einem kleinen, persönlichen Trotz heraus, sie kramte in einem Regal voller Schallplatten und ließ Jazz auf den Teller ihres alten Plattenspielers gleiten. Dann kochte sie mit akribischer Sorgfalt Kaffee, ohne auch nur einen Krümel des Pulvers zu verschütten.

Ich betrachte die Stille dieser Räume und sauge den Duft von Dingen ein, die schon seit vielen Jahren hier sind, die sich angesammelt haben: Kunstbände, wissenschaftliche Werke, das bescheidene Geschirr auf den Küchenregalen, die Jugendfotos von Velida und Jovan, die Wanduhr. Es sieht aus, als sollte sich nichts aus dieser Wohnung jemals fortbewegen. Ein kleines, vertrautes Labyrinth, in dem die Amseln herumfliegen und sich neben die Katze, die sie keines Blickes würdigt, auf das Sofa setzen. »Es ist doch nicht normal, dass sich eine Katze nicht auf einen Vogel stürzt«, sage ich zu Velida. Sie hebt die Schöpfkelle: »Ich habe ihnen beigebracht, sich zu respektieren.«

Wir sind in der Küche, ich helfe ihr bei der Zubereitung gefüllter Weinblätter. Wir haben Reis unter das Fleisch gemischt, breiten die Weinblätter aus, füllen sie und rollen sie zusammen. Velidas Bewegungen erinnern an eine ewige Zeit, an Röllchen, die immer und immer gekocht werden und hungrige Gaumen zufriedenstellen. Es entspannt mich, mit dieser alten Biologin in der Küche zu stehen, die einfach den Fernseher ausstellt und das Düstere der Welt vertreibt, während sie eine Zwiebel zerkleinert.

»Warum habt ihr keine Kinder, du und Jovan?«

Ihre Augen sind gerötet von der Zwiebel, doch sie lächelt.

»Wir wollten keine. Jovan war zu sehr von seiner Forschung in Anspruch genommen, und ich war zu sehr von Jovan in Anspruch genommen. So war das eben.«

»Hast du dich denn nie nach einem Kind gesehnt?«

Sie könnte mich anlügen, sie ist an Zurückhaltung und Einsamkeit gewöhnt. Doch sie lügt nicht.

»Immerzu«, sagt sie. »Immerzu.«

Sie schichtet die Röllchen in einen Kochtopf und zerbröckelt Chili. Wieder lächelt sie.

Kurz zuvor habe ich sie vor dem Fernseher gefragt, was sie zu tun gedenke, falls der Krieg kommt und sie überrollt. Sie zuckte mit den Schultern und ließ die Amseln heraus. Jetzt antwortet sie mir. Sie gießt etwas Essig in den Topf und sagt, dass sie sich nicht aus ihrer Wohnung wegbewegen werden. Sagt, dass sie zweimal Krebs gehabt habe, doch Gott wolle sie nicht, er lasse sie hier weiterkochen.

»Aber um die Kinder muss man Angst haben.«

Aus dem Topf steigt ein köstlicher Duft, ich sage, Gott tue gut daran, sie in dieser Küche zu lassen. Sie fragt mich, warum ich keine Kinder habe.

Ich sage ihr ohne Umschweife die Wahrheit, mühelos. Sie sieht mich mit dem Blick einer Biologin an und schüttelt den Kopf. Dann erzählt sie, dass mein Name – Gemma – im Prozess der Knospung die erste Anlage eines neuen Individuums bezeichnet.

Ich sagte Gojko, dass ich Aska allein treffen wolle. Wir verabredeten uns in einer Bar, in der ich noch nie war, eine Art Turban aus Kupfer und Glas mitten in einem Park, eine seltsame Neuinterpretation des osmanischen Stils in österreichisch-ungarischer Soße. Innen herrschten die dekadente Eleganz der Wiener Kaffeehäuser zu Beginn des 20. Jahrhunderts und der Geruch nach Essiggurken und *bosanska kafa*. Aska saß halb versteckt hinter einem Vorhang mit Spiegelscherben, neben sich den schwarzen Kasten ihres Instruments, und redete eindringlich mit Gojko.

Ich ging zu ihrem Tisch. Gab ihr die Hand.
»Hallo.«
Sie stand auf und umarmte mich herzlich. Sie trug einen schwarzen Pullover voller Löcher und die Jeans vom Vortag. Die Sicherheitsnadel steckte nach wie vor in ihrem Ohrläppchen, doch geschminkt war Aska nicht. Ich geriet dicht an ihr Haar, an das Fleisch ihres Halses, ich spürte den Geruch von duftendem Holz, von Palisander, von Zeder.

Aska bestellte für mich. Bayerische Creme aus Österreich und einheimische Süßspeisen mit Honig.

Während sie isst, sehe ich sie forschend an. Sie sitzt dicht neben mir, im unbarmherzigen Tageslicht. Ich suche nach etwas Kaputtem, nach einem kleinen, versteckten Makel. Doch sie ist schön, ihr Gesicht ist ein vollkommenes, strenges Oval, und unter den Augen hat sie eine natürliche Schwellung der wasserklaren Haut. Eine Müdigkeit, die sie sinnlich macht, zerknittert diese Schönheit. Aska sieht mich auch an, die Krümel an meinem Mund, den Ring an meinem Finger. Wir unterhalten uns.
»Wie alt bist du?«
»Zweiundzwanzig.«
Ich hatte gehofft, dass sie etwas älter ist. Ich werfe einen Blick in die Runde, eine Frau im mittleren Alter redet und raucht, wobei sie mit der freien Hand die Zigarettenschachtel umklammert, als würde sie ihren Atem umklammern. Weiter hinten ist eine Tür, vielleicht die zur Toilette. Plötzlich ist mir, als sollte ich jetzt gehen, als sollte ich aufstehen und unter dem Vorwand, auf diese Toilette zu wollen, einfach rausgehen, weg von dem Lamm und von den Augenringen, die wie geschwollene Blütenblätter aussehen.

Mir ist, als habe sie etwas von jener Frau, die ich vor einigen Jahren gewesen bin, denselben Gesichtsausdruck, stolz und dümmlich.

Gojko wirft mir verschmitzte Blicke zu, wie ein Heiratsvermittler, wie ein Kuppler.

Aska hat den Pullover ausgezogen, es ist warm hier. Sie trägt ein weißes T-Shirt mit einem grauen Aufdruck, ein junges Gesicht, ob Mann oder Frau, ist nicht zu erkennen.

Eine bayerische Creme ist noch übrig, und sie fragt mich, ob ich sie haben will.

»Nimm du sie«, sage ich.

Ich bin satt, eigentlich hatte ich nie Hunger. Aska isst die Creme und leckt sich die Finger.

Sie hat sonderbare Augen, auf deren Grund eine Schicht Traurigkeit liegt, wie kleine, am Ufer vergessene Boote.

Sie schaut mich ernst an, und auch wenn sie lacht, sieht sie nicht aus wie eine, die sich über andere lustig macht. Gojko behandelt sie wie eine kleine Schwester, mit der gleichen Grobheit, mit der er manchmal auch Sebina behandelt. Er fragt sie, wer denn die Braut da auf dem T-Shirt sei.

Aska sagt *Du Tattergreis hast doch keine Ahnung*. Die Braut ist ein Kerl, ein Mythos, und er heißt Kurt Cobain.

So erfahre ich, dass sie Nirvana-Fan ist, dass sie sie die ganze Nacht durch im Dunkeln hört, sie sagt, sie bringen sie weg.

»Wohin bringen sie dich denn?«, zieht Gojko sie auf.

»An einen Ort, an den du nie kommen wirst.«

Er zündet sich eine Zigarette an und wirft die Schachtel auf den Tisch. Er lacht auf und knurrt, die von Nirvana seien doch *lukavi*, Klarkommer. »Das sind milliardenschwere Scheißnihilisten!«

Er steht auf und sagt, dass er pinkeln geht. Er tut es, damit ich mit Aska allein sein kann.

Unten auf dem T-Shirt steht ein englischer Spruch, ein Zitat von Cobain, NIEMAND WIRD JE MEINE ABSICHTEN ERFAHREN.

Ich will raus aus dieser Bar.

»Und wie sehen deine Absichten aus?«, frage ich sie Knall auf Fall.

Sie sagt, sie wolle einfach weg aus ihrem Dorf. Sie komme aus Sokolac, dreißig Kilometer von Sarajevo entfernt, und halte sich mit Tanzmusik in Klubs und mit Privatunterricht über Wasser. Sie habe nur noch ein paar Minuten Zeit, sie müsse los, sie sei auf dem Weg zu einem Juwelierssohn in der Baščaršija.

Sie bläht die Wangen auf, um mir zu zeigen, wie dick das Kind ist, es könne nicht einmal die Finger auf den Ventilen spreizen. Sie sagt, bei den Reichen von Sarajevo sei es Mode geworden, ihren Kindern Musikunterricht erteilen zu lassen.

Sie sagt, sie wolle so nicht alt werden, sie sei jung.

Sie lächelt, sagt, einer der drei Typen von Nirvana sei Kroate, und wenn er es geschafft habe, schaffe sie es auch. Nach London, nach Amsterdam, eine Band gründen, dafür brauche sie das Geld.

»Was hat dir Gojko erzählt?«

»Dass ihr eine *roda* sucht ... einen Storch, eine Leihmutter.«

»Ja.«

Auf dem Teller ist neben ein paar Zuckergusskrümeln noch etwas Sahne übrig, Aska sammelt die Reste mit dem Teelöffel auf.

»Ich bin bereit«, sagt sie.

Sie sieht sich um, stemmt eine Faust unters Kinn und kommt mit ihren grünen Augen dicht an mich heran, ich spüre den Geruch ihres Mundes.

Sie ist unverfroren und bürokratisch. Möchte in D-Mark bezahlt werden und in bar. Sie zieht sich ihren Pullover an, ihr Kopf verschwindet und taucht wieder auf.

»Machst du das nur für Geld?«

Sie greift nach ihrem Trompetenkasten.

Sie lächelt, sagt, sie sage gern die Wahrheit, ich könne ihr vertrauen, weil sie keine Angst vor der Wahrheit habe.

»Was willst du hören?« Sie fasst sich ans Ohrläppchen, an einen dieser Kitschohrringe. »Dass ich es aus Nächstenliebe tue?«

Sie erzählt mir, dass die Musik ihr Ein und Alles sei, dass sie ihre Kindheit auf dem Land damit verbracht habe, Kaninchenställe auszumisten, Maiskolben auszukörnen und auf ihnen zu spielen wie auf einer Flöte, wie auf Ventiltasten. Viele Jahre war Sarajevo für sie wie San Francisco, doch jetzt schneidet es ihr in den Rücken wie ein zu enger BH. Sie sagt, sie wolle nie heiraten, nie eine Familie gründen.

Ich frage sie, ob sie Muslimin sei.

Sie verzieht das Gesicht, sagt, sie setze nie einen Fuß in eine Moschee, auch wenn sie manchmal den Koran lese.

»Und was sagt der Koran, darfst du deine Gebärmutter verleihen?«

»Der Koran sagt, man soll anderen helfen.«

Ihr gefalle die Vorstellung, ihren Bauch einer verstümmelten Frau zu leihen. Das sagt sie wirklich, verstümmelt.

»Jeder von uns muss was zurückgeben …«

Sie steht auf, streift sich einen Plastikumhang gegen den Wind auf dem Motorrad über. Sie zuckt mit den Schultern. Dann bittet sie mich, ihr schnell Bescheid zu sagen, sie müsse ihre Zukunft planen.

Diego schweigt. Ich betrachte seinen hohlen Nacken, seinen hängengelassenen Kopf auf den Schultern. Er ist todmüde, seine Hosen sind dreckig. Er war am jüdischen Friedhof und hat die Stadt von oben fotografiert, unten war Nebel. Die Minarette und die Dächer der Häuser tauchten wie aus einer Schüssel Molke auf. Ich habe ihm von Aska erzählt. Er sagte nur *Ich weiß nicht*, dann sortierte er seine Filme, nummerierte sie und steckte sie in ihre schwarzen Dosen zurück.

Wir fanden einen Arzt im Umland, an der Fernstraße nach Hadžici. Gojko holte uns mit dem Auto ab. Aska saß vorn, mit den roten, von wilden Schnitten ruinierten Haaren, den schwarz lackierten Fingernägeln und einer Sonnenbrille so groß wie die von Kurt Cobain. Mit meinem mehr als knielangen Rock, meiner Sichtbrille und meinem Haarknoten sah ich aus wie ihre Mutter.

Der Arzt stellte nicht viele Fragen, er war untersetzt und hatte das leicht stumpfsinnige Gesicht mancher Bauern. Er hatte einen kleinen Tick, ständig sog er an dem Zwischenraum zwischen seinen Schneidezähnen. Ich erinnere mich nur noch an diesen Mund, den er wie ein Kaninchen zusammenzog, und an dieses lästige Geräusch.

Aska legte ihre Hand auf die von Diego und sagte, er sei ihr Freund, sie wünschten sich ein Kind, doch sie könne keinen Geschlechtsverkehr haben.

»Ich habe Muskelkrämpfe, die mir das unmöglich machen.«

Gojko senkte den Kopf fast bis zum Boden, er lachte sich tot, der Mistkerl. Auch ich spürte wieder das Aufzucken unserer gemeinsamen Jugend, aus der Zeit, als wir noch verrückt und frei waren. Der Arzt kümmerte sich nicht um unsere Überdrehtheit. Er verordnete ihr all die Untersuchungen, ließ sich hundert Deutsche Mark im Voraus aushändigen und gab uns einen Termin in der nächsten Woche.

Aska schwänzelte hinaus, und bevor sie wieder ihre Superstar-Sonnenbrille aufsetzte, zwinkerte sie mir zu.

Wir warten unweit der Musikschule in einer abseits gelegenen Bar auf sie, denn sie will nicht von ihren Freunden gesehen werden, sie bewegt den Mund wie einen Schnabel und macht *quak, quak*, sagt, *Die reden zu viel*, sie wolle aber niemandem was erklären. Sie scheint sich mehr denn je zu freuen, uns zu sehen, lacht und bezichtigt uns beide, wie penetrante Eltern zu sein. Ich drücke meine Hände zusammen und lasse die Knöchel knacken, eigentlich bin ich diejenige, die Angst hat. Diego ist ruhig, zu ruhig. Er scheint nur zu Besuch zu sein.

»Wir wollen dich besser kennenlernen.«

Aska schnaubt und sagt *So ein Blödsinn, die Menschen kennen sich nie wirklich, nicht mal Ehepaare.*

Jeder hat eine verborgene Seite ...

»Kennt ihr zwei euch etwa?«

Diego lächelt, sie sehen sich an, und ich habe den Eindruck, dass sie sich augenblicklich verstehen.

Das Lamm hat umherschweifende, immer etwas müde Augen, die sich hochziehen wie nasse Flügel, flattern und sich auch wie nasse Flügel wieder herabsenken, doch wenn sie dich streifen, hinterlassen sie eine Spur, den Schmerz der Schönheit. Ich betrachte ihre vom Trompetespielen aufgesprungenen Lippen, die sie sich unentwegt leckt, ihren Busen und ihre Arme, das wenige von ihrem Körper, das ich unter ihrer Kleidung erkennen kann, unter ihrer Verkleidung im Look modernen Unglücks. Lächerlicher Punk im Sarajevo-Verschnitt. Dass sie sich so verschandelt, ist mir egal, sie ist nicht meine Tochter, und sie hat recht, sie wird nie meine Freundin sein. Sie schminkt sich das Gesicht kalkweiß und die Lippen dunkel, böse.

Sie wird nach London gehen und nichts aus ihrem Leben machen, wird sich in den Straßen und im Lärm der Klubs verschleißen. Ihr Schicksal interessiert mich nicht, mich interessiert ihre unmittelbare Zukunft. Mich interessiert ihr Körper. Sie witzelt mit Diego herum, und ich lasse die zwei über Musik plaudern. Sie ist schön, und trotz der Kalkschicht sprüht sie vor Gesundheit. Ich lächle wie eine liebenswürdige Mutter.

»Du willst also weg?«

Sie kaut. Jedes Mal, wenn wir uns treffen, stopft sie sich voll, bestellt Brötchen und Kuchen, jedes Mal sagt sie, sie habe seit dem Morgen noch nichts gegessen. Sie sagt, allzu lange könne man nicht Musik machen, wenn man wirklich Musik macht, weil die Musik dir Ratten auf den Hals hetzt, weil sie dich auffrisst.

Madonna und Michael Jackson findet sie widerlich.

Sie redet über Janis Joplin. Ihr Gesicht verdüstert sich, verändert sich schlagartig. Sie isst nicht mehr, starrt vor sich hin.

»Manchmal zeigt Gott vom Himmel aus mit dem Finger auf jemanden und sagt *Du da, komm*. Gott kann man nichts abschlagen. Er zieht in deinen Körper ein und zerreißt dir die Seele. Um Gott auszuhalten, hat Janis Drogen genommen.«

Ich frage sie, ob sie Drogen nehme, ob sie mal welche genommen habe.

Sie sieht mich hasserfüllt an. Sagt *nein* und steht auf, sagt, die Sitzung sei zu Ende.

Wir schlendern über die Ziegenbrücke.

Sie erzählt mir von ihrer Mutter, die vor knapp einem Monat gestorben sei, weil sie nicht ihren Weg gegangen sei, sie sagt, die Menschen werden krank, wenn sie nicht ihren Weg gehen.

»Gestern Abend bin ich bei *Smells Like Teen Spirit* von Nirvana eingeschlafen.«

Sie lacht und sagt, es sei praktisch unmöglich, bei diesem Song einzuschlafen, doch sie sei in einen bleiernen Schlaf gefallen. Sie habe geträumt, sie sei nackt und schwanger durch die Tito-

Allee gelaufen, sie war todmüde, der Bauch war schwer, und sie verstand nicht, weshalb sie immer weiterging, statt sich hinzusetzen. Dann sah sie Panzer auf sich zurollen. Sie wusste, dass sie von ihnen niedergewalzt werden würde, doch sie ging weiter, als wäre das die einzige Möglichkeit. Wie der unbekannte Aufständische vom Platz des Himmlischen Friedens. Sie war sich sicher, dass sie sie aufhalten würde.

Sie schaut auf die Miljacka, auf ihr weiches Wasser.

»Es gibt zu viele Brücken in Sarajevo.«

Im wehenden Wind öffnet sie die Arme und steht da wie ein Engel mit ausgebreiteten Flügeln, mit ihren roten Haaren, den hinfälligen Sarajevo-Grunge-Klamotten, der riesigen Sonnenbrille und mit der Sicherheitsnadel im Ohr. Sie sagt, ich solle meine Brust weit machen und tief durchatmen. Wir stehen beide da wie zwei alberne Engel, ich in meinem Kostüm und sie mit ihren Armreifen, zahllosen Metallringen, die klingeln wie das Glöckchen am Hals eines Schafs.

»Warum kannst du keine Kinder kriegen?«

Ich erzähle ihr meine Geschichte.

»Dir wird nicht nur der Bauch jeden Tag vorenthalten, sondern das Leben an sich, wieder und wieder und wieder.«

Sie umarmt mich ohne Ergriffenheit. Ihre Sicherheitsnadel streift meinen Mund, und es kommt mir so vor, als hinge daran jetzt meine Zukunft.

Diego fotografiert uns von hinten. Er sagt, er sehe uns gern zusammen, Aska erinnere ihn an ein Mädchen aus Genua. Eine, die in einem Laden für Militärbekleidung am Hafen gearbeitet habe, schweres, muffig riechendes Zeug, alte Marineuniformen.

»Hat sie dir gefallen?«

»Sie war lesbisch.«

Aska fragt mich, ob Diego und ich uns lieben.
»Ja, sehr.«
Sie nickt, schaut auf das Wasser, bückt sich, hebt einen kleinen Stein auf und wirft ihn hinunter.

Diego nimmt uns ins Visier, Arm in Arm auf dieser Brücke. Dann will Aska durch den Sucher sehen und fotografieren, sie, uns.

Diego ist so redselig wie bei seinen Studentinnen. »Du kannst einfach die Wirklichkeit fotografieren oder auf die Suche gehen.«
»Wonach?«
»Nach etwas, was vorbeikommt und was man gar nicht sieht. Was erst später zum Vorschein kommt.«

Er erzählt ihr, dass er deshalb gern Wasser fotografiere, weil es sich bewege und unbemerkt etwas einschließe, ein Vorüberziehen, einen Widerschein.

Aska drückt ab, gibt Diego die Kamera zurück und lächelt.
»Wer weiß, vielleicht habe ich ja was Unsichtbares fotografiert.«

Ich lächle auch, und wieder ist es mein dummes Lächeln, denn wieder spüre ich, dass das Kind da ist, es gleitet auf diesem Fluss auf uns zu. Ich drehe mich nach den beiden um, sie gehen dicht nebeneinander auf dem Bürgersteig, ohne sich anzuschauen. Für einen kurzen Moment sehen sie sich ähnlich. Sie sind gleich groß. Und sie haben den gleichen Gang, schief und steif in den Hüften schwankend, als wollten sie einer Gefahr ausweichen, während sie unverfroren auf sie zugehen.

Inzwischen haben wir ihr die ersten fünftausend Mark gegeben. Am Tisch in unserer Bar hat sie sie nachgezählt.
»Wäre es nicht bequemer, sie auf ein Konto zu überweisen?«

Sie ist misstrauisch, Jugoslawien zerbröckelt, und sie hat Angst, ihr Geld könnte in den Taschen irgendeines Kerls in Belgrad landen.

Wir nehmen ein Taxi und fahren wieder zum Arzt, sie umklammert die Mappe mit ihren Untersuchungsergebnissen. *Alles in Ordnung*, sagt sie.

»Ich habe kein Aids.«

Ich berühre ihr Bein, den löchrigen Strumpf, aus dem Blasen von schneeweißem Fleisch hervorbrechen.

»Aska, ich mache mir Sorgen.«

»Wieso denn?«

Wer sagt mir, dass sie das Kind nicht behalten will? Dass sie nicht sagt, sie könne sich nicht mehr von ihm trennen, wenn sie erst einmal merkt, wie es sich in ihr bewegt?

Sie beruhigt mich. Nimmt die Sonnenbrille ab und zeigt mir ihre Augen, die an diesem Morgen ungeschminkt sind. Sagt, sie habe mir ihr Wort gegeben.

»Aber jetzt kannst du das doch noch gar nicht wissen.«

Sie sagt, sie wisse es, sie wolle keine Kinder, sie habe keine Ahnung, was sie damit anfangen solle.

»Das Einzige, was ich will, ist Musik machen.«

»Und was erzählst du deinen Freunden?«

Sie denkt eine Weile nach. »In den letzten Monaten fahre ich weg, so mache ich das.«

»Und wohin?«

»Ich habe einen Lieblingsort, an der Küste, dahin fahre ich.«

»Und ich komme mit.«

Sie nickt unter ihrer Sonnenbrille.

Und schon bin ich wieder zuversichtlich, das Auto fährt, und ich stelle mir ein weißes Häuschen vor, außerhalb der Saison, mit einem leicht muffigen Geruch. Ich greife nach Askas Hand, weil ich mir vorstelle, wie ich Hand in Hand mit ihr am Strand entlanglaufe, sie mit ihrem Bauch und ich, die ich ihr Tee koche, mich um sie kümmere und ihr einen meiner Schals um die Schultern lege. Das wird schön, nur wir zwei, das Meer im Winter und ein Fenster, tropfenübersät von außen und beschlagen von innen.

Wir stehen vor der Tür der kleinen Arztpraxis.

»Ich werde immer für euer Kind spielen, dann wird es vielleicht ein großer Musiker.«

Plötzlich wird sie traurig, ich streiche eine Strähne ihrer kräftigen, roten Haare zur Seite.

»Spiel ihm aber nicht Nirvana vor, ich flehe dich an.«

»Was soll ich ihm denn sonst vorspielen?«

»Mozart ...«

»Vergiss es.«

»Chet Baker?«

»Den ja.«

Der Arzt war nicht da, die Tür verschlossen. Aska ging die Treppe hoch und klingelte an anderen Türen, nur eine Frau im Rollstuhl war noch da.

Aska kam zu uns zurück, die Arme müde an den Seiten.

»Sie sind alle weg.«

»Weg wohin?«

»Sie weiß es nicht, hier ist keiner mehr.«

Wir hörten Stimmen, und kurz darauf schauten zwei Männer in Tarnanzügen von einem Balkon. Sie standen ruhig da wie zwei Angestellte in der Pause, rauchten, musterten uns und schienen sich über uns lustig zu machen. Ich bekam Angst, zum ersten Mal. Wir blieben noch eine Weile vor dem Eingang stehen, verstört wie ausgesperrte Hühner bei Sonnenuntergang vor ihrem Stall.

Das Taxi war weg, und wir machten uns zu Fuß auf den Weg. Aska ging auf der anderen Straßenseite, sie sah aus, als käme sie von einem Ausflug ins Grüne zurück. Sie trällerte vor sich hin und versuchte, mit der Hand die blühenden Zweige der Dornbüsche zu erreichen. Wir liefen am Straßenrand, nur wenige Autos kamen vorbei, alte Schüsseln, die ihren Gestank zurückließen. Diego gab mir seine Hand, ohne Gewicht, geistesabwesend. Kurz zuvor war ihm ein Objektiv kaputtgegangen, es war ihm auf der Treppe in diesem Haus heruntergefallen, für ihn war das der Schmerz des Tages. Er hatte diese Pilgerfahrten satt und ließ sich von mir nur mitziehen, aus Trägheit, aus Liebe. Als folgte er einer Ehefrau, die an einer einsamen Obsession litt.

Ich blieb stehen, um einen Blick zum Himmel zu werfen, auf die Sonne, die sich von der Nacht vertrieben zurückzog. Nicht ein Stern war zu sehen. Wir tappten im Dunkeln zu den Lichtern der Stadt zurück. Aska wohnte in einem der ersten Viertel. Wir brachten sie bis zur Haustür, und sie fragte, ob wir mit zu ihr kommen wollten. Sie könne uns allerdings nicht viel anbieten.

»Das macht nichts.«

Wir gingen hinauf.

Jetzt waren wir die Waisen, und sie wie unsere Mutter. Es war eigentlich kein Wohnhaus, eher eine Art Hotel. Kleine Wohnungen, alle nebeneinander wie Badekabinen.

»Das waren die Unterkünfte der Olympiateilnehmer.«

In der Wohnung stand ein im Boden verankerter, heller Holztisch und eine Eckbank im gleichen Braun wie der Teppichboden. An einem Gitter an der Wand eine Reihe Gläser, es sah aus wie in einem Wohnmobil. Ich wollte ins Bad und landete im Schlafzimmer, auch das klein und dunkel. An der Wand hing ein Poster von Janis Joplin mit dem für sie typischen Gesicht einer alten Herumtreiberin, dazu krause Haare, der Schlitz ihrer Augen und ihres Mundes, der Wind des Deliriums.

Darunter ein Spruch: AUF DER BÜHNE HABE ICH SEX MIT ZWANZIGTAUSEND LEUTEN. DANACH GEHE ICH NACH HAUSE. ALLEIN.

Wir plauderten ein bisschen. Aska nahm Gläser vom Gitter, goss uns etwas Milch ein, gab jeweils einen Teelöffel Kakaopulver dazu und rührte um. Sie bohrte sich einen Finger in die Wange, um uns zu sagen, wie gut das Getränk sei und dass es uns trösten würde. Sie sagte, sie tröste sich immer so, mit Süßigkeiten, wie ein kleines Kind. Doch sie sah gar nicht traurig aus. Sie hatte die violetten Stiefel ausgezogen und lief barfuß, sie hatte lange, weiße Füße mit langen, schmalen Zehen, auch ich zog einen Schuh aus und stellte meinen Fuß neben ihren, wir lachten, weil meine Füße viel kürzer und breiter waren. Ich sagte ihr, sie könnte Basketball spielen. Sie schüttelte den roten Kopf und sagte wieder, sie wolle nichts als Musik machen, sie sei schon mit der Trompete auf die Welt gekommen.

»Das ist ein seltsames Instrument für eine Frau.«

»Es passt zu mir.«

»Und warum?«

»Man braucht seinen ganzen Atem, seine ganze Seele.«

Sie presste die Lippen ans Mundstück und spielte *Diane*, sie schloss die Augen und wiegte sich dahinsiechend wie Chet Baker.

Diego sah ihr mit leicht geöffnetem Mund zu, wie man jemandem zusieht, der einem nahesteht und der einen Fehler machen könnte. So wurde der Abend warm, mit diesem Kakao und dieser Musik. Diego hatte einen Joint gedreht und trommelte nun mit den Fingern auf den Tisch. Ich hatte meine Knie zwischen den Armen und den Kopf an der Wand.

Es ging mir gut, ich hatte auch ein paar Züge genommen und spürte einige leichte Schauer, trockene Grashalme, die sich sacht bewegten.

Es war nun mal so gelaufen. Wir würden uns von unserer kleinen Freundin aus Sarajevo verabschieden, doch die fünftausend aus dem Fenster geworfenen Mark waren diesen Abend wert. Ich war mittlerweile an Niederlagen gewöhnt, an die Schläge ins Wasser, immer dieselben, in immer denselben Tümpel. Es war ein sanft schwingender Abend. Ein Abschied, von dem ich wusste, wie er schmeckte. Aska hörte auf zu spielen und schüttelte die Trompete aus, ein bisschen Speichel kam heraus. Sie spendierte noch eine Runde Milch mit Kakaopulver. Dann nahm sie die Sicherheitsnadel aus dem Ohr und spielte damit herum.

»Warum ziehst du dich so an?«

»Angefangen habe ich damit, um meinen Vater zu ärgern.«

Sie erzählt, dass ihr Vater das Gebet in der Moschee ihres Dorfes leite, jahrelang haben sie sich gestritten, doch als ihre Mutter starb, haben sie Frieden geschlossen.

»Meine Mutter ist auch tot.«

Ich werde trübsinnig. Diego trägt heute den Pullover, den sie ihm geschenkt hatte, ich denke an diesen Tag zurück, an ihre schüchternen Augen, unentschlossen in allem, wie immer. Ich denke, dass ich ihr ähnlicher bin, als mir jemals bewusst war.

Diego nimmt meine Hand und küsst sie.

»Woran denkst du, mein Schatz?«

»An nichts, an meine Mutter.«

Ja, ich denke an sie, an eine verhuschte Frau, die nicht viel vom Leben hatte.

Aska fragt: »Konnte sie auch keine Kinder kriegen?«

Ich lache, wie ich noch nie gelacht habe. Dabei entblöße ich meine Zähne und meine ganze Traurigkeit.

»Ich bin doch geboren.«

Aska kichert: »Ach so, ja, wie blöd von mir.«

Der Joint tut seine Wirkung. *Doch vielleicht*, denke ich, *hat sie ja recht, und ich bin gar nicht geboren. Ich bin nur der Schatten meiner Wünsche.*

Wieder fällt mir diese Erzählung ein, dieses Ballerina-Lämmchen, das tanzt, um nicht zu sterben.

Aus den Bergen wird geschossen. Wir sehen aus dem kleinen Doppelfenster, das Aska festhält, weil der Haken kaputt ist. Die Luft ist kalt, wir können nicht genau ausmachen, woher die Schüsse kommen.

Aska scheint nicht beunruhigt zu sein.

»Das passiert seit einer Weile fast jede Nacht, Idioten, die sich einen Spaß erlauben, dumme Jungs.«

Wir gehen in die Küche, sie und ich, um Wasser aufzusetzen. Sie sagt es mir, während sie versucht, die blaue Gasflamme in Gang zu halten.

»Wenn du willst, können wir es auch auf natürlichem Weg machen.«

Sie erzählt, sie habe ihre Menstruation gerade hinter sich und sei in etwa zehn Tagen zur Paarung bereit. Sie sagt wirklich *Paarung*. Ich lache, sie spielt mit ihrer Sicherheitsnadel. Sagt, für sie sei diese Paarung kein Problem. Ich muss an Karnickel auf einem Feld denken, an dieses Rammeln. Mein Gesicht steht in Flammen, ich bin fahrig vor Freude, vor einem kleinen, ungehörigen Überschwang.

»Aber für mich könnte es ein Problem sein.«

Doch ich weiß schon, dass das nicht stimmt, dass es überhaupt kein Problem ist, ich betrachte ihr Rostrot und habe den Graben der Anrüchigkeit bereits übersprungen. Schon den ganzen Abend sitzt mir etwas im Bauch. Wie vorhin, als ich einen

Blick ins Schlafzimmer warf, auf das schmale Bett, dachte ich *Was ist denn schon dabei, noch ein Joint und ... Ich bleibe hier auf der Bank und sie da drüben, unter dem Janis-Joplin-Poster ... Wir gehen doch alle allein nach Hause, Aska, jeder von uns, im Innersten unserer kleinen Körper, geboren, um nicht zu dauern.*

Sie redet immer noch. Sagt, Sex interessiere sie nicht, sie finde ihn überflüssig. Wie alles, was zu weich und zu nass sei. Sagt, ich könne dabeisein, wenn ich wollte.

»Wie beim Arzt.« Sie lacht.

Ich bedanke mich. »*Hvala*.«

Ihr entgeht die Ironie. Sie antwortet *Bitte*. Dann wiederholt sie: »*Za mene parenje nije problem*«, für mich ist die Paarung kein Problem.

Ich ließ zu, dass mir dieser Satz in die Brust glitt, ging zurück und setzte mich auf die Bank, ich wartete, dass er seine Wirkung bis ins Letzte entfaltete. Bis in den Bauch hinein.

Diego sah uns an, er spürte etwas, das Gären einer Vertraulichkeit.

»Was habt ihr denn?«

»*Ništa*«, nichts.

Ich bat ihn, noch einen Joint zu drehen, ich wollte nur noch lachen, wollte alles in einem langen, trägen Gelächter auflösen. Ja, weg von den Sprechzimmern, weg von den Injektionen, weg von den Samenentnahmen. Weg von allem, was mich so gequält hat. Kein Abspritzen ins Reagenzglas mehr, sondern Liebesergüsse ins Fleisch. In Askas weißes, warmes Fleisch, das mir jetzt wie mein eigenes vorkommt. Es wäre wie Liebe zu dritt, ein zärtliches Miteinander wie kurz zuvor, als wir an die Fensterscheibe gedrückt dastanden. Wir und unser Lamm.

Aska war das zu uns passende Fleisch, sie war jung, und sie

gefiel Diego. Dieses Sahnetörtchen hätte jedem gefallen, dieses strahlend schöne Dummköpfchen aus Sarajevo, das durch die Mode und durch die Dummheit gegen sich selbst ein wenig verunstaltet war.

Wir sahen uns noch eine Weile in die Augen. Da war keinerlei Verlegenheit, sie senkte den Blick nicht, wandte ihn nicht ab, diesen Blick, der sich in meinen fügte, und da war auch keine Arglist. Sie war nur nicht mehr so fröhlich. Jetzt hatte sie sich ans Fenster gelehnt. Und ich erfuhr etwas über sie. Sie war ein Wesen, das etwas losgelöst von den Dingen war, als gäbe es zwischen ihr und allem ringsumher stets einen kleinen Zwischenraum, der durchquert, der gewaltsam passiert werden musste. Für sie gab es keine Brücken, sondern nur einen strömenden Fluss, und sie suchte im Wasser nach einem Halt, einem herausragenden Stein, irgendwas. Jetzt hatte sie ihn gefunden, diesen Stein, und es spielte keine Rolle, dass er ihr eigener Körper war.

Mir ging durch den Kopf, dass sie vielleicht auf mich gewartet hatte, dass sie zu mir gekommen war, um mir zu helfen, dass sie genau dafür geboren war. Dass dies ihre Bestimmung war. Sie war zufällig zwischen uns geglitten, wie ein Kind beim Liebesspiel. Und dies war eine Nacht der Liebe. Da waren die fernen Schüsse, die uns geradezu Gesellschaft leisteten, uns warnten und uns sagten, dass das Leben seine Risiken hat, seine Schwierigkeiten, sodass man genauso gut auf alle Umschweife pfeifen und alles auf eine Karte setzen konnte, mit aller Konsequenz. Ich sah aus dem Fenster auf die scharf umrissenen Berge im Mondlicht. Was waren wir, Schafe oder Wölfe?

»Aska will trotzdem weitermachen.«

Diego lachte auf, er war erhitzt.

»Ich soll also ...«

Sein Blick flatterte zu mir und gleich wieder weg, wie ein Falter gegen das Licht. Sein Hemd stand offen, die Locken klebten ihm auf der Stirn, seine Lippen waren rissig von der Kälte. Die roten Flecken, die sich immer bildeten, wenn er sich schämte, breiteten sich im Nu über sein Gesicht aus, wie eine heftige Allergie. Wir wälzten uns benommen durch die Nacht, vorwärtsgetreten von diesem merkwürdigen Spiel. Als wir den Heimweg fanden und unser Bett, war meine Stimmung noch unklarer, eine verschleimte Kehle. Diego hatte sich nur die Hosen ausgezogen und lag nun im Hemd und mit nackten Beinen unter der Decke, wir stanken nach Milch und Kakao.

»Wie geht die Geschichte von Andrić denn aus?«

»Gut. Das Lamm hört nicht auf zu tanzen, deshalb will der Wolf es erst später fressen und merkt nicht, dass sie schon dicht ans Dorf herangekommen sind. Die Bauern kreisen ihn ein und töten ihn. Die Mutter hält dem tanzenden Lamm eine Standpauke, und es verspricht, nie wieder wegzulaufen, doch weil es so gut tanzen kann, darf es künftig zur Ballettschule gehen.«

Ich klammerte mich an Diegos dünne Beine. Wir küssten uns lange. Seit Monaten hatten wir nicht mehr miteinander geschlafen, und nun waren wir plötzlich erregt.

Die Dämmerung glänzte schon auf, wie ein Tümpel in der Nacht, ein heller Schein in der Nähe und in der Ferne die Dunkelheit der Berge.

Am folgenden Tag besuchte ich Gojko beim Rundfunk. Ich stand vor dem Aufnahmestudio und wartete, bis er mit seiner Sendung fertig war. Es war später Vormittag, doch dort drinnen schien es noch Nacht zu sein. Gojko stand mit Kopfhörern auf den Ohren in einem kleinen, gelben Licht, seine zigarettenheisere Stimme raschelte aus dem Mikrofon, sinnlich und weich.

Er rezitierte ein Gedicht, sah mich, schickte mir einen Kuss, den er über seine Hand blies, und schenkte mir einige Verse von Mak Dizdar:

Kako svom izvoru
da se vratim?
(Wie komme ich nur zurück
zu meiner Quelle?)

Wir setzten uns ins Foyer neben die Tür und tranken Kaffee aus dem Automaten.
»Was soll ich dir sagen?«
»Die Wahrheit. Was dein Gefühl dir sagt.«
Ab und zu kam jemand herein und brachte etwas Luft mit.
Ich war gekommen, um mir Rat zu holen. Der Kaffee im Pappbecher war zu heiß, ich hatte meine Bluse bekleckert.
»Die beiden wollen ficken, genau das sagt mir mein Gefühl.«
Ich schüttle den Kopf, blase die Wangen auf, möchte etwas sagen, wehre den Schlag ab. Wir sehen aus dem Fenster auf den Garten im Innenhof, auf Zweige, die mit kleinen, staubigen Blüten betupft sind.
»Diego glüht vor Liebe zu dir, ich denke, er ist inzwischen gut durch«, sagt er lachend.
Er steht auf, geht zur Toilette und kommt mit einem klatschnassen Taschentuch zurück.
»Aber er ist auch bloß ein Mann, und der Schwanz folgt nicht immer dem Weg des Herzens, er haut ab in die Tiefe … in schäfchenweiche Gefilde.«
Er lacht wieder, sagt, dieses Lamm sei ein verlogenes Schlitzohr und ihm nicht sympathisch, doch behalten werde es dieses Kind garantiert nicht.

»Aska ist jung und will sich amüsieren. Darf ich?«

Er reibt mit dem nassen Taschentuch auf meinem Kaffeefleck herum.

»Nimm dir, was du brauchst, und hör auf, dich zu quälen. Besorg dir dieses verdammte Gör, damit wir es dann in den Krieg schicken können ...« Wieder lacht er, doch ohne Begeisterung.

Ich schaue ihn an, er sieht gut aus an diesem Vormittag, das blaue Hemd steht ihm und die Brille auch. Vielleicht ist er der beste Mensch, den ich kenne, der aufrichtigste und einsamste.

»Ich habe Angst.«

»Vor einem Schaf?«

Gojko starrt auf meine Haut, die sich unter der nassen Seide abzeichnet.

»Ach, diese Sehnsucht«, flüstert er.

»Warum wurde heute Nacht in den Bergen geschossen?«

»Die Arschlöcher wollen Präsenz zeigen.«

Wir gehen Arm in Arm unter dem weißen Staub spazieren, der sich von den Bäumen löst.

»Wird was passieren?«

»Sie werden wieder abziehen.«

Er sieht mich an und starrt erneut auf meine rosa Haut unter der nassen Bluse.

»Wasser lässt sich nicht zerschneiden.«

»Ich gebe dir, was du haben willst, dann bin ich weg.«

»Vielleicht kommen wir dich ja in London oder Berlin besuchen, wenn du ein Rockstar geworden bist. Wir werden dir zujubeln.«

»Ja, vielleicht.«

»Aber du wirst so tun, als würdest du uns nicht kennen.«

»Nein, ihr werdet erst gar nicht kommen.«

Wir sahen uns nur noch selten, bei schnellen, förmlichen Begegnungen. Aska wollte immer rasch wieder weg, sie war unruhig und klammerte sich an ihren Trompetenkasten wie an einen Schild.

Etwas hatte sich verändert.

Diegos Augen waren nervöser, seine Wimpern wie Insektenbeinchen auf der Flucht.

Die beiden sahen sich fast nie an, doch gerade in dieser weiträumigen Umkreisung verknüpften sich die Fäden. Ich merkte es und hielt den Mund.

Ich brauchte nur noch abzuwarten. Sie waren es, die den Schlitten zogen. Für mich gab es keinerlei Risiko. Diego gehörte zu mir wie jeder Tropfen meines Blutes. Und ich wollte, dass dieses Kind aus einem Vergnügen geboren wurde und nicht aus einer Traurigkeit. Ich hatte die Nase voll von kümmerlichen Gespenstern, von traurigen Frauen und von trüben Kindern. Mir gefiel dieses Bankett der Jugend.

Aska war ernster geworden, stärker nach innen gekehrt.

Ihre ganze Unbefangenheit kam mir nun genauso aufgesetzt vor wie ihre Art, sich zu kleiden und sich die Haare zu zersäbeln. Sie erinnerte mich an eine der Puppen, denen ich als kleines Mädchen mit Filzstift und Schere den Garaus gemacht hatte.

Bei diesen Treffen war Diego sehr wortkarg, nickte manchmal, wenn ich etwas sagte, und war im Übrigen weitgehend passiv.

»Ich weiß nicht, ob ich das kann«, sagte er zu mir.

Er klebte an mir wie ein Kind, als hätte er Angst, mich zu verlieren. Wir waren uns einig, nur eine Zusammenkunft. Falls es nicht klappte, wollten wir abreisen.

Immer wieder fragte er mich: »Bist du dir sicher?«

Ich wollte ein Kind von ihm, das war das Einzige, worin ich

mir sicher war. Ich schloss die Augen und dachte an dieses Kind. Ich gab mich ruhig und sprach ausschließlich über praktische Dinge. Jetzt schien ich der Arzt zu sein. Ich hatte von meinen Peinigern gelernt und benutzte ihren gelassenen Tonfall, ihren amtlichen Jargon. Der Zyklus sei regelmäßig, in einer Woche sei das Lamm fruchtbar.

Es hatte Unruhen und einen Toten gegeben. Man hatte den Vater eines Bräutigams auf dem Platz vor der orthodoxen Kirche ermordet.

Aska war außer sich.

»Mitten in der Baščaršija schwenkte er die Fahne mit den Adlern der Tschetniks!«

Ich nahm Diegos Hand und führte sie zu Askas, die einsam auf der kleinen Mauer der Uferpromenade lag, dann legte ich meine darauf.

»Alles wird gut«, sagte ich.

Es war eine Art Ritual. Ich spürte der Wärme nach, die von diesem Händeknäuel ausging, den kleinen Windungen der Nerven, den mikroskopischen Vertiefungen und der ganzen Spannung, die in dieser Umklammerung zusammenfloss. Ich stellte mir die Linien dort unten im Dunkel der aufeinanderliegenden Handflächen vor. Und wieder einmal fragte ich mich, ob uns das Schicksal gnädig sein würde.

Aska versuchte, ihre Hand wegzuziehen, doch ich hielt sie fest, dann wollte Diego seine lösen, und Aska und ich stemmten uns mit unserem ganzen Körpergewicht dagegen.

»Wo willst du denn hin?«

Diego war verwirrt. Sie hatten diese körperliche Verabredung und schafften es nicht mehr, sich in die Augen zu sehen. Sie würden sich später ansehen.

Wir gingen in den Zoo und schlenderten an den Käfigen und Gehegen entlang. Es war windig, ein heller Sand wirbelte auf und trübte die Luft. Die Bären waren unruhig, sie hatten sich in einer Art leerem Becken verkrochen, das hier und da mit Moos bedeckt war. Aska war seit Jahren nicht mehr in diesem Zoo gewesen, sie war es, die unbedingt hierher wollte. Dieser Ort erinnerte sie an ihre Kindheit, sie kaufte eine Tüte Erdnüsse und fütterte die Schimpansen damit. Sie strich um die Käfige herum und stieß merkwürdige Laute aus, ein Pfau antwortete ihr. Ich ging eine Flasche Wasser kaufen.

Als ich zurückkam, machte Diego gerade Fotos von ihr. Sonst geschah nichts, sie war in einen leeren Käfig gegangen und klammerte sich an die Gitterstäbe wie ein deprimierter Affe, den rothaarigen Kopf auf eine Schulter geneigt. Trotzdem spürte ich etwas, das Gewicht einer Vertrautheit.

Diego fotografierte sie nicht mehr, er hatte die Leica sinken lassen und betrachtete Aska nun mit bloßen Augen. Sie hatte sich abgesondert und ging etwas abseits, wobei sie mit ihren Fingern an den Gittern entlangstreifte.

Mitten in der Nacht rufe ich meinen Vater an, seine Stimme ist so wach, als hätte er auf mich gewartet.

»Papa ...«

»Mein Liebes.«

Er sagt nichts, atmet tief, ich höre in dem grauen Beamtentelefon das Geräusch seiner Lungen, seines Lebens.

Ich habe ihn lange nicht angerufen.

»Brauchst du was?«

»Nein.«

»Was ist das für ein Lärm?«

»Es regnet.«

»Wann kommt ihr zurück?«

Wir plaudern noch ein wenig, er erzählt von seinem Hund.

»Ich koche nicht mehr, wir gehen jeden Abend zum Mexikaner.«

Dem Hund schmeckt das Fleisch und Papa der Tequila, er sagt, sie seien sich einig. Er bringt mich zum Lachen. Ich flachse noch ein bisschen mit ihm herum, um den Regen zu besiegen, der mich die ganze Zeit deprimiert.

»Was ist das für ein Lärm?«, fragt er noch einmal.

Jetzt bin ich es, die in den Hörer atmet.

Es donnert, sage ich. Doch es ist eine Schussgarbe. Dumpf, unverschämt.

»Passt auf euch auf.«

Ich sage, er sei weit weg und könne sich kein richtiges Bild machen.

»Die Leute hier sind vermischt wie Wasser, ein Tropfen im anderen.«

Er sagt, die Nachrichten in Italien seien beunruhigend.

»Alles nur Panikmache«, brumme ich und muss lächeln, weil ich schon wie Gojko rede.

Ich lege auf, Diego schläft, mit einem seiner langen Füße außerhalb des Bettes, einer weißen Pfote.

Den Termin im Kalender hatte Aska markiert, drei Tage, die besten, die fruchtbarsten, die Tage, die mitten in ihren Zyklus fielen. Doch statt eines Kringels hatte sie ein Herz gemalt. Wir hatten uns für den zweiten Tag entschieden, den in der Mitte des Herzens. Wir hatten unsere sechs Hände noch einmal zu dem kleinen Friedensritual aufeinandergelegt.

Jetzt fiel mir dieses Herz wieder ein. Der Kalender hing da, in unserem Schlafzimmer, ich sah ihn jede Nacht an und zählte die Stunden.

Ein paar Tage vor dem Termin suchten wir den Ort für das Rendezvous aus, eine Pension, die wie eine Berghütte aussah, wie ein abgelegenes Haus, dabei grenzte sie an die Stadt und war eines der letzten Gebäude unmittelbar am Trebević. Im oberen Stockwerk gab es nur wenige Zimmer, nur einen Flur und am Ende zwei Badezimmer. Wir hatten ein blitzsauberes, duftendes Zimmer betreten, wie das einer Klinik. Ein kleines Fenster ging auf den Wald hinaus, es war vergittert. *Gegen Einbrecher?* Anela, die Besitzerin, hatte aufgelacht. *Nein, gegen die Eichhörnchen.* Sie schlüpfen in die Zimmer, um Abfälle zu stibitzen. Ich hatte mich aufs Bett gelegt, auf dem eine weiße, handgestickte Decke lag. Ich hatte mich kühn und burschikos gefühlt, wie Gojko, wie der dritte Bewohner eines einzigen Herzens. Aska und Diego hatten an der Wand gestanden, wie zwei kleine, schüchterne Eichhörnchen.

Die Frau in der Pension

Die Frau in der Pension am Fuß des Trebević deckte weiter jeden Morgen die Tische fürs Frühstück ein. Es gab nichts, womit man die Hühner füttern konnte, nicht einmal trockenes Brot, es gab nur angeschlagene Tassen und aus den Rahmen gefallene Fensterscheiben. Doch sie machte weiter mit ihrer Alltagsnormalität, um sich von denen da in den Bergen nicht unterkriegen zu lassen. Sie machte weiter wie die Tiere, die nicht sterben, solange sie sich auf den Beinen halten. Jeden Morgen stand sie früh auf, holte Wasser aus dem Brunnen und kochte Kaffee. Jeden Morgen deckte Anela in Erwartung des Friedens die Tische für ihre Gäste ein. Sie schaute forschend in die Dämmerung und zu dem alten, eisernen Hahn über dem Eingang, der vom ausgelassenen Zielschießen besoffener Soldaten in Mitleidenschaft gezogen war. Doch welche Gäste hätten damals kommen können? Kein Tourist, kein Liebespärchen auf der Flucht, kein Handelsreisender aus Dubrovnik oder Mostar. Trotzdem deckte Anela an jedem der endlosen Tage der Belagerung die Holztische ein. Die Teufel waren dagewesen und hatten schon alles mitgenommen, was es zu holen gab, nicht eine Kirsche war ihr geblieben. Sie hatte die Tassen aufgehoben, sie geklebt und stellte sie Tag für Tag auf die kahlen Tische. Müde, reglose Tauben, die auf den Frieden warteten. Das war ihr Stolz, und in diesem Stolz lag ihre Widerstandskraft.

Ich habe meinen Rucksack auf dem Rücken und trage meine Sonnenbrille mit den gewölbten Gläsern, die aussehen wie zwei schwarze, in meine Augenhöhlen gerammte Eier. Die Hitze ist größer geworden, ich schwitze in meiner Bluse, der Stoff klebt an meinem Rücken. Ich kraxele hoch nach Bistrik. Granateinschläge unten an den Hauswänden, an den smoggeschwärzten Mauersockeln. Osmanische Häuschen mit Erkern aus dunklem Holz. Ich bleibe stehen, die alte Pension springt mich förmlich an. Ich erkenne sie wieder, so etwas wie der Irrtum eines zerstreuten Architekten, das Fundament schmal und dazu Wände, die sich nach oben verbreitern und sich schräg nach vorn neigen. Sie erinnert an eins der alten Gräber auf dem muslimischen Friedhof.

Die Frau ist hinter dem Haus, auf dem Betonhof, wo Gasflaschen und Bierkästen aus gelbem Plastik für das Leergut stehen. Sie füttert ein paar Zwerghühner, die ihr nicht von der Seite weichen, mit etwas Mais. Ich grüße sie, doch sie erkennt mich nicht, auch ich hätte sie anderswo nicht wiedererkannt. Ich weiß, dass sie es ist, weil sie hier ist, weil ich sie suche. Das Erste, was ich denke, ist, dass sie am Leben ist. Sie ist eine alte Frau in Schwarz, mit roten Wangen und einem zahnlosen Lächeln. Anela ist hier nie weggegangen.

Wir unterhalten uns mit dem bisschen Bosnisch, das ich spreche, ich erzähle ihr, dass ich vor der Belagerung schon einmal in dieser Pension war. Sie dreht sich um und zeigt auf die Wälder, dort war die Feuerlinie, etwa einhundert Meter entfernt. Bei Tagesanbruch ging sie hinaus, um Eier zu holen, bückte sich in die Holzverschläge hinunter, kam voller Federn ins Haus zurück und begann für ihre Gäste zu brutzeln. Ich betrachte ihre roten Hände und ihr rissiges Bauerngesicht. Sie hat noch dieselbe Miene, wenn man mit ihr spricht, sie tut, als verstünde sie nicht, denkt aber währenddessen nach. Sie ist also am Leben. Auch sie ist ins Leben zurückgekehrt. Ich hatte sie aus meinem Kopf gejagt, wie alles, was verlorengegangen ist, eine Randfigur, eine zerbrochene Schale. Doch jetzt möchte ich sie umarmen, ich ziehe sie am Arm in die Welt und stelle sie an ihren Platz zurück.

Anela erinnert sich nicht an mich, sieht mich aber aufmerksam an. Ihre Augen sind zwei Sümpfe, die mit Mühe die Tränen zurückhalten.

Nach dem Krieg hat sie verkauft, sie hatte kein Geld, um die von Granaten erschütterten Zimmer zu renovieren. Sie macht sich gestikulierend und mit einigen deutschen und italienischen Brocken verständlich. Ein Zimmer im Erdgeschoss hat sie behalten, alles Übrige gehört jetzt zu einer Druckerei. Im Frühstücksraum stehen Druckmaschinen. Sie hält sich die Ohren zu, um mir zu bedeuten, dass der Lärm sie nicht schlafen lässt. An die Granaten hatte sie sich gewöhnt, sagt sie, doch jetzt sei sie alt, und den ganzen Tag zusammen mit den Wänden ihres Zimmers durchgeschüttelt zu werden sei ihr zu viel.

»*Strpljenje*«, doch was soll's, sagt sie.

Man habe sie nicht vertrieben, der Besitzer sei ein reicher Mann, einer, der sein Geld mit dem Tunnel gemacht habe, den man unter dem Flughafen gegraben hatte, mit Schwarzmarktgeschäften, mit Eiern, die in Butmir für eine Mark in den Tunnel kamen und in Dobrinja für zehn Mark wieder heraus, trotzdem sei er kein schlechter Mensch, er habe sie als eine Art Concierge behalten und zahle ihr jeden Monat ein kleines Gehalt.

Ich frage, ob ich einen Blick in die Zimmer im ersten Stock werfen könnte. Sie sagt, dort gebe es nichts zu sehen, nur Lagerräume.

»Ich war mit meinem Mann hier.«

Sie mustert mich, und für einen Moment scheint es, als habe sie mich erkannt.

»Er war Fotograf.«

Sie nickt, sagt, hier seien viele Fotografen vorbeigekommen, und stützt die Hände in die Hüften, um mir zu zeigen, wie sie posiert hat.

Sie geht weg, öffnet die Metalltür zur Druckerei und kommt mit einem Schlüsselbund wieder. Ich solle mich beeilen, sagt sie, und nichts anfassen. Sie könne mich nicht begleiten, weil ihre Beine die Treppe nicht mehr hinaufkämen. Sie schickt mich mit einer schroffen Handbewegung weg, der gleichen, mit der sie die Hühner verscheucht.

Anela war es, die uns in jener Nacht die Schlüssel gegeben hatte, wir bezahlten im Voraus, und sie nickte mütterlich. Sie nahm Diegos Pass und gab ihn ihm zurück, ohne etwas aufgeschrieben zu haben. Sie drehte sich zu dem Brett um, an dem die Schlüssel der wenigen Zimmer hingen.

Die Hand an der Wand. Eine Hand. Meine Hand an dieser alten Wand. Ich taste mich an der Wand hinauf. Ich bin über fünfzig und ohne Grund hier. Das ist der Flur, ich erkenne ihn auf der Stelle. Ich atme durch, gehe weiter. Die Zimmer liegen alle auf einer Seite. Hier oben hat sich eigentlich nichts verändert, es ist nur dunkler, schmutziger. Der Geruch des Krieges ist noch da, er dringt aus den Wänden und den Türritzen. Diese Stadt muss noch immer voll von solchen Orten sein … dem Anschein nach renovierte Häuser, die wieder benutzt werden, doch drinnen einsame Abgründe, düster wie nicht begrabene Leichen. Hier und da weisen die Wände körnige Flecken auf, dort wo man den Putz erneuert hat, wo man die Wunden geschlossen hat. Nahtstellen an den Mauern wie auf einem verletzten Körper. Es herrscht eine drückende, stickige Hitze und der unangenehme Geruch nach Kanalisation. Ich stoße eine Tür auf. Die Badezimmer sind noch da, die Wand schrumpelig von altem Putz. Die Klos haben keine Brille, ihr Abfluss ist schwarz, von dort kommt der Gestank. Ich zähle die Türen und wage mich in das Zimmer hinein. Jenes Zimmer zum Wald, zu den Vögeln, den Pilzen, den Eichhörnchen. Jenes Zimmer, das zu nah an der Feuerlinie lag. Da bin ich nun, und ich schließe die Tür. Warte darauf, dass mein Herz sich beruhigt. Staubige Kartons und Papierstapel. Durch das enge Gitter über dem Boden dringt Licht herein. Ich lasse meinen kleinen Rucksack von den Schultern rutschen. Nur ein paar Minuten, dann will ich gehen. Es genügt der Gedanke, dass dies ein Ort wie jeder andere ist, ein von der Zeit abgenutztes Zimmer, von lichtem Staub besetzt. Das Waschbecken an der Wand ist auch noch da, klein und einsam wie ein Taufbecken in einer von den Lebenden vergessenen Kirche, dazu kreuz und quer irgendwelche Stapel, Aktenmappen, Altpapier ... Einladungen zu alten, inzwischen überholten Hochzeiten, Bündel mit von der Feuchtigkeit schwarzen und von der Hitze gewellten Handzetteln. Dann sehe ich die Eisenfüße. Das Gerüst des Bettes. Jenes Bettes. Auch das unter der Last schwerer Packen, in braunes Papier eingeschlagen, verschnürt und mit amtlichen Stempeln versehen, wie alte, nie abgeschickte Post.

Ich stolpere, fange mich. Auf diesem Drahtgestell vor mir sitzt Diego ... Die Matratze ist nicht bezogen, hier und da angesengt und fleckig. Sein Oberkörper ist nackt, er spielt Gitarre, die langen Haare mit einem Gummi zusammengehalten, den er mir geklaut hat. Seine Füße sind blutverschmiert, es sind die Füße eines Jungen, der durch Scherben gelaufen ist. Er sieht mich nicht an, er singt ... *Spring is here again ... Tender age in bloom ... Nevermind ...* Aska sitzt neben ihm auf der verbrannten Matratze, sie zittert. Die Fenster sind kaputt, Frostschauer wehen herein. Ich möchte ihnen eine Jacke geben, eine Decke ... irgendwas. Sie zudecken. Ich lächle, ihnen ist nicht kalt, denke ich, sie sind ja tot. Seit Jahren schon sitzen sie still auf diesem alten Bett, gefangen in diesem Zimmer.

An jenem Abend alberten wir herum und hielten uns im Arm. Wir gingen die Gassen hinauf und ließen den Brunnen der Reisenden hinter uns, seine Wasserrohre aus dunkel glänzendem Eisen grüßten uns. Wir kamen forsch an, wenn auch von Panik erfüllt. Wir blieben stehen, küssten uns und sogen den Geruch des anderen ein. Die Schüsse schwiegen. Es schien ein fernes, beendetes Spiel zu sein, von müden Kindern, die bereits im Bettchen waren.

Ich gebe ihm die letzten Instruktionen und küsse ihn bis tief in den Hals.

»Wir sind verrückt«, sagt er.

Wir haben unsere Jugend wiedergefunden, und dieser nächtliche Spaziergang hat große Ähnlichkeit mit dem von damals im Schneetreiben, als wir uns zum ersten Mal trafen. Wir sind streunende Katzen, das Leben versetzt uns zurück, wir sind Körper, die sich trauen. Zum Teufel mit den guten Manieren und den nachträglichen Bedenken. Da ist der Eingang, da ist die schiefe Pappel, einsam wie ein alter Mann, da ist der eiserne Hahn und die Aufschrift GOSTIONICA, Gasthaus. Wir klopfen, und Anela macht uns auf, sie beschwert sich, sagt, es sei schon spät, sie sei seit fünf Uhr morgens auf den Beinen und habe gerade ins Bett gehen wollen. Sie lässt uns herein und lächelt. Es ist ein beliebiger Abend, noch vor den Tassen, noch vor dem blanken Wahnsinn. Sie gibt uns die Schlüssel fürs Zimmer und für die Haustür und sagt, wir sollen leise sein.

Wir gehen wieder auf die Straße hinaus und warten auf Aska, wir setzen uns auf eine Treppenstufe am Haus gegenüber. Der Mond ist dünn, ein weißer Bogen am schwarzen Himmel. Die Pappelzweige zittern in der vollkommenen Stille. Diego schmiegt sich an der Hauswand an mich, und ich spüre seinen Atem. Von dem Lamm fehlt jede Spur.

»Und was machen wir jetzt?«
»Wir warten noch ein bisschen.«
Es ist nicht kalt, ein milder Aprilabend. Wären wir gegangen, wäre nichts von dem geschehen, was dann kam ... Doch das Leben ist wie Wasser, es verschwindet, es versickert und taucht wieder auf, wo es kann, wo es muss.

Ich streichelte Diegos weiche, frisch gewaschene Locken. Er hatte den Kopf auf meine Beine gelegt, die Zeit verging, und unser anfangs ungeduldiges Warten war immer unsicherer geworden. Wir schauten uns um, ein perlgrauer Dunst zog in der Dunkelheit herauf.

Die Nirvana-Verehrerin hatte uns auf den Arm genommen, ihr Draufgängertum war so unecht wie ihre zerrissenen Klamotten und ihr metallbeschlagener Gürtel im Stil einer Science-Fiction-Agentin. Sie hatte uns eine Stange Geld aus der Tasche gezogen, und weg war sie. Das Cover des *Nevermind*-Albums fiel mir ein, sie hatte es wie eine Reliquie an ihrem Bett und sah es sich jeden Abend vor dem Einschlafen an. Darauf war ein Neugeborenes mit ausgebreiteten Armen zu sehen, das in blauem Wasser einem Ein-Dollar-Schein hinterherschwamm. Plötzlich ein Schuss, dann aufgeregte Stille. Wir starren zum Trebević hinauf und suchen mit den Augen seine dunklen, reglosen Tannenwälder ab. Hier unten weht Mandelflaum, weißer Staub, der vorwärtswallt und Meter frisst.

»Komm, lass uns verschwinden.«

Ja, verschwinden wir aus dieser Nacht und aus dieser Stadt, die langsam wehtut. Und schon überlegen wir, ob wir uns nicht mit einem Ausflug ans Meer trösten sollten, zu den paradiesischen Inseln, die jetzt leer, weil von den Touristen verlassen sind.

Doch Aska kommt. Zunächst hören wir das verstummende Motorrad, dann taucht ihre Gestalt aus dem Dunst auf, der ihre

Schritte verschluckt. Da steht sie, reglos an der roten Eingangstür, und wartet auf uns. Die in ihrem schwarzen Schrein verschlossene Trompete umgehängt.

Ich sehe sie, und mir wird klar, dass ich diese nächtliche Szene schon kenne, diesen Nebelrahmen, der die Umrisse ihres Körpers absorbiert, ganz wie auf Heiligenbildern. Sie ist unsere Madonna, mit wildem, rotem Haar, durchlöcherten Strümpfen und Militärstiefeln.

Wir begrüßen sie mit einem Pfiff, mit einer Hand. Sie sagt *ciao-ciao*, auf Italienisch. Sie sagt sehr gern *ciao-ciao*. Ihre Aussprache ist sonderbar kehlig, es klingt wie der Lockruf aus dem Hals eines wilden Truthahns.

»Ich bin zu spät.«

»Wir wollten gerade gehen.«

»Es war chaotisch.«

Stimmt, es war chaotisch auf den Straßen, die Leute gingen nur zögernd nach Hause.

Sie kommt nicht herüber, bleibt, wo sie ist, und wartet auf Diego. Ich sehe nur eine Bewegung, eine Hand, die über ein Bein streicht. Eine langsame, womöglich traurige Geste, so als streichelte sie einen Körper jenseits des eigenen, den Rücken eines Hundes oder den Kopf eines Kindes.

Ich hätte ihnen hinterhergehen und unten warten können. Hätte auf dem kleinen Sofa neben dem Frühstücksraum schlafen können. Doch plötzlich schämte ich mich, ich kam mir lächerlich vor.

Wir verabschiedeten uns hastig, Diego und ich, nach all der Schwammigkeit richteten wir uns auf, aufmerksam. Nein, ich hatte keine Lust, dort zu bleiben und den Wachhund zu spielen, ich hätte diesen Schmerz nicht ertragen, diese Pornografie. Wir umarmten uns, Diego drehte sich um, ich sah, wie sich seine Augen mit Angst und Erregung füllten.

Aska kam nicht in meine Nähe, und ich hatte auch keine Lust, zu ihr zu gehen. Wir standen beide am Straßenrand, die eine hier, die andere dort. Nebel stieg auf und löschte alles aus.

Schwerfällig machte ich mich auf den Rückweg. Ich trug eine Strickjacke, die von der Feuchtigkeit lappig geworden war, die Hände in den Taschen vergraben. Ich bereute alles, schon nach ein paar Schritten bereute ich alles. Die Nacht kam mit Hirngespinsten. Ich hörte die beiden dort oben keuchen, in diesem kleinen, duftenden Zimmer. Ich fühlte mich mickrig und verloren, eine bitter schmeckende Verdrossenheit stieg in mir auf, dieselbe wie in meiner Kindheit, wenn ich mich, verletzt und tödlich beleidigt wegen einer kleinen Meinungsverschiedenheit, von meinen Freundinnen abgesondert hatte. Dieses griesgrämige kleine Mädchen war mir wieder auf den Leib gerückt, und ich umklammerte es zusammen mit meiner lappigen Jacke. Es war der authentischste Teil von mir, der unglücklichste und vergrabenste, der Ursprung meiner Unfähigkeiten.

Ich musste an meine Mutter denken … *Gemma, Gemma.*

Durch das Fenster kommen Eichhörnchen herein, deshalb die Gitter … Ich kann meine Gedanken nicht von diesem Zimmer losreißen, vielleicht schaut ihnen gerade ein Eichhörnchen an meiner Stelle zu. Ich sehe, wie Diegos Lippen ihre Augen berühren, den inzwischen lippenstiftlosen Mund …

Sie sind Hand in Hand hochgegangen, peinlich berührt, sie haben sich ein wenig unterhalten, haben die Beine auf dem Bett übereinandergeschlagen und angefangen zu musizieren, leise, weil alle schlafen. Dann hat Diego einen Joint gedreht, ihm ist danach, zu rauchen und sich ein bisschen zu betäuben. In dem spärlichen Licht, das von draußen hereindringt, sehen sie sich mit süß verklebten Augen an, lachen und kommen sich näher … Er streichelt ihre Hand, die auf dem Bett liegt, jeden Finger einzeln, sie neigt ihren Kopf, der jetzt ein bisschen schwer ist, und lehnt ihre Stirn gegen seine, ihre Lippen berühren sich, weiches Fleisch, das sich langsam öffnet, langsam. Jetzt spüren sie den Geruch von Haut, Hals, Ohren, spüren den Geruch, der von der Geschichte des anderen ausgeht, den Geruch der Kindheit und alles Übrigen, von kleinen Wehwehchen, von Staub. Den Geruch des Todes, der so nah ist. Diego zieht ihr das schwarze Chenillekleid aus, das Konzertkleid. Sie hebt die Arme, um ihm zu helfen, er vergräbt seinen Kopf in der Höhlung ihrer Achsel, ihr Busen nähert sich seiner Knochenbrust, den kleinen Brustwarzen des Jungen aus Genua. Sie haben keine Angst. Jetzt spüren sie das Herz, die Schläge, die durch jenes rote, untergründige Universum ziehen. Der Joint tut seine Wirkung, alles ist tief und nah. Sich einlassen heißt, alles hineinwerfen, heißt, ins Leben treten, wie ein Mann und eine Frau, wie ein Kind, das vorübergeht und das Grab der Liebe überquert. Jetzt leuchtet die Dunkelheit. Askas Augen weiten sich und versinken in Diegos … Er ist ein ferner Planet, der sich nähert. Er fällt über sie her. Sie fallen mehrmals übereinander her. Planeten, die sich gegenseitig verdunkeln, die sich verschlingen. Das Lamm ächzt verirrt im Wald und tanzt für ihn, für diesen kleinen Wolf ohne Reißzähne, der dem Lamm den Nacken leckt und blutet.

Ich gehe über die Lateinerbrücke und setze mich an den Brunnen der Reisenden. Gojko legt mir eine Hand auf die Schulter.

»Was machst du denn hier?«

»Ich bringe den Müll runter.«

Er wirft die Tüte weg und sieht mich an.

»Ich habe auf dich gewartet. Ich konnte dich doch nicht allein lassen.«

Ich weine ihm auf die Schulter und danke der Nacht für diesen zärtlichen, großen Körper.

»Ficken die beiden gerade?«

»Hm, ja.«

Wir reden über dies und das, ich frage ihn, was er gemacht hat, er war in der Rundfunkstation und dann im Parlament. Er zieht einen Zettel hervor und will mir ein Gedicht vorlesen, ich wehre ab, sage, dass ich keine Lust darauf habe. Dass ich Gedichte satt habe. Er ist nicht beleidigt, zündet es mit dem Feuerzeug an und steckt sich eine Zigarette an, ich nehme auch eine.

Wir sehen zu, wie sich das schwarze Stück Papier in der Nacht zusammenrollt und tanzend verlischt.

»Schade, es war schön.«

Er verabschiedet sich von seinem Gedicht.

»Ciao, ihr verlorenen Worte, entflammt von einem grausamen Herzen …«

Die Morgenröte gesellt sich zu unseren Schritten. Nach und nach treten die Farben der parkenden Autos und des Efeus an der Mauer hervor, an der wir stehen geblieben sind. Gojkos Atem streift mich und ich weine wieder los. Mein Mund zittert. Mich überkommt der Gedanke, dass dies das letzte Aufzucken des Lebens ist, dass wir uns nie wiedersehen werden, dass uns etwas passieren wird. Er kommt noch näher, seine Augen sind ernst und ruhig. Er hat keine Lust mehr, Witze zu reißen und das Leben lauthals und lachend zu verspotten. Er pustet mir ins Gesicht.

»Stinke ich?«

»Nein, du duftest.«

Da kommt er ganz dicht. Wir küssen uns, wie wir uns noch nie geküsst haben, ich spüre seine Zähne, seine raue Katzenzunge, spüre sein Gewicht, das auf mich fällt, spüre das entschlossene Keuchen, spüre die süße Klebrigkeit seines Herzens, all der Gedichte, die er geschrieben hat und die kein Mensch je lesen wird.

»Komm, wir gehen zu mir.«

Er senkt den Kopf und hebt ihn wieder, seine kleinen Augen werden weit. Es ist genau die richtige Nacht.

»Lass uns ein einziges Mal zusammen schlafen, bevor wir sterben.«

Es war nur ein Augenblick, ein kurzer Augenblick, der vorüberging, der verlosch wie das verbrannte Papier in der Nacht.

Wir waren ein zusammengestoppeltes, sentimentales Paar, zwei dämliche Satelliten dieser beiden jungen Planeten. Ich knuffte ihn gegen die Wange.

»Wir werden nicht sterben, Gojko.«

Dann ab ins Bettchen. Wie zwei blöde Geschwister.

Hier nun steht das Bett, vor meinen Augen. Oder das, was von diesem Bett übrig ist, ein Eisengestell mit vom Regen verrosteten Beinen. Zu breit, um durch die Tür zu passen, weshalb sich niemand die Mühe gemacht hat, es wegzuwerfen, man hat es einfach mit Makulatur vollgekramt. Saison für Saison hat dieses Feldbett auf mich gewartet, hat den Krieg überdauert und gaukelte mit seinem unaufhörlichen Quietschen durch meine Träume. Wie eine Schaukel in einem verlassenen Garten, die bei jedem Windstoß losknarrt, um ihrer alten Bestimmung nachzukommen.

Ich gehe zu dem Gestell und schiebe ein paar Pakete zur Seite, sie sind schwer, fallen wie Ziegelsteine herunter und wirbeln Staub auf. Ich brauche nicht viel Platz, ich bin dünn, nur einen schmalen Streifen dieses Eisengeflechts. Ich lege mich hin und ziehe die Knie an, die Schuhe noch an den Füßen.

Pietro ist zurück, er schlurft gebückt und mit schweren Schritten durchs Zimmer und stinkt nach Chlor. Er meckert herum, weil ihm der Rücken brennt, weil Gojko auf ihn gefallen sei und zwei Zentner wiege, und weil Dinka ihn gekratzt habe, sie habe zu lange Fingernägel und viel zu viel Schiss.

Seine Schritte lassen den Fußboden erzittern, und ich zittere mit, wie eine alte Fensterscheibe in ihrem Rahmen.

Ich liege zusammengerollt auf dem Bett, mit offenen Augen im Dämmerlicht.

»Mach nicht solchen Krach«, sage ich. »Nicht so laut …«

Pietro reißt die Fensterläden auf und sagt: »Wieso ist das denn so dunkel hier?«

Das Licht springt mich mit aller Heftigkeit an.

»Und was hast du so gemacht, Ma?«

»Nichts, ich bin herumgelaufen.«

Er wirft einen Blick auf meine Füße.

»Du hast dir ja nicht mal die Schuhe ausgezogen.«

»Lass mich einfach eine Weile in Ruhe.«

»Du hattest doch den ganzen Tag deine Ruhe, was ist denn los?«

Ich sage, dass ich mich nicht wohlfühle und mich ein bisschen ausruhen will. Er antwortet *Ach du Scheiße*.

Ich wische mir hastig die Augen, mit einem Stückchen Hand. Er soll nicht merken, dass ich geweint habe, doch er späht mich mit seinen Luchsaugen aus, die weit weg von meinen sind.

Er nörgelt immer noch, jetzt hat er den Aktionsradius ausgedehnt. Er grummelt, seine Freunde würden im August die abgefahrensten Reisen machen, nach Amerika, die Wasserfälle rauf und runter, oder nach Dubai, wo es hoch am Himmel diesen Tennisplatz gibt, auf dem auch Federer gespielt hat. Und wir sitzen hier in dieser Scheißstadt.

Ich antworte nicht, soll er doch reden, was er will.

Ich möchte mich im Dunkeln zusammenrollen. Will Diego, will seine Arme, die mich sanft halten, als wäre ich aus Glas. Stattdessen fällt diese hässliche Knarzstimme über mich her.

Er geht auf den wenigen Metern im Zimmer im Kreis und schikaniert mich mit seinen Schritten. Schreit, sein Rücken sei entzündet und ich hinge einfach nur auf dem Bett rum.

Er ist daran gewöhnt, dass ich sofort aufspringe und hinter seinen Bedürfnissen herschwarwenzele. Er hat sein T-Shirt ausgezogen und wandert herum wie ein Affe im Käfig.

»Das tut weh, das brennt.«

»Dann geh duschen.«

»Hast du denn keine Salbe?«

»Sieh mal im Bad nach.«

Ich höre, dass er alles runterwirft, dass er meine Tasche auskippt. Er kommt mit einer Tube zurück.

»Die hier?«

Ich nicke. Er wirft sie aufs Bett.

»Reibst du mich ein?«

»Reib dich selber ein, Pietro.«

Aufgebracht fährt er herum: »Wieso?!«

»Weil ich mich nicht wohlfühle, das hab ich dir doch schon gesagt.«

Er setzt sich aufs Fensterbrett und drückt auf die Tasten seines Handys.

»Hallo, Papa.«

Lass mich in Ruhe, Pietro. Ich habe dich bekocht, habe deine Wäsche zusammengelegt und mich viele Stunden mit deinen Schulaufgaben herumgeplagt. Du hast noch das ganze Leben vor dir. Ich habe nur diese verdorrten Beine, diese Knochen, die hohl wie Rohrstöcke sind. Heute bin ich sentimental wie diese

Stadt, bin ich eine kranke Katze, die sich an den Hauswänden reibt.

Ich höre ihn maulen. Alles sei zum Kotzen und ich ja komplett durch den Wind.

»Warte, ich gebe sie dir.«

Ich habe keine Lust, mit Giuliano zu sprechen, will meinen Mund halten, mich nicht bewegen.

Pietro wirft das Handy aufs Bett: »Da, Papa ist dran.«

Ich sage kaum etwas, und das mit Grabesstimme. »Ich ruf dich zurück«, sage ich.

Vielleicht habe ich Fieber.

Pietro löst sich vom Fensterbrett und kommt zu mir.

»Warum hast du nicht mit ihm gesprochen?«

»Ich rufe ihn nachher an.«

Er klopft meinen Rücken und meine Beine ab.

»He, was soll das?«

»Du bist ja voller Staub, wo hast du dich denn rumgetrieben?«

Ich ziehe meinen Rock an mich wie eine kranke Katze ihren Schwanz. Es stimmt, ich bin dreckig und verschwitzt.

»Lass mich in Ruhe.«

Er greift erneut zum Telefon, streicht um das Bett herum.

»Warum bist du … Warum bist du …«

So fängt er an, ohne zu wissen, wo er anfangen soll, wie üblich. Nur dass seine Wut heute größer ist, sie ist eine Welle, die ihm den Blick versperrt.

»Was glaubst du eigentlich, wer du bist?!«

Ich müsste mich aufregen, habe aber keine Kraft dafür, ich bin wie zerschlagen. Sehe Pietro mit diesem Abstand an. Jetzt ist er ein hässlicher, grober Kerl.

»Was glaubst du eigentlich, wer du bist?! Warum hast du dich immer für Papa geschämt?«

Er verpasst dem Stuhl einen Tritt, unsere Sachen fallen herunter.

»Weil Papa einen Bauch hat und weil er eine Uniform trägt.«

»Pietro, was erzählst du denn da?«

»Und nie bist du zu den Truppenfesten mitgekommen, weil du mit den Carabinieri-Frauen nichts zu tun haben willst ... Sogar zum Gedenktag für Salvo D'Acquisto bin nur ich mitgegangen! Du nicht! Du hattest ja was Besseres vor!«

»Was redest du denn da? ... Was hat das damit zu tun?«

Ich starre ihn an und mache mir Sorgen, ich sollte aufstehen, ihn mit der Salbe einreiben und mich um ihn kümmern. Etwas Kühles auf diese Wut streichen.

»Du denkst nur an dich! Du bist nicht meinetwegen hergekommen! Du bist bloß wegen diesem scheiß Diego hier!«

Er schreit immer noch, doch ich höre nicht mehr zu. Ich sehe seine blauen Augen an, die nun gerötet sind, zornverschmiert. Ich werfe sein T-Shirt nach ihm.

»Hau bloß ab, du blöder Kerl!«

Er dreht sich um, und für einen Augenblick sieht es so aus, als wollte er sich auf mich stürzen und mich beißen. Jetzt ist er ein Puma. Ein junger Puma mit gefletschten Zähnen. Er richtet eine Pranke auf mich.

»Komm mal wieder auf den Teppich, Mama! Du bist das Letzte!«

Dann verschwindet er mit seinem entzündeten Rücken.

Bestimmt vergräbt er sich im Internetcafé, in dieser Höhle aus blauen Bildschirmen. Er wird mit seinen Freunden chatten, mit diesem Heer von Hominiden, für die er mich seit der großen Wende im letzten Jahr verleugnet. Er wird mit bildschirmgeblendeten Augen zurückkommen und mich ansehen wie eine entfernte Verwandte.

Er hat recht, ich bin das Letzte.
Ich gehe ins Bad und wasche mir das Gesicht. Unterdessen weine ich weiter.
Ich setze mich aufs Fensterbrett. Rufe Giuliano an.
»Entschuldige, entschuldige bitte ...«
»Was denn?«
»Dass ich nicht zur Gedenkfeier für Salvo D'Acquisto mitgekommen bin.«
Er lacht und ist gleichzeitig gerührt, denn ich erzähle wirklich Blödsinn. Und Blödsinn rührt uns immer an. Bei allem anderen bleiben wir stark. Er war im Libanon, ich war in Bosnien.
Ich erzähle ihm von Pietro, von seiner Wut. Er sagt: »Pietro ist eifersüchtig, das ist normal.«
Er seufzt, und jetzt hat er seine wohlklingende Stimme, funkelnd wie die Flamme auf seiner Mütze.
»Du bist umzingelt von eifersüchtigen Männern.«

Ich gehe raus, um Pietro zu suchen. Im Internetcafé. Vor den Bildschirmen hockende Jugendliche, Zigarettenlicht. Ich durchstöbere den Raum mit den Augen. Dann gehe ich weiter zur Tito-Allee. Unterwegs fällt alles von mir ab, alles. Ständig habe ich Angst, ihn nicht wiederzusehen. Wie oft habe ich wie angewurzelt am Küchenfenster gestanden und auf die Rückkehr dieses Motorrollers, dieses Mopedhelms gewartet. Dann war ich nicht mehr ich selbst, ich war so wie jetzt, eine Papierfigur in einem dunklen Blatt, in Erwartung der Schere, die sie ausschneiden sollte. Giuliano ist gelassener als ich, *Du bist viel zu ängstlich*, sagt er, *du ruinierst dir das Leben*. Er hat recht. Jede Mutter hat Angst. Doch meine Beklemmung ist anders, tiefer, einsamer.
Ich bin wieder auf dem Teppich. Laufe jedoch umher, ohne mich wirklich niederzulassen in diesem Sarajevo, wo die Ver-

gangenheit schwer lastet und wie eine Konservendose am Fuß scheppert.

Dann finde ich ihn, er sitzt am Brunnen der Reisenden zwischen späten Tauben und Nachtgestalten.

Am selben Brunnen, dem Sebilj, an dem Diego und ich Rast machten wie zwei Wanderer, die müde von einer gerade erst beginnenden Reise waren. Diego schöpfte Wasser mit den Händen ... *Es heißt, wenn man von diesem Wasser trinkt, kommt man wenigstens noch einmal im Leben nach Sarajevo zurück.*

»Pietro ...«

Ich fasse ihn nicht an, folge ihm.

Er läuft mit gesenktem Kopf neben mir her, in der Hand hat er ein Päckchen, ein rotes Tütchen, das er in die Tasche steckt.

»Was ist das?«

Er antwortet nicht und starrt auf seine Füße wie ein Goldsucher. Ich schnüffle an ihm, für einen Moment habe ich Angst, dass er in dem roten Papier etwas vor mir versteckt. Viele seiner Freunde kiffen, sie dröhnen sich schon am frühen Morgen zu. Doch er riecht nicht nach Rauch, nein, wohl nicht.

Ich setze mich aufs Bett und schraube die Tube auf. Er kommt zu mir, das T-Shirt über den Kopf gezogen, der Rücken krumm. Seine entzündete Haut saugt die Kühlung auf, meine Hände salben ihn, gleiten über diese jungen Flügel. Er entschuldigt sich nicht. Die Zeiten des *Entschuldigung, Mama* sind vorbei, doch er atmet ruhig, wie ein Schäfchen, das seinen Frieden wiedergefunden hat.

Es gab eine große Massenkundgebung gegen den Krieg, zu der Friedensinitiativen aufgerufen hatten und über die seit Tagen geredet wurde. Sarajevo war voller Menschen, viele waren von außerhalb gekommen, vor allem Jugendliche. Der Parkplatz am

Bahnhof war mit Bussen überfüllt, seit den frühen Morgenstunden zogen die Demonstranten durch die Stadt, riefen Slogans und aßen Brötchen wie Fußballfans bei einem Auswärtsspiel. Die Rufe drangen von der Straße in unser Zimmer und weckten mich. Ich ging zum Fenster und sah unten den Demonstrationszug. Später gesellte ich mich zu Velida, wir aßen Quitten und schlürften Kaffee, gewiegt vom Aufruhr dieser Menschenwoge, die eine ansteckende Energie verströmte.

Wir gingen auf den Balkon und verbrachten fast den ganzen Rest des Tages damit, uns wie Klatschtanten die Demonstranten auf der Straße anzuschauen. Von Zeit zu Zeit erkannte sie einen Freund aus der Universität und winkte ihm zu. Es war wie bei jeder anderen Friedensdemonstration auf der Welt. Eine friedliche Menge von Studenten, von Frauen und von Familienvätern mit Kindern auf den Schultern, von Bergleuten in ihrer Arbeitskluft. Über ihre Körper wellte sich ein langes, weißes Spruchband mit der Aufschrift MI SMO ZA MIR, wir sind für den Frieden.

So viele Menschen hatte ich das letzte Mal zur Eröffnung der Olympischen Spiele im Koševo-Stadion gesehen. Mir fiel die Fackelträgerin wieder ein, die das Feuer entzündet hatte, die Majoretten und der kleine Wolf Vučko, dieses alberne Maskottchen von Sarajevo 84. Das alles schien eine Ewigkeit her zu sein. Jetzt gab es einen anderen Wolf, einen, der nachts Warnschüsse auf die Sterne abgab, als wollte er sie allesamt auslöschen.

Später, als die Demonstranten vor das Parlament zogen, begleitete ich Velida bei ein paar Einkäufen. Das Lebensmittelgeschäft war sonderbar verwaist. Viele Regale waren leer. Eine Frau mühte sich mit einem Einkaufswagen voller Konservenbüchsen ab. Velida schüttelte ihren kleinen Kopf und ging stolz weiter wie manche Vögel mit geschwollenem Kamm.

»Wie kommen die Leute bloß dazu, dermaßen zu horten? Die sind ja alle verrückt geworden.«

Ich fragte sie, ob sie sich nicht auch ein paar Vorräte anlegen wolle, vielleicht gebe es ja ein Problem, eine Protestaktion der Lieferanten, irgendwas, worüber wir nicht informiert seien.

Aber Velida kaufte sogar weniger als sonst. Es gab einen ganzen Käse, den man hätte nehmen können. Doch sie ließ sich nur ein winziges Stück abschneiden, gerade so viel, wie fürs Abendbrot reichte.

»Wir haben noch nie gehamstert! Und wir werden es auch nie tun! Wenn die denken, dass wir ihretwegen so weit herunterkommen, dann irren sie sich gewaltig!«

Es dämmerte. Die Leute waren wachsam und liefen dicht an den Häusern entlang, alle schienen es eilig zu haben, nach Hause zu kommen. Versprengte Grüppchen von Demonstranten rannten an unserem Fenster vorbei, als würde man sie jagen. Ich musste an die Studentendemonstrationen von 1977 denken, an die Slogans, die Tumulte, die plötzlichen Fluchten.

Es wurde schlagartig dunkel, die Sonne rutschte hinter die Berge, und zwischen den dichten, fernen Wolken tauchte ein fadendünner Mond auf. Noch konnte man etwas erkennen, noch für kurze Zeit. Schreie durchstachen die Finsternis. Ich zog meine Schuhe an und knöpfte meinen Anorak zu. Diego war noch nicht zurück, ich wollte ihn suchen. Ich konnte nicht länger dasitzen und düstere Schatten auf diese Abwesenheit werfen.

Ich kam zur Allee. Die Laternen brannten nicht, ich kam nur ein paar Meter weit, bevor mich ein Milizionär anhielt, ich versuchte, etwas zu erklären. Er hörte mir gar nicht zu, durchforschte das Dunkel mit weit aufgerissenen Augen, hob einen Arm und schrie: »*Natrag! Natrag!*«, zurück ... zurück. Als hätte ich wirklich zurück gekonnt!

Ich bat Velida, mir über Nacht ihre Katze zu überlassen, ich wollte nicht ohne ein Leben neben mir schlafen. Ich zog mir einen von Diegos Pullovern über und ging ins Bett. Im Morgengrauen dann die Schüsse. Anders als die früheren, näher, deutlicher. In diesem Augenblick lernte ich, Warnschüsse in die Luft, ins Leere, von den Schüssen zu unterscheiden, die im Fleisch stecken bleiben, abgegeben, um zu töten. Die Katze hatte sich aufgerichtet, ein langer Hals und zuckende Ohren, wie kleine Radare. Sie hatte das hässliche Pfeifen als Erste gehört. Verkroch sich unterm Bett und begann zu maunzen, ein tiefes, rohes Miauen, das wie Menschenlaute klang.

Wir gingen nicht mehr ans Fenster. Velida und Jovan hatten schon einen Krieg erlebt, ich nicht, und doch wusste ich instinktiv, was zu tun war. Wir lehnten die Fensterläden an und schlossen die Sichtblenden.

Den ganzen Tag über blieben wir zu Hause vor dem Fernseher und sahen, dass die Menschen inzwischen ins Parlament eingedrungen waren. Im Radio lief ununterbrochen ein und dasselbe Lied, *Sarajevo, meine Liebe*.

Am Abend kam Gojko. Seine Haare standen hoch wie das Fell der Katze, und eines seiner Brillengläser war kaputt. Er war zwei Tage lang zusammen mit einer unmenschlichen Menge im Parlament eingeschlossen gewesen, in einem irrealen Klima, einem Klima der Begeisterung, weil die Europäische Gemeinschaft Bosnien-Herzegowina anerkannt hatte, und einem Klima der Niedergeschlagenheit angesichts der Kriegsdrohungen. Man hatte Präsident Izetbegović verhöhnt und den Männern der Spezialeinheiten der Polizei Beifall gespendet.

Er erzählte mir, was geschehen war. Aus einem der obersten Fenster des *Holiday Inn*, wo die Büros der Falken der serbischen Demokratischen Partei lagen, hatte jemand zu schießen begonnen. Die vor dem Parlamentsgebäude versammelten Menschen hatten sich auf den Boden geworfen und wie eine verschreckte Viehherde versucht, sich einer hinter dem anderen zu verstecken. Viele liefen los, um ans andere Ufer der Miljacka zu gelangen, doch auch von dort wurde geschossen, wahrscheinlich vom jüdischen Friedhof aus. Das hatte er als Gerücht auf der Straße aufgeschnappt. Der Stadtteil Grbavica war nun von serbischen Milizen besetzt.

Später meldete das Fernsehen, dass ein junges Mädchen getötet worden sei, auf der Vrbanja-Brücke erschossen, als sie versuchte wegzulaufen. Ich dachte an Aska und fragte mich, ob dieses wachsbleiche Gesicht ein Vorzeichen war.

Inzwischen berichtete der Jutel-Sprecher, dass es sogar zwei tote Mädchen gegeben hatte. Studentinnen, die für den Frieden demonstriert hatten. Junge Lilien.

Gojko zündete sich eine Zigarette an, doch er nahm nicht einen Zug. Er schlug die Hände vors Gesicht und begann heftig und rückhaltlos zu schluchzen. Ich starrte auf diese Zigarette, die zwischen seinen Fingern abbrannte, irgendwann herunterfiel und auf dem Boden verlosch. Es war ein schreckliches Heulen, roh wie das eines Tiers. Mit diesen Händen vor dem Gesicht hielt er die Trümmer der tragischen Zukunft fest, die bereits bei ihm angekommen war. Wenn ich es heute bedenke, war dieses Heulen für mich der eigentliche Beginn des Krieges.

Er fing sich wieder, die Tränenströme versiegten und ließen ihn mit dem grauen Gesicht eines Ertrunkenen zurück. Wie immer kümmerte er sich um mich.

»Komm, wir suchen den Fotografen.«

Gojko fuhr ohne Licht und mit der kaputten Brille auf der Nase. Über Nacht entstandene Barrikaden teilten die Stadt. Wir überquerten die Miljacka, doch wir kamen nicht bis zu den letzten Häusern am Fuß des Trebević. Vermummte Männer überwachten die Lage in der Dunkelheit. Das blanke Entsetzen lähmte meine Beine und fuhr mir in den Rücken wie ein langer Nagel, eine Schussgarbe traf unser Auto, ein Kugelhagel, der in die Seitenwand drang. Wir kehrten um.

Ich erinnere mich nicht mehr genau, wie es war … Erinnere mich nicht mehr genau, in welchem Moment es war. Vielleicht erinnert sich niemand daran. Außer Sebina, sie sagte, sie habe gerade die *Simpsons* im Fernsehen gesehen, diese fröhliche Familie von Witzfiguren. Das Programm fiel aus. Sie lief zu ihrer Mutter, die am Küchentisch die Hausaufgaben ihrer Schüler korrigierte.

»Mama, was ist denn los?«

Mirna nahm die Brille ab und sah ihre Tochter an, die wie angewurzelt in der Tür stand.

»Ganz ruhig.«

Aus den Bergen kamen Donnerschläge. Es war das Leben, das nun dem Wahnsinn das Feld überließ. Noch wussten sie das nicht, eng umschlungen standen sie da. Die Schulaufgaben mussten korrigiert werden, und Mirna strich mit der Hand darüber … Aber sie trieben schon in der Ferne wie die kleinen Leben, die sie geschrieben hatten, wie dieser Tisch, und wie sie beide. Es dauerte nicht lange, dann schwatzten die *Simpsons* mit ihren Zeichentrickstimmchen weiter, mit ihren Stimmchen drolliger Cartoonmännchen.

Nein, ich weiß nicht mehr genau, wann der Faden der Normalität riss, wann selbst die Hunde flohen und sich verkrochen.

Wäsche hing auf der Leine, es war Frühling, die Zeit des Hausputzes und der offenen Fenster. Hin und wieder krächzte ein Rabe in den Straßen, niemand achtete auf ihn. Sarajevo war eine friedliche Stadt, kein Mensch kümmerte sich groß darum, zu welcher Volksgruppe der Wohnungsnachbar oder die Ehefrau gehörte. Man konnte sich leiden oder eben nicht, je nach Sympathie und Geruch, wie an jedem anderen Ort der Welt auch.

Da waren all diese Menschen auf der Straße. Da war dieser von vielen Armen getragene Spruch WIR SIND WALTER … Die ganze Stadt vereint wie in einem einzigen heldenhaften Herz. Man schaute nach oben wie bei einer Flugschau. Man spähte zu den Bergen. Wer hatte sich dort oben versteckt?

Sie hatten angefangen, die Häuser zu beschießen. Die ersten Granaten schlugen weit von uns entfernt ein, wir hörten das Krachen, das wie aufgezeichnet klang, als käme es aus den Plastikrillen des Radios.

Velida fragte: »Wer kann ein Interesse daran haben, uns umzubringen?«

Die Granate schlug so nahe ein, dass es mir vorkam, als wäre sie in meinen Bauch gefahren und hätte mich durchgeschüttelt. Sie beschossen die Baščaršija. Wir Frauen starrten uns zu Tode erschrocken an. Das kleine Gesicht Velidas in einer umnachteten Starrheit verkrampft, als wäre sie schon gestorben.

Die Tassen zitterten und auch die Bücher. Die Amseln hatten sich unter einem Wattehäufchen versteckt.

Velida schrie: »Jovan! Jovan!«

»Ich bin hier.«

Der alte Biologe hatte sich nicht aus seinem Sessel fortgerührt. Er paffte eine von seinen Zigaretten, seine Finger so vergilbt wie seine Haare. Gegenstände fielen aus den Regalen. Die Fensterscheiben waren noch heil, vorläufig. Sie klapperten wie meine Zähne. Irgendwann presste ich die Hand gegen mein Kinn, damit dieses Tellereisengeräusch aufhörte. Ich hob auf, was aufzuheben war. Zog mich in mein Zimmer zurück und klammerte mich an ein Kissen. Ich konnte den Lärm meiner Zähne nicht abstellen und hatte entsetzliche Bauchschmerzen, genau wie bei den Fehlgeburten. Eine Hand, die zugreift und alles wegreißt.

Nach drei Tagen kam Diego zurück. Er trat ins Zimmer und durchschnitt die Dunkelheit lautlos wie ein Tier. Wir standen lange in einer kraftlosen Umarmung da, unbeweglich wie Sandsäcke. Er schien mir zentnerschwer zu sein. Er war gerannt, war verschwitzt, meine Wange an seinem Hals wurde nass.

»Mein Liebling.«

Er hielt sich die Ohren zu und wiegte den Kopf leicht hin und her. Eine Granate hatte ihn taub gemacht, und nun hatte er ein scharfes Rauschen im Kopf, wie einen Strudel. Er ignorierte alles ringsumher und setzte sich aufs Bett. Er zog sich die Stiefel aus und stieß sie mit letzter Kraft von sich. Dann sank er neben mir zusammen. Ich ließ ihn schlafen. Ich schmiegte mich an seinen Rücken, um zu spüren, welchen Geruch er an sich hatte … Es war sein Geruch, nur seiner, allerdings etwas stärker als sonst, so wie damals, als er mit einer Grippe und Fieber im Bett gelegen hatte und ich diesen Geruch nach Mann und Hund auf den Laken und am Kragen seines Schlafanzugs gefunden hatte. Ich lag mit geschlossenen Augen im Halbdunkel. Er war zurück. Unwillig holte er Luft, so als wäre da zu viel Atem, der ihm die Nase verstopfte.

Bei Tagesanbruch war er schon wach, saß auf dem Bett und sortierte Filme.

»Und Aska?«

»Was?«

Er schien sich überhaupt nicht an sie zu erinnern und sprach wie von einem anderen Stern mit mir. Wieder hielt er sich die Ohren zu. Und schüttelte den Kopf, wie man eine Spardose schüttelt. Er sah mich an.

»Es ist nichts passiert.«

Fast entschuldigte er sich und sagte mit einem traurigen Lächeln: »Tut mir leid, höhere Gewalt.«

Sie hatten in der Pension zusammen mit den wenigen anderen Gästen festgesessen und die Stunden ungefähr so wie wir verbracht, wie alle in Sarajevo, wie angenagelt vor dem Fernseher im Frühstücksraum, wo es inzwischen nicht eine heile Tasse mehr gab, weil die Geschütze nur wenige hundert Meter entfernt in Stellung gebracht worden waren.

Er schüttelte den Kopf wegen des Geräuschs, das er noch immer in sich hatte, und konnte es noch nicht fassen.

»Das ist Wahnsinn … Das ist ein einziger Wahnsinn.«

Ich umarmte ihn fest, und hastig holten wir die schrecklichen Stunden auf, die wir voneinander getrennt verbracht hatten.

»Es heißt, es wird nicht lange dauern, es ist bald vorbei …«

Später machte ich drei Kreuze. Es war nichts passiert, es hatte keine Paarung gegeben. Ich fühlte mich befreit. Rote Geschosse fielen in die Nacht. Jener wie ein schmerzhafter Nagel eingewachsene Wunsch fiel für immer von mir ab. In diesen schrecklichen Tagen hatte ich alles befürchtet, was man nur befürchten kann, hatte ich mir die beiden tot vorgestellt, unter Trümmern begraben in dem Bett, in das ich sie getrieben hatte.

Ich nahm seine Hand, drückte sie gegen meine Brust und ließ ihn meinen Herzschlag spüren. Diego öffnete sie und presste sie auf mein Herz. Wir waren ein absurdes Risiko eingegangen, und jetzt bat ich ihn um Verzeihung.

Es war mir eine Lehre gewesen, die härteste meines Lebens.

Ich sah ihn an, sein Gesicht war zerkratzt, und seine Haare waren weiß vom Staub.

»Hast du Fotos gemacht?«

»Nein.«

Er ging ins Bad, ließ Wasser in die Wanne laufen und tauchte unter, auch mit dem Kopf. Ich ging zu ihm, seine Augen waren offen. Wir schauten uns durch das Wasser an, die Bewohner zweier unterschiedlicher Elemente.

»Liebst du mich noch?«

Er tauchte auf und spuckte Wasser.

»Bis in alle Ewigkeit.«

Wir wollten sofort abreisen, doch die Tage vergingen.

Gojko war am Flughafen gewesen. Die Leute stürmten die Flugzeuge, die in Butmir auf der Rollbahn standen, die letzten Flüge, die die Stadt verließen, sahen aus wie Tiertransporte, zusammengepferchte Menschen auf den Gängen und in den Toiletten.

Wir blieben zu Hause vor dem Fernseher. Präsident Izetbegović beruhigte die Bevölkerung, der Krieg in Kroatien werde nicht auf Bosnien übergreifen. Er rief dazu auf, unbesorgt aus dem Haus zu gehen.

Dabei war die Stadt umzingelt. Auf jeder Anhöhe Kanonen, Mörser, Granatwerfer, Kalaschnikows, Maschinenpistolen und Präzisionsgewehre.

Die *Armija*, die ruhmreiche jugoslawische Armee, die die Stadt hätte verteidigen sollen, hatte stattdessen die Kasernen geräumt. Über Monate hinweg hatte man Stück für Stück alle Waffen weggeschafft, um sie auf den umliegenden Bergen zu postieren. Zur Verteidigung, hieß es. Jetzt war es zu spät, um sich zu fragen, wie es denn hatte kommen können, dass Sarajevos Waffen auf Sarajevo gerichtet waren.

Gojko gab die Hoffnung nicht auf.

»Das kann nicht mehr lange so gehen ... noch ein paar Tage, und wir haben es geschafft. Die Augen der Welt sind auf uns gerichtet.«

Er führte Scharen von Journalisten durch die Stadt, damit sie die Granateinschläge und die passive, unbewaffnete Zivilbevölkerung filmen konnten.

»Wichtig ist, dass die Welt erfährt, was hier vor sich geht.«

Die Kaffeebars waren noch voller junger Menschen, die ihre Meinung zum Besten gaben; Bier, Zigaretten und sich überlagernde Stimmen. Freie Stimmen, die sich sicher waren, gehört zu werden, die Berge zu überspringen und auf die Tische Europas zu rollen, laut und deutlich.

Diese jungen Menschen glaubten noch, dass die Welt Ohren hat. Der alte Jovan nicht. Er war ein serbischer Jude aus Sarajevo. Wenn er nach Hause kam, zog er sich die Schuhe aus wie ein Moslem, aus Rücksicht auf seine Frau. Er las keine Zeitungen mehr und hörte auch keine Nachrichten. Er saß stundenlang da und starrte auf seine Füße in den Wollpantoffeln.

Es war Mai. Der Monat der Primeln und des blühenden Löwenzahns, der kleinen Schwalben am Ufer der Miljacka.

Alle redeten sich ein, es wäre nur ein einzelner Angriff gewesen, Nervosität, die schnell vorbei sein würde. Wie ein Erdbeben, das sich beruhigt.

Inzwischen verließen die UNO-Offiziere das Altenheim in Sarajevo und zogen nach Stojčevac um.

Inzwischen brannten das Postamt und die Marschall-Tito-Kaserne ab.

Inzwischen waren überall in der Stadt postierte Scharfschützen zu finden. Die tägliche Vivisektion hatte begonnen. Die äußerst präzisen Zielfernrohre verfolgten die Menschen, bis die Farbe ihrer Augen und der Schweiß unter ihrer Nase zu erkennen waren.

Wer waren die dort oben? *Tschetniks, Bestien.* Leute von außerhalb oder Leute, die aus der Stadt entwischt waren? Junge Burschen, die in die Berge hochgeschlichen waren, um sich mit dem Teufel zu verbünden und ihre Studienkameraden umzubringen, ihre langjährigen Freunde …

Velida hielt sich die Augen zu, ihr Rücken noch immer gerade.

»Das ist nicht wahr, das kann nicht wahr sein.«

Wir waren geblieben, um den beiden Alten Gesellschaft zu leisten. Abends spielten wir an einem mit grünem Tuch bespannten Tischchen Karten. Velida servierte Blaubeerschnaps und Honiggebäck. Wir hörten die dumpfen Schüsse, die in der Nacht erlahmten. Es hagelte Granaten in Dobrinja, in Vojničko Polje. Und in Mojmilo. Ich dachte an Aska, an diese Art von Beton-Wohnmobil, in dem sie lebte, dort in Mojmilo, dort, wo früher die Unterkünfte der Olympiateilnehmer gewesen waren.

Für mich ist die Paarung kein Problem …

Das schien Jahrhunderte her zu sein.

Ich fragte mich, ob in diesem Blick, der stets auf Wanderschaft war, in diesen Lidern, die wie Flügel flatterten, das Schicksal schon besiegelt war. Jeden Tag studierte ich in der *Oslobodjenje* die Listen der Toten und hatte Angst, auf ihren Namen zu stoßen.

Irgendwann kam Diego mit einem ersten Todesopfer auf dem Film nach Hause. Eine Frau neben einer Tüte, aus der Äpfel rollen.

Er riss sich den Tragegurt vom Hals und den Fotoapparat von der Brust, als würde er brennen, er schleuderte ihn ärgerlich aufs Bett, so als wäre er wütend auf dieses mechanische Auge, das ihn zwang hinzusehen, zu diesem Leichnam, den das Bild so festhalten würde, für immer unbeerdigt. Seine Hände zitterten, als er die Filme herausnahm und sie ins Dunkel einer Blechbüchse räumte.

»Ich fühle mich wie ein Totengräber, wie einer, der begräbt.«

Unsere Kaffeebar gab es nicht mehr. Sie lag in Schutt und Asche. Ein Granatenvolltreffer. Es blieb nur ein gespenstisches Loch und futuristisch verwickeltes Metall zurück. Zum Glück war keiner unserer Freunde dort gewesen. Die Explosion hatte sich am frühen Morgen ereignet, es hatte lediglich eine arme albanische Hilfskraft erwischt, die im Hinterzimmer geschlafen hatte.

Auch unsere Fensterscheiben gingen zu Bruch. Wir machten es wie alle anderen, wir nagelten Plastikfolien an die Rahmen. Durch diese trüben Planen drang nur wenig Licht. Abends kam die Dunkelheit schnell. Es gab keinen Strom mehr. Velida und Jovan bewohnten nur noch den inneren Teil der Wohnung, dort saßen sie abends bei einer Kerze und warteten, bis die Flamme im Wachs ertrank. Sie hatten nicht vor, ihre Heimatstadt zu verlassen. Und auch nicht, in den Keller hinunterzugehen, wie es inzwischen viele taten. »Der Sommer steht vor der Tür«, sagte Velida. »Im Sommer brauchen wir keine Heizung, wir können wie auf dem Zeltplatz leben.«

Sie hatten oft gezeltet, Jovan und sie, in den Naturparks Bosniens, unterhalb der Wasserfälle. Sich stundenlang über Wasserlachen gebeugt, um Mikroorganismen zu erforschen.

Wir hatten uns an die Alarmsirenen und an das Pfeifen der Granaten gewöhnt. Ich glaubte, nie wieder schlafen zu können, ich blieb wach, die Augen weit aufgerissen und meine Hand in der von Diego. Ich dachte an unsere Wohnung in Rom, an das Wohnzimmer, an die Küche, an die Fotos, die in einer langen Reihe an der Wand hingen. Ich dachte an unsere ruhige Straße, durch die nachts nur jemand kam, um seinen Hund auszuführen. Mein Vater hatte unseren Schlüssel, er goss die gegen die Fenster gepressten Blumen, setzte sich in die Stille, kochte sich einen Kaffee und spülte die Tasse ab. Seit einer Woche hatte ich nichts mehr von ihm gehört. Beim letzten Mal konnte er nicht sprechen, es hatte ihm vor Kummer die Sprache verschlagen.

Ich hatte ihm nicht viel erzählt. Durch einen Freund von Gojko, der nach Zagreb zurückkehrte, war es mir gelungen, ein paar von Diegos Filmen wegzuschicken, und ich hatte meinen Vater gebeten, darauf zu achten, dass die Bilder unter Diegos Namen veröffentlicht wurden und nicht unter dem Signet der Agentur.

Später lernten wir zu schlafen, in den Schlaf zu sinken, um dieser Hölle wenigstens für einige Stunden zu entkommen. Wir standen frühmorgens auf, um das Licht zu nutzen. Diego ging aus dem Haus, und ich umarmte ihn fest. Inzwischen umarmten sich alle fest, wenn sie sich sahen, und sie verabschiedeten sich voneinander, als sollten sie sich nie wiedersehen.

Sebinas Turnlehrer war tot und auch die Apothekerin. Leichname, die eine Zeitlang verlassen dalagen, weil es viel zu gefährlich war, zu ihnen zu gehen, der Heckenschütze am Zielfernrohr wartete nur darauf. Sie wurden erst nachts weggeschleppt und auch nachts auf dem alten muslimischen Friedhof begraben. Stille Begräbnisse, Menschen, so zart wie nächtliche Schmetterlinge. Man trotzte dem Tod, um den Tod zu begraben.

In diesen Maitagen lernten wir alles. Wir lernten, die heisere Stimme der Kalaschnikows und das Pfeifen der Granaten zu erkennen. Das Krachen der Mörser und dann das Pfeifen. Wenn man nach dem Krachen hörte, wie das Pfeifen über dem Kopf durch die Luft zog, war man noch einmal davongekommen. Hörte man nichts, hatte die Granate ihren Bogen bereits beendet und war vielleicht dort, wo man selbst gerade stand, im Sturzflug. Wir lernten, dass die Berge am Tag nach einem besonders wilden Hagel von Explosionen für gewöhnlich schwiegen. Wir lernten, dass die Heckenschützen zu einer bestimmten Uhrzeit Mittagspause machten und dass ihre Treffsicherheit bei Sonnenuntergang geringer war, weil sie dann mit Rakija abgefüllt waren.

Wir lernten, wie wir uns bewegen mussten. An Orten ohne Deckung wie die Hasen zu laufen: in den Lücken zwischen den Wohnblocks und auf Kreuzungen, die von den Bergen aus gut einzusehen waren.

Ich wollte nur noch weg. Doch Diego konnte sich nicht losreißen, mit der Kamera um den Hals und dem Rucksack auf den Schultern ging er viele Kilometer weit. Wenn er nach Hause kam, brachte er etwas zu essen mit oder Kerzen für die Nacht.

Ich blieb fast ununterbrochen im Haus. Nur manchmal ging ich mit Velida zum Markt. Es gab fast nichts mehr, nur noch ein bisschen Gemüse aus den Gärten in Sarajevo, und die Preise hatten sich verzehnfacht. Die Brotfabrik arbeitete noch, aber man musste ewig anstehen.

Wir lernten, dass die Waffenruhe trügerisch war, sie dauerte nur wenige Stunden, dann begann der Tanz von neuem. Die Straßen sahen jeden Tag anders aus, sie zerbröckelten und wurden nur notdürftig geräumt. Betonblöcke, Straßenbahnwagen und Plastikplanen, die zwischen die Wohnblocks gespannt waren, versperrten den Heckenschützen nun die Sicht. Die Stadt hatte angefangen, sich mit behelfsmäßigen Waffen und mit Freiwilligen zu organisieren. In den Straßengräben kämpften reguläre bosnische Truppen. Verbrecherbanden nutzten die Gunst der Stunde, um in Sarajevo die Wohnungen von serbischen Einwohnern zu plündern, von Professoren und dem Mittelstand. Die Geschäfte des Krieges hatten begonnen, der Konfiszierungen, des

Schwarzmarktes. Man wurde von finsteren Gestalten bedrängt, die alles Mögliche verkaufen und Devisen tauschen wollten. Die weißen Panzerfahrzeuge der Vereinten Nationen parkten untätig wie träge Hühner in der Sonne.

Nachts ging das Leben trotzdem weiter, man überlebte in Kellern und Kneipen mit dem Schlagabtausch bitterer Witze. Noch gab es Bier, das legendäre Sarajevsko pivo, das jetzt allerdings anders schmeckte, herb und fremd wie der Humor. Und es gab die Hoffnung, dass noch vor dem Sommer alles vorbei sein würde.

Wir hatten eine neue Kaffeebar gefunden, man musste ein paar Stufen hinuntergehen und kam in eine kleine, rauchgeschwängerte Höhle. Dort unten war man zumindest in Sicherheit. Die Musik von Radio Zid überdeckte die Rülpser am Himmel und das Sirenengeheul. Wir mussten die Ausgangssperre ignorieren, um dorthin zu gehen. Die Mädchen waren modisch gekleidet und geschminkt. Ana und Dragana tanzten eng umschlungen. Mladjo, der Maler schnitt jetzt menschliche Figuren aus dem Sperrholz von Schranktüren zu, bemalte sie und stellte sie mitten auf die Straße, um die Heckenschützen zu veralbern. Alle hatten Lust, sich zu amüsieren, und wollten sich von den Bestien in den Bergen nicht unterkriegen lassen.

Gojko brachte manchmal einen Journalisten mit, der ein bisschen mutiger war als die anderen und im belagerten Sarajevo hinter den Kulissen stöbern wollte. Er ließ ihn eine Runde für alle spendieren und erleichterte ihn um etliche Mark. Wir schauten nicht von den schmutzigen Gläsern auf. Eines Abends stand Gojko auf und deklamierte ein Gedicht für einen toten Freund:

Du hast nichts zurückgelassen
in deinem alten Haus,

*nur das zerdrückte Bett
und eine brennende Zigarette.
Du hast nichts zurückgelassen
in deinem alten Leben,
nur deinen Hund Igor,
und seine volle Harnblase
in Erwartung deiner Rückkehr.*

Nachts drücken wir uns an den Hauswänden entlang. Zusammen mit uns schlängeln sich auch andere menschliche Schatten davon, lautlos wie Algen im Meer. Wir bewegen uns wie in einem schwarzen Aquarium. Es gibt kein Licht, nur verloschene Kerzen. Es herrscht vollkommene Finsternis. Der Mond ist die Laterne eines Gespenstes. Das rote Licht eines Phosphorgeschosses strahlt uns für ein paar Sekunden an, dann fällt es nieder wie ein herabstürzender Stern.

Wir sind allein. Diego stinkt wie ein Hund, es gibt kein Wasser. Wir waschen uns in derselben Schüssel.

Mirna hat sich die Brille aufgesetzt und mit der Unterrichtsvorbereitung für ihre Schüler begonnen. Die Schule ist geschlossen, doch sie und ihre Kollegen wollen zu Hause kleine Schulklassen organisieren. Wer kann, geht weiter zur Arbeit, zu Fuß, die Glücklicheren mit dem Fahrrad. Straßenbahnen fahren nicht, und für die Autos gibt es kein Benzin mehr.

Sebina lacht und sagt, ihr Haus sei schon ganz schwarz vom Smog, ohne Autos sei es viel besser. Als Mirna aus dem Haus gehen will, zieht sie Schuhe mit hohen Absätzen an. Ich muss lächeln, sie sind jetzt nicht gerade das Praktischste. Doch sie bleibt ernst, hat nicht die Absicht, ihr Leben zu ändern und den ganzen Tag wie ein Hase herumzuhoppeln. Auch ihr Trenchcoat ist tadellos. Energisch zieht sie den Gürtel fest. Sie hat jetzt wieder ihre Mädchenfigur, und die Schminke reicht nicht, um ihre Blässe zu verdecken. Auch sie hat nicht vor, Sarajevo zu verlassen.

»Wer wegwollte, ist längst weg. Wir bleiben.«

Ich sage ihr, dass wir abreisen, sobald wir einen Platz in einem der Transporte nach Zagreb oder Belgrad bekommen. Sage ihr, dass ich Sebina mit nach Italien nehmen möchte.

»Für Ausländer ist alles leichter«, sage ich.

Meine Patentochter sieht mich an, von heiligem bosnischen Hass erfüllt. Sie hat jetzt Ähnlichkeit mit diesem Bison in Gestalt ihres Bruders. Schreit, sie denke gar nicht daran, mit mir wegzufahren, sie wolle bei ihrer Mutter bleiben.

»Das ist doch nur so was wie Urlaub«, versuche ich ihr zu erklären.

Aber mein Patenkind ist das gerissenste kleine Mädchen aus ganz Sarajevo! Sie beruhigt sich, schlägt in ihrem rosa Filmstar-Sesselchen die Beine übereinander und verkündet mit der Gelassenheit eines Staatsoberhaupts, Urlaub mache man in Friedenszeiten, sie aber befänden sich im Krieg. Auf jeden Fall hätten sie es besser als andere, weil Gojko für ausländische Journalisten arbeite. Sie haben Sebinas Aquarium in die Küche geräumt, die nach hinten hinausgeht, auf das Viereck der Höfe. Gojko hat einen kleinen Stromgenerator besorgt.

Die Dunkelheit hat sich herabgesenkt, das Aquarium ist beleuchtet. Es ist in dieser schwarzen Sintflut eine schimmernde blaue Blase. Wir sitzen davor wie vor einem Kamin. Stimmen, die schwimmen, wie die Fische schwimmen, kaum sichtbare, blaue Nasen. Sebina hat ihr Kinn zwischen den Knien vergraben und lächelt mit ihrem dünnen Mund. Gojko zieht sie auf und lässt sie mit seinem makabren Humor nicht in Ruhe, er rät ihr, aufzupassen, weil es bei dem allgemein herrschenden Hunger jemandem in den Sinn kommen könnte, ihre Fische zu klauen, sie sich zu angeln und aufzuessen.

Als ich sie besuche, läuft sie mir auf Rollschuhen entgegen, an die Leuchtschuhe geschnallt, die ich ihr geschenkt habe. Sie ahmt die Mädchen aus dem Fernsehen nach, die Serviermädchen aus den amerikanischen Fastfood-Restaurants, mit Rollschuhen, Minirock und weißem Schwänzchen. Sie beugt sich zu mir hinunter und stellt mir einen leeren Teller und ein Glas hin. In der Hand hat sie einen kleinen Notizblock, um die Bestellung aufzunehmen.

»Was darf es sein, Signora?«

»*Uštipci, kolači* und Erdbeertorte.«

Sie serviert mir ein Buch, dann einen Topflappen und anschließend eine umgestülpte Tasse. Ich stopfe mich voll, indem ich Luft kaue. Sie lacht. Und sagt: »Na ja, so eine Erdbeertorte wäre jetzt gar nicht mal so schlecht.«

Es gibt keine Eier, keine Butter, doch wir können versuchen, sie aus Pflaumenmus, Sonnenblumenöl und dunklem Mehl zusammenzumischen. Das Resultat ist ein hartes Etwas, auf dem Campingkocher in der Pfanne gebacken und mit Poren durchsetzt wie ein narbiges Aknegesicht. Trotzdem lecken wir uns alle zehn Finger danach. Wir pressen die Fingerkuppen auf den Teller, um die Krümel aufzusammeln. Dann der Schlag, der noch lange in den Ohren bleiben sollte. Die Granate muss in unmittelbarer Nähe niedergegangen sein. Der Knall trifft uns von hinten, plötzlich, er geht uns durch und durch. Alles erzittert. Erst einige Augenblicke später wird uns klar, dass wir durch Zufall mit heiler Haut davongekommen sind. Durch jenen Zufall, der in Sarajevo inzwischen als Wunder bezeichnet wird. Wenn wir geblieben wären, wo wir kurz vorher waren, bevor wir diesen Kuchen gebacken haben …

Der Splitter ist da, er hat die Plastikverkleidung des Fensters durchschlagen und ist in die Wand eingedrungen. Ein verbogenes Stück Metall, scharfkantig wie ein Spaten und länger als eine Elle. Die Wand ringsumher hat Risse, tiefe Spalte lassen erkennen, was dahinter ist. Es sieht aus wie eine Skulptur, wie das Werk eines Konzeptkünstlers. Die Wand wie von der Dürre aufgerissene Erde und das glühende Stück Eisen wie ein mächtiger, böser Spaten. Titos Bild ist nicht heruntergefallen, es hängt jetzt schief, doch immer noch an seinem Haken. Ich denke, dass Diego ein Foto davon machen sollte, dass dieses Bild einen Zeugen braucht.

Das Herz bewegt sich vor und zurück wie ein kleines Pendel, es zählt die Sekunden. Kein Einsturz. Mit angehaltenem Atem warten wir darauf, dass das angegriffene Haus sein Gleichgewicht wiederfindet. Das Aquarium mit den Fischen ist noch unversehrt. Sebina betrachtet es … betrachtet diese bunten Schuppen, die in dem erschütterten Wasser hin und her wogen. Wir betrachten das standhaltende Leben. Diese Fische, die schwanken wie die Lilien auf der neuen Fahne Bosniens. Es dauert nur einen Augenblick, dann geht ein Riss durch das Glas, unsichtbar. Eine versunkene Erschütterung, die noch im Wasser gefangen war und erst jetzt ausbricht. Das Aquarium bricht entzwei, zerbirst in tausend Stücke. Die Fische fallen in den Staub, sie zappeln mit ihren schmutzigen Rücken auf dem Boden. Sebina brüllt auf, und ich schreie, sie solle sich nicht vom Fleck rühren, die Decke könnte herunterkommen. Doch Sebina stürzt sich in den Staub. Ich krieche zu ihr, und wir tappen durch die einsturzgefährdete Bude, um diese kleinen, unwichtigen Geschöpfe zu retten. Die trotzdem wichtig sind. Sogar wichtiger denn je, wie ein Symbol, wie diese Lilien. Ich nehme den Kanister und fülle etwas Wasser in einen Topf, dort hinein werfen wir die Fische.

Später stehen Sebinas Augen voller Tränen, die nicht herunterrollen, wir beobachten die Bewegung der Fische in diesem Topf, in diesem staubtrüben Wasser. Bis auf einen sind alle am Leben. Ein kleines Etwas, das oben treibt wie ein Zigarettenstummel.

»Der Kleine ist tot«, flüstert Sebina. »Mein *Bijeli*.«

Ich tröste sie. Es sei schon ein Wunder, dass alle anderen überlebt hätten.

Später wird ihr Gojko ein neues Aquarium besorgen, und Gott allein weiß, welche Verrenkungen er machen wird, um eines zu finden. Sebina wird ihm täglich in den Ohren liegen, weil sie die Fische nicht im Topf lassen kann. Gojko hat es schon bereut, sie ihr geschenkt zu haben. Weil es nicht mal auf dem Schwarzmarkt Futter für sie gibt. *Weil alles Lebende stirbt.* Sebina ist unruhig, wir müssen jetzt immer öfter in den Keller hinunter und dort stundenlang bleiben. Doch sie will ihre Fische nicht allein lassen.

»Mir tut mein Herz weh«, sagt sie.

»Alles, was du liebst, fügt dir Schmerzen zu, das ist nun mal so.«

Sie denkt eine Weile darüber nach.

»Willst du deshalb keine Kinder?«

Mir ist zum Heulen zumute, ich zwicke sie und lächle.

»Du genügst mir vollkommen.«

»Ich bin nicht dein Kind.«

»Ein bisschen bist du es doch.«

Sie mustert mich mit ihrem frechen Schnäuzchen.

»Ja, ein kleines bisschen.«

Sie zeigt es mir mit der Hand, ein Stück Liebe eingeklemmt zwischen zwei Fingerchen.

An jenem Morgen gingen die Leute in aller Ruhe aus dem Haus, die Frauen mit einem Tuch um den Hals, die Männer mit einer

Krawatte. Man musste denen in den Bergen, diesem Dreifinger-Klub der Tschetniks, die geschlossene Faust mit dem herausgestreckten Mittelfinger zeigen. Als Botschaft für sie, *Steckt euch eure Präzisionsgewehre in den Arsch.* Die Halstücher und die geordneten Schritte waren dazu da, genau das auszudrücken. Um zu beweisen, dass das Leben weitergeht. Die Frauenklinik war getroffen, und der Sitz der *Oslobodjenje* war zur Zielscheibe für gelangweilte Schützen geworden. Wer nichts zu tun hatte, gab immer mal einen Schuss darauf ab. Die Stadt wirkte wie ausgestorben, dann kehrte wieder Leben ein, wie auf einer Weide. Auf der Mauer unten vor dem Haus war ein Schriftzug aufgetaucht:

WIR SIND HEUTE NACHT NICHT GESTORBEN.

Ich sah ihn jeden Morgen vom Fenster aus, er schnürte mir die Kehle zu.

Tags zuvor war die Hölle los gewesen, das Zetra-Eisstadion im Olympischen Dorf war abgebrannt, dieser Metallhut, der allen so viel bedeutet hatte, war geschmolzen. Feuerwehrleute und Freiwillige kämpften viele Stunden lang. Ein Waffenstillstand war angeordnet worden, ohne Widerruf, es hatte Sanktionen gegen die aus Belgrad gegeben. Man kam nicht umhin, Schlange zu stehen. Nach Wasser, nach Brot, nach Medikamenten. Die Leute riskierten Kopf und Kragen, wenn alle so dicht zusammenstanden, wie die Tauben, doch heute war ein Tag der Zuversicht, der Frauen, die auf dem Bürgersteig ein Schwätzchen hielten, und der Kinder, die zwischen den Beinen hindurch entwischten. Die Sonne schien. Es geschah in der Vase-Miskina-Straße, wo heute eine der größten Rosen zu sehen ist. Die kleine Tür gibt es noch, zwar wird kein Brot mehr verkauft, aber sie ist noch da.

In kleiner Schrift aufgereiht stehen die Namen neben dem Stern und dem Mond der Moslems und einem Vers aus dem Koran.

Es waren Frauen, Männer und spielende Kinder. Sie konnten nicht wissen, dass ihre Namen an dieser Wand eingraviert sein würden, endlos fotografiert von den Handys der Touristen. Sie standen nach Brot an, es roch gut. Es war ein Tag der Zuversicht, der Hasen, die den Kopf herausstrecken. Es war Ende Mai, die Schwalben pickten die Krümel auf, wenn jemand das Brot schon auf der Straße in Stücke brach. Es gab ein paar Glückspilze. Leute, die schneller und rechtzeitig dagewesen waren, die sich früh angestellt hatten, noch vor den anderen, und dann mit ihrem länglichen oder runden Brot ohne Hefe und ohne Salz weggegangen waren. Doch es gab auch welche, die zufällig stehen geblieben waren, die ein Gespräch anfingen und ein paar Worte mit einem Bekannten wechselten. Da schlugen drei Granaten ein, zwei auf der Straße und eine weiter vorn auf dem Markt. Und alle, die gerade dort waren, traten eine Reise an, zerspritzten. Der Platz wurde zu einer Theaterszenerie, überall rote Fetzen. Sie sollte um die Welt gehen, diese rote Abscheulichkeit. Dieses blutgetränkte Brot.

»Ich hätte nicht gedacht, dass ein Kind so viel Gehirn hat«, sagte ein alter, an einen Stock geklammerter Mann. »Es quoll heraus, das Gehirn, es hörte gar nicht mehr auf.«

Eine Frau saß auf einer kleinen Mauer, sie weinte nicht. Sie hielt zwei tote Kinder im Arm, eines links und eines rechts, wie zwei abgeschnittene Blumen. Eine andere versuchte, zu ihrem Bein zu kommen, sie kroch ihm auf den Ellbogen nach. Ein Mann war besonders merkwürdig anzusehen. Rücklings wie ein Handschuh, den man auf der Straße findet und über einen Zaun hängt, für den Fall, dass der, der ihn verloren hat, noch einmal vorbeikommt. Einzelne Handschuhe, traurig und dreckig. Da hing er also wie ein Handschuh an einem Eisengeländer, das die Straße teilt. Er hatte keinen Bauch mehr. Nur noch ein großes, rundes, leicht ausgefranstes Loch. Hinter ihm sah man weglaufende Leute und Tragbahren, und er lag da wie für einen Spezialeffekt.

An diesem Tag schien Gojko völlig durchzudrehen, er rannte sofort dorthin und schrie die Journalisten an, sie sollten das alles filmen.

»So wird man auf uns aufmerksam!«

»Na los, nehmt und fresst das alles, das ist unser Blut!«

Dann spritzte er weg, verzweifelt wie Judas, der davonläuft, um sich zu erhängen.

Später schwieg die Stadt. Es war ein Tag der Zuversicht gewesen. Junge Burschen in Tarnanzügen und mit himmelblauen Helmen waren eingetroffen, und die Leute hatten sich eingebildet, das wären Schutzengel und alles wäre vorbei. Stattdessen war das Krankenhaus nun voller Fleisch, das wieder zusammengeflickt werden musste. Auch die Berge schwiegen. Und die Fernsehsender der Welt taten nichts, als diesen schaurigen Film ablaufen zu lassen. Die Bestien in den Bergen hatten sich verkrochen, um sich mit Rakija volllaufen zu lassen und ihre Berühmtheit zu feiern.

Zwei Tage später reisten wir ab. Es gab wieder Strom, in der Nacht fingen sämtliche Waschmaschinen von Sarajevo an zu laufen. Ich hielt das für ein gutes Zeichen. Wir kamen mit einem Bus nach Zagreb, der sogar klimatisiert war, einem von denen, die sonst immer Pilger nach Medjugorje brachten. Dann konnten wir uns in Ruhe in ein Flugzeug setzen. Ich wollte Diego so vieles sagen und sagte: »Ein Teller Spaghetti, was meinst du?«

Diego lächelte.

Seine Augen waren gerötet, er musste zum Arzt, das war das Erste, worum ich mich kümmern wollte. Und mir ging durch den Kopf, dass Gott unsere Augen von alldem nie wieder reinwaschen würde.

Ich sehe den Himmel draußen

Ich sehe den Himmel draußen vor dem Flugzeugfenster. Den sauberen Himmel der Menschen im Frieden, der Passagierflugzeuge, der Zugvögel, die wegfliegen und wiederkommen. Wir steigen nach dem kurzen Flug unter dem weißen Flügel dieses Glückshimmels aus. Dieser Meeresbrise und der Schwalben, die zum Trinken zurückgekommen sind.

Mein Vater holt uns ab. Abgemagert, mit auf die Brille geklappten Sonnengläsern und in einem seiner Baumwollhemden eines Häftlings im Freigang. Er umarmt uns mit einem breiten, optimistischen Lächeln. Als kämen wir aus dem Urlaub. Dann senkt er sofort den Kopf, nimmt mir mein Gepäck ab und möchte auch Diegos tragen.

Er wirkt wie ein übereifriger Fremdenführer, einer, der auf ein Trinkgeld aus ist. Und wir sehen aus wie Touristen. Zerzaust und staubig. Zurück von einer Safari.

Wie war die Jagd? Habt ihr ein paar Trophäen mitgebracht? Einen Stoßzahn, ein Schwänzchen ...

Ja, einen Schwanz haben wir mitgebracht, dreckig schleift er hinter uns her und gerät uns zwischen die Beine. Einen verletzten Schwanz. Man muss ihm Zeit lassen, ein paar Tage, und er wird abfallen, ein stinkender Zipfel Fleisch, der absterben wird. Dann werden wir wieder wir sein, die von früher. Gelackte Ärsche und Drinks in der Sonne.

Mein Vater öffnet den Kofferraum und verstaut unser Gepäck. Diego lässt sich den Rucksack von den Schultern ziehen. Es ist, als ließe er ein Stück von sich selbst los, den Körper eines Kindes.

Er setzt sich nach hinten und streckt sich auf dem Sitz aus. Mein Vater sieht auf die Straße. Ein erloschenes Lächeln sitzt fest um seinen Mund. Er stellt keine Fragen, wartet darauf, dass ich etwas sage.

An diesem Morgen rast mein Vater, er ist ein furchtloser Fahrer. Einer von denen, die Krankenwagen lenken. Er hat zwei Verletzte an Bord.

Ich sehe die Straßenschilder. Sehe die breiten, glatten Asphaltbahnen, die nach Rom führen. Die technisch überprüften Autos mit ihren genehmigten Auspuffrohren, die Ruhe dieses Straßenverkehrs. Diese Normalität kommt mir vor wie ein Wunder, wie ein Spezialeffekt. Ich habe noch die brennenden Autos vor Augen, diese schaukelnden Klapperkisten. Ich drehe mich zu Diego um.

»Wie geht's deinen Augen?«

Er hat sie geschlossen, zwei geschwollene, rosa Blasen, von Äderchen durchzogen ... Sie sehen aus wie die Bäuche frisch geschlüpfter Vögel. Mein Vater lebt auf, er wird in der Augenklinik anrufen, er hat da einen Freund, einen Chefarzt.

»Für einen Fotografen sind die Augen sehr wichtig, sie sind Kimme und Korn.«

Diego legt ihm die Hand auf die Schulter und lächelt.

Häuser fliegen vorbei. Elegante, umbertinische Palazzi, Häuser aus der Zeit des Faschismus, Balkone geometrisch wie Schiffsdecks, dann die Architektur der sechziger Jahre, und dann die Barockbauten des Stadtzentrums, die das Rosa der römischen Sonnenuntergänge aufsaugen.

Die weiße Spinne des Vatikans und ringsumher das Dunkel der Kirchen, das Gold der Kunstgalerien, der Gestank der Stofflager, die heisere Stimme des Ghettos und die wuchtige Stimme politischer Macht, die Touristenherden und ein zerlumpter Aristokrat, der vor einer Getränkebude bei den Tauben sitzt, die den gelben Muskel des Tiber absuchen.

Seit Jahren will ich weg, und seit Jahren bleibe ich. Und heute danke ich dem Himmel für meinen Westen mit seinem dreckigen Frieden.

Die Leute gehen ihren Geschäften nach, kommen aus den Läden und Büros, gehen über die Straße, schlingen ein Brötchen hinunter, rennen ins Fitness-Center.

Ich habe Lust auf alles. Möchte jede Straße umarmen und stundenlang herumschlendern, langsam und aufrecht. Wir sind raus aus der Hölle.

Zu Hause. Ein muffiger Geruch, der Geruch des letzten Gedankens, den wir in diesen vier Wänden zurückließen. Auf dem Tisch liegt noch der Stapel weißer Umschläge, Ultraschallbilder, ärztliche Befunde, die ich in der Nacht vor der Abreise auf allen vieren auf dem Teppich durchstöbert hatte. Ich setze meinen Fuß in die Wohnung, gehe herum. Das Ticken des Küchenweckers. Das schwarze Maul des abgeschalteten Kühlschranks, die leeren Löcher für die Eier. Der Geruch des angeklebten Fußbodenbelags. Diegos Fotos, Füße, die auf die U-Bahn warten.

Ich öffne die Fensterläden, schiebe sie über den schmutzigen Fensterbrettern auf. Eine Schlange aus Sonnenlicht gleitet über die Bilder. Diego hat sich auf das Sofa gesetzt, hat nach wenigen Schritten dort Halt gemacht, in diesem weißen Graben. Er sagt, all die aufgereihten Füße seien der letzte Dreck, wir sollten sie von der Wand nehmen.

Ich antworte nicht. Doch mir ist klar, dass ihm seine Bilder von früher nie wieder gefallen werden. Er sieht sie an und sagt, es komme ihm so vor, als hätte nicht er sie gemacht.

Ich reiße alles auf. Lasse Licht herein. Mit langen Schritten erobere ich mir meine Parkettmeter zurück. Wir sind in Sicherheit, im Schoß unserer Wohnung. Mein Vater ist weitergefahren, er wollte nicht heraufkommen. Er hat uns geholfen, das Gepäck in den Fahrstuhl zu bringen, und dann auf dem Absatz kehrtgemacht.

»Schlaft euch aus«, hat er gesagt. »Macht die Fensterläden zu und schlaft euch aus, erholt euch.«

Zum Glück ist einiges zu tun. Mit dem Schwamm über den Küchentisch zu fahren, frische Laken auf das Bett zu ziehen. Diego hilft mir, er wischt das Zimmer. Er wringt den Lappen aus, als wollte er jemandem den Hals umdrehen, und knallt ihn auf den Boden. Es ist ein Anfall, der einfach so über uns kommt, eine Therapie. Wir könnten es sein lassen, ausgehen und die Putzfrau anrufen. Doch so ist es uns gerade recht. Sich bewegen zu können, an den weit geöffneten Fenstern vorbei, ist ein Privileg an diesem Morgen. Es gibt nichts Schöneres, als eine Wohnung zu putzen, als mit körperlichen Schlägen auf die Vergeblichkeit zu reagieren, auf die unterdrückten Gedanken. Wir nehmen einen von den großen Müllsäcken. Diego wirft Unmengen von Probeabzügen weg, Scheißfotos, und ich entsorge alle meine Befunde und Ultraschallaufnahmen. Ich bin fertig damit. Wir fallen uns in der Mitte des Wohnzimmers in die Arme, schmutzig von Roms Staub und verschwitzt. Zeitgleich drehen wir uns zum Fenster um wie zu einem Foto. Oder wie zu einem Heckenschützen. Wer weiß, ob der Anwalt aus dem Haus gegenüber nicht ein Präzisionsgewehr in die Öffnung der Klimaanlage gesteckt hat.

Später gehen wir raus und verlieren uns auf dem Markt zwischen den Ständen mit dem Gemüse der Saison, dem Rot der Strauchtomaten, den Kisten mit Kirschen, den Endivien im Wasserbad. Wir raffen das Leben an uns, kaufen ein. Diego hat Sandalen angezogen, er hat die Jesuslatschen aus der Abstellkammer geholt und sie sich an die Füße gepappt. Irgendwer grüßt uns, man fragt, wo wir gewesen seien.

»Im Ausland«, sagen wir. Im Ausland.

Wir füllen den Kühlschrank randvoll mit Essen und machen uns einen bunten Salat. Wir stopfen Vitamine in uns hinein. Essen frisches Brot und machen eine schöne Flasche Weißwein auf. Ich habe die Füße auf den Tisch gelegt. Diego streichelt sie. Er hat die Augen geschlossen und einen Joint im Mund.

Wir reden nicht. Wir wissen ja alles. Reden ist überflüssig. Wir müssen unserem Körper diese wohltuende Zeit lassen, wir waren im Anderswo, und wir sind zurückgekehrt.

Es ist Nacht. Ich sehe ihn am Fenster stehen, das uns von der Welt trennt, von den Stimmen der Straße, der Leute, die aus den Restaurants kommen. Er fährt mit der Hand über das Wunder der intakten Fensterscheibe, die fest in ihren Holzrillen sitzt. Wir haben all die Plastikverkleidungen an den Fenstern gesehen, wie die Augenbinden eines Verwundeten. Und ich frage mich, wann es uns wohl wieder gelingt, die Scheibe zu übersehen und hinauszuschauen.

Wir nahmen unser früheres Leben wieder auf, das unterbrochene. Es war, als würden wir uns den Körper eines Geliebten auf die Schultern laden, den wir nicht mehr liebten und für den wir eine traurige Zuneigung empfanden, ein lästiges Pflichtgefühl. Die Morgendusche und dann raus, hinaus in diese Tage, die uns einfach nicht mehr zu gehören schienen. Diego suchte sich Arbeit und ging aus dem Haus wie in alten Zeiten, er hatte sein Motorrad und seine weißen Hemden wiedergefunden, er sah aus wie er. Ich blieb an der Tür stehen, mit dem Rücken an der Wand, und atmete tief durch. Die stille Wohnung beunruhigte mich, und unbewusst bewegte ich mich wie in Sarajevo immer an den tragenden Wänden entlang, als hätte ich Angst vor einem plötzlichen Einsturz.

Ich bin im Büro. Mein Chef hat sich über meine lange Abwesenheit beschwert.
»Gemma, du bist Chefredakteurin.«
Ich habe die Arme ausgebreitet: »Ohne Festanstellung.«
Ich sehe die grauen Computer, die Gesichter meiner Kollegen. Viola bringt mir einen Cappuccino aus der Bar mit und ein Hörnchen. Sie lässt mir keine Ruhe, postiert ihren Hintern auf meinen Schreibtisch und redet, redet. Mir geht durch den Kopf, dass sie es nicht geschafft hätte, wenn sie in Sarajevo gewesen wäre, sie ist nicht clever, sie ist faul, gibt kaum auf sich acht, nein, mit ihrer Gutmütigkeit wäre sie nicht mal auf die andere Straßenseite gekommen. Ein Heckenschütze hätte sie ins Visier genommen und sich seinen Spaß mit ihr gemacht. Sie ist das typische Opfer. Im Grunde habe auch ich sie immer ausgenutzt und mich nur über sie lustig gemacht, ich habe sie nie für so ebenbürtig gehalten, dass ich sie wirklich ins Vertrauen gezogen hätte. Ich sehe die Kollegen in der Redaktion an, verwelkte Jugendliche wie ich, in aller Eile diplomiert und dann gestrandet. Kleine, in diesem Krötentümpel gealterte Haie. Ich stelle mir vor, dass ich auf sie schieße, ihre Stirn durchlöchere, sehe, wie sie auf ihren jämmerlichen Kommandoposten zusammensinken. Viele meiner Kollegen möchte ich heute am liebsten zur Hölle schicken, ihre nichtigen Überempfindlichkeiten und ihre Jammerstimmen.

Ich rufe Diego an.
»Wie geht's?«
»Und dir?«

Wir sind in unserem Gesetz des Schweigens gefangen. Wir reden nicht. Wir machen beide das Gleiche, wir bemühen uns, das Weite zu suchen. Uns von jenen Tagen zu entfernen, indem wir andere Tage dazwischenschieben, diese hier, die nur mühsam vergehen.

Ich schreibe einen Artikel über Viehmist. In Indien wird er als Brennstoff verwendet, in Norwegen hat sich ein Mann ein Haus daraus gebaut. Aus Scheiße, wohlgemerkt. Ich lache. Ein Gedanke tröstet mich, ich wiege ihn wie eine Puppe. Ich bin froh, keine Kinder zu haben. Gestern Abend habe ich dieses tote Kind im Fernsehen gesehen, seine Mutter wusch es für die Beerdigung. Ich stand in der Küche und schnitt Brot, ich ließ das Messer sinken. Bekreuzigte mich. *Gute Reise, du unnützes Leben.* Ich schaltete den Fernseher aus und schnitt weiter Brot. *Das ist nicht dein Kind, Gemma,* sagte ich mir. *Du hast keine Kinder, du Glückliche.*

Wir gehen zum Abendessen zu Freunden. Wir sind zur Normalität zurückgekehrt, zu den Klamotten in der Reinigung. Duccio hat Geburtstag. Die Terrasse ist nach dem Winter wieder offen, unten fließt der Tiber, vergoldet durch die Festbeleuchtung von Sommerveranstaltungen, Buchvorstellungen, läppischem Mist. Da ist die Engelsburg und ihr in die Nacht gereckter Engel. Ich trage High Heels, meine Schultern sind nackt. Diego hat sein locker gewebtes Leinenjackett an, seine Haare sind offen, seine Koteletten lang. Wir haben die Schnauze voll vom Traurigsein, es hat uns gefallen, Hand in Hand auszugehen, frisch geduscht und zurechtgemacht. Heute Abend sind wir schön wie zwei Filmstars. Rasch ein Glas Sekt, dann ein zweites, vom Silbertablett eines Kellners geschnappt, der kein Gesicht hat, nur einen uns entgegengestreckten, weißen Arm. Göttliche Kelche, kühl beschlagen. Zwei pro Nase, um in Stimmung zu kommen.

Leute aus Diegos Bekanntenkreis sind da, mit Kultur getünchte Schickeria. Ganz wie in den Pinzimonio-Schälchen, ein Büschel Grün und eine Möhre, ein Streifen Paprika und ein Radieschen.

»Na, wie geht's?«

»Gut, und dir?«

Wir essen eine Kleinigkeit, ein Langustenschnittchen, eine schinkenumwickelte Grissino-Stange.

Wir finden uns in einer Ecke der Terrasse wieder, eine Hand auf der Schulter, mit staubigen Augen, wir schauen dem langsamen Kauen des Festes zu. Duccio kommt mit einem Typen zu uns, erzählt was von Sarajevo und sagt, dass wir dort gewesen sind. Er lädt ein wachsweiches Gesicht bei uns ab, einen Karpfen mit Brille und Zigarre, der nicht mal unsympathisch ist. Er will wissen, will reden. Er ist Journalist, einer von denen, die in der Redaktion sitzen und den Auslandsdienst ihren jungen Kollegen überlassen.

Wir haben keine Lust, auch nur ein Wort zu sagen, und brummeln mal ein Ja und mal ein Nein. Der Karpfen redet sowieso allein, er weiß schon alles aus der Presseschau. Nach einer Weile sind zu viele Leute um uns herum. Sie haben uns zu dem großen Rattansofa gezogen. Sarajevo und der Krieg sind groß in Mode, sie sind die Tragödie des Jahres. Man kann herrlich den Kopf schütteln und Amerika und Europa verteufeln. Alle wollen das Neueste über diese Stadt hören, die sich in einen Acker verwandelt hat, auf dem man Hasen eine Ladung Schrot aufbrennen kann. Ich gebe mir die größte Mühe, mich zu erinnern und diesen Hasen ihre menschliche Würde zu erhalten. Doch wie soll man den Geruch jener bescheidenen Wohnungen beschreiben, die besser sind als unsere, den Mut der Frauen, aus dem Haus zu gehen, sich zu schminken … Wie soll man die leblose Hand beschreiben, diese Harke aus Fleisch, still im Staub?

Der Sesseljournalist hat jetzt die Platte des Hasses zwischen den verschiedenen Volksgruppen aufgelegt. Ein voll im Trend liegender Kerl streitet sich mit einer Intellektuellen, der Mann sagt, Europa habe Angst vor dem Islam, die Frau sagt Nein, Europa habe Angst vor Deutschland, vor seinen Banken und seinen Fabriken, wie im Zweiten Weltkrieg.

Es macht immer was her, über Weltpolitik zu reden, man sagt nichts Nützliches für die Welt und nichts Wahres über sich selbst. Das tote Kind, das von der muslimischen Mutter gewaschen wurde, ist scheißegal. Auf dieser Terrasse spielt man »Risiko«.

»Woran denkst du?«

»An Gojko.«

Er hätte mit Gläsern geschmissen und die Schnittchentabletts auf den Boden geschleudert. Oder vielleicht hätte er für ein gutes Trinkgeld seinen Arsch verkauft, hätte großspurig dahergeredet und nur Schwachsinn geschwafelt. *Die Wahrheit ist schließlich viel zu offensichtlich, viel zu blöd, und alle wollen sich doch schlau fühlen.*

Dieser so nahe, so grausame Krieg entfesselt eine morbide Neugier. Die Frau neben mir ist freundlich, sie kratzt sich ihr bereits sonnengebräuntes Bein und sieht mich mit aufrichtigem Schmerz an. Sie hat eine Geldüberweisung für die Caritas in Sarajevo ausgestellt. Ich versuche, etwas von den kultivierten, aufgeklärten Menschen zu erzählen, die ich dort kenne, über ihre grenzenlose Würde. Sie nickt, scheint sich jedoch nicht dafür zu interessieren. Der Osten ist mit Klischees behaftet, mit seinem Mief.

Diego sagt nichts, hat die ganze Zeit nichts gesagt. Er hat einen Rotweinfleck auf dem Leinenjackett. Das wir in die Reinigung geben werden.

Ein junges Mädchen ist auch da, die Tochter von irgendwem, üppiges Haar, die Brüste klein wie Lupinensamen. Sie schwärmt für Diegos Arbeiten, schwärmt für Pfützen. Auch sie erkundigt sich nach Sarajevo, nach dieser Stadt, die gerade Mode ist. Diego nimmt sie am Arm, führt sie zur Terrassenbrüstung, die zur Uferstraße zeigt und zur römischen Wiege der heiligen Stadt, der weißen Spinne. Er streckt den Arm aus und beginnt zu schießen, tatatata, tatatata, tatatata ...

Das Mädchen begreift nicht und lacht. Dann weicht sie zurück.

Der Fotograf hat getrunken, er zielt auf die vorbeifahrenden Motorroller und auf die Schönlinge vor dem Kiosk, an dem bunte Getränke verkauft werden, er schreit: »*Enjoy Sarajevo* ...«

Alle drehen sich nach ihm um. Ich gehe zu ihm, täusche ein Lachen vor.

»Lass uns nach Hause gehen. Es ist schon spät.«

Duccio steht an der Tür, rote Hosenträger auf schwarzem T-Shirt.

»Was zum Teufel hat dich denn geritten?«

Diego greift nach den Hosenträgern, zieht sie an sich und lässt sie wieder los. Duccio wird von diesem Gummigeschoss getroffen, von dieser letzten Salve des durchgeknallten Fotografen.

Eines Abends schreit Diego auf. Ich brate Eier und stürze sofort ins Wohnzimmer. Gojko ist im Fernsehen. Er ist immer noch derselbe, ist am Leben, seine Haare sind gewachsen. Er redet italienisch, sagt: »Dieser Krieg ist kein humanitäres Problem, wir müssen uns verteidigen. Schickt uns Kalaschnikows statt Makkaroni!«

Der Reporter versucht, sich das Mikrofon zurückzuholen, doch Gojko hält es fest. Jetzt brüllt er in seiner Muttersprache herum, er ist sauer auf Mitterrand, der zu einem Spaziergang durch Sarajevo angereist ist, er ist sauer auf die UNO-Blauhelme, die dort *wie kaputte Ampeln* herumstehen.

»Ist er betrunken?«

»Sternhagelvoll.«

Die vernebelten Augen Gojkos, unseres Dichterfreundes, der an diesem Abend wie ein Vietnam-Veteran aussieht, lassen uns noch eine ganze Weile nicht los.

Die Eier sind verkohlt. Wir essen Käse.

Wir warten darauf, dass der Krieg aufhört. Doch stattdessen schlagen Granaten auf den Märkten ein, eine in der Tito-Allee und eine auf dem Rade-Končar-Platz. Diego ist stinkwütend auf den Fernseher, er streitet sich mit dem Reporter in der kugelsicheren Weste und dem sommerlichen Pashmina-Schal. Er knurrt *Beweg deinen Arsch da weg und lass mich sehen, was hinter dir los ist.* Auf der Suche nach Nachrichten zappt er von einem Sender zum nächsten. Die Reportagen sind immer dieselben, Wiederholungen bis zur letzten Spätausgabe. Doch er klebt wie eine Klette am Bildschirm. Immer wieder sieht er sich die Bilder an, als hoffe er, etwas zu finden, was ihm vorher entgangen ist … wie bei seinen Pfützen, wie bei seinen Fotos.

Wir halten Ausschau nach unseren Freunden zwischen den erschrockenen Gestalten, die in den Nachrichten aus Sarajevo für wenige Sekunden über den Bildschirm huschen. Die Toten sehen wir uns nicht an, da weichen wir einen Schritt zurück.

Ich suche Sebinas Lächeln, das vorn Löcher hat, dort, wo ihr die Milchzähne herausgefallen sind. Was wohl aus meinem Patenkind geworden ist? Ich schreibe ihr fast jeden Tag einen Brief, habe aber noch keine Antwort erhalten. Ich frage mich, ob der Häuserblock mit den blauen Eisengittern überhaupt noch steht, stöbere in den Fernsehsendern und suche den Bildschirm ab. Warum bloß zeigen sie diese Straße in Novo Sarajevo nicht? *Wo willst du da mit der Fernsehkamera denn hin?*

Es kommt mir so vor, als filmten sie immer dieselben Straßen, immer dieselben Häuser. Der Kameramann geht ein paar Schritte raus und schlüpft dann wieder ins Foyer des *Holiday Inn* zurück, zu den Sofas der internationalen Presse.

Wir versuchen fast jede Nacht, Gojko zu erreichen. Das Telefon füllt sich mit fremden, unverständlichen Stimmen, mit Radiofrequenzen oder wer weiß was, es klingt wie ein Bauch mit Verdauungsproblemen.

Auch heute Abend brennt das Essen an, es verkohlt im Topf. Gezeigt wird eine Reportage über den Zoo von Sarajevo. Der Panther und die Paviane sind in ihren Käfigen krepiert. Der Wärter kann nicht mehr zu den Tieren, um sie zu füttern und ihnen zu trinken zu geben. Ich sehe die fellbedeckten Körper im Staub liegen, mein Gesicht ist tränenüberströmt. Vielleicht weine ich um die Tiere, weil ich nicht mehr um die Menschen weinen kann. Ich weine, weil ich mich an den Tag mit Aska im Zoo erinnere, sie hatte eine Tüte Erdnüsse gekauft, die Hand zwischen die Gitterstäbe gestreckt und das Futter verstreut. Später war sie in einen leeren Käfig gegangen und hatte dort mit schaukelndem Kopf eine Weile gestanden.

Auch heute Abend essen wir Käse. Diego spielt mit der Rinde herum und formt einen Buchstaben, ein A. Ich bemerke es später, als ich die Teller abwasche.

Diego steht morgens früh auf, zieht sich an, ruckt das Motorrad vom Ständer und fährt los. Er ist jetzt viel in Mailand, arbeitet den ganzen Tag und wirft sich abends in das letzte Flugzeug.

»Wie war's?«

»Gut.«

Wenn er nach Hause kommt, frage ich ihn dies und das, doch ich merke, dass er sich Mühe geben muss, um nicht nervös zu werden.

»Da passiert gar nichts, weißt du.«

»Wer war denn so da?«

»Immer dieselben. Wer zum Teufel soll denn da sein?«

Er kommt mit seinem Kopf heran, schmeichelt sich mit seinem Geruch bei mir ein. Er bittet mich um Verzeihung, seine Augen machten ihn wahnsinnig, das liege an den schwarzen Leinwänden, die den Staub anzögen, und an den verfluchten Scheinwerfern. Er hält den Kopf unter den kalten Wasserstrahl in der Küche und taucht mit nassen Haaren wieder auf. Das Wasser läuft ihm ins Hemd und trocknet fast augenblicklich. Von der Straße weht der Wind heiß wie ein Föhn herein. Wie kommen Gojko und die anderen bloß ohne Wasser zurecht?

Wir sitzen zum Essen wie gewohnt in der Küche, einander gegenüber an diesem Tisch, der aus der Wand unter dem Fenster kommt. Wir sitzen gern dort, es ist, als würde man im Zug essen. Man kann aus dem Fenster schauen, einen Blick auf die Straße werfen und auf die Passanten. Diego schaut kauend in die Nacht. Er nimmt meine Hand und spreizt langsam meine Finger auf dem Tisch.

»Willst du wissen, was ich heute gemacht habe?«

Er fährt über meine Adern und schiebt sich in die Ritzen zwischen meinen Fingern. Eine Bewegung, so müde wie seine Stimme. Heute Abend nuschelt er ein bisschen.

»Ich habe den lieben langen Tag eine Thunfischbüchse fotografiert.«

Erst ungeöffnet, dann geöffnet. Er hat Stunden damit zugebracht, das richtige Licht zu finden, um die Maserung des Thunfischs zu beleuchten, um das Öl aufglänzen zu lassen.

Wir lachen, und er erzählt mir, dass es sogar eine Maskenbildnerin für den Fisch gab, die ihn ständig mit Öl befeuchtete, ihn auswechselte, sobald er unter den Scheinwerfern etwas welk wurde, und ihn in die Garderobe trug wie ein erschöpftes Model. Er erzählt, sie hätten eine Unmenge von Thunfisch verbraucht, der aber so gar nicht verkauft werde, denn der, der in den Büchsen lande, sei selbstredend minderwertig. Das sei kein Bauchfleisch, sondern Gekröse.

»Dann ist das also ein einziger Schwindel.«
»Wie alles.«
»Die Welt geht den Bach runter«, sagt er. »Und wir mit ihr.«
Er lacht und entblößt all seine schiefen Zähne.
Er hat so gut wie nichts gegessen.
Es gibt Kirschen, immer zwei zusammen, wie Liebespaare. Er schlingt einige hinunter, ohne die Kerne auszuspucken.

Wieder sagt er: »Ich habe den lieben langen Tag eine Thunfischbüchse fotografiert.«

Er steht mit zwei Kirschpaaren an den Ohren vom Tisch auf. Nach wenigen Schritten kotzt er auf den Teppich. Er entschuldigt sich und sagt, er habe es nicht mehr bis ins Bad geschafft.

»Geht's dir schlecht?«
»Nein, mir geht's gut.«

Am Sonntag schließt er sich in der Dunkelkammer ein. Dort verbringt er den ganzen Tag, zwischen Schalen und Flüssigkeiten. Die Augen auf dem Vergrößerungsapparat, wo er die Negative über die Lichtfläche laufen lässt. Er zieht sich gern in dieses Gefängnis zurück, in den einzigen Winkel unserer Wohnung, der wirklich ihm gehört.

Von Sarajevo hat er kein einziges Foto verkauft. Er hat nur wenige Abzüge gemacht, sie für sich behalten und auf ein graues Häufchen geworfen.

Die somalische Putzfrau kommt, um unsere Wohnung aufzuräumen, manchmal hat sie ihre Tochter dabei. Das macht mir nichts mehr aus, ich freue mich sogar, wenn ich sie in einer Ecke unserer Küche sitzen sehe. Ich bin unbeschwert, wenn sie da ist, und ich bin unbeschwert, wenn sie geht. Ich fühle nichts.

Die Mutter leert Diegos Papierkorb, in dem zerrissene Abzüge liegen. Ein Schnipsel fällt heraus. Er ist schwarz-weiß, das Rot der Haare ist also nicht zu erkennen, trotzdem gehören diese Strähne und das helle, halbe Auge zu Aska. Als ich es bemerke, ist es zu spät, die Frau hat die Mülltüte bereits weggebracht. Mir bleibt nur dieses eine Stückchen, ich sehe es an und werfe es weg.

Es ist August, fast alle haben die Stadt verlassen. Nur die Gefangenen sind geblieben, die Alten, die Einsamen, die Behinderten … die Patienten im Endstadium, die sich nicht von den Krankenhauslaken lösen können. Das Fernsehen sendet Luftaufnahmen von den Staus auf den Autobahnen. Die Bar hat zugemacht und auch das Restaurant, aus den Fenstern steigt kein Duft nach Steaks und gebackenen Artischocken mehr herauf.

Wir haben ein Lokal gefunden, wo kein Alkohol verkauft wird, wir trinken Mandelmilch in der Gesellschaft von Leuten aus dem Viertel, dicke Frauen in bis zu den Oberschenkeln aufgeknöpften Kittelschürzen und mit Latschen, alte Männer im Unterhemd. Es ist ein Freizeitklub für irgendwelche Angestellte, sie lassen uns herein, weil Sommer ist, im Winter wird hier getanzt, steife, marionettenhafte Tänze aus früheren Zeiten. Es gibt eine Laube mit einem Bocciaplatz und eine weiße Glühlampe wie in einer KZ-Baracke, dazu ein paar alte Spieler. An der Wand hängt einer dieser tödlichen Apparate mit blauen Leuchtröhren, die nachts die Insekten anlocken. Er hängt wegen der Mücken dort, doch jeden Abend streckt er haufenweise Falter nieder. Die verkohlten Körper fallen in einen Metallbehälter, der sie auffängt und der später geleert wird. Wir schlürfen unsere Mandelmilch und hören die schrecklichen Geräusche, den Aufprall, die brutzelnden Flügel. Das ist der Soundtrack unseres Sommers.

Früher hätte ich es keine fünf Minuten an so einem Ort ausgehalten. Doch jetzt ist mir das egal, sollen die Falter doch runterfallen und krepieren. Mit seinem Milchglas, von dem er einen weißen Bart hat, sieht Diego aus wie ein Kind. Er zündet sich einen Joint an, einer der alten Männer bemerkt den merkwürdigen Geruch und dreht sich um. Diego hält den Joint hoch.

»Drogen«, sagt er.

Der Alte nickt, wirft seine Bocciakugel und trifft.

Hier gehen einem die Leute nicht auf den Wecker, sie kümmern sich um ihren eigenen Dreck. Es ist ein Viertel der armen Schlucker, der illegalen Einwanderer, der unbekümmerten Randgruppen. Wir sind eine Weile mit dem Motorrad herumgefahren, um es zu finden, einer an den anderen geklammert in diesen Sommernächten. Es war kein Zufall. In jeder Stadt gibt es so einen Ort, der an Krieg erinnert, man muss ihn nur finden.

Da sagt Diego: »Ich will wieder zurück.«

Er sagt es, während der Apparat brutzelt. Sehen diese blöden Nachtfalter denn nicht, welches Ende sie da nehmen? Weshalb reißen sie sich darum, dieses Licht zu erreichen und zu sterben? Doch was, zum Geier, interessiert mich das überhaupt? Ich bin betrunken von der Mandelmilch, meine Beine auf dem Plastikstuhl sind leicht gespreizt, meine Weichteile verschwitzt. Diego ist grau. Er hat sich noch nicht einen Tag gesonnt, er trägt sein Jogging-T-Shirt in einem alten Weiß und hat die Augen eines übel zugerichteten Vogels.

»Hast du die Augentropfen genommen?«

»Ich will blind werden.« Er lacht.

Ich weiß es ja schon seit einer Weile, spüre es ja schon seit einer Weile. Er ist nicht wirklich nach Hause gekommen. Das hier ist kein Frieden. Aska ist mit uns gereist, sie hat uns an diesen Abenden vorgetäuschter Waffenruhe begleitet.

»Du willst zu ihr zurück, stimmt's?«

Er antwortet nicht, lächelt, seine Lippen verziehen sich kaum. Ich kann mich nicht einmal aufregen. Wie soll man sich auch über ein trauriges Kind aufregen?

Auf der Treppe zu unserer Wohnung attackiere ich ihn mit Fußtritten, ich lasse ihn vorgehen und stürze mich dann auf dieses Jungs-T-Shirt, schreie, ich hätte dieses Stück Foto gesehen, hätte das A gesehen, das er aus der Käserinde geformt hat.

Er dreht sich um und schützt sich mit den Ellbogen.

Ich rausche in die Wohnung, werfe alles runter, ich schalte nicht einmal das Licht an, gehe schnurstracks in die Dunkelkammer, räume alles aus, kippe die Flaschen mit all den Flüssigkeiten aus und schleudere den Belichtungsmesser und die Objektive auf den Boden.

Diego rührt sich nicht, er sieht mir vom Sofa aus zu, träge wie ein Gecko.

Später sagt er: »Verdammt, über den Daumen gepeilt hast du da fünf, sechs Millionen Lire zerdeppert.«

Auf allen vieren sammle ich die Scherben auf. Ich entschuldige mich, es tut mir sehr leid, schließlich bin ich die Knausrige von uns beiden, ich bin der Geizkragen. Ihn stört das alles nicht im Geringsten.

»Ein bisschen Wut war ja auch nötig«, sagt er. Außerdem finde er es gar nicht so schlecht, zu sehen, dass ich noch immer eifersüchtig sein kann.

Er ruft mich mit seiner Stimme aus alten Zeiten: »Komm her …«

Er küsst mich lange auf den Mund, leckt sich die Lippen und sagt, ich sei die Würze seines Lebens.

Als ich mir im Bad die Schminke von den Augen wische, sehe ich mich an. Ich gefalle mir nicht. Nie sehe ich über meinen dürftigen Tellerrand hinaus. Wie kann ich nur auf dieses arme Mädchen eifersüchtig sein, die zusammen mit ihrer Stadt vor die Hunde geht? Auf dieses Punk-Lämmchen, das vom Wolf verfolgt tanzt?

Später sehen wir fern, an diesem Abend ist Gelächter angesagt, ein witziges Sommerprogramm mit Amateurfilmen, Katzen, die Papageien ablecken, Bräute, die ihren Rock verlieren, Kinder, die hundert Mal stolpern.

So raffen wir uns auf. Wir verlassen die Ödnis der sommerlichen Stadt und fahren zu meinem Vater ans Meer, um ihm Gesellschaft zu leisten und für einen Tapetenwechsel.

Wir fahren mit dem Motorrad, im schwülen Wind der Autobahn, des weichen Asphalts schmiege ich mich an Diego. Das Haus riecht noch wie früher, als hätte die Zeit es als Geisel gehalten. Es ist der Geruch meiner Großmutter, dessen, was sie kochte, und ihres Schweißes nach einem langen Spaziergang zurück vom Meer. Der Geruch ihrer Seufzer, ihrer Vorwürfe. Gegen wen? Gegen mich? Gegen die Fische?

Mein Vater geht frühmorgens mit dem Hund am Wasser spazieren, während die Bademeister den Strand harken und die Sonnenschirme aufspannen.

Das Meer ist ekelhaft, platt und klebrig.
Diego nimmt ein sinnloses Bad.
»Man sieht überhaupt nichts«, sagt er.
Wir verschwinden, bevor die Beachtennisspieler kommen, die Radios und die Kokos-Sonnencremes.

Auf der anderen Seite des Meeres liegt jene zerrissene Küste. Die Inseln, zu denen man noch bis zum vergangenen Sommer mit dem Motorboot oder mit dem Kreuzfahrtschiff gefahren ist, wenn auch nur für einen Tag. An klaren Tagen sind die Umrisse jener von den Badegästen verlassenen Felsen zu erkennen, die niemand mehr anschaut, ganz als gehörten sie zu einem anderen Meer.

Hier badet man, isst Wassereis, kauft sich Bikinis und leichte Baumwollkleidchen, feilscht mit den fliegenden Händlern, die wie Kamele bepackt sind, und ringt ihnen in der Sommerhitze den günstigsten Preis ab.

Hier erinnere ich mich an mich, an mich in diesem flachen Wasser, das mir noch nie gefallen hat. An den Tag, als mich der Stachel eines Petermännchens stach und mein Bein wie gelähmt war und dieser Junge kam und mich mit Ammoniak verarztete. Es war das erste Mal, das ich einen Mann ansah.

Mein Vater sagt, ihm sei klar geworden, dass er dieses Drecksnest gar nicht so schlecht finde. Auch er war nicht einer Meinung mit meiner Mutter gewesen, mit diesem ruhelosen, gedämpft vorwurfsvollen Körper. Doch wenn man es recht bedenkt, hatte auch sie es nicht leicht, immerhin musste sie von Rom aus den Bus nehmen, um die Bettwäsche der Mieter zu wechseln und sich wegen eines Schadens an der Wand oder an der Badewanne herumzustreiten. Wir unterhalten uns eines Abends darüber, Diego sitzt dabei und hört zu. Irgendwann bittet mich mein Vater um Verzeihung, weil er mich all die Sommer hiergelassen hat.

»Kinder darf man nicht allein lassen und traurig machen. Hunde auch nicht, doch Kinder erst recht nicht.«

»Ihr habt beide gearbeitet, Papa, ihr konntet gar nicht anders.«

Er denkt nach.

»Doch, es geht immer auch anders«, sagt er.

Seit dem Tod meiner Mutter ist er ungnädiger mit sich selbst. Diego sieht ihn an. Ihm hat immer ein Vater gefehlt, und heute Abend spüre ich, dass er hergekommen ist, um ihn zu finden.

Es geht uns gut an diesem Abend, wir essen in der Küche, die Tür zu dem kleinen Balkon, auf den kein Tisch passt, steht offen. Die Wohnung ist bescheiden, durch die dünnen Wände hört man die Stimmen anderer Feriengäste und die eingeschalteten Fernseher. Das Meer ist nicht zu sehen, nur Antennenkörbe. Mein Vater hat in Öl gebackene Miesmuscheln mit Sauce gemacht.

Das ist das erste gute Abendessen seit langem, wir tunken Brot in die Muschelsauce. Machen noch eine Flasche Bier auf. Mein Vater raucht und erzählt aus meiner Kindheit, aus der Zeit, als ich ein unsympathisches kleines Mädchen war, viel zu introvertiert, um irgendwem zu gefallen, so hatte er nur mich und ich nur ihn.

Diego nutzt die Gelegenheit und lässt sich erzählen, wie ich so war. Mein Vater steht auf und äfft mich nach. Die Arme so, wie ich sie gehalten habe, immer verschränkt, immer ein bisschen hochnäsig. Es deprimiert mich, daran zurückzudenken, wie ich war.

»*Mutter Äbtissin* hat ihre Großmutter sie genannt.« Er lacht.

Ich boxe ihn gegen den Arm.

Diego schaut uns an, es ist ein sanfter Abend.

Wir wissen noch nicht, dass es der letzte Abend ist, den wir gemeinsam verbringen. Doch vielleicht weiß das jemand weiter oben. Das Licht um uns her ist sonderbar, es ist Gott, der einen Abschied beleuchtet.

Dies ist das letzte Abendmahl des jungen Apostels. Vom Baden im Meer hat er einen kleinen, nassen Zopf. Er hat einen Joint im Mund, und mein Vater bittet ihn um einen Zug.

»Papa, was soll denn das?«

Er zuckt mit den Schultern: »Aber ja doch …«

Mein Vater ging kichernd schlafen, und wir gingen Eis essen. Es gab da eine in der Nacht erleuchtete Strandbar, Gäste, die auf der runden Betonterrasse tanzten, Mädchen, die schwarz wie Negerinnen waren, mit großen, weißen Ohrringen und mit Haarfransen über den Augen wie bei einem Schnauzer, dazu junge Kerle mit gelackten Haaren und auffälligen, hautengen T-Shirts, vom Inland an die Küste geschwappter Lokaltourismus.

Später bat Diego mich, mit ihm zu schlafen. Er schloss die Augen. Ich kannte dieses Betteln eines blinden, gerade erst geborenen Hundes, der in der Dunkelheit nach einer Zitze sucht. Wir waren unten am Strand wie zwei Halbwüchsige, hämmernde Discorhythmen und die Stimmen aus der Strandbar schallten herüber.

»Lass uns nach Hause gehen.«

Er zog mich über den Sand zwischen die Liegestühle. Klemmte an mir wie ein Ruder an seiner Dolle und begann in diesem nächtlichen Frieden zu kämpfen, als müsste er mich durch einen Sturm in Sicherheit bringen.

Am nächsten Morgen wachte ich allein auf. Wir waren zum Schlafen in die Wohnung zurückgekommen, das zerwühlte Bett war voller Sand. Ich dachte, Diego sei in die Bar gegangen, wo es Croissants und einen Zeitungsstand gab. Er hatte immer Hunger, wenn er aufstand, das Frühstück war die einzige Mahlzeit, die er brauchte. Eine Weile glaubte ich, er sitze satt an einem dieser Plastiktische und lasse es sich in der Sonne wohl sein.

Ich ging einkaufen und sah dann die offene Garage. Mein Vater räumte Regale auf und putzte mit einem terpentingetränkten Lappen einen verrosteten Schraubenschlüssel.

»Wo ist Diego?«

In der Einkaufstüte hatte ich eine halbe Wassermelone und Tomaten, ich ließ sie fallen. Und lehnte mich gegen die Wand, sie war kalt.

Mein Vater schaute von seinem Schraubenschlüssel auf. Er machte ein paar Schritte auf mich zu. »Verzeih.«

Er spricht langsam, wie damals mit seinen Schülern. Ich höre ihm in dieser unwirklichen Atmosphäre zu, in dieser Garage, die wie ein Hangar aussieht. Er sagt, Diego sei nur deshalb hergekommen, er sei nur hergekommen, um wegzugehen, weil Ancona nur einen Katzensprung entfernt sei. Er habe versucht, ihn davon abzubringen, aber ... Er schüttelt den Kopf.

Also ist er in einen Militärladen gegangen und hat ihm eine kugelsichere Weste besorgt.

»Eine von den guten«, sagt er. »Mit Schutzplatten, so eine, wie sie sie in Nordirland tragen.«

Er hat die glänzenden Augen eines Wahnsinnigen. Ich sehe ihn an und denke, dass er übergeschnappt ist.

Ich sehe diesen armen, alten Mann vor mir, der die kugelsichere Weste anprobiert, sie betastet und mit Faustschlägen bearbeitet, um zu testen, ob sie hält. Dann legt er sie auf die knochigen Schultern des Sohnes, den er nie hatte, dieses Jungen, den er liebt und den er hat gehen lassen, wie einen Sohn, der in den Krieg zieht.

Er schlägt sich mit den Fingerknöcheln gegen den Kopf.

Hat jetzt dieses unnütze Gesicht, verzweifelt und schuldbewusst. Als wollte er mich bitten, ihm zu helfen.

Im Hangar steht noch mein Kinderfahrrad mit dem weißen Körbchen. Wir radelten immer zusammen unter den Pinien entlang, ich vorneweg und er dicht hinter mir. Ich hasse mein ganzes Leben … meine Kindheit und dieses fruchtlose Erwachsenenalter.

»Hier, nimm.«

Es ist ein zusammengefalteter Zettel aus einem karierten Notizblock. Ohne Umschlag, als wäre Scham nun nicht mehr nötig.

Eine Zeile.

Meine Liebe, ich gehe. Diego.

In Rom träumte ich fast jede Nacht von seiner Reise. Von dem Motorrad, das sich auf den von irregulären Milizen umlagerten Wegen vorwärtsschleppt. Ich sah sein Gesicht vor mir, seine überanstrengten Augen, die in die Dunkelheit dieser nunmehr lichtlosen Gegend spähten.

Ich lebte vor dem Fernseher. Sah den Brand der Nationalbibliothek mit an. Der Sprecher sagte *Die Stadt ist in einen Ascheregen gehüllt*. All die seit Jahrhunderten dort gehüteten Bücher sind nun zu einem dichten Haufen schwarzer Flügel zusammengeschmolzen. Ein erdfahler Schneefall an einem Tag im August hatte das Gedächtnis der Menschen begraben. Das Symbol dieser offenen Stadt, von Kulturen, die wie Wasser vermischt waren. Die Miljacka war schwarz von Ruß, in ihrem Bett floss ein langes Trauerband. Ich dachte, dass nichts mehr bleiben würde. Mir fiel das schmächtige Mädchen mit der Brille wieder ein, das immer die Bücher aus den Regalen geholt hatte, sie trug sie in

Stapeln von drei, höchstens vier Bänden auf den Armen über den langen Flur. Sie ging vorsichtig, ehrfurchtsvoll und darauf bedacht, sie nicht fallen zu lassen, so als trüge sie ein Kind, dann legte sie sie zusammen mit den Nutzungsbestimmungen vor den Studenten ab und bat sie, die Seiten langsam umzublättern.

Sie war jetzt bestimmt auch dort, auf allen vieren, fiebrig und rußverschmiert zwischen den anderen Jugendlichen dieser Kette freiwilliger Helfer, die zu graben begonnen hatten, um wenigstens ein paar Seiten zu retten, ein Stück von sich selbst in diesem Martyrium. Für einen Moment glaubte ich, Diego zu sehen, doch er war es nicht, es war jemand anders.

Dann rief er an.
»Ich bin's.«
Seine Stimme blechern und unglaublich nah.
»Wo? Wo bist du?!«
Er war im *Holiday Inn*. Er benutzte das Satellitentelefon eines kanadischen Fernsehreporters. Es herrschte ein Mordskrach, er war in der Hotelhalle, und jemand neben ihm schrie etwas auf Englisch, man hörte auch Gelächter, weiter weg, doch deutlich.
»Wie geht es dir? ... Sprich lauter!«
»Gut, es geht mir gut.«
Er wirkte unglaublich ruhig.
Ich erkundigte mich nach seiner Fahrt. Er schwieg einen Moment, er schien sie schon vergessen zu haben. Dann erzählte er, dass er über Medjugorje gefahren sei und die Messe gehört habe, als einziger Mann zwischen lauter in Tränen aufgelösten Bäuerinnen. Die kleinen Jungen in den serbischen Enklaven hatten ihn mit den drei erhobenen Fingern gegrüßt. Er war von allen angehalten worden, von den Serben, von den Kroaten und von

den muslimischen Grünen Baretten, doch sein Presseausweis und ein paar Hundert Mark hatten genügt. Auf dem letzten Stück Weg, dem tückischsten, dem Igman-Pass, stand er unter dem Schutz von drei UNO-Panzerwagen, die die Lastwagen eines Hilfskonvois eskortierten.

Ich wollte ihm so vieles sagen. Seit mehr als sechs Tagen wartete ich auf diesen Augenblick, in der Wohnung vergraben, ohne mich vom Telefon wegzurühren, und jetzt war ich vollkommen unvorbereitet.

Ich sagte etwas denkbar Dämliches.

»Haben sie dich denn nicht erschossen?«

Er sagte nichts, ich hörte ihn husten.

»Noch nicht, nein.«

Ich fragte nach Gojko und Sebina, nach Velida und Jovan, nach Ana und den anderen.

Sie waren alle am Leben.

»Und Aska? Hast du sie getroffen?«

Ich hatte den Hörer, aus dem nun ein regelmäßiges Tuten erklang, achtlos auf meine Beine sinken lassen und konnte mich nicht entschließen, aufzulegen, als könnte Diego aus der Ferne wiederkommen.

Er hatte all die Kilometer vorbei an niedergebrannten Dörfern, Minen und gesprengten Brücken heil hinter sich gebracht und war in die Stadt zurückgekehrt, aus der alle nur wegstrebten. Er hatte die Reise entgegengesetzt zu den Konvois von Flüchtlingen und Waisen gemacht, die der Belagerung entkommen wollten. Jetzt war er dort, in diesem Sarg.

Ich rief meinen Vater an.

»Er ist angekommen.«

Ich hörte, wie er weinte und seine Kehle freiräusperte.

»Hat er gesagt, wo er schläft?«
»Ich weiß überhaupt nichts, Papa.«

Das hier war meine Front. Diese ruhige Stadt. Diese saubere, leere Wohnung ohne Diego. Nichts lag mehr herum, seine Jeans nicht, seine Kippen nicht und auch seine Filme nicht, die immer unters Sofa gerollt waren. Die Unordnung gehörte ausschließlich ihm, und vielleicht gehörte ja auch das Leben ihm. Allein machte ich nichts schmutzig, existierte ich gar nicht. Ich war neutral, geruchlos. Ich aß und räumte schon den Teller weg. Das Bett war immer unberührt. Ich schlief lieber am Klavier. Es war für mich wie eine große, weiße Urne, die die Asche unserer besten Tage verwahrte. Ich wartete auf den Frieden, auf die UNO-Resolutionen. Ich hörte den Papst, der eindringlich darum bat, die Waffen niederzulegen. Doch unterdessen tranken die Auftraggeber des Grauens in Genf Mineralwasser.

Er war dort, an der Front, die er sich ausgesucht hatte. Die der zerborstenen Fensterscheiben.

Dazwischen dieses Niemandsland, das mein Körper war, verlassen wie die verbrannte, von Maschinengewehrgarben versengte Erde zwischen zwei Schützengräben. An denen im Morgengrauen zufällig ein Eichhörnchen vorbeikommt, sich umschaut und die Gegenwart der Menschen zwar spürt, doch die Männer hinter den Sandsäcken nicht sieht.

So bewegte auch ich mich, ungläubig, verstört.

Ich streute unserem kleinen Vogel weiter Brotkrümel hin, ich musste sie auf dem Fensterbrett liegen lassen, er traute sich nicht heran. Er war nur an die Hand Diegos gewöhnt, des Jungen, der das Fenster auch im Winter mit freiem Oberkörper öffnete.

Fast täglich ging ich zum Außenministerium, um Neues zu

erfahren, ich wartete stundenlang, bis ich mit einem Beamten sprechen konnte.

»Ich muss zu meinem Mann.«

Ich wollte die Genehmigung, in einer Militärmaschine nach Bosnien mitzufliegen.

»Das ist höchst riskant, Sie sollten noch warten.«

»Ich kann nicht mehr warten.«

Ich war entschlossen, das Niemandsland zu durchqueren, um diese andere Front zu erreichen. Dann ein Anruf von Gojko. Seine Stimme verkrustet, zigarettenverqualmt. Es ist ein früher Septembermorgen. Diego gehe es gut, er schlafe bei ihm, im Wohnblock. Telefonieren sei äußerst schwierig, fast unmöglich. Er habe es eilig, rufe aus dem Bunker des Fernsehsenders an, von einem Satellitentelefon aus, ein Freund erweise ihm einen Gefallen.

»Wie geht es dir, euch?«

»Wir halten durch.«

In den Fernsehnachrichten heißt es, die Stadt sei vollkommen zerstört, fast jedes Gebäude getroffen. Gojko antwortet: »Nein, wir stehen noch.«

Ich erkundige mich nach Sebina. Er sagt, sie könne nicht mehr trainieren.

»Schick sie nach Italien.«

»Es ist jetzt so gut wie unmöglich herauszukommen.«

Wieder gehe ich zum Außenministerium. Ich habe mich mit einem Beamten dort angefreundet, einem jungen Burschen mit großer Krawatte, grell und optimistisch wie die eines Immobilienmaklers.

»Schreiben Sie mir Namen und Vornamen des Mädchens auf.«

Mit dem Stift in der Hand halte ich inne. Mein Kopf ist voller Wasser, auf dem nichts mehr schwimmt.

»Erinnern Sie sich noch an die Adresse?«
»Es ist eine breite Straße, in Novo Sarajevo …«
Der junge Mann sieht mich weinen.
»Möchten Sie vielleicht einen Kaffee?«

Es ist Anfang September, das Fernsehen berichtet, auf den Berghängen des Zec vor den Toren Sarajevos sei ein Militärflugzeug abgestürzt, eine G.222 der italienischen Luftwaffe in einer Friedensmission. Es transportierte eine Ladung Decken für den Winter. Eine Tragfläche war von einer Rakete durchschlagen worden. Junge Ehefrauen warten betroffen vor ihrem Fernseher auf das Ergebnis der Suchaktion. Die Helden sind menschliche Fetzen auf diesen zweitausend Meter hohen, unwegsamen Gipfeln, sie aber hoffen. Sie drücken ihre Kinder an sich. Kinder, die neugierig all die Leute bestaunen, die Journalisten, die heute an ihre Wohnungstür klopfen, an die sonst nie jemand klopft und durch die ihr Vater in seiner Uniform hinausgegangen ist, allein wie immer.

In der Nacht muss ich an diese Witwen denken, an ihre großen Betten, auf Raten gekauft und halb leer. Sie werden es wie ich machen, sie werden still im Dunkeln liegen. Sie werden sich die Tränen abwischen, um den Kissenbezug nicht zu verschmieren.

Ich muss an diese Kinder denken, an den Arm, den sie nie wieder für diese eine Bewegung heben werden. Sie werden ihn nie wieder hochstrecken, um nach der Hand ihres Vaters zu greifen.

Auf dem Militärstützpunkt in Pisa sind die in das Trikoloretuch des Todes gehüllten Särge angekommen. Die Luftbrücke ist unterbrochen. Die Märtyrerstadt ist vom Rest der Welt abgeschnitten, ist in der Gewalt ihrer Peiniger.

Die Stimme des Beamten am Telefon ist kurz angebunden. Er hat keine Zeit für mich.

»Die humanitären Rettungsflüge sind ausgesetzt, Signora.«
»Aber ich muss dahin.«
»Da ist die Hölle los.«
»In dieser Hölle ist mein Mann.«
»Das tut mir leid.«

Mein Durchhaltevermögen setzt sich aus kleinen Häppchen zusammen, wenn man sich langsam bewegt, bleibt das Gleichgewicht erhalten. Man darf nur nichts verschieben. So vergisst uns das Böse vielleicht und lässt uns aus. Mitten in der Nacht wache ich auf, ich sitze im Bett und laufe. Ich habe geträumt, dass das Telefon klingelt, dazu die Stimme des Beamten. *Signora, es tut mir leid, Ihr Mann ist ein Idiot, manche Leute sind aber auch selber schuld. Möchten Sie vielleicht einen Kaffee?*

Auch im Büro starre ich das Telefon an. *Gleich*, sage ich mir. *Gleich rufen die vom Außenministerium an und geben mir Bescheid.* Ich hebe den Hörer ab, um zu sehen, ob die Leitung frei ist. Dann beruhige ich mich, Viola kommt mit ihrem überflüssigen Lächeln zu mir. Wenn etwas passiert wäre, hätte ich es längst erfahren. Dort seien jede Menge Journalisten und freiwillige Helfer, Leute, die hin und zurück fahren und nicht sterben. Allerdings kenne ich ihn nur zu gut, seine Angewohnheit, in die Randgebiete zu gehen, zu den kleinen Pfützen. Genau dieses aus dem Zentrum verdrängte Zentrum zieht ihn an. Ich habe Angst, dass er ohne Deckung ist.

Auf dem Bildschirm erscheinen die Bilder der Gefangenenlager in Bosnien, mindestens fünf hat man entdeckt. Das schrecklichste ist das in der Nähe der alten Eisenbergwerke. Menschliche Skelette ohne Zähne und verstümmelt, wie man es seit langer Zeit nicht mehr gesehen hat.

Dann ruft Diego an, und diesmal scheint er mehr Zeit zu haben. Ich höre eine Verpuffung und frage ihn, was das sei, er sagt, das sei die Musik des Tages. »Warte.«
 Ich höre noch mehr Lärm, fleckig, zerfranst. Ich rufe ihn.
 »Diego! Diego!«
 Er kommt zurück: »Hörst du? Ein paar verstreute MP-Salven. Eine Haubitze. Eine Granate. Schüsse auf einen Krankenwagen …«
 »Sie schießen auch auf Krankenwagen?«
 Er lacht. Ich frage mich, ob er verrückt geworden ist oder ob er nur betrunken ist.
 Wieder eine Woche Funkstille. Ich gehe zum Friseur. Setze mich in dieses Flachland des Wohlstands, lasse mir auch die Fußnägel feilen. Die Frauen um mich her haben elegante Handtaschen und auf sie wartende Verpflichtungen in dieser Stadt, die nach der Sommerpause ihren alten Trott wiederaufgenommen hat. Ich habe nichts, nur meinen verlassenen Körper. Diesen Kopf, dem ich zu einer äußeren Ordnung verhelfen will. Ich bin eine Gefangene dieses Niemandslandes. Ich gehe hinaus und sehe aus wie eine Puppe, vor Düften triefend, die nicht meine sind. Es regnet, doch ich spanne den Schirm nicht auf, ich lasse mich mit Vergnügen verwüsten.

Batterien, Vitamine, Campinglampen

Batterien, Vitamine, Campinglampen. Was noch? Alles, alles war nützlich, es fehlte dort an allem. Antibiotika, Tabletten zur Desinfektion des Wassers. Zigaretten, Milchpulver, Dosenfleisch. Ich ging in die Geschäfte und zog den zerknitterten Zettel hervor. Gojko hatte mir eine Liste diktiert, und die arbeitete ich nun ab. Nach der Angst der Ansporn, nein, nicht des Mutes, sondern eines Ziels, und mochte es noch so klein sein.

Ich hatte auch schon ein Paket gepackt und es ihm mit der Caritas geschickt, aber es war nicht angekommen. Damit musste man rechnen, die besten Pakete wurden aufgeschlitzt und geplündert. Jetzt reise ich ab, und das Paket mit mir. Ein riesiger Koffer auf Rädern, aus dehnbarem, doch strapazierfähigem Stoff.

Die Verkäuferin im Koffergeschäft schaute diese dünne, sonderbare Frau erschrocken an, die sich auf einen schwarzen Koffer setzte, um zu testen, ob der Stoff hielt.

»Was wollen Sie denn damit transportieren?«

»Eine Leiche.«

Sie lachte über diesen Witz, der so schwarz war wie der Koffer. Ich zahlte und zog den Koffer nach Hause. Meinen großartigen Schwanz.

Eine dürre, von der Stille angeschlagene Frau, eine unfruchtbare Frau, zieht einen großen, leeren Koffer, der sich mit allem Möglichen füllen wird, durch die Straßen, die Bürgersteige rauf und runter. Diesen Koffer Stück für Stück vollzustopfen ist für die kommenden Tage das Ziel ihres Lebens.

Die Schichten, nachts wieder und wieder neu gepackt. Zuerst die festen und sperrigsten Sachen, dann die kleineren, zerbrechlicheren Dinge, die Glasfläschchen. Da steht er, der Koffer, und sieht mich an. Ich bin jetzt nicht mehr allein.

Jedes Stück, das ich einpacke, ist eine Hoffnung für das Leben. *Die Frauen haben keine Monatsbinden mehr, bring auch die mit.*

In der Apotheke bleibe ich stehen, ich fahre über die rosa und violetten Packungen. Extra-slim, starke, doch superdünne Binden, die teuersten, sie tragen nicht mal unter engen Hosen auf. Die Sorte, die am wenigsten Platz wegnimmt. Ich werfe die Packungen in den Koffer, eine breite Schicht Monatsbinden. Die dünnen reichen. Was für Blutungen können so ausgehungerte Frauen schon haben?

Auch mein Vater schafft Verschiedenes heran. Er sieht den Koffer an wie einen Sarg.

»Ich hole mir Diego zurück«, sage ich.

Er hält die Luft an und fügt sich meinem Schmerz, meiner Wut.

Dieser Koffer kostet Zeit, er beherrscht unsere Tage und gibt Anlass zu Streitereien. *Ich kann nichts Sperriges mitnehmen, das habe ich dir doch gesagt! Da passt nicht der kleinste Scheiß mehr rein, siehst du das denn nicht?!* Ich werfe ihm die Decken, die er mitgebracht hat, an den Kopf.

Es ist, als müsste dieser Koffer über Nacht wachsen, sich aufblähen zu einem dicken Bauch, zu einem Container, es ist, als müsste er ganz Sarajevo retten, sättigen, kleiden! Ich sehe den Koffer an, und meine Augen glänzen. Nachts stehe ich auf und überprüfe das Verfallsdatum der Antibiotika und der Energieriegel. Alles wird gebraucht, alles ist nützlich, ich könnte das alles küssen. Ich betrachte den Koffer wie eine Mutter die Aussteuer ihrer Tochter.

Wie viel Leben steckt in jenem Krieg?
Wie viel Tod steckt in diesem Frieden?
Das Leben ist in mich zurückgekehrt, von den Füßen aufwärts, vom Schoß, vom Bauch.

In einem großen Upim-Kaufhaus kaufe ich Unmengen von Filzstiften und Malheften.

»Sind Sie Lehrerin, Signora?«

Ich sage es: »Ich fahre nach Sarajevo.«

Da ändert sich der Gesichtsausdruck der stämmigen Kassiererin, die von der Routine ihrer Arbeit ausgelaugt ist. Sie wird zu einer dicken, wogenden Mutter, und mit den roten Flecken auf ihrem Gesicht tritt die Menschlichkeit zutage. Jetzt hilft auch der junge Lagerarbeiter mit dem Ohrring und den Zähnen eines Fixers mit, und auch der Chef mit der gestreiften Krawatte. Sie holen alles Mögliche aus dem Keller, Restposten an Bürobedarf, an Kleidung.

»Nehmen Sie, Signora, nehmen Sie, ich helfe Ihnen tragen.«

Der Lagerarbeiter ist der Eifrigste, er schluckt.

»Die Messer, die wir zum Entkernen von Oliven verwenden, benutzen diese Bestien, um Augen auszustechen.«

Er fahre nach Jugoslawien in den Urlaub und habe sogar eine Verlobte in Split. *Das reinste Paradies*, sagt er.

Die Mädchen im Fitness-Studio trippeln herum, es gibt da ein neues Gerät, den Step, ein Trittbrett aus Kunststoff, sie steigen auf, sie steigen ab, sie schwitzen.

Ich bin im hinteren Teil des Raumes und betrachte die kleinen Hintern und die Tanga-Bodys. Ich steige von diesem Plastikbänkchen. Ich bin in Form, ich gehe zum Laufband hinüber. Will man nach Sarajevo zurückkehren, muss man in Form sein, man muss laufen können und genug Luft haben, um dem Tod zu entwischen, um ihn bei jemandem zu lassen, der älter und weniger in Form ist als man selbst.

Die Mädchen in den Umkleideräumen cremen sich ein, sie schwänzeln nackt mit ihren gemeißelten Körpern herum, plappern über Männer und Diäten, schminken sich, ziehen einen Strumpf hoch.

Ich schließe ein, zwei Mal die Augen und werde schläfrig in dieser lauen Wärme von Duschen und Haartrocknern. Adieu, ihr Mädchen, adieu. Adieu, ihr dummen Gänse.

Mein Vater ist inzwischen besser als ich, er treibt sich an den Marktständen von Porta Portese herum, besorgt kleine Schraubenschlüsselsets, Kupferdrahtrollen, Transistoren und sogar ein Nachtsichtgerät. Der Koffer wird noch aus den Nähten platzen. Ich sehe ihn an, es ist die letzte Nacht. Endlich kann ich los, endlich kann ich bei einem der Hilfsflüge mitfliegen.

Viola ruft mich an. Man hat einen Knoten in ihrer Brust entdeckt, sie weint um ihre Brust und weint, weil ich wegfahre. »Du bist meine beste Freundin.«

Eigentlich war ich nie mit diesem kantigen Mädchen befreundet, das ging alles nur von ihr aus. Doch heute Abend merke ich, dass sie sehr wohl etwas ausgelöst hat, dass manche Menschen sich in uns festsetzen wie Krebs, und wir wissen nicht genau, wann.

»Hast du Angst?«, frage ich sie.

»Ach, scheiß auf dieses Knötchen.«

Ich weiß nicht, ob sie weint oder lacht.

»Und du? Hast du Angst?«

Ich habe Angst vor allem Möglichen, vor Lastwagen auf der Autobahn, vor dem Gedränge bei einem Konzert. Ich habe sogar Angst vor Blitzen, also erst recht vor einem Krieg.

Mein Vater bringt eine Stiege noch nicht ausgereifter Pfirsiche an. Ich rege mich auf, doch dann packen wir sie unter den Wollsachen ein.

Armando hat sich auf den Koffer gesetzt und ihn mit dem Hintern zugedrückt, während ich ihn umrundet und dabei den Reißverschluss zugezogen habe. Jetzt ist der Koffer ein dicker, geschlossener Körper.

Ich gehe durch die Wohnung und ziehe ihn hinter mir her. Ich versuche, ihn anzuheben. Ich muss unabhängig sein, niemand wird mir beim Entladen meiner Hilfsgüter helfen.

Ich behalte ihn bei mir während des Fluges, der mir im Nu vorbei zu sein scheint, meine Angst ist komplett wieder da, wenn ich könnte, würde ich jetzt sofort nach New York weiterfliegen. Das Flugzeuginnere ist raues Eisen. Ein paar nackte Sitze an den Wänden und viel Stauraum für die Kisten und die Haufen von Militärplanen. Nach dem Meer überfliegen wir das Festland.

Ein beißender Geschmack steigt mir in die Kehle, wie Sodbrennen. Meine Arme und mein Kopf sind steif, meine Füße gegen das Metall gestemmt, das unaufhörlich vibriert. Es herrscht der ohrenbetäubende Lärm von Motoren, die durch den Himmel heizen. Jetzt weiß ich es, spüre ich es. Jetzt könnte es passieren. Wir gehen in den Sinkflug. Jetzt sind wir drin. Wir sind ein Ziel für die aus den Wäldern. Szenen, die ich gesehen habe, kommen mir in den Sinn, Wrackteile abgeschossener Flugzeuge, Fetzen vom Rumpf und von den Flügeln, die einige Äste der schlammdichten Tannenwälder mitgerissen haben. Mein Mund ist ausgedörrt, meine Zunge unbeweglich, Fleisch so grau wie das Weiche eines schimmligen Brotes.

Außer mir nur drei weitere Zivilisten auf Friedensmission in diesem Land ohne Frieden. Zwei Ärzte und die Volontärin eines unabhängigen Radiosenders, Vanda. Ein kräftiges, maskulines Mädchen, eher ungepflegt wie manche slawischen Männer. Sie ist die Entspannteste der Gruppe. Zwei Mal war sie seit Beginn der Belagerung schon in Sarajevo, sie erinnert an eine dicke Ratte, die immer weiß, was zu tun ist, wenn es brenzlig wird. Wie ein Kriegsberichterstatter im Film trägt sie eine Jacke voller Taschen, sie sehen aus wie Verstecke für Handgranaten. Sie kaut einen Kaugummi und macht mit den Lippen kleine Blasen, kleine Explosionen, die mich zusammenzucken lassen.

Aus meinem Koffer steigt der Duft der Pfirsiche meines Vaters auf. Vanda lächelt und lässt noch eine Blase knallen, ich komme ihr wohl vor wie nicht ganz bei Trost. Sie fragt mich, ob ich heute Abend zurückfliege, und erzählt, dass die Intellektuellen normalerweise nur ein paar Stunden bleiben, gerade lange genug, um behaupten zu können, sie seien dagewesen, und um ein bisschen den Geruch nach verbrannten Ameisen zu schnuppern.

»Verbrannte Ameisen?«

»So riechen die Leichen.«

Wahrscheinlich hält sie mich für einen von diesen tintenbewaffneten Geiern.

»Ich fahre zu meinem Mann, er ist Fotograf, er ist schon seit Wochen in Sarajevo.«

Sie erkundigt sich, wie er heißt. Sie kennt ihn, sagt sie, sie hat ihn gesehen, Ende August. »Er ist nett, er ist verrückt.«

»Wieso verrückt?«

»Er hat in der Miljacka gebadet, während oben geschossen wurde.«

Ich schüttele den Kopf, doch sie ist sich sicher. Sie sagt: »Er hat Locken und einen Bart.«

»Nein, einen Bart hat er nicht.«

»Dann ist er es doch nicht, dann muss es ein anderer Diego sein.«

Ein anderer Diego, denke ich, *ein anderer Diego*, während sich das Flugzeug herabsenkt. Zu einer spiralförmigen Landung, wie im Krieg üblich. Ein plötzliches Abfallen. Nur für einen kurzen Augenblick sehe ich den Peitschenschlag der Berge, dann folgt der Aufprall der Räder unter meinen Füßen.

Der Flughafen hat drei Zollabfertigungen, drei Sperren. Die Militärs verfeindeter Armeen trinken vom selben Münzautomaten Kaffee, mehr als der eine ist nicht übrig. Ich sehe mir diese surreale Szene an, Feinde, die sich zum selben Metallloch hinunterbücken. Der Flughafen wird von den Blauhelmen kontrolliert, die die Rollbahn und die Verteilung der Hilfsgüter sichern, doch in Wahrheit haben sie sich mit den serbischen Milizen geeinigt. Es herrscht keinerlei Spannung, alle scheinen todmüde zu sein. Ägyptische Soldaten dösen auf dem, was von den Sitzen noch übrig ist, die blauen Helme schlackern über ihren dünnen, dunklen Gesichtern. Wir müssen lange warten, bis uns ein gepanzerter Jeep der UNPROFOR, der »Schutztruppe« der Vereinten Nationen, in die Stadt bringt. Vielleicht verhandeln sie ein bisschen über eine Feuerpause, denn ich höre einen der Blauhelme mit einem heruntergekommenen Kerl in Tarnuniform und schwarzer Baskenmütze mit Adler tuscheln: »*Can they go now? OK?*«

»*… Slobodan? Free?*«

Der Serbe nickt. Wie das, frage ich mich, wie kann es denn sein, dass ein UNO-Offizier einen Militär der Aggressorarmee um eine Passiergenehmigung bittet? Doch zum Staunen bleibt keine Zeit. Dieser Flughafen ist bereits der reinste Hohn, ein brandiger Fuß am leidenden Körper der Stadt. Wenn das hier das Tor zur Welt ist, gibt es für die Mäuse keine Rettung.

Wir steigen geduckt und ohne uns umzuschauen in den Jeep. Wir passieren den ersten Checkpoint, Eisenhaufen wie von herausgerissenen und über Kreuz gelegten Schienen, dazu Unmengen von Sandsäcken. Gesichter in Sturmhauben, umklammerte Kalaschnikows an den Körpern. Der Typ am Lenkrad schreit.

»Keep your head down!«

Der Jeep rast durch die Scharfschützen-Allee, schleudert herum, um den Trümmern auszuweichen, die die Straße blockieren. Durch den einzigen Lichtspalt sehe ich das Gebäude der *Oslobodjenje* vorbeifliegen, nichts steht mehr, nur der Fahrstuhlschacht, wie eine Lakritzstange in einem geschmolzenen Eis.

Wir kamen in die große Halle des *Holiday Inn*, nachdem wir mit Vollgas die Rampe zur Kellereinfahrt hinuntergerast waren. Ein dunkler Bauch, geschützt durch Plastikplanen der UNPROFOR, gerammelt voll von Journalisten und Fernsehteams. Zwielichtige Gestalten kamen auf mich zu und fragten, ob ich eine kugelsichere Weste kaufen wolle, ob ich ein Auto brauche, ob ich Valuta zum Wechseln habe, ob ich Informationen kaufen wolle. Ein Mann ging mit einem nackten Bein, das frisch vernäht war, und mit einem Granatstück unterm Arm umher und suchte einen Käufer für seine Geschichte. Ich stand in dieser Kasbah und wartete. Es gab keine freien Zimmer mehr, nicht auf der sicheren Seite, nur noch welche, die nach Grbavica zeigten. Ich hatte Angst einzuschlafen, Angst, dass man mir den Koffer wegnehmen könnte. Ich zog ihn bis zu dem Raum, der als Restaurant diente. Ich aß eine warme, fade Mahlzeit, die mir bestens schmeckte, und saß an einer langen Tafel mit vielen Journalisten, die laut redeten und lachten.

»Here you need to laugh!« Ein deutscher Kameramann zwinkerte mir zu.

Wir gingen zusammen zu den Sofas in der Hotelhalle zurück, er spendierte mir ein Bier und begann mir zu erklären, wie man sich in der belagerten Stadt bewegen müsse. Er wirkte ziemlich aufgekratzt, an diesem Tag hatte er die Front auf dem Žuć gefilmt. Er legte seine Hand auf mein Bein und fragte mich, ob ich bei ihm im Zimmer schlafen wolle. Er grinste mich mit seinem hochroten Idiotengesicht an und fand es normal, dass ich in sein Bett steige, schließlich waren wir im Krieg. Ich hörte ein Krachen und nach wenigen Sekunden in größerer Nähe ein zweites. Ich erkannte das Pfeifen der Granaten wieder.

Ich sah nach oben, zu den langen, spiralförmig angeordneten Gängen, die zu den Zimmern führten. Ich musste an die Nacht denken, als Diego und ich uns von dort oben in der menschenleeren, glitzernden Halle gespiegelt hatten.

Ich konnte mich nicht erinnern, je eine Prostituierte in Sarajevo gesehen zu haben. Doch nun saßen Mädchen im Minirock in Gesellschaft ausländischer Journalisten auf den Barhockern am Tresen. Am Nachbartisch hatte ein Mann eine Pistole hervorgezogen und sie hingelegt wie eine Schachtel Zigaretten, während ein Kerl in einer schwarzen Lederjacke ein Bündel Markscheine zählte. Sie unterhielten sich über Wetten, über einen Platz in Marijin Dvor, wo Hundekämpfe ausgetragen wurden.

Wenn ich darüber nachdenke, wie sich diese Stunden, dieses Präludium, anfühlten, dann vor allem wie Fett, wie Dinge, die vor mir aufglänzten und sich dann von mir entfernten wie Ölblasen auf Wasser.

Eine Hand gräbt sich fast schlagend in meine Schulter. Gojko kniet sich neben mich und umarmt mich, ohne mich anzusehen, er hält mich fest.

»Du schöne Frau.«

Wir gehen in den hinteren Raum, jetzt zieht er den Koffer.
»Und Diego?«
»Er wartet auf dich.«
Er hat noch seinen Golf, nur dass der jetzt aussieht wie aus einem Comic, die Karosserie verbeult und durchlöchert, die Türen alle verschieden, ausgebaut aus anderen Autos, die Fenster ohne Scheiben.

»Das sind die neuen Modelle von Sarajevo City«, lacht er. Mir kommt es vor wie ein Wunder, dass ihm dieses Lachen noch gelingt.

Es ist kurz vor Tagesanbruch. Wir rasen in diesem futuristischen Auto einer Zukunft entgegen, die vielleicht genau daraus besteht, aus den Resten des Vorher. Der Himmel ist Eis, aus einem Dunkelblau, das von innen zu leuchten beginnt. Ich betrachte die Landschaft aus eingestürzten und durchlöcherten Dingen. Schwarze Wohnblocks wie Schlote, Eisenknäuel, Wracks von Autos und Straßenbahnen, die strengen Fassaden des sozialen Wohnungsbaus, die jetzt aussehen wie verbrannte Pappe. Wir versuchen, zur Baščaršija durchzukommen. Gojko fährt durch Trümmer, auf provisorischen Wegen, durch Straßen, die ich noch nie gesehen habe. An den ungeschützten Kreuzungen tritt er das Gaspedal durch und drückt meinen Kopf herunter. Es ist eine herrische Geste. Er will mir das Leben retten, doch vielleicht macht er sich auch lustig und übertreibt. Er brüllt herum und stößt ein langes, tierisches Geheul aus. Kurz, er ist ganz der Alte, ein bosnischer Schaumschläger in dieser zerschlagenen Stadt.

Er brettert in den Hof, eingestürzte Bögen, hohes, gelbliches Gras. Außen ist das Haus von Schussgarben angefressen, doch innen ist es unversehrt, nur dunkler und schmutziger. Die Steinplatten der Treppenstufen wackeln, ich stürme hinauf. Diego.

Da steht er, inmitten eines Gärtchens aus Kerzen, die er für mich brennen lässt. Er kommt mir entgegen. Ich falle ihm um den Hals und spüre da etwas, eine nie gekannte Härte. Seine Knochen scheinen aus Eisen zu sein. Ich sehe ihn an, er ist dünn, seine Lippen sind dunkel. Ein langer Bart, den ich an ihm nicht kenne, reicht ihm bis zu den Augen hinauf. Es fällt mir schwer, ihn zu berühren, ihn wiederzuerkennen. Sein Gesicht sieht so aus wie die Häuser draußen.

Ich lächle, sage ihm, dass er ein bisschen riecht. Dabei habe er geduscht, mit der Gießkanne, im Sarajevo-Stil, sagt er.

Er hat etwas von einem Tier in Gefangenschaft. Von den toten Pavianen im Zoo.

Ich nehme seine Hand, wir ziehen uns in eine Ecke zurück. Die Wohnung ist dunkel, die Fenster sind verhängt, die Wände haben lange Risse.

»Wie schaffst du es nur, hier zu leben.«

Er klammert sich an meine Hand, stößt sein Gesicht hinein. Er bleibt so, um mich zu wittern, sich zu reiben, sich alles zu holen, was ihm von mir gefehlt hat.

Er sieht mich fest an. Doch seine Augen sind zwei fremde Sümpfe. Plötzlich denke ich, dass er gar nicht hier ist und dass er nicht mich sucht, sondern etwas, das nicht mehr da ist.

»Mein Liebes …«

Wir berühren uns wie zwei Wiederauferstandene.

Er schenkt mir einen Strauß Papierblumen.

Die Blumenhändlerin vom Markale, dieses alte Weiblein, das wie eine gute Hexe aussieht, hat keine echten Blumen mehr, die sie verkaufen könnte, weshalb sie sich diese Blümchen ausgedacht hat. Sie faltet sie aus Papierfetzen und bemalt sie dann. Ich sehe sie mir an, sie sind bildschön und tieftraurig. Mir geht durch den Kopf, dass Diego Ähnlichkeit mit diesen Papierblumen hat, die die Sehnsucht nach Farben, Duft und Leben in sich tragen.

Er hat großen Hunger, ich öffne den Koffer, meine Schatztruhe. Er beißt in einen Pfirsich, der Saft läuft ihm über das Kinn.

Dann brechen die anderen hervor, Ana, Mladjo und Gesichter, die ich noch nie gesehen habe, Menschen aus zerstörten Häusern, Flüchtlinge aus den besetzten Vierteln. Ich packe meine Kostbarkeiten aus. Man fällt mir um den Hals, umarmt mich fest. Als würden wir uns seit jeher kennen. *Hvala Gemma, hvala.* Und den ganzen Tag über kommen immer noch mehr Leute. Hier steht dieses Paket, dieser Koffer voller Dinge, die verteilt werden können, und so ist diese Wohnung heute so etwas wie die Benevolencija. Wir feiern, öffnen die Fleischkonserven und die Mixed Pickles und essen Parmesan. Gojko spendiert eine Flasche Rakija aus seiner kleinen stillen Reserve.

Ich gehe zum Fenster, schiebe die Plastikplane beiseite und dränge mich in diesen Spalt. Die Stadt ist im Dunkel gefangen, ausgehöhlt wie ein Bergwerk, in dem es nichts mehr zu fördern gibt, da sind nur noch Löcher und verlassene Stollen. Die auslöschende Dunkelheit lindert. Ich erkenne nichts als den hellen Stumpf eines abgebrochenen Minaretts.

Wo sind die Geräusche? Der Glockenschlag, das Rufen des Muezzins? Wo sind die Gerüche? Der mehlige des Kaffeesatzes? Der scharfe der Gewürze und der Ćevapčići? Wo ist der Autosmog? Wo ist das Leben?

Intimität gab es nicht mehr. In dieser Wohnung wie in jeder anderen in Sarajevo schliefen alle zusammen, die Matratzen im Flur zusammengeschoben, weit weg von den Fenstern, von den Stellen, die dem Feuer der Granatwerfer und Kanonen am stärksten ausgesetzt waren.

Ich war die Einzige, die zusammenzuckte, alle anderen schienen abgestumpft zu sein oder hatten womöglich das Gehör verloren. Ich sah eine Reihe von Augen im düsteren Licht selbstgemachter Kerzen, dieser Schnurstückchen, die in Wasserschalen mit einem Tropfen Öl auf der Oberfläche schwammen. Alle rauchten die Zigaretten, die ich mitgebracht hatte und die wohl das willkommenste Geschenk waren, denn *Nicht zu essen ist hart, doch nicht zu rauchen ist die Hölle*, und mittlerweile rauchte man alles, Teeblätter und Kamille, Stroh vom Feld und von den Stühlen. Ana hatte einige Päckchen Damenbinden in ihrer Türkentasche verstaut und presste sie sich nun auf den Bauch wie ein Kissen. Ich betrachtete diese Augen, so fremd wie die von Tieren, die uns in der Dunkelheit anschauen, und diese Münder, die an den Tabakstengeln zogen und sie aufglühen ließen.

Es waren die gleichen Augen, die auch Diego hatte, fiebrig, in einer stummen Starrheit gefangen. Sie schienen alle in denselben Tümpel zu schauen, in einen trüben Spiegel, der nichts reflektierte.

»Wie geht es dir?«

»Gut, ja …«

Meine Worte schienen ihn nur aus weiter Ferne zu erreichen, wie ein Echo. Er hatte eine Hand gehoben und war mit den Fingern über meinen Mund gefahren, als wollte er seine Festigkeit spüren. Er schob seine Fingerkuppen zwischen meine Lippen wie in einen weichen, doch unerreichbaren Stoff.

Er lehnte sich an die Wand und spielte im Dunkeln Gitarre.

Später legten wir uns auf eine der Matratzen. Diego rückte sich mit nur einer Bewegung zurecht, er verschloss sich wie ein Embryo und schlief auch schon, mit verändertem Atem. Mir war, als habe er sich nur in diesen Schlaf gezwängt, um Abstand zu mir zu halten. Vielleicht hatte er auch einfach wie die anderen zu viel getrunken. In dieser Finsternis, in der die Atemzüge mahlten, blieb ich als Einzige wach. Ich stand auf, um eine Büchse voller Zigarettenkippen wegzuräumen. In einer Ecke, neben dem Schuhhaufen, lagen ein paar Plastikkanister. Die Fenster waren mit Planen verhängt, die sich bewegten, Kälte drang ein. Bald würde der Winter kommen. Warum waren wir hier, warum lagen wir mit diesen Menschen auf dem Boden? Das fragte ich mich und starrte auf Diegos Rücken.

Im Morgengrauen wachte ich von einem dumpfen Knall auf, vielleicht von einem Mörser, der in die Trägheit meines spät begonnenen Schlafes hereinbrach, ich hatte Mühe, mich zu bewegen. Es war niemand mehr da, alle weg. Nur Gojko war noch im Raum und machte sich an einem Transistor zu schaffen.

»Wo ist Diego?«

»Er wollte dich nicht wecken.«

Wir aßen ein paar von den Keksen, die ich mitgebracht hatte.

»Weißt du, ob er sich noch mit Aska trifft?«

Er antwortete nicht und sah mich nicht an.

»Ist sie abgereist? Ist sie am Leben?«

»Sie ist noch in Sarajevo.«

»Sag mir, wo sie sich treffen.«

»Ich weiß es nicht, ich weiß nicht, was Diego so treibt, ich sehe ihn so gut wie nie.«

Er schlang die Kekse hinunter, sein Bart war verkrümelt.

»Ich habe dir noch nie über den Weg getraut.«

»Na wenn schon, was soll's.«

Jetzt, mit etwas mehr Licht, sah ich, dass Gojkos Blick dreckiger war als früher, von den Kriegsmonaten verdorben. Seine Jugend war weg, war verschwunden. Er schleppte ein schweres Paket von Enttäuschung und Bitterkeit mit sich herum, sogar sein

Humor hatte etwas Kaputtes und stank nach verbrannten Ameisen, wie alles. Da hatte ich das Gefühl, dass auch ich schlagartig gealtert war.

Nach ein paar Stunden kam Diego zurück. Er hatte Wasser geholt, seine Arme waren steif von der Anstrengung, vom Gewicht der Kanister, die er fast zwei Kilometer weit getragen hatte.

»Jetzt kannst du dich waschen.«

Wir schlossen uns im Bad ein, ich betrachtete die grau verfärbte Keramikwanne mit den unzähligen gelben Äderungen und den Hahn, aus dem kein Tropfen mehr kam.

Wir gossen Wasser in eine Waschschüssel. Ich zog mich aus, und zum ersten Mal fiel es mir schwer, ohne Kleider vor ihm zu stehen. Es war, als gäbe es keine Vertrautheit mehr zwischen uns. Diego vermied es, mich anzusehen, hantierte weiter mit dem Wasser herum und ließ es durch seine Finger laufen, als suchte er etwas, einen fernen Lichtreflex, ein Vorüberziehen.

»Sieh mich an«, sagte ich.

Er schaute mühsam auf, langsam. Ich war nackt. Eine tote Pflanze ohne Rinde. Weißes, geschnittenes Holz.

»Was ist los?«

»Du bist schön.«

»Was ist los?«

Er berührte meinen Bauch, streckte einen Arm aus und streichelte meinen Nabel, doch ich fand seine Hand abstoßend.

Er berührte mich so, wie er mich angesehen hatte, mit der gleichen Distanz, als wäre ich eine Schaufensterpuppe.

Ich hockte mich hin, kauerte mich zusammen wie ein Ei.

Er zog sich aus, kam zu mir in dieser Wanne ohne Wasser, tauchte einen Schwamm in die Schüssel und wusch mir den Rücken. Ich drehte mich um und sah ihn an, sah seine gelblichen Knochen unter der dünnen, trockenen Haut, seinen unbewegten Penis zwischen den Haaren wie in einem schwarzen Nest. Er sah aus wie ein Greis.

»Warum bist du hier?«, fragte ich.

»Ich bin, wo ich sein muss.«

Am nächsten Tag wachte ich mit den anderen im Morgengrauen auf. Diego stand gebückt neben dem Koffer. Er packte seinen Rucksack voll.

»Wem bringst du das?«

Einigen Familien, die er kenne, sagt er, alten Leuten, die nicht gehen könnten, Witwen und ihren Kindern.

Ich ziehe mich nach ihm an und folge ihm zur Ćumurija-Brücke.

Ich sehe die Stadt bei Tageslicht. Kein einziges Haus ist mehr unbeschädigt, die Kuppeln der Moscheen sehen aus wie im Schutt verlorene Metalldeckel. Die Rollläden in der Baščaršija sind geschlossen, in den Geschäften hat man sogar die Regale herausgerissen. Ein Vogel fällt auf mich, ein müder Vogel, der vielleicht keinen Ast mehr hat, auf den er sich setzen könnte.

Filme. Filme, einer neben dem anderen auf dem Tisch dieses armseligen Zimmers, das nun unser Gefängnis ist. Filme wie Patronen, wie Projektile. Wie schwarze Eier. Ich denke mir ein Spiel aus, um die Zeit totzuschlagen, ich staple die Filme übereinander, baue akrobatische Gebilde, die ich so stehen lasse, lege mich aufs Bett und warte. Das Beben kommt nach einer Explosion, es läuft über den Boden, über die Wände und steigt am Tisch hoch. Die Filme stürzen urplötzlich zusammen und rollen über den Boden.

Wer weiß, ob sie jemals ans Licht kommen, all die auf Zelluloidstreifen gebannten Bilder in den kleinen, nunmehr verbeulten Metalldosen, die gut geeignet sind zum Zeitvertreib für diese Zeit, die sich nicht vertreiben lässt, denn schon um drei Uhr nachmittags sitzen wir im Haus fest. Nach den Geschäften auf dem Schwarzmarkt und den Wasserkanistern hat es keinen Sinn, sein Leben noch länger aufs Spiel zu setzen.

Inzwischen kommt es mir so vor, als hätte ich diese Stadt nie verlassen.

Wir haben unser altes Mietzimmer wieder bezogen. Velida hat mich betastet, als wäre ich ein Wunder, eine noch unversehrte Fensterscheibe. Die letzten Monate haben sie ausgezehrt, sie ähnelt jetzt ihren Amseln. Ihr Kopf wackelt fortwährend in einer kleinen Bewegung, wie ein trostloser Kommentar. Ich habe ihr eine reichliche Menge an Vorräten mitgebracht, die ich für sie zur Seite gelegt hatte. Als Jovan die Taschenlampe sah, presste er die Lippen aufeinander, um nicht zu weinen. Denn das hat ihm am meisten gefehlt, ein Lichtstrahl in diesen viel zu dunklen Nächten.

Er geht nicht mehr aus dem Haus, der alte Biologe, den ganzen Tag bleibt er in einem geschützten Winkel neben dem Käfig der Amseln, die noch am Leben sind. Aber die Katze ist tot, sie ging eines Morgens raus, streunte mit ihrem kaputten Schwanz ein bisschen herum und kam nicht mehr wieder.

Jovan und Velida sehnen den Frieden herbei, Tag für Tag. Doch sie glauben nicht mehr daran. Sie sehen die weißen Panzerwagen der UNO, die unter ihren Fenstern stehen und nichts tun, so unnütz wie in einem menschenleeren Park angekettete Velotaxis.

Ich habe Velida um einen Besen und ein Scheuertuch gebeten und das Zimmer geputzt. Unentwegt hat sie den Kopf geschüttelt.

»Seid ihr sicher, dass ihr bei uns bleiben möchtet?«

»Ja.«

»Das Hotel für die Ausländer ist besser, dort seid ihr in Sicherheit.«

Überall ist dieser Staub, der nicht verfliegt, eine graue Schicht, fest wie Zement.

Velida greift sich an die Brust und sagt, dieser Staub von einstürzenden Dingen sei nun auch schon in ihnen, sei wie Kleister in ihren Lungen.

»Das ist der Staub von Gebäuden, in denen wir gelebt haben … von der alten Viječnica, unserer Bibliothek, von der Universität, an der wir gelehrt haben, und von den Häusern, in denen wir geboren wurden.«

Die Küche ist jetzt voller Blätter, grüne Schichten auf jeder Konsole. Velida sagt, Brennnesseln seien als Pitafüllung ideal.

»Jeder in Sarajevo isst Brennnesseln«, sie lacht, die makrobiotische Ernährung könne eine feine Sache sein, falls sie es schaffen sollten, den Granaten zu entkommen.

Ihre Biologiekenntnisse helfen ihr in der Hungersnot, sie gießt mir einen Tannennadeltee ein.

»Er ist köstlich.«

Sie fragt mich, warum ich zurückgekommen bin.

»Ich will bei Diego sein, und er will hier sein.«

Ihre grünen Augen trüben sich vor Rührung.

Auch sie hat Jovan ihr Leben lang begleitet. Wenngleich sie sich jetzt für diese Liebe schämt, jetzt, da junge Menschen sterben, da Kinder sterben, während sie beide immer noch am Leben sind und sich immer noch auf den Mund küssen.

An den großen Fenstern hängen keine Brokatvorhänge mehr, nur noch die angenagelten Planen, und die Bilder an den Wänden hängen schief und haben allesamt kein Glas mehr. Die schöne Wohnung ist enger geworden, sie haben ihre Betten in die Küche getragen. Das ist der einzige beheizte Raum. Velida hat auf dem Schwarzmarkt einen alten Ofen erworben, im Tausch gegen den Rubin ihres Verlobungsrings und ihren Pelzmantel. Sie haben ein Loch in die Wand gebrochen. Jede Wohnung hat jetzt so eine Öffnung, aus der Qualm austritt, Rauchabzüge, die wegen des Krieges mit provisorischen Rohren reaktiviert wurden. Die Stadt ist ein großer Campingplatz.

Ich habe Angst, aus dem Haus zu gehen, und bleibe bei Velida in der Küche, ich betrachte ihren mageren, gebeugten Rücken.

»Wie werdet ihr über den Winter kommen?«

Sie haben angefangen, die Möbel zu verbrennen, Jovan zerkleinert sie mit den Händen, löst die Beine vom kleinen Wohnzimmertisch und zertrümmert die Schubkästen der Nachttische und der Anrichte. Velida hat die Teppiche in Streifen geschnitten und kleine Stoffblöcke daraus gemacht, die langsam wie Kohlen brennen.

In den Parks stehen keine Bäume mehr. In kürzester Zeit wurde die Stadt ihres Grüns beraubt. Überall ist das Geräusch von Sägen zu hören und von Ästen, die wie große Bürsten durch die Trümmer geschleift werden.

Jovan klagt, dass man auch die Linde vor dem Haus gefällt habe, sie hatte Schutz vor den Heckenschützen gewährt. Ihm bleibt nur noch ein Bild von ihr, der Stamm und die Krone in Aquarell getüpfelt.

»Bäume sind Leben.«

Er ist wütend auf die Schieber, die sie nur fällen, um sich auf dem Schwarzmarkt zu bereichern.

Es ist Oktober und noch nicht sehr kalt. Früher gab es manchmal sogar schon im August Schnee, doch so Gott will, verspätet er sich dieses Jahr.

So stirbt das Leben, die Bäume fallen einer nach dem anderen. Man macht Brennholz für den kommenden Winter und schafft gleichzeitig Platz für die Toten, die inzwischen überall begraben werden, in den Parks und auf dem Fußballplatz von Koševo, weil die Friedhöfe nicht mehr ausreichen. Überall sieht man Grabhügel, die dunklen Flecken aufgelockerter Erde.

Die Bestien aus den Bergen wüten auf den Trümmern weiter. Eine Granate hat eine Gruppe von Kindern getroffen, die in dem ruhigen, bereits verwüsteten Areal hinter unserem Haus Ball spielten. Die serbischen Freischärler haben erklärt, die Granate habe sich versehentlich dorthin verirrt, und abgefeuert worden sei sie von den Grünen Baretten und nicht von ihnen. Die toten Kinder haben nichts erklärt. Der Ball flog Velida direkt in die Wohnung, er durchschlug die Plane und fiel herein. Erst am Abend hörte sie von den Kindern. Jetzt sieht sie den Ball an, den sie in das leere Katzenkörbchen gelegt hat, und fragt mich: »Wem soll ich ihn denn nun zurückgeben?«

Die Nacht nimmt kein Ende mehr. Diego kommt mit seinen Filmen zurück, nimmt sie aus der Kamera und wirft sie in eine Ecke. Er erzählt mir nicht mehr, was er fotografiert.

Nachts gleicht die Stadt einem verfaulten Mund, mit rosafarbenen Kratern, wie von Karies zerstörte Zähne. Die Dunkelheit verschlingt die Apokalypse. Es gibt keine Spur von Leben mehr. Die Alarmsirenen sind die vergessenen Stimmen eines Warnrufs, der niemandem mehr zu nützen scheint. Nacht für Nacht stirbt Sarajevo. Die Nacht ist ein sich schließender Deckel. Die Überlebenden sind Ameisen, die der Stadt aus beharrlicher Zuneigung in ihr Schicksal folgten und in diesem Grab eingeschlossen sind.

Nachts bleibt nur noch der Wind, der aus den Bergen herunterkommt und in diesem zahnlosen Mund umgeht wie ein unruhiger Geist.

Diego sagt, *Das ist erst der Anfang, und wir sehen ihm zu. Irgendwann wird die ganze Welt so aussehen, innen verbrannt, tödlich verwundet. Nichts wird bleiben außer eisenstarren Trümmern, ausströmendem Gas und den schwarzen Zungen matter Brände. Wir sehen es hier vor uns, das Ende der Welt, das Ende aus den Comics und aus den Filmen, die in einer apokalyptischen, verseuchten Zukunft spielen.* Er lacht auf. Nachts schwindet die Hoffnung. Diegos Miene verfinstert sich. Ich betrachte sein Grinsen, seine im Dunkeln glänzenden Augen. Er trinkt zu viel, literweise dieses schlechte Bier. Er steht auf, um pinkeln zu gehen, und stößt irgendwo an. Als er schläft, tippe ich ihn an, um zu spüren, ob er lebt, ob er sich bewegt. Ich fürchte mich vor dieser Düsternis, sie ist der reinste Abgrund. Es ist, als läge er unter der Erdoberfläche, in der Tiefe eines verschütteten Sees.

Irgendwo gräbt ein Spaten. Nachts werden in Sarajevo die Toten bestattet, geräuschlos gleiten sie in die Erde. Menschenansammlungen auf freien Flächen sind ein gefundenes Fressen für die Heckenschützen, daher wartet man, bis es dunkel ist. Nicht ein Schrei erhebt sich unter den Lebenden, die Tränen werden in der Brust festgenagelt wie die Bretter der Särge, die aus Gerümpel zusammengezimmert sind, aus alten Tischplatten und Schranktüren.

Man hört nichts als die heiseren Stimmen der Hunde, die in Rudeln herumstreunen, klapperdürr, mit Bäuchen, die nur noch aus Haut bestehen, und mit Wolfsaugen. Haushunde, durch den Krieg herrenlos geworden, von ihren Besitzern verlassen, die geflüchtet oder gestorben oder zu hungrig sind, um sie noch ernähren zu können.

Dann das Morgengrauen. Manchmal werden wir nicht von den Geschützen geweckt, sondern vom Gezwitscher zurückkehrender Vögel. Dann denken wir, dass es ein Ende haben könnte.

Dass die Überlebenden die Stadt verlassen und zu den Bergen der Jahorina, auf den Trebević, hochkraxeln könnten, um dort ein Picknick zu machen oder Pilze zu sammeln.

Dass die Straßenbahn Nummer eins ihren Betrieb wiederaufnehmen könnte, bis Ilidža, bis zu den Wasserfällen, bis zu den Wiesen.

Es ist unglaublich, dass bei Tagesanbruch all diese Menschen auftauchen, man fragt sich, wo sie sich versteckt hatten und ob sie wirklich leben oder ob sie von den Toten auferstanden sind. Niemand bleibt zu Hause, man muss hinaus auf die Jagd nach Essen, nach Wasser, nach Schwarzmarktschnäppchen, nach Bezugsscheinen für Brot, nach Konserven aus den Hilfslieferungen. Man macht die Runde und klopft bei der Caritas an, bei der evangelischen Kirche und bei der Benevolencija der Juden, die am großzügigsten sind und allen helfen. Sie helfen auch den Moslems von Sarajevo, die wiederum ihnen schon geholfen haben, damals, als sie sie vor den Nazis versteckten. So bringt man die ersten Stunden des Tages zu. Bleibt man zu Hause, stirbt man.

Jedes Mal, wenn Velida die Wohnung verlässt, sagt sie: »Ich geh dann mal.« Sie hält inne und lächelt.

»Meiner Granate entgegen.«

Von Zeit zu Zeit bricht jemand zusammen. Eine Frau, die nach Wasser ansteht. Ein Kaninchen.

Man darf nicht stehen bleiben und hinschauen, darf den Augen keine Zeit lassen, zu sehen und Anteil zu nehmen. Das muss man lernen. Den Toten nicht die Zeit zu geben, sich zu offenbaren und real zu werden, man muss unbeirrt weitergehen, darf einen Leichnam nicht von einem Sandsack unterscheiden, man muss sie unterschiedslos hinter sich lassen, muss sie von der Wahrheit entfernen und darf nur auf den eigenen Weg achten. Nur so kann man durchhalten. Indem man den Toten keinen Namen gibt, keinen Mantel und keine Haarfarbe. Man muss sie liegen lassen. Lernen, ihnen schon von weitem auszuweichen, und so tun, als hätte man sie nicht gesehen. So tun, als gäbe es sie nicht.

Denn wenn man innehält, wenn man sich für sie öffnet, verlangsamt man unausweichlich seinen Schritt.

Die Kinder aber sind neugierig, sie recken den Hals und schauen hin, während ihre Mütter sie wegreißen und weiterziehen. Die Kinder laufen zu den Toten wie Eichhörnchen zu den Resten eines Picknicks.

Trotzdem setzt diese Stadt, in der unablässig gestorben wird, eine verborgene Kraft frei, einen Lebenssaft, der wie aus der Tiefe eines Waldes aufsteigt.

Gojko holt mich ab, und ich kann Sebina wieder in die Arme schließen. Sie kommt mir vor wie eine Schildkröte, ihr Gesicht verdorrt, dreieckig, der Mund wie ein Strohkringel. Ich drücke sie an mich. Wir stehen an der Tür der noch immer unglaublich ordentlichen Wohnung. Ich spüre ihren Kopf an meinem Bauch.

»Warum bist du noch hier, *Bijeli biber*?«

Sie will nicht in einen Konvoi einsamer Kinder.

Sie erhält Briefe von ihren Freunden, die weggefahren sind, und alle scheinen ihr trauriger zu sein, als sie es ist. Sie sagt, ihr Zimmer stehe noch, und alles in allem gehe es ihnen gar nicht so schlecht. Gojko komme fast jeden Tag vorbei, es fehle ihnen an nichts. Nur dass ihr Reis und Makkaroni schon zum Hals heraushingen.

»Und dann noch dieser Gestank!« Sie lacht.

Das sind die Dosenmakrelen aus den Hilfslieferungen, diesen Gestank findet man jetzt in jeder Wohnung, in jedem Rülpser von Leuten, die so viel Glück haben wie sie.

Sie erzählt, an den Alarm und an den Keller hätte sie sich inzwischen gewöhnt. Ich habe ihr etwas Schokolade mitgebracht, sie lutscht sie und verschmiert sich den Mund.

Sie trainiert nicht mehr, die Turnhalle ist ein Schlafsaal für Flüchtlinge. Und nach all der Begeisterung ist ihre Stimme nun belegt. Doch sie weint nicht, sie verzieht das Gesicht und zuckt mit den Schultern. Dann macht sie einen Handstand, stützt sich an der Wand ab und läuft auf den Händen weiter, wobei ihr Haar den Boden berührt. Ihr Rock ist zu einer schlaffen Blumenkrone zusammengerutscht, und ich sehe ihre fleckigen Beine, ihre Kniescheiben, die Äderchen, die unter der Haut aufscheinen, und ihr geblümtes Unterhöschen. Sie kommt zu einer Brücke auf den Boden zurück, ihr Rücken verbiegt sich wie der eines Schlangenmenschen.

»Du wirst dir noch wehtun.«

Jetzt reißt sie die Beine zu einem tadellosen Spagat auseinander. Diese kleine Show ist für mich. Ich klatsche Beifall. Was bleibt, ist ihr Lächeln. Und der einsame Klang meiner Hände, die gegeneinanderschlagen.

Ich frage sie, was in dem großen Umschlag steckt, der an der Türklinke hängt. Sie sagt, darin seien die Papiere, die Wohnungsunterlagen, die Geburtsurkunden mit der Blutgruppe und auch Mirnas Führerschein, dazu Geld und Schmuck und Papas Uhr. Sie hängen da, falls sie schnell weg müssen, falls eine Granate das Haus treffen sollte.

Sie hustet, öffnet den Mund und sprüht sich etwas von ihrem Asthmamittel in den Hals. Sie lacht, sagt, es schmecke eklig.

»Nach Wanzen«, sagt sie.

»Seit wann hast du Asthma?«

Seit sie allein zu Hause bleibt und es ihr die Kehle zuschnürt, sie hat Angst um ihre Mutter, davor, dass sie nicht zurückkommt. Sie geht mit den Schuhen auf und ab, die in dem dunklen Flur aufblinken.

»Sie leuchten ja immer noch.«

»Na klar, sie laden sich von selbst wieder auf.«

Sie hört von Todesfällen, doch nur aus der Ferne, weil Mirna sie abschirmt und zu Hause behält. Trotzdem weiß Sebina, dass man nun beim Gehen sterben kann. Sie rät mir aufzupassen.

»Du bist zwar Italienerin, aber das wissen die nicht, sie halten dich für eine aus Sarajevo und schießen dich ab.«

Ich gehe mit Diego aus dem Haus. Ziehe mir die kugelsichere Weste an, die er niemals trägt. Wir gehen schweigend durch die Trümmer, zusammen mit anderen. Sie haben es nicht eilig, sie sind ruhig, haben kaum wachere Augen als die Bewohner einer Stadt im Frieden. Die Männer sind unordentlicher, ungewaschene Haare und zerknitterte Anzüge, in denen sie geschlafen haben. Doch es gibt auch welche in Jackett und Krawatte, vielleicht Professoren oder höhere Angestellte. Wohin wollen sie? Die Schulen und Büros sind geschlossen. Sie gehen mit ihren Mokassins und mit ihren schwarzen Aktentaschen für Dokumente und Vorlesungstexte durch den Staub. Sie bewegen sich vorsichtig und fast in Zeitlupe durch diese metaphysische Landschaft. Es liegt etwas Unnatürliches in der Ruhe dieses Minenfeldes, diese Menschen wirken sonderbar, wie die Gestalten eines Bühnenbildes. Die Angst macht sie starr und steif. Nur ihre Augen wandern schnell umher und bewegen sich wachsam, wie wirkliche Augen in einer Pappfigur. An den Kreuzungen gibt es jetzt Warnschilder: PAZI SNIPER! Achtung Heckenschützen!

Alle sind dünn, hier hat kein Mensch mehr Übergewicht. Das sollte ich den Mädels im Fitness-Studio mal erzählen. Cellulitis-Probleme? Macht einen Trip nach Sarajevo, hier wird nicht gegessen, und man läuft den ganzen Tag über. Die Monate der Belagerung lassen sich an den Köpfen der Frauen abzählen, die sich ihr Haar nicht mehr färben können, an den traurigen Streifen nachwachsenden Graus. Doch die jungen Frauen erhalten sich ihre Eleganz, sie gehen mit erschöpften, doch perfekt geschminkten Gesichtern aus dem Haus.

Das ist ein Durchhaltezeichen, ein Stinkefinger für die in den Bergen, dieses Ausgehen all der Menschen, diese beharrliche Ruhe, diese hohen Absätze und dieser Lippenstift in den Schneisen, die der Krieg gerissen hat, auf den obligaten Wegen zwischen den Schützengräben aus Sandsäcken und Eisenkreuzen.

Wir kommen zur Brauerei. Diego fotografiert die langen Schlangen der nach Wasser anstehenden Menschen und das Leitungsrohr im Freien, das voller kleiner Öffnungen ist, an die die Leute ihre Kanister halten.

Räder. Es gibt Dinge, die vorher nicht wichtig waren, die wie an jedem anderen Ort der Welt nicht der Rede wert waren. Doch jetzt ... Räder. Jeder spricht über Räder, jeder fragt, ob man nicht noch ein paar alte Räder hat.

Točak ... Točak ...

Mit Rädern lassen sich die Wasserkanister transportieren, das Brennholz, die Autoteile, alles, was man auftreiben kann.

Diego fotografiert einen alten Mann, der einen Kinderwagen mit einer Baumwurzel darin zieht. Ein großes Baby aus erdverklumptem Holz, das im Winter gute Dienste leisten wird.

Der Tag besteht aus dieser Jagd, hier unten, im Dreck der Trümmer. Während die Heckenschützen Jagd auf uns machen.

»Das Lieblingsziel sind Mütter, wusstest du das?«

Nein, das wusste ich nicht.

»Die Tschetniks finden es witzig, zu sehen, wie die Kinder weinen, zu sehen, wie sie den Mund aufreißen und verzweifelt schreien.«

Diego fotografiert die Kinder, die nie aufgehört haben zu spielen, sich in einsturzgefährdeten Räumen und unter den Betonplatten eingestürzter Dächer verstecken. Er hockt sich hin, unterhält sich mit ihnen. Wühlt in seinen Taschen und verschenkt, was er hat. Oft lässt er sich anspringen, lässt sich ins Gesicht und in die Haare fassen, nimmt sie auf die Schultern und wird auch dann nicht wütend, wenn sie an seine Objektive gehen.

Mich fotografiert er auch, vor dem Krater der Bibliothek.

Er sagt: »Stell dich dort hin.«

Ich frage mich, ob er mich noch liebt oder ob ich nur ein Gespenst aus seinem früheren Leben bin. Unablässig ist sein Kopf in Bewegung, oft dreht er sich um und wirft einen Blick in die Runde. Wen sucht er?

Auch die Bey-Moschee wurde getroffen. Diego fotografiert die Gläubigen, die im Morgengrauen vor dem Trümmerhaufen beten, auf ihren Teppichen kniend, die klein wie Bettvorleger sind. In der Tito-Allee gibt es eine mit Schreibmaschine getippte Liste der Toten, sie wird nachts aufgehängt. Die Leute bleiben stehen, lesen und senken den Kopf.

Wir gehen in eine Kafana, in einen kahlen Raum, dessen Tische weit weg von der Straße zusammengerückt sind. Auf der Theke nur ein paar dunkle Gebäckkringel. Aber es gibt den starken und kräftig zu etwas Schaum gerührten Nescafé, den man auch für einen italienischen Espresso halten könnte. Drina-

Rauch liegt in der Luft und das Geschrei betrunkener Männer in selbstgeschneiderten Militäruniformen, Milizsoldaten einer zusammengewürfelten Armee, Kriegshelden und alte Halunken, die zu Lokalkommandanten aufgestiegen sind. Auch eine reglose Frau sitzt da, mit dem Ellbogen auf dem Tisch, das Gesicht in die Hand gestützt. Sie verharrt in dieser Haltung, die ihre Gesichtszüge verzerrt, ihre Nasenlöcher weitet, ihre dunklen Zähne bloßlegt und ihr ein Auge verschließt. Sie scheint nichts von dem, was um sie her vorgeht, wahrzunehmen. Vielleicht ist sie hier, um einen Schrecken zu verwinden.

Vielleicht hat ein Schmerz sie zerschnitten.

Bestürzte Frauen. Alte Männer wie Statuen. Wir trinken Nescafé. Ich frage Diego zum x-ten Mal, was für einen Sinn es hat, noch länger zu bleiben.

»Warum sind wir hier?«, frage ich.

Wozu diese Sinnlosigkeit? Diese Bestrafung?

Er antwortet nicht, leckt den Kaffee bis zum letzten Tropfen auf. Seine Zunge ist weiß, belegt wie meine.

»Ich habe dich nicht darum gebeten herzukommen.«

Später, im Schlafzimmer, als wir nichts zu essen haben, weil wir uns nicht darum gekümmert haben, und unser Magen grün und sauer ist, kommt Diegos Stimme in der Dunkelheit zu mir:

»Fahr nach Italien zurück, meine Liebe.«

Es regnet, der Himmel tropft, zerfasert. Die ganze Nacht über hat es gedonnert und geblitzt, das Krachen der Natur hat sich mit dem der menschlichen Bosheit vermischt. Ich habe lange wach gelegen und diesem Wettstreit am Himmel zugehört, es klang, als wäre Gott ungehalten und hätte seine ganze Wut in diesen, seinen, Himmel gelegt, indem er die Mündungen der Kanonen, der Granatwerfer, der auf den Boden gerichteten Flakartillerie und die Schützengräben unter Wasser setzte. Wahrscheinlich gibt es da oben in den Bergen nur noch Schlamm. Vielleicht werden die Bäume des Waldes dieser Überschwemmung nicht standhalten, und die Erde wird wie Jauche zu Tal gleiten und die Gärten und Häuser der Sandschak-Beys, der Provinzstatthalter, wegspülen.

Der Regen trommelt gegen die Fensterplanen, dieser entsetzliche Lärm hält schon seit Stunden an. Es ist kalt, die Jahreszeit wird immer unwirtlicher, die Wände, die bis zur Decke hoch vor Rissen starren, schützen uns nicht mehr. Es riecht muffig und nach schmutziger Wäsche. Diego hat sich unter den Bettüchern zusammengerollt, der Kopf zugedeckt, die Füße nackt und gelb. Die Gasflasche unseres Campingkochers ist leer, sie hat einen letzten blauen Hauch von sich gegeben, eine Flamme, die noch einen winzigen Augenblick brannte, bevor sie sich nach oben verflüchtigte wie eine ausgehauchte Seele. Ich gehe in die gemeinsame Küche hinunter, um Kaffee zu holen. Velida steht draußen Schlange, ihre Beine sind bis zu den Knien nass, in der Hand hält sie einen emaillierten Krug. Sie erschrickt und zuckt zusammen, der Krug fällt herunter.

»Es ist ein Donnerschlag, es ist nur ein Donnerschlag«, beruhige ich sie.

Ich bücke mich und gebe ihr den Krug, der jetzt an zwei Stellen angeschlagen ist, sodass das Eisen hervorschaut.

»Schon wieder was kaputt.« Sie lächelt.

Auch sie hat einen merkwürdigen Geruch. Den Geruch der Einwohner von Sarajevo. Er kommt nicht nur vom fehlenden Wasser, denn heute waschen wir uns mit Regen, er kommt von der Erschöpfung und der Panik, die vom Körper ausgeschwitzt werden. Der Geruch des Vortodes. Wie der von aufgeschreckten

Tieren, die plötzlich einen unerträglichen Gestank absondern, um sich zu schützen. Es sind aus dem Lot geratene Körper, verdorbene Mägen von Menschen, die Gras essen und nicht schlafen und mit der Gewissheit aus dem Haus gehen, dass sie sterben werden.

Es regnet auf die kleine Menschenreihe im Hof. Zitternde Frauen in triefnassen Latschen.

»Sieh nur, was aus uns geworden ist.«

Velida kann an diesem Morgen getrost weinen, denn es regnet so stark, dass niemand ihre Tränen bemerkt. Eine Frau in der Reihe drängelt, Velida tritt zur Seite und lässt sie vor. Dann überlässt sie ihr auch noch ihre Milchration, die der Händler wer weiß wo aufgetrieben hat, schon seit Monaten ist keine richtige Milch mehr zu bekommen. Ich rege mich auf, sage ihr, sie sei zu dünn, um sich so viel Großzügigkeit leisten zu können. Sie aber will nicht zum Tier herabsinken und sperrt sich gegen diesen Kampf unter Hungerleidern.

»Sie hat Kinder«, sagt sie. »Ich habe nur den Tod.«

Sie schaut auf, die nassen Haare lassen die Kopfhaut durchschimmern, sie sind triefende Wollbüschelchen.

»Ich kann ihn jetzt sehen, bis vor kurzem habe ich ihn noch auf Distanz gehalten, doch jetzt ist er hier, ich habe ihn hereingelassen, er setzt sich zu mir in die Küche, schaut mich vor den erloschenen Feuerstellen an und leistet mir Gesellschaft. Er fordert mich zum Tanz auf. Heute Nacht trug er meine italienischen Schuhe, die von der Hochzeitsreise, die kamelhaarfarbenen, die an der Ferse offen sind.«

Ich komme mit etwas Kaffee wieder nach oben. Diego ist schon startklar, er trägt eine leichte, rote Regenjacke, die am Rücken zerrissen ist.

»Wo willst du hin?«

Er hält es nicht aus, zu Hause zu sitzen, der Regen macht ihm nichts aus, er gefällt ihm sogar.

Den Riss in der Jacke hat er mit zwei Streifen weißem Klebeband repariert, dem aus unserem Verbandszeug im Schuhkarton.

Mit diesem Kreuz auf dem Rücken geht er los. Ich sage ihm, dass er eine ideale Zielscheibe abgibt. Er zuckt mit den Schultern und lächelt. Bis vor kurzem hätte ich mich an ihn geklammert, um ihn aufzuhalten, doch ich habe keine Kraft mehr. Er ist ein Fatalist geworden wie alle in Sarajevo. *Das Schicksal ist wie das Herz*, hat er gesagt, *es ist vom ersten Augenblick an in uns, daher hat es keinen Zweck, einen anderen Weg einzuschlagen.*

Idiot.

Ich folge ihm. Ohne kugelsichere Weste, weil sie zu schwer ist und weil auch ich heute die Deckung vernachlässige. Ich bin müde, Müdigkeit macht waghalsig.

Außerdem sind ja durch all den Regen die Gewehre vielleicht nass geworden und der Blick der Heckenschützen ist getrübt und schuppig. Vielleicht ist es bei Regen einfacher, mit heiler Haut davonzukommen.

Ich folge ihm durch tropfende Laufgräben, durch verlassene Hausflure, zwischen den Platten eingerissener Wände hindurch, die, von Granaten verschoben, ein gespenstisches Gleichgewicht gefunden haben. Man sieht, woraus so eine Wand besteht, aus welchem Geflecht, aus welchem Staub. Man hat diesen schamlosen Einblick. Verletzte, enthüllte Intimität, offengelegt im allgemeinen Schmerz.

Doch niemand sieht mehr hin, jeder geht seines Weges.

Die Blicke gleiten an den Leichen vorbei und halten nicht an, wandern nicht zurück. In diesen Schritten, die nicht Halt machen, in diesen Augen, die aussondern, liegt der Krieg.

Die Augen sind das einzige Gläserne, was nicht herausfällt, sie bleiben in ihren knöchernen Rahmen, sind gezwungen hinzuschauen und Bilder zu schlucken, die den Körper krank machen.

Es regnet. Ich gehe meinem Mann nach, verliere ihn manchmal aus den Augen und finde ihn wieder. Ich bin sehr hungrig.

Diego hat dieses weiße Kreuz auf seinem roten Plastikrücken. Er geht in die Markthalle. Einsame Menschen kreisen um sich selbst, wie Verrückte, wie Eingesperrte in einem Krankenhaus, sie gehen mit gesenktem Kopf umher wie Tiere hinter einem Zaun, der Stromstöße abgibt. Hin und wieder erzittert jemand, als wäre er an diese Grenze gestoßen, die nicht tötet, sondern nur erschüttert, die das Nervensystem zerrüttet. Zu kaufen gibt es nichts, man kann nur Plunder eintauschen, eine Kupferkanne, eine Flasche Grappa, ein Glas Pflaumenmarmelade, ein BIC-Feuerzeug.

Diego beugt sich vor, nimmt etwas auf und zieht einen Geldschein aus der Tasche.

Ringsumher nichts als Wasser, es schüttet heftig, schwallartig, wie aus Kannen und Eimern.

Diego fotografiert die Menschen, die stumm in diesem Wasserrahmen umherziehen, sterbende, an die Oberfläche gekommene Fische.

Ich bin pitschnass. Auf dem Boden nichts als Matsch, dann ein kahler Kopf, von einer Schaufensterpuppe abgerissen und aus einem Laden geflogen, die Lippen rot und glänzend im Regen, die unechten Augen weit aufgerissen. Ich bleibe stehen und starre diesen absurden Kopf an, der sehr einsam aussieht, am liebsten möchte ich mich bücken, ihn aufheben und mitnehmen, ihn in einer Bar auf den Tisch setzen und mit ihm sprechen. Diego geht jetzt über die Ćumurija-Brücke. Ich würde gern umkehren, doch mir ist, als wäre da nichts mehr hinter mir. Ich haste ihm hinterher, haste diesem weißen Kreuz hinterher.

Er geht an der Papajka vorbei, einem hässlichen, quietschbunten Gebäudekomplex, einem von Granaten niedergestreckten Papagei. Diego läuft weiter, ohne sich umzuschauen. Er betritt ein Haus, das niedriger ist als die anderen, eine ehemalige Schule, Räume in einer Reihe, schwarz wie Höhlen. Klassenzimmer, die weder Türrahmen noch Türen haben, weil diese genauso in den Öfen gelandet sind wie die Bänke, von denen nur noch vereinzelte Eisengestelle übrig sind. Es stinkt nach Exkrementen. Diego scheint den Weg zu kennen. Er geht an einer Wand vorbei, an der noch eine Landkarte des alten Jugoslawien und ein zerschossenes Bild von Tito hängen. Ein Mann zerkleinert ein übrig gebliebenes Holzbrett, er würdigt mich keines Blickes. Ich folge den Schritten meines Mannes. Stimmen und Geräusche sind zu hören, von Menschen, von denen nicht klar ist, ob sie lachen oder weinen. Ab und an sehe ich einen Vorhang oder einen Teppich, der an die Türöffnung genagelt ist und eine klägliche Intimität wahren soll ... Matratzenhaufen auf dem Boden, provisorische Öfen. Wahrscheinlich ist dies eine Flüchtlingsunterkunft. Ich rieche Holz und Lack, die zusammen verbrennen. Diego hat sein Ziel erreicht. Er hebt den Zipfel einer Plastikplane an und gesellt sich zu den Menschen, die in der Mitte eines Raumes an einem Feuer hocken, das auf dem Boden entzündet wurde, auf den feuchten Steinplatten. Es ist ein müdes Feuer, das nur Rauch produziert.

Ich bleibe vor der Plane stehen. Mein Blick gleitet forschend über die armseligen Rücken. Als ich es bemerke, schlucke ich, mein Atem ist Glasstaub, der die Kehle ruiniert. Durch die Kopfbedeckung sind ihre Haare nicht zu erkennen, sie sieht aus wie eine von vielen erschöpften muslimischen Frauen, Bäuerinnen, die aus ihren niedergebrannten Dörfern entkommen sind. Diego öffnet den Rucksack und setzt sich zu ihr. Sie lehnt sich an seine Schulter, hat auf ihn gewartet. Sie trinken den Schnaps, den er mitgebracht hat, sie reichen sich die Flasche zu. Dann geben sie sie den anderen.

Aska steht auf. Sie trägt noch ihre Militärstiefel, ist aber nach türkischer Art mit einem *šalvare* bekleidet, der Pluderhose der Muslime. Sie geht mit Diego hinaus auf die Straße. Vom Regen rutscht ihr Schleier zurück, und jetzt sieht man hinter der weißen Sichel ihrer Stirn die roten Haare.

Mich durchblutet eine merkwürdige Euphorie, eine grimmige Freude, die mir den Kopf abschneidet. Ich bewege mich in der irrealen Stille dieses Regens vorwärts, der jeden anderen Laut verschluckt. Sie gehen nicht direkt zusammen, er bleibt hinter ihr, etwas abseits. Sie wirken wie ein Pärchen, das sich gestritten hat.

Ich folge ihnen durch die obligaten Laufgräben zwischen Blechwänden und Betonblöcken. Jetzt sind sie ohne Deckung, an einer der ungeschützten Kreuzungen mit dem Schild ACHTUNG HECKENSCHÜTZEN.

Ich halte an, fühle die Angst in den Beinen, im Bauch. Da ist ein Spalt, durch den das Bleigrün der Berge zu sehen ist. Die im Regen versunkenen Tannenwälder gleichen vorrückenden Kriegern. Jemand ist im Zickzack losgerannt. Ich habe die Schussgarbe gehört. Ein Mann, der auf der anderen Seite der Kreuzung jetzt zum Glück in Sicherheit ist, schnappt vornübergebeugt nach Luft. Angstgestank ... Ich schwitze in meinen nassen Sachen.

Ich kann es nicht fassen, Aska geht los. Gebannt starre ich auf diesen Vormarsch. Sie rennt nicht, sie geht seelenruhig, als wäre dies keine verfluchte Kreuzung in Sarajevo, sondern Rom oder Kopenhagen.

Diego ist stehen geblieben, als hätte er keine Lust mehr, ihr zu folgen. Dann plötzlich stürzt er aus der Deckung und läuft mit seiner roten Regenjacke und dem Klebebandkreuz auf dem Rücken wie der Krankenträger eines Rettungswagens los ... Er schubst sie heftig, zieht sie am Arm weiter und schreit, sie solle laufen und von dort verschwinden. Mit seinem Körper schirmt er sie ab.

Die Salve bleibt aus, vielleicht ist die Schicht des Heckenschützen vorüber, oder vielleicht starrt auch er ungläubig auf dieses Lamm mit den roten Haaren, auf diesen gleichgültigen Tanz.

Diego und Aska sind jetzt hinter dem Wrack einer Straßenbahn in Sicherheit. Sie hat sich eine Zigarette angezündet. Die beiden hocken dort wie nasse Tiere, ich weiß nicht, wie lange. Sie raucht noch eine Zigarette. Er raucht auch, und sie scheinen nicht miteinander zu reden. Sie kauern still zusammen, die Knie auf Nasenhöhe. Dann umarmen sie sich, unversehens, als hätten sie plötzlich Frieden geschlossen und als hätte sie ihr Leben absichtlich aufs Spiel gesetzt, als sie so langsam über die Kreuzung schlenderte, vielleicht nur, um ihn zu bestrafen. Er hat ihr den Schleier abgenommen und streicht ihr übers Haar. Vergräbt seine Stirn in diesem Haar und atmet still in diese nasse Umhüllung.

Mir ist, als spürte ich den Geruch dieser Umarmung, den warmen Geruch eines Nestes, eines Unterschlupfs.

Diese Regung kenne ich von ihm aus der Anfangszeit, als er seine Heimatstadt verlassen hatte und sich noch nicht so recht in Rom eingewöhnen konnte. Damals lehnte er seine Stirn gegen mich, gegen meine Schulter, von einer seelischen Müdigkeit übermannt. Er blieb so, in meine Knochen gepflanzt, mit dem verborgenen Blick eines besiegten Kindes, das nicht gesehen werden will, während es vor Liebesbedürftigkeit vergeht.

Aska scheint wesentlich stärker zu sein als er. Sie tröstet ihn schroff, befangen, fast schon ärgerlich über diese Schwäche.

Sie steht auf, sie ist größer und magerer, als ich sie in Erinnerung habe, sie ähnelt einer schwarzen Kerze. Und aus dieser Magerkeit sticht ihr Bauch hervor, eine runde Wölbung, wie eine Schwellung. Man könnte es für einen Bauch halten, der von Krieg und schlechter Ernährung ausgehungert ist, von den Brennnesseln, von den Mehlsuppen, vom ungenießbaren Wasser, das von Desinfektionspillen verfärbt ist ... für einen wurmkranken Bauch. Doch ich weiß, dass es nicht so ist. Dieser Bauch trifft mich wie eine Granate. Ich weiche zurück, so bauchlos wie der Mann in der Vase-Miskina-Straße, wie dieser durchlöcherte Handschuh, der am Geländer hing.

Ich lasse die beiden zurück. Wandere durch diesen abgebrannten Rummelplatz. Ich hebe den Kopf der Schaufensterpuppe auf und trage ihn unter dem Arm spazieren.

Es ist mir gelungen, nach Hause zu gehen und ins Bett zu kriechen. Ich habe nicht einmal die Tür zugemacht, sie schlägt jetzt in ihren Angeln den Takt der Wartezeit, Windstöße fahren herein und Regenschauer, die alles durchnässen. Diego kommt zurück, schüttelt seine Haare, zieht sich die Regenjacke und die nassen Jeans aus. Er sitzt da, mit seinen weißen Füßen und dem eingefallenen Gesicht.

»Jetzt weißt du, warum ich nicht weg kann.«

Ich nehme, was kommt, das Fieber und alles andere. Die Halluzinationen, Kringel im Wasser, im Matsch, im Himmel der roten Geschosse. Ich sehe eine lange Reihe leerer Gräber und darin alle Menschen, die ich kenne, jeder in seiner Grabstätte, wir unterhalten uns, lächeln, öffnen und schließen die Deckel, die man schieben kann wie die von Streichholzschachteln. Velida bringt mir einen ihrer Kräutertees. Diego hat sich seine Hosen nicht wieder angezogen, er sitzt mit nackten Beinen da, der Docht der Kerze brutzelt im Öl. Diego kommt nicht näher, er wiegt den Kopf.

»Warum hast du es mir nicht gesagt?«

Er wollte allein damit fertigwerden, wollte nicht, dass ich mein Leben aufs Spiel setzte, sagt er.

Er ist nicht aufgewühlt, weint nicht, er ist gar nichts. So starr wie dieser Krieg.

Wir haben das Regenwasser aufgefangen. In unserem Zimmer gibt es einen Friedhof der Schüsseln. Ob das Wasser wohl verseucht ist? Doch was spielt das schon für eine Rolle? Ich will ein Bad nehmen. Das Fieber verbrennt mich. Ich tauche in die Eiseskälte, die nach Tümpel riecht.

Er wusste, dass ich ihm auf den Fersen war, sagt er, und hat mich gewähren lassen.

»So konnte es ja nicht weitergehen.«

Er ist ruhig, zum ersten Mal seit Monaten.

Sie haben in jener Nacht miteinander geschlafen und all die Nächte und Tage, die sie noch zusammen waren. Und es war keine Paarung, es waren Stunden der Liebe, absoluter Zärtlichkeit.

Erst jetzt, da er von ihr spricht, ist Leben in seinen Augen ... als er mir erzählt, wie schwer es ihm fiel, sich von diesem Körper, von diesem Nacken zu lösen.

Es ist leicht, sich an das Leben zu klammern, wenn es draußen Granaten hagelt.

Und unser Leben, wo ist das hin?

Weit, weit weg, es hat keinen Sinn, sich was vorzumachen. Wir sind schon sterbend nach Kroatien und in die Ukraine gefahren ... Auf dem Belgrader Flughafen haben wir Halt gemacht und sind zurückgekehrt, um in Sarajevo zu sterben, in der Stadt, in der wir geboren wurden.

Der Kopf der Schaufensterpuppe steht auf dem Tisch und sieht uns mit weit offenen, geschminkten Augen an.

Wir suchten einen Körper als Stütze, ein Stück Holz im Bett unseres zum Teufel gehenden Flusses, das uns ans andere Ufer bringen sollte. Aber er ist nicht wie ich, er schafft es nicht, andere auszunutzen, er ist ein dummer Junge, einer, der sich verliebt.

Er wusste nicht, dass sie schwanger ist, sie hat ihn nicht gesucht. Er hat es erst erfahren, als er nach Sarajevo zurückkam.

Er wirft einen Blick auf den abgerissenen Kopf, der ihm wie der von Aska erscheinen muss. Auch sie lebt so, abgetrennt von ihrem Körper.

Sie hat diese Geschichte sofort bereut, ist wütend und deprimiert. In ihrem Dorf, in Sokolac, hat man ihre Familie ausgerottet, jetzt fühlt sie sich schuldig, glaubt, Gott habe sie bestraft.

Diego streichelt diesen Kopf, die aufgerissenen Augen, in denen ein Weinen schimmert, das nicht ausbricht, es ist festgeklebt.

»Liebst du sie?«
»Wie könnte ich sie nicht lieben?«
»Und was ist mit mir?«
»Du bist du.«

Wer bin ich? Die auf dem Foto des Presseausweises. Ich muss weg, muss mich zum UNO-Kommando durchschlagen, indem ich meinen Ausweis zücke, und muss mich in eines der Flugzeuge setzen, die nicht einmal mehr die Motoren abschalten, sie laden Arzneimittel auf der Rollbahn von Butmir ab und fliegen sofort wieder los. Doch ich bleibe. Wie könnte ich denn abreisen? Filme fallen auf den Boden, keiner hebt sie auf. Überall liegen Fotografen auf der Lauer, an den gefährlichsten Kreuzungen, sie warten auf den wandelnden Leichnam, auf die Frau, die zu ihrer Familie laufen will und getroffen wird. Sie sind die Schnappschussjäger. Sie warten auf das Foto, das ihnen einen Preis einbringt.

Aus den Bergen sickern haarsträubende Geschichten zu Tal. An den Wochenenden gesellen sich merkwürdige Freiwillige zu den Tschetniks. Leute aus dem Ausland, die sich amüsieren wollen. Scharfschützen, die die Nase voll haben von Simulationen und Pappfiguren.

Sarajevo ist ein großer Schießplatz unter freiem Himmel. Ein Jagdrevier.

Nach dem Regen kommen die Schnecken

Nach dem Regen kommen die Schnecken, sie strecken ihre schleimigen, knochenlosen Körper aus ihrem dünnen Haus heraus und kriechen los. Nach dem Regen ernten die Einwohner von Sarajevo zwischen Eisengewirren und frischen Grabhügeln die baumlosen Wiesen ab, sie bücken sich verstohlen und aufgeregt und sammeln die glänzenden Tiere ein. Seit Monaten haben sie kein Fleisch mehr gegessen. Es hat geregnet, und so lächeln die Frauen heute, als sie ihren Fang in den leergefegten Küchen ausschütten. Und die Kinder lächeln, als sie sehen, wie die Schnecken über den Tisch kriechen und herunterfallen. Auch Velida ist mit einem Beutel voller Schnecken zurückgekommen. Sie hat sie heimlich gesammelt, in einem abgelegenen Garten, sie schämt sich, weil sie sich als dermaßen hungrig zu erkennen gibt.

Wir tauchen Brot in den Kochtopf, es herrscht ein leicht süßlicher Geruch in der Küche. Schnecken, unter der Zugabe von türkischen Gewürzen und bosnischem Essig in der Instantbrühe aus den Hilfspaketen gekocht. Eine Delikatesse.

Später sagt Velida, dieses köstliche Essen sei schuld gewesen, es habe ihnen ein Glück zurückgegeben, das sie seit langem nicht mehr gekannt hatten, es habe sie getäuscht und ihnen nicht gut getan.

Jovans Augen leuchteten, und seine Wangen hatten nach Monaten von grauer, mit rauen Flecken übersäter Haut nun wieder etwas Farbe.

Nach dem Essen zündete er sich eine Zigarette aus der Schachtel an, die Diego ihm geschenkt hatte. Eine von den Drina, die mittlerweile in Buchseiten verpackt wurden, weil Papier knapp war, und sie hatten natürlich mit den Büchern in kyrillischer Schrift begonnen. Jovan tat es leid, dass seine Kultur sich so in Rauch auflöste, aber nun ja, eine Zigarette nach einem Teller Schnecken war ein traumhafter Luxus.

Als wieder Ruhe einkehrte, als Velida wieder Brennnesseln zerschnitt und sich der Duft der Schneckenmahlzeit endgültig verflüchtigt hatte, ging Jovan aus dem Haus.

Seit Monaten war er nicht mehr weggegangen. Er kleidete sich akkurat, mit einer Wollweste, einer breiten Krawatte und seiner alten Kippa auf dem Kopf. Er nahm die Tasche aus seiner Zeit als Dozent und sagte, er wolle mal eine Runde drehen, er fühle sich gut.

Unwirkliche Worte in dieser Geisterstadt, in dieser Wohnung ohne Licht, ohne Fensterscheiben, ohne die guten Möbel, die verkauft worden waren, und ohne die schlechten Möbel, die zu Brennholz zerhackt worden waren.

»Wo willst du denn hin, Jovan?«

»Ich gehe zur Universität.«

Velida hatte nicht den Mut gehabt, ihn zurückzuhalten, sie hatte den Willen ihres Mannes stets respektiert, und dies war ihres Erachtens gewiss nicht der Zeitpunkt, ihn wie einen unmündigen Menschen zu behandeln. Sie hatte nur versucht, ihm zu erklären, dass die Universität wie alle wichtigen Gebäude der Stadt getroffen worden sei, und Jovan hatte genickt.

»Ich will sehen, ob man was tun kann.«

»Das ist gefährlich.«

Er hatte ein Lächeln und ein altes jüdisches Sprichwort hervorgekramt.

Wenn es einem Menschen bestimmt ist, zu ertrinken, wird er das auch in einem Wasserglas tun.

Velida klopfte zu spät an meine Tür, erst als es schon dunkel war, schon die Sperrstunde, und Jovan bereits seit vielen Stunden weg war. Sie weinte nicht, doch ihr Kopf wackelte stärker als sonst.

Sie war besorgt, aber immer noch voller Mut. Er hatte das Richtige getan.

Der alte Jovan, der serbische Jude aus Sarajevo, Biologe und Süßwasserspezialist, der sein Leben lang die Evolution von Borstenwürmern und einzelligen Geißelalgen erforscht hatte, war heute, an einem Tag Mitte November, nach einer guten Schneckenmahlzeit und zwei Gläsern Schnaps, der aus dem Reis der Hilfspakete selbstgebrannt war, aus dem Haus gegangen, um einen Blick auf das Elend seiner Heimatstadt zu werfen, auf die Zerstörung seiner Spezies, der friedlichen Spezies von Moslems, Serben, Kroaten und Juden in Sarajevo.

Die Dunkelheit verschluckte Velidas von Erinnerungen überflutetes Gesicht. Sie bereute nichts. Da Jovan den Wunsch gehabt hatte zu gehen, war das richtig so.

»Wir sind nie brutal zueinander gewesen, wir sind ein friedliches Paar.«

Velida nickte, als die Nachricht kam; überbracht hatte sie ein Taxifahrer, einer jener Helden der Stadt, die sich mit offenen Autotüren auf die schrecklichsten Kreuzungen trauten, um die Verwundeten fortzuschaffen. Ein hochgewachsener Mann mit einem schönen, von den Mühen des Krieges rauen Gesicht. Er breitete die Arme aus und schloss sie dann über der Brust wie ein Moslem, er neigte den Kopf.

Jovan hatte es auf der Brücke der Brüderlichkeit und Einheit erwischt, er war ruhig auf die Heckenschützen von Grbavica zugegangen. So etwas taten Leute, die wie er zu müde oder zu stolz waren. Er hatte beschlossen, aufrecht zu sterben. Seinem Sniper entgegenzugehen wie einem Engel.

Velida weinte in der Kehle, kleine Schlucke eines unermesslichen Schmerzes, dann kurze Atemstillstände. So begrub sie fünfzig Jahre Leben mit Jovan. Ich hielt ihre Hand fest, nur ihre Hand. Sie war eine starke, würdevolle Witwe, wie die Frau eines Kriegers. In der leeren Küche war nichts als dieses Schlucken zu hören, wie das Kollern eines Truthahns. Vor ein paar Tagen ein Streit, einer der wenigen in all den gemeinsamen Jahren. Jovan hatte darauf bestanden, dass Velida das Mikroskop, die Bücher und sämtliche Geräte seines wissenschaftlichen Labors verkaufte. Doch sie wollte partout nichts davon wissen, sie hatte ihren Goldschmuck und das bisschen Tafelsilber weggegeben, hatte ihre Schuhe und ihre Bücher verbrannt, um den Ofen in Gang zu halten, doch Jovans Sachen wollte sie nicht verkaufen.

»Ich konnte ihm doch nicht sein Leben wegnehmen.«

Darum hatte er sich selbst gekümmert. Was blieb, war sein abgenutzter Sessel und seine abgetragene Strickjacke, die ihn in den vielen im Labor verbrachten Nächten gewärmt hatte.

Ich glaube, er wollte Velida ganz einfach entlasten. Ohne ihn konnte sie weggehen, das Mikroskop verkaufen und sich in Sicherheit bringen. Er wusste, dass er den Winter ohnehin nicht überstehen würde, er war zu geschwächt. Sein Husten klang mittlerweile so, als splitterte er von einem Krater ab. Jovan hatte keine Lust, dazusitzen und auf das Ende zu warten, in der Düsternis der UNPROFOR-Planen. Er hatte den Regen und die Schnecken abgewartet. Dieses Essen hatte ihm Kraft gegeben. Mit dieser kurzlebigen Kraft war er aus dem Haus gegangen und hatte sich von dem verabschiedet, was von seiner Heimatstadt noch übrig war.

Wir kommen ins Koševo-Krankenhaus. In der Leichenhalle herrscht ein unverkennbarer Geruch, beißend und süßlich. Wir gehen am Leichnam eines Mädchens in Jeans und ohne Arme vorbei, dann an einem verkohlten Mann, die Haut schwarz, auf den Knochen seines Schädels zusammengeschrumpft, die Zähne bloßgelegt. Zum Schutz vor diesem Geruch hat man uns eine mit Desinfektionsmitteln getränkte Maske gegeben. Velida hat sie nicht aufgesetzt, sie scheint überhaupt nichts zu spüren.

Jovan ist unversehrt. Das ist er, ganz und gar er, dasselbe Gesicht wie vor wenigen Stunden, als wir die Schnecken aßen. Der Tod hat ihn nicht beschmutzt. Der uns begleitende Arzt erklärt, dass er im Nacken getroffen worden sei und die Kugel an einem Ohr wieder ausgetreten sei, er zeigt uns ein kleines, blaubeerfarbenes Loch. Velida nickt. Da ist nichts Hässliches. Auch seine Kleidung ist in Ordnung. Der Arzt geht, wir bleiben mit all den Toten allein. Ich denke *Das ist Fleisch, das nicht mehr leidet.* Ich denke, dass nach diesem Abgrund nichts mehr kommt. Dass ich sofort aufhören muss zu leiden, weil man hier drinnen eben aufhört zu leiden. Man senkt den Kopf. Velida beugt sich hinunter und küsst Jovan auf den Mund. Sie verharrt lange so, eins mit dem Gesicht ihres Mannes, dessen vertraute Augen geschlossen sind. Als sie sich wieder aufrichtet, weint sie nicht, doch ihre Lippen sind so dunkel und tot wie die von Jovan.

Da sehe ich das Kind, es ist der nächste Leichnam nach einer leeren Bahre. Es ist ein blaues Kind. Ja, es hat die leicht himmelblaue Blässe der Heiligen in der Kirche. Es ist ordentlich aufgebahrt, kein Blut im Gesicht, und es hat die Sorte Haare, die nie zerzaust, kräftig, kurzgeschnitten, wie eine Pelzkappe, sie wirken so lebendig, dass ich ihren Geruch zu spüren meine, den Geruch der leicht verschwitzten Kopfhaut, den eines Kindes, das gespielt hat. Dieses Kind ist eine blaue Eidechse. Ein kleiner Heiliger. Es kann erst vor kurzer Zeit gestorben sein, vor ganz kurzer Zeit. Ich gehe zu ihm, um es mir anzusehen, niemand ist bei ihm. Velida spricht mit Jovan, sie nimmt Abschied von ihm. Erinnert sich an ihre besten Augenblicke. So habe ich Zeit, mich an diesem absurden Ort ein wenig umzuschauen. Außerhalb jeder Realität. Im Hinterzimmer des Krieges, Leichen aufgehäuft wie kaputtes Spielzeug. Das Kind trägt einen gestreiften Pullover. Ich betrachte seine leicht geöffnete, wie im Schlaf entspannte Hand. Die Unschuld, die sich dem Tod beugt. Ich betrachte die Fingernägel, wo nach meinem Gefühl die Seele zurückgeblieben ist. Ich sollte rausgehen, denn ich spüre, dass ich diesen Anblick wohl nie mehr loswerde, dass dieses Kind ein Teil von mir sein wird und mich erst wieder verlässt, wenn auch ich sterbe. Es wird das Letzte sein, was ich sehe, und das Erste, was ich erreichen möchte, später, wenn ich im himmelblauen Flug der Seelen die Fingernägel dieses Kindes suche. Ich frage mich nicht, wo seine Mutter ist, warum sie nicht hier ist und weint, vielleicht ist auch sie tot. Jetzt bin ich die Mutter dieses Kindes, ich greife nach seiner Hand. Ich weiß, dass ich das nicht tun sollte. Doch ich habe das Gefühl, dass ich es tun darf. Niemand ist da, um neben dem Leichnam des Kindes zu trauern, um nach ihm zu rufen. Es ist gerade erst gestorben, es scheint noch zu leben. Es scheint, als könnte es hochschnellen, seine Augen auf mich heften und flink wie eine Maus davonlaufen, entsetzt darüber, sich hier an diesem Ort zu befinden.

Ich würde mich jetzt zu gern um die Mächtigen dieser Welt kümmern, um die Männer in Anzug und Krawatte rings um den Tisch des falschen Friedens. Auf diesen Tisch sollte man das blaue Kind legen. Sie müssten in diesem Raum eingesperrt bleiben, sich nicht wegrühren können. Dort bleiben. Dem Tod zusehen, wie er sein systematisches Werk verrichtet und das Kind von innen zerfrisst. Man müsste Häppchen, Zigaretten und Mineralwasser reichen und sie dort festhalten, während sich das Kind auflöst und bis auf die Knochen zerfällt. Tag für Tag. All die Tage, die das braucht. Genau das würde ich gern tun.

Nun weiß ich, dass ich vor diesem toten Kind zur Mutter geworden bin. Mein Becken hat sich geweitet, und es hat in dieser Leichenhalle eine Entbindung gegeben.

Die Rebellion lässt meine Zähne aufeinanderschlagen.

Ich sehe das Kind in seinem himmelblauen Fluidum. Halte seine Hand. Lasse den Blick über seinen ganzen Körper schweifen, über einen Ellbogen, über die blauen Flecke zwischen dem zarten Flaum an seinen Waden.

Was gibt es noch nach einem toten Kind?

Nichts, glaube ich, nur die dumpfe Replik unserer selbst.

Das Kind liegt da mit seinem Kinderhaar, dieser Pelzkappe, die noch den Geruch nach Leben verströmt. Mit den in sich gekehrten Augen der Heiligen, der Märtyrer, die sich zurückziehen. Die Haut der Augenlider ist durchscheinend, die Augen schimmern darunter hervor wie Weintrauben, sie sind nicht ganz geschlossen, zwischen den Wimpern ist ein Spalt offen geblieben. Ein Weg. Wie ein dunkler Pfad in frischem Schnee.

Ich nehme das Kind bei der Hand und mache mich mit ihm auf den Weg. *Wozu bist du geboren?*, frage ich es.

Velida kommt zu mir.

»Wir können jetzt gehen.«

Dann sieht auch sie das Kind, und ihre Hand fährt zum Mund.

»Wessen ist das?«, flüstert sie.

»Ich weiß es nicht.«

Sie schaut sich um, als suchte sie etwas oder jemanden ... einen Grund für das alles. Auch sie hat keine Kinder, wir sind zwei unnütze Frauen, zwei Fahrräder ohne Kette.

»Es ist das Kind des Krieges«, sage ich und weiß nicht, was ich da rede, was ich denke, weiß nicht, was aus mir geworden ist.

Wir sind allein in einem Feld von Toten. Da liegt ein blaues Kind, das ich nie mehr vergessen werde. Nicht ich hätte heute hier sein sollen, nicht ich hätte es heute trösten sollen, ihm die Hand halten sollen. Es war Zufall.

Wir gehen zum Ausgang. Die Maske mit dem Desinfektionsmittel bewahrt mich vor dem Geruch. Ich darf mich nicht mehr umdrehen. Wir gehen durch die Dunkelheit, durch das Gerippe der Stadt.

In der Nacht muss ich an die Schnecken denken, an ihre kleinen, glitschigen Körper und an die lachende Kinderschar, die ich vom Fenster aus gesehen habe und die dieses nach dem Regen gekommene Manna auflas. Ich muss an Jovans rote Weste denken, an seine Brust mit dem galoppierenden Katarrh, ich höre das Geräusch in dieser Brust, als wäre ich selbst darin, wie im Maschinenraum eines Schiffes. Ich muss an die schlafwandlerischen Augen des blauen Kindes denken, an diesen Weg zwischen den Wimpern, dünn und klebrig. Den kriecht eine Schnecke entlang, sie überquert die Straße, langsam wie Jovan, dieser alte Mann, der in einen Mantel gehüllt ist, der glänzt wie die Haut einer Schnecke. Er ist es, der mit dem Kind die Lebenslinie überschreitet.

Später geht auch Diego in die Leichenhalle, um Abschied von Jovan zu nehmen.

»Ich habe ihm eine Zigarette in die Brusttasche gesteckt«, sagt er lächelnd. »Die kann er auf seiner Reise rauchen.«

Ich betrachte seinen Rücken, seine geronnenen Haare. Als er nach Hause kam, hat er eine Schnecke zertreten, sie saß auf der Türschwelle. Er hörte, wie ihr Haus unter seinem Fuß zersplitterte. Es hat ihm leidgetan, dass er sie getötet hat, er sagt, inzwischen tue ihm alles leid, weil es ihm so vorkomme, als stecke jedes Leben in einem anderen. Und nun sei das ein Labyrinth.

»Hast du das Kind gesehen?«

»Was für ein Kind?«

»Das blaue Kind, neben Jovan.«

Er sagt, da sei kein Kind gewesen, als er dort war. Kein Kind.

»Der Leichnam nebenan … nach der leeren Bahre«, bohre ich weiter.

Er zuckt mit den Schultern. Dreht sich zu mir.

»Wieso, was war denn mit diesem Kind?«

Ich möchte ihm alles sagen, aber ich kann ihm überhaupt nichts sagen.

»Es war tot«, sage ich.

Ich gehe durch den Schlamm der Tränen, ertrinke im Spalt jener nicht ganz geschlossenen Augen, die jetzt wohl schon begraben sind, mit Erde verklebt wie eine zertretene Schnecke. Nie wieder werde ich so weinen, auch nicht, falls ich allein zurückbleiben sollte. An dem Tag werde ich so stark sein wie eine bosnische Witwe, wie Velida.

Beim Anblick des Kindes sagte sie: »Ehemänner dürfen sterben, Kinder nicht.«

Und ihr Schmerz zog sich zusammen wie die Schnecken im Kochtopf.

Daran werde ich mich dann vielleicht erinnern.

Doch heute Nacht beweine ich alles, auch das, was noch kommt. Das, was ich auf dem schwarzen Weg dieser halb geöffneten Augen gesehen habe.

Dann beruhige ich mich, doch ich bin nicht mehr dieselbe. Ich bin das, was nach einem Orkan am Strand zurückbleibt, ein stilles Feld nach der Zerstörung. Aus dem etwas aufragt, wie ein umgefahrenes Straßenschild.

»Weißt du, wie dieses Kind aussah? Erinnerst du dich noch an Ante?«

Diego fährt auf, als hätte ihn der Stachel eines Fisches verletzt, von denen, die unter dem Sand zustechen.

»Ante …«

Ja, wie er. Dieser Rotzjunge in den zerlumpten Hosen, der sich stets abseits hielt, in die Felsen geschmiegt wie ein Vogel, und der so tat, als könnte er schwimmen, und lieber unterging, als um Hilfe zu bitten.

Seit einigen Tagen fühle ich gar nichts mehr. Ich bleibe im blauen Feuer dieses Bildes gefangen. Rings um mich her nichts als kalte Materie. Der Gedanke an das Kind unter der Erde lässt mir keine Ruhe. Er verhärtet sich wie ein Fossil im Stein, wie ein Schneckengehäuse. Er ist die letzte Stufe der Treppe, die ins Nichts hinaufführt. Ich kann diese Erde nicht mehr berühren, wo Schnecken und Tote weiden. Mit dem blauen Kind scheinen mir sämtliche Kinder der Welt gestorben zu sein. Es ist kalt, das Eis krallt sich an die Dinge und sperrt sie ein. Kinder schlittern fröhlich, ich sehe sie nicht an, sie kommen mir vor wie Gespenster, in Reih und Glied zum Tod hin ausgerichtete Wesen.

Ich strecke einen Fuß aus und ziehe die Schranktür zu mir. Ich betrachte mich in der einzigen Spiegelscherbe, die noch daran hängt. Meine Haare sind in meinem stumpfen Kastanienbraun nachgewachsen, die Strähnchen sind zu den Spitzen abgesunken, gilb wie Hühnerfedern. Ich denke an meinen Friseur, an sein Gesicht, seinen Jargon … *Lichtakzente, Nuancen, revitali-*

sierende Haarkur. Ich bin am anderen Ende der Welt. Bin nicht mehr ich, aber das ist mir egal. Ich vertreibe mir die Zeit damit, auf dem Bett liegend mit der Fußspitze diese Schranktür anzustoßen, dieses Spiegelstück, das mich in Fragmenten wiedergibt. Alles, was vor diesem Krieg geschehen ist, erscheint mir wie in eine menschenleere Urgeschichte verbannt. Es gab da mal eine Zeit vor dem Krieg, vor dem blauen Kind, als ich daran glaubte, bei dem Lamm bleiben zu können, meine Hand und mein Ohr auf seinen Bauch zu legen. Und zusammen wären wir zwei Mütter gewesen.

»Was will Aska mit dem Kind machen?«, habe ich Diego gefragt.

»Ich weiß es nicht, sie spricht nicht darüber.«

»Ich habe Angst.«

Er sah mich eine Weile an.

»Jetzt ist es zu spät, um Angst zu haben.«

Dann kam der Winter. Der Krieg war bereits eingewachsen. Die Blumenfrau vom Markale sagte: »Dieses Jahr haben wir Glück, der Schnee lässt noch auf sich warten.«

Zähneklappernd stand sie vor ihrem kleinen Korb mit Papierblumen. Ihre selbstgestrickte Wollmütze schien über ihrem immer kleiner werdenden Gesicht immer größer zu werden. Trotzdem hörte sie nie auf zu lächeln.

Manche Dinge werde ich mit zurücknehmen, und sie werden mich retten. Das Lächeln der Blumenfrau aus der Tito-Allee wird mich retten.

Einmal fragte ich sie, wie sie heißt. Vielleicht hielt sie das für eine Fangfrage, wie Journalisten sie stellen. Aus ihrem Familiennamen hätte ich schließen können, welcher Volksgruppe sie angehörte.

»*Cvječarka sarajevska*«, antwortete sie.
»*Was ist das für ein Name?*, fragte ich Gojko. Er lachte über diese schlaue, gutmütige Alte. *Das ist kein Name, cvječarka heißt Blumenhändlerin.*

Cvječarka aus Sarajevo. Keine Serbin, keine Muslimin, keine Kroatin. Blumenhändlerin aus Sarajevo, und damit basta.

Diego fotografiert sie, er kauft ihr viele Sträuße dieser Blumen ab und schenkt sie mir, garantiert schenkt er auch dem Lamm welche.

Ich bin nicht eifersüchtig, ich bin überhaupt nichts mehr. Was ringsumher ist, nimmt alles mit sich fort.

Diego ist es, der die Rede auf sie bringt, während wir nebeneinander gehen, während diese Blumen sich entfärben und bunte Tropfen verlieren. Er erzählt, dass Aska sehr geschwächt und niedergeschlagen sei, ihre Familie sei tot, und das Kind liege ihr im Bauch wie ein Stein. Doch es sei das einzig Lebendige, was sie noch habe.

»Dann will sie es vielleicht behalten.«
Er wird sie bei Gelegenheit danach fragen.
»Falls das so ist ...«
Er schüttelt den Kopf, diese Möglichkeit ist zu abwegig. Keine Frau der Welt würde ihr Kind in der Sintflut eines Krieges lassen.

»Dann würdest du bei ihr und dem Kind bleiben, stimmt's?«
In meinem Kopf dreht sich alles, und ich frage mich, was ich hier eigentlich tue.

Auch der Bär ist tot, er hat länger als alle anderen durchgehalten, monatelang. Dann ist er gestorben. Sein pelziger Körper ist eingeknickt, und er hat sich hingestreckt, seine Schnauze hat sich langsam geöffnet und blieb offen stehen.

Ich gehe mit Velida zum Bahnhof, dort sollen zwei Busse nach Kroatien abfahren. Gojko hat mir geholfen, einen Platz für sie zu bekommen. Es war nicht weiter schwer, ich musste dreitausend Mark hinlegen, fast alles, was ich noch hatte, doch davon weiß sie nichts. Ich darf es ihr auch nie sagen, wenn ich mir ihre Freundschaft erhalten will. Ich habe ihr erzählt, sie sei alt und verwitwet und stehe daher regulär auf der Liste der Zivilisten, die evakuiert werden sollen. Aber das stimmt nicht, niemand kommt heraus, ohne zu bezahlen. Sie hat nur einen Koffer bei sich, einen kleinen, dunkelbraunen Kunstlederkoffer mit querlaufenden Riemen. Ich hebe ihn am Griff an, er ist federleicht. Dieser halbleere Koffer gefällt mir nicht, er enthält keine Verheißung von Leben.

»Was brauche ich denn schon?«, sagt sie. »Meinen Mantel habe ich ja an. Was brauche ich schon für mein neues Leben?«

Doch die Amseln hat sie mitgenommen, sie sitzen in einem zu kleinen, mit einem Lappen abgedeckten Käfig zu ihren Füßen. Sie fürchtet, mit diesem Käfig nicht einsteigen zu dürfen, das ist ihre einzige Sorge. Sie lächelt. Ihr Haar ist kurz und grau meliert, ihr Gesicht welk. Doch an diesem Morgen ist es leicht rosig. Wir können uns nicht einmal hinsetzen, es ist hundekalt, wir warten im Stehen vor den Trümmern dessen, was einmal der Bahnhof gewesen ist ... Von hier aus fuhr man nach Ploče, zu einem Ausflug ans Meer. Andere Leute warten mit uns, sie sitzen auf ihrem Gepäck, Frauen, die Kinder an sich pressen. Wenn sie es schaffen, die militärischen Kontrollen der Checkpoints zu passieren, werden sie die ohnehin schon große Schar von Flüchtlingen vergrößern, von Menschen auf der Durchreise, die eine befristete Aufenthaltserlaubnis in ihrem blauen Pass mit den goldenen Lilien des neugeborenen und schon wieder begrabenen Bosnien haben. Sie werden in Auffanglager kommen, werden niedere Arbeiten verrichten, werden von den Bürgern der Länder, in denen sie leben dürfen, misstrauisch beäugt werden, und sie werden niemals wieder sie selbst sein. Das ist das neue Leben.

Die Busse kommen bei Sonnenuntergang, als schon niemand mehr damit rechnet. Es gibt einen großen Beifall, kariöse Münder lachen. Velida klettert in den Bus und nimmt den Käfig auf den Schoß. Wir verabschieden uns durchs Fenster, sie ruckt schnell mit dem Kopf und schließt die Augen, um mir zu verstehen zu geben, dass alles in Ordnung sei. »Ich schreibe dir.«

Ich habe ihr von Aska erzählt, zu guter Letzt. Sie wusste schon Bescheid, sie hatte sie mit Diego gesehen.

»Wo?«

»Im alten türkischen Bad.«

Sie gingen Hand in Hand. Ihr Anblick hatte Velida sehr berührt. So jung, so verloren, so geistesabwesend.

Sie hat mir die Hand gedrückt, mich zu einer letzten Umarmung an sich gezogen. »Mach es nicht so wie ich«, hat sie gesagt. »Lass dich nicht vom Tod einschüchtern. Kämpfe, Gemma, pack das Leben beim Schopf.«

Ringsumher weinen Mütter, einer der zwei Busse ist ausschließlich mit Kindern besetzt. Nur ein Begleiter ist dabei, ein stämmiger Mann mit pfirsichfarbener Krawatte, er sammelt die Pässe ein.

An diese Krawatte und diesen Bus mit den Kindern werde ich mich in meinem Wohnzimmer in Rom erinnern, wenn ich lese, dass Hunderte evakuierte Kinder aus Sarajevo spurlos verschwunden sind. Vielleicht illegal adoptiert, vielleicht Schlimmeres. So schlimm, dass man sagen muss: *Lösch alles aus, Gott, worauf zum Teufel wartest du noch? Nimm die Sonne weg, schleudere einen Planeten vom Himmel auf uns, der so schwarz ist wie das*

Herz dieser Wilderer in Schlips und Kragen. Lass alles finster werden, ein für alle Mal. Lösch auch das Gute aus, denn in seinen Taschen wohnt das Böse. Jetzt. In diesem Augenblick. Denn in diesem Augenblick erwischt es ein Kind. Rette das Letzte und lösch alles aus, Gott. Hab kein Mitleid, wir haben kein Recht auf irgendeinen Zeugen.

Eines Nachts dringen aus den Schluchten in den Bergen Frostböen talwärts in die Gassen der Baščaršija und lähmen das noch vorhandene Leben. Die Temperaturen sinken weit unter null, die Decken lasten steif und eisig wie Metallmäntel auf den Körpern. Die Kälte zwängt sich überall in die beschädigten Häuser. Die Fensterplanen sind vereist, die Hände, die sie berühren, verbrennen. Nun sind im dunstigen Morgengrauen die ersten Erfrierungsopfer zu verzeichnen, eisverschleierte Mumien wie trockenes, mit Glasur überzogenes Gebäck. Die Wintergärten halten sich noch, zusammengeschrumpft unter kleinen Planen aus zusammengeknüpften Zellophantüten.

Die Heckenschützen von Grbavica, Trebević und Poljine haben ihre Einsätze wegen des Frostes verkürzt, sie können das Fleisch ihrer Hand nicht mehr vom Eisen des Gewehrs unterscheiden.

Schnee fällt und verschluckt den Himmel. Die Stadt ist in der Stille ihrer Wege eingeschlossen, die Wasserleitungen haben Eisgerinnsel an den Hähnen. Die Kinder löschen ihren Durst mit Schnee, der an den Schleimhäuten frisst.

Der Schnee bedeckt die Trümmer, er setzt sich im Verlauf einer Nacht auf den schwarzen Wohnblocks fest und scheint alles sauber machen zu können. Doch die Stadt wirkt noch düsterer, noch verlassener, wenn der mit der Hand weggeschaufelte Schnee seine schmutzigen Wände bildet und aus der weißen Decke die eingestürzten Minarette wie zerbrochene Lanzen hervorstechen. Der Frost lässt das Leben schrumpfen ... auf der Straße nur klapprige Gestalten, krumme Skelette wie aus dem Naturkundemuseum ziehen Schlitten und verbogene Kinderwagen voller Schrott.

Dann die erste Granate des Tages, das Blut im Schnee.

Gojko sehe ich fast gar nicht mehr, er wohnt im Rundfunkbunker, stellt die Verbindung zwischen den Leuten und ihren Angehörigen her, die in den besetzten Wohnvierteln festsitzen, und empfängt von den Radiostationen in Kroatien und Slowenien die Anrufe von Flüchtlingen, die wissen wollen, wie es ihren Familien in der belagerten Stadt geht. Trotzdem findet er noch die Kraft zu lächeln. *Sie hören sich an wie Stimmen aus dem Jenseits*, sagt er. Er ist inzwischen versiert darin, ferne Geräusche und Verbindungen, die unzählige Male abreißen, aufzufangen, Stimmen, die in einem Dickicht auftauchen, das von anderen Stimmen gestört wird, von Schluchzern und von Geräuschen, die wie Erdstöße klingen.

»Irgendwann werde ich mit den Toten sprechen«, sagt er. »Wenn der Krieg vorbei ist, werde ich zum Medium geworden sein.«

An manchen Abenden gelingt es uns noch, zusammen ein Glas von diesem Bier, das mittlerweile nach Seife schmeckt, zu trinken, in Kellerlokalen, die wieder aufgemacht haben, weil sich das Leben im Schatten des Krieges allmählich neu organisiert. Die Jugend möchte sich betrinken, sich verlieben und lachen.

So sehe ich Ana und Mladjo wieder. Zoran aber wurde von einer Gruppe Paramilitärs verschleppt und starb auf dem Žuć, wo er Schützengräben ausheben musste. Sie lachen, weil Zoran ein Intellektueller war und körperliche Arbeit scheute wie eine Katze das Wasser, ihn sich bis zu den Knien im Dreck und mit dem Spaten in der Hand vorzustellen amüsiert sie.

»Denn«, sagt Ana, »Tränen ertränken die Toten, und Lachen erhält sie am Leben.«

Sie trägt ein Paar Levi's 501 und ein schwarzes T-Shirt, sie ist immer noch schön, auch wenn ihre Zähne jetzt dunkler sind.

»Was hast du hier noch verloren?«, fragt sie mich.

Mladjo will mir sein neuestes Werk zeigen. Wir gehen zu einem österreichisch-ungarischen Gebäude, in dem eine Grundschule war. Innen ist es völlig zerstört, doch die Fassade steht noch. Auf diese Mauer, einsam wie eine ins Nichts gespannte Leinwand, hat er Polyurethanschaum gesprüht und das Bild einer Schulklasse modelliert ... eine riesige Gruppe seltsamer Kinder. Viele Gesichter erkenne ich wieder, Ana, Gojko und Zoran mit dem Narbengesicht. Er hat jeden dort abgebildet, den er in Sarajevo kennt, all seine Freunde, die lebenden und die verlorenen.

Was ist mir von diesem letzten Monat in Erinnerung geblieben? Sebina mit einer roten Weihnachtsmannmütze, die Gojko von einem irischen Kameramann abgestaubt hatte. Sie ging mit ihrer Mutter zu einer kleinen Feier in die Wohnung einer Cousine, Mirna trug ein Tablett mit Süßigkeiten, das Haar frisiert, die Lippen rot geschminkt. Wir kamen am Zemaljski Muzej vorbei, und sie warf einen Blick auf die mittelalterlichen *stećci*, die von Schüssen durchlöchert waren. Sebina dagegen schien diese Schändung nicht zu bemerken, sie hüpfte zwischen den Sandsäcken der Verschanzungen umher. Sie freute sich, weil es ihrem Lehrer gelungen war, in seiner Wohnung eine kleine Schulklasse zusammenzustellen, so würde sie das Schuljahr nicht versäumen.

Ich weiß nicht, wo die Liebe in uns einsickert, bevor sie im Bauch ankommt. Doch der Krieg war durch die gleichen Ritzen in mich gesickert, durch die einmal die Liebe gekommen war, und hatte sich nun in mir festgesetzt, tief in meinem Inneren. Nachts zog nur das Licht der Leuchtspurgeschosse durch das Dunkel. Ich dachte an jenen wachsenden Bauch, dick und so weiß wie die mittelalterlichen Steinsärge, die ich am Morgen gesehen hatte, mit ihrer eingemeißelten Blumensymbolik und ihrer Kosmogonie, von Gewehrsalven zerstört. *Das Symbol wollen sie töten ... Das Symbol*, sagte Gojko. Und nun wusste ich, dass dieser Bauch Sarajevo war.

Diego pfeift, er schiebt die Zunge zwischen die Zähne und ahmt das Pfeifen der Granaten nach. Er schickt keine Filme mehr weg, so wie früher, als er sie irgendeinem Journalisten mitgab, der nach Italien zurückkehrte. Von Wind und Frost sind in der grünen Plastikplane am Fenster nun kleine Risse, und durch diese Risse schiebt Diego das Objektiv, wie es die Scharfschützen mit den Gewehrläufen tun, er richtet seinen Körper aus und sucht sich ein Ziel, einen Passanten. Doch häufig drückt er ab, ohne überhaupt einen Film in der Kamera zu haben. Wenn ich ihn darauf aufmerksam mache, zuckt er mit den Schultern.

»Na und«, sagt er. »Ist doch scheißegal.«

Wir reden nicht mehr über das Danach, eingekapselt in der Gegenwart lassen wir die Stunden verstreichen. Wir sind wie alle anderen Gefangenen dieses Tales, wir sind uns keineswegs sicher, dass wir bis morgen durchhalten. Diese Ungewissheit ist mir nicht unangenehm, es ist, als liefe man auf Wellen. Hauptsache, er ist bei mir. Doch eigentlich verstecken wir uns voreinander, und diese Belagerung ist unsere, ein harter Vorhang, der uns vor uns selbst schützt. Es ist verboten, nachts mit der Taschenlampe rauszugehen, doch Diego zieht oft los, er wälzt sich aus dem Bett. Mit seinem langen Bart, der inzwischen über den Hals reicht, und seinen schmerzenden Augen wirft er sich hin und her, er sagt, nachts könne er nicht schlafen. Verstört streift er durch das Gerippe dieser zerfressenen Stadt, es ist, als tauchte er direkt in den Körper des Todes ein.

Ich berühre seine magere Brust, er schiebt meine Hände weg, die ihm die Bleiweste hinhalten, diese Last kann er nicht tragen. Sein Rücken ist steif geworden, erwachsen. Für Dummheiten und Liebesduette ist keine Zeit mehr.

Am meisten fehlt mir die alberne Hingabe des Danach. Als Diego mir die Haare aus dem Nacken strich und mich stundenlang küsste, in die Vertiefung zwischen den Knochen am Haaransatz, wo nach seinen Worten noch immer der Duft meiner Geburt wehte.

Ich warte nicht mehr auf den Tag der Auferstehung, des Flugzeugs, das uns wegbringt. Vielleicht kommen wir ja nie mehr nach Hause und sterben zusammen mit dieser Stadt, in der wir uns kennengelernt haben. In der wir uns zum ersten Mal geliebt haben, im Bett von Gojkos Mutter, vor einer leeren Wiege. Ich hätte etwas auf dieses Zeichen geben sollen, das längst unser Schicksal war.

Über Aska sprechen wir nie. Sie bewegt sich im Hintergrund, wohnt in jenem Randbezirk, der stärker zerstört ist als die anderen, und will nicht von dort weg, es ist nicht schwer, sie zu vergessen. Doch Diego ruft nachts nach ihr, er heult wie ein verwundeter Hund und fährt im Bett auf. Das ist der Grund, weshalb er nicht schlafen kann. Er hat Angst, sie könnte getroffen werden, mit ihr würde auch ihr gemeinsames Kind sterben. Na bitte, jetzt habe ich es gesagt: *ihr* Kind. Wie gern hätte ich Jovans Mut, würde ich auf einen Scharfschützen zugehen, mit offenen Armen wie ein Engel. Doch das hier ist nicht meine Stadt, ist nicht mein Sarg. Ich versinke in den kalten Betttüchern, wir sind in einem zugefrorenen See begrabene Fische. Von der Tiefe blind gewordene Fische, wir ziehen dicht aneinander vorbei, ohne uns zu begegnen.

Diego sagt, mit Aska habe das nichts zu tun. Er würde auch so bleiben, er kann diese Menschen nicht im Stich lassen, kann jetzt nicht woanders leben. Jetzt, da er diesen Schmerz kennt, da er versucht hat, sich davon loszureißen, es aber nicht geschafft hat.

Das Leben ist hier, zwischen diesen vereisten Trümmern. Und nie zuvor hat er das so stark empfunden. Das Leben ist Khalia, die Kleine, die den Schlitten mit ihren Geschwistern darauf zieht, winzig wie Kaninchen, und es ist Izet, der Alte, der jeden Tag zu seinem geschlossenen Laden in die Baščaršija geht und sich gegen den verbeulten Rollladen lehnt, das Leben ist auch die Blumenfrau, die imaginäre Sträuße verkauft.

Diego sagt unentwegt *Mach, dass du von hier wegkommst, fahr nach Hause zurück.* Doch ich kann nicht ohne ihn weg, ohne diese Liebe, die er jetzt wie Vogelfutter auf den Straßen von Sarajevo verstreut.

»Du brauchst mich nicht, du kommst bestens allein klar.«

Er verbringt die Tage damit, nach Wasser anzustehen und die Kanister in die Wohnung alter Leute zu tragen, zu den Schwachen, die allein geblieben sind. Er baut Öfen, schleppt Brennholz, schippt Schnee und pendelt zwischen den Versorgungszentren, in denen Hilfsgüter verteilt werden, und den Wohnungen der Familien hin und her, die er adoptiert hat und die nun schon auf ihn warten. Sein Gesicht ist von den Patschhänden der Kinder verschmiert, die in seine Arme kommen und die er in den stinkenden Wohnblocks ohne Licht die Treppen hochträgt. Er ist es, der sein Leben anstelle der Mütter riskiert, fast alle kräftigen Männer sind an der Front oder heben Schützengräben aus. Er fotografiert so gut wie gar nicht mehr, sagt, es interessiere ihn nicht, Sarajevo sei voll von Fotografen und Reportern, nichtsnutzigem Pack, Aasgeiern. Die Zeitungen der Welt hätten genug von den zermalmten Toten und den schmutzigen Kindern im Jogginganzug, man brauche den Platz für die Werbung, für Weihnachtskuchen und unvergängliche Diamanten.

Er hatte es sich in den Kopf gesetzt, hier zu verrecken, in diesem Krieg, und für all die Friedensunterhändler zu büßen, die rein gar nichts taten. Doch ich hatte auch das Gefühl, dass hinter dieser Aufopferung eine Ernüchterung mir gegenüber, uns gegenüber steckte. Die Anmaßung eines verletzten Schuljungen.

Was glaubte er denn, wer er war, dieser schmächtige, krumme Kerl, mit diesem roten Band, das seine Haare zusammenhielt, und mit dieser Regenjacke, auf der hinten ein Kreuz aus Tesaband klebte?

Er war jedermanns Vater, und jeder rief ihn beim Namen.

»*Zdravo*, Diego!«

»*Zdravle*, Diego!«

Er sprach mittlerweile ihre Sprache. Seine Hände waren wund vom Frost und von den Wasserkanistern, die er schleppte.

»Du hast ja Wundmale«, zog ich ihn auf.

Ich hatte mich irgendwann in einen Jungen aus Genua verliebt, der den rauen Tonfall der ligurischen Gassen und manch einen vom Kiffen kariösen Zahn hatte, in einen zügellosen Sohn. In einen, der sich im Stadion prügelte und dann bei mir wie ein Fußballküken war.

Jetzt war er ein Greis mit dem langen Bart eines Eremiten.

Ich hebe etwas Schnee auf und bewerfe ihn und seine gutmütigen Augen damit.

Mistkerl. Liebster.

Einmal pinkle ich mich im Schnee ein, und zwar als ich den Mann in der karierten Winterjacke neben mir zusammenbrechen sehe. Durch pures Glück ist er nicht tot. Er hat sich gebückt, um seine Zigarette aufzuheben, sodass ihn der Granatsplitter nur an der Schulter traf. Er ist davongekommen, weil ihm die Zigarette aus den froststeifen Fingern gefallen war.

Es ist Glück im Unglück. Da ist all das Blut und der Mann, der nichts begreift, der keinen Schmerz spürt und sich nur darüber beklagt, dass die Zigarette nass geworden und ausgegangen sei. Dann sieht er das ganze in den Schnee tropfende Blut und starrt mich mit weit aufgerissenen Augen an, weil er denkt, es sei meines und mich habe die Granate getroffen. Er denkt, ich sei die Tote und würde gleich zusammenbrechen. Er starrt mich an wie ein Gespenst. Sucht meine Wunde. Denkt, dass sie vielleicht im Nacken ist und ich gleich Blut spucken werde. Diese Augen machen mir Angst. Trübe und fremd sehen sie mich sterben. Ist das der letzte Blick der Welt auf mich? In der Kälte spüre ich den warmen Urin, der an nur einem Bein hinunterläuft, an dem, das zittert. So ist das also, wenn man stirbt, ohne es zu merken.

Später sagt der Mann, er habe tatsächlich nichts gespürt, nur einen Stoß gegen die Schulter, dann habe er sich umgeschaut und das Blut gesehen, und mich. Und eine Weile habe er wirklich geglaubt, ich sei diejenige, die getroffen wurde. Erst später habe seine Wunde angefangen zu brennen.

An diesem Tag, beim Anstehen nach Wasser, habe ich gelernt, dass Granatsplitter nicht wehtun, sie dringen in den Körper ein, ohne Schmerzen zu verursachen, weil der Schock wie ein Betäubungsmittel wirkt.

Ich gehe nicht mehr raus, warte verkrochen im Flur, weit weg vom Fenster.

Das Leben hat sich auf das reine Überleben reduziert.

»Hast du was aufgetrieben?«

»Wie gern würde ich eine Mohrrübe essen, weißt du noch, Mohrrüben?«

Wir könnten uns im Hotel verkriechen, uns zusammen mit der Auslandspresse im *Holiday Inn* über Wasser halten, dort herrscht das Raunen vertrauter Sprachen, Leute kommen und gehen, es gibt warmes Essen und Kellner. Doch Diego ist dieses unechte Mileu zuwider.

Ich klammere mich an ihn, nackt, nunmehr ohne jede Würde, ohne jeden Stolz.

»Ich war ein Scheusal ... ja, ein Scheusal. Ich will mich mit Aska treffen und sie um Verzeihung bitten.«

Diego sieht mich an wie einen Springbrunnen, wie ein lebloses Ding, das Wasser spuckt.

»Was kann ich denn sonst tun? Was denn?!«

»Ruf deinen Vater an und lass dir alles Geld schicken, das er auftreiben kann.«

Einmal kam er mit einer Dose *pašteta* zurück, einer bosnischen Pastete, die mir zu Friedenszeiten einen Brechreiz verursacht hatte, mir an diesem Abend aber wie der größte Leckerbissen auf Erden erschien. Um Wärme und Zärtlichkeit bittend sah ich Diego an. Streckte meine Hand aus, und er küsste sie, wie man eine Briefmarke anleckt, um einen Umschlag zu frankieren. Nur um mich wegzuschicken.

Wir blieben noch einen Moment so, und ich neigte den Kopf, damit er mir den Nacken küsste, die Vertiefung, die er so gern hatte.

Doch er bemerkte es nicht. Er sah sich Fotos an, die er in einem Labor hatte entwickeln lassen, in einer Bude hinter der Tito-

Allee, wo ein alter Mann noch Abzüge machte, auf altem, stumpfem Papier, das mit dem Messer zurechtgeschnitten war.

»Zeig mal.«

Leute in Pose, an den Schultern abgeschnitten. Bilder ohne Tiefe, wie die Fahndungsfotos der Polizei.

»Was ist denn das für Zeug?«

»Sie haben mich darum gebeten.«

Er arbeitet jetzt nur noch für Leute aus Sarajevo. Es sind Erinnerungsfotos, Bilder zum Andenken, die man den Verwandten schicken oder aufs Grab stellen kann.

»Fass sie nicht an.«

»Warum denn nicht?«

»Du hast klebrige Hände.«

Es stimmt, meine Hände sind von der *pašteta* verschmiert. Da halte ich es nicht mehr aus. Noch bevor er reagieren kann, zerknülle ich die Fotos, all die armseligen Gestalten in Positur. Und ich fühle mich lebendig, weil mir nichts geblieben ist als meine Wut.

Ich folge ihm wie ein schmutziger, kranker Schatten.

Er spielt im Schnee mit einigen Kindern Fußball auf dem zerstörten Hof. Er lacht, springt, dribbelt. Dann bleibt er stehen, vornübergebeugt, erschöpft. Sein weißer Atem im Frost.

Die Schulklasse aus Polyurethanschaum klebt noch immer an der gespenstischen Fassade. Mladjo aber ist tot. Er schob den Rollstuhl seines Vaters, und der Heckenschütze erschoss ihn, um sich darüber zu amüsieren, dass der alte, querschnittgelähmte Mann allein zurückblieb, mitten auf der Straße, unfähig, sich zu bewegen und seinem Sohn zu Hilfe zu kommen.

Ich folge Diego weiter zum Markale, er geht in die baufällige Halle, in der heute schneeverschmierte, tropfende Kleidungsstücke hängen, Hilfsgüter, die auf dem Schwarzmarkt gelandet sind. Er wühlt in den Bergen von Gummistiefeln und gebrauchten Schuhen. Mich ekelt mittlerweile alles an. Ich bin am Ende. Mich ekelt der Gestank nach gebrauchtem, nassem Zeug an, nach Gemeinschaftssuppen, die in großen Aluminiumtöpfen kochen, und nach kaputten Abwasserrohren, mich ekelt auch der dreckige Schneematsch an. Ich habe Angst vor den streunenden Hunden, die die Toten zerfleischen, habe Angst vor den eingefallenen Gesichtern der Leute, vor den Hosen, in denen dünne, steife Beine wie Krücken stecken, vor den wirren Blicken, die den Boden absuchen und herumstöbern wie die der Hunde. Es gibt nichts mehr in der Stadt, sie ist ein abgebranntes Feld. Die unterernährten Leiber haben Mühe, sich auf den Beinen zu halten, sie wanken suchend umher, suchend nach irgend etwas, das zum Leben dienen könnte. Bojan, der Schauspieler, und seine Freundin Dragana geben im Bogengang der Fußgängerzone eine Extravorstellung, sie tun so, als würden sie essen, sie decken eine imaginäre Festtafel und sind so überzeugend, dass einem das Wasser im Mund zusammenläuft. Sie nehmen die Passanten, die stehen bleiben, um ihnen zuzuschauen, bei der Hand, laden sie ein, sich für diese Völlerei zu ihnen zu setzen, servieren den Tischgästen Suppe, Hammelkeule, Pita, lecken sich die Finger und schlucken, manche lachen, manche weinen, doch am Ende sind alle etwas satter.

Diego verlässt den Markale mit einem Schaffellmantel, der auf einem Kleiderbügel hängt. Er trägt ihn über der Schulter, diesen umgekehrten Ledermantel mit dickem Fell, der aussieht wie ein Tier. Er schleppt ihn durch den Schnee.

Als ich Aska das letzte Mal sehe, trägt sie diesen Mantel. Er macht sie bullig. Die Knöpfe über ihrem enormen Bauch sind straff gespannt. Sie ist zur Ferhadija-Moschee gegangen, zieht sich die Schuhe aus und wäscht sich in dem eiskalten Brunnen. Diego hilft ihr, stützt sie. Sie reibt sich Gesicht und Hals ab. Dann taucht sie die Füße ins Wasser, das nur Eis ist.

Barfuß geht sie durch den Schnee. Vor dem, was von den *sofe* noch übrig ist, den Plätzen für die Frauen, bleibt sie stehen. Sie bückt sich, kniet nieder. So verharrt sie, mit vorgeneigtem Körper, sie hat es schwer, denn ihr Bauch hindert sie in dieser vollkommenen Unterwerfung vor ihrem Gott, bis zum Boden hinunterzukommen.

Ich gehe zu ihr und knie mich neben sie. Ihre Augen sind wie reglose Fische unter einer Eisscholle.

»Ich werde dir das Kind geben«, sagt sie.

Mit einem düsteren Lächeln auf dem Gesicht, das mir nicht mehr ihres zu sein scheint.

»Es sei denn, ein Heckenschütze kommt dir zuvor.«

Pietro steht vor dem Spiegel

Pietro steht vor dem Spiegel. Nach einer seiner endlosen Duschaktionen. Er hebt seine nackten Arme und betrachtet sich ausgiebig. Er kommt zu mir und fragt, ob ich einen Unterschied zwischen den beiden Muskeln sehe, ob er schon den Arm eines Tennisspielers hat.

»Fass mal an.«

Ich sehe keinen Unterschied. Taste zwei lange, dünne Fleischröllchen und dann gleich den Knochen.

»Ich muss mich beim Fitness anmelden, zum Krafttraining.«

Jetzt sitzt er auf dem Bett, mit einem Handtuch um die Hüften, das Laken unter ihm ist nass, egal, wir reisen sowieso ab.

Ich betrachte seinen nackten, krummen Rücken mit den Körnchen der Wirbelsäule und seine Schulterblätter, die hervorstehen wie zusammengelegte Flügel.

»Ich bin hässlich.«

Das sagt er ständig, er findet jede Menge Fehler an sich, verkümmerte Schultern und zu große Augen mit zu vielen Wimpern, *wie ein Mädchen*. Den kleinen, braunen Fleck mit ein paar Haaren, den er unterhalb der Leistenbeuge auf dem Oberschenkel hat, findet er ekelhaft. *Mann, so ein Scheißleberfleck*, sagt er. Wegen dieses Flecks trägt er am Strand keine kurzen Badehosen, nur solche bis zum Knie.

»Du siehst doch toll aus, was hast du denn?«

Er war noch nicht mit einem Mädchen zusammen. Die einzige Frau, die ihm Komplimente macht, bin ich, und natürlich glaubt er mir nicht.

Er hat einen zarten Flaum auf der Oberlippe, der wie Schmutz aussieht, seine Zähne, seine Ohren und seine Nase sind zu groß, weil der Kopf noch nicht ausgewachsen ist, seine Gesichtszüge sind die eines von Picasso gemalten Kindes. Auseinandergezogene Pferdeaugen in einem Bohnengesicht.

Er wird einmal sehr gut aussehen, das merkt man schon an seinem Lächeln, an der Anmut, die er im Umgang mit kleineren Kindern hat oder wenn er fremde Menschen zur Begrüßung wie enge Freunde spontan auf die Wangen küsst.

In seinem Pass steht, dass er in Sarajevo geboren ist. Für ihn ist diese Stadt ein Niemandsland, in das ich zufällig geraten bin, als ich einem Vater folgte, den er nie kennengelernt hat.

Nur einmal hat er mich gefragt, wie er geboren wurde. Er war in der dritten Grundschulklasse, er musste es für eine Hausaufgabe wissen. Wir klebten ein Foto von ihm als Neugeborenem auf ein Stück Pappe. »Was soll ich schreiben, Mama?« Er sollte von seiner Geburt erzählen, und natürlich fragte er mich. Ich stand auf, öffnete die Kühlschranktür und nahm ein Steak heraus. Ich erzählte mit dem Rücken zu ihm, dachte mir irgendwas aus und drehte dieses kalte Stück Fleisch hin und her.

Dann sah ich seine Hausaufgaben neben denen der anderen Kinder an der großen Schulwandtafel zum Jahresende. Mit einem Plastikbecher Orangenlimonade stand ich inmitten dieses Hühnerhofs von Müttern, den ich noch nie besonders gut vertragen habe. Mir graut vor vertraulichen Gesprächen unter Müttern, keine ist so wie ich. Ganz allein stand ich dort vor den Worten meines Sohnes. Er hatte eine banale, zuckersüße Geburt beschrieben. Und gerade diese Banalität rührte mich an. Wir waren wie alle anderen, ich eine herzallerliebste Mama und er ein pausbäckiges Baby. Unsere absurde Geschichte verlor sich zwischen all den Erzählungen von vorschriftsmäßigen Geburten, von hellblauen und rosa Schleifchen. Er war im Erfinden viel besser gewesen als ich. Er stand ganz in der Nähe, die kümmerliche Gestalt seines Vaters, das bleiche Gesicht der Stadt. Die ruhigen Augen eines perfekten Komplizen: »Gefällt es dir, Mama?«

Mir war eine Träne in die Limonade gefallen. Eine Träne, so dumm wie mein Leben. Ich konnte nicht antworten und nickte nur wie ein pickendes Huhn. Ich pickte gegen diese lahme, ellenlange Lüge, die in der wackligen Schrift meines Sohnes mit dem Bleistift dick aufgetragen war. Diese Unschuld war mein Schutz. Er war es, der mich zu seiner Mutter ernannt hat. Der gesagt hat *Du bist es. Und das ist der Beleg.*

Was hätte ich ihm denn sagen sollen?

Jedes Mal, wenn ich eine Freundin besuchte, die zwischen weißen Kissen und Schleifen entbunden hatte, jedes Mal, wenn ich diese Reinheit sah, jedes Mal, wenn ich den unbeschreiblichen Geruch nach neugeborenem Fleisch, nach neuem Kind spürte oder auch nur den Geruch nach Reinigungsmitteln und nach Pads zum Desinfizieren der Brustwarzen vor dem Stillen, jedes Mal, wenn ich lächelte und sagte *Wie wunderbar, wie zauberhaft*, jedes Mal kam ich mir wieder etwas einsamer vor und etwas hässlicher. Und wenn ich mein kleines Gratulationsgeschenk abgegeben hatte, verließ ich diese Wattehöhlen mit verdüsterter Miene. Ich streunte eine Weile herum, ohne noch ich zu sein.

Ich habe nicht entbunden. Von dem, was uns fehlt, genesen wir nie, wir arrangieren uns, erzählen uns andere Wahrheiten. Wir leben mit uns selbst und mit der Sehnsucht nach Leben, wie alte Leute.

Ich hatte nicht teil an diesem Urerlebnis, an der Regeneration meiner selbst. Mein Körper war von Anfang an ausgeschlossen von diesem Fest, das normale Frauen am laufenden Band wiederholen, satt und gleichgültig gegen solche wie mich.

Eine Entbindung verändert die Knochen, verschiebt sie. Meine Großmutter sagte immer, jede Geburt sei wie ein Nagel im Körper einer Frau, wie der Nagel eines Hufeisens. Und Mütter sähen kurz vor ihrem Tod ihre Entbindungen noch einmal, ihren Körper, der sich weit auftut und der Welt weiße Nahrung schenkt. Sie sähen die Nägel, die Spur ihres Weges, noch einmal. Doch woran werde ich mich erinnern, wenn ich sterbe? Wie wird mein Hufeisen aussehen?

Pietro schrieb, ich hätte ihn mir auf den Bauch gelegt und er sei auf mir eingeschlafen. Eigentlich hätte ich mich schämen müssen, doch ich war die Ruhe selbst. Der Rest war Schrott.

Gojko holte mich ab, ich hörte die Schläge gegen die Tür, ich schlief nicht. Mit geschlossenen Augen lag ich an der hinteren Wand des Zimmers, wohin ich das Bett geschoben hatte, ich schaffte es nicht, mich von dieser Wand zu lösen, die Kälte abstrahlte und an die ich mich beim Schlafen ängstlich drückte. Es war kurz vor Tagesanbruch, normalerweise hätte ich das nicht bemerkt, doch inzwischen nahm ich jede Variation der Dunkelheit wahr.

Gojko sagt nichts, er hat ein Feuerzeug in der Hand, damit wir uns in der Finsternis sehen können. Dann macht er es aus, wohl um Gas zu sparen.

»Was ist los?«

Ich sehe sein Gesicht nicht mehr, ahne es nur im Widerschein des letzten Augenblicks, des gerade verloschenen Flämmchens. Er bewegt sich, fährt mit der Hand zu seiner Wange und lässt sie dort, wie ein Gehäuse aus Fleisch, als wollte er sich schützen. Es ist eine ungewöhnliche, weibliche Gebärde, die ich noch nie an ihm gesehen habe.

»Was ist denn los?«

Er schüttelt den Kopf und brummelt vor sich hin.

Warum redet dieses Trampeltier nicht? Ich bin auf alles gefasst. Seit ich in dieser Leichenhalle war, seit der erste Schnee gefallen ist, bin ich auf alles gefasst. Jovan hat mir schon alles beigebracht. Der Körper leert sich wie ein durchlöcherter Sandsack, man hört das Geräusch des schnell herausrieselnden Sandes. Diese Ruhe ist eine Tugend Sarajevos. Man weiß gar nicht, dass man sie in sich hat, sie ist so unverhofft wie die Ruhe der Toten.

Ich nehme die Taschenlampe und leuchte ihn an. Er sträubt sich gegen das Licht, wirft den Kopf hin und her, nimmt die Hand von der Wange und spuckt auf den Boden.

»Ahhh ...«

Es riecht stark nach Alkohol, nach Schnaps. Gojko flucht und jammert, weil ihm ein *zub*, ein Zahn, wehtut, einer von den großen, hinteren. Er sagt, er behalte den Schnaps im Mund, um das Kindlein zu wiegen, diesen Backenzahn. Ich sehe ihn an, seine Wange ist geschwollen, als hätte ihn etwas gestochen, und seine schlaffen Augen sind halb geschlossen.

Dann erzählt er, dass die Wehen eingesetzt hätten und dass er hier sei, um mich abzuholen. Diego habe ihn darum gebeten.

Ich gehe mit der Taschenlampe ins Zimmer zurück, bücke mich, ziehe den Koffer unterm Bett hervor, öffne ihn und nehme den Rucksack mit dem Geld heraus, das mein Vater mir durch Vanda geschickt hat, die Volontärin, die ich im Militärflugzeug kennengelernt hatte. Wir sind uns in einer Kafana wiederbegegnet, sie hat sich die Haare abrasiert wie ein Fallschirmjäger. Wir haben uns ein Päckchen Damenbinden geteilt wie zwei Schwestern.

Es ist ein blassblauer Morgen, der vielleicht einen hellen Tag bringt. Wir rasen durch die zerstörten Gassen von Bjelave.

In dieses Auto bin ich erstmals vor einer halben Ewigkeit eingestiegen, während der Olympischen Winterspiele. Gojko war damals voll von dümmlichem Glück, er strotzte nur so vor Treuherzigkeit und Angeberei. Dieser aufdringliche Kerl *born in Sarajevo* sang auf Englisch mit kroatischem Akzent *Everybody's got a hungry heart ...* und hatte die gleichen ausgewaschenen Jeans wie Bruce Springsteen. Er wollte Eindruck schinden, war aber in meinen Augen nur theatralisch. *Den siehst du nie wieder*, dachte ich damals.

Und hier sind wir nun, versunken in diesem Labyrinth von Skeletten, von Wegen, die wie die Achterbahn eines infernalischen Spielplatzes aussehen. Unvermittelt denke ich, dass das hier, diese von Wahnsinn geschüttelte Gegenwart, noch nicht das Schlimmste ist. Das Schlimmste kommt erst noch. Wenn die Kanonen abziehen, wenn die Fernsehreporter abziehen und nur noch die graue Seite dieser Stadt übrig bleibt, die nicht aufhört, einen Schmerz abzusondern, der lautlos wie Schimmel ist. Wie Eiter.

»Schreibst du noch?«

»Nein.«

Er wirkt nicht traurig, auch nicht verloren. Er kennt die Topografie dieser neuen, dieser verminten und in Zonen unterteilten Stadt, in der man sich bewegt wie die Kugel in einem Flipper und in der nur die Geschicktesten nicht im Loch landen. Gojko ist ein guter Spieler. Auf die Zerstörung achtet er nicht mehr, daran ist er gewöhnt. Er sucht nur noch nach einem freien Weg, nach einer günstigen Gelegenheit.

»Woran denkst du?«

Er sagt, er habe Zahnschmerzen und denke nur noch an diesen quälenden Backenzahn.

Das Licht im Krankenhaus ist so matt wie das eines Friedhofs. Nur hin und wieder kleine Betriebslämpchen, dann lange, dunkle Abschnitte und abstürzende Treppen. Unter meinen Füßen spüre ich den holprigen Fliesenboden, der auf Matsch zu liegen scheint. Ein Kabel und ein herabhängendes Stück Vertäfelung streifen meinen Kopf. Fast alle Stationen sind getroffen, die Betten stehen eng zusammengerückt in den Gängen. In der Dunkelheit wirken die Körper wie Sandsäcke. Ich versuche, die unter den Decken hervorschauenden Füße und die schwarzen Blutröhrchen zu ignorieren. Mit diesem Tunnelblick folge ich Gojkos Rücken. Gestalten kommen uns entgegen, stoßen uns an. Jemand schreit. Das gerade erst aufkommende Tageslicht scheint in eine schmutzige Dämmerung vorzurücken. Von einer Frau in einem blauen Kittel gestützt, humpelt ein Kämpfer in Uniform vorbei. Auf einer Trage sitzt rauchend ein alter Mann, dessen Bein am Knie in der Kappe eines blutigen Verbandes endet. Gojko reicht mir die Hand und hilft mir über die kaputten Treppen, auf denen man die hervorstehenden Absätze ahnt. Dort, wo entbunden wird, herrscht Frieden, niemand jammert. Eine Frau beugt sich über ihren prallen Bauch wie eine erschöpfte Reisende über einen Koffer.

Diego sitzt auf der letzten Stufe einer dieser nunmehr geländerlosen Treppen.

Dies ist kein gewöhnlicher Morgen. Wir sind wie in einem Unterseebergwerk begraben und bewegen uns langsam durch das Wasser. Gojko geht los und sucht jemanden, der ihm den verfluchten Zahn zieht, und falls er keinen finde, schreit er, werde er sich eben selbst darum kümmern, er brauche nur eine Zange. Diego sieht mich und steht auf. An seinem Geruch breche ich zusammen. Drei Tage lang habe ich ihn nicht gesehen, ist er zum Schlafen nicht nach Hause gekommen.

»Wie geht es dir?«

»Gut, mir geht's gut.«

Wenige Worte, dann nur noch die dampfenden Atemzüge auf dieser Station, die wie ein Schrottplatz aussieht. Die Heizung funktioniert nicht, es ist wie unter freiem Himmel. Irgendwann sollte ich Pietro von diesem Geruch erzählen. Dem Geruch nach Erschöpfung und Kälte. Nach dem Hals seines Vaters, der zitterte wie der einer Gans, die gerade gefangen wird.

»Sag was.«

»Was denn?«

»Irgendwas.«

Ich liebe dich, vielleicht ist es das, was er hören will. Wir sitzen zusammen auf dieser Treppenstufe, er hat den Kopf auf meine Beine fallen lassen.

»Ich habe das Geld dabei«, sage ich.

»Es ist hier«, ich tippe auf den Rucksack. Ich trage ihn nicht auf dem Rücken, sondern vorn unter dem Anorak. Ich hatte Angst, an einem Sperrposten bestohlen zu werden. Jetzt wird mir bewusst, dass dieser Rucksack wie der Bauch einer Schwangeren aussieht. Diego lächelt, ein altes, betrübtes Lächeln. Weil in diesem Geldbauch alles enthalten ist, unser Glück und unsere Traurigkeit.

Hätte ich Pietro das erzählen sollen? *Weißt du, Mama war mit fünfzigtausend Mark in kleinen Scheinen schwanger, sie lagen ihr schwer im Schoß, unter der Brust.* Ihm erzählen sollen *Weißt du, wir waren wirklich großzügig, der Fotograf und ich, Opa hatte das Haus am Meer verkauft, um uns unter die Arme zu greifen.* Die Summe war unverhältnismäßig hoch, manche Leute haben in Sarajevo ein Kind zu einem Schleuderpreis gekauft.

Ich wiege diesen Geldbauch, halte ihn fest. Wir umarmen uns mit dieser Last zwischen uns, die uns ein wenig trennt.

Aska ist auf den Beinen und geht vor den Toilettentüren auf und ab. Manchmal bleibt sie stehen und stützt sich zwischen zwei Waschbecken an der Wand ab. Ich gehe zu ihr. Nur wenige Schritte in diesem Unterseebergwerk.

Es herrscht der strenge Geruch nach verstopften Klos, den die Desinfektionsmittel nicht ganz überdecken können. Unser Atem ist weißer Rauch. Wir sind unter der Eiskruste eines arktischen Sees begraben. Nach langer Zeit sind wir drei wieder zusammen.

Auch davon sollte ich Pietro erzählen. Von diesem anderen Geruch, nach Gefängnis, nach Verlassenheit. Von dieser Begegnung.

Die Trompetenspielerin, Andrićs ungehorsames Lamm, diese Widerspenstige, die vor dem Wolf tanzt, sieht mich so ausdruckslos an, als könnte sie sich nicht an mich erinnern.

Dabei waren wir einmal befreundet, eine Ewigkeit vor dieser Belagerung, die ihre Stadt zerfressen hat. Eines Abends haben wir umschlungen vor einem Janis-Joplin-Poster getanzt, und sie, die Jüngere und Ärmere von uns beiden, hat mich gestützt, sie erstrahlte in ihrer wilden Zukunft als Musikerin, während ich zu ihr sagte *Ich bin viel ärmer als du*. Ihre Haare sind glanzloser als früher, sie fallen ihr mit einem Gummi festgezurrt auf den Nacken. Ihr Gesicht, von einem grauen Licht durchzogen, zeigt keinerlei Regung. Dann sehe ich hinunter.

Sie hat den Schaffellmantel an, den Diego im Markale gekauft hat, sie trägt ihn offen über dem Morgenmantel. Ich starre den hervorstehenden Bauch an, der, wir mir scheint, riesig aus dieser Magerkeit herausragt. Sie hat die Hände an den Nieren in die Hüften gestützt und lehnt mit dem Kopf an der Wand. Diego steht daneben, doch irgendwie ist er gar nicht da, er hat uns beide allein gelassen. Askas Bauch ist groß und fest.

»Darf ich mal anfassen?«

Diese Stimme kommt aus einem Brunnen, und sie scheint nicht meine zu sein. Aska nickt, ohne mich anzusehen. Sie nimmt die Arme vom Körper, wie um mir Platz zu machen. Und ich strecke die Hand aus.

Und das sollte ich Pietro erzählen; eines Tages, bevor ich sterbe, sollte ich ihm von diesem Arm erzählen, der sich von mir löst und sich auf ihn zubewegt.

Meine Hand setzt so unsicher auf wie die erste Fähre auf dem Mond, meine Finger sind starre Metallfüße.

Ich bin niemand, nur ein Eindringling, ein Eisenvogel auf einem Planeten, der mir nicht gehört.

Doch dann weiß ich natürlich, was zu tun ist, es ist, als würde man sich ausziehen, um ins Wasser zu gehen, sich entblößen. Es ist bitterkalt, doch meine Hand scheint mit heißem Schnee festzukleben. Ich bin hier, und ich möchte nie mehr weg. Ich atme tief durch.

Und das Wasser ist jetzt nur noch dieses unterseeische Fruchtwasser.

»Hast du das Geld dabei?«

Ich nicke mit dem ganzen Körper, zeige ihr den Rucksack auf meinem Bauch, diese Beule unter dem Anorak. Dieser Geldbauch, der erbärmlicher ist als alles andere, macht mich wirklich zu einem Nichts.

»*Dobra*«, sagt sie, gut.

Dann kommt dieser Stoß, in meine Hand, die auf ihrem Bauch liegt. Und es ist ein Kopf, der kämpft, wie der eines Fisches unter dem Eis.

Ich schreie auf. Ich spüre diesen Stoß von innen und schreie auf.

Was war das? Ein Fuß? Ein Ellbogen? Eine Faust?

Dann sehe ich nichts mehr, nur noch einen Himmel aus blauem Matsch, und ich spüre eine Übelkeit, die vom Kopf nach unten zieht ... Und ich weiß, dass ich ohnmächtig werde, weil ich nichts gegessen habe, weil mir dieser Stoß in meinen leeren Unterleib gefahren ist, in diesen Teppich aus stillem Fleisch, das sich zwischen den Beckenknochen verbirgt, den Knochen, die bei Skeletten flach und weiß sind.

Ich bin ein kaputter Sandsack, spüre, wie die Körnchen nach unten rinnen, wie sie rau durch meinen Körper rieseln. Jetzt ist der Sand komplett in meinen Füßen, mein Kopf ist leer, ist Licht, das auslöscht.

Ich liege in Gojkos Armen und öffne die Augen zwischen seinen ungewaschenen Haaren. Er schiebt mir die Flasche unter die Nase.

»Tief einatmen, schöne Frau, riech doch nur mal diesen himmlischen Tropfen.«

Es ist Grappa aus Montenegro, der legendäre Tredici Luglio, eine Rarität. Die beiden sind wohl ein bisschen angesäuselt, denn Diego hat trotz der Kälte warme Hände. Und Gojko ist in Hochstimmung, sein Zahn ist draußen. Er macht den Mund auf, zeigt mir das schwarze Loch und lacht mit blutroten Zähnen.

Im klebrigen Dunst meiner Benommenheit sehe ich Aska, mit dem Kopf an der Wand. Sie sinkt zwischen den Waschbecken zusammen und steht nun auf allen vieren.

»Brauchst du was?«

»Eine Zigarette.«

Ich bitte Gojko um eine Drina, knie mich hin und stecke sie ihr schon angezündet in den Mund.

Während sie inhaliert, zittert sie, ihr Gesicht ist schmerzverzerrt.

Da spüre ich hinten einen starken Stich. Daran kann ich mich noch gut erinnern, an diesen aufgespaltenen Schmerz, der den Rücken herabläuft und sich in den weichen Tiefen festsetzt. Zwei Messerklingen in meinen Lenden stoßen weiter zu, um sich in meinem Unterleib zu vereinen.

Das ist Askas Schmerz, die sich an mich klammert. Darauf war ich nicht gefasst. Ich ziehe mich zurück und setze mich wieder auf die Treppenstufe.

Diego geht zu Aska und massiert ihr ein wenig den Rücken. Dann taumelt er mit gesenktem Kopf zu mir.

Sie ist nun hässlich, von der Anstrengung entstellt wie ein tollwütiger Hund. Die Zigarette ist auf den Boden gefallen. Ich sollte Pietro von diesem Kopf erzählen, der gegen den Fuß eines Waschbeckens schlägt, von dieser Zigarette, die in den Dreck gefallen ist und die ich wegwerfen möchte, die seine Mutter jedoch wiederhaben will, sie schreit es in ihrer Sprache.

Ich stecke ihr den Stummel wieder zwischen die Lippen. Der Rauch kommt schwallartig aus ihrem Mund, vielleicht vertreibt er den Schmerz. Sie schreit erneut auf, so unterdrückt wie vorher, als hätte sie einen Lappen oder einen Korken im Mund.

Frauen verstehen es, sich zu verstecken, sich zu vergraben, wie Erde bei Nacht, doch bei der Entbindung kommen sie heraus wie Zähne aus der Dunkelheit, dann zeigt sich ihre Seele, ihr Mut, während der Nagel pocht. Während das Schicksal ihnen ein Hufeisen an die Lenden nagelt und sie ein Stück Leben hervorbringen, ein neues Skelett, das durch ihres zieht, wie ein Fluss durch einen Fluss.

Ich bin im Schatten geblieben wie der Mond, der von der Erde verdeckt wird, ich musste mich nicht zeigen.

Aska dagegen ist gezwungen, die Deckung zu verlassen. Wie oft habe ich beim Anblick der Berge an ihren Bauch gedacht, der auf mich gerichtet war wie eine Kanone.

»Man muss atmen«, sagt Gojko.
»Woher weißt du das?«
»Von meiner Mutter.«

Wir atmen alle zusammen, ziehen die Luft bis in den Bauch und stoßen sie abrupt wieder aus, wie kaputte Öfen. Aska spuckt ein paar Atemzüge mit uns aus, dann stöhnt sie und scheucht uns weg. Gojko erzählt ihr, Entbinden sei genauso wie Zahnziehen, bald werde es ihr so gut gehen wie ihm. Er reißt den Mund auf und zeigt ihr die Lücke. Aska will noch eine Zigarette. Gojko sieht mich an: »Mach dich auf was gefasst, meine Schöne, dieses Kind wird nach Sarajevo stinken, nach Aschenbecher.« Er lacht, und wenn es nicht so traurig wäre, könnte es ein Witz sein. Wie vier Idioten in einem Irrenhaus winden wir uns zusammen mit den Wehen dieses Lamms.

Aska zieht sich hoch. Wälzt sich an der Wand entlang wie ein dicker Käfer und schiebt sich zum Klofenster, das von einer Militärplane aus Plastik verdeckt ist. In der Mitte klafft ein Riss, wohl um den Gestank abziehen zu lassen. Durch diesen Riss schlüpft Aska. Sie schaut in den Himmel, der vom Schein eines Leuchtspurgeschosses durchzogen wird, schaut auf Sarajevo, zu den Häusern in Schutt und Asche, zu dem auf einen Friedhof reduzierten Fußballplatz.

Ich sollte Pietro auch von diesem Blick Askas erzählen, die noch immer raucht und die tote, in die Lethargie von Frost und Dreck gezwängte Stadt betrachtet.

Es sind die letzten Augenblicke, in denen er in ihr ist.

Ihr lebender Bauch setzt sich zum letzten Mal dem Roulette von Sarajevo aus.

Warum tut sie das? Die Scharfschützen sind nicht weit, auf der Lauer in den Häuserruinen im Westen. Und sie hält diese brennende Zigarette, diese Glut, die eine Zielscheibe ist.

Ihr Bauch ist jetzt die Kuppel einer Moschee ... der Ferhadija-Moschee, wo ich sie eintreten und sich zu Boden neigen sah.

Trotzdem lasse ich sie gewähren. Mochte sie für uns entscheiden, für uns alle.

Ich trage tief in meinem Körper einen von den Jahren harten Stein. Alle meine blinden Eier sind nun Grabhügel aus frischer Erde, wie die auf 1992 datierten Toten.

Diego ist es, der Aska am Arm nimmt und wegzieht, er holt sie herein. Sie atmen mit dem Rücken an der Wand, dicht beieinander. Sie keucht, den Hals zur kaputten Decke des Raumes gereckt, und er sieht sie an. Vielleicht hat er sie auch mit genau dieser Zärtlichkeit, mit genau dieser Sehnsucht angesehen, als sie zusammen im Bett waren.

Sollte ich Pietro etwa davon erzählen?

Von diesem innigen Blick, der mir erneut alles nimmt? Sie vollführt eine letzte Geste, nimmt Diegos Hand, zieht sie an sich und beißt hinein wie in einen Stofffetzen zwischen den Zähnen, wie in eine Liebe, die dich verlässt.

»*Dosta ... dosta ...*«, stöhnt sie. »Genug, genug, nehmt es mir ab ...«

Dann kommt endlich jemand, eine Frau im Kittel und mit kurzen Wollstrümpfen, und nimmt sie mit.

Alles geschieht nur wenige Schritte von uns entfernt, hinter einem weißen Plastikvorhang. Auf dem Weg zur Krankenliege warf Aska mir einen Blick zu, und diesen Blick werde ich nicht mehr los, er ist wie eine Last, die mich niederdrückt. Es ist der reglose Blick von Flüchtlingen, von Menschen, die sich von sich selbst trennen.

Es geht ganz schnell. Hinter dem weißen Plastikvorhang sind nur die Schatten von Gliedmaßen und ungestümen Bewegungen zu erkennen. Askas Fuß zappelt in der Luft. Ich sollte Pietro von diesem Fuß erzählen, von diesen Schatten, die eine Verlängerung unserer Ängste und unseres Elends sind.

Dann der Rücken der Hebamme, ihre Ellbogen, sie scheint zu graben. Redet laut, stoßweise. Aska jammert kaum.
Wir stehen da, die Augen fest auf die schwarzen Schatten auf diesem weißen Vorhang geheftet.
Ruckartige Bewegungen, Stimmen … Hände, die in einem Körper graben. Wie die Hände, die am Flughafen von Butmir unterirdisch zu graben begannen, um ein Luftloch zu den unbesetzten Gebieten zu finden.
Und nun ist der Krieg ganz und gar hier, auf diesem Vorhang, auf dem es Millionen Hände zu geben scheint, die Hände des 6. April, von all den Menschen, die nach Frieden riefen. Es sieht aus wie ein langer Rückzug im Schnee, Kolonnen erschöpfter Kämpfer schleppen sich über diesen Vorhang.
Die Frau gräbt, dehnt, zieht, bindet ab.
Wir lehnen reglos an der Wand wie die Statuen unter der Ewigen Flamme.
Sollte ich Pietro erzählen, woran ich dachte, während er zur Welt kam?
An die Sniper. An ihr tragisches Leben. An das gefilmte Interview, das ich gesehen hatte.
Der junge Kerl hat hellblaue Augen und lächelt, er sagt *Es ist wie Karnickelschießen, genauso.* Und ich sehe das blaue Kind vor mir. Es spielt mit einem Schlitten, zieht ihn an einer Schnur bergauf, das ist jedes Mal eine ordentliche Plackerei, denn unten ist man im Nu, aber wieder oben … Doch die Mühe lohnt sich. Es ist ein schöner, heller Tag, es liegt Neuschnee. Weiß, das das Schwarz zugedeckt hat. Der Scharfschütze hat Pflaumenschnaps getrunken, hat geraucht und die noch brennende Kip-

pe weggeworfen. Dann hat er wieder nach seinem Spaten gegriffen und nach seinem Gewehr. Seine Mutter hatte ihn irgendwann zur Welt gebracht und getauft, der Scharfschütze trägt ein Kreuz um den Hals, er glaubt an die göttliche Dreieinigkeit, an die von Großserbien. So zumindest meint er es in Erinnerung zu haben, es ist zwar erst ein paar Monate her, doch alles ist anders geworden, und er erinnert sich nicht mehr genau, warum er mit den anderen in die Berge hinaufgestiegen ist. Er schießt auf seine Heimatstadt, auf sein Wohnviertel. Er nimmt das Gewehr hoch, schaut durch das Zielfernrohr und sucht … Er sucht gern, es verschafft ihm einen Kitzel, der ihm von der Brust in den Bauch fährt und dann in die Hoden. Er entscheidet sich für jenen Abhang, jenen schneebedeckten Weg, auf dem auch er als kleiner Junge gespielt hat. Er sehnt sich zu jenen Tagen zurück, in seine Kindheit, wie alle Menschen. Er bedauert nichts, denn als er durch den Schlamm marschierte, um auf dem Weg in die Berge den Fluss zu überqueren, wusste er, dass er nicht mehr zurückkehren würde. Es sind noch andere Kinder auf diesem Abhang zwischen zwei zerschossenen Gebäuden, das Haus zur Linken war die Grundschule, in die auch er gegangen ist. Für einen Augenblick kommt ihm seine Lehrerin wieder in den Sinn, die *pašteta* aufs Brot schmierte und ihm eine Scheibe davon gab. Er lächelte sie an und sagte *hvala*. Er mochte diese Lehrerin, er weiß nicht mehr, ob sie Serbin oder Muslimin war, er denkt darüber nach, kann sich aber nicht daran erinnern. Die Schule ist inzwischen nur noch ein Skelett, wie das Gerüst eines nie fertiggestellten Hauses, das jemand angezündet hat. Die Kinder spielen, er hat sie kommen sehen, hatte sie nicht erwartet. Er weiß nie, was sich ihm bieten wird, worauf seine Aufmerksamkeit sich richten wird, auf welches Ziel, auf welches *cilj*. Das Wort gefällt ihm, *cilj*, denn es beschreibt seine tägliche Arbeit, und es ist ein sauberes Wort. *Mann, Frau, Kind* sind für ihn Wörter, die seine Mission beschmutzen. Kinder sind kleine Ziele, *maleni ciljevi*, und eigentlich schießt er nicht auf kleine Ziele, sie bewegen sich zu viel. Doch an diesem Morgen ist es ganz leicht, es ist geradezu eine Einladung. Die *maleni ciljevi* sehen aus wie im Schnee verstreute Kaninchen. Ihre Mütter haben sie aus dem Haus gelassen, sie konnten die Kinder nicht den ganzen Tag in den feuchten Schutzräumen lassen, und vielleicht wollten sie einmal ungestört sein, Wäsche waschen und eine Kräutersuppe kochen. Der Scharfschütze sucht. Die Kinder sind Tupfen auf dem Schnee, kleine Gestalten mit undeutlichen Umrissen. Er dreht an dem Rädchen, das das Zielfernrohr seines Präzisionsgewehrs scharfstellt. Da ist ein Mischmasch aus Schnee, aus Pulloverstückchen und aus Teilen von Gesichtern. Er ist zu nah dran, das Bild grobkörnig. Er sucht nach der richtigen Fokussierung, rückt näher, stellt scharf ... Er holt sie aus dem Unbekannten, aus dem Schnee. Die *maleni ciljevi* sind jetzt Kinder. Er wandert mit dem Fernrohr ein wenig umher, geht ein paar Schritte mit ihnen, folgt dem Spiel, das sie spielen. Er spielte es auch, dieses Spiel, rodelte mit seinem Bruder in einer Plastikkiste hinunter. Einmal prallte er gegen einen großen Stein, der aus dem Schnee ragte. Er fragt sich, ob der noch da ist, sucht ihn und findet ihn. Es gefällt ihm, Spuren seines vergangenen Lebens zu finden, auch wenn er weiß, dass er nicht mehr zurückkehren wird. Er ist kein bisschen aufgeregt, es ist, als würde er ein Terrain erkunden, für einen Jäger ist das wichtig. Bei einem Kind hält er an. Er weiß nicht, warum er dieses und kein anderes auswählt. Vielleicht weil es keine Mütze aufhat, seine Stirn ist frei, und als es sich umdreht, sieht er die Vertiefung in seinem Nacken.

Sollte ich Pietro das erzählen? Er wurde geboren, und ich dachte an den Nacken des blauen Kindes, ich sah ihn, er war vor meinen Augen, im Fadenkreuz eines Snipers. Die Stelle des Haaransatzes, wo das Leben beginnt.

Mein Herz schlägt in dem des Scharfschützen. Ich bin es, die das Kind aussucht. Ich suche es aus, weil sein Nacken unbedeckt ist und es kurzes, dichtes Haar hat, wie ein Pelzköpfchen. Dieses Haar duftet. Und der Scharfschütze kann den Duft spüren. Auch er hatte als Kind solches Haar, dicht, verhärtet vom Schweiß, lautlos. Das Kind macht im Schnee gerade die letzten Schritte seines Lebens, es lacht, hat rote Wangen und einen von der Kälte weißen Atem, es zieht den Schlitten bergauf.

Das Zielfernrohr auf dem Gewehrlauf folgt den Schritten des Kindes und klettert mit ihm im Schnee nach oben. Der Scharfschütze weiß nicht genau, wie er zu dieser Arbeit gekommen ist, wie das genau passierte. Es waren die Umstände. Im Schnee sind Sandsäcke aufgestapelt, er könnte das Ziel ändern und auf einen dieser Säcke schießen, für ihn wäre das keinerlei Unterschied. Allerdings gibt es für jedes getroffene Ziel eine satte Prämie in Mark, und auf diese Prämie ist er angewiesen, denn der Soldatenlohn ist niedrig, und er will sich ein Auto kaufen, einen BMW mit aufklappbarem Verdeck. Er denkt an das Auto, an die schwarzen Sitze, an den Zigarettenanzünder im Armaturenbrett, er denkt an den Wind, der Leben in sein Haar bringen wird. Das Kaninchen ist ein Kind, es geht mit seinem Haarschopf, mit seinem Nacken weiter. Der Körper des Scharfschützen klebt am Gewehr, Körper und Gewehr sind wie aus einem Guss. Das ist der Moment des Koitus, des unwillkürlich hart werdenden Penis. Da ist kein Wille, außer dem des Projektils. Und der agiert, der Scharfschütze lässt sich von seiner Erfahrung leiten. Er krümmt den Finger, dann lässt er los. Es ist ein gefährlicher Moment, dieser lautlose Flug des Projektils durch die weiße Luft. Wie ein Spermium, das sich unter der Linse eines Mikroskops bewegt. Es könnte auf etwas stoßen, auf ein Hindernis, das es ablenkt. Dieser Moment ist der beste. Er ist kein reines Vergnügen, er ist auch schmerzhaft, wie ein verspäteter Samenerguss. Seine Brust fängt den Rückprall auf. Die Luft ist weiß. Die Kugel hat den Nacken erreicht, das Kind ist aufs Gesicht gefallen. Die anderen nehmen Reißaus, sie lassen ihre Schlitten stehen und laufen wie erschreckte Kaninchen auseinander. Der Scharfschütze kehrt an die Stelle zurück, schweift mit seinem Fernrohr umher und wirft einen Blick auf die zurückgebliebenen Spuren. Ihm gefällt diese Stille, wenn er sein Werk begutachtet, wenn nur er und sein Treffer noch da sind. Er überprüft die Schusswunde im Nacken, perfekt. Das kleine Ziel, das *maleni cilj* war auf der Stelle tot, es ist nicht einmal ein Stückchen auf den Ellbogen gerutscht. Der Scharfschütze muss keine weiteren Schüsse verschwenden, um es zu erledigen.

Jetzt lächelt er, die Wangen in Falten, die Augen reglos, weil das Herz tot ist. Es wird einige Zeit vergehen, bevor sie kommen, um das Kind zu holen, er weiß es. Sie warten, bis er weg ist, bis seine Schicht zu Ende ist. Das Gesicht des Kindes wird im Schnee blau. Die Kippe, die der Scharfschütze weggeworfen hat, brennt immer noch. Manchmal kommt ein Journalist herauf und sagt *Schieß mal, ich will dich beim Schießen filmen*, und der Scharfschütze schießt für den Journalisten. Dann gibt er das Interview, die Arme verschränkt, das Kreuz auf dem Tarnanzug, das Barett schwarz.

Es ist wie Karnickelschießen, er lächelt. Dann verhärtet sich sein Gesicht zu einer Kruste, und übrig bleibt ein armseliges Staunen, das Staunen des Teufels, der sich selbst anschaut.

Dann das Geräusch des lebendigen Neugeborenen, ein verschleimtes Wimmern, wie das Jammern einer Katze. Keiner von uns rührt sich. Nur Diego macht einen Schritt auf sein Kind zu, dann hält er inne. Er kommt zu mir zurück und gibt mir eine Hand.

Die Frau ruft uns, winkt uns herbei. Sie zeigt uns das Kind, es ist ein Junge. Niemand von uns wusste, was es war, dabei ist es Pietro.

»Pietro ...«

Ich schaue ihn an, doch ich sehe ihn nicht gleich, ich sehe ihn später. Zunächst verschlinge ich ihn. Vor Staunen öffne ich den Mund, und er springt mir in die Kehle. Die Frau im Kittel macht ihn am Fußende der Liege sauber, sie hat ihn umgedreht und reibt ihn mit einem Tuch ab, das sie in eine Metallschüssel taucht. Es ist hundekalt, sein Körper ist winzig, violett, dunkel. Er sieht aus wie ein von Meereswurzeln fleckiges Weichtier. Die Frau sputet sich, reibt ihn ohne viel Federlesens ab. Es ist ihr Beruf, Fische aus dem Meer zu holen. Sirenen heulen auf, das Licht flackert, dann eine Explosion, doch niemand nimmt sonderlich Notiz davon. Die Frau schimpft, wie man auf zu laute Nachbarn schimpft. Der Krieg ist in ihr, in ihren kinderfischenden Armen.

»*Odijeća ... odijeća ...*«

Sie will Kleidungsstücke, sieht uns an, fragt, ob wir welche dabeihaben.

Ich schüttle den Kopf und mache erneut den Mund auf, um nichts zu sagen, um lediglich zu seufzen, dass es mir leidtue, ich hätte nicht daran gedacht. Diego bittet sie, zu warten, öffnet die Fototasche und holt einen kleinen Strampler heraus, einen handgestrickten Wollanzug in einem leicht vergilbten Weiß.

»Wo hast du den denn her?«

Er hat ihn auf dem Markt gekauft. Und ich erstarre zur Salzsäule bei dem Gedanken, dass er daran gedacht hat. Die Frau nimmt den Strampelanzug und steckt das Baby hinein, er ist ihm viel zu groß, die Hände sind nicht mehr zu sehen, und unten bleibt ein Stück übrig, das wie eine leere Socke herunterhängt. Sie legt das Baby Gojko in den Arm, vielleicht weil er der Einzige aus Sarajevo ist oder weil sie annimmt, er sei der Vater. Gojko sagt nichts, nickt und rückt mit dem Kinn weg, als hätte er Angst, das Kleine mit seiner Schnapsfahne zu betäuben. Seit Sebina hat er kein Menschlein mehr gehalten, das nur zwei Hände groß ist, und das war in einer anderen Welt, in einem anderen Leben, weit weg von diesem Rost und dieser Kälte, in einem Krankenhaus, das nach Himbeertee duftete.

Er kommt mit der Nase näher, den Mund geschlossen, und zieht hoch.

»Es riecht gut«, sagt er.

Sollte ich Pietro das erzählen? Ihm sagen *Weißt du, dieses bosnische Rindvieh, dieser Überlebende, der für uns den Reiseführer gibt und dir ein bisschen unsympathisch ist, weil er keine Geduld hat und beim Fußball schummelt, das ist der Typ, der dich als Erster auf dem Arm hatte und der als Erster seine Nase in deinem Geruch vergrub?*

Ich sehe Diego an, doch Diego sieht die beiden nicht an.

Sollte ich ihm das etwa sagen, *Dein Vater hat dich nicht angesehen, er sah das Lamm an, das keinen Bauch mehr hatte und den roten Kopf matt auf dem Kissen?*

Dieser Blick war so intensiv, dass Diego mich und meine Verlegenheit gar nicht bemerkte. Sie waren allein, schienen allein zu sein, daran erinnere ich mich noch. Sie waren weit zurückgezogen.

Auch sie sah das Kind nicht an, sie hat es kein einziges Mal angesehen.

Nun kam es mir wirklich so vor, als stünde ich an einem Bett, das nicht meines war, und belauschte zwei Liebende, die sich Treue schwören.

Alles hatte sich am Fußende dieses Bettes zugetragen, das Ankleiden des Kindes, das notdürftige Bad. Aska hatte die Beine angezogen, vielleicht wegen des Schmerzes, den sie ausgestanden hatte. Die Frau im Kittel verabschiedete sich und tätschelte ihr das angewinkelte Bein, Aska lag leicht erhöht, sie hatte etwas unter sich, eine Stahlschüssel für die Nachgeburt.

Die Frau sagt, sie werde zur Kontrolle noch einmal vorbeischauen.

Endlich gibt mir Gojko das Kind, es ist, als würde man sich einen Meteoriten zureichen.

Auch ich sauge den Duft ein. Den Duft einer alten Seele, die wiedergeboren wird, die zurückkehrt, um mit den Menschen zu hoffen. Ich weiß noch nicht, ob es mein Kind ist, ob es mein Kind sein wird. Ich werde auf den Tag warten müssen, an dem es mich tauft, in der dritten Grundschulklasse. Doch so lange behalte ich es. Und ich bin schon der Wolf. Ich bin der Scharfschütze, der auf das Schneefeld zurückkehrt, um sich das Loch im Nacken anzusehen.

Den weißen Vorhang räumen sie dann weg, die Frau mit den Kniestrümpfen und dem Kittel zieht die Schattenleinwand fort. Nur das Baby ist da, runzlig wie ein alter Apfel und in einem Wollstrampler steckend, der wie eine Filzsocke aussieht.

Ich betrachte es in dem unsicheren Licht, während der Sand in meinem Körper wieder aufsteigt und die Organe an ihren Platz zurückkehren. Da spüre ich mein Herz wie eine Zunge aus Feuer und Schmerz zwischen meinen Rippen.

Sollte ich Pietro vielleicht davon erzählen? Von diesem Herz, das er mir zurückgibt, das ich nicht mehr spürte und das nun anklopft?

Die Frau kommt zurück, drückt Aska auf den Bauch und

greift mit den Händen unter die Decke. Da stößt das Lamm auch die Plazenta aus.

Als die Frau die Stahlschüssel unter Askas Körper hervorzieht, sehe ich ein blutverschmiertes Bein und für einen Augenblick ihre Schamspalte, ein blutiges Loch wie das von Gojkos Zahn. Es lässt mich kalt. Das Leben hat die gleichen Farben wie der Krieg, Schnee und Blut. Laufgräben im Schlamm wie Gedärme.

Als die Frau an mir vorbeigeht, sehe ich für einen kurzen Moment diese graue Haut. Das Lamm hat nun ausgedient, so wie diese Schleimhaut, die das Kind am Leben hielt und jetzt dreckiger Abfall ist.

Aska müsste mir leidtun, aber ich habe nur Angst, dass sie es sich anders überlegt, dass sie anfängt zu schreien, sie mache nicht mehr mit.

Sie hat ihre Familie verloren, vielleicht will sie das Kind ja doch behalten.

Ich habe nur Angst, sie könnte Sperenzchen machen, darum schaue ich sie an, ich will sehen, ob sie unruhig ist, denn ich bin misstrauisch. Ich habe den Geruch des Kindes gespürt, den Geruch von Diegos Blut.

Ich höre noch einmal Velidas Worte, sie fallen aus ihren verstörten Augen, von denen ich Nacht für Nacht geträumt habe. *Mach es nicht so wie ich, Gemma. Lass dich nicht vom Tod einschüchtern. Kämpfe, pack das Leben beim Schopf.*

Das Geld ... Ich muss ihr das Geld geben, all die Mark in kleinen Scheinen, wie sie es verlangt hat, wie die Prämie, die man den Scharfschützen für jedes getroffene Ziel gibt. Auch sie wird sich ein Auto kaufen, einen BMW Cabrio, und damit verschwinden.

Ich bin wieder ich. Für mich ist der Krieg vorbei. Das blaue Kind ist begraben. Diegos Sohn lebt. Das Lamm, dieses zweitrangige Geschöpf, soll weggleiten wie soeben die Plazenta, ein dreckiger Schlauch.

Es gibt keine Gesetze, es gibt keine Gerechtigkeit. Es gibt nur den Mut.

Gojko brüllt, wenn er nach Hause komme, werde er ein Gedicht schreiben, nach so langer Zeit werde er eins schreiben und damit die Geburt dieses Kindes feiern. Betrunken deklamiert er:

Ich habe die Füße eines Schweins und den Schwanz einer Maus,
das Leben reißt mich hoch wie einen fliegenden Elefanten ...
Lebt wohl, ihr Gespenster, heute bin ich nicht bei euch ...

»Und bei wem bist du sonst?«

Er nimmt noch einen Schluck.

»Ich bin hier bei meinen Freunden.«

Doch im Grunde ähneln wir durchaus Gespenstern, die sich in einem metallischen Brunnen spiegeln und dem Leben nachtrauern.

Ich ging in den Waschraum, nahm den Rucksack ab, setzte mich auf ein Klo und gab Gojko ein Bündel mit tausend Mark.

»Wozu brauchst du das?«

Er ließ sich auch unsere Pässe geben.

»Bin bald wieder da.«

Ich schüttete den Inhalt des Rucksacks in einen Kissenbezug. Dann ging ich zu Askas Bett.

»Da, bitte.«

Mit einer müden Bewegung zog sie den mit Mark vollgestopften Bezug an sich und versteckte ihn unter der Bettdecke.

Das Baby lag in einem Metallbett, weit weg von der Mutter. Die Hebamme hatte ihm ein zusammengerolltes Tuch gegen den Rücken geschoben und war gegangen. Es hatte sich noch nicht bewegt. Explosionen setzten ein, in immer größerer Nähe, dann die einzelnen Salven der Katjuschas. Das Kleine war an diesen Krach gewöhnt. Auch Aska schlief, mit dem Kopf unter der Decke. Ein paar Mal wachte sie auf und bat um etwas zu trinken.

Eine andere Frau kam, jünger als die erste, und erklärte uns, wie wir mit dem Baby umgehen sollten, wie wir es wickeln sollten. Sie zog die dünnen Beinchen, die kaum größer waren als Diegos Finger, aus dem Strampelanzug und zeigte uns, wie wir die Windeln anlegen sollten. Im Krankenhaus hatten sie allerdings keine, sie gab uns Verbandmull und Watte. Das Kind hatte vorerst keinen Hunger. Es hatte sich drehen und wenden lassen wie ein Lumpenbündel und noch kein einziges Mal geschrien. Nun lag es, mit dem Tuch im Rücken, wieder allein in seinem Bett. Das Mädchen fragte, ob die Mutter gedenke, es zu stillen, ich schüttelte den Kopf. Sie sagte nichts und betrachtete Askas Körper im Bett, sie war an entkräftete Frauen gewöhnt. Sie verlangte einhundert Mark von uns und entschuldigte sich, es war ihr unangenehm, Geld von uns zu nehmen, doch mit Sicherheit war nicht sie es, die es bekam. Sie kehrte mit einer bereits angebrochenen Packung Milchpulver und einem gebrauchten Fläschchen wieder. Aus Glas. Dem ersten heilen Glasgegenstand seit langem. Ich steckte alles in den Rucksack.

Jetzt kam uns der Krieg zu Hilfe. Niemand hatte uns Fragen gestellt, niemand schien daran interessiert zu sein, das Baby noch länger in diesem Krankenhaus zu behalten, das so nah an der Feuerlinie lag. Wir waren zwei Ausländer, wir konnten die Stadt verlassen, aus der keiner von ihnen herauskam. Das Mädchen fragte uns, wie das Kind reisen würde.

»Mit dem Flugzeug ... Wir warten darauf.«
»Sind Sie Journalisten?«

»Ja.«

Sie gab uns einen Brief an ihre Schwester mit, die sich in einem Auffanglager in Mailand befand.

Die Explosionen hatten wieder begonnen und der verzweifelte Weg der Rettungswagen, der behelfsmäßigen Fahrzeuge, die die Verwundeten aufsammelten. Inzwischen war es taghell, doch das Kind wachte nicht auf.

Schließlich sah Diego es doch an.

Von diesem Blick sollte ich Pietro erzählen, alles andere wegschieben und ihm von diesen Augen erzählen. Es sind die Augen eines Hundes, die auf einen anderen Hund gerichtet sind. Da haben wir nun also eine Weihnachtsszene, unsere, entrückte Blicke, zitternde Hände, fliehende Gedanken.

Gojko ist mit einem Mann zurückgekommen, der uns behilflich ist, ein falsches Gesicht wie das eines Überlebenden, der im *Holiday Inn* Informationen an Journalisten verkauft. Am Nachmittag wird die Transportmaschine eines Hilfsfluges nach Italien zurückkehren, er war beim UNO-Kommando und hat es geschafft, unsere Namen auf die Passagierliste setzen zu lassen. Er gibt uns unsere Pässe und eine Geburtsurkunde des Kindes, das wird für die Ausreise genügen. Ich lese, ihre Wörter und unsere Namen. Neben dem Wort *otac*, Vater, steht Diegos Name und neben *majka*, Mutter, steht meiner.

Dieses so geruchlose Wunder, scheint mir, kann gar nicht wahr sein.

Ich umarme Gojko.

»Wie hast du das bloß hingekriegt?«

Niemand hatte eine Krankenkartei ausgefüllt, weil es keine Krankenkarteien mehr gibt. Unsere Pässe und das Geld haben genügt.

Gojko lässt sich schütteln wie ein Sandsack.

»Manche Dinge sind jetzt ganz einfach.«

Für nichts auf der Welt hätte er das getan, er ist einer, der sich auf dem Markt mit den Schwarzhändlern prügelt, mit den Hyänen, die sich am Krieg bereichern. Aber für mich hat er es getan. Nun will er mich vermutlich nie wiedersehen.

Aska sitzt im Bett. Sie presst den mit Geld vollgestopften Kissenbezug an sich. Es geht ihr besser, auch wenn ihr Gesicht von der Blutarmut blass ist.

Danke, sage ich zu ihr.

Sie nickt, und vielleicht wollte sie endlich weinen, doch dafür bleibt keine Zeit.

Wir gehen fort, und das Lamm taucht in den Papieren nicht auf, taucht in der Geschichte nicht auf. Das handkleine Kind hat unter der kratzigen Wolle eine verknotete Schnur am Bauch, dort, wo es mit dem Körper des Lamms verbunden war. Eine Schnur, die vertrocknen und abfallen wird, sodass es nur noch eine Muschel aus einem fernen Meer sein wird. Es wird nicht im Tal der Wölfe bleiben, wird kein Kaninchen sein, kein *maleni cilj*.

Diesmal haben ukrainische Soldaten Dienst, sie helfen uns beim Einsteigen in einen weißen Panzerwagen. Ich drehe mich zu Gojko um. Wir werden uns erst in sechzehn Jahren wiedersehen, doch das weiß ich noch nicht. Ich drehe mich zu einem Toten um, wie immer in Sarajevo, wenn man sich von jemandem verabschiedet.

»*Čuvaj se*«, pass auf dich auf.

Er war es, der mit den Soldaten gesprochen hat, sie überredet und ihnen das Geld gegeben hat, alles, was noch übrig war. Es ist ein Service, der seinen Preis hat, ein UNO-Zubringer zum Flughafen. Jetzt sind wir in dieser weißen Schildkröte, die sich in Bewegung setzt. Es herrscht ein Höllenlärm, das Kind ist wie eine Puppe, beim Beben des Panzerwagens regt es sich, ohne aufzuwachen. Wer ist dieses Kind, das sich schwerelos und seelenlos fortbringen lässt wie ein Fuß in einer Socke? Es ist alles, was ich wollte, es ist der Grund, weshalb wir durch diese Hölle gegangen sind, die auf uns wartete wie ein Nagel im Schicksal, und nun bin ich dermaßen kraftlos, dass ich es fallen lassen könnte. Der Panzerwagen fährt über Trümmer, wir spüren unter unseren Füßen, wie er klettert. Der ukrainische Soldat lacht, spricht Englisch, fragt uns nach dem Baby und kommt näher, um mit der Hand die Decke wegzuschieben und sein Schnäuzchen zu sehen.

Wir halten an einer Sperre, der Soldat schaut aus dem Fenster und spricht mit einem Paramilitär. Die serbischen Aggressoren und die Ukrainer von der UNO sind sich einig, sie grüßen sich mit den drei Fingern.

Wir steigen aus und betreten den dunklen Kasten des Flughafens. Diego sagt mir, was ich sagen soll, was ich tun soll … Wir gehen auf die Kontrolle zu. Dort steht eine dünne Frau in Tarnuniform, ihre Wangenknochen sind so kräftig wie die eines Pferdes, sie mustert mich. Ich fürchte mich vor diesem Blick und senke den Kopf. Ich halte mich dicht an der kleinen Schar von Zivilisten, die zusammen mit uns warten, alle mit kugelsicheren Westen über ihren Anoraks. Niemand fühlt sich in Sicherheit, dies hier ist das letzte Schlupfloch aus der Belagerung und vielleicht das gefährlichste. All die Militärs scheinen uns zu hassen. Sie sind Kriegshaie, kennen jede Gemütsregung ihrer Gefangenen, in dieser Stille herrscht eine gespannte Atmosphäre, sie wittern unsere Angst, und vielleicht amüsieren sie sich. Es sieht so aus, als könnten sie uns von einem Moment zum nächsten abknallen. Wir gehen vorsichtig weiter, ohne ruckartige Bewegungen. Alle haben wir Angst, dass etwas passieren könnte, häufig nehmen die Serben den Flughafen unter Beschuss, obwohl er von ihren Leuten besetzt ist. Im Spiegel einer herausgerissenen Glastür sind die Häuschen von Butmir zu erkennen, mit schlaffen Dächern auf den Balkengerüsten. Plötzlich schreien alle los. An der Front von Dobrinja sind Kampfhandlungen im Gange. Die Luft ist eiskalt, ich beuge mich über das Baby. Seine Nase ist so klein wie einer meiner Fingernägel und scheint ein Eisklümpchen zu sein. Ich hauche es an. Diego streichelt mir den Rücken, ein mechanisches, erschöpftes Reiben. Dann beugt er sich über das Baby und sieht es an.

»Du brauchst überhaupt keine Angst zu haben.«

Ich weiß nicht, ob er das zu seinem Sohn sagt oder zu mir oder zu sich selbst.

Auf einmal sollen wir aufstehen und losrennen. Ein hünenhafter Blauhelmsoldat eskortiert uns zum Rollfeld. An der nunmehr glaslosen Tür nach draußen sucht ein Milizionär unsere Namen auf der Liste. Es ist eine rasche Prozedur, wir gehen mit gesenktem Kopf vorbei wie Vieh. Ich gebe ihm meinen Pass mit der Geburtsurkunde vom Krankenhaus darin. Der Milizionär hat nicht einmal bemerkt, dass ich etwas auf dem Arm trage, unentwegt starrt er zur entgegengesetzten Seite und wendet den Kopf immer wieder zur Sperre auf dem Rollfeld, direkt unter dem Tower, wo einige Militärs entlanglaufen. Womöglich wartet er auf ein Zeichen. Ich warte auf den Stempel, rot, wie einer für Tiere. Mein Herz steht still. Nur ganz leicht hebt der Milizionär das Kinn, um einen Blick auf das in eine Decke gewickelte Baby zu werfen. Es ist fünf Uhr abends und bereits dunkel. Das Gesicht des Milizionärs ist rau von der Kälte, seine Nase breit und rot, ich spüre meine Arme nicht mehr. Wieder fürchte ich, das Baby fallen zu lassen, während er mit der Hand zur Decke fährt und die Öffnung erweitert, in der das Gesicht verborgen ist. Seine Miene ist sonderbar, fast erstaunt, eine bittere Bestürzung. Er zieht die Hand zurück und lässt mich passieren. Ich gehe einige Schritte in den Frost hinaus. Windböen fegen vom Igman herab und wirbeln den Schnee auf, der die Startbahn weiß färbt. Ich drehe mich um, weil ich hinter mir eine Leere spüre. Es ist eine Leere, die ich schon kenne, die ich seit Monaten mit mir herumtrage wie eine Vorahnung, die ich niedergehalten und weggedrückt habe. Diego ist nicht mehr bei mir. Ich habe ihn verloren. Ich drehe mich um, doch ich weiß, dass meine Suche vergeblich ist. Denn ich habe ihn schon vor langer Zeit verloren. Und mir wird klar, dass er sich gerade von uns verabschiedet hat.

Du brauchst überhaupt keine Angst zu haben.

Vielleicht sollte ich seinem Sohn erzählen, wie sich diese Leere anfühlte, dieses eingestürzte Leben. Nun kommen die ersten Schritte, die wir allein gehen, als Waisen. Die wackligen Schritte eines dieser langbeinigen Tiere, die, um zu überleben, gleich nach der Geburt auf die Füße kommen müssen.

Ich sehe die kaum erleuchtete Höhle des Flughafengebäudes, die hinter mir schwimmt, schon weit weg in dieser vom Schneetreiben verschmierten Dunkelheit. Ich sehe nur Umrisse, Schatten. Verstehe nicht, was vor sich geht. Diego steht neben dem Milizionär, man hält ihn auf und lässt die anderen passieren, zwei Journalisten, die an mir vorbeihasten. Er fuchtelt mit den Armen und schreit. Er gibt mir zu verstehen, dass ich laufen soll, dass ich hier verschwinden soll.

Ich stolpere vorwärts, den Kopf zurückgewandt, zu ihm. Im Osten wird geschossen, man sieht den Schein der Leuchtspurgeschosse.

Ich klettere hoch und werfe mich in den Eisenbauch des Flugzeugs. Warte an die Tür geklammert, das Gesicht hart von der

Kälte und vom Wind, der wie ein Messer schneidet. Das Baby habe ich auf einer Bank abgelegt, neben einen Tornister. Vielleicht könnte ich es dort zurücklassen. Es käme auf jeden Fall nach Italien, irgendwer würde sich schon darum kümmern, ich könnte die Geburtsurkunde dazulegen und meinen Vater im *Holiday Inn* von einem Satellitentelefon aus anrufen. Ja, ich könnte aussteigen, aus diesem Flugzeug herausstürzen, das die Motoren gar nicht erst ausgeschaltet hat, zurück zu der Glastür ohne Glas, zurück zum Körper meiner Liebe.

Sollte ich Pietro auch davon erzählen? Von diesem Wunsch, ihn im Stich zu lassen, den Oberkörper hinausgereckt in den eiskalten Wind der Startbahn?

»Weshalb lässt man meinen Mann nicht durch?«

»Er hat seinen Pass verloren.«

Der Soldat ist ein großer, kräftiger Bursche mit einem Helm auf dem Kopf und mit einem venetischen Akzent, er entschuldigt sich, sagt, sie könnten nichts tun, sie hätten Hilfsgüter ausgeladen und flögen nun zurück, so sei der Befehl, sie hätten nicht einmal gewusst, dass sie überhaupt Passagiere haben würden. Ich schaue zum froststarren Igman hinauf.

»*Ich bin ein Glückspilz.*«

»*Ach ja?*«

»*Ein großer Glückspilz.*«

Vor vielen Jahren fiel sein Glück zusammen mit dem Schnee vom Himmel, der den Abflug der Maschinen verhinderte. Ich wollte ihm eine Ohrfeige geben, weil er gewonnen hatte. Diese Ohrfeige steckt hier reglos in meiner erfrorenen Hand, die sich an die Gangway klammert, während der Soldat sagt, ich solle zurücktreten, er müsse die Tür schließen.

Ich habe es nicht fertiggebracht, auszusteigen, Pietro im Stich zu lassen, mich für ein anderes Schicksal zu entscheiden.

Der Wind schleudert mich zurück, die Startbahn ist endlos und schwarz, und womöglich würde mich ohnehin eine Kugel treffen. Ich sinke ins Flugzeug und möchte lebend in den Himmel steigen.

Die Wahrheit ist, dass ich mich entschieden habe, und Diego weiß das. Mit leeren Händen wäre ich niemals fortgegangen. Doch nun habe ich dieses Bündel, das ich der Welt bringen muss. Ich nehme den besten Teil von ihm mit mir fort, dieses neue Leben, das noch mit keinem Schmerz besudelt ist. Und mir ist, als würde ich Diegos Lächeln sehen. Ich presse mich an den einzigen Spalt, durch den man hinausschauen kann. Die Maschine bewegt sich. Ich sehe den Jungen aus Genua zum letzten Mal.

Sein Körper dünn, schwarz und fern vor der trüben Lichtblase dieses Flughafens ohne Glasscheiben, ohne Personal, ohne Flüge. Da steht er, reglos neben dem Milizionär. Mit seinem jungen, greisenhaft ausgezehrten Gesicht schaut er zu dieser C130, die durch das Schneetreiben rollt. Er schaut zu uns, zu dem, was er gerade verliert.

Er ist am Boden geblieben, diesem dreckigen Boden. Und ich werde nie erfahren, ob sein Pass tatsächlich in den Schnee gefallen ist.

»*Ich bin ein Glückspilz.*«
»*Ach ja?*«
»*Ein großer Glückspilz.*«

Das Flugzeug sticht geradewegs in den Himmel. Man hat mir einen Gurt um den Körper gelegt und weist mich an, das Baby gut festzuhalten. So heben wir aus dieser Belagerung ab, ohne weiche Schleifen geradewegs in den Himmel, weil uns immer noch eine Rakete erwischen kann. Die Motoren sind Feuermünder, das Flugzeug ist in der Senkrechten, Säcke rollen nach hinten, zusammen mit dem Peitschenhieb der Köpfe. Wir spüren den Aufstieg, diese gewaltige Anstrengung, die Schwerkraft zu durchschneiden. Es ist ein hartes Abheben, ein kriegstypisches, das Trommelfell schmerzt, brennt. Ich hänge in meinem Sitz und presse das Bündel an mich.

Dann der Waffenfrieden. Wir haben eine Höhe von neuntausend Metern erreicht, jetzt könnte auch die raffinierteste Rakete das Transportflugzeug über dem Igman nicht mehr treffen. Der Kopf kehrt an seinen Platz zurück, die verzogenen Knochen tun noch weh. Die Belastung der Motoren lässt nach, und da höre ich das Stimmchen: Das Bündel schreit. Es ist also am Leben, ist weder vor Kälte noch vor Angst gestorben. Ich halte es auf dem Arm wie ein Stangenbrot. Schiebe die Decke beiseite, sein Schnäuzchen ist rot, blaurot vor Leben, und es reißt seinen Mund immer wieder zu diesem heftigen, zahnlosen Geschrei auf. *Was bist du*, frage ich es, *ein Schaf oder ein Wolf?*

Das Baby öffnet den Mund mit dem nackten Zahnfleisch, er sieht aus wie der eines Greises oder eines Vogels.

Bis zum Start, so lange wie es unten im Schoß des Krieges war, war es ruhig, reglos, als wäre es gar nicht geboren, ganz als hätte es gespürt, dass schon der kleinste Schluchzer es das Leben kosten könnte. Jetzt kann es endlich zur Welt kommen, in neuntausend Metern Höhe, am Himmel, wo die Raketen uns nicht erreichen können. Jetzt schreit es, macht sich bemerkbar, fordert Aufmerksamkeit.

In sechzehn Jahren wird Pietro einem Freund auf dessen Frage, warum er denn in Sarajevo geboren sei, antworten *Das war Zufall, wie bei denen, die im Flugzeug zur Welt kommen.*

Und ich werde atemlos innehalten. Werde mich an einem Schrank oder an der Wand abstützen. Und noch einmal werde ich sein Schreien hören, das eines Kindes, das in dieser C130 in neuntausend Metern Höhe geboren wird.

Ich schaue durch einen Spalt hinaus, es ist nichts zu sehen, nur Schwarz und mittendrin der weiße Schein des Mondes. Wie auf einem von Licht verschlungenen Foto. Eine Angewohnheit Diegos fällt mir wieder ein, er nahm manchmal meinen kleinen Finger in den Mund und behielt ihn, um daran zu saugen, bis er einschlief, so war ich es, die zwischen seinen Lippen blieb. Ich habe ungewaschene, schmutzige Hände. Ich lecke meinen kleinen Finger ab, sauge daran, um ihn sauber zu bekommen, und stecke ihn in diesen blauroten Mund. Das Baby schnappt danach wie ein hungriger Vogel. Es verhält sich genauso wie sein Vater, es nuckelt ein wenig und schläft dann ein. Da küsse ich es zum ersten Mal. Ich drücke meine Lippen auf die winzige Stirn.

Bei Nacht überquerten wir den Samtteppich der Adria, dann landeten wir. Ich stieg mit am Kopf klebenden Haaren aus dem Flugzeug, mein Anorak war zerrissen und fleckig, mein Rucksack schlaff, das Baby eingewickelt in der Decke. Ich suchte einen Waschraum. Sah mich im Spiegel an. Eine große, heile, schreckliche Wand. Was mich da ansah, war ein Tier mit knochigem Gesicht und geweiteten, geistesabwesenden Augen. Ich stank. Nach Sarajevo, nach Krieg, nach eingesperrtem Leben. Ich hatte diesen Gestank nicht bemerkt, jetzt in diesem frischen Klo spürte ich ihn. Ich wusste nicht, wie ich es anfangen sollte, es gab zwei Waschbecken, und ich legte das Baby in eines davon. Ich ließ es in dieser Keramikwiege, wusch meine Hände an dem anderen Becken und zog mir langsam den Anorak und das T-Shirt aus. Ich spritzte mir Wasser ins Gesicht, auf einem Wangenknochen hatte ich frischen Schorf und auf der Stirn einen schwarzen Fleck. Doch da war noch etwas anderes, eine stumpfe Schicht wie bei

Keramik, die keine Glasur mehr hat und nun die Spuren der Zeit und des Schmutzes festhält.

Die Tür ging auf, und ein Mann kam herein, er warf mir im Neonlicht einen Blick zu, ich stand im BH da, meine Rippen traten unter der fleischlosen Haut hervor. Der Mann trug eine schwarze Uniform, er lächelte.

»Das hier ist das Klo für kleine Jungs.«

Ich presste das T-Shirt an die Brust, um mich zu bedecken. Er schloss eine Tür hinter sich, ich hörte ihn pinkeln, er kam wieder heraus. Ich hatte mich nicht gerührt, hatte mir nicht einmal das T-Shirt angezogen.

Der Mann geht zu dem anderen Waschbecken. Er ist groß, hat bleierne Schritte und massige Schultern. Er trägt eine Uniform mit einem breiten Ledergürtel in der Taille. Er schaut auf und trifft im Spiegel auf meinen Blick. Er ist ganz einfach ein Mann, der pinkeln war und sich die Hände waschen muss, doch das weiß ich nicht. Auch Wölfe pinkeln und waschen sich die Hände. Ich habe Angst vor Männern in Uniform, ich will meinen Jungen aus Genua, der so dünn ist wie ich, mit Haaren, so lang und ungepflegt wie meine, und mit meiner ureigenen Geschichte in seinen Augen.

Der Mann sieht mich im Toilettenspiegel an.

»Wessen ist das?«

Da ist es, Giulianos ganzes Leben, in diesem Waschraum, in den er zufällig geraten ist. Bis eben hatte er noch vor, an der Autobahn zu pinkeln, er wollte schnell weg nach einem Tag voller Hilfssendungen und Flüchtlingen, die auf die Auffanglager verteilt werden mussten. Er ließ warme Mahlzeiten austeilen und Snacks für die Kinder, er nahm die Kleinsten auf den Arm und füllte Formulare mit Bürokratie, mit Stempeln. Im Spiegel mustert er das Baby im Waschbecken, er mustert auch die Frau, die einen Fetzen an sich presst, ihre bläulichen Schulterblätter, auf die Neonlicht prallt. Womöglich ist sie ein Flüchtling, der aus irgendeinem Grund nicht in einen der Busse gestiegen ist und sich mit dem Kind in diesem Waschraum versteckt hat. Ihre Augen sind die eines entschlossenen Tieres an einem Abgrund.

»Wessen ist das?«

Jetzt bemerkt er, dass die Frau weint, ohne auch nur zu blinzeln. Dicke Tränen, die wie Perlen herabfallen. Unwillkürlich möchte er sie aufheben wie die Perlen einer zerrissenen Kette und sie ihr wiedergeben. Er kennt den Blick von Flüchtlingen, von Menschen, die die Bestätigung der eigenen Existenz in seinen Augen suchen, als wäre er es, der die Entscheidung trifft, sie am Leben zu lassen. Solche Blicke kann er nur schwer ertragen.

Der Mann sieht mich an. Er hat ein breites, wuchtiges, italienisches Gesicht und die glänzende Stirn eines Mannes, der kaum noch Haare hat.

»Wessen ist das?«

Er weiß nicht, Giuliano weiß nicht, dass dieses Kind seines sein wird, dass er es sein wird, der es zur Schule und zum Kinderarzt bringt. Er weiß nicht, dass er für es leben wird. Es ist ein langer Augenblick ruhiger Bestürzung in diesem Waschraum, in dem das Schicksal fischt.

Das Baby ist dreckig, ein Röllchen undeutlichen Fleisches, ausgesetzt in einem Waschbecken. Es ist Himmel in einem Loch.

»Das ist meins!«

Ich stürze vor, um mir das Bündel zurückzuholen.

»Entschuldigung.«

Ich senke den Kopf, schütze mich.

Der Mann lächelt, er hat schöne Zähne, ich sehe sie unter meinen verklebten Augen schwimmen, verklebt von alten Tränen, die sich plötzlich gelöst haben wie Eisbrocken von einem Felsen.

»Dann sind Sie Italienerin?«

»Ja, ich bin Italienerin.«

Hastig verlasse ich den Waschraum, laufe in dem dunklen Hangar umher und weiß nicht wohin. Ich muss zum Bahnhof, einen Zug nach Rom finden. Oder ein Hotel, und ich muss meinen Vater anrufen, muss das Baby wickeln, es stinkt, und ich stinke auch. Es muss Hunger haben, verdammt, es muss Hunger haben, ich werde es noch umbringen, verdammt, wo ist der Krieg? Wo sind die Sandsäcke? Wo ist das Eis? Wo ist der Trebević? Wo haben sich die Sniper versteckt? Ich komme mit dem Frieden nicht zurecht, so ist das nämlich. Ich komme mit meinen Schritten nicht zurecht. Hier wird man herausfinden, dass das Kind nicht meines ist, hier ist kein Krieg, hier sind keine bombardierten Krankenhäuser, die keine Stationen mehr haben und mich schützen, hier sind wir in der Legalität des Friedens. Ich muss weg, sonst nehmen sie mich fest. Sie werden Tests mit dem Kind machen und feststellen, dass es nicht meines ist, dass die Geburtsurkunde gefälscht ist, gekauft ist. Ich werde nicht weit kommen, nur wenige Schritte in der Dunkelheit, und dann stehen bleiben, um im Freien an einer Mauer zu sterben, das Baby versteckt wie ein Hund, wie ein toter Welpe. Wo ist der Junge mit den langen Haaren? Wo ist meine Lieblingswaise? Wo ist der Kindsvater? Nur er kann mich retten, das Baby hat seine Gene. Er war mein Passierschein, doch er ist nicht mitgekommen. Er hat seinen Pass im Schnee verloren. Hat gelogen. Mir ist kalt, mein Rücken ist nackt. Der Anorak ist heruntergefallen, ich hatte ihn nur über die Schultern geworfen, um schnellstmöglich aus dem Waschraum zu verschwinden, um von diesem Mann in Uniform wegzukommen, der mich gewiss verfolgt, weil er gemerkt hat, dass da was nicht stimmt. Eine Mutter legt ihr Kind nicht einfach in ein Waschbecken, um sich am Becken nebenan das Gesicht zu waschen, sich im Spiegel anzuschauen und zu weinen.

Ich setze mich auf eine Bank. Das Baby lege ich neben mich, langsam ziehe ich mich an, das T-Shirt, den Anorak.

Ein junger Mann, kaum älter als zwanzig, kommt auf mich zu, er hat Ähnlichkeit mit Sandro, einem Freund von mir aus dem Gymnasium. Er hat die gleichen fleischigen, zu roten Lippen, die gleichen haselnussrunden Augen wie er. Wer ist das? Was will er? Warum verlässt Sandro seine Schulbank, auf die er geschrieben hatte ES LEBE CHE und ES LEBE DIE MÖSE, und kommt nun auf mich zu?

»Entschuldigen Sie, Signora, wohin wollen Sie?«

Er schaut mich an, leicht über mich gebeugt. Das ist nicht Sandro, er hat eine Stimme aus dem Süden und die Uniform eines einfachen Carabiniere.

»Ich weiß nicht.«

Er weist mit dem Arm auf die Gestalt an der Tür, auf den Mann aus dem Waschraum, reglos auf der Schwelle.

»Der Capitano will wissen, ob er Sie irgendwo hinbringen soll.«

»Ins Gefängnis?«

Der junge Mann lacht und lässt Zähne sehen, die für die großen Lippen viel zu klein sind, mein Witz gefällt ihm.

»Ich fahre den Capitano nach Rom, zum Celio.«

Wir gehen zusammen zu dem schwarzen, leistungsstarken Wagen mit der Aufschrift CARABINIERI und dem roten Streifen der Truppe an den Seiten. Drinnen herrscht ein Frieden, der seinesgleichen sucht, die Sitze haben den angenehmen Geruch neuen Leders. Der dunkle, duftende Raum dieser starken Limousine nimmt mich auf wie ein Löffel und bringt mich nach Hause, auf einer Asphaltstraße ohne Schlaglöcher und ohne Barrikaden, glatt wie ein Satinband. Eine Weile komme ich mir vor wie ein harmloses Tier, wie ein angefahrenes Reh, das ein gutmütiger Autofahrer in eine Tierklinik bringt. Der falsche Sandro sitzt mit der Mütze auf dem Kopf am Steuer. Der Capitano sitzt barhäuptig neben ihm und liest unter dem Autolämpchen Zeitung.

Bevor er mich einsteigen ließ, sagte er: »Wir brauchen einen Kindersitz für Ihr Baby, so eine Babyschale, wir können es nicht so transportieren.«

Ich lächelte stumpfsinnig und lahm.

»Da haben Sie recht.« Ich wartete. »Und was jetzt?«

Da sagte er: »Was soll's, steigen Sie ein.«

In mir prasselte ein hartes, irrsinniges Gelächter, randvoll mit schwarzem Humor wie die Witze der Leute in Sarajevo. Dieses Kind ist eine prähistorische Krabbe, es ist einem Krieg entronnen, aber kaum landet es auf diesen lieblichen Straßen, braucht es eine Babyschale, um zu überleben! Wie idiotisch das Leben in Zeiten des Friedens doch ist.

Dem Capitano hat mein Blick offenbar nicht gefallen, er spürte etwas, den Ausklang dieses hässlichen Gelächters. Er hat das Licht angeknipst, die Mütze mit der goldenen Flamme auf das Armaturenbrett gelegt und zu lesen begonnen. Vielleicht hat er bereut, dass er so großzügig war. Vielleicht sticht ihm nun, auf diesem engen Raum, mein Geruch in die Nase, er dürfte dem der Zigeunerinnen ähneln, die er manchmal festnimmt und die im Auto herumschreien und mit Unglück um sich werfen.

Ich betrachte die Freiheit. Die Industrieblocks am Stadtrand, die Reihenhäuser mit den tadellosen Dächern, die Straßenschilder ohne Einschusslöcher.

Da regt sich das Baby an mir, es bewegt sich wie eine Krabbe. Wie viel Scheren hat es? Wie viel Nerven?

Ich versuche, ihm erneut meinen kleinen Finger in den Mund zu stecken, doch diesmal klappt es nicht. Der Capitano dreht sich um.

»Vielleicht hat es Hunger.«

Wir halten an einer Raststätte, der Wagen fährt unter das Dach des Parkplatzes. Der falsche Sandro bleibt als Wache zurück, der Capitano steigt mit mir aus, wir gehen in der Dunkelheit in die Raststätte. Ich suche die Toiletten. Dort ist ein Wickeltisch, eine weiße Kunststoffplatte, die an der Wand hängt. Ich lege das Bündel ab, krame in meinem Rucksack nach der Watte und dem Verbandmull aus dem Krankenhaus, schlage die Decke zurück und suche die Knöpfe des Strampelanzugs, dessen Wolle steif wie Pappkarton ist. Ich ziehe die Beinchen des Babys hervor. Noch nie habe ich etwas so Kleines gesehen. Ich öffne die Windel, die Watte ist klatschnass und die Exkremente sind gelb, so als hätte es Safran getrunken, doch sie riechen nicht unangenehm. So sehe ich den Körper des Babys in meinen Händen zum ersten Mal ganz aus der Nähe. Es hat den aufgeblähten Bauch eines Huhns. Es schreit, zieht die Beine an und hält sie wie Pfoten dicht am Körper. Ich atme durch. Falls ich es nicht schaffe, die Windeln zu wechseln, schlage ich es eben wieder in die Decke ein und damit basta. Der Verband am Bauchnabel hat sich gelöst, und da ist dieses schwarze, lose Stück Schnur. Ich beuge mich hinunter, um festzustellen, ob es stinkt, doch es riecht immer noch nach Alkohol. Ich darf nicht nachdenken, muss meine Hände bewegen. Ich drehe den Wasserhahn auf, feuchte einen Wattebausch an und wische es damit zwischen den Beinen ab. Die übrige Watte wickle ich in den Verbandmull, den ich mit den Zähnen abreiße. Das Baby schreit immer noch, ich muss ihm Milch anrühren, muss es füttern. Ich bücke mich und hebe den heruntergefallenen Strampelanzug auf. Da höre ich ein Knacken, ich habe mich mit dem Rucksack über meiner Schulter zu hastig bewegt. Ich mache ihn auf, und es ist, wie ich vermutet habe, Glas aus Sarajevo, Glas ohne Zukunft!

Ich werfe die Scherben des Fläschchens in den Abfalleimer. Von draußen klopft es.

»Brauchen Sie Hilfe?«

Ich nehme das Bündel wieder auf und öffne die Tür, davor steht der Capitano mit seinen spärlichen Haaren.

»Ich habe das Fläschchen zerbrochen.«

Wir verlassen die Autobahn, um eine Nachtapotheke zu suchen.

Der Capitano hat die Sache der hungrigen Krabbe nun zu seiner Herzensangelegenheit gemacht, nicht zuletzt deshalb, weil sich Pietros Stimme in die Ohren hineinhackt und so zermürbend ist wie eine Alarmsirene.

»Fahr runter«, sagte er zu dem Offiziersburschen. »Wir müssen ein Fläschchen und einen Sauger besorgen.«

Der falsche Sandro tat keinen Mucks, schaltete den Blinker ein und steuerte ins Dunkel. Was ist das für eine Abfahrt? Hier gibt es kein einziges Haus, nur Felder.

Der Capitano hat die Zeitung weggelegt, er scheint nicht verärgert zu sein. Er dreht sich zu mir um und schaut mich länger an als nötig.

Ich lächle ihn an, mit den aufgerissenen Augen eines gefangenen Rehs.

»Haben Sie keine Milch?«

Ich zeige auf den Rucksack. »Doch, ein bisschen habe ich, eine halbe Packung.«

Er dreht sich nicht zurück, bleibt mit dem Kopf, mit den Augen bei mir.

»In der Brust, meine ich. Haben Sie keine eigene Milch?«

Unwillkürlich verdecke ich meine leere Brust mit dem Bündel, ich presse es an mich, an meine Knochen.

»Nein, ich habe keine Milch.«

»Schade.« Er schaut wieder auf die Straße. »Das wäre einfacher.«

Die Apotheke finden wir dann in einem Dorf, einem von denen, die von der Fernstraße zerschnitten werden. Doch das Kreuz ist nicht erleuchtet. In einer Bar spielen einige Männer Karten, der Capitano geht zu ihnen und erkundigt sich. Man eskortiert ihn zur Sprechanlage des Apothekers, der zieht sich an und kommt herunter. Er ist ein dünner Hänfling mit gefärbten Haaren, wahrscheinlich ein kleiner Provinzlebemann. Wir gehen zu den dunklen Regalen, die plötzlich hell werden, um die Uniform hereinzulassen, die Mütze mit der Flamme. Der Capitano empfiehlt mir ein Kunststoffflaschchen.

»Das ist vielleicht besser.« Er lächelt.

Der Apotheker fragt, was für Milch ich haben möchte.

»Eine für Säuglinge.«

»Und welche Sorte?«

Ich schaue den Capitano an, schaue in die Runde, schaue den Apotheker an.

»Was Sie dahaben. Eine gute.«

Der Capitano macht einen Schritt auf den Ladentisch zu.

»Zeigen Sie mal her.«

Der Apotheker stapelt Dosen auf den Ladentisch. Der Capitano setzt sich eine Brille auf, weil die Schrift mikroskopisch klein ist, und liest.

»Wir nehmen die hier, die ist nicht allergen.«
Er sucht mich: »Was denkst du?«
Ich denke, dass er mich geduzt hat. Ich nicke.
»Ja, gut.«
Ich habe keine müde Lira in der Tasche. »Ich habe meine Brieftasche verloren«, flüstere ich und lege auch die Windeln wieder zurück, die ich schon genommen habe. Vielleicht kackt die Krabbe ja nicht noch mehr Safran, bevor wir in Rom ankommen.

Der Capitano greift nach den Windeln und legt sie zu allem anderen auf den Ladentisch. Er schaut den Apotheker an, ihn und seine gefärbten Haare wie die eines alternden Schlagersängers.

»Haben Sie nicht so ein Dings?«
Der Apotheker sieht ihn abwartend an.
»So ein Dings, das Krach macht … eine Klapper.«

Es ist nicht direkt eine Klapper, es ist ein Plastikspielzeug mit Musik. Als er ins Auto steigt, sagt er: »Entschuldigen Sie, dass ich so frei war.«

Und kehrt zum Sie zurück. Vielleicht wollte er so tun, als wäre ich jemand aus der Familie, seine Schwester oder seine Frau.

Er packt das Spielzeug aus und hat Mühe, es aus der Folie zu reißen, dann wedelt er vor dem hochroten Gesicht des permanent schreienden Babys damit herum. Vielleicht kann es die Spieluhrmelodie gar nicht hören. Es ist hartgesotten, an Bomben gewöhnt. Der Capitano seufzt: »Man merkt, dass ich keine Kinder habe, stimmt's?«

Wir haben noch einmal angehalten, an einer anderen Raststätte. Rote Kunststoffbänke und in die Wand eingelassene Tische wie in einem Fastfood-Restaurant, dazu Lampenschirme mit Fransen.

»Haben Sie Hunger?«

»Danke, später.«

Er beißt große Happen von seiner Piadina primavera ab, wendet sich mir zu und nuschelt.

»Wie warm soll das Wasser sein?«

»Ein bisschen.«

Er nickt und sieht zum Barmann hinüber: »Ein bisschen.«

Wenn da nur nicht diese störende Uniform wäre ... Der Barmann denkt kurz nach, sagt dann aber, was er zu sagen hat: »Hören Sie, das Wasser muss erst abgekocht werden, dann kühlt man es wieder ab.«

Der Capitano geht zum Tresen, er verhört den Barmann.

»Was verstehst du denn davon?«

»Ich habe ein kleines Kind.«

»Entschuldige, aber wie alt bist du?«

»Zwanzig.«

»Na, da hast du dich ja beeilt.«

»Meine Freundin hat sich beeilt.«

Der Capitano lacht zusammen mit dem Barmann. Er zeigt auf die Stahltülle der Kaffeemaschine. »Mach weiter.«

Er kommt mit dem Wasser und zwei vollen Tellern an unseren Tisch zurück. Er hat Hände, die zugreifen können, das gehört zu den ersten Dingen, die mir an ihm auffallen, wohlgeformte Hände, die ich für ungeschickt gehalten habe, die jedoch einen Haufen Dinge gleichzeitig tragen können, ohne dass etwas herunterfällt, in einem ruhigen Gleichgewicht. Seine Füße sind platt, mit guter Bodenhaftung, wie die Füße eines professionellen Kellners. In dieser zweiten Raststätte sehe ich ihn zum ersten Mal richtig an, er ist mir sympathisch und scheint ein anständiger Mann zu sein. Plötzlich habe ich Sehnsucht nach meinem Vater.

Giuliano stellt alles auf den Tisch und schiebt mir das Fläschchen zu.

»Das Wasser muss erst gekocht und dann abgekühlt werden, wussten Sie das?«

»Nein.«

Er lacht und schaut mich forschend an.

Vielleicht ahnt er, dass ich ihm etwas verheimliche. Das ist mir egal, ich lehne mich gegen das Rückenpolster der Bank. Er setzt sich wieder die Brille auf. Liest auf der Milchpackung nach, wie viel Messlöffel man nehmen soll. Fragt, ob es zu viel Wasser ist. Jetzt wartet er auf eine Antwort und mustert mich über die Brille hinweg, die ihm auf die Nasenspitze gerutscht ist.

Ich antworte nicht. Irgendwann wird er mir erzählen, er habe damals bereits begriffen, dass ich nicht die leibliche Mutter sein konnte. Ich hätte vor dieser Milchpulverdose so verloren gewirkt.

»Es wird so lange trinken, wie es Hunger hat«, sagt er.

Ich weiß nicht einmal, ob ich dem Baby den Sauger nicht zu tief in den Hals stecke. Es umfängt ihn mit dem ganzen Mund, trinkt atemlos und sieht mir dabei in die Augen. Das hat etwas von der Bewegung einer Qualle im Wasser. Dann wird sein Blick weich. Langsam schließt es die Lider, der Mund entspannt sich, es ächzt ein wenig, und es schläft ein. Offenbar hat es sich ziemlich angestrengt, es hat geschwitzt in seinem Wollstrampler aus Sarajevo.

Der Capitano ist aufgestanden, hat eine Flasche Wasser mit Kohlensäure geholt und füllt zwei Gläser.

»Es muss ein Bäuerchen machen.«

Dabei gibt er mir das Glas mit dem Sprudelwasser.

»Das weiß ich noch von meinen Neffen.«

Als die Kinder seiner Schwester Säuglinge waren, erzählt er mir, habe sie ihm nach dem Stillen die Kleinen gegeben, und er musste ihnen sanft auf den Rücken klopfen. Dazu habe er sich ein Taschentuch über die Schulter gelegt, um die Uniform nicht zu bekleckern.

Das tut er nun auch in dieser auf Country gestylten Raststätte. Er zieht ein schönes, schneeweißes Altherrentaschentuch aus hauchdünnem Batist aus der Hosentasche, breitet es auf seiner Schulter aus und verdeckt dabei Rangabzeichen und Kragenspiegel.

»Gestatten Sie?«

»Bitte.«

Ich esse und habe nur noch den Teller mit den restlichen Brötchen im Blick, erst nach einer Weile bemerke ich, dass der Capitano mich unentwegt anschaut. Ich trage einen dreckigen Anorak, habe ungewaschene Haare und den Hunger eines armen Schluckers, ich habe keinen roten Heller bei mir, nur ein wenige Stunden altes Kind, das ich bis zum Platzen mit Milch abgefüllt habe.

Irgendwann wird er mir sagen, dass er nicht gesehen habe, in welchem Zustand mein Anorak und meine Haare waren, er wird sagen, für ihn sei ich bildschön gewesen, kühn und außergewöhnlich, am meisten habe ihm mein Hunger gefallen, denn er habe eine Frau gehabt, die sich nur von Salat ernährte, ein herbes, grünes Herz.

Das Baby klebt an seiner Uniform. Der Capitano geht ein paar Schritte bis zum Zeitungsständer neben der Kasse und kommt zurück. Er ist stattlich, breit gebaut, doch wohlproportioniert, seine Schritte sind gemächlich und ruhig.

Der falsche Sandro hat eine Coca-Cola getrunken und die Dose zusammengeknüllt. Als der Capitano an ihm vorbeigeht, steht er in Erwartung eines Befehls auf, der nicht kommt.

Der Capitano hält das Baby mit einer Hand und klopft ihm mit der anderen leicht auf den winzigen Rücken. Das Bündel bringt einen tiefen, harten Rülpser heraus, es klingt wie das plötzliche Gurgeln im Abfluss eines Waschbeckens.
»Sehen Sie?«
Der falsche Sandro sagt *Alle Achtung*.

Das Schnäuzchen des Kleinen lehnt an dieser Schulter. Durch den Rülpser ist es zwar hochgeschreckt, aber nicht aufgewacht. Ich habe die Brötchen aufgegessen, trinke Sprudelwasser und muss ebenfalls aufstoßen. Ich bin so satt und zufrieden wie das Baby.

Ich betrachte diesen Mann am Ende des nächtlichen Lichts mit dem Neugeborenen aus Sarajevo auf dem Arm. Und plötzlich spüre ich einen Schmerz, der mich künftig immer wieder ergreifen wird, er überfällt mich auf eine ganz eigene Art. Packt mich am Genick und lässt meinen Hals erstarren. Das ist Diego, der mich von hinten festhält, ich erkenne seine Hände und seinen Atem, kann mich aber nicht umdrehen. Er ist es, der das Baby auf dem Arm halten müsste, dieser Junge, der ein wunderbarer Vater gewesen wäre, ein Heiliger, ein Zauberkünstler. Er ist es, der mich am Genick gepackt hat und mir zuflüstert, ich solle das Schicksal anschauen, das vor mir liegt, die Szenen meines Lebens ohne ihn. Er ist es, der mir nicht erlaubt, mich umzudrehen. Und den Tod zu umarmen.

Der Capitano setzt sich wieder zu mir, auf die andere Seite des Tisches, auf die andere Bank.
»Sind Sie müde?«
»Ein bisschen, ja.«
»Sie haben in Sarajevo entbunden?«
»Ja.«

»Ganz schön mutig.«

Wir kommen ins Gespräch, ich erzähle ihm, dass mein Mann dort geblieben ist, dass er Fotograf ist. Giuliano nickt, ich erzähle von Diego, davon, wie wir uns kennengelernt haben, und von den Bildern, die er macht.

In diesem Moment ist die Sehnsucht grausam. Sie ist ein über die Ufer tretender Fluss. Ich sehe wieder Diegos Beine auf dem Flughafen vor mir, dünn und kalt wie Eisenstangen. Und ich sehe, wie er dableibt. Ich halte inne, meine Brust weitet sich, ich atme tief durch, dann rede ich weiter. Giuliano senkt den Blick, schweigt.

Irgendwann wird er mir sagen, dass auch er ergriffen war, denn er habe noch nie eine so verliebte Frau gesehen. Er hatte eine Ehefrau, eine Lebensgefährtin, Affären und Liebschaften, doch als er mir in jener Nacht zuhörte, habe er sich nach einer Liebe gesehnt, die ihn bisher noch nie ganz erreicht hatte.

Er erzählt mir, dass er nicht auf der Militärakademie war, dass er bei einer Sondereinheit war, und auch im Libanon. Erzählt von einem Fallschirm, der sich nicht richtig geöffnet hat. Deshalb ist er jetzt bei den Bodentruppen, im Büro. Er bringt mich zum Lachen, sagt, er sei gespickt mit Metallplatten, und wenn er auf dem Flughafen durch den Metalldetektor gehe, sei die Hölle los. Sagt: »Die Carabinieri-Witze sind alle nur scheinbar Witze, und wissen Sie auch, warum?«

»Nein.«

»Weil alles daran wahr ist.«

Er lacht zusammen mit dem falschen Sandro.

Dann steht er auf, geht zur Kasse, kauft eine Schachtel Pralinen und fragt, ob ich eine möchte. Er öffnet die Packung geschickt mit einer Hand, die andere liegt fest auf dem Baby, das ungestört weiterschläft.

Er sagt, er interessiere sich auch für Fotografie, er versuche sich zum Spaß darin. Fragt mich, ob ich ihm ein paar von Diegos Bildern zeigen könne.

Ich sage ihm, dass ich überhaupt nichts bei mir habe, außer dem Baby.

»Ich konnte nicht mehr ins Hotel zurück.«
»Und Ihr Mann?«
»Er hat seinen Pass verloren.«
Er gibt mir seine Visitenkarte: »Für alle Fälle.«

Die Stadt sickert aus der Dunkelheit in diesen ruhigen Wintertag. Die Ladenschilder, die Palazzi mit ihren Fensterläden, wo sie hingehören. Es ist fünf Uhr morgens. Leben, die sich schon bald aus dem Bett wälzen werden, die in die Senkrechte zurückkehren und die Straßen verstopfen werden. Dann geht die dumme Hetzerei des Friedens wieder los. Ein Lastwagen der Stadtreinigung stiehlt uns einige Zeit. Wir halten an. Ich sehe dem Metallarm zu, der die Container einklemmt, sie hochhebt und auskippt. Wieder überkommt mich das Gefühl, alles verloren zu haben.

Vor meinem Haus steigt der Capitano aus, um mir mit dem Baby zu helfen. Er hat den Mund aufgemacht, wie um etwas zu sagen, hat jedoch nichts gesagt. Er hat abgewinkt und sich seine Uniformmütze aufgesetzt. Womöglich war diese Fahrt nur dazu da, mich im Auge zu behalten, und seine Freundlichkeit vorgetäuscht. Er hat den Blick eines Jagdhunds, derer, die scheinbar ziellos durch die Gegend streifen, dann aber mit der Beute im Maul zurückkommen. Er hat gemerkt, dass etwas nicht stimmt, vielleicht hat er gedacht, ich hätte das Kind entführt. Er hat sich umgedreht, um mir das zu sagen, hat es sich dann aber anders überlegt.

Irgendwann wird er mir sagen, dass er die ganze Fahrt über zwischen seiner Uniform und dem Wunsch schwankte, mir zu vertrauen. Irgendwann wird er mir sagen *Das Gesetz kann mal kurz aus dem Haus gehen, die Liebe muss man lassen, wo sie ist.*

Die Tür öffnet sich zur Stille

Die Tür öffnet sich zur Stille, zum Teppich im Flur. Die Fensterläden sind geschlossen, es herrscht ein abgestandener Geruch, die Heizkörper sind lauwarm. Ich habe kein Gepäck, das ich auspacken könnte, habe nur das Baby. An der Garderobe hängt Diegos Jackett, das aus Cord mit den Flicken, und eine seiner Krawatten, die für festliche Anlässe, dünn und rot. Ein Blutfaden.

Ohne mich zu bücken, ziehe ich die Stiefel mit dem Schmutz Sarajevos aus, mit seinem Schlamm, ich drücke nur mit den Füßen gegen die Fersen. Das Baby habe ich noch nicht abgelegt. Eine Rückkehr nach Hause aus der Entbindungsklinik sieht anders aus. Ich weiß nicht, wohin mit ihm, da ist kein Kinderzimmer, das für es bereitsteht, da ist keine Wiege und auch kein Wickeltisch. Da ist das Klavier seines Vaters, und das weiße Sofa, das eine Reinigung vertragen könnte. Der Geruch einer Wohnung, die stillstand, eingefroren in der Stille eines früheren Lebens.

Ich gehe an den Füßen vorbei, die auf die U-Bahn warten, und mir fällt ein, dass Diego diese Fotos nicht mehr leiden konnte, dass er sie von der Wand nehmen wollte. Ich öffne das Fenster im Schlafzimmer einen Spalt, um etwas Luft hereinzulassen. Ich lege das Baby neben mich auf den Bettüberwurf, nehme es nicht einmal aus seiner Decke und ziehe mir auch nicht den Anorak aus. So, wie ich bin, schlafe ich neben ihm ein, verschiebe alles auf später und wühle mich in den Schlaf wie ein Maulwurf in die Erde, in einen dunklen Gang ohne Träume.

Als ich die Augen aufschlage, kann ich mich kaum bewegen, ich bin vor Schmerzen wie zerschlagen, spüre sie in den Knochen, die versuchen aufzuwachen. Vielleicht hat mein Körper die Abwehr aufgegeben, als er sich entspannt hat. Durch die Fensterläden dringt Licht, das Baby ist wach. Es schreit nicht und schaut mit diesen Augen, die noch nicht sehen können, zur Decke.

Beim Duschen ließ ich die Tür offen. Aus Angst, das Wasserrauschen könnte das Schreien des Babys übertönen, drehte ich den Hahn immer wieder zu. Der Schmutz verschwand, glitt fort in den Abfluss. Ich rief meinen Vater an. Ich war wieder in meinem Bademantel.
»Hallo …« Es war das kratzige Flüstern eines Greises, aus einem vor Stille stagnierenden Mund.
»Ich bin's, Papa.«
Er schrie meinen Namen zweimal, und er schien aus einem Abgrund zu schreien.
Ich sagte ihm nichts von dem Baby, sagte nur, ich sei zurück und hätte gerade geduscht.
Ich ging in die Küche, kochte etwas Wasser ab und goss es ins Fläschchen. Das war kein Problem, weil das Baby sich kaum bewegen konnte, ich hatte es beobachtet. Jetzt schrie es, und hastig zählte ich die Messlöffel mit dem Milchpulver ab. Es war der erste Tag, an dem wir beide allein waren.

»Bist du verletzt?«
»Ich bin wohlauf, das siehst du doch.«
Er drückt mich mit Händen an sich, die ich nicht kenne.
»Wie viel Kilo hast du abgenommen?«
Auch er hat abgenommen, er ist nur Haut und Knochen. Es ist lange her, seit ich ihn das letzte Mal angerufen habe.
»So was macht man einfach nicht.«
»Verzeihung, Papa.«

Er steht reglos in der Tür, es fällt ihm schwer hereinzukommen.

»Nein, das verzeihe ich euch nicht.«

Er sagt, so behandle man seinen Vater nicht, so behandle man nicht mal einen Hund. Das habe er mir nicht beigebracht.

»Ihr beide denkt nur an euch. Du und dieser Kerl da.«

Pane steht neben ihm, er winselt zur Begrüßung und weil er in die Wohnung kommen und herumschnüffeln will.

»Dieser Kerl da ist nicht zurückgekommen, Papa.«

Plötzlich sind seine Augen dunkle Trauben, sein Kehlkopf bewegt sich auf und ab. Er schaut sich im düsteren Dickicht des Treppenabsatzes um, als suchte er einen Schatten.

»Was soll das heißen, *er ist nicht zurückgekommen?*«

»Er ist dageblieben.«

Er lässt die Leine fallen, was Pane ausnutzt, um endlich hereinzuschlüpfen.

»Was soll das heißen, *er ist dageblieben?*«

Er kommt zusammen mit dem Hund herein, um ihn zurückzurufen, kommt herein, weil draußen kein Schatten zu finden ist, der Junge hat keine Spur hinterlassen. Er kommt herein und streift das Jackett mit den Flicken und die dünne, rote Krawatte, seine Augen schweifen in der Stille umher.

»Pane, hierher ... Pane ...«

Doch Pane läuft weg, ins Schlafzimmer.

»Vorsicht!«, schreie ich.

Mein Vater läuft dem Hund nach und dreht sich zu mir um.

»Was hast du denn?«

»Da ist ...«

Ich sage nichts, lasse ihn allein nachsehen. Wir stehen an der Tür zum Schlafzimmer. Der Hund hat seine Schnauze auf den Bettüberwurf gelegt und schnüffelt an der Kacke des Babys, an der schmutzigen Windel, die ich dort liegen lassen habe. Mein Vater flüstert *runter, runter mit der Schnauze*. Er sieht Pietro auf dem Bett. Geht nicht zu ihm, sagt kein Wort. Dann stellt er die gleiche Frage wie der Capitano im Klo des Militärflughafens.

»Wessen ist das?«

»Es ist unseres, Papa.«

Er macht einen Schritt auf das Bett zu und beugt sich vor.

»Ist das ein richtiges Kind?«

»Natürlich ist das ein richtiges Kind.«

Er wühlt in seiner Jacke und setzt sich die Brille auf. Er studiert den Atem des Babys mit der gleichen Aufmerksamkeit, mit der er die Hausaufgaben seiner Schüler durchsah.

»Wie alt ist es denn?«

»Noch gar nicht alt ... einen Tag.«

»Habt ihr es adoptiert?«

»Nein. Ich habe mir eine Gebärmutter geliehen, Papa.«

Er sieht mich mit der erschlafften Miene eines Gehenkten an, eines, der kein Blut mehr hat.

Ich könnte ihm ein Märchen auftischen, ihm erzählen, das Baby sei das Resultat eines Abenteuers von Diego und ich hätte das Mädchen bezahlt, damit es nicht abtreibt und das Kind gerettet wird. Ich könnte mich auf diesem Bettüberwurf besser darstellen, als ich bin. Doch ich habe keine Lust, meinen Vater zu belügen, auch nicht auf die Gefahr hin, seine Liebe einzubüßen.

Er hebt den Kopf, schwankt im Nacken, im Rücken.

»Darüber muss ich erst mal nachdenken, erst mal nachdenken ...«

Er geht durch Flur und Wohnzimmer zur Wohnungstür. Ruft den Hund, doch Pane rührt sich nicht vom Fleck, er bewacht das fremde Kind, das die Einsamkeit dieser Wohnung durchbrochen hat.

Mein Vater kommt zurück und sieht den reglosen Hund, vornehm wie eine Statue, wie die Windspiele zu Füßen eines Königs.

Er umarmt mich auf dem Bett, er steht, und ich sitze, er ist groß, und ich bin klein, wie damals als Kind.

»Wie könnte ich dich denn allein lassen, Herrgott noch mal? Wie denn?«

Das Baby öffnet die blinden Augen und sieht die Umrisse seines italienischen Großvaters, der seinen Alterswohnsitz verkaufte, damit es geboren werden konnte, sein Geld landete in den Taschen einer Punk-Madonna, einer in Nirvana verliebten Trompetenspielerin. Es ist ein kaputtes Krippenspiel, ein hinkendes.

Mein Vater lächelt Pietro an und sagt leise zu ihm: »Mein Schatz, mein kleiner Schatz.«

Und ich sehe, wofür sich die Mühe lohnt, sehe das wiedergutmachende Leben, sehe meinen Vater, der sich über mich als Neugeborenes beugt und mich kleiner Schatz nennt.

Er fragt sich nichts mehr.

Egal, woher dieses Kind stammen mag, jetzt liegt es hier auf dem Bett, trägt diesen groben Strampelanzug aus harter, schmutziger Wolle. Mein Vater geht raus, in unserer Straße gibt es ein Geschäft für Kinderbekleidung. Er kommt zurück und hat die glänzenden Augen seines Hundes.

»Ich habe Größe null genommen.«

Wir reißen die Folie ab, das Etikett, und ziehen dem Baby aus Sarajevo diese funkelnagelneue Größe null an. Nun ist es ein in Sankt Gallener Spitze und feine Wolle gekleideter Prinz, und verschwunden ist der Gestank nach Stall, nach Tod.

Mein Vater lässt mich nicht mehr allein. Morgens ist er offenbar schon lange da, bevor er bei mir klingelt. Er dreht noch eine

Runde auf dem Markt und führt den Hund vor meinem Haus aus. Die Wahrheit ist, dass er sich einfach nicht losreißen kann. Vielleicht liegt er nachts wach und träumt von dem Baby. Er hat ein rosiges, neues Gesicht. Seine Haut scheint sich verjüngt zu haben, seine Augen sind Sicheln aus reinstem Wasser. Als er klopft, hechelt er wie ein Hund, der Angst hat, weggejagt zu werden.

»Störe ich?«

»Komm rein, Papa.«

Er bringt Obst, die Zeitung und Brot, denn ich lebe so verbarrikadiert in der Wohnung wie während der Belagerung.

Stets trifft er mich im Bademantel an und müde von diesen Nächten, von den Babyfläschchen, die mir den Schlaf zerreißen, der dann nicht wiederkommt, stattdessen kommt das blaue Kind, kommt Diego, kommen die Warteschlangen unter Beschuss der Heckenschützen. Nachts verschärft sich alles, wenn das Baby schreit, verliere ich sofort den Mut, ich habe Angst, dass es Entzugserscheinungen hat wie die Kinder von Junkies. Habe Angst, dass seine Nerven zerreißen wie meine, verzögert, erst in dieser Stille. Ich presse es an mich, bitte es um Hilfe. Ich wiege es geistesabwesend, gehe vor den Füßen, die auf die U-Bahn warten, auf und ab, bleibe am Fenster stehen, weiche zurück, lasse dieses Bündel allein in seinem Bettchen, soll es doch schreien. Ich schließe mich im Bad ein, wippe auf dem Rand der Badewanne vor und zurück. Ich sehe gelblich aus und bin mit meiner Hoffnung am Ende, wie eine Frau, die eine schlimme Entbindung hinter sich hat und auf einen einsamen Abgrund zuschlittert.

Mit dem Tag kehrt die Ruhe zurück.

Mein Vater blättert in einem Buch über die ersten Lebensmonate. Er sagt, das verzweifelte Schreien, das mit den angezogenen Pfoten, käme von Blähungen, weil Pietro zu schnell trinke. Jetzt legt er ihn nach dem Füttern auf den Bauch, massiert ihn, beruhigt ihn.

In nur einer Woche ist Armando versierter geworden als eine venetische Amme. Er riecht nach Milch, nach ausgespuckter Milch, nach Mandelöl. Wenn er nicht bei mir ist, ist er in der Apotheke, er setzt sich die Brille auf und studiert die Regale mit den Säuglingsartikeln. Er berät sich mit den jungen Mädchen, die weiße Kittel und ein kleines, goldenes Kreuz tragen, er hat sich mit allen angefreundet und spricht sie mit Namen an. Er plaudert über Kacke, Schluckauf und Hautrötungen. Mit den schmachtenden Augen eines Verliebten beim ersten Herzklopfen. Er hat schlichtweg den Verstand verloren.

Pane ist so deprimiert wie ich, die Zunge hängt ihm schlaff aus dem Maul, und er ist so eifersüchtig wie ein älteres, vernachlässigtes Geschwisterkind.

Wir gehen zum ersten Mal aus, mit Pietro zum Kinderarzt.

Mein Vater hat das Auto geholt und es auf dem Gehweg vor der Haustür geparkt, ihm ist es schnurzegal, ob er einen Strafzettel einfängt, Seine Hoheit, die Zukunft der Menschheit, muss eskortiert werden. Ich trage eine Sonnenbrille und einen schwarzen Mantel, ich bin dünn und blass, wie eine traurige Prinzessin, die Mutter des Thronfolgers. Es ist kalt, und mein Vater hat ein dünnes Tuch über die Babytragetasche gebreitet, sie kommen am Hauswart, an einem Nachbarn und an der Frau aus der Bar vorbei.

Mein Vater lässt nicht mit sich reden, nur für wenige Sekunden schiebt er das Tuch beiseite.

Die Frau aus der Bar lächelt mich an.

»Signora, ich wusste ja gar nicht, dass Sie schwanger waren.«

»Mein Schwiegersohn ist Fotograf, die beiden reisen quer

durch die Weltgeschichte. Sie sind nicht solche Nesthocker wie Sie und ich, so sind die jungen Leute von heute. Sie machen Kinder, wie es gerade kommt, da kennen sie nichts.«

Die Frau aus der Bar gratuliert mir. Ihr Blick gleitet zu meinem Bauch hinunter. Sie sagt, man sehe gar nicht, dass ich ein Kind bekommen habe, ich sei begnadet mit meinem geschmeidigen Körper.

Später im Auto regt sich mein Vater auf, in einer Tour schaut er in den Rückspiegel, ich denke, dass er langsam ein bisschen verkalkt, er schimpft auf die blöde Barfrau.

»Die spart beim Cappuccino, geizt mit der Milch.«

Er dreht sich zur Rückbank um und schaut nach der Tragetasche. Er knurrt wie ein Wachhund. Jetzt ist er es, der Angst hat, jemand könnte uns die Krabbe wegnehmen. Ich habe nur Angst, das alles nicht zu schaffen.

Im Laufe der Tage gewöhnt sich das Baby an mich, und ich gewöhne mich an das Baby. Ich kann nun seine Stimme deuten. Ich weiß, wann es nur schreit, um auf den Arm genommen zu werden, und wann es vor Hunger schreit oder weil es Verdauungsprobleme hat. Alle meine T-Shirts haben Flecken von geronnener Milch an der Schulter, dort, wo es mit seinem Schnäuzchen aufliegt.

Ich trage es in der Wohnung herum und habe nicht mehr so große Angst, ihm wehzutun. Vor Diegos Fotos bleibe ich stehen. Ich erzähle dem Baby von seinem Vater. Lüge es an, sage *Wenn Papa zurückkommt, machen wir dies und machen wir das.*

Das Stück Nabelschnur ist abgefallen. Ich habe daran gerochen, habe dann das Klavier aufgeklappt und es auf die Tasten gelegt.

Mit den praktischen Dingen werde ich inzwischen fertig, ich

kann das Baby waschen, wickeln und füttern. Mit allem anderen tappe ich im Ungewissen. Ich hänge in der Luft und warte auf eine Nachricht, selbst meine Handgriffe sind ungewiss. Ich erledige zwar alles, doch ohne bei der Sache zu sein. Wie ein gut funktionierendes Kindermädchen, so als hätte man mir das Baby geliehen und ich müsste es nur gut pflegen und später zurückgeben. Ich sollte es jetzt bereits lieben, das wäre wohl normal. Doch all meine Liebe scheint in Sarajevo gestorben zu sein, in diesen Gängen aus dreckigem Schnee.

Wenn ich nachts aufwache, weiß ich nicht, wie ich aus dem schweren Schlaf herausfinden soll, um mich um das Baby zu kümmern. Ich stehe auf, um ihm Milch zu kochen, verbrenne mir die Finger und verkleckere die Küche. Immer hat es Hunger, dieses Kind aus Sarajevo, den Hunger seiner elenden Herkunft.

Doch ja, es riecht gut, ich sauge seinen Duft ein. Es ist noch Himmel und doch schon See. Aber was soll ich damit anfangen? Dieser viel zu gute Geruch tut mir weh. Er dringt in mich ein wie ein Schmerz, weil er vielleicht der Duft des Vaters bei dessen Geburt ist und er ihn wiedererkennen sollte.

Ich pflege das Baby ohne rechte Liebe, als wäre es ein Auto, ich fülle Kraftstoff ein, halte es sauber und parke es in der Wiege. Wenn ich nach ihm schaue, während es schläft, dann nur, um seinen Vater zu suchen, um zu sehen, ob es ihm ähnelt. Nur wenn Diego zurückkommt, wird dieses Kind wirklich meines sein, nur wenn es unseres sein wird.

Im Schlaf sehe ich ihn. Diego hat das Kleine im Tragetuch, mit einer Hand stützt er das Köpfchen, mit der anderen hält er mich. Wir gehen unten am Fluss spazieren, wir haben unseren Frieden gefunden. In meinem Traum ist dieser Frieden greifbar, wir bekämpfen uns nicht mehr und auch die Dinge um uns her nicht. Das Schicksal meint es gut mit uns, ganz als würde es uns brauchen. Und zum ersten Mal fühlen wir es, zum ersten Mal fühlen wir uns nützlich im großen Strom. Wir erkennen, dass genau das der Frieden ist, die Richtung dieser Bewegung, das Vorankommen in der Welt, ohne sich zu entziehen, wie Wasser, das sich selbst transportiert, mitgezogen vom Zurücklegen des eigenen Weges. Wir gehen zu unserem Boot, das an seinem üblichen Platz liegt und auf uns wartet. Neugierig, wie unsere Geschichte wohl ausgeht. Diego sagt zu mir *Danke für das Kind*, denn erst jetzt weiß er, was das ist. Und erst jetzt weiß er, dass er gerettet ist.

Mein Leben lang werde ich denken, dass Diego es vielleicht geschafft hätte zu leben, wenn er das Baby eine einzige Nacht behalten hätte, wenn er es bei sich in seinem Atem behalten hätte.

Er ruft nicht an, und ich sitze nicht wartend am Telefon. Tagsüber verschwinden die Träume. Was bleibt, sind die Fotos, die Pfützen, die Füße, die fanatischen Gesichter der Ultras.

Dann meldet er sich doch, und seine Stimme ist himmelweit von dem Frieden aus meinem Traum entfernt, attackiert vom Schmerz des Lebens.

»Was war denn los? Warum kommst du nicht nach? Was ist mit deinem Pass?«

Er scheint nicht zu wissen, wovon ich rede.

»Ach so, der Pass. Den habe ich wiedergefunden, ja.«

»Wo war er denn?«

Aus einem Loch in der Tasche in den Stiefel gerutscht, sagt er.

Nach dem Kind fragt er nicht, ich bin es, die davon anfängt und ihm sagt, dass es ihm gut geht.

In Sarajevo ist es noch immer sehr kalt, alles wie gehabt, sagt er, denn inzwischen kann das Schlimmste nicht mehr kommen, es ist erreicht, da geht nichts mehr drüber, es herrscht die Monotonie des Leids, wie eine sich immerfort wiederholende Litanei, wie ein Kleid, das über den Matsch schleift und das niemand mehr säubern wird.

Die Verbindung bricht ab, und wir haben schon genug geredet, fast ein Wunder. Doch wir haben uns nichts gegeben. Keinerlei Trost.

Ich lege auf und spüre Sarajevo, den Geruch der Brennnesseln, der brennenden Schuhe, der Leute, die anstehen und sterben. *Du bist nicht dort, Gemma*, sage ich mir. *Du bist nicht dort. Es ist vorbei, du bist draußen.* Ich atme tief ein, bekomme aber keine Luft. Mein Vater bringt mir ein Glas Wasser. »Trink, mein Schatz, trink.«

Ich weiß, warum es mir schlecht geht. Weil mir klar ist, dass ich um keinen Preis der Welt im Angesicht dieses Todes sein möchte.

Mein Vater. Er ist es, der das Baby heute Nacht wiegt, er hat sich zum Schlafen auf dem Sofa vor dem Klavier eingerichtet.

»Was soll mir das denn ausmachen?«, sagte er.

Er singt ein Schlaflied, seine Stimme heilt die Wunden der Dunkelheit, vernäht sie. Er liebt das Kind, er brauchte es nur anzusehen, um es zu lieben. Ich dagegen misstraue ihm, und jedes Mal, wenn ich die Augen des Babys anschaue, denke ich an die verletzten Augen seines Vaters, die nun niemand versorgt. Mir ist, als würde sich das Baby dieses Leben mit großen Bissen aus Diegos Rücken stehlen, das ist es, was mich umtreibt und was ich nicht sagen kann.

Mein Vater stellt keine Fragen, er hat Angst vor meinen Gedanken.

Während er singt, denke ich an Askas Bauch und an ihre Augen, als ich ging. Vielleicht hatten die beiden sich abgesprochen, vielleicht wusste sie, dass er zu ihr zurückkommen würde, und dieser niedergeschlagene Blick wimmelte eigentlich von heimlichen Gedanken. Sie wusste, dass sie gewonnen hatte. Vielleicht hatte Diego sie überredet, mir das Kind trotzdem zu geben, um mich loszuwerden, um mir irgendwas zu geben. Sie könnten noch mehr Kinder bekommen, und ich würde nicht mit leeren Händen von diesem Leidensweg zurückkehren.

Sie hat mir gegeben, was ich wollte, das Kind war der Preis für ihre Freiheit. Ich bezahlte ihn nicht in Mark, es war ein Menschenaustausch. Aska hat das Fleisch meiner Liebe davongetragen.

Ich habe angefangen, eine Flasche italienischen Grappa zu trinken, mein Vater sagt *Schluss jetzt*, ich sage *Noch einen*. Das Trinken bewahrt mich vor der Hölle und bringt mich doch wieder hinein. Wieder zu ihnen. Ich schreie, ich will dieses Kind nicht mehr, diese Hure von einer Bosniakin hat mir meinen Mann ausgespannt, hat meine Schwäche ausgenutzt, um sich in unser Blut zu schleichen.

Das Blau des blauen Kindes steht mir wieder vor Augen. Warum ist es nicht gerettet worden, statt des Kindes dieser beiden Elenden?

Das Baby meldet sich wieder, mein Vater nimmt es hoch und schwenkt es wie ein Kreuz. Wie ein Exorzist, der den Teufel zurückdrängen will.

Denn heute Nacht ist der Teufel in unserem Haus, in meiner kleinen römischen Wohnung mit dem weißen Klavier. Ich schaue in die Wiege und sehe nichts als die beiden Schlangen, die sich in jener Stadt in irgendeiner Bruchbude pausenlos verschlingen. Nur ihnen gehört diese Rotznase, dieses Stück hungriges Fleisch. Ich hätte es dort lassen sollen, es hätte den Spaziergang im Tragetuch mit seinem Vater und seiner Mutter gemacht, in dieser mit Eis überzogenen Feuersbrunst.

Der Hund bellt. Das Baby schreit wie ein angestochenes Schwein. Mein Vater drückt es mir grob in den Arm. Bis zu diesem Moment hat er es beschützt, jetzt lässt er es im Stich.

»Es ist dein Kind, mach damit, was du willst.«

Warum geht er dieses Risiko ein? Wo ihm so viel Dreistigkeit doch gar nicht ähnlich sieht.

Ein paar Schritte rückwärts und ich falle auf das Sofa. Ich lasse das Baby neben mich gleiten. Wäre es eine Schlange, hätte es mich beißen und sich wegschlängeln können. Doch es bleibt, wo es ist, schreiend zwischen den erstickenden Kissen und bewegungsunfähig wie ein Käfer auf dem Rücken.

Ich stehe auf, gehe weg. Ich schleppe mich ins Bad und kotze Grappa. Jetzt scheint es mir nicht den geringsten Unterschied mehr zwischen Leben und Tod zu geben, zwischen Bewegung und Stille.

Mein Vater ist gegangen, mit dem Hund im Schlepptau. Ich habe das Knallen der Tür gehört, er hat sie zugeschlagen, dass die Wände wackelten, und die Welt. Er ging aufgewühlt weg, wie ein Exorzist, der versagt hat.

Ich nehme das Kind hoch, hebe die Arme über meinen Kopf und halte es dort oben in der Schwebe. Die Höhe scheint ihm zu gefallen, es hört auf zu schreien. Ein paar Schluchzer sind noch übrig und schütteln es. Das scheint ihm nichts auszumachen, so wenig, wie wenn es spuckt. Ich lasse es eine Weile fliegen. Wir spielen eine Weile Flugzeug. Als es auf die Erde zurückkommt, ist es ruhiger. Es verzieht den Mund zu so etwas wie einem Lächeln. Statt es in die Wiege zu legen, behalte ich es dicht bei mir. Ich lege es mit dem Bauch auf meinen Bauch, das habe ich noch nie getan. Ich weiß nicht, wer von uns beiden zuerst eingeschlafen ist. Ich träume von einer Stadt, die auf meinem Bauch liegt.

Als ich die Augen aufschlage, ist es schon Tag, es ist ein Montag, und Pietro hat die Nacht durchgeschlafen, nicht einmal für die Milch ist er aufgewacht.

Der Anruf erreichte meinen Vater

Der Anruf erreichte meinen Vater.

In Diegos Brieftasche hatte man einen zusammengefalteten Zettel mit Telefonnummern gefunden. Auf der Polizeiwache in Dubrovnik wählte man einfach die erste Nummer dieser kleinen Liste, es war die meines Vaters. Sie stand neben dem Eintrag PAPA, und so nahm man an, diese Nummer gehöre zum Vater dieses Jungen. Der Beamte sprach Italienisch, und so war alles ganz einfach. Mein Vater stellte keine Fragen, er konnte keinen klaren Gedanken fassen. Er sagte nur *Ich verstehe ... Ich verstehe ... Ich verstehe*, dreimal, wie ein Automat. Was er da verstand, wusste er selbst nicht. Es waren die einzigen Worte, die ihm eingefallen waren, und er hatte sie laut gesprochen, um diese Situation würdig abzustoppen, diese Blutung, die unaufhaltsam begonnen hatte.

Mein Vater war ein besonnener Mann, zurückhaltend und eher schüchtern. Sich gehenzulassen war nicht seine Art. Also widerstand sein Körper dem Schmerz und sperrte ihn ein.

Als er Stunden später an meine Tür klopfte, war sein Mund schief, wie vom Kinn nach unten gezogen, und ein Auge kleiner als das andere.

»Was ist denn mit dir passiert?«

Er hatte die Gesichtslähmung gar nicht bemerkt. Zusammen mit ihm kam der Hund herein. Ich führte meinen Vater ins Bad vor den Spiegel, und er schaute hinein, schien sich jedoch gar nicht zu sehen oder zumindest nicht daran interessiert zu sein, er nickte.

Ich dagegen war entsetzt, dieses entstellte, mir unbekannte Gesicht ging mir nahe, dazu diese teigige Stimme und die Schlaffheit des einzigen offenen Auges. Ein Arzt musste her, Untersuchungen mussten in die Wege geleitet werden. Vielleicht war es nur ein Kälteschaden, doch es konnte auch ein Schlaganfall sein.

Er hatte Mispeln gekauft, die er in einer Papiertüte an sich presste und nicht aus der Hand gab.

Das war für die Jahreszeit sehr früh, der Frühling hatte gerade erst begonnen.

»Wo hast du die denn her?«

Wir gingen in die Küche und setzten uns an den Tisch.

»Pietro?«

»Schläft.«

Für gewöhnlich war das Erste, was er tat, wenn er hereinkam, dass er zu ihm lief, um nach ihm zu schauen.

Er hat die Mispeln gewaschen. Er nimmt eine und reibt sie mit einem Tuch ab, dann entfernt er langsam den Stiel. Ich mustere seine Hände, um zu sehen, ob auch mit ihnen etwas nicht stimmt. Ihre Bewegungen sind zwar sehr verzögert, doch die Finger scheinen alle beweglich zu sein.

Mein Vater zerteilt die Mispel und nimmt den glänzenden Kern heraus, der wie ein Herz zweigeteilt ist.

Er reicht mir eine Hälfte der Frucht, ich beiße hinein, sehe ihn an. Er hat das orangerote, kernige Fruchtfleisch zum Mund geführt, kann es mit seiner schlaffen Lippe aber nicht aufnehmen.

Mein Vater hat ein sanftes, schön geschnittenes Gesicht, eine ebenmäßige Nase und dichtes Haar. Er ist das, was man einen gut aussehenden Mann nennt. Manchmal sieht er auch albern aus, wenn er die Augen etwas zu rund aufreißt und die Brauen hochzieht oder wenn er absichtlich mit den Ohren wackelt und die Nase rümpft. Das macht er selten und nur zum Spaß für die Kinder. Sein Gesicht wirkt ernst, weshalb diese große Beweglichkeit überraschend ist. Als ich klein war, waren meine Freunde ganz verrückt nach den Ohren und den Augenbrauen meines Vaters.

Diese Albernheit ist heute Morgen wieder ganz da, auf diesem entgleisten, zu einer Fratze erstarrten Gesicht, die wie einer seiner Späße aussieht, nur dass sie eben nicht mehr verschwindet, sie löst sich einfach nicht auf.

Mein Vater schafft es nicht, die Mispel zu essen.

Jetzt tränt das offene Auge, ein langer schleimiger Tropfen rinnt herab.

Ich vermute, dass das von der Lähmung kommt, und finde es absurd, dass wir hier Mispeln essen, anstatt ins Krankenhaus zu rasen.

Ich stehe auf und sage, dass ich die Autoschlüssel hole.

Er sagt: »Setz dich, mein Schatz.«

Das ist nicht seine Stimme, das ist ein leises Krächzen.

Es ist genauso erschütternd wie sein entstelltes Gesicht.

Er zerteilt noch eine Mispel und reicht sie mir.

»Hier, iss.«

Ich kann sie nicht runterschlucken, sie bleibt mir im Hals stecken, mir kommt das alles absurd vor, unglaublich. Jetzt ahne ich, dass hinter diesem jämmerlich verzogenen Gesicht ein hässliches Geheimnis steckt. Es scheint zu einem reglosen Schrei an einem Fluss verzerrt zu sein, wie auf dem Bild mit dem einsamen Mann und seinem schwarzen Mund.

Ich lasse die Mispel fallen und nehme die Stückchen aus dem Mund.

Ich suche das offene, tränende Auge.

»Hast du was gehört, Papa?«

Mir fällt ein, dass Mispeln Diegos Lieblingsfrüchte sind und mein Vater sie ihm immer mitbrachte.

»Hast du was gehört?«

Ich begreife nicht, warum mein Vater sie ausgerechnet heute mitgebracht hat, warum er extra ins Stadtzentrum gefahren ist, um sie zu besorgen, wo doch noch gar keine Saison dafür ist und sie mir ohnehin nicht besonders schmecken, das weiß er ja.

Er hatte tausend Möglichkeiten, um es mir zu sagen, oder vielleicht nur diese eine. Er hat mir Diegos Geschmack aus der Zeit, als er noch lebte, in den Mund gelegt, das ist schon etwas, etwas von dem, was wir in Zukunft machen werden.

Wir werden ab und zu ein paar Mispeln essen, in aller Stille, und uns an ihn erinnern, an den Fotografen aus Genua, der Armandos Nummer neben das Wort geschrieben hat, das ihm am meisten fehlte, *Papa*.

Jetzt bin ich bereit. Denn da ist diese alte Erinnerung in mir, dieser Kehrreim, den ich in Sarajevo gelernt habe.

Wichtig ist, dass man den Sand durchrinnen lässt, dass man ihn in seinem Körper nach unten rieseln lässt. Er ist es, der uns trotz allem auf den Beinen hält, wie der Zementsockel eines Sonnenschirms.

»Er ist tot, nicht wahr?«

Mein Vater starrt mich mit dieser Gesichtslähmung an, deren Ursache ich nun kenne. So weit weg wie der Schrei des Mannes bei Munch.

Er nickt nicht, starrt mich mit dem einen Auge und mit dem Schlitz des anderen an und wiegt den Kopf hin und her wie ein Verrückter in einer Anstalt.

Er seufzt schwach. *Oh … oh … oh*, dreimal.

Ich warte vor diesem entstellten Gesicht auf den Untergang.

Dann nickt er langsam, doch nur leicht, als wäre er nicht ganz überzeugt. Er verharrt mit dem schiefen Kinn in der Luft, als wäre ich es und diese blöden Mispeln, die er das fragte ... um mich sagen zu hören, dass man sich geirrt habe. Der aufgefundene Tote sei nicht Diego, es sei ein anderer.

Ich warte darauf, dass sein Gesicht sich wieder zusammensetzt, wie ein Filmbild, das rückwärtsläuft. Dabei weiß ich, dass das nicht geschehen kann.

Ich senke den Blick und lasse ab von diesem Gesicht, das seiner selbst und seiner Sanftheit beraubt ist. Des Friedens beraubt ist. Es kommt mir vor wie der letzte Gruß aus Sarajevo, meine ganze Zukunft ist darin gefangen. Das Leben wird künftig nur noch dieses schiefe Gesicht haben, diese entsetzte Fratze.

Vielleicht wird auch mein Gesicht in einem stimmlosen Schrei erstarren, und mein Vater und ich werden zwei Krüppel bleiben.

Ich habe Angst um den alten Mann, habe Angst, dass auch er stirbt, jetzt, in dieser Küche. Dass er am Tisch zwischen den Mispeln zusammensinkt.

Er schaut mich an, um zu sehen, ob ich durchdrehe.

Auch er hat Angst. Ich spüre den Geruch seiner Angst. Seiner Hände, die nun mit sonderbaren, unwillkürlichen Zuckungen unentwegt die kleinen Früchte betasten.

»Ist er tot?«

»Ja.«

Ich drehe nicht durch. Ich bin bereits trainiert, es gehörte zur Reise dazu, zum Gesamtpaket. Es war all-inclusive.

Diesen Augenblick habe ich schon mal erlebt. In der Leichenhalle des Koševo-Krankenhauses war zwischen Jovan und dem blauen Kind eine der Stahlbahren nackt, leer.

Nun kehrt diese Bahre, die ich gesehen und vergessen habe, zurück. Nun weiß ich, dass sie auf einen Leichnam wartete, auf den dritten Leichnam zwischen dem Greis und dem Kind. Wie ein Kreuz, das sich vollenden muss. Der Junge aus Genua, mit dem ich verheiratet war, hat mir sein Schicksal bereits angekündigt. Alles Übrige, der in den Stiefel gerutschte Pass und sogar Aska ... war nebensächlich, alles war schon vorherbestimmt. Über Leben und Tod entscheiden wir nicht, wir können zwischen beidem zwar einen schwierigeren Weg einschlagen und so dem Schicksal die Stirn bieten, doch eigentlich kitzeln wir es bloß.

Nun bin ich also Witwe.

Ich weiß, dass ich reagieren müsste, doch ich starre nur die Mispeln auf dem Tisch an. Während ich stillhalte, ist mir bewusst, dass man das nicht tun sollte, dass es später wehtun würde, man soll weinen und außer sich geraten. Es ist gefährlich, im Lot zu bleiben, genau da, wo man ist, und sich keinen Millimeter vom Fleck zu rühren, während alles ringsumher zusammenbricht. Diese Heldenhaftigkeit nützt herzlich wenig, wie auch Würde herzlich wenig nützt.

»War es eine Granate?«

Und zu sprechen ist normal.

Mein Vater sabbert beim Reden, aus dem gelähmten Spalt tropft etwas Speichel, als er sagt: »Ein Unfall ... Er ist von den Klippen gestürzt ... am Strand ...«

Was erzählt er da? Sarajevo liegt nicht am Meer.

»In Dubrovnik.« Mein Vater sagt, es sei auf einer der Inseln vor Dubrovnik passiert.

»Was hatte er denn da zu suchen?«

Mein Vater weiß es nicht, er hat nicht gefragt.

Egal, ich will es überhaupt nicht wissen.

Ich sehe etwas, was ich bereits gesehen habe und was mich seit langem erwartet hat.

Ich stehe auf, ohne zu wissen, warum, gehe ein paar Schritte, doch es sind die eines Huhns, dem man den Hals umgedreht hat, die Schritte des Nervenkrampfs, der Muskeln, die die Erinnerung an die Bewegung bewahrt haben. Ich setze mich wieder und starre weiter auf die Mispeln.

Fruchtfleischherzen von einem blassen Orange. Diego konnte sie bergeweise essen, er lachte und zielte beim Ausspucken der Kerne auf den Mülleimer.

Diego.

Eigentlich habe ich es die ganze Zeit gewusst. Da ist im Grunde nichts Neues, es ist einfach nur das Schicksal, das sich erfüllt, das sich blicken lässt.

Ich hatte immer Angst davor, ihn zu verlieren.

Ich schiebe zwei Kerne auf dem Tisch zusammen und betrachte sie. Wir waren nie so perfekt zusammen, immer gab es etwas, was nicht passte, wie eine Kante, an der man sich ständig stößt, oder ein Kleiderzipfel, der immer aus dem Schrank heraushängt und einen nachts stört, sodass man sich sagt *Gleich stehe ich auf und schiebe diesen Zipfel weg*. Dann bleibt man aber doch im Bett und denkt *Ich mache es morgen*. Jetzt weiß ich, was das war, es war der heutige Tag, diese Mispeln, dieser Tod. Diego war mir einen Schritt voraus gewesen.

Ich lächelte, er war durch einen Sturz ums Leben gekommen, am Meer, genau wie sein Vater.

Ich lächelte, weil es mich nicht überraschte. Wie wenn man plötzlich die Lösung eines Rätsels findet, das einen verrückt gemacht und gequält hat, obwohl es ganz leicht war, zu leicht sogar, weshalb man es zunächst nicht lösen konnte. Man hat anderswo gesucht anstatt in den eigenen Taschen.

Ich lächelte, weil ich nicht wusste, ob ich am Leben bleiben würde, doch das beunruhigte mich nicht.

Ich werde ihn nicht mehr sehen.

Das heißt, ich werde seine Gnubeine nicht mehr sehen, das heißt, ich werde den Geruch seines Nackens nicht mehr spüren. Er hat die Augen mit fortgenommen, die mich angesehen haben, und ich werde ihn nicht mehr fragen können *Wie bin ich?*, und er wird nicht mehr antworten können *Du bist du*. Das heißt, seine Stimme steckt in einer toten Kehle fest, und diese Kehle wird man begraben.

Gut. Das war es also.

Ich lächle, weil mich ein sanfter, wohltuender Wind anweht, Diego, der sich auf dem Bahnhof zu mir umdreht, er hat diesen kleinen, grünen Plastikstuhl mitgeschleppt, hat ihn im Zug aus Genua mitgebracht, nur um ihn mir zu zeigen, weil er als kleiner Junge darauf gesessen hatte, und jetzt setzt er sich in der Stazione Termini mitten im Gedränge hin, um mir zu zeigen, dass er ihm immer noch passt. Weil er dünn wie eine Mücke ist. *Wie die wirklich Armen*, sagt er. Die Tagelöhner von früher und die Afrikaner. Ich lache. Er fragt mich, ob ich ihn liebe, er sei gekommen, um sich zu zeigen, um sich wie ein Sklave kaufen zu lassen, denn er liebe mich über alles und könne ohne mich nicht leben. Er sagt, er wisse, dass er einen Fehler mache, dass er keinen Charme besitze, weil er keinerlei Hemmung habe, sich dermaßen vertrottelt und verliebt zu zeigen. *Aber so bin ich nun mal*, sagt er. Ich lächle, wende ihm auf der Rückseite des Bahnhofs den Rücken zu und denke, dass er bescheuert, ausgeflippt und auf Drogen ist. Dass sein Rücken zu schmal ist und seine Beine zu lang sind. Ich drehe mich um, er ist aufgestanden, doch der kleine, grüne Plastikstuhl klebt ihm noch immer am Hintern, und so folgt er mir. Als ich stehen bleibe, setzt er sich wieder hin, schlägt die Beine übereinander und hat zwar keine Zigaretten, tut aber so, als würde er selig rauchen. *Ich warte*, sagt er.

Worauf denn?
Auf das Leben, ich warte auf das Leben.
Gut. Räumen wir die Kerne vom Tisch und werfen wir sie in den Müll.
Mein Vater fragt: »Was müssen wir jetzt tun? Wie macht man so was?«
Diego war wie ein Sohn für ihn, und nun will er wissen, wie man den Körper eines toten Sohnes zurückholt.
»Wir müssen das Außenministerium anrufen.«
»Ach so, ja.«
Ich stehe auf und setze die Brille auf, doch weiter tue ich nichts.
»Falls du es nicht schaffst, fahre ich nach Dubrovnik.«
Wo kann er mit diesem Gesicht denn hinfahren?
»Du musst ins Krankenhaus, Papa.«
Er nickt und kann nicht glauben, dass das alles so einfach ist, so normal.

Das Baby wacht auf, weil es Hunger hat, ich bereite ihm seine Milch. Mein Vater nimmt es hoch, und es weint, weil es ihn nicht erkennt, diese Fratze macht ihm Angst, und so merken wir, dass es inzwischen sehen kann. Dann erkennt Pietro den Geruch seines Großvaters und lässt sich von dem schiefen Gesicht füttern. Ich sehe meinem Vater eine Weile zu, wie er schluchzend das Fläschchen hält und das Baby mit Tränen volltropft.
Ich sage: »Pass auf, Papa.«
Er senkt den Kopf, versteckt sich. Er schämt sich, weil ich stark bin und er schwach ist. Der Hund schläft neben ihm, mit der Schnauze auf seinem Fuß.
Ich blättere im Telefonverzeichnis und suche die Nummer des Außenministeriums. Ich schreibe sie auf einen Zettel. Sie sind

informiert, doch die Stimme des Beamten sagt: »Genaueres wissen wir noch nicht, Signora.«

Der Himmel hat sich bewölkt, ich lehne einen Fensterladen an, hole das Wäschegestell mit den Stramplern und Lätzchen herein. Ich wickle das Baby und lasse es ein wenig zwischen mir und meinem Vater liegen, es schläft nicht, das Gesicht meines Vaters wirkt im Dämmerlicht noch düsterer, es sieht aus wie das eines alten Geisteskranken, sein offenes Auge ist weit aufgerissen.

Er liebte den Jungen aus Genua, er hat ihn vom ersten Moment an geliebt.

»Er ist arm wie eine Kirchenmaus und fährt schwarz mit dem Zug. Er hat kein Hemd auf dem Leib.«

Ich hielt das für einen Vorwurf. Erst kurz zuvor hatte ich mich aus der absurden Ehe mit Fabio gelöst. Mein Vater machte ein ärgerliches Gesicht. Dann wackelte er mit den Ohren, rümpfte die Nase und zog eine von seinen Grimassen.

»Aber alles andere hat er: Also, worauf wartest du noch, du Dickkopf!«

Später wurde er sein Assistent, Diego nahm ihn mit, als Sozius auf dem Motorrad. So glücklich sollte er nie wieder sein.

Die Minuten vergingen, in meinem Körper rieselte der Sand. Ich dachte ans Meer, an Diego und seine sandige Haut. Ich dachte nicht an den Leichnam, hatte es nicht eilig, mich in die Realität von Telefonen und ausländischen Stimmen zu stürzen. Ich fühlte mich träge, lethargisch, wie eine Schwangere. Diego war zwar aus der Welt, doch ich spürte, dass er im Leben war, dass er eingeholt worden war. Er schwamm im Geburtswasser, in den flüssigen Wurzeln einer großen kosmischen Plazenta. Meine Hand lag auf dem Bauch des Babys. Von ihm bekam ich diese autistische Seelenruhe. Es lag friedlich da und gab kleine Quiekser von sich. Es war an diese Wohnung gewöhnt und an dieses Leben. Es litt nicht unter der Tragödie, die gab es für es nicht. Es hatte Diego nicht kennengelernt, suchte ihn nicht mit den Augen, die es nun schon hin und her bewegen konnte. Es war vaterlos wie sein Vater. Unversehens hatte sich sein Schicksal verlagert, doch davon wusste es nichts, es machte *nge nge*.

Seine Unwissenheit war ein Schutzschild gegen den Schmerz, doch auch Diegos eigentlicher Tod.

Mein Vater wollte mich nicht allein lassen, er hatte Angst. Und sagte es mir nuschelnd. Ich hatte seinen Arzt angerufen, der nun im Krankenhaus auf ihn wartete. Das Taxi stand schon vor der Tür.

»Du bist mir zu ruhig, das macht mir Sorgen.«

Doch ich wollte allein sein.

Wieder rief ich im Außenministerium an, doch man konnte mir noch immer nichts sagen.

Wir warten selbst, sagte die Stimme.

Mit dem Baby auf dem Bauch schlief ich ein.

Ich war zum Fenster gegangen, hatte es geöffnet und mich mit dem Kind auf dem Arm hinausgelehnt, um mich hinunterzustürzen. Das war ein gutes Experiment, ich merkte, dass ich nicht die geringste Absicht hatte, es zu tun, vom zweiten Stock aus stirbt es sich schlecht, dachte ich. Auf der Straße waren Leute, und mein Blick blieb an zwei Jugendlichen hängen, die an einem geparkten Motorroller lehnten und sich küssten.

Ich träumte von Sarajevo, die Stadt setzte sich wieder zusammen wie in einem rückwärtslaufenden Film, die Trümmer fügten sich wieder aufeinander, die Scherben wurden wieder zu unversehrten Scheiben, zu Fenstern, zu Schaufenstern. Die Rollläden in der Baščaršija wurden wieder hochgezogen, die Bögen der Nationalbibliothek strebten wieder himmelwärts, und das Mädchen, das in den wieder hergerichteten Räumen die Bücher ausgab, kehrte zurück. Zurück kehrten auch die Rufe der Muezzins von den unversehrten Minaretten. Zurück kehrte der Sommer und dann der Schnee, die angeheizten Kamine, die Parade für Tito, die Majoretten in ihren türkisblauen Kleidchen, zurück kehrte die Berghütte an der Jahorina, und zurück kehrte Diegos Blick, sein erster Blick zu mir.

Im Schlaf hielt ich ihn fest wie ein Messer, wie eine Lilie. Er war eine weiße Wunde ohne Blut.

Am Morgen dachte ich, dass ich es nicht schaffen würde.

Doch ich schaffte es, ich steckte Pietro in das Tragetuch und ging aus dem Haus. Ich hatte die Visitenkarte wiedergefunden, die des Capitano der Carabinieri.

Ich musste etwas warten, dann bat man mich herein.

Giuliano schaute auf.

Ich setzte mich. Er sagte etwas über das Baby, sagte, es sei gewachsen, lächelte.

»Was kann ich für Sie tun?«

Ich bat um ein Glas Wasser.

Er ließ eine Flasche bringen. Ich trank.

Er auch. Wieder lächelte er.

»Sie machen durstig.«

Erst dort, vor diesem Mann in Uniform, der ein bisschen dick und ein bisschen kahl war, begann ich zu weinen. Es war ein langes, langsames Weinen, dem er stumm zusah.

Später sagte er mir, dass er sich an diesem Tag in mich verliebt hatte, denn auch er wartete auf ein Schicksal, das er noch nie gesehen hatte und das er nun plötzlich sah.

Er war es, der mir half, Diegos Leichnam nach Italien zu überführen.

Ich beschloss, nicht nach Dubrovnik zu fahren, mir lag überhaupt nicht daran, dieses Meer noch einmal zu überqueren. Ich hatte das Baby, und meinem Vater ging es nicht gut, zwar erholte er sich allmählich von der Lähmung, doch er war nicht mehr der Alte. Wir waren wie künstliche Menschen in einem Science-Fiction-Film, unseres Selbst beraubte, von Maschinen bewohnte Mutanten.

Wenn wir uns den gewohnten Kuss gaben, klang das jetzt anders, wir stießen jeweils gegen den Schmerz des anderen, fest im Körper, in den Armen, die wie aus Eisen waren. Es war uns sogar unangenehm, uns ins Gesicht zu sehen. Dann schon lieber Außenstehende ansehen, Nichteingeweihte.

Die Wohnung war krank, schien jedoch von Leben erfüllt zu sein, weil die Putzfrau kam, weil mein Vater immer Blumen und frisches Obst mitbrachte und er versuchte, alles mehr oder weniger so wie früher zu machen. Er kaufte ein, wiegte das Baby, gab dem Hund Wasser und räumte meinen Kühlschrank auf. Doch sobald er konnte und Pietro schlief, setzte er sich vor Diegos Fotos und starrte sie lange an, weltvergessen. Er saß auf dem Sofa und fixierte traumverloren eine Pfütze oder eine Reihe Füße. Wenn er meine Anwesenheit bemerkte, senkte er den Blick. Sein Auge öffnete sich allmählich wieder, war jedoch im Verhältnis zu dem anderen immer noch verschoben und wirkte unheimlich.

Ich schwamm auf dem Schmerz. Eine dünne Membran hielt mich an der Oberfläche. Wie diese Insekten, die auf den Blättern von Wasserpflanzen leben, habe ich keinerlei Bodenkontakt. Auch bei mir brachen kleine Lähmungen aus. Manchmal spürte ich eine meiner Brüste, einen Fuß oder ein Stück Schulter nicht mehr, es waren die Teile meines Körpers, die Diego berührt hatte, es war der Gedanke an seine Hand, die sich auf meinen Körper legte. Auf natürliche Weise betäubte ich diese Stellen, wie das Zahnfleisch beim Zahnarzt.

Ich las ein Buch über Insekten, diese Lektüre gefiel mir, weil sie nicht versuchte, mich zu unterhalten, und sie durch andere Lebensformen von mir erzählte. Insekten, die auf Baumrinden erstarrten und der Angst entsprachen, indem sie sich verwandelten, die Farbe wechselten und sich totstellten.

Aus Dubrovnik traf der ärztliche Befund ein: Diego war durch den Sturz gestorben, er hatte eine Schädelverletzung und Brüche am ganzen Körper, Hände und Unterarme waren abgeschürft, als hätte er noch versucht, sich festzuhalten.

Ich fragte den Capitano, ob es sein könne, dass ihn jemand gestoßen habe.

Die Polizei von Dubrovnik schloss das aus, viele Zeugen hätten gesehen, wie Diego auf der Hafenmole von Korčula spazierenging und dann auf die Klippen geklettert war.

»Er war … verwirrt.«

Giuliano senkte den Kopf, öffnete ein Schubfach und nahm eine Packung Lakritze heraus.

Er schaute mich an, und ich spürte seine Qual, sie glitt mir auf den Leib.

Das Baby im Tragetuch regte sich, unversehens hatte es seine Füßchen gegen meine Beine auf dem Stuhl gestemmt und sich hochgedrückt. Ich legte ihm eine Hand auf den Kopf und bekam Angst, es könnte sich zum Capitano umdrehen, bekam die unsinnige Angst, es könnte genauso plötzlich, wie es sich hochgedrückt hatte, mit ihm sprechen und verraten, dass es nicht mein Kind war.

Er öffnete die Packung, bot mir Lakritze an und verlor immer noch Zeit.

»Hat Ihr Mann Drogen genommen?«

Hinter einem Gebüsch, dort, wo Diego die Nacht verbracht hatte, war eine Spritze gefunden worden, und in seinem Blut waren Spuren von Heroin gewesen.

Ich ließ den Kopf sinken, ich hätte ihn am liebsten gegen den Tisch geschlagen. Doch ich stieß gegen den Kopf des Babys. Gern hätte ich ihn langsam hundertmal gegen den Tisch geschlagen und hundertmal *Nein* gesagt. Der Junge aus den ligurischen Gassen hatte sein Ende beschlossen.

Der Capitano nickte, die Augen fest wie Glas.

»Aus einem Krieg zurückzukehren ist nicht leicht.«

Neben dem ärztlichen Befund lag ein gelber Umschlag. Ich hatte ihn schon eine Weile im Blick. Es war der schlimmste Teil, der heikelste, Giuliano hatte ihn zur Seite gelegt, doch jetzt musste er geöffnet werden. Es waren die Fotos des Leichnams.

Mit einem Briefförner trennte Giuliano den Umschlag auf, der gab kaum nach, strapazierfähiges Papier der alten jugoslawischen Bürokratie. Rasch blätterte er die Bilder durch.

Ich beobachtete ihn, um von seinem Gesicht eine Reaktion abzulesen, ich küsste den duftenden Kopf des Babys, und plötzlich wartete ich auf ein Wunder, wartete ich darauf, dass der Tote trotz der Papiere, trotz der detaillierten Beschreibung seiner Kleidung und trotz des Silberrings am Finger nicht Diego war.

Der Capitano schien an Bilder von Toten gewöhnt zu sein, er verzog keine Miene. Dann schaute er liebenswürdig auf.

»Es genügt, wenn Sie sich eins ansehen, doch das muss sein, Sie müssen eine Erklärung unterschreiben.«

Ich sah mir die Bilder des toten Fotografen an, sie glitten ruhig an mir vorüber wie Boote auf einem Fluss.

»Ja, das ist er.«

Als der Capitano die Bilder in den Umschlag zurücksteckte, sagte er: »Er sieht aus wie Che Guevara.«

Das stimmte, im Tod war er wunderschön. Mit einem fahlen Gesicht, von Schatten verschlungen, und doch war die Spannkraft der Seele, die Liebe zum Leben noch zu erkennen.

Die Tage vergingen, ich lernte, dass es wesentlich einfacher war, ein Neugeborenes aus Sarajevo zu entführen, als einen Leichnam aus Dubrovnik nach Hause zu holen. Dann kam der Sarg.

An einem sonnigen Tag zerfurchte ein Militärflugzeug in der absoluten Stille eines flüssigen Himmels, der den Horizont wabern ließ, den weichen Asphalt der Rollbahn. Mit langen Schritten erreichte der Capitano in seiner tadellosen Uniform die Maschine. Unwirkliche Sekunden verstrichen, wie vor einer Geburt. Dann öffnete sich die Flugzeugtür, und der Sarg glitt aus dem Metallbauch.

Mir brach der Schweiß aus, meine Bluse klebte mir am Körper wie ein Badeanzug.

Ein paar Jahre später, als Giuliano mir einen Heiratsantrag machte, sollte ich mich an diese Ankunft erinnern, Diegos Leichnam im Sarg und der Capitano, der ihn unter dem heißen Himmel, der alles flimmern ließ, erwartete. Ein Schicksal ging und eines kam.

Ich blieb einen ganzen Tag bei dem Sarg, man hatte ihn in einem kleinen Raum abgestellt. Es hatte Probleme gegeben, weil das Begräbnis erst für den nächsten Vormittag festgesetzt war und die Flughafenbehörde nicht die Absicht hatte, den Sarg so lange aufzubewahren. Diego war kein Kriegsheld. Er war ein unbekannter Fotograf, der mit Heroin vollgedröhnt von einer Klippe gestürzt war. Der Capitano sah meine Verwirrung, die ihn inzwischen nicht mehr überraschte, gleichmütig mit an. Es lag auf der Hand, dass ich es war, die sich auf italienischem Boden um den Sarg kümmern musste. Doch daran hatte ich nicht gedacht. Mit einem Baumwollmützchen auf dem Kopf und in der durchgeschwitzten Bluse stand ich da wie eine Touristin, die sich verlaufen hat. Ein Hin und Her von Telefonaten und Diskussionen fing an.

Am Ende nahmen vier Wehrpflichtige den Sarg auf und trugen ihn in einen kleinen, luftigen Raum, wie es sie in den Häusern am Meer gibt. Dort war eine Tür mit einem hellgrünen Rollladen, und ich bat darum, dass man sie offen ließ. Sie führte zum Sperrgebiet des Flughafens, man sah einen Hangar aus Metall und einen Stacheldrahtzaun.

Ich blieb bis zum Sonnenuntergang.

Es war Holz, nichts als Holz. Ins Dämmerlicht dieses abgelegenen Raumes getaucht. Ständig schweifte ich mit den Gedanken ab und schaute hinaus, vom Licht angezogen wie eine Fliege, die keinen Frieden findet. Ich betrachtete das Schilf, das am Rand der Rollbahn nachgewachsen war und den Asphalt aufbrach. Ich konzentrierte mich wie damals, als kleines Mädchen, wenn ich in der Kirche die Hostie in Empfang genommen und mich um Sammlung bemüht hatte, doch trotz meiner Anstrengung dümpelte ich im Nichts herum und hing meinen Gedanken nach. Ich wartete einfach, dass die Zeit verging. Mir war etwas unbehaglich zumute, wie wenn man abfliegt und das Gefühl hat, etwas vergessen zu haben. Man unterbricht seine Gedanken, macht eine kleine Bestandsaufnahme, durchwühlt seine Taschen und öffnet die Handtasche, kann sich aber nicht erinnern, was man am Boden zurückgelassen hat.

Dann geschah zweierlei.

Erstens kam Diego in den Raum und sprach mit mir. Die Sonne stand schon tief, diese Stunde hatten wir gern, es war langsam Zeit für Wein und Gespräche, und daher wunderte es mich nicht, dass er diese Uhrzeit gewählt hatte, um mich zu besuchen. Er kam nicht aus dem Sarg. Er kam von draußen und bückte sich, um nicht an den Rollladen zu stoßen.

Ciao, Kleine.

Er wollte mir bei dieser Wache Gesellschaft leisten wie damals, als wir gemeinsam beim Arzt gewartet hatten. Seinen Bart aus Sarajevo hatte er nicht mehr, sein Gesicht war glattrasiert, und er trug das alte, weiße Hemd ohne Kragen, das auf der Brust versteift war, dazu seine Safarihosen. Er war frisch geduscht, sein nasses Haar duftete nach Shampoo.

Ich fragte ihn, ob er gelitten habe.

Er lächelte und wiegte den Kopf. *Ein bisschen.*

Ich fragte: *Wie ist der Tod, Diego?*

Er dachte keine Sekunde nach: *Er ist ein aufsteigender Fluss.*

Zwischen uns stand der Sarg, Diego hatte die Füße daraufgelegt. Dies schien die Totenwache für einen Mann zu sein, der vor vielen Jahren gestorben war, vielleicht für seinen Vater. Jetzt spielte er Gitarre, ich betrachtete die abgelaufenen Sohlen seiner Stiefel, von einem, der viel gewandert ist. Vor dem Hangar stand ein Flugzeug, eine kleine Militärmaschine mit Propellern.

Möchtest du verreisen, mein Schatz?, fragte ich ihn.

Er sah mich lange an, mit feuchten, alten Augen. Mit lebensstarken Augen, nah an der Zartheit des Himmels.

Nein, ich möchte bleiben.

Erst jetzt fragte er nach dem Baby.

Ich erzählte ihm, dass es mir am Morgen beim Wickeln ins Gesicht gepinkelt habe.

Er lachte und sagte, auch er habe seine Mutter angepinkelt,

kleine Jungs machten das eben. Er fuhr mit der Hand zu seinem Gesicht, spreizte die Finger und verharrte einen Moment lang unter diesem Käfig.

Als er ging, ließ er einen Film auf dem Sarg zurück.

Und zweitens fand ich tatsächlich einen Film, ohne Hülle und zerknittert. Er lag auf dem Boden, neben dem Rollladen, von jemandem vergessen, der wohl nicht wusste, wie man ihn herausnimmt, und ihn verdorben hatte. Ich steckte diese vom Licht ruinierte Filmrolle ein. Und fühlte mich besser, so als wäre sie das gewesen, was ich bis vor kurzem noch gesucht und nicht gefunden hatte. Ich verließ den Raum.

Auf der Beerdigung am nächsten Tag sind viele junge Gesichter, die Studenten aus der Schule für Fotografie. Violas Haare sind nachgewachsen, sie hat den Krebs besiegt, kann aber den kleinen Afghanen nicht im Zaum halten, der sich entwindet und ein paar einsame Schritte auf den Sarg zu macht. Der Priester ist ein alter Schulkamerad meines Vaters, ein stämmiger Mann, der leiernd spricht. Jedes Mal, wenn er *Diego* sagt, fahre ich zusammen. *Warum ruft er ihn?*, denke ich.

Ein dünner Kerl, kaum größer als ein Kind, kommt auf mich zu.

»Du bist seine Frau?«

Offene Vokale, Konsonanten, die wie Meer zerfließen, der starke Akzent der ligurischen Gassen, Diegos Akzent.

»Ich bin Pino.«

Er umarmt mich hart.

Boxergesicht, Sonnenbrille und Gel wie ein Totengräber.

Ich habe ihn auf vielen Fotos gesehen, er war der Anführer der Ultras, ich kann nicht glauben, dass er so klein ist, auf Diegos Fotos schien er ein Riese zu sein.

Er stellt mir die anderen vor, die Gruppe aus Genua, abgezehrte Fixergesichter. Er fragt mich, ob sie ihre Fahne auflegen dürften. Sie ist traditionsreich, vollkommen dreckig und zerrissen, mit den Autogrammen der Spieler. Wie ein Leichentuch breiten sie sie langsam über den Sarg.

Die Fahne ist dein Vater, deine Mutter, die Arbeit, die du nicht hast, das Heroin, und zwar das gute ...

Diegos Mutter ist mit ihrem Freund im Auto gekommen, siebenhundert Kilometer bis zu dieser ruhmlosen Stadtteilkirche.

Sie sitzt neben mir auf der Bank, wie festgeklebt. Eingeschüchtert. Arme Rosa, sie ist ein welkes Blümchen, das sich nicht mehr erholen wird. Doch sie hat sich die Haare gemacht, man sieht, dass sie beim Friseur war, ihr Kopf ist in feste, violette Locken toupiert. Ich halte ihre Hand, sie drückt zu, als wolle sie mich um Verzeihung bitten.

Sie hat zu mir gesagt: »Ich konnte ihn nicht zu Hause behalten, ich musste ihn ins Heim geben, aber wenn ich noch mal zurück könnte ...«

Man kann nicht zurück, Rosa.

Jetzt denkt sie vielleicht an die Jahre, als Diego klein war, *ein so kleiner Hänfling*, er warf sich im Schlaf heftig herum und fiel aus dem Etagenbett, da rief man sie von der Krankenstation an, weil das Kind nach ihr verlangte, aber Rosa konnte nicht nach Nervi kommen, in dieses Heim, *ein gutes Heim, Gott behüte*, sie hatte doch Schichtdienst in der Kantine. Sie sprach am Telefon mit ihm, *Sei lieb, mein Kleiner*, sagte sie. Inzwischen ist sie mit ihrem Freund nach Nizza gezogen, sie haben da *ein Häuschen*, nur schade, dass sie dieses Zittern in den Händen hat.

Sie hat ihr Enkelkind auf die Stirn geküsst, sich jedoch nicht getraut, es auf den Arm zu nehmen. Sie wirkt geistesabwesend, von Gespenstern beherrscht, die elender sind als sie. Still verströmt sie den Geruch ihres Mundes, der all die Stunden im Auto geschlossen war.

Ich habe sie gefragt, ob das Baby Ähnlichkeit mit Diego als kleinem Jungen habe.

»Es sieht genauso aus wie Diego auf einem Foto, ich zeige es dir, schicke es dir.«

Sie lächelte abwesend, benommen.

»Sie schießt sich mit Tavor ab«, erzählte mir Pino später.

Das Mädchen, das das Evangelium liest, ist ein bisschen zurückgeblieben, es sieht aus wie ein Seehund mit Perücke. Diego hätte sie als Modell genommen.

Ich habe einen Rekorder mitgebracht. Ich stehe auf und drücke die *Play*-Taste.

Auf dem Sarg liegt nicht eine Blume. Nur die kaputte Leica und die Fußballfahne von Genoa. Über diesem bisschen schwebt *I Wanna Marry You.*

Oh, darlin' there's something happy and there's something sad ... Duccio lehnte die ganze Zeit über an einer Säule unter dem Seitengewölbe, mit verschränkten Armen und breitbeinig wie ein Rausschmeißer.

Die Jungen aus der Schule für Fotografie laden sich das Holz mit ihrem jungen Lehrer darin auf und tragen es weg.

Der kleine Afghane gibt jetzt Ruhe, er macht Seifenblasen. Fliegende Pfützen, die Diego gefallen hätten. Für einen kurzen Moment sehe ich in ihnen seine abstürzenden Augen.

Der übliche Beifall erklingt.

Hinten in der Kirche ist Armando unter dem Vorwand, sich um das Baby zu kümmern, die ganze Zeit hin und her gewandert. Er ist unrasiert, und seine himmelblauen Augen verlieren sich im dunklen Fleisch. Sein Gesicht ist fast wieder in Ordnung. Er hat Pietro im Kinderwagen zum Einschlafen gebracht, ab und an war noch ein Wimmern zu hören. Jetzt baut er sich vor dem Sarg auf und streckt eine Hand aus. Er berührt ihn nicht sofort, er wartet, als gäbe es zwischen seiner Hand und dem Holz noch einen ungedachten Gedanken, ein Gebet. Er ist ein alter Mann, zum ersten Mal ist er dermaßen alt. Er neigt den Kopf und stützt sich am Sarg ab, wie um den reglosen Jungen dort drinnen um Hilfe zu bitten, der nur noch eine Mumie ist, menschliche Überreste wie Apfelgriebsche.

Wangen ohrfeigen mich, eine nach der anderen, Küsse in die Luft, Todesküsse. Mir tut die Haut weh. Ich nehme meine Sonnenbrille nicht ab, um all diesen Blicken nicht zu begegnen, die mir begegnen wollen. Schwarze Fische.

Ich höre, wie Rosas Freund sie fragt: »War es kalt in der Kirche?«

Der Sarg wird in den Kleinbus der Schule für Fotografie geladen, keine Kränze, keine schwarzen Autos.

Duccio starrt entsetzt auf diese Klapperkiste von einem Leichenwagen. Er umarmt mich, die verspiegelte Sonnenbrille klebt an seinem ausgezehrten Gesicht. Er zieht eine Lippe ein und kaut mit seinen großen Raubtierzähnen darauf herum.

»… und er war ein großer Fotograf … ein großer.«

Er lässt die Fernbedienung aufblinken und tänzelt zu seinem Jaguar, der am Ausgang der Kirche geparkt ist.

»Das hat der nie gedacht«, sagt Viola. »Die Toten lobt man ja immer über den grünen Klee …« Sie zieht an ihrer überdrussgetränkten Zigarette: »… denn die gehen einem am Arsch vorbei.«

Ich reiße ihr die Zigarette aus der Hand und trample sie mit den Schuhen aus: »Hör auf zu rauchen, du blöde Kuh!«

Das Licht hat sich verändert, es ist grau geworden, vielleicht regnet es bald. Pietro hat weiße Sachen an, er ist wach und hat die Decke weggestrampelt. Er liegt da und fixiert die Stoffbiene, die am Verdeck des Kinderwagens schaukelt. Er hat riesengroße Augen und den kahlen Kopf eines Insekts. *Papa*, sagt er, *was sollen wir machen?*

Tja, was soll man machen? Dies ist keine Hochzeit, und es gibt keinen Umtrunk. Dies ist nicht mal ein normales Begräbnis, so ohne Leichenwagen und ohne Grab. Diego wollte so was nicht, er hat immer gesagt *in den Wind*, und im Wind wird er sein.

»Bring das Kind nach Hause, Papa.«

Wir fahren durch die Stadt zum Krematorium. Wir passieren ein Gittertor, eine staubige Allee. Es ist ein guter Zufluchtsort, leicht wie ein Gewächshaus. Die wartenden Särge sehen aus wie Saatgutkisten. Pino nimmt die Fahne von Genoa wieder an sich und legt sie sorgfältig zusammen, er will sie nicht verbrennen lassen.

Auf dem kleinen Platz, wo wir in einer Bar einkehren, steht ein Springbrunnen. Sich aufbäumende Fontänen, Wasser, das aufsteigt, anstatt abwärtszufließen.

Diegos Mutter steigt ins Auto. Ihr Freund schließt die Tür auf ihrer Seite. Ein Zipfel ihres Kleides bleibt draußen, ich sehe es flattern.

Ich bin mit Pino allein. Wir essen ein Sandwich.

»Sein Vater, wie war der?«

Er verzieht das Gesicht. Es ist der Schmerz eines gescheiterten Lebens. Eigentlich war Diego derjenige, der es geschafft hatte.

»Er war ein Arschloch, hat zu Hause herumgeprügelt, er war ein harter Brocken.«

»Diego hat von ihm immer wie von einem Held erzählt.«

Pino trägt eine kurze, schwarze Lederjacke und hat eine Schlägervisage. Er hüpft herum und lächelt, wie Robert De Niro in *Wie ein wilder Stier*.

»Scheiße, Diego ... Du weißt doch, wie Diego war, oder?«

Nein, das weiß ich nicht. Sag es mir, Pino.

»Nie wollte er das Schlechte sehen, immer nur das Schöne.«

Ich betrachte den Brunnen. Das aufsteigende Wasser. *Das Schöne.*

Die Koffer liegen gepackt auf dem Bett

Die Koffer liegen gepackt auf dem Bett. Das Zimmer ist voller nasser Handtücher. Pietro trägt ein sauberes T-Shirt, er putzt seine Ray-Ban.
»Was wollen wir klauen, Ma?«
Ich sehe ihn an, ohne zu begreifen.
»Wieso musst du was klauen?«
»Irgendwas muss man klauen, sonst sieht es so aus, als hätte einem das Hotel nicht gefallen.«
»Wer hat dir denn das erzählt?«
»Papa.«
Dagegen komme ich nicht an, weil der, den er *Papa* nennt, vor einem Monat zum Oberst der Carabinieri befördert worden ist.
Pietro schnappt sich das Plastikschild, das an der Türklinke hängt.
»Ich lasse das DO NOT DISTURB mitgehen, okay?«
»Also hat es dir gefallen?«
Er verzieht das Gesicht, zuckt mit den Schultern und steckt das Schild in seinen Rucksack.
Wir ziehen die Koffer auf den Gang, in dem aufgeplusterten Teppichboden haben die Rollen ihre Mühe.
»Tut es dir leid, dass wir abreisen, Ma?«
»Ein bisschen, ja …«
»Mir auch, ein bisschen.«
Ich sehe ihn an, weil ich nicht glauben kann, dass es ihm leidtut, aus dieser bettelarmen, grauen Stadt zu verschwinden.

Vielleicht tut es ihm leid, sich von Dinka verabschieden zu müssen, der Kellnerin mit dem Piercing. Obwohl sie sich kaum ansehen. Sie umarmen sich kurz, steif wie zwei Käfer.

Als wir auf der Straße auf Gojko warten, der den Rückwärtsgang einlegt, sagt Pietro: »Ich wusste nie, wo ich geboren bin, jetzt weiß ich es.«

»Und bist du zufrieden?«

»Pff ...«

Ich betrachte sein Gesicht vor dem Autofenster, die rund um den Bahnhof wiederaufgebauten Wohnblocks ziehen vorbei, und ich verstehe, was dieses *Pff* bedeutet. Jahrelang hat sich Pietro diesen Ort vorgestellt, an dem er geboren wurde, *zufällig*, wie er seinen Lehrern und seinen Freunden in der Schule stets erzählt hat. Er muss viel mehr darüber nachgedacht haben, als ich mir träumen ließ, über den in dieser Stadt enthaltenen *Zufall*. Und vielleicht hat er ihn in diesen letzten Tagen gesucht, als er sich so gut wie nichts ansah und immer mit gesenktem Kopf herumlief.

Gestern Abend fragte er mich im Bett: »War Diego besser auf der Gitarre als ich?«

»Nein, du bist besser, du hast das richtig gelernt. Papa spielte nach Gehör.«

Er drehte sich weg und wälzte sich endlos herum, er störte mich beim Einschlafen.

»Darf man erfahren, was du hast?«

Er schnellte hoch wie ein Tiger.

»Mich nervt, dass du ihn Papa nennst.«

»Aber er ist dein Vater.«

»Und warum ist er dann nicht mit uns nach Rom gekommen?!«

»Er hat gearbeitet.«

»Nein, er hat uns verlassen.«

Er zog mich am Arm.

»Stimmt doch, oder?«

Ich wartete darauf, dass er einschlief. Vielleicht hatte er was gehört, in den Mauern dieser Stadt, die zu ihm gesprochen, ihm eine Wahrheit zugeflüstert hat, die zwar tot ist, die es jedoch gegeben hat und die irgendwo verzeichnet ist, zusammen mit den Namen auf den Gedenktafeln an den versehrten und wieder zusammengeflickten Häusern.

Der Löwen-Friedhof liegt neben dem Stadion, neben den Betonbauten der Umkleidekabinen. Die Gräber ziehen sich einen Abhang hinauf, der wie eine Weinterrasse aussieht.

Die muslimischen Grabsteine stehen schief, zeigen alle nach Mekka und scheinen vom Wind umgeweht zu sein.

Gojko fragt mich, ob ich anhalten möchte.

Seit unserer Ankunft möchte ich hierherkommen, doch ich fand nicht die Kraft dazu. Auch an diesem Morgen habe ich sie nicht. Doch da wir kurz vor der Abreise sind, fasse ich ihm an die Schulter und sage *Ja, halt an*. Gojko schaltet den Blinker ein und fährt rechts heran, als wäre nichts weiter. Als hielten wir, um einen Kaffee zu trinken, mit genau so einem Gesicht.

Jetzt geht er voran, sein T-Shirt ist auf dem Rücken durchgeschwitzt. Er schaut nicht auf die Grabsteine, er kennt den Weg.

Er sieht aus wie ein Bauer, der uns durch seinen Weinberg führt.

Halb Sarajevo liegt hier begraben. Die Geburtsdaten wechseln, die Todesdaten wiederholen sich. Das Schicksal war wie ein schwarzer Sack. In diesen drei Jahren hielt der Tod ungewöhnlich reiche Ernte.

Tod bedeutet Einsamkeit, doch selbst diese Privatheit wurde

den Menschen genommen, sie mussten in Trauben sterben wie Insekten. Des Lebens beraubt zu werden schien am Ende fast akzeptabel zu sein, doch des Todes beraubt zu sein ist etwas anderes ... als Schüttgut zu enden, durcheinandergeworfen wie Schmutzwäsche, wie faules Obst.

Gojko übersetzt einige Grabinschriften. Er tut es für Pietro, der ihn nicht mehr in Ruhe lässt. Gojko entzieht sich nicht, er erzählt ihm die grausigsten Geschichten.

»Nach einer Weile gingen die schwarzen Ziffern für die Grabsteine aus, es fehlte an Zweien für die 1992, und alle warteten darauf, dass endlich 1993 anbrach, dann gingen auch die Dreien aus.« Er lacht. »Ein richtiges Drama.«

Er ist stehen geblieben. Wartet, bückt sich, reißt etwas ab, eine hässliche Kletterpflanze.

Hier ist die Abteilung mit den katholischen Kreuzen. Ich gehe weiter und möchte nicht gehen. Er sieht mir entgegen.

Der Untergang hatte längst begonnen. Doch an jenem Tag hörte dann alles auf. Es starben die Jo-Jos, die Levi's 501, die Songs von Bruce Springsteen und Gojkos Gedichte.

An jenem Tag war ich schon seit einer Weile nicht mehr in Sarajevo. Ich erfuhr erst Jahre später davon, zufällig, im Foyer eines Programmkinos: Dort sehe ich ein junges Mädchen, das mich durch eine Brille anschaut, dazu eine festliche Jacke aus schwarzem, ins Grünliche spielendem Atlas über schlaffen Jeans. Sie erkennt mich, ich gebe ihr einen Kuss, umarme sie und sehe sie erneut an. Jedes Mal, wenn ich einen von ihnen treffe, kommt es zu dieser Umarmung, stumm und tief. Es ist Schmerz, der sich wieder einprägt, der wieder in eine Gussform fließt, die auf ihn gewartet hat. Das Mädchen war die Nachbarin von Mirna und Sebina, sie war damals fast noch ein Kind. Sie geht mit gesenktem Kopf die Treppe hoch, ihr Arm, weich hinter ihr wie ein Schwanz, streicht über die Wand. Ich gebe ihr einen kräftigen Kuss, weil sie am Leben ist, auch wenn ich sie nicht gut kannte und nie an sie gedacht habe, mich nie gefragt habe, was aus ihr geworden ist. Sie übersetzt Romane aus dem Serbokroatischen, nach dem Krieg waren sie ein bisschen in Mode, sagt sie. Viel Geld hat sie nicht, das sieht man an dieser glanzlosen Jacke, sie hatte einen italienischen Verlobten, das ist jetzt vorbei, sie wartet ab. Sie hat kleine, schneeweiße Hände, das sanfte, stolze Gesicht ihrer Heimatstadt und eine so schwache Stimme, dass ich sie fast nicht verstehe. Wir sitzen auf einem roten Sofa, es riecht muffig, nach Teppichboden, der nass wird und wieder trocknet.

Ihre Stirn ist hoch, ihre Haare sind wie zerfaserte Wolle, darauf prallt ein zu weißes Licht. Sie ist im letzten Jahr der Belagerung fortgegangen; als wieder ein paar Straßenbahnen fuhren, war sie eingestiegen, hatte sich auf den Boden gesetzt und war nicht wieder aufgestanden, auch in den unbesetzten Gebieten nicht, sie war von der Baščaršija bis nach Ilidža gefahren. Sie war schön, diese Straßenbahn, diese heilen Fenster waren schön. Sie hatte den Untergang ihrer Stadt gesehen wie im Kino, Straßen wie ein vorüberziehender Film. Da hatte sie beschlossen, nicht länger zu bleiben, sie konnte sich nicht vorstellen, weiter dort zu leben, die Narben schienen ihr schlimmer zu sein als die Wunden.

»Sie haben es nicht geschafft«, sagt sie.

Da ist dieses Licht, das ihren Kopf ausbleicht und einen Teil ihres Haars verwischt, das kastanienbraun ist, doch weiß und alt aussieht. Sie schaut mich an, kommt mir mit ihrem Blick zu Hilfe.

Ich dürfte nicht leiden, weil es schon vor vielen Jahren geschah, es ist keine offene Wunde, sondern eine weiße Narbe, verschwunden in der Haut der Zeit. Doch gerade diese Zeit, die verging, ohne dass ich etwas erfahren habe, ist so schmerzhaft.

Ich gehe auf Gojko zu. Sehe zu Boden. Es ist ein Doppelgrab, der Stein kaum größer als ein einzelner, wie ein Bett mit anderthalb Plätzen.

Wie das Bett, in dem Mutter und Tochter schliefen und in dem Diego und ich uns zum ersten Mal liebten.

Hier liegen Sebina und Mirna.

Ich bekreuzige mich und fahre mir mit der Hand übers Gesicht.

Die Inschrift auf dem Stein ist ziemlich lang, Gojko übersetzt sie für Pietro, ohne zu stocken und ohne die Stimme zu verändern, so wie sich auch sein Gesicht nicht eine Sekunde verändert hat.

Halte du ein Ende des Fadens,
mit dem anderen in der Hand
wandere ich durch die Welt.
Und falls ich mich verlaufe,
meine Mama, ziehe.

Pietro fragt: »Ist das ein Gedicht von dir?«

Gojko nickt widerwillig, es ist ein Stück aus einer Ballade, die er für Sebinas letzten Geburtstag geschrieben hatte, der war am dreizehnten Februar, es fielen Bomben und Schnee, doch sie feierten, ohne es sich an etwas fehlen zu lassen.

»Es ist eines der hässlichsten, die ich je geschrieben habe, doch ihnen hat es gefallen.«

Pietro sagt: »Das ist doch nicht hässlich.«

Ich schluchze im Bauch, in den Schultern. Pietro sieht mich

an. Am liebsten würde ich zusammenbrechen und mich totweinen. Doch ich schäme mich, vor meinem Sohn und vor Gojko, der alles verloren hat und mit keiner Wimper zuckt, ich schäme mich für mein rührseliges Alter, das mittlere, wie es heißt, das mir aber viel weiter fortgeschritten zu sein scheint.

»Wie ist es passiert?«

Das Mädchen erzählte mit stets gleichbleibender Stimme, und ich klammerte mich an diesen dünnen Faden, von dem ich heute weiß, dass er die Stimme der Überlebenden ist, der Menschen, die wie verlorene Fäden weiterlebten. Ihr Italienisch war ein Singsang von fast einschläfernder Monotonie. Also, es war folgendermaßen.

Die Alarmsirenen heulen schon eine Weile, und Sebina muss in den Keller hinunter, das passt ihr nicht, aber sie macht keine Sperenzchen mehr. Inzwischen ist es zur Gewohnheit geworden, der Keller ist gut eingerichtet, mit einer Autobatterie, die man hin und wieder aufladen kann, sodass manchmal das Radio läuft; mit einem Kochtopf für das Gemeinschaftsessen und mit einem Vorhang, der den Toiletteneimer verbirgt. Mit Büchern, Decken und schmalen Liegen für die Nacht.

Die Mutter mahnt sie zur Eile, denn Sebina trödelt herum und streut Futter ins Aquarium, dazu stibitzt sie etwas von dem schwarzen Klumpen aus dem Hilfspaket, der wohl Fleisch sein soll, doch wie Futter für die Fische stinkt und ihnen auch zu schmecken scheint. Sie möchte sie in das leere Einweckglas von den Kirschen schütten, wie sie es manchmal tut, um sie mit in den Schutzraum zu nehmen, doch Mirna regt sich auf, die Granaten sind heute wie die Steine eines nicht enden wollenden Erdrutsches.

Sebina nimmt nur ihr Geografiebuch mit. Sie schwärmt für Neuseeland und hat ihrem Bruder erzählt, dass sie dort gern mal hinfahren würde, und Gojko hat ihr versprochen, das Erste, was sie unternehmen, wenn alles vorbei ist, wird dieser vierundzwanzigstündige Flug sein. Zusammen mit den Nachbarn geht sie die Treppe hinunter, zusammen mit dem Mädchen, das größer ist als sie und beim Hinuntergehen mit dem Arm an der Wand entlangstreift, ihn hinter sich herzieht wie einen Schwanz.

Heute funktioniert das Radio, zuerst kommen die Suchmeldungen, die Stimmen derer, die weit weg sind und um Auskunft bitten, atemlos, als kämen sie aus einer Truthahnkehle, dann schließlich, mit Gottes Hilfe, Musik.

Sebina tanzt und hüpft. Die Frau, die die Suppe kocht, sagt, sie solle damit aufhören. Also schlägt Sebina ihr Geografiebuch auf. Dann klappt sie es wieder zu und erzählt einen Witz, den sie von ihrem Bruder hat. Sie schneidet Grimassen und stemmt die Fäuste in die Hüften. Sogar die mürrische Frau am Suppentopf muss lachen.

Mirna ist noch nicht da, sie ist hochgegangen, um auf der Terrasse Wäsche aufzuhängen, es ist der erste schöne Sonnentag nach der langen Kälte, deshalb sind die Grenadiere in den Bergen auch so euphorisch.

Die Terrasse ist eigentlich ein strategisch ruhiger Punkt, der Wohnblock ist niedriger als die anderen und liegt abseits.

Mirna hat blondes Haar, in dem die weißen Fäden nicht so auffallen, sie trägt einen eng anliegenden Rock und einen hochgeschlossenen Pullover, beides passt ihr jetzt ausgezeichnet, es stammt noch aus ihrer Jugendzeit.

Ich sehe sie auf dieser Terrasse und grüße sie, es sind die letzten Augenblicke ihres Lebens, das zweite Jahr der Belagerung hat gerade begonnen. Auf diesem Dach mit den Schornsteinen und Fernsehantennen haben wir manchmal geplaudert, ich ging mit ihr mit, wenn sie die Wäsche hereinholte, dann rauchten wir zusammen und schauten hinunter. Ich konnte sie gut leiden und sie mich auch, auf ihre Art, ohne wirkliche Vertrautheit. Mit Scheu, ich war immer etwas fern für sie. Ich war die verhinderte Frau ihres Sohnes und die Patin ihrer Tochter, doch im Grunde kannten wir uns kaum, und in wenigen Augenblicken, wenn *ihre* Granate einschlägt, verlieren wir die Gelegenheit, uns je näherzukommen.

Für einen kurzen Moment sehe ich ihre Brust unter dem Pullover, unter dem BH, die nackte Brust einer lebendigen, atmenden Frau.

Ich kehre nach unten zu Sebina zurück. Sie blättert wieder in ihrem Geografiebuch, sie hat sich an die Dunkelheit gewöhnt. Tagsüber kann man ein Fensterchen offen lassen, es liegt oben, an der Straße, und lässt ein perlgraues Lichtröhrchen herein, mehr nicht, es reicht, um sich einigermaßen zu sehen und den Rauch abziehen zu lassen, wer hier unten Zigaretten hat, raucht sie auch. Sebina nervt dieser Rauch, auch wenn sie inzwischen nicht mehr darauf achtet und erst, wenn sie rausgeht, bemerkt, dass ihre Sachen stinken. Sie denkt an ihre Mutter. Manchmal darf sie mit ihr auf die Terrasse, dann kann sie sich endlich die Beine vertreten, macht Spagat, Überschläge und Schraubsprünge und läuft zwischen den Schornsteinen und Antennen auf den Händen.

Ihre Beine sind stämmig. Nicht mehr so wie früher, sie ist jetzt nicht im Training, doch sie wird wieder anfangen und nicht lange brauchen, zum Glück ist sie eine kleine Athletin, und dieser Krieg wird ihr die Olympiade nicht wegnehmen.

Dann ist es so weit.

Ich sehe Sebina vor mir, zum Greifen nahe. Sie ist mir vertraut, ich hatte sie auf dem Arm, als sie erst wenige Stunden alt war, ich habe sie getauft.

Ich sitze im Foyer dieses Programmkinos, in dem ein Film läuft, den ich nicht sehen werde, und in das ich an diesem regnerischen Nachmittag aus Versehen geraten bin. Ich sehe stattdessen folgenden Film: Sarajevo, im Mai 93. Den Tod Sebinas und ihrer Mutter Mirna.

Ich sitze da, und das Mädchen erzählt, sie erinnert sich an jede Einzelheit, bis ins kleinste Detail. Ich frage sie, ob sie Bücher nur übersetzt oder auch selbst welche schreibt. Sie sagt: *Woher weißt du das?*

Ich habe es an den Details erkannt, es sind die eines Menschen mit einem Schriftstellergedächtnis. Ein Messer, das trennt und auswählt.

Zu meinen Details gehört: ein schmutziges Taschentuch, Sebina hat ein Eis gegessen, und ich habe ihr den Mund abgewischt. Sinnloserweise frage ich mich jetzt, wohin ich das Taschentuch mit den Spuren ihrer Lippen gesteckt habe.

Zu meinen Details gehört: ihr Geruch nach Fisch.

Sie steht vor mir, ihr Kopf reicht mir bis zum Bauch. Ich beuge mich hinunter, um sie zu küssen, und rieche die Makrelen aus den Hilfspaketen.

Zu meinen Details gehören: ihre Fische, die im Staub um sich schlagen.

Die erste Granate geht in unmittelbarer Nähe nieder. Der Topf fällt vom Kocher und die Suppe landet auf dem Boden. Die Frau schreit und verflucht den Krieg, mit den Händen klaubt sie auf, was sie greifen kann, und sie verbrennt sich dabei die Finger.

Sebina starrt auf die Suppe, die auf sie zurinnt und Brocken von Wintergemüse, von Notgemüse, mit sich führt.

Sie hebt den Kopf, sagt, sie wolle raus und ihre Mutter suchen. Das Mädchen stockt und sagt: *Niemand hat sie aufgehalten, das war das Absurdeste, man hätte ein kleines Mädchen doch nicht rauslassen dürfen.* Das Mädchen stockt.
Sebina läuft die Treppen hinauf.
Das Mädchen, das immer mit dem Arm an der Wand entlangstreift, hat sie nicht aufgehalten, sie spielte gerade mit einem Freund Schach, die aus Korken gebastelten Figuren waren heruntergefallen, und die beiden stritten sich, weil nicht mehr auszumachen war, wie sie gestanden hatten.

Jetzt denkt sie darüber nach, dass sie diesen unnützen Arm, der immer an der Wand entlangstreifte, um ihr Gesellschaft zu leisten, dazu hätte benutzen können, das Nachbarmädchen aufzuhalten und ihr den schwarzen Weg zu versperren.

Das Mädchen stockt. Sie ist eine Schriftstellerin, sie weiß, dass das Schicksal wie Tinte fließt und dass man ein Mädchen, das sterben soll, nicht aufhalten kann.

Sebina geht nach oben, weil es so geschrieben steht. Wo denn? In welchem verdammten Buch?

Sebina hat dieses Schnäuzchen, diese ölglatten Haare, diesen etwas quadratischen Kopf und diese abstehenden Ohren, rosafarbene Fäden von durchscheinendem Fleisch, dazu diesen Mund, der sich nicht beschreiben lässt und den man wenigstens einmal gesehen haben muss, um zu begreifen, dass Lebensfreude sich ganz in einem Mund manifestieren kann, in zwei Streifen Fleisch, die so rege wie Sternschnuppen sind.

Sebina ist nicht schön, das ist sie nie gewesen, sie ist die Hässlichste in der Familie und recht klein, ihre Arme sind zu lang, und ihr Gesicht sieht aus wie das der Puppe auf der Schachtel mit den Orangenplätzchen.

Trotzdem ist sie das schönste Mädchen der Welt, sie ist mein

Patenkind, ist das Leben in seiner reinsten Form, so wie ein aus dem Felsen geschlagener Edelstein mit allem Licht strahlt, das es anderswo nicht gibt.

Sie ist es, die mich zur Mütterlichkeit gebracht hat. Jedes Mal, wenn ich sie in die Arme schloss, sagte ich mir *Dieses Geschöpf hat etwas von mir. Und irgendwo hat es ein Geschenk für mich.*

Ich erinnere mich an ihre Ellbogen, deren Gelenkknoten unglaublich hervorstehen, an ihre Augäpfel und an ihr Haar, das über der Stirn nachwächst wie eine Fellgardine.

Sie geht nach oben. Wie Wasser, das den weichen Verlauf des Abschüssigen verlässt und wie eine Flamme aufsteigt.

Mirna hat die Wäsche stehen lassen. Die Druckwelle der Granate, die den Keller erzittern ließ, war dort oben stark wie ein Erdbeben, Mirna wurde umgerissen und fiel neben eine der Antennen, die mittlerweile, so ohne Strom, nur noch Schrott sind. Sie denkt an Sebina, denkt, dass sie unten verschüttet ist. Von der Straße steigt Rauch auf, sie muss sofort hinunter, um zu sehen, ob alle unverletzt sind und etwas eingestürzt ist. Sie hat nie viel auf die Schutzräume gegeben, sie waren nicht für diesen Zweck gebaut, sie waren wie jeder beliebige Keller nur dafür geeignet, Speck aufzubewahren und alte Nähmaschinen.

Und so läuft sie hinunter.

Ja, so ist es gewesen.

Das bosnische Mädchen mit der traurigen Stirn und den lichtüberfluteten Haaren sagt, es werde diese Geschichte niemals aufschreiben, weil sie zu dumm sei, weil der Tod manchmal zu dumm und einfach nur widerlich sei.

Aber genau so ist es gewesen.

Sie trafen sich auf halber Strecke, Mutter und Tochter. Sie liefen, eine nach oben und eine nach unten, auf derselben Treppe, um sich zu finden.

Wenn sie geblieben wären, wo sie waren, dann hätten sie ein bisschen Staub geschluckt und ein bisschen Angst, doch weiter nichts.

Sie waren inzwischen so weit, dass sie die belagerte Stadt verlassen wollten. Sie hatten es eingesehen. Gojko hatte einen befreundeten Journalisten getroffen, einen aus Belgrad, der sie mitnehmen wollte.

Doch sie hatten sich bewegt, waren aus dem Schachspiel des Lebens ausgeschert, ohne es zu wissen. Sie liefen, von dem Band herbeigezogen, das sie zusammenhielt.

Halte du ein Ende des Fadens,
mit dem anderen in der Hand
wandere ich durch die Welt.
Und falls ich mich verlaufe,
meine Mama, ziehe.

Für die beiden zog der Tod, und er zog kräftig. Eine Granate durchschlug den abseits gelegenen Wohnblock.

In diesem Moment trafen sie sich. Mutter und Tochter. Bauch und Frucht.

Gojko sitzt auf dem Erdhügel, Pietro neben ihm, sie sehen einem Fußballspiel zu, Jungen, die sich verfolgen, T-Shirts, Fleisch.

Die Jungen dürften ungefähr in Pietros Alter sein, die Nachkriegsgeneration.

Weiße Blumen der Versöhnung.

Gojko sagt: »Sie war nicht gleich tot, weißt du.«

Er zündet sich eine Zigarette an, stößt den Rauch aus, hebt einen Arm, schreit, das war ein Foul, und steht auf. Fußball und Friedhof.

Wir stehen auch auf, verlassen das abschüssige Gräberfeld.

Gojko braucht ein Bier.

Später trinkt er zwei Flaschen, auf einer Bank am Kiosk vor dem Friedhof.

Mirna war in Stücke gerissen, die man unter einem Laken für ihn wieder zusammengesetzt hatte, damit er sie nicht so vorfand wie diesen heruntergefallenen Suppentopf, mit Brocken, die in der Brühe schwammen. Es war der Körper, der ihn geboren hatte. Es war seine Mutter, doch er zuckte nicht mit der Wimper und rannte zu seiner Schwester.

Sebina hatte keine Beine mehr. Ihr Oberkörper war unversehrt. Die Augen glasstarr. Er fand sie in einem weißen Bett, gefasst, mit Röhrchen an den Händen, sie lag in einer Art Treppenverschlag im Krankenhaus von Koševo. Er sah das leere Betttuch weiter unten und fragte sich, ob sie es wisse.

Sie hätte die Olympischen Spiele gewinnen können, sie war die kleinste in der Mannschaft, die mit der größten Bodenhaftung. Gojko schloss zweimal die Augen. Das erste Mal, weil er es nicht glauben wollte, das zweite Mal, um Gott dafür zu danken, dass sie am Leben war.

Die Ärzte hatten in diesem aussichtslosen Fall, der sich in der Stadt schon so oft wiederholt hatte, alle Hoffnung aufgegeben. Gojko saß neben seiner Schwester mit den verwirrten Augen und setzte seine Phantasie in Gang wie damals, als er Jo-Jos verkauft und sogar die Montenegriner übers Ohr gehauen hatte, er stellte sich künstliche Gliedmaßen vor, funkelnde, den letzten Schrei der prothetischen Orthopädie. Er wollte ihr die schönsten Prothesen der Menschheitsgeschichte anfertigen lassen, wollte dafür all sein Geld springen lassen und mit den Journalisten noch mehr dazuverdienen, er würde sie sogar nachts zu den Schützengräben führen.

Auf dem Metalltischchen neben dem Bett stand ein Schuh, daran erinnert er sich noch. Dieses unheimliche Detail hat sich ihm eingeprägt. Er bewegt die Hände, führt sie zusammen, um mir zu zeigen, wie klein der Schuh war, den er sieht, der jetzt hier in seinen Händen ist. Armer Gojko, armer Bruder. Nun zittert seine Stimme wie die eines Ungeheuers, das von einer winzigen, doch unglaublich starken, grausamen Maus gepeinigt wird. Er wollte diesen Schuh wegräumen, den jemand von der Treppe aufgelesen und in den Wagen geworfen hatte, der das zerfetzte Mädchen wegbrachte. Jemand, der vor Entsetzen den Kopf verloren und nicht bemerkt hatte, wie makaber sein Übereifer war. Doch Gojko räumte ihn nicht weg, er traute sich nicht. Sebina war bei Bewusstsein, ihre Augen waren wie Glitzerkugeln in der Nacht, Diamanten. Er war sich nicht sicher, ob sie ihren Körper spürte, ob sie wusste, dass sie keine Beine mehr hatte. Was man von ihr sah, war in Ordnung, sie hatte nicht einmal einen Kratzer im Gesicht. Also ließ er den Schuh stehen, um ihr nicht die Illusion zu rauben. Er sprach mit ihr, und sie schien ihm zuzuhören.

Sie fragte nach ihrer Mutter, rief nach ihr.

Gojko sagte, es gehe ihr gut, man habe sie auf eine andere Station gebracht.

Sebina hörte die Lüge, sie wollte nicht einmal was trinken, sie wollte überhaupt nichts.

Kein einziges Mal bewegte sie die Hände. Der Schuh stand neben ihr.

Und ich sehe noch einmal dieses Flugzeug vor mir, dieses EXIT-Lämpchen und die fremde Frau, die mir den blinkenden Schuh zeigte.

Gojko sagt, er müsse kaputtgegangen sein, durch die Explosion habe sich wohl etwas verklemmt, das Licht in der Gummisohle habe ununterbrochen geleuchtet.

Auf dem Metalltischchen stand eine blasse Lichtzunge. Sebina konnte sie sehen. Gojko ließ sie, wo sie war, und dachte *Wenn der Schuh durchhält, schafft sie es auch.* Es war eines seiner Spielchen, das schlimmste.

Sebina erlosch bei Tagesanbruch, der Schuh überdauerte sie noch einige Stunden.

»Da bin ich weggegangen.«

Er zog in den Kampf, zunächst nach Dobrinja, dann auf den Žuć. Er war Dichter, fliegender Händler, Radioamateur, Fremdenführer, ein dummer Kerl, der nie auch nur auf eine Taube geschossen hatte. Doch er lernte schnell, *denn Hass erlernt man über Nacht.*

Monate im Dreck, sein Patronengurt schwer auf dem Rücken.

»Ich konnte aber auch mit dem Messer kämpfen und mit bloßen Händen.«

Er bricht ab. Sie zündeten auch ein Dorf an. Serbische Bauern, Zivilisten, die niemandem etwas zuleide getan hatten. Er machte nicht mit. Aber er sagte auch nichts. Er blieb auf einem Berg und rauchte.

Pietro hört zu, er sieht nicht mehr den Fußballern zu, er schaut einen Helden dieses dreckigen Krieges an, einen, der am Ende medaillenbehangen wie ein Esel an einem Festtag zurückkehrte.

»Wie viele hast du umgebracht?«

Gojko lächelt, wuschelt ihm über den Kopf, weil Pietro ihn jetzt mit anderen Augen ansieht, mit glänzenden, erschrockenen Augen.

»Das sind hässliche Geschichten, die vergisst man besser.«
»Erzähl mir eine.«
Ich sage *Hör auf, Pietro, hör auf, du Blödmann.*
Gojko zeigt auf die Fußballspieler.

»Irgendwann fand ich mich so wieder, auf einem Feld, mit meinen Kampfgefährten, zum Spielen. Nur dass da anstelle des Balls ein Kopf war, der Kopf, den wir einem Tschetnik abgeschnitten hatten, damit spielten wir, den ließen wir auf einem grünen Feld voller gelber und blauer Blümchen rollen. Wir schwitzten und lachten, es war ein Spiel, es war normal, das Einzige, was uns leidtat, war, dass unsere Hosen von dem Blut dreckig wurden, deshalb hatten wir sie hochgekrempelt.«

Pietro sagt: »Wirklich?«

Gojko steht auf und wirft die Bierflasche in den Behälter für Plastik.

»Wirklich. Bis zu dem Tag neulich mit dir habe ich nie wieder Fußball gespielt.«

Wir verlassen Sarajevo

Wir verlassen Sarajevo. Gojko geht zum Auto, ich betrachte seinen Rücken. Der Rücken ist der Teil an dir, den du nicht sehen kannst, den du den anderen überlassen musst. Auf dem Rücken lasten die Gedanken, die Schultern, die du abgewendet hast, als du dich entschlossen hast zu gehen.

So schleppt Gojko seinen Rücken mit sich herum, eine Schulter tiefer als die andere, dort, wo er den Schlag abbekommen hat, wo sich das Leben gewendet hat. Darauf sitzt unverrückbar die Vergangenheit wie ein Falke auf der Schulter eines Falkners.

Ich sehe seine Hand an, bevor ich nach ihr greife, rosafarbenes, aufgedunsenes Fleisch. Die Hand eines sanften Mannes, der im Radio schrie, dass man niemals, unter gar keinen Umständen, dem Hass das Feld überlassen dürfe, ein armer Tropf, der schließlich tötete, der dem Gesetz des Krieges folgte und sein eigenes aufgab.

Ich frage ihn, wie er danach zurechtgekommen sei. Als die Extreme vorüber waren und es darum ging, sich mit dem Sumpf auseinanderzusetzen. In welchem Zustand ihn das Leben vorgefunden habe, als er seine Tarnuniform und den Munitionsgurt abgelegt hatte, als er sich den Dreck vom Körper wusch und wusste, dass er nie wieder so sein konnte wie früher. Er antwortet, er habe sich eine Woche in einem Hotelzimmer eingeschlossen, habe gesoffen und vor dem laufenden Fernseher geschlafen.

Nur seine Gedichte erzählten ihm von ihm, von seiner Seele aus der Zeit, bevor ihm das Böse begegnet war.

Darum hasst er sie. Darum hat er nicht mehr geschrieben, weil seine Seele schmutzig war und ein Dichter sich nichts vormachen kann. Für Bosnien war er ein Held, vor sich selbst ein Versager, ein Schlappschwanz.

Ich nehme seine Hand, und er lässt es zu, er schiebt sie wie ein bedürftiges, vertrauensvolles Kind in meine. So gehen wir ein Stück, wie in den guten, alten Zeiten, als die Menschen, die wir liebten, noch am Leben waren. Pietro beobachtet uns und hält uns vielleicht für verrückt. Bevor wir wieder ins Auto steigen, fragt mich Gojko: »Findest du mich abscheulich?«

Ich schüttle den Kopf.

Er küsst mir die Hand, bevor er sie mir zurückgibt, *Danke*.

Die Straße ist zwar keine Autobahn, doch ich habe sie mir schlimmer vorgestellt. Wir fahren bergauf ins Dunkelgrün des Waldes. Es ist so heiß, dass man anhalten und frische Luft schnappen möchte. Die Bäume sind unversehrt. Hier wurde gekämpft, und das Gelände ist noch vermint. Doch die Natur ist intakt, dieser Wald lässt nur an Pilze, an Brombeeren und an die Feuchtigkeit denken, die unter den Tannenwäldern liegt.

Pietro hat sich nach vorn gesetzt, er schaut gern auf die Straße und die entgegenkommenden Autos. Ich habe ihm meinen Platz überlassen.

»So kann ich mich ausstrecken«, habe ich gesagt.

Doch das ist es nicht, ich bin nicht müde.

Dies ist die letzte Reise, die Diego gemacht hat, und ich möchte in aller Ruhe an ihn denken, möchte ihn sehen, wie er gemeinsam mit mir die Serpentinen hinunterfährt. Wir legen denselben Weg zurück, an einem ruhigen Sommermorgen, wie Touristen, die genug von den Rundreisen im Inland haben und schwimmen gehen wollen.

Wir folgen dem Neretva-Tal in südlicher Richtung.

Pietro hat schon eine Weile nichts mehr gesagt und schaut aufmerksam auf die Straße. Er weiß, dass er neben einem Kämpfer sitzt, einem Kriegsveteran, und stellt sich nun Phantome vor, die aus diesen Wäldern kommen.

Er hat die Stöpsel seines iPods in den Ohren und eine ausgebreitete Karte von Bosnien-Herzegowina auf dem Schoß. Gojko lässt beim Fahren einen Arm aus dem Fenster hängen, in einer Tour nimmt er die Hand vom Lenkrad, um in Pietros Tüte mit den Käsechips zu greifen oder ihm etwas auf der Karte zu zeigen.

»Was hörst du denn da?«

Pietro nimmt einen Stöpsel heraus und steckt ihn Gojko ins Ohr.

»Vasco Rossi.«

Ein Lastwagen kommt uns entgegen und rauscht haarscharf vorbei, er nebelt uns mit seinem Gestank ein. Gojko scheint nichts davon mitzukriegen, er hat sich zu Pietro gedreht.

»Und was ist das für einer?«

Pietro ist perplex: »Was, den kennst du nicht?«

»Nein.«

»Er ist ein Dichter.«

Gojko nimmt den Ohrhörer heraus: »Er klingt wie einer, der auf dem Klo sitzt und dem es nicht aus dem Loch kommt.«

»Er füllt ganze Stadien.«

Unser bosnischer Ex-Dichter zuckt mit den Schultern: »*Vafanculo*, Dichter füllen keine Stadien!«

»Selber *vafanculo*, er aber doch!«

»Was ist denn deiner Meinung nach ein Gedicht?«

Pietro lacht, macht *pff*, dreht sich zu mir und sagt: »Mann, sind wir hier etwa in der Schule?«

Gojko lässt nicht locker.

»Also, wovon handelt ein anständiges Gedicht?«

Pietro setzt an, stammelt herum.

»Von Sachen, die dir wehtun ... Aber wenn du sie spürst, tun sie dir auch gut ... Sie machen dich hungrig.«

Gojko stößt einen Freudenschrei aus: »Bravo!«

Dann fragt er ihn auf den Kopf zu: »Hungrig wonach?«

Er sieht ihn an, wartet auf eine Antwort, und vielleicht sind das die Augen, die er hatte, als er sich anschickte, jemanden zu töten, als er den Abzug spannte und noch ein paar Sekunden innehielt.

»Pff ... nach einem Brötchen oder nach einem Mädchen.«

Pietro lacht spröde, er hat es eilig, von diesem Gespräch wegzukommen, das so ernst geworden ist wie Gojkos Gesicht.

»Lass das Brötchen weg, bleib bei dem Mädchen.«

Pietro nickt, und ich weiß, dass er rot wird. Gojko wartet noch ein bisschen, dann lässt er den Abzug wieder los.

»Hungrig nach Liebe«, sagt er, und jetzt ist er derjenige, der unsicher ist.

Pietro nickt. Er kannte die Antwort, hat sich aber geschämt, weil ich dabei bin.

»Ein guter Dichter weckt den Hunger nach Liebe.«

Gojko lässt das Lenkrad los und knufft Pietro in den Bauch.

»Genau da! Vergiss das nicht.«

»Vasco Rossi weckt den Hunger nach Liebe.«

Gojko wirft sich gegen das Lenkrad und beißt hinein.

»Nach Wichsen! Er weckt deinen Hunger nach Wichsen!«

Ich rege mich auf. Wieder hat uns ein Lastwagen beinahe gestreift, die Straße ist jetzt schmal und läuft an einem Felsen entlang, der in eine Schlucht abfällt. Gojko empfiehlt mir, mich zu beruhigen, denn er sei ein ausgezeichneter Fahrer, auf diesen

Straßen fahre man eben so, mit Phantasie. Ich erkläre ihm, dass mir seine bosnische Phantasie schnurzegal sei und ich keine Lust hätte, in einer von diesen Schluchten zu landen, die das Gebirge zerschneiden. Ich habe Angst, Pietro könnte etwas zustoßen, ein dummer Unfall, wie bei Diego.

Gojko sucht mich mit wollweichen Augen im Rückspiegel.

»Ich habe euch doch schon mal in Sicherheit gebracht, entspann dich.«

Er zwinkert mir zu, und mir kommt es jetzt so vor, als habe er noch einen Rest Gemeinheit an sich. Der Blick ist ein Dreckspritzer.

Die Neretva ist breiter geworden, offener, sie scheint kein Fluss, sondern ein Stück Meer zu sein oder ein großer, kristallklarer See. Wir halten an. Aus der Tiefe weht ein frischer Dunst zu uns herauf.

Wir lehnen an der Brüstung der langen Eisenbrücke, die das Wasser teilt. Pietro fotografiert mich mit seinem Handy, er lässt mich zweimal den Platz wechseln: Auf der einen Seite ist zu viel Licht, und auf der anderen sieht man den Fluss nicht.

»Wo soll ich mich denn hinstellen?«

Er lässt mich erneut einige Schritte zurückgehen. Doch er scheint noch immer nicht zufrieden zu sein.

Sein Vater fotografierte mich oft, ohne dass ich meine Position ändern musste, unvermittelt und so, dass ich es nicht einmal bemerkte. Er konnte es nicht ausstehen, wenn ich posierte, seine Bilder waren eine Ohrfeige, eine Überraschung. Ich tauchte ab und zu auf seinen Filmen auf, *Ich schaffe es nicht, dich in Ruhe zu lassen, ich muss zurück zu dir*, sagte er. Als ich später dann allein war, dachte ich in Augenblicken, in denen ich am hässlichsten und am privatesten war, unzählige Male, ja, jetzt, in dieser Spärlichkeit, hätte er mich fotografiert und mich auf einem Stück Glanzpapier mir selbst zurückgegeben, er hätte mir meine Gedanken gezeigt. *Sieh, wie du bist, Gemma, wie du dich quälst, wie unvernünftig du bist.*

Wir gehen ein Stück am Fluss spazieren. Der Geruch nach Grillfleisch weht herüber. Mehrere Familien sind dort, sie haben etliche Kinder, sie grillen auf einem Rastplatz. Pietro fragt, ob er ein Foto machen dürfe. Eine Frau bietet ihm etwas Lammfleisch an, er schüttelt den Kopf, doch dann nimmt er es an.

»*Hvala!*«

»*Dobar dan!*«

Als wir wieder ins Auto steigen, erkundigt sich Gojko, wie das Lamm sei, Pietro leckt sich die Finger, *Schmeckt gut*. Er hält das Fleisch am Knochen und bietet es ihm an.

»Willst du mal kosten?«

Gojko nimmt einen viel zu großen Bissen, und Pietro regt sich auf. Sie zanken sich eine Weile wie zwei Gleichaltrige, wie zwei hungrige Jungen, die noch wachsen müssen.

Dann lässt Gojko laut hörbar einen fahren. Pietro schreit *Ist ja ekelhaft*. Gojko sagt ungerührt: »Das ist ein kleines lyrisches Werk.«

Pietro kringelt sich vor Lachen, sammelt sich und lässt selbst einen mörderischen Furz, der noch bosnischer klingt als der Gojkos.

»Hör mal, ein Sonett.«

Gojko ist außer sich vor Glück. »Ungebundene Verse!«, krächzt er zwischen zwei Lachanfällen. Ich schreie, ich wolle aussteigen, sie seien wirklich zwei Schweine.

Noch mehr Serpentinen, noch mehr silbrige Schluchten, wie weiße Bärte zwischen den Wäldern.

Mein Sohn und mein Freund teilen sich wieder den iPod,

und Gojko singt den Refrain des italienischen Dichters mit, der ganze Stadien füllt.

Vivere … vivere … vivere …

Die Bäume hier sind hoch und einsam, sind himmelverschließende Kulissen an der für zwei Spuren zu schmalen Straße, auf der man sich zwar streift, am Ende aber doch überlebt.

Ein Hund, eine Reihe aufgehängter Wäsche, ein Salatfeld, eine Dorfmoschee. Stationen gewöhnlichen Lebens.

Hier ist der Krieg mit seinen Adlern und seinen Tigern durchgezogen, mit den alten Ultras von *Roter Stern Belgrad*, die Kapuzen trugen wie Henker.

Sie zogen durch und brannten die Dörfer nieder, brachten die Männer um, vergewaltigten die Frauen. Zurück blieben dünne Kolonnen von Überlebenden auf der Flucht über Straßen, die zu einem anderen Dorf führten, das das gleiche Ende genommen hatte. So drang der Tod vor, wie der Wind vom Meer. Man fragt sich, wie sie es schaffen, dieses Land zu bestellen, diese Tomatenreihen und diesen Wirsingkohl zu ziehen. Und ob die aus dem Wald kommenden Wiedehopfe in der Nacht den Schrei der Seelen zurückbringen. Tote auf Lastwagen, abgeladen wie Müll.

Gojko erzählt, was die Überlebenden in jenen Jahren taten. Sie warteten darauf, zur Identifizierung gerufen zu werden. Vor einem Tisch standen sie Schlange, um sich Knochenstücke, kaputte Brillen, Adidas-Schuhe, Jeansfetzen von Rifle oder Levi's und Swatch-Uhren anzusehen.

»Denn es sind Tote unserer Zeit, und sie trugen unsere Marken.«

Pietro hört auf zu fotografieren.

Wie lange dauert es, einen Landstrich zu säubern, in den die Strahlen des Bösen so tief eingedrungen sind?

Erst sechzehn Jahre sind vergangen, das Alter meines Sohnes, des jungen Nackens, der vor mir sitzt.

Sein Vater sagte, der Nacken bewahre den Duft der Geburt, des Windes, der den Samen brachte. Wie eine Furche in der Erde.

Wir halten in Mostar. Pietro will die berühmte Brücke fotografieren. Wir schlendern durch die Gassen aus in den Lehm gedrückten Kieselsteinen. Es herrscht ein unbeschwertes Treiben, da sind Touristen, die in Badelatschen herumspazieren, und kleine Boutiquen mit Krimskrams.

Die Stadt ist diese Brücke, man nannte sie *die Alte Brücke* und dachte dabei an einen alten Freund, an einen Rücken aus hellem Stein, der die beiden Stadthälften verband, die christliche und die muslimische. Dieser alte Freund lebte fast fünfhundert Jahre, dann wurde er in wenigen Minuten niedergemacht.

Pietro versteht nicht, warum Christen und Muslime verfeindet waren.

»Wo sie doch vorher gemeinsam gegen die Serben gekämpft haben.«

Gojko sagt, Hass weite sich leicht aus, wie ein Loch in einer Jackentasche.

»Zum Schluss kämpften sogar Muslime gegen Muslime.«

Wir sitzen in einem kleinen Gasthaus an der Brücke und haben hartgekochte Eier und Salat aus Tomaten und Gurken bestellt.

Pietro erzählt von dem Erlebnispark, in den er und seine Freunde manchmal gehen, um Krieg zu spielen, mit Helmen und allem Drum und Dran, allerdings schießen sie mit Farben.

»Spielt ihr in Mannschaften?«

»Ja, oder auch jeder gegen jeden.«

»Wie wir, am Ende.«
Pietro lacht.

Die Brücke ist ein Meisterwerk des Wiederaufbaus durch die UNESCO, in wieder nur einem Bogen rekonstruiert und mit den Steinen der ursprünglichen Brücke. Doch nicht mit der gleichen Absicht.

Brücken verbinden die Schritte der Menschen, verbinden ihre Gedanken und die Pärchen, die sich in der Mitte treffen. Über die neue Brücke gehen jedoch ausschließlich Touristen. Die Einwohner der geteilten Stadt bleiben jeweils auf ihrer Seite. Die Brücke ist das weiße Skelett einer Friedensillusion.

Ein Muezzin singt, sein Ruf zieht durch den Himmel, an dem sich kleine, dunkle Vögel jagen. Gojko legt einen Geldschein auf den Tisch und steht auf.

»Jetzt fangen auf der anderen Seite gleich die Glocken an, sie machen um die Wette Krach.«

Pietro will den Jungen sehen, der für die Touristen ins Wasser springt. Er ähnelt ihm ein bisschen, ist dünn und hat dichtes Haar. Er klettert auf die Brüstung und breitet die Arme aus wie ein Engel. Er konzentriert sich und zieht eine kleine Show ab. Ihn gab es damals noch nicht, oder falls doch, war er noch sehr klein. Für ihn ist die Brücke ein Segen. Er springt mit geschlossenen Beinen ab und absolviert einen beeindruckenden Flug von fast dreißig Metern, bevor er ins Wasser der Neretva taucht. Wir halten die Luft an, ein Augenblick der Leere, denn der Fluss in der Tiefe ist still und dunkel. Dann taucht ein Kopf auf, der Junge schaut nach oben, streckt einen Arm heraus und macht das Victoryzeichen. Wir klatschen mit den anderen Touristen Beifall. Ein kleiner Kompagnon geht mit einem Tellerchen herum.

Pietro fragt mich, ob er das auch versuchen dürfe, er behauptet, er habe das Prinzip verstanden, und zieht sich schon die

Schuhe aus. Ich sage *Los, ab ins Auto mit dir, aber flott*. Ein Sprung ins Wasser fehlte gerade noch.

Die Sonne senkt sich allmählich herab, und die Umrisse der Bäume kommen mir noch trauriger vor.

Vielleicht war es schon Nacht, als der Junge aus Genua durch diese Gegend kam, er fuhr ohne Licht auf dem Motorrad, das war nicht schwer, er war an die Dunkelheit Sarajevos gewöhnt. Vielleicht nahm er eine Abkürzung über die Waldwege. Vielleicht war Aska bei ihm, und sie war es, die ihm diese Abkürzungen zeigte. Für einen Moment sehe ich die beiden vor mir, das Lamm eng an den Körper Diegos geschmiegt, der sie vergebens zur Mutter gemacht hatte.

Wohin fuhren sie? Vielleicht machten sie sich einfach nur davon. Hatten keinerlei Pläne, außer in ihren Träumen.

Vielleicht hatten sie vor, sich ein bisschen Geld mit Straßenmusik zu verdienen. Ja, so hätten sie gelebt, wie Flüchtlinge, in den U-Bahnen, in den Tunneln der Welt. Aska hätte eine von ihren vor Melancholie und Liebe triefenden Sevdalinkas gesungen und ihren bosniakischen Schmerz vor den Passanten, die nach Fahrkarten anstanden, in die Trompete geblasen. Und er hätte sie auf der Gitarre begleitet, hätte sie von Zeit zu Zeit fotografiert, um ihr etwas über sie zu erzählen. Mit seinem jungenhaften Atem hätte er sich immer ein wenig um sie gekümmert.

Die Wohnung und das Leben, in die ich ihn eingeschnürt hatte, waren nicht seine Wohnung und nicht sein Leben gewesen. Er hatte es versucht, aber nicht geschafft. Einmal hatte er zu mir gesagt: »Ich fühle mich wie ein Hund in einem Schaufenster, der darauf wartet, dass man ihn kauft.«

Aska hätte wieder ihr T-Shirt mit Kurt Cobains ausgebleichtem Gesicht angezogen, sie wären mit dem Motorrad gefahren und hätten zum Schlafen auf Zeltplätzen Rast gemacht oder einfach auf einer Wiese oder in einer Passage vor einem geschlossenen Kino. Wie diese umherziehenden Künstlerpaare, die das verkaufen, was sie können, die Kegel in die Luft werfen.

Wie die, die man im Sommer sieht, man bleibt stehen und schaut ihnen zu, während man ein Eis leckt. Wandernde Blicke auf den Zufall gerichtet, in der bunten Menge, eine Einsamkeit in der Masse, ein Lied, ein Streicheln. So hätten sie gelebt, ohne Gewalt, müßig, den Nachgeschmack der Hölle vertreibend mit diesem in Selbstbetrachtung versunkenen Leben, mit Musik.

Dieses Leben hätte ihm gefallen, immer unterwegs, das Objektiv seiner Leica als das einzige Zuhause.

In Amsterdam hätten sie Halt gemacht, Aska hatte dort Freunde unter den Musikern. Sie hätten in einem Hausboot auf dem Fluss gewohnt, so wie wir in unserer Anfangszeit. Ja, er hätte an einem Fluss neu angefangen.

Sie hätten eine Blume unter das Fenster des Prins Hendrik Hotels gelegt, aus dem der mit Heroin vollgepumpte Chet Baker gestürzt war.

Mein Vater sagte einmal zu mir: »Ich hätte nicht gedacht, dass du so stark sein würdest.«

Ich antwortete, es müsse sein, ich hätte doch das Kind.

Aber eigentlich spürte ich, dass Diegos Tod mir nichts von der Zukunft genommen hatte. Auch jetzt, da ich auf diese Straße schaue, bin ich eigentlich nicht erschüttert, ich spüre nur ein unterdrücktes Pochen tief im Bauch, ein Unbehagen.

Sie waren ohne mich weggefahren, die zwei, auf dem Motorrad im Lagunendunkel dieses Landstrichs schlenkernd, der vom Abschlachten durchzogen war wie ein von getöteten Thunfischen rotes Meer.

Ich war der Wal gewesen, der starke Rücken, auf dem Diego

sich niedergelassen hatte wie ein Vogel, der darauf wartet, dass der Wind ihn wieder auf seine Reise bringt. Und bevor er abflog, brachte er mir in seinem Schnabel als Entschädigung einen Fisch, den er für mich aus dem Meer geholt hatte.

Dieser Fisch döst jetzt vor sich hin, mit einem Fuß aus dem Fenster und dem anderen auf dem Armaturenbrett. Gojko sagte zu mir *Lass ihn in Frieden, als Mutter gehst du einem wirklich auf die Nüsse.* Ich fragte ihn *Wie weit ist es noch?* Er antwortete *Nicht mehr weit.*

Die Neretva fließt jetzt weit unten, die Berge sind ausgedörrter, und die Vegetation verändert sich, hier beginnen, dicht wie hohes Moos, die Büschel der Mittelmeer-Macchia, ihre Ginstergarben, ein paar wilde Geranien. Die Felsen sind heller, fast schon weiß.

Noch wenige Serpentinen, und da ist das Meer.

Blau und grenzenlos wie jedes Meer, den Blick überschwemmendes Wasser, überfluteter Himmel. Meer von oben. Die Inseln in der Tiefe sehen aus wie eine zerrissene Kette von Steinen und Figuren, die sich getrennt haben, ohne sich jedoch ganz vom Hals der Erde zu lösen. Das Meer. Das blaue Blut dieser Felsen, dieser Wälder.

Pietro strahlt, er will anhalten und ein paar Fotos schießen. Wir steigen an einem Aussichtspunkt aus.

Der salzige Wind besprizt mir das Gesicht mit meinen Haaren, er ist so stark, dass ich die Augen schließen muss. Die Sonne ist eine makellose Kugel, leicht dunstgebleicht, sie steht etwas tiefer als wir am Himmel, sie sinkt.

An dieser Bucht muss der Junge aus Genua gestanden haben. Er stieg am Ende vom Motorrad und ging los, ohne Deckung zu suchen, ohne Zickzackkurs, ohne die Angst zu fallen.

Vom Meer aus schießen sie nicht, wird er gedacht haben. Er wird sich an sein Lamm mit den roten Haaren geschmiegt haben.
Es ist vorbei, Aska, du bist frei.

»Kommst du, Ma?«

Pietro will jetzt schnell hinunter, er will baden gehen, bevor die Sonne ganz weg ist. Er bleibt neben mir stehen und schaut mich an, während ich hinuntersehe.

Er ist unruhig, er kennt diesen Blick.

Wie oft haben er und ich zusammen still unser Leben betrachtet, ohne ein Wort zu sagen. Beim ersten Mal war er etwa drei Jahre alt, auf einem Spielplatz hatte ihn ein Schaukelbrett getroffen und an der Stirn verletzt. Ich zog ihn zum Brunnen, er weinte und trat um sich. Als ich ihn festhielt, tat ich ihm weh, ich packte ihn am Genick. Er riss sich los, während das Blut immer noch lief und sich über sein nasses Gesicht breitete wie eine rosarote Maske, er beschimpfte mich als *gemein* und als *blöde Kuh*.

Ich ließ ihn los, *Bevor du wieder ankommst, musst du dich entschuldigen.*

Er kletterte auf einen kleinen Hügel neben meiner Bank. Dort blieb er lange und kratzte mit dem Schuh auf dem Boden herum. Ich tat so, als würde ich lesen.

Am Ende war ich es, die zu ihm ging, *Komm jetzt, es ist schon spät.* Darauf hatte er nur gewartet. Er war in dieser Situation ganz allein auf der Welt, doch sein Stolz verbot es ihm, zu mir zu kommen. *Entschuldige dich. Entschuldigung.* Er war mutterseelenallein. Und es war das erste Mal, dass wir gemeinsam auf die Welt sahen, auf die, die uns genommen worden war, und auf die, die übrig blieb.

Diego hat die Reise seines Sohnes nicht mitgemacht, das Erklimmen der Jahre eines heranwachsenden Kindes. Er ist mit seinem Objektiv auf eine Klippe geklettert. Um was zu sehen?

Sein Fotoapparat war so zertrümmert wie sein Kopf, und er war leer. Diego hatte aufgehört, Filme einzulegen, ihn interessierte das alles nicht mehr. Ihm genügte die Geste, das Symbol. Sein letztes Bild wird wohl dieser Fluss gewesen sein, der ihm entgegenkam, als er hinabstürzte.

Das große Dorf dort unten ist hässlich, voller Zement und Verkehr. Das Meer zwischen dem Festland und der Halbinsel Pelješac ist von den roten Bojen der Austernzucht gesäumt.

Die Sonne steht schon sehr tief, wir fahren auf der Küstenstraße, die manchmal ins Landesinnere dringt und sich für ein kurzes Stück zwischen Feigenbäumen und Rosmarinbüschen vom Meer entfernt. Zuweilen kommen wir durch Ortschaften, kleine Fischerhäuser, Glockentürme, vom Salz zerfressen wie Leuchttürme, Läden mit Schuhen für die Klippen. Wir müssen langsam fahren, wir stecken im Stau, Leute, die anhalten und sich begrüßen. Es ist Samstag, morgen ist Feiertag. Wir sehen ein Brautpaar, das Lärmen der Hochzeitsgesellschaft verfolgt uns bis zur entgegengesetzten Spitze der Halbinsel, wo sich der Landungssteg befindet, an dem die Boote zu den Inseln ablegen.

Die letzte Fähre nach Korčula ist schon weg, wir sehen sie auf dem metallischen Abendmeer davonfahren.

Gojko und ich stehen auf der Mole. Er trägt seine verspiegelte Sonnenbrille, die er jetzt zwar nicht braucht, die er aber auch nachts aufbehält, seine kräftigen Arme stehen vom Körper ab.

Dieses Schiff, das ohne uns abgefahren ist, stimmt uns traurig, doch nur für kurze Zeit. Es nimmt eine Last mit sich fort, etwas, das sich ablöst, ohne dass wir noch etwas anderes tun könnten, als aus der Ferne zu grüßen. Vielleicht macht uns dieses Schiff, das das Meer hinter sich lässt, nach so langer Zeit frei. Es gibt uns die Freude von etwas Verlorenem zurück. Eines Irrtums. Wir lachen wie zwei Verrückte. Gojko macht eine ausdrucksstarke Bewegung, er schlägt sich mit der Hand auf den ausgestreckten Arm, als wollte er sagen hau ab, mach, dass du wegkommst, Schiff. Mach, dass du wegkommst, Leben.

Pietro hat sich das T-Shirt ausgezogen und läuft mit einem Handtuch um die Hüften los, er wirft sich ins Meer und taucht wieder auf. Der Strand an der Mole ist weiß und duftet nach Rosmarin, schade, dass es fast dunkel ist und das Wasser voller Schatten.

Pietro fängt eine Krabbe und bringt sie uns, er sagt, sie sei dick und man könnte sie ja essen, doch dann dreht er sich um und lässt sie wieder ins Meer.

Er ist dünn, mein Sohn, und der Abend macht ihn noch dünner.

Wir sitzen am Strand und schauen ihm beim Schwimmen zu, und für einen Augenblick sind wir eine Familie. Vielleicht wendet dieser letzte, unverhoffte Abend die Schicksale.

»Wir beide hätten heiraten können«, sagt Gojko. »Aber du wolltest mich ja nicht«, er hat die Sonnenbrille immer noch auf.

Ich lache und knuffe ihn mit dem Ellbogen.

»Bist du glücklich mit deiner Frau?«

Er nickt, sie haben eine wunderbare Tochter, dazu ein kleines Restaurant am Meer, und sie haben einen Kulturverein gegründet, der ihr Leben ausfüllt.

»Und du?«

Ich sage ihm, dass ich Giuliano liebe.

»Ich hänge sehr an ihm.«

Es fällt mir schwer, das zu sagen, ich schlucke. Mir kommt der Satz hohl vor, ich fühle ihn kaum, vielleicht weil die Reise lang war, weil sie ein *Durchlaufen* war. Ich sage *Ich hänge an ihm*, muss aber an eine Angel denken, an einen Eisenhaken im Bauch eines Fisches. Pietro ruft uns: »Na los, kommt ins Wasser!«

Gojko springt auf wie ein athletischer Bär. Er hat am Steuer gesessen, hat geschwitzt. Doch wahrscheinlich liegt es an diesem Bei-mir-Sein an diesem Abend und an dem verpassten Schiff, das ihn zu seiner Frau und seinem Leben zurückbringen sollte, dass er Lust bekommen hat, sich ins kühle Wasser zu stürzen, um unsere matte Sehnsucht zu vertreiben.

Dann werfe auch ich mich ins Wasser.

Giuliano wäre pikiert, denn ich bin beileibe nicht die Frau für nächtliche Bäder. Ich habe Angst vor Seeigeln, vor dem schwarzen Wasser, vor einem Schwarm, die mich von unten anfrisst. Ich habe Angst, mich zu erkälten, mit den nassen Haaren.

Doch Angst habe ich in Rom, Angst habe ich in dem Leben, das mit diesem verpassten Schiff abgefahren ist. Heute Nacht habe ich keine Angst, heute Nacht habe ich Lust, wieder eins zu werden. Pietro klettert auf Gojkos Schultern, springt ins Wasser, schreit und schlägt mit dem Bauch auf. Dann klettere ich hoch, und Gojko hält mich an meinen weißen, schmalen Fußgelenken. So laufen wir ein Stück herum, taumelnd im dunklen Meer. Ich bin alt, bin geschlagene fünfzig Jahre alt, und ich habe noch nie so gelacht.

In einem kleinen Restaurant mit einer Lichterkette, die auf der Veranda aus Holzpfählen und Schilfrohr flimmert, essen wir Seeigel und Austern, drücken Zitronen aus. Sogar Pietro, der noch nie rohe Weichtiere geschlürft hat, isst sie, heute Abend will er alles kosten, auch den dickflüssigen, dunkelgelben Wein, der nach den Reben schmeckt, die am Meer wachsen. Danach Salat in kleinen Schälchen und mit Paprikapulver bestreuten Ziegenkäse. Pietro brennt der Mund, er steht auf, um sich aus dem

Kühlschrank nebenan, der wie ein Traktor rattert, ein Eis zu angeln. Gojko schiebt die Flasche zur Seite, um mich anzuschauen.

»Ich bin alt«, sage ich. »Lass mich.«

»Du wirst niemals alt sein, die Zeit schält die Schönheit nur stärker heraus.«

Der ehemalige Dichter gießt mir den letzten Tropfen ins Glas, schwenkt die leere Flasche und bestellt eine neue, diesmal einen Süßen, den Dessertwein, den sie auf den Inseln machen.

Wir gehen zur Mole zurück, schwanken durch die Dunkelheit. Pietro schlenkert herum wie ein Hund ohne Leine, er ist völlig geschafft, doch jetzt sagt er, dass er noch bleiben wolle, dass wir die Flugtickets umtauschen sollten, dass ihm das Meer hier gefalle, er wolle angeln gehen und surfen.

Er gesellt sich in der Dunkelheit auf den Klippen zu den Fischern, sie haben ihre Angelschnüre im Meer ausgeworfen, das sich hartwellig bewegt. Es ist ein starkes Meer heute Nacht, ein Meer wie Mondland, wie metallischer Schlamm.

Wir wollen im Auto schlafen, wir denken nicht daran, uns ein Hotel zu suchen. Pietro steigt ein, streckt sich auf dem Rücksitz aus und schläft sofort ein, wie er es schon als kleiner Junge getan hat, die Beine zu lang für den Sitz, die Hände unter einer Wange zusammengelegt, der Mund offen, die obere Lippe dicker als die untere.

Gojko sagt: »Er ist ein unverdorbener Junge.«

Er wuschelt mir durch die salzstarren Haare.

»Das hast du gut gemacht.«

»Ich habe gar nichts gemacht, das ist sein Wesen.«

Wir gehen bis ans Ende der Mole, dorthin, wo das Meer beginnt. Wir legen uns auf die Steine, die die Sonnenwärme gespeichert haben, und schauen auf zum Firmament, zu Sternen, die durch einen lichterfleckigen Himmel reisen.

Das Schiff ist schon seit Stunden weg, wir liegen da und trinken diesen friedlichen Himmel. Gojko, mein Bruder, Diegos Bruder, Gojko, der christliche Kroate, der verrückte heilige Joseph, Pietros vermeintlicher Vater. Heute Nacht sind wir von Dessertwein trunkene Kinder, sind wir warme Algen, Spukgestalten aus Fleisch, Geistererscheinungen aus der Vergangenheit.

Doch jetzt miteinander zu schlafen hieße, es mit den abgelebten Leben zu tun, mit den veralberten Hoffnungen. Um jetzt miteinander zu schlafen, wäre ein Mut nötig, den wir nicht aufbringen wollen. Nicht in der unmittelbaren Nähe dieses unverdorbenen Sohnes.

Wir setzen uns zum Schlafen ins Auto, auf die Vordersitze, mit den Füßen draußen. Mein Gojko schnarcht mit offenem Mund, ich nehme ihm die Sonnenbrille ab, die er nicht abgenommen hat, und küsse ihn auf die rote, schweißnasse Stirn.

Mein Lieber, sage ich, *mein Lieber*. Lieb, weil uns allen das Leben irgendwann genommen wird.

Der Tag ist greller Himmel

Der Tag ist greller Himmel. Pietro hat sich auf der Fähre abgesondert, er sitzt barfuß auf einer der salzluftglitschigen Bänke ... Die Ray-Ban, sein Gesicht. Er hat ein Bein angewinkelt und einen Arm daraufgelegt, eine für ihn untypische Pose, die eines Mannes in Betrachtung des Meeres.

Frisch gebaute Häuser mit roten Dächern, ein Gewühl von Autos, von kleinen Souvenirläden, Stände mit Strandlatschen und Badeanzügen, Schilder von Bars und Restaurants, selbstgemalte Reklametafeln mit dicken Krebsen oder mit der Aufschrift SOBE, Zimmer zu vermieten. Wir fahren die in den Felsen geschnittenen Serpentinen der Panoramastraße hinauf und auf der anderen Seite der Insel wieder hinunter.

Der Sitz des Kulturvereins befindet sich in einer großen Villa im venezianischen Stil. Sie sieht aus wie ein altes Wohnhaus, mit hellen, kaum abgeschabten Wänden, an denen ein fleischblasses Rosa hervorscheint. Zierliche Einfassungen, eine hohe Tür mit Spitzbogen und im ersten Stock eine weit offene Fenstertür zu einer Terrasse, die von einem gebauchten Eisengitter umsäumt ist. Auf einem Gemisch aus Sand und Schotter betreten wir einen unordentlichen, fröhlichen Garten voller Kinderspielzeug und Holzstaffeleien, auf denen Fotografien und Gemälde stehen. Es herrscht die Festtagsstimmung einer Dorfkirmes. Einige über einen großen Tisch gebeugte Frauen sind dabei, Fäden aus einem immensen Stickereikissen zu ziehen. Ich gehe zu ihnen, und sie machen mir lächelnd Platz, um mir die riesige Arbeit zu zeigen.

Gojko stellt mich vor. »Das ist meine Freundin Gemma aus Rom und das ihr Sohn Pietro.«

Pietro lässt sich von all den Müttern küssen und fängt ein Gespräch an, er fragt sie, wie lange sie für diese Stickerei, für dieses gigantische Friedenssymbol gebraucht hätten. Die Zahl der Lilien sei nicht willkürlich gewählt, erklärt mir ein Mädchen, es sei die Zahl der im Krieg getöteten Kinder, daher hätten nicht sie die Größe des Blumentuchs bestimmt.

Eine Frau kommt auf mich zu, sie trägt schwarzes Leinen und eine große Sonnenbrille, sie wirkt wie eine Intellektuelle und spricht in ein Handy. Als sie ihr Gespräch beendet hat, schlägt sie mir auf die Schulter.

»Na, wie geht's?«

Es ist Ana, sie fragt, ob ich sie nicht mehr kenne, ich sage Nein, ich hätte sie nicht erkannt, sie sehe aus wie eine Schauspielerin. Doch dann umarmen wir uns, ich schaue sie noch einmal an und stelle fest, dass ich sie sehr wohl erkenne. Und wie ich sie erkenne.

Sie hat einen Zahnarzt geheiratet. Die zwei arbeiten zusammen, sie kümmert sich um die Terminvergabe. Kinder haben sie keine, wegen der Behandlungen, denen sie sich unterziehen musste, *Bestrahlungen*, sagt sie, *aber nicht von der Sonne*, sie lacht. Ana hatte Probleme, *danach*, so wie viele Frauen *danach*.

Sie und Gojko haben sich nie aus den Augen verloren. Es sind noch viele andere Frauen aus Sarajevo da, sie stellt sie mir vor, gealterte Gesichter meiner Generation. Einige kenne ich, es sind die Mädchen von damals, die aus der Wohngemeinschaft in Sarajevo, die vor dem Krieg schwarze Miniröcke trugen, R.E.M. und bosnischen Rock hörten und untereinander die Liebhaber tauschten, um sich als Teil Europas zu fühlen.

Auf einem Tisch stehen Karaffen mit selbstgemachten Getränken. Wir sitzen im Schaukelstuhl und trinken Blaubeersaft, wie zwei Sommerfrischler aus vergangenen Zeiten.

Ana erzählt mir von dem Verein, von Frauen unterschiedlicher ethnischer Herkunft, die sich nach dem Krieg zusammengetan haben, um anderen Frauen zu helfen. Im Sommer zeigen sie Filme und organisieren Fotoausstellungen, Konzerte und Lesungen. Im Winter werden Fortbildungsseminare angeboten, Computerkurse, Sprachkurse, es gibt eine Tanzschule und Musikunterricht.

Sie zeigt mir ein bildschönes Mädchen mit langen, schwarzen Haaren und schneeweißer Haut. Es heißt Vesna.

»Eines Tages hat sie ihren Vater in Filmaufnahmen im Fernsehen erkannt, er war einer der Schlächter von Srebrenica. Vesna hat sechs Jahre lang nicht mehr gesprochen. Ihre Mutter hat den Vater verlassen und das stumme Mädchen zu uns gebracht. An dem Tag, als sie wieder anfing zu sprechen, haben wir alle geweint, wir waren am Strand, und das erste Wort, das sie sagte, war *sidro*, was in unserer Sprache *Anker* heißt, darum haben wir unsere Organisation *Sidro* genannt.«

Es ist ein Gebäude aus hellen Steinquadern gleich am Strand, mit roten Fensterläden und Flachdächern mit Abflüssen für das Regenwasser, dazu eine Veranda, eingefasst von niedrigen Blumenkästen, in denen windschiefe Geranien wachsen.

»Da wären wir, hier wohne ich.«

An der Gartenmauer hängt ein Schild mit der Aufschrift RESTORAN, das jetzt nicht leuchtet. Wir kommen von hinten durch ein kleines Holzgittertor, das so aussieht, als stünde es immer offen. Wir gehen einen Betonweg entlang. Unter einem Vordach aus grünen Wellen stehen ein kleines Fahrrad mit Stützrädern und ein Motorroller, ein von der Sonne ausgebleichter Piaggio, aus dessen Sattel Schaumgummistückchen ragen. Dazu Konservendosen, Kästen mit Wasser und Bier und ein großes, schwarz gewordenes Metallfass. Auf der Wäscheleine ein Mädchenbadeanzug und eine schlappe Luftmatratze. Ein paar Schritte weiter einige leere, aufgestapelte Blumentöpfe und ein Schneewittchen aus Gips mit weit offenen Armen, das uns erwartet.

Pietro fragt, ob die sieben Zwerge auch da seien.

Gojko sagt, seine Tochter wollte sie nicht, sie könne sie nicht ausstehen, sie nenne sie *alte Kinder*.

Vor der Veranda einige Eisentische, ein barfüßiges junges Mädchen mit zu zwei Schwänzen festgezurrten Haaren und einem Gazehemd über dem Badeanzug befestigt mit Klemmen die Tischdecken.

»*Zdravo, Gojko.*«

»*Zdravo, Nina.*«

Er gibt ihr einen Kuss, zieht an einem ihrer Schwänzchen und sagt, sie solle uns was zu trinken bringen.

Wir setzen uns unter dem Rohrgeflecht ins Freie. Man sieht das Meer, ein vom Licht verschlungener, blauer Streifen. Aus den Dünen weht uns eine leichte Brise an. Das Mädchen kehrt mit einem Tablett zurück und stellt uns eine Karaffe Wein hin, ein Schälchen mit Oliven, eines mit grünen Peperoni und eines mit Melonenkernen, dazu für Pietro eine Büchse Coca-Cola.

Gojko kommt mit einem kleinen Mädchen auf dem Arm zurück, das sich wie ein Krake an ihn klammert.

Ich sehe nichts als ein Paar Beine, ein gestreiftes Frotteehöschen und einen Kopf mit blonden, fast weißen Locken, der sich im Körper des Vaters vergräbt.

»Das ist Sebina.«

Gojko schaut mich nicht an, und ich schaue ihn nicht an. Ich schaue auf den Tisch, zu einer Ameise, die über die Wachstuchdecke krabbelt. Es ist ein scharfkantiger Schmerz, wie wenn man sich den Ellbogen stößt.

»Hallo ... Sebina.«

Ich berühre sie, streichle ihr Bein. Ein dünnes, viel zu dünnes Bein. Jene stämmigen Beine mit den kleinen Muskeln fallen mir ein.

Pietro kitzelt sie ein wenig, sie zappelt und tritt zu, zeigt ihr Gesicht aber noch immer nicht.

»Sie ist gerade aufgewacht.« Gojko setzt sich mit seiner Tochter auf dem Arm zu uns und sagt, deshalb sei sie jetzt ein bisschen überdreht, er gießt mir ein und füllt dann sein Glas.

Wir trinken mit dem gesichtslosen kleinen Mädchen zwischen uns.

»Es ist schön hier.«

»Nichts Besonderes.«

Gojko redet über die Speisekarte und die Grillgerichte, die sie abends zubereiten, er gehe fischen, und falls Pietro Lust habe, könne er ihn heute Nacht zu den Kalmaren mitnehmen. Sie vermieteten auch Zimmer, allerdings nur ein paar, an anspruchslose Touristen.

Während er spricht, krault er unentwegt den Kopf seiner Tochter. Es fällt mir nicht leicht, diese schwere Hand anzuschauen, die mit einem Hunger in diesen blonden Locken versinkt, mit einer Mühe.

An einem offenen Fenster flattert eine Gardine, eine weiße Gardine, die sich aufbläht und Luft holt, wie ein kleines Segel.

Ich betrachte dieses weiße, friedenstiftende Atmen, das froh stimmt und das Gefühl vermittelt, dass die Zeit vergangen ist und sich neu gebildet hat, dass sie neuen Samen und neues Haar hinterlassen hat.

Sommermusik klingt von dort herüber.

Das Mädchen hat den Kopf gehoben und schaut Pietro an.

Sie hat nicht die geringste Ähnlichkeit mit Sebina. Sie ist bildschön, mit der etwas starren Erstauntheit mancher Puppen, ihre Augen sind kristallklar, die Lippen voll, das Gesicht ist leicht gebräunt. Sebina hatte bleigraue Augen, Lippen so krumm wie ein Angelhaken, und ihre Ohren ragten zwischen den Haaren hervor.

Pietro streckt die Zunge heraus und wackelt mit den Brauen und den Ohren, wie er es von Großvater Armando gelernt hat.

Die Kleine lacht, vorn fehlt ihr ein Zahn, sie hat ihn gestern Abend verloren und zeigt uns nun die Lücke. Sie spricht kein Italienisch, aber ein paar Brocken Englisch. Sie erzählt uns, sie sei traurig, weil sie ihren Zahn nicht mehr finde. Pietro schlägt ihr vor, ihn gemeinsam zu suchen.

»*We go and look for the tooth.*«

Das Mädchen rutscht vom Schoß des Vaters und greift nach Pietros Hand. Ich schaue ihnen nach, meinem Sohn und dieser zweiten Sebina, die nicht aus Sarajevo zu sein scheint, sie sieht aus wie ein Mädchen aus Holland oder aus Deutschland, wie eine kleine Touristin.

Wie alt wäre mein *Bijeli biber* heute? Hätte sie olympische Medaillen um den Hals hängen oder wäre sie so ein extremer Kettenraucher geworden wie ihr Bruder?

Ich müsste Zärtlichkeit für dieses kleine Mädchen aufbringen. Ich dachte, ich würde gerührt sein, doch ich bin nur deprimiert und sogar gereizt. Womöglich steigt mir dieser Wein zu Kopf und stößt hart in ein hartes Herz. Doch dieses Mädchen, diese zweite Sebina, ist für mich nicht die Trägerin irgendeiner Wiedergeburt. Sie ist ein anderes Mädchen, ein anderes Leben. Dieses fade, bildschöne Mädchen interessiert mich nicht. Ich will jenes schiefe, grüblerische Gewittergesicht wiederhaben, jenes

arme Häufchen Unverschämtheit. Heute gefällt mir alles, was ich verloren habe, alles, was ich nie wiedersehen werde.
»Sie ist schön, nicht wahr?«
Sie ist viel zu schön. Sie ist so albern wie dieses Leben *danach*.

Drinnen herrscht der Geruch der einfachen Häuser am Meer, der Geruch nach Oregano, nach sauberer Wäsche, nach Mandeln. An den Wänden Kinderzeichnungen mit dieser Unterschrift, mit diesem SEBINA von einer Hand, die zum ersten Mal schreibt.
Ich streife die kühle Wand eines Flurs und die mit einer blauen Linie eingefasste Rückenlehne eines Stuhls.
Jetzt habe ich das Gefühl, dass Gojko mich vorwärtstreibt.
Ich stolpere über eine Stufe, ohne zu fallen, und komme in ein kleines Wohnzimmer, zwei abgewetzte Ledersessel, ein Zeitungsständer und an der Wand das alte Bild von Tito.
»Es ist das Einzige, was heil geblieben ist.«
Er lacht. »Alles ist verbrannt, doch der Marschall hat durchgehalten, also habe ich ihn mitgenommen.«
Seine Augen sind gerötet, sein Hemd ist verschwitzt und bis zum Bauch aufgeknöpft.
»Ich muss dir noch was sagen.«
Hinter ihm steht auf einer niedrigen Bambuskommode ein Foto von ihm mit freiem Oberkörper in einem Ruderboot, dazu ein Bild von Mirna und Sebina, das Diego gemacht hat. Ich drehe mich um, eine Glastür trennt den kleinen Wohnraum von einem weiteren Zimmer, ich sehe ein Fenster, eine wehende, flatternde Gardine. Die Gardine, die ich schon von der Veranda aus bemerkt habe, ein heller Schleier.
Gojko raucht, er nimmt einen Zug, dreht die Zigarette auf dem Rand des Aschenbechers, den er in der Hand hält, und betrachtet die Glut.

Ich spüre etwas in meinem Rücken, ich kann nicht sagen, was, ein wenig Hitze, ein wenig Beklemmung, ich senke den Kopf.

Gojko dreht noch immer seine Zigarette auf dem Aschenbecher.

»Was ist denn los?«

Jetzt weiche ich zurück. Doch er packt mich, hält mich von hinten fest und drückt mir mit einem Arm die Luft ab. So hat er es vermutlich auch gemacht, wenn er einen erschreckten Körper festhielt und ihm mit der anderen Hand die Kehle durchschnitt.

Ich spüre seinen Atem in meinem Ohr.

»Verzeih mir, ich wollte es dir schon am ersten Abend sagen.«

Was hast du mir denn zu sagen, du Idiot? Was hast du mir zu sagen, was das Leben mir nicht schon gesagt hat?

Ich komme in das Zimmer. Ein Paar in die Ecke geworfene Espadrilles, ich schaue auf die nackten Füße der Frau, die mich erwartet.

Sie trägt eine weiße Bluse und Jeans, das Haar hat sie mit einer großen Haarnadel zusammengesteckt. Sie ist viel größer, als ich sie in Erinnerung habe. Oder vielleicht bin ich inzwischen geschrumpft. Sie ist nicht geschminkt, ist nicht gealtert, die Jahre haben ihr nur eine Gefasstheit gegeben, die sie früher nicht hatte.

»Ciao, Gemma.«

»Ciao, Aska.«

Ich hebe meinen Arm an, es ist eine langsame, schwere Bewegung, die die Luft teilt und die Welt zerschneidet. Ich lasse meine Hand in ihren Händen.

Soll sie meine Hand ruhig behalten, ich weiß ohnehin nichts damit anzufangen. Mir geht durch den Kopf, dass dies meine letzte Bewegung ist, dass mein Arm, der sich auf die hochgewachsene Frau mit den roten Haaren und den grünen Augen zubewegt, die schön wie ein kaum gealtertes Model ist, auf eine Frau, die die schrille Schale verloren und nur den Kern ihrer Schönheit bewahrt hat ... dass dieser Arm nun der Schwanz eines Tieres ist, das in eine Falle geraten ist und sich nicht mehr rührt, es wartet nur noch darauf, dass es verreckt, wach und wachsam.

Die Hausherrin lädt mich ein, mich zu ihr zu setzen.

Ich höre es nicht, der Ton ist weg, nur das Flattern der Gardine ist noch da.

Aska öffnet den Mund, sie hat schöne Zähne, ich betrachte sie, berühre sie beinahe schon, genauso wie ihre übrige Schönheit.

Sie ist nicht mehr die alte, hat nichts mehr von ihrer früheren Unordnung. Was hatte ich in Erinnerung? Einen Menschen, den es nicht mehr gibt. Ein vollgetuschtes, durch Schminke entstelltes Mädchen, das Trompete spielte und ein bisschen zu auffällig lachte.

Wie oft habe ich sie mir tot vorgestellt.

Auch lebend habe ich sie mir vorgestellt. Aber nicht so. Sondern mit dem verschwommenen Bild einer leidenden, oberflächlichen Frau.

Gojko und sie haben also geheiratet. Aska erzählt mir gerade, dass sie sich nach dem Krieg in Paris wiedertrafen, in der Wohnung gemeinsamer Freunde, einem Treffpunkt bosnischer Flüchtlinge, sie halfen sich gegenseitig. Die Liebe kam später.

»Hörst du noch Nirvana?«

»Ja, manchmal.«

»Kurt Cobain ist tot.«

»Ja, schon lange.«

»Er hat sich erschossen. Man braucht ganz schön viel Mut, um sich zu erschießen.«

»Nicht, wenn man am Ende ist.«

Auch Diego ist tot. Auch er war am Ende. Tja, es ist nun mal der blöde Wolf, der stirbt. Das pfiffige Lamm tanzt und bringt sich tanzend in Sicherheit.

Das letzte Album von Nirvana heißt *In Utero*. Ich weiß noch, dass ich es mir gekauft habe. Das Leben ist lächerlich. Es kommt dir zuvor. Es verarscht dich.

Die Gardine bewegt sich. Ich höre nichts, ein weißer Riss durchzieht mich. Eine saubere Wunde ohne Blut, die mein Gesicht zerteilt.

Diese Reise war ein einziger Schwindel, alles war ein einziger Schwindel, die Fotoausstellung, die Spaziergänge durch Sarajevo, das verpasste Schiff.

Die Frau vor mir ist schlicht und elegant. Das Erscheinungsbild einer Frau von heute.

Gleich wird sie mir sagen, dass sie nie aufgehört habe, an ihren Sohn zu denken, dass sie ein Recht darauf habe, ihn in die Arme zu schließen, ihm die Wahrheit zu sagen.

Und ich kann es ihr nicht verwehren. Kann gar nichts tun, kenne die Gesetze dieses Landes nicht, bin weit weg, an einem Ort, von dem ich nicht einmal mehr weiß, wie er heißt. Schlaff vor Sehnsucht bin ich an Bord einer Fähre gegangen und einem Unbekannten gefolgt, einem, von dem ich nichts weiß, einem Dichter, der ein Krieger geworden ist, ein Mörder. Ich brauchte Freunde und Erinnerungen. Mein Leben genügte mir nicht. Ich brauchte jemanden, der mich zwang zu leiden, einen Zeugen, einen, der dabei war. Ich war von mir aus zurückgekommen, aus eigenem Antrieb.

Gojko lächelt sie an, nimmt ihre Hand. Neben Aska sieht er viel besser aus, sogar weniger plump, feinfühliger und ruhiger.

Sie sind nicht zu mir nach Italien gekommen. Sie haben mich herkommen lassen. Bestimmt hat sie zu ihm gesagt *Ich will meinen Jungen wiederhaben, ich will ihn wiedersehen, ich will das Kind des Mannes sehen, den ich geliebt habe und der jetzt tot ist. Ich halte das nicht mehr aus, ich habe lange darüber nachgedacht, doch jetzt will ich ihn in die Arme schließen und ihm die Wahrheit sagen, egal, was passiert.*

Ich muss Giuliano anrufen, ich brauche ihn hier, ich muss Pietro schützen. Ich muss vollständig bleiben.

»Traust du mir nicht?«

»Was willst du?«

»Ihn sehen.«

»Geh ans Fenster, dann siehst du ihn.«

»Ich habe ihn mit Sebina reden sehen, mit seiner Schwester.«

»Halt den Mund, sei still.«

Sie weint, doch ich könnte sie umbringen, denn jetzt wittere ich etwas, einen schlammigen Grund, den Geruch eines Elends, das mir nicht neu ist.

»Ihr braucht Geld, ist es das?«

Sie öffnet den Mund, dann schüttelt sie heftig den Kopf. Sie sieht verzweifelt aus.

»Hör auf, mich zu beleidigen.«

Die Gardine bewegt sich am Fenster. Ein Gecko sieht uns zu, reglos an der Wand mit seinem altertümlichen, durchscheinenden Körper.

»Und wieso bist du nicht tot?«

Sie schaut mich ohne jedes Befremden an.

»Ich weiß es nicht.«

Ich stehe auf und ziehe meinen Rock vom Hintern weg. Wo ist meine Jacke, meine zerknautschte Jacke? Wo ist meine mit allem möglichen Mist vollgestopfte Handtasche, mit Pässen, mit Flugtickets und mit diesem Lippenstift, der mir in die Falten fährt? Sie fragt, ob ich Weintrauben möchte, ob ich mich frischmachen möchte, wir könnten hier schlafen, Pietro und ich, könnten am Strand Fisch essen, Gojko könne sehr gut grillen.

Plötzlich spüre ich einen unsäglichen Hass, eine Distanz, die sofort in Hass umschlägt. Fahr zur Hölle, du hast mir mein Leben geklaut, du Schlampe, du hast den besten Teil von mir geklaut. Du bist mit Pietros Vater abgezogen, er ist tot, und du bist hier, du bist die ganze Zeit über hier gewesen. Ich nehme meine Tasche auf, meine Brille, mein kleines Altsein. Vor einem Jahr bin ich in die Menopause gekommen, das war mir so was von egal, denn mein Zyklus war mir nie zu irgendetwas nütze. Mit dem Blut versiegte auch meine Wut auf mich selbst.

Ich hatte diese Frau während der Belagerung in einem Krankenhausbett zurückgelassen, als sie Markscheine zählte. Anfangs hatte ich Angst, sie könnte wieder auftauchen. Sämtlichen Bettlerinnen der Welt, sämtlichen Flüchtlingsfrauen aus dem Osten, die an den Ampeln standen, gab ich Geld. Es ist ein automatischer Reflex, mich umzudrehen und nach meiner Handtasche auf dem Rücksitz zu greifen. Nicht aufzuhören zu bezahlen. Ich stellte mir vor, sie wäre tot, sie wäre auf einem dieser Fotos, die Särge und mit Grabsteinen übersäte Felder zeigten. Stattdessen ist diese Frau schön, trägt eine weiße Bluse und ist immer noch jung, jung genug für Kinder.

»Pietro ist ein italienischer Junge, er ist mein Sohn. Ich werde jetzt aufstehen, ihn an die Hand nehmen und gehen. Und wage es nicht, mich anzurühren, wage es ja nicht, uns anzurühren.«

Aska senkt den Kopf. Ich betrachte ihren Nacken, ihr zusammengestecktes Haar und die einzelnen, herabfallenden Strähnen. Da sehe ich etwas, einen Fleck. Ich will jetzt gehen, so wie damals. Doch mein Blick bleibt an diesem Fleck hängen, es ist eine Tätowierung. So etwas wie eine Blume, rötlich und misslungen.

Da sehe ich Diegos Foto vor mir, das Foto am Ende der Ausstellung, an der Wand über dem Schirmständer. Die merkwürdige Rose an dieser merkwürdigen Mauer. Von der ich nun weiß, dass sie keine Mauer ist.

Aska bedeckt ihren Nacken mit der Hand, sie schwankt ein wenig.

Eine Biene kommt durchs Fenster herein, fliegt von uns weg und kommt zurück. Wir müssten sie verscheuchen, doch wir rühren uns nicht.

Das Ganze war folgendermaßen, und vielleicht sollte ich irgendwann den Mut aufbringen, es meinem Sohn zu erzählen wie eine Geschichte.

Die beiden sind dort, in der Pension am Waldrand. Sie sind Hand in Hand nach oben gegangen. Aska trägt ein schwarzes Glitzerkleid. Er sagte zu ihr *Komm bloß nicht mit diesem ganzen Stachelkram an, damit siehst du aus wie ein Kaktus*, und sie gehorchte ihm. Sie zog ihr Konzertkleid an. Als sie die Treppe hochgehen, betrachtet er den leichten Stoff, der sich an ihr Fleisch schmiegt.

Sie ist eine einheimische Schönheit mit dichtem, kupferrotem Haar, grünen Augen, die wie zwei Blätter wirken, breiten Wangenknochen und einer geraden, etwas stupsigen Nase, sie ist wie diese absonderliche Stadt, ein bisschen Istanbul und ein bisschen Bergdorf, genauso ist auch sie, sie sieht aus wie eine weiße Araberin. Und hat das Profil mancher Ziegen aus Kaschmir.

Diego weiß nicht, wie das mit ihnen weitergehen soll.

Er ist nervös und überspielt es, ihm gefällt dieses melodramatische, provinzielle Mädchen, das ein bisschen überkandidelt ist und das dringende Bedürfnis hat, irgendwer zu sein, eine Janis Joplin. Sie erinnert ihn an ihn selbst, er kennt dieses Bedürfnis, diese armseligen Schauer auf dem Leib ... die auf dem Hehlermarkt gekaufte Leica ... auch er hat sich als Halbwüchsiger gefühlt wie ein Robert Capa.

Sie rührte ihn an, er betrachtete dieses zugeschminkte Gesicht, die postmodernen Löcher in den Strümpfen, die Sicherheitsnadeln in den Ohren. Er mochte keine Punks, doch sie rührte ihn. Er begann sie zu betrachten, sah sie Kuchen verschlingen und sich die Finger bis zum letzten Krümel ablecken, sah sie lachen. Sie unterhielten sich, und sie ist nicht dumm, sie hat nur bunte Knete im Kopf, aber sie strahlt etwas aus, hat eine ständig aufgeladene Batterie, hat etwas, was er nicht mehr hat.

Oben im Zimmer wirft Aska einen Blick auf das Bett und lacht. Sie springt hinein, hebt die Arme und atmet tief durch. Sie lässt sich von ihm bewundern, sie ist frech, dieses Spiel gefällt ihr. Diego ist angespannter, sagt, er werde mal mit den Schuhen anfangen, zieht sich die Stiefel aus und setzt sich auf den Rand des Bettes, ohne sich auszustrecken. Er kann es immer noch nicht fassen, dass sie gekommen ist, dass diese Geschichte weitergegangen ist.

In den vergangenen Tagen haben sie begonnen, sich anders anzuschauen, sie machten sich gewissermaßen den Hof. Jetzt, in diesem Zimmer, in dem praktisch nur das Bett steht, schämen sie sich ein wenig. Sie schlägt die Beine übereinander wie beim Yoga, hat die Trompete dabei und stimmt *My Funny Valentine* an. Er hört zu und denkt *Mädchen, was hast du nur für eine Kraft in den Lungen?* Er sagt *Aus dir kann was werden*, sie setzt die Trompete ab, leckt sich die Lippen und sagt *Das wäre ich dann gern zusammen mit dir.*

Er lächelt, *Hör auf damit, mach keine Witze.*

Ich mache keine Witze, heute Nacht können wir so tun, als könnte aus uns zweien was werden.

Dieses kleine Mädchen hat zu viel Kraft in den Lungen, sie ist zu frech, er sieht sie an: *Bleib auf dem Teppich.*

Sie ist noch nie auf dem Teppich gewesen, sie war schon immer rebellisch. Darum ist sie hier.

Sie legen sich eng nebeneinander und plaudern ein bisschen. Er zeigt ihr, wie seine Kamera funktioniert, wie man das Objektiv scharfstellt. Er streckt den Arm aus und macht einen Schnappschuss von ihren Gesichtern auf dem Kissen. Aska nimmt die Beine hoch wie ein Affe und will mit den Füßen kempeln. Sie hat genug von der Traurigkeit jener Tage. Sie war bei einer Demonstration und hat noch das Friedenszeichen auf der Stirn, das ihre Freundin Haira ihr mit dem Filzstift aufgemalt hat. Sie schreit, sie wolle sich heute Nacht wie verrückt amüsieren. Diego gibt auf, er nimmt seine langen Beine hoch, winkelt sie an und sucht mit seinen Füßen die von Aska. Sie kämpfen ein bisschen auf dem Bett, dann halten sie still. Er betrachtet ihre Augen, ihren Mund, hört den Atem in ihrer Brust.

Sie ist unglaublich schön, so aus der Nähe, unglaublich jung. Bevor er sie küsst, lächelt er sie an, dann bleibt er lange zwischen ihren Lippen. Askas Mund ist quellfrisch. Er spürt, wie sich ihr Atem verändert, schmeckt den ersten Kuss, den sie gewährt hat, jetzt ist er ein Mann, und diese Erinnerung ist betäubend und voller Schamgefühl.

Er löst sich etwas traurig von ihr, er ist der Schüchternere der beiden. Der Ältere, der, der über den Tisch gezogen wurde. Er würde ihr gern ein paar Ratschläge geben, wie ein Vater, wie ein großer Bruder, so wie seinen Studentinnen in der Schule für Fotografie. Stattdessen ist er da, um mit ihr zu schlafen, sie ist ein unabhängiges Mädchen, sie war es, die ihren Körper als Leihgabe anbot. Jetzt haben sie diese bescheuerte, erotische Situation, die ihn erregt und in gewisser Weise auch demütigt.

Sie hat zu viel Leidenschaft in diesen Kuss gelegt, zu viel Sehnsucht. Er schaut sie an, streichelt ihren Kopf, seufzt und denkt ein bisschen darüber nach.

Sie ist ein kleines, raffiniertes Ding aus Sarajevo, *Gefalle ich dir nicht?*, haucht sie.

Klar gefällst du mir, das weißt du doch. Und vielleicht würde mir auch ein anderes Leben gefallen, würde es mir gefallen, wieder meinen Rucksack zu nehmen und abzuhauen wie damals als junger Bursche. Einen Körper im Dunkeln zu umarmen und ein Gelegenheitsgeschenk anzunehmen wie ein Schicksal.

Er hat es versucht, doch heute Nacht hat Diego genug von der Seichtheit des Lebens und fruchtloser Anstrengung.

Er sieht zum Fenster, dunkel in der Nacht, und denkt an mich, an unsere Abmachung. Er fragt sich, wie wir uns nur so weit von uns selbst entfernen konnten, wie wir in diesen entschlossenen, umsichtigen Wahnsinn hineinrutschen konnten.

Also, machen wir nun dieses Kind? Aska zieht ihn auf, sie hat ihr Kleid abgelegt. Sie trägt gestreifte Strumpfhosen und einen schwarzen BH, schwer wie ein kleines Korsett. Seine Augen machen auf ihrem weißen Bauch Halt. Er ist wie manche Felsen, die er an der dalmatinischen Küste gesehen hat.

Sie hat den Namen eines verrückten Lämmchens aus einer Erzählung, die er nie gelesen hat, zum Spaß macht sie *mäh mäh*, und Diego antwortet *mäh*.

Komm, wir rauchen einen Joint.

Sie rauchen schweigend, feuchtes Papier, das hin und her wandert, Rauch, der einkehrt und innen weich macht. Sie berührt sein Gesicht, sein Bärtchen, das nicht so richtig wächst, dünn und kratzig wie ein kaum bewässertes Feld. Er sagt *Der Bart ist hässlich, ich weiß.* Sie sagt *Mir gefällt er.* Ihre Hand ist eine kleine, durchziehende Harke.

Er betrachtet Aska aus der Nähe, ihre weiße, hohe Stirn. Sie ähnelt jetzt einer Madonna, die er als Kind in der Kirche gesehen hat, und auch einer Fixerin von der Piazza Corvetto, die wie eine Madonna aussah. Er weiß nicht, wie der Geschmack in Bezug auf Frauen entsteht, ob sie einen an jemanden erinnern, an eine schönere Mutter.

Jetzt fällt ihm jede verdammte Kerze wieder ein, die seine Mutter ihn für seinen Vater anzünden ließ, unter dieser Madonna, die zu schön und zu tot war, als dass man sie hätte anschauen können.

Aska saugt an seinem Ohrläppchen, er lacht. Er weiß nicht, wie man es anstellt mit den Frauen, hat nie eine Technik entwickelt. Er versteht sich darauf, mit mir zusammen zu sein, mir eine Faust in die Achselhöhle zu schieben, weil ich gern so schlafe.

Sie hat zu ihm gesagt *Deine Frau sieht mich genauso an wie die Bauern, wenn sie eine Kuh für den Stier aussuchen.* Er schaute sie an, *Ich bin kein Stier.*

Es ist lästig, ein verliebtes Mädchen am Hals zu haben, das um einen herumscharwenzelt. Er kam ihr mit Ratschlägen, sagte, sie solle sich nicht wegwerfen, solle sich auf die Musik konzentrieren, auf ihre Zukunft, solle all die verrufenen Legenden und drogensüchtigen Musiker sausen lassen. Einmal machte er im Zoo ein Bild von ihr in einem leeren Käfig. Da sprang ihn eine Sehnsucht an, ein offenkundiger Hunger. Er hörte auf zu fotografieren und sagte zu ihr *Komm aus dem Käfig, na mach schon. Ich liebe meine Frau.* Sie lachte, *Das klingt wie eine Strafe, du siehst niedergedrückt aus.*

Dieses Mädchen hat ganz Bosnien in den Augen, seine Melancholie, seinen verrückten Humor und sogar das Rauschen mancher Flüsse, wenn sie in ihre natürlichen Becken hinabstürzen und Ohrfeigen Gottes zu sein scheinen.

Der Joint ist aufgeraucht und hat einen starken Nachgeschmack im Mund hinterlassen. Diego lächelt, steht auf und hängt sich an den Wasserhahn. Er denkt an mich, die allein ist in den dunklen Straßen. Er folgt meinen Schritten, meinem Rücken. Möchte mir auf die Schulter tippen. Möchte kleine, enge Torerohosen haben und seinen grünen Kinderstuhl. Sich mitten auf die Straße setzen und zu mir sagen *Da bin ich, willst du mich?*

Hast du sie gefickt?
Nein, ich hab's nicht hingekriegt.
Nicht so wichtig.
Ich bin kein Stier.
Ich weiß.
Der Stier bist du, ich bin dein Staub.

Von der Straße dringt ein Getöse wie von umfallenden Kisten. Ein köstlicher Duft zieht von der Treppe herauf, in der Küche wird wohl schon für das Frühstück gebrutzelt. Sie sagt *Geh runter und hole ein paar Pfannkuchen, ich habe Hunger.*

Barfuß hüpft Diego die Treppe hinunter, das Hemd über der Brust offen, über die einige Schauer laufen. Er ist high, sein Blut sanft, er fühlt sich leichter. Er spürt seinen Körper wieder, schon eine ganze Weile hat er ihn nicht mehr gespürt. Es sind nur zwei Treppenabsätze, eine Handvoll Augenblicke.

Er kommt nicht dazu, zu erfassen, was vor sich geht, im Frühstücksraum liegen alle Tassen auf dem Boden, die Tische sind umgeworfen, Schatten bewegen sich im Dunkeln, versetzen Fußtritte, brüllen herum. Es ist nur ein einziger Blick, nur ein einziger Weg der Augen. Die Haustür steht offen, von draußen kommt noch mehr Gebrüll, dann das dumpfe Rattern einer MP-Salve, so nahe, dass er glaubt, sie hätten ihn gesehen und würden nun auf ihn schießen. Ein Loch der Stille, dann erneut Schreie, erneut Schussgarben, das plötzliche Gackern aufgeschreckter Hühner, dann eine weitere Erschütterung, wie von Dosen, die herunterfallen und wegrollen.

Diego steht im Halbdunkel, er ist heruntergekommen, um ein paar Pfannkuchen zu holen, hin zu dem süßen Duft, er war drauf und dran, mit einem Mädchen zu schlafen. Der, der hier in die Dunkelheit späht, ist viel zu weit weg von seinem dummen, zu steifen Körper. Er begreift nicht, was los ist, nimmt an, es handele sich um Einbrecher. Er geht ein paar Schritte in Richtung Küche. Auf den Bauch der Pensionswirtin ist ein Gewehr gerichtet, verschüttetes Öl läuft in einer Lache über den schwarzen Fußboden, noch brutzelnd, wie Säure. Da sieht er die Tarnanzüge und die Sturmmasken. *Das ist der Krieg, jetzt ist er da.* Dies ist der letzte klare Gedanke, den er fassen kann.

Es ist wie ein gebrochener Staudamm, metallschweres Wasser, das alles überschwemmt. Dann ist da nur noch Instinkt, sollten sie ihn fragen, wie er heißt und warum er hier ist, könnte er nicht antworten. Er weicht zurück, ohne sich umzudrehen, und stolpert die Stufen hoch. Seine Blicke durchschneiden die Dunkelheit wie ein Nachtsichtgerät. Beim Hinaufgehen tastet er sich an der Wand entlang wie ein schutzlos im Freien gebliebener Krebs. Er verschwindet im ersten Loch, das er findet … hinter einem Plastikvorhang wie der einer Dusche, dazu da, die Besenkammer zu verbergen.

Vorläufig scheint ihm dieses Stück Plastik das Leben zu retten, er hat inzwischen den ersten Toten gesehen. Ein Mann liegt rückwärts auf der Treppe, ein alter Mann in wollenen Hosen, Diego hat den jungen Mann, der dem Greis ins Genick schoss, gesehen, als er seine Sturmmaske abnahm, um einen der noch warmen Pfannkuchen zu essen. Der Alte hatte die Arme gehoben und gesagt *Mein Sohn, mein Sohn.*

Die Besenkammer liegt auf einem Treppenabsatz, nur wenige Stufen unterhalb des Ganges. Durch einen Schlitz im Vorhang kann Diego die angelehnte Tür sehen. Nur wenige Schritte und er wäre bei Aska, doch er kann sich nicht rühren, die Brücke ist zerstört, die wenigen Stufen sind wie schweres Wasser, eine Überschwemmung, die ihn zurückwirft.

Aska wartet auf die Pfannkuchen, wahrscheinlich hat sie nichts gehört, er sieht sie an der Tür auftauchen. Sie hat ihr Kleid wieder angezogen, das schwarze, glitzernde Konzertkleid. Er sieht sie nicht ganz, sieht nur ihre Beine und ein Stück Stoff. Er möchte ihr zurufen, sie solle die Tür schließen, sich verstecken und aus dem Fenster springen, das zum Wald zeigt. Er versucht, den Mund aufzumachen, zu sprechen, schluckt Salz und bringt keinen Ton heraus. Seine Stimmbänder sind wie harte Schlingen, wie Eisendrähte, die nicht vibrieren. Es ist der Instinkt, der Instinkt, der ihm befiehlt, sich mucksmäuschenstill zu verhalten und nicht einmal Luft zu holen. Denn inzwischen zieht eine schwarze Meute an ihm vorbei, die zusammen mit dem Geruch nach Gebratenem, nach auf den Boden geflossenem, heißem Öl hinaufsteigt. Stiefel mit Schnürsenkeln und schweren Sohlen wie Bergschuhe hasten die Stufen hoch. Eine Hand streift den Vorhang, hinter dem er sich versteckt, und greift in das Plastik.

Alles geht viel zu schnell, als dass er hinterher sagen könnte *Das war so*. Da werden Splitter und Fetzen von Bildern sein, die nicht mehr verschwinden werden, die wie Haut an ihm haften werden. Angst ist ein Narkotikum, das erstarren lässt und die Dinge dehnt.

Für ihn geschieht alles in diesem Spalt. In dieser Öffnung zwischen Vorhang und Wand. Er sieht die Männer, die sich auf dem Gang verteilen, hört sie an die Türen hämmern, hört Schussgarben, Glasscherben fallen herunter und Mauerstückchen. Jetzt sind sie auch bei Aska. Er sieht ein Stück von ihr, ihre Füße in den gestreiften Strumpfhosen. Er hört sie schreien.

Es ist das erste Mal, dass Aska die Wölfe sieht, sie weicht zum Fenster zurück. Fragt sich, woher sie kommen, ob sie aus dem Wald heruntergekommen sind … Sie sehen aus wie der Tod, tragen diese Masken. Sie sprechen ihre Sprache, verlangen ihre Papiere. Sie füllen das Zimmer mit ihren Körpern, beschwert mit doppellagig über der Brust gekreuzten Patronengurten. Einer versetzt dem einzigen vorhandenen Stuhl einen Tritt und setzt sich breitbeinig auf den Tisch, sie vermutet, dass er der Anführer ist, auf der Brust trägt er ein Totenkopfwappen. Im Spalt seines Mundes steckt die Zigarette, die er sich angezündet hat, er sieht Aska an. Sie ist ein widerspenstiges Lamm, die Angst macht sie aggressiv. Sie schreit die Männer an, sie sollten verschwinden. Fragt sie, wer sie seien und warum sie ihr Gesicht verhüllten. Sagt, sie wolle mit jemandem von der Polizei sprechen.

Der Anführer schiebt seine Sturmmaske hoch und holt ein junges, eckiges Gesicht hervor. Augen hell wie Glas. Er dreht sich um und lacht zusammen mit dem Fettkloß neben ihm.

Diego sieht nur die Schritte, die Stiefel auf der Höhe, wo sie die Hosen der Tarnuniformen einschnüren, er sieht noch mehr herunterfallen, eine Schublade und den Stuhl, auf dem seine Jacke hing. Nun schlagen sie sie, er hat gehört, wie sie aufschrie, sich verteidigte. Jetzt jammert sie nur noch. Sie ist zu Boden gestürzt, er sieht ihre Hand, die wegrutscht, und einen Stiefel, der auf diese Hand tritt und sie zerquetscht. Er hört eine Stimme, die ihr befiehlt aufzustehen.

Diego muss heraus, um sie zu beschützen, muss sagen *Ich bin ein italienischer Fotograf, und das hier ist meine Freundin, lasst sie in Frieden.* Vielleicht reicht es ja, ihnen mit dem Presseausweis zu drohen, er steckt in der Jackentasche. Er muss nur an diese Jacke herankommen. Er stellt sich vor, wie er rausgeht, Aska am Arm nimmt und den Presseausweis schwenkt wie ein Kreuz.

Sie fragen sie, was sie in dieser Pension zu suchen habe, und sie nehmen ihr die Papiere ab, jetzt nennen sie sie muslimische Schlampe.

Steh auf, du muslimische Schlampe.

Aska zieht sich hoch. In ihrer Hand sticht es wie von Nägeln, sie kann sie nicht mehr schließen. Sie hat begriffen, dass es keine Polizei mehr gibt, dass es keine Ordnung mehr gibt, dass das hier der Krieg ist. Jetzt nimmt sie die Außenwelt wahr, die Schüsse von der Straße, den Lärm in den anderen Zimmern, die Schreie … Ihr fällt auf, dass auch draußen kein Licht mehr brennt, sie haben wohl die Leitungen gekappt. Sie hört Klagelaute, Menschen, die wie sie in der Falle sitzen, im Schlaf überrascht, in der Normalität dieses Außenbezirks. Sie weiß nicht, ob das nur ein Überfall ist oder ob schon die ganze Stadt besetzt ist. Ob allen das Gleiche passiert, so wie bei einem Stromausfall. Auch ihrer Freundin Haira, auch ihrer Großmutter und ihrem kleinen Bruder. Sie spürt, wie sich ihre Wahrnehmung erweitert, sich dehnt, sich über Kilometer erstreckt wie die der Tiere, sie muss die Welt ringsumher wahrnehmen, um nicht in diesem Zimmer isoliert zu bleiben, in diesem noch verschmierten, verwischten Alptraum. Sie riecht den Pfannkuchenduft, der sich mit dem Geruch der Männer mischt. Sie stinken, nach Erde, Schweiß, Schnaps. Offenbar haben auch sie Angst, sind nervös, laufen hin und her, treten gegen die Türen. Sie hört Frauenschreie, rau wie die einer Katze. Vielleicht von einer der Studentinnen aus Zenica. Vor kurzem hat sie sie auf dem Gang reden und herumalbern hören, sie waren mit dem Zug zur Demonstration angereist. Sie sieht etwas auf dem Gang vorbeigleiten, einen Körper, der an den Haaren weggeschleift wird. Sie stellt sich keine Fragen, lässt das Bild vorüberziehen, es scheint aus einer anderen Welt zu kommen. Sie weiß, dass sie nicht schreien wird. Sie ist ein freies Mädchen, aufgewachsen in einer freien Stadt. Sie glaubt noch immer, dass Reden genügen könnte, um die Männer zu beschwichtigen. Das müssen alles junge Kerle sein, ungefähr in ihrem Alter.

Sie überlegt, was wohl aus Diego geworden ist, vielleicht hält man ihn fest. Sie wartet darauf, dass er auftaucht. Er ist ein ausländischer Fotograf, diese Idioten fürchten sich doch vor der internationalen Presse.

Der Anführer studiert ein Blatt Papier, vielleicht den Stadtplan, er tuschelt mit dem Fettkloß. Dann starrt er sie an, sagt, sie solle Trompete spielen. Aska versucht es, sie spürt ihre Finger nicht mehr und hat kaum Luft in der Brust, doch sie drückt diesen ganzen Rest in das Messingmundstück.

Diego hört die Trompete und stellt sich Askas Wangen vor, die sich aufblähen wie die eines Fisches.

Sie setzt zu einer fröhlichen Melodie an, zu einem kleinen Musikstück mit hohen Tönen, wie aus alten Stummfilmen. Sie steht vor dem Wolf wie das Lamm in der Erzählung von Andrić, auch sie ist widerspenstig und weit weg von der Herde. Sie hofft allen Ernstes, es könnte genügen, zu musizieren, um den Wolf aufzuhalten. Doch ihr ist klar, dass sie so gut nicht ist.

Sie sieht ihre Zukunft vor sich, wie sie sie sich ausgemalt hatte, eine Bühne, überflutet mit Blasen aus Licht und Rauch, die wie Dampf aufsteigen, ganz wie in den Nirvana-Konzerten.

Der italienische Fotograf hat Ähnlichkeit mit Kurt Cobain, sie denkt an seinen Hals, es ist das zärtlichste Bild, das ihr in den Sinn kommt, dieser Kuss vor wenigen Minuten, dieses lächelnde Gesicht hautnah an ihrem. Er fuhr ihr danach mit dem Daumen über die Lippen, als wollte er ihren Mund nachzeichnen. Vielleicht empfindet auch er etwas für sie.

Der Anführer sagt, sie solle aufhören mit dieser Trompete, die ihnen in die Ohren krächzt. Es stimmt, das Lamm hat keinen Atem, es fabriziert nur Furzgeräusche. Sein ganzer Atem ist von der Angst weggesaugt. Er befiehlt ihr, sich auszuziehen.

Diego steht hinter dem Spalt, sieht die herunterfallende Trompete. Sieht Aska, die in ihren gestreiften Strumpfhosen hüpft und stolpert. Sieht, dass sie sie hochziehen.

Auf dem Bett liegt dieses Gewehr, eine Kalaschnikow, eine Bazooka, weiß der Himmel. Sie fragt sich, was für ein Zimmer das ist und ob das, was passiert, wirklich wahr ist.

Sie haben ihr das Gewehr zwischen die Brüste gepflanzt, haben auf die Wand geschossen, um sie gefügig zu machen. Sie erstarrte und sah sie an. Sie möchte sich ausziehen, ihnen gehorchen, doch nun weiß sie nicht mehr, wo ihre Arme und ihre Hände sind. Sie sind wie die Ruder eines zum Verrotten liegen gelassenen Bootes. Sie muss nur an die Häkchen kommen, der Stoff klebt vom Schweiß, der ausbricht und ihr den Blick trübt. Zwei Hände kommen näher und zerreißen ihren BH. Aska sieht eine Brustwarze zwischen den Stofffetzen, sie weiß nicht, ob das wirklich ihre ist oder die einer anderen Frau, die ihrer Mutter oder einer Freundin.

Sie begreift, dass es keine Rettung gibt, dass hier bei ihr der Tod ist. Reglos auf diesen Gewehren, die sie in Schach halten. Sie hat nicht vor, sich zu widersetzen, sie will leben. Sie ist noch da, auch wenn sie sich nicht bewegen kann, auch wenn sie nicht mal einen Arm gehoben hat, um sich zu verteidigen. Sie spürt, dass dies schon öfter geschehen ist, dass es kein Zufall ist, dass diese Männer das nicht zum ersten Mal tun. Sie scheinen nicht mal erregt zu sein, da ist keinerlei Verwirrung, diese Bewegungen sind bereits trainiert. Sie beschimpfen sie, ohrfeigen sie ohne rechte Überzeugung, so als wären sie schon müde.

Als wäre dies eine Art Ritual, das sich wiederholt, eine satanische Messe, ein trauriges Teufelsmahl.

Als Kind hatte Aska auf dem Land den Beschneider gesehen, den Mann, der den Tieren die Hoden entfernte. Er war klein, hatte einen Klappstuhl und ein Köfferchen bei sich und trug eine Weste wie ein Landarzt. Er beugte sich unter die Tiere und verstümmelte sie. Aus den erschütterten Körpern stieg ein ergreifendes Muhen. Nie verzog dieser Beschneider auch nur eine Miene. Am Ende des Tages kassierte er sein Geld und ging weg, mit seinem traurigen Gesicht, mit seinem verschwitzten, schmutzigen Nacken und mit seinem vom Hodenfrikassee noch fettigen Mund, das die Frauen gekocht hatten und von dem er einen Teller gegessen hatte.

Die Männer hier hatten die gleiche grausame Besonnenheit und die gleiche traurige Unvermeidlichkeit in ihren Bewegungen. Wo haben sie geübt? Auf welchen Körpern?

Sie spürt, dass ihre Beine nass werden, und stellt sich vor, auf den Boden zu sinken und zusammen mit diesem Urin zu zerfließen. Nur das wünscht sie sich, zu verschwinden, sich zu verflüssigen, unter das Bett zu rieseln und im Holzboden zu versickern. Vor kurzem war sie noch ein freies Mädchen. Auf der Stirn hat sie das Friedenszeichen, einer der Männer hat darauf gespuckt, der Speichel lief ihr in die Augen. Sie fragt sich, wo der Frieden geblieben ist. Noch vor kurzem war sie ein Mädchen, das mutiger war als die anderen, jetzt ist sie ein Loch, ein nur von Angst bewohnter Krater. Wie ist es möglich, dass das, was sie in diesem Augenblick sieht, ihr passiert? Die Panik hat den verbrannten Geschmack der Magensäfte. Als wären sämtliche Organe zum Schutz vor dem Hinterhalt zur Kehle hochgetrieben worden. Unten spürt sie nichts, als hätten sie ihr die Lenden örtlich betäubt, die Hände, die sie packen, und die Finger, die sich in ihr Fleisch pressen, scheinen einen weit entfernten Körper zu greifen.

Sie haben sie auf dem Bett umgedreht, auf dem sie vor kurzem noch gespielt hat, dort kempelte sie mit Diegos Füßen. Die Patronengurte fallen auf sie, zusammen mit dem Geruch nach Eisen und Tod.

Diego hört Aska nicht mehr Trompete spielen. Er hat sich zwischen die Besen gequetscht, und einer, der härter ist als die anderen, ein Reisigbesen, zerkratzt ihm die Wange. Es riecht muffig, nach schmutzigem, abgenutztem Stroh. Er sieht, wie sie hinfällt und in den heruntergerutschten Strumpfhosen humpelt wie in einem Sack. Er muss raus aus diesem Besenversteck, sich auf die finsteren Gestalten in den Tarnuniformen stürzen und ihnen die Masken vom Kopf reißen. Doch er weiß bereits, dass er nicht herauskommen wird. Vielleicht kommt er nicht einmal lebend aus dieser Nacht heraus, doch mit Sicherheit schafft er es nicht, sich aus diesem Mauerloch zu lösen. Er fragt sich, ob das sein Tod ist, sein Sarg. Ob sie auf ihn schießen werden, ohne auch nur den Vorhang beiseite zu schieben, wie im Film.

Er ist es gewohnt, sich zu verstecken.

Wenn sein Vater seine Mutter verprügelte, gelang es Diego, zu verschwinden, er glitt in einen Winkel und hielt sich mit den Ellbogen die Ohren zu. Er gab keinen Mucks von sich. Er machte unter sich, ohne es zu merken. Er sah sich die kleine, gelbe Pfütze auf dem Fußboden an. Träumte sich weg, dachte *an etwas Schönes*. Er kam erst wieder heraus, wenn alles in Ordnung war, wenn seine Mutter wieder in der Küche stand und Eier schaumig schlug. Er lächelte sie an und gab ihr so zu verstehen, sie müsse sich nicht schlecht fühlen oder schämen, denn er habe nichts gesehen, nur etwas Schönes.

Jetzt weiß er, was dieses Schöne ist, es ist Askas Mund, vor kurzem, als er ihn küsste, er war quellfrisch. Er hatte sich verschämt zurückgezogen, weil er dieses Stückchen weißes Fleisch von ihr gesehen hatte, wo die Brüste ansteigen, mit ihrer Kerbe wie bei eingeschnittenem Brot, und er kam sich vor wie damals, als kleiner Junge, wenn er in einen Traum schlüpfte, der ihm gefiel, und er sich das Betttuch über den Kopf zog, um ihm entgegenzugehen.

Er sieht einen Stiefel auf dem Bett und ein weißes, wie ein Hühnerflügel abgespreiztes Bein. Er denkt an ein Foto. Sieht den Schnappschuss, das weiße Bein und den schwarzen Stiefel. Das Lamm und den Wolf.

Jetzt weiß er, dass er nicht mehr heraus kann, er ist ein Zeuge. Sie würden ihn nicht laufenlassen.

Sein Herz klopft, wie eine Hand an einer Tür, die niemand aufmacht. Es ist die Tür des Mutes, die sich in dieser Nacht nicht für ihn öffnet.

Vom Bett ziehen sie sie auf den Boden. Diego sieht den wie einen Schubkarren geführten Körper und sinkt hinter dem Spalt zusammen, der bereits der des sich schließenden Lebens ist. Anfangs erschien ihm der Vorhang wie eine Zuflucht, inzwischen weiß er, dass es besser gewesen wäre, auf der Treppe zu krepieren. Er hat die Augen geschlossen, hört die Stöße, wieder und wieder, hört den Schubkarren, der gegen die Wand prallt.

Aska denkt an ihre Mutter, das letzte Mal, als sie sie vor ihrem Tod sah, kochte sie ihr Wirsingkohlröllchen. Aska denkt an den Duft, der die Küche erfüllte. Ihr Bruder schaute MTV, und sie war geblieben, um mit ihnen an dem kleinen Tisch vor dem Fernseher zu essen, sie hatten zusammen gelacht. Seit Aska von zu Hause fort war, war ihre Mutter nervöser, lästiger. Doch an jenem Tag wirkte sie heiter. Aska hatte ihr etwas Geld dagelassen, hatte sie von hinten umarmt und das Fleisch in ihrer Taille gespürt.

Aska schmeckt jene Zärtlichkeit nach. Um sich zu schützen, ist sie aus sich herausgetreten. Sie hört ein fernes Dröhnen, dort wo die Kindheitserinnerungen klopfen. Die Brücke, über die sie zur Musikschule ging. Sie sieht einen Pflug, der ein Feld durchfurcht, die Klingen, die die Erdschollen schälen. Sie weiß, dass dieses Feld ihr Körper ist und das Geräusch das ihres Kopfes, der dort, wohin sie sie stoßen, gegen die Wand schlägt.

Als sie als Punk gekleidet zu Hause erschienen war, hatte ihr Vater sie nicht mehr gegrüßt. Sie hatte angefangen zu arbeiten, um unabhängig zu sein. Dann hatte sie das Glück gehabt, ihren Bauch gegen einen Haufen Geld verleihen zu können. Sie schaut die Trompete auf dem Boden an. Fragt sich, wo der spärliche Bart geblieben ist, wo die Augen dieses traurigen Ehemanns sind und ob sie ihr wohl gerade zusehen.

Vor Jahren war Diego drogenabhängig. Die niederschmetternden Bilder von damals kommen ihm wieder in den Sinn, die mit Schleim und Schaum verschmierten Gestalten auf dem Asphalt. Einmal war auch er so heruntergekommen und wurde von einem rechtzeitig eintreffenden Krankenwagen wie durch ein Wunder gerettet, mit einer Spritze direkt ins Herz. Er kauert sich neben die Besen. Und ihm ist, als hätte er sich von jenem Bürgersteig damals in Brignole nie wegbewegt.

In der Ferne ist dieser weiße, zappelnde Fuß.

Aska liegt auf dem Boden. Sie ist nicht ohnmächtig geworden, diesen Trost hatte sie nicht. Sie blieb bei Bewusstsein, erlitt das Böse bis zur Neige, nichts wurde ihr geschenkt. Und er hat keinen Finger gerührt, um sie zu beschützen. Es hatte keinen Sinn, sich umbringen zu lassen, sich in den Kopf schießen zu lassen, in den Mund. Er ist zwischen den staubigen Besen noch weiter zurückgewichen, um nichts mehr zu sehen. Und hat seine Hände auf die Ohren gepresst, um die Schreie nicht zu hören.

Der Morgen graut, als die Wölfe abrücken, sie ziehen sich mit ihren Jeeps und ihren Patronengurten in die Berge zurück und feuern letzte Schüsse in die Morgenröte.

Diego hat die Schatten vorbeiziehen sehen, Aska war auf den Beinen, sie glitt an ihm vorüber, die Treppe hinuntergestoßen. Ihm war, als habe sie ihr Chenillekleid an und ihre Trompete bei sich. Vielleicht ist ja nichts von dem, was er gesehen hat, wirklich passiert.

Diego lässt die Zeit verstreichen, wartet darauf, dass die Stille hart und fest wird. Dass sie die Schreie auffrisst und das Böse, das wie aus dem Erdboden hervorgebrochen eben noch da war. Er spürt die Vergewaltigung in den Knochen, im Hintern, in der Milz. Keines seiner Organe ist an seinem Platz, Fleisch, das im Gehirn pocht.

Nichts hat er getan, keinen Finger gerührt. Als Aska an ihm vorbeistolperte, ist sein Fleisch wie erstarrte Lava gewesen.

Er kommt aus seinem Versteck, kommt hinter dem Vorhang hervor, der ihn zwar verborgen, doch nicht vom Bösen abgeschirmt hat. Er ist nicht tot, doch er ist alles andere als am Leben. Mit steifen Beinen und mit Augen, die herausfallen möchten, wie Steine. Sie nehmen Bilder auf, die sich nicht einprägen, die ihm in den Magen rutschen wie in eine Senkgrube. Er geht zu dem umgepflügten Zimmer, würgt den zurückgebliebenen Geruch hinunter, ein stickiges Gemisch aus organischen Ausdünstungen und Nikotin. Auf den Laken die Spuren der Stiefel, der Stuhl umgestürzt, Schmutzreste. Er nimmt seine Jacke und seine Kamera und geht nach unten.

Er hört ein Lied. Das ist Anela, die Wirtin dieser Pension für Studenten und Handlungsreisende, aus der ein Dreckstall der Bestien geworden ist. Die Frau hat die Tische an ihren Platz zurückgestellt, bückt sich unter sie und hebt nun die Scherben der Tassen auf. Sie wirft sie nicht weg, wischt sie an ihrer Schürze ab und legt sie auf die Frühstückstheke, aufgereiht wie archäologische Fundstücke.

Verwirrt sieht Diego diesem Scherbensammeln zu, die Frau gibt ihrem Wahnsinn nach und singt wie eine Bäuerin beim Ährenlesen friedlich vor sich hin.

Sie schaut kaum auf zu diesem Jungen mit der nackten Brust unter dem offenen Hemd und weicht einen Schritt zurück, für einen Moment hält sie ihn für einen der Teufel.

Diego fragt, was aus den Mädchen geworden sei, wohin man sie gebracht habe.

Die Frau zuckt mit den Schultern, sie weiß es nicht. Sie muss ihren Ehemann begraben, den alten Mann, der auf der Treppe gestorben ist. Sie bindet sich ein Kopftuch um, dann gehen sie auf den Hof. Die Hühner sind alle tot, ihre Körper tüpfeln die Wiese, man hat sie zum Spaß abgeknallt, um die neuen Waffen auszuprobieren. Diego steht da und sieht zu, wie der Wind in die Federn fährt.

In dem tintenblauen Unterseelicht wankt er davon. Er geht in das erstbeste Gebäude, an dem er vorbeikommt, weiß nicht, ob es ein Kino oder eine Kirche ist. Er sieht nur die dunklen Bänke, legt sich hin und schläft ein.

Er träumt. Er träumt davon, wie das Heroin in ihm aufstieg und der Flash kam. Träumt von diesem Höhepunkt, als sein Blut dahinschmolz und die Nerven zu geschmeidigen Fasern wurden, als die Dornen von seinem Körper verschwanden, die Haut sich entfaltete, sich in weichen Schuppen dehnte und ein heißes Meer durch seine Adern flutete. Das war *etwas Schönes*, die Flucht.

Aska wurde auf einem Militärlastwagen weggebracht, man hat sie ausgeladen. Sie weiß nicht, was das für ein Ort ist, vielleicht eine stillgelegte Fabrik. Als sie klein war, hänselte man sie im Dorf, man nannte sie *mrkva*, die Möhre, wegen ihrer roten Haare. So eine Farbe auf dem Kopf zu haben ist bereits Schicksal, man zieht die Aufmerksamkeit der schrägsten Vögel auf sich, wie ein einzelner Kürbis mitten auf dem Feld.

Sie greift sich an die Beine, um sie stillzuhalten, doch ihre Muskeln brutzeln wie Würste in einer Pfanne.

Sie hat keine Schmerzen, irgendwo tropft etwas Nasses herunter, vom Kopf auf den Hals, hinten. Sie möchte mehr sehen, als sie sieht, doch ihre Augenlider sind wie dicke Mäuse, die sich in einer Falle bewegen.

Die anderen Frauen jammern, sie nicht. Jetzt sollen sie laufen, man treibt sie mit Gewehren an. Sie sieht einen Schuppen mit einem Gewirr silbriger Knäuel, sieht Maschinen.

Man sperrt sie in einen langgezogenen Raum mit einem Streifen hoher Fenster. Sie gleiten erschöpft an der Wand entlang, schlafen auf ihre Füße gekauert ein, wie Hühner.

Aska fragt sich, wo die Welt ist. Wo die Musikschule ist und die Kafana, in der sie immer gefrühstückt hat. Am nächsten Tag, als sie die erste Frau wegschaffen, steht sie auf und hofft, dass man sie rufen werde. Sie will schreien, will anprangern, was ihr angetan wurde. Will mit dem Soldaten reden, der sie in Empfang genommen hat, den mit der tadellosen Uniform, der Armeezwieback und Suppe bringen ließ.

Als die Frau Stunden später zurückkommt, blutet sie aus der Nase und schlingert in ihren Schuhen, als wäre Öl darin. Keine hat den Mut, zu ihr zu gehen, sie zu fragen, was da draußen los ist. Nachdem sie zunächst alle zusammengehalten haben wie eine Schafherde im Dunkeln, rücken sie in den folgenden Tagen allmählich auseinander. Sie suchen nach Winkeln in diesem Raum, in denen sie sich verstecken können. Doch es gibt nicht den kleinsten Schlupfwinkel, man müsste durch die Wand gehen, und dafür dürfte man keinen Körper haben.

Aska hat ihre Trompete. Sie presst sie an die Brust wie ein Herz. Sie spielt. Sie legt allen Atem hinein, den sie hat. Will die Frauen trösten, will sich wegträumen.

Sie sagen, sie solle still sein, und werfen etwas nach ihr.

Die Soldaten bringen Decken, einen braunen Haufen, den sie in eine Ecke schleudern. Am Ende des Schlafraums ist ein Waschraum, Aska wartet, bis sie an der Reihe ist, um sich zu waschen. Wasser ist alles, was sie jetzt will. Eine kindische, einfältige Freude erfasst sie, wie damals, als sie mit ihren Freunden in den Fluss sprang, als sie in den eisigen Lachen herumhüpfte und ihre weiße Haut betrachtete, die durch das Grün der Strömung schimmerte.

Durch die Öffnungen weiter oben dringt Licht, das staubverschleiert in den Raum fällt. Ringsumher kein Autolärm und auch keine Stadtgeräusche. Sie unterhält sich mit den Frauen, einige sind Bäuerinnen, doch viele sind gebildet, Akademikerinnen. Keine kann es fassen, dass so etwas möglich ist, dass dies wirklich ein Gefangenenlager ist.

Aska hat nun Küchendienst, zusammen mit den anderen Frauen. Wenn sie Trompete spielt, machen die Männer ihr Komplimente, sie sind froh, dass es ein bisschen Musik gibt, ein bisschen Fröhlichkeit in diesem trostlosen Raum voller erschreckter Schafe, die anfangen zu stinken.

Nachts kommen sie dann. Aska versteckt sich. Sie holen zwei, drei Frauen auf einmal. Wenn sie zurückkommen, sieht keine sie an. Inzwischen wissen sie Bescheid. Wissen sie, dass sie sofort vergessen müssen. Man bringt sie im Morgengrauen zurück. Sie wollen von den anderen Frauen nicht angesehen werden. Sie hinken zum Klo. Auch Aska bringen sie weg, sie fällt ihnen durch ihr Haar auf, sie ist ein roter Goldfisch, es ist leicht, sie herauszuangeln. In der Dunkelheit fallen die Blicke auf sie, und sie hört das Gelächter.

Aska hält durch. Dann holen sie auch die Kleine, ein zwölfjähriges Mädchen. Und das kommt nicht zurück.

Aska spielt weiter Trompete, sie glaubt daran, dass die Musik sie retten wird. Fragt sich nicht mehr, wo ihr Leben ist, wo der italienische Junge ist, wo die Kafana ist, in der sie mit ihren Freunden war, um sich zu amüsieren und Jazz zu spielen. Ihre Lippen sind trocken wie Salz. Sie fragt sich, wo die Kleine ist; als die maskierten Männer das Mädchen herausgriffen, sprang es auf und folgte ihnen mit der gleichen Bereitwilligkeit, die es gewiss auch in der Schule gehabt hatte, wenn die Lehrer es zur Leistungskontrolle aufriefen.

Manchmal lassen sie sie nackt musizieren. Sie bläst ihre Angst in die Trompete. Der Typ, der am kultiviertesten zu sein schien, der mit dem dunklen Fleck unter einem Auge, füllt ihr den Mund wie einen Nachttopf und drückt auf ihrem Hals das aus, was er raucht, als wäre ihr Nacken der Fußboden einer Bar.

Sie kommen noch mehrmals, um sie zu holen.

Sie begreift, warum die Kleine es nicht geschafft hat. Es liegt am Körper.

Askas Körper ist wie betäubt. Der Schmerz ist dumpf, bleibt weggesperrt. Er scheint durch einen Körper neben ihr zu zucken. Wie ein Blitz, der im Boden einschlägt und dich erschüttert, ein Weg, der durch andere Dinge geht.

Das Problem ist das Danach, die Stunden nach den Quälereien. Wenn man feststellt, dass es einem nicht mehr gelingt, in seinen Körper zurückzuschlüpfen.

Seit die Kleine nicht mehr zurückgekommen ist, sieht Aska nur noch ein Licht, das sich schließt wie die Klappe des Ofens, in dem sie sich als Kind versteckt hat. Es war ein gutes Versteck, das ihr jedoch unheimlich war, sie hatte Angst, dass sie nicht mehr herauskam und ihre Mutter vielleicht Feuer machte, ohne sie dort drinnen zu bemerken. Sie sieht, wie das Feuer an ihrer Haut hochklettert, sie steckt darin wie eine Zündschnur.

Sie hat immerfort die Noten der Musik vor sich, sie fallen vom Himmel, als man sie vergewaltigt, sie sind Haare, die aus einer Bürste fallen.

Aska hört ihre Stimmen nicht mehr, es sind immer die gleichen Wörter. *Muslimische Schlampe, türkische Nutte, ruf doch nach Izetbegović, ruf doch nach deinem Präsidenten, frag ihn, wo er steckt* … Sie lachen, amüsieren sich.

Warum nennen sie sie bloß immerzu *muslimische Schlampe?* Es ist Jahre her, seit sie das letzte Mal in einer Moschee war. Sie ist ein modernes Mädchen, konfessionslos, Musikerin, sie hat eine Solfeggio-Ausbildung, kann komponieren, spricht Italienisch, Englisch und Deutsch, sie hat die Pille genommen.

Sie sind stereotyp, alles ist stereotyp. Die Steigerung der Gewalt ist mehr oder weniger immer gleich. Es gibt welche, die es schnell hinter sich bringen, da ist ein neuer Junge, der es vielleicht gar nicht tun möchte und es nicht einmal schafft, sie anzusehen, doch er hat Angst vor den anderen. Denn sie müssen alle zusammenbleiben, im selben Stall, im selben Schaf. Es gibt welche, die zu betrunken sind, und es gibt einige, die sie einfach nur umbringen wollen, Aska spürt es, sie wollen ihr gründlich den Hals umdrehen. Doch wahrscheinlich haben sie strikte Befehle.

Eine Frau hat die Kleine gesehen, den Rest, der von ihr noch übrig war. Und sie hat gehört, wie einer der Kommandanten herumschrie. Er war wütend auf seine Leute, die sich hatten gehenlassen. Dann verzieh er ihnen und sagte, sie sollten diesen Rest in den Fluss werfen.

In der Nacht träumt Aska von langen, mattgrauen Gumminasen, solchen, die sie in der Schule im Kunstunterricht gebastelt hatten und die die Schüler auf dem Fest zum Jahresende trugen. Die Nasen lösen sich von der Leine, fliegen ein bisschen herum wie Fledermäuse und legen sich dann wie Umhänge auf die Schultern der Menschen, wie Mäntel. Diese Menschen sind blass, vielleicht schon tot. Vielleicht sind sie der Tod. Sie tragen nur diese Mäntel, dazu schwarze Kniestrümpfe, blanke Schuhe und sonst nichts. Der Morgen graut, und es herrscht das Eislicht eines Duells. Die vielen Menschen sind Richter, sie schließen sich zu einem Kreis zusammen wie Fledermäuse, die sich umarmen. Aska steht in der Mitte wie auf dem Schulfest zum Jahresende, wenn die mit den Nasen verkleideten Jungen Eisenbahn spielen und das auserwählte Mädchen einkreisen, wobei sie rufen *nächste Station, nächste Station.*

Aska weiß, welches die nächste Station ist. Sie versucht, sich zu erhängen, doch es gelingt ihr nicht, weil der Strick kein richtiger Strick ist, sondern ein Paar unbrauchbarer Strumpfhosen.

Sie spielt nicht mehr Trompete. Der Kerl, der ihr immer Komplimente machte, der mit den glashell blauen Augen, hat sie in ihrem Körper benutzt.

Jetzt kann sie sterben wie die Kleine.

Der Körper. Der Körper ist ein umgestülpter Beutel, der zum Trocknen aufgehängt wurde, um einen Quersack daraus zu machen. Der Körper ist eine lange Kette leidender Körper. Sie fragt sich, was aus den Kohlblättern ihrer Mutter und aus der Brille ihres Bruders geworden ist.

Doch dann lassen sie sie in Ruhe, sie holen sie nicht mehr. Sie lassen sie in den Küchen herumstreifen.

Diego hat es nicht mehr geschafft. Er schaffte es immer, doch seit jener Nacht hat er es nicht mehr geschafft, *etwas Schönes* zu finden. Er kehrte nach Italien zurück. Suchte es auf jeder Fensterscheibe, die er berührte. Irgendwann fotografierte er stundenlang eine Thunfischdose, er sah diesen im Öl aufgeweichten Fisch, dieses rosafarbene Fleisch. Er dachte über das vergangene Leben dieses großen Fisches nach. An diesem Abend hielt er auf dem Heimweg vom Flughafen am Wasserflughafen von Ostia an. Er hatte seine Witterung in der Szene von früher wieder aufgenommen, wusste, welche Blicke er suchen musste. Er spritzte sich das Heroin im Stehen, mit dem Rücken an einem von der Salzluft ausgeblichenen Plakat einer Campari-Werbung.

Er kehrte in die Hölle zurück. Hin und wieder besucht jemand vom Internationalen Roten Kreuz die Lager, dann räumen die Folterknechte auf und lassen die am schlimmsten zugerichteten Frauen verschwinden. Die Kameraleute filmen menschliches Vieh, so unterernährt wie in den Konzentrationslagern des Zweiten Weltkriegs. Diego weiß nun, dass sie hier ist. Es ist ihm gelungen, sich Zutritt zum Lager zu verschaffen. Er hat sich mit einem der Kerkermeister angefreundet, einem Kerl mit einem dunklen Fleck unter dem Auge. Er hat eine Polaroid-Kamera bei sich. Es war eine gute Idee, mit diesen großen, quadratischen Kartuschen bewaffnet nach Sarajevo zurückzukehren. Eigentlich brachte er sie für die Kinder mit, sie sind ganz verrückt nach dieser glänzenden Zunge, die aus der Kamera kommt wie aus einem Maul. Er konnte nicht ahnen, dass auch die Tschetniks im Lager so viel dafür übrig haben würden. Sie wollen jetzt alle ein Polaroidfoto. Sie posieren in ihren Uniformen, mit den hochgezogenen Sturmmasken auf dem Kopf und mit den langen, schwarzen Bärten. Sie sehen sich die Fotos an, die sofort herauskommen, und schreiben etwas darunter, auf den weißen Streifen: ihren

Namen und eine Nachricht für ihre Verlobte oder ihre Mutter. Schnell macht Diego jetzt auch Schnappschüsse mit der Leica. Die Tschetniks vertrauen ihm; während sie posen, erzählen sie, wie schwer das Leben in den Bergen ist. Sie protzen damit, sie sind stolz darauf. Ihnen gefällt das Objektiv, ihnen gefällt es, gesehen zu werden. Und Diego sieht sie. Auch der Kommandant posiert, ein hochgewachsener Mann mit einem freundlichen Gesicht, die Augen blau wie das Meer. Er lässt sich allein fotografieren, dann mit seinen Leuten im Rücken, die Gewehre auf den Boden gestellt. Er fragt, ob das Licht gut sei. Diego lässt sich Zeit, sucht den richtigen Bildausschnitt. Der Kommandant sucht sein bestes Profil, er reckt den Hals ein wenig, denn das ist sein einziger Makel, sein etwas zu kurzer Hals. Sie sind lammfromm vor ihm, sie stellen sich mit ihren Messern auf, mit ihren Mördereinsamkeiten. Diego fotografiert die Teufel, lacht und flachst mit ihnen herum. Ihre Gesichter gravieren sich in den Film.

Sie laden ihn zum Abendessen ein. Die Frauen bewegen sich wie Quallen um die Tische, sie bringen Suppe und Lammragout. Da sieht er sie, erkennt sie an den Haaren. Er dreht sich nicht um, bleibt über seinen Teller gebeugt. Hat nur das Gefühl einer Drehbewegung, sie ist es, die den Kopf wendet wie ein verlorener Planet.

Nach dem Essen öffnet der Kommandant ein Schubfach und nimmt etwas guten Stoff heraus, sie ziehen gemeinsam.

Dem Kommandanten gefällt Diegos Polaroidkamera, sie ist das neueste Modell, für Farbfotos. Diego nimmt auch seine Armbanduhr ab, einen Chronografen, der die Zeit der ganzen Welt anzeigt. Er lässt sie dort liegen, auf dem Tisch des Kommandanten mit den meerblauen Augen. Er bittet um einen Gefallen, einen Tausch: die Möhre, die Gefangene mit den roten Haaren. Sie kennen sie, verflucht, sie kennen sie. Der Junge aus Genua nickt zu ihrem Gelächter, zu ihren Gesten. Er öffnet den Rucksack, nimmt zehntausend Mark in Packpapier eingewickelt heraus und legt sie zu der Polaroidkamera, zu der Uhr. Er lächelt.

Aska geht ins Freie, man bringt sie in diesen Raum. Hier findet der Austausch statt. Sie trägt einen lappigen Anorak. Diego schaut kaum auf, er nickt, ja, das ist sie.

Aska erkennt ihn nicht sofort, die Mäuse drücken ihr auf die Augen. Einen Moment lang hält sie ihn nur für einen neuen Folterknecht. Auch er hat sich verändert, hat seinen Ziegenbart nicht mehr, hat lange, stachlige Fäden, die wie ein abgebrannter Busch aussehen.

Sie verlassen das Lager einfach so, ohne Weiteres. Sie gehen über den silbrigen Vorplatz und passieren das Tor. Aska kann sich nicht einmal auf dem Motorrad halten, sie verliert mehrmals das Bewusstsein, auch der Wind hält sie nicht aufrecht.

Der muslimische Doktor ist ein kleiner Mann mit bläulicher Haut, er trägt eine seltsame Jacke, wie ein Komiker, mit zu kurzen Ärmeln, wie die eines Kindes, das gewachsen ist. Sein kahler Kopf ist von Adern durchfurcht, die anschwellen, wenn er spricht, sie sehen aus wie gefangene Schlangen. Er nickt und streift die Manschetten seines Hemdes hoch. Aska hat mehrere verkalkte Brüche und ein geplatztes Trommelfell. Sonst hat sie keine inneren Verletzungen, auch ihre Milz ist in Ordnung. Sie ist eine starke Frau. Der Doktor senkt den Blick, der Muttermund wird sich wieder erholen, das braucht seine Zeit, wie nach einer Entbindung.

Er will kein Geld, wehrt Diegos Hand ab, senkt den Kopf. Auf dem dunklen, von den dicken Adern gezeichneten Schädel schimmert ein Schweißfilm. Er sagt *Gott sollte keinem vergeben*. Sagt, er schäme sich, zur menschlichen Rasse zu gehören. Als er

Diego eröffnet, dass Aska schwanger ist, versteht dieser nicht, er muss es sich noch einmal sagen lassen.

Er hat diesen Film in der Tasche, sucht ihn. Stranguliert ihn mit seiner verschwitzten Hand.

Diego weiß nichts von Frauen, die wie Schützengräben benutzt werden, an denen man das Gewehr reibt. Der Doktor aber schon. Es ist eine gängige Praxis im Krieg, schlechten Samen in die Felder zu streuen.

Aska ist im fünften Monat schwanger, sie kann nicht abtreiben.

Der muslimische Doktor sagt *Gott wird auch den Kindern nicht vergeben.*

Er ist ein alter Muslim, an seiner Jacke ist ein Aufnäher. Er pflegt das Lamm. Manchmal rollt er den kleinen Teppich aus, den er bei sich hat, und betet, er verneigt sich bis zum Boden. Es sieht aus, als wollte er sich von Gott verschlingen lassen.

Diego betrachtet diesen alten, knienden Körper und fragt sich, wo sein eigener Glaube ist. Wie gern hätte er einen solchen Trost.

Er dreht sich einen Joint. Die Geschichte von Herodes kommt ihm in den Sinn, sie gehörte zu denen, die den Kindern im Religionsunterricht am besten gefielen, auch ihm gefiel sie, er gruselte sich. Er sah die Adern auf dem kahlen Kopf des Doktors anschwellen. Jetzt stellt er sich vor, dass sie von diesem Schädel gleiten wie träge Schlangen, sich vom Milchgeruch angezogen an einer Wiege hochschlängeln, sich um den Hals eines Babys schlingen und es erwürgen, um dann satt und lautlos in die Kopfhaut des Doktors zurückzukriechen.

Aska bewegt sich nicht in ihrem Bett, hin und wieder spürt sie diese Hände, die sich auf sie herabsenken, um die Wunden zu desinfizieren, um sie zu heilen. Es sind ferne Hände, kleine

Schmetterlinge auf einer faulen Frucht. Dieser Körper gehört ihr nicht mehr, ist nicht mehr ihrer, er dämmert einfach gemeinsam mit ihr vor sich hin.

Der Körper wie ein Planet, der durch den Kosmos zieht, der aus einer Leere in die nächste taucht. Der Körper wie ein zurückgelassener Eimer, der das Regenwasser auffängt, wie eine Dachrinne, rostfleckig. Der Körper wie ein Loch, durchzogen von einer Rakete, einem dieser Shuttles oder Sputniks, eingetreten durch die Vagina und wieder ausgetreten aus dem Kopf. Einen Feuerschweif wie die Ewige Flamme hinter sich lassend. Der Körper wie ein Ganzes von zerrenden Punkten, von sich gegenseitig bekämpfenden Zellen.

Der Doktor gibt ihr Spritzen, die sie beruhigen, den Schmerz lindern, doch die braucht sie eigentlich nicht, denn sie bliebe so oder so ruhig. Sie fragt sich nicht einmal, warum man sie hierbehält, warum man sie nicht in Frieden verenden lässt wie ein Tier in einem Laubnest.

Sie ist in dem Bauch, der sie geboren hat, ist genauso reglos. Der Schmerz ist eine Membran, beengend wie eine Fruchtblase.

Diego kocht eine Brühe. Askas Mund ist ein offenes Fach, ein Schnabel aus totem Fleisch, die Brühe fällt auf das Kinn wie Wasser aus einem Springbrunnen.

Diego spielt Gitarre, während das Licht in die Nacht stürzt. Vielleicht tut ihr die Musik ja gut.

Askas Körper bewegt sich kaum, nur manchmal wird er von einem Zittern erfasst, leicht wie das eines Blattes, das gleich abfallen wird.

Es ist eine Qual, am Leben zu sein. Dem Schmerz zuzusehen ist für ihn schlimmer als der Schmerz selbst. Die Kerze auf dem Fußboden bewegt die Schatten und wirft Licht auf die Spukgestalten. Er hat keinen Finger gerührt, um Aska zu beschützen, er ist zurückgewichen, um nichts zu sehen, und hat die Hände auf die Ohren gepresst, um die Schreie nicht zu hören.

Nun kann er sich nicht von diesem Körper lösen. Er blinzelt, langsam, in der Dunkelheit. Der Körper auf dem Bett ist schwarz, er sieht aus wie der Igman bei Nacht. Askas zerrissene Haut kribbelt, wächst nach. Sie spannt, um sich zu schließen. Die Wundränder fügen sich zusammen.

Es ist entsetzlich, zu spüren, wie der Körper erwacht und wieder aufblüht wie alles, wie die Morgenröte, das Gras. Die Mäuse sind von ihren Augen verschwunden, die allmählich abschwellen, das Schwarz der Blutergüsse verfärbt sich gelb. Aska sieht Diegos Jeans, sie hört seinen Atem. Sie trinkt die erste Tasse Brühe. Diego hält ihr den Kopf, sie kann ihm nicht ins Gesicht schauen und sie will es nicht. Sie schämt sich vor sich selbst, für das, was man ihr angetan hat. Sie hält den Blick fortwährend gesenkt.

Sie hat Schorf am Mund, Diego wartet darauf, dass er abfällt. Er betrachtet das rote Haarbüschel außerhalb des Kokons aus Betttüchern. Wartet auf den Tag, an dem sie ihn fragen wird *Wo hattest du dich bloß versteckt?*

Diego hat den vollgeknipsten Film. Hat die Folterknechte in der Tasche.

Er weiß, dass das Böse sich zusammenschart, sich zusammenrottet, weil es feige ist und nicht allein bleiben kann. Das Böse braucht es, gesehen zu werden. Und er hat gesehen. Auch er hat vergewaltigt.

Aska hat diesen Fleck im Nacken, diesen Zigarettenkrater. Das ist das Auge ihres Peinigers, der sie anschaut, ein Geschenk, das nicht ewig währt. Denn zum Glück ist der Körper nicht unvergänglich.

Sie hat nicht bemerkt, dass sie schwanger ist, weil sie weiterhin dickflüssiges Blut verlor. Jetzt will sie abtreiben, das ist alles, was sie will, den Auswurf dieser Teufel ausstoßen.

Der muslimische Doktor sagte *Gott wird auch den Kindern nicht vergeben.*

Sie wird ihn ausstoßen, das steht geschrieben. Das ist ein notwendiges Schicksal. Es steht in den Adern des alten Doktors geschrieben und auch auf den Anatomietafeln. Es ist ein uraltes Gesetz, wie das des Korans.

Vor Moscheen bleibt sie stehen, geht zum Reinigungsbecken und wäscht sich die Hände, den Nacken, dort, wo der schwarze Fleck ist. Dieses Loch. Sie denkt an die Worte des Imams aus der Zeit, als sie als Kind mit ihren Eltern und ihrem Bruder in die kleine Moschee ging.

Am Tag des Gerichts wird die lebendig Begrabene Rechenschaft darüber ablegen müssen, weshalb ihr dieses schreckliche Schicksal widerfuhr.

An den irdischen Gesetzen zweifelnd, klammert sich die Punk-Trompeterin nun an einen mit Propheten bevölkerten Himmel. Sie bittet Gott, dieses Gerinnsel der Teufel einzustampfen. An Orten ohne Deckung verlangsamt sie ihren Schritt. Sie hofft, dass ihr ein Scharfschütze in den Bauch schießt, dass ein Tschetnik sie von dem verseuchten Blut erlöst.

Diego hat ihr neue Kleidung mitgebracht, einen cremefarbenen türkischen Kasack, den sie bis zum obersten Knopf geschlossen hat. Jungfräulich sieht sie aus.

Auch er hat Angst. Für gewöhnlich wissen Männer nicht, was im Körper einer Frau vor sich geht. Doch er weiß alles, er hat viel Zeit in den Beratungszentren für sterile Paare zugebracht. Er weiß genau, wie die Befruchtung abläuft, er hat es in vitro gesehen. Er sieht die Samenzelle, die in die Blase der Eizelle gleitet, eine Blase, die sich krümmt und schluckt wie eine Qualle.

Er sieht die Zellteilung, wie ein Herz, wie die doppelten Kerne der Mispeln.

Er betrachtet die sich ausruhende Aska. Hört das Geräusch dieser Vermehrung, die in ihrem Körper stattfindet. Das alles ist so weit weg von der kalten Klarheit des Glases. Er muss an einen Seeigel denken, an eine Eizelle, die von unzähligen schwarzen Stacheln durchbohrt wird. Er sieht, wie dieser Seeigel abgelöst vom Felsen auf dem Meeresgrund dahintreibt. Sieht diese finstere Empfängnis. Insekten übereinander im selben Loch.

Er betrachtet diesen gepeinigten Körper, der sterbend aufblüht.

Wie gern würde er sich dem stummen Unglück von Askas Schmerz hingeben und gemeinsam mit ihr und dem muslimischen Doktor glauben, dass dieses entstehende Geschöpf das Fruchtwasser des Lebens nicht verdient.

Er hat Pfützen fotografiert, weshalb, weiß er nicht so genau, wahrscheinlich weil er in einer Stadt geboren ist, die vom Meer und vom Regen geprägt ist, von Löchern, die sich füllen und leeren. Schon immer haben ihn Vertiefungen gereizt, in denen das Wasser ein bisschen vor sich hin döst, düster und glänzend, und die Launen des Lichtes und alles Vorübergehenden aufnimmt. Anschwellend wie ein flüssiges Herz. Er bückte sich, fasziniert von diesen Augen, die ihn ansahen und die er ansah. Keine richtigen Brunnen, eher flüssige, nur wenige Zentimeter dicke Deckel. Himmelskörper aus Erde, Auflockerungen aus Wasser. Die Pfützen sind seine Lehrer gewesen. Sind eine Schultafel gewesen, wie ein von uralten Lichtern durchtränkter Nachthimmel.

Er hat sich nie für einen Wünschelrutengänger gehalten, hat lediglich kleine Stadtsümpfe fotografiert. Er ist ein Junge, er glaubt nicht an die Tiefe, es hat ihm immer gefallen, sich wie ein halber Idiot zu fühlen.

Es ist eine Regennacht, das Getöse der Granaten vermischt sich mit den Donnerschlägen.

Als er ans Fenster tritt, ist es Morgen, es hat aufgehört zu regnen, er sieht zwei Regenbögen. Noch nie hat er zwei gleichzeitig gesehen. Der eine ist unglaublich nahe, er scheint direkt neben ihm zu beginnen, eine Quelle aus bunt gestreiftem Licht, das in einem tadellosen Bogen über den Himmel zieht, der andere ist niedriger, schwächer, er ist ein kleinerer Regenbogen, so wie er. Seine Farben sind verwaschen, er sieht aus wie das blasse Abbild des ersten.

Der kleinere Regenbogen, dazu bestimmt, demnächst zu vergehen, rührt ihn an.

Er denkt an das Kind. Das Kind, das wir auf die bestmögliche Art, nämlich durch eine Liebesnacht, nicht bekamen. Er denkt an das Kind in Askas Bauch, hineingetrieben auf die schlimmstmögliche Art. Er denkt, dass das Leben unverschämt ist. Diese beiden Unglücke sind jetzt gar nicht mehr so weit voneinander entfernt. Er begreift, dass ganz einfach das der Plan ist.

Diego ist nicht zufällig in das Pensionszimmer geraten. Er weiß, dass er herausgefischt wurde. Wirklich wie ein Fisch, wie der Thunfisch in der Büchse.

Er ist nicht froh darüber, doch das spielt keine Rolle. Er hat diesen kleinen, blassen Regenbogen gesehen, diese kleine Wahrheit. Darin hat Gott sich gezeigt.

Der Junge aus Genua ist unsicher, in der losen Struktur der Welt hat vielleicht sogar das sinnlose Grauen seinen Platz. Vielleicht liegt der Sinn in diesem Kind, das nun aus einem Höllentor kommt. Auch er hat Angst, dass dieses Kind drei Köpfe, fünf Schwänze und ein schlechtes Herz haben könnte. Auch er hat Angst, dass das Böse nichts als Böses gebiert. Trotzdem ist er bereit, es zu riskieren.

Vielleicht wird dieses Kind die Wiedergutmachung sein. Er wird ihr die vereinbarte Geldsumme geben, sogar das Doppelte. Seiner Frau wird er sagen, das Kind sei von ihm. Aska könnte wieder anfangen, Musik zu machen.

Es geht ihr besser. Eines Morgens sitzt sie im Bett. Er hat ihr Papa Armandos Pfirsiche gebracht, die ich aus Rom mitgebracht habe. Sie beißt hinein, der Saft läuft ihr am Kinn hinunter. Das süße, unerwartete Aroma ist schlimmer als alles andere. Es ist eine Sehnsucht, die sie nicht mehr haben will.

Er sagt *Du musst wieder Trompete spielen, wieder singen.* Wie viel Mut könnte sie in ihre neue Stimme legen. Sie könnte den Schrei der Frauen einfangen, die wie sie waren, der Frauen im Schlachthaus. Des kleinen Mädchens, das nicht wiederkam. Sie könnte den weißen Streifen daraus machen, der die Finsternis von der Morgenröte trennt.

Dieses Leben stockt wie Mist in einem Stall, so still, dass sie vergisst, bewohnt zu sein. Sie will ihre Stadt nicht verlassen. Immer hat sie den Wunsch gehabt wegzugehen, doch nun will sie bleiben. Sie mag das Gefängnis dieser vorgeschriebenen Wege, die Menschen, die ihr Schicksal auf den reinen Wahnsinn reduziert sehen.

Noch ein Bild aus dem Koran, der Šejtan, verflucht von Gott, weil er nicht vor dem aus Lehm gemachten Menschen niederknien will.

Einmal sitzt sie auf einer Parkbank. Ein aufgeregter Kameramann streift durch die Trümmer, sie döst in der Sonne vor sich hin, es geht ihr gar nicht mal schlecht. Das Mikrofon, das man ihr dicht vor den Mund hält, bemerkt sie nicht.

Der Journalist fragt *Was erhoffen Sie sich für Ihre persönliche Zukunft und für die Zukunft Ihres Landes?*

Aska erkundigt sich, ob das Mikrofon echt sei und ob es funktioniere.

Der Journalist ist irritiert, natürlich funktioniere es.

Aska weiß, dass sie überhaupt keine Hoffnung hat, ihr Körper ist ein Schlangennest, sie spürt bereits, wie sich die Schlangen bewegen.

Sie denkt über dieses Mikrofon nach, das zwar funktioniert, aber nichts nützt, weil ja doch niemand ihre Stimme hören wird.

Die einzigen Laute, die ihr in den Sinn kommen, sind die eines Lamms, das sich verirrt hat.

Mäh, mäh.

Diego weiß nicht, ob die Verzweiflung, die sie beide verbindet, Liebe ist. Als Mann hätte er einen anderen Weg einschlagen können. *Es gibt nur einen Weg*, denkt er, *und zwar den, den wir zurückgelegt haben.* Das menschliche Leben ist ein Putzlappen, der immer über dieselbe Fläche wischt.

Er nimmt ihre Hand. Inzwischen ist etwas Zeit vergangen, er darf sie berühren.

Ihren Bauch sieht er nicht an, das traut er sich nicht. Er sieht ihren Nacken an. Er hat Farben und Nadeln mitgebracht. Die Nadel treibt er ihr einige Abende später unter die Haut. Sie hat ihn darum gebeten, sie erträgt diese Narbe nicht, die knotig wie ein After ist, dieses Zigarettenloch im Nacken, das sich schlecht geschlossen hat.

Die Hand des Jungen aus Genua zittert, er hat Angst, ihr wehzutun. Aska rührt sich nicht. Wie weh kann ihr denn eine kleine Nadel tun? Ihr Körper ist vollgepumpt mit Schmerz. Die Stiche, die ihr unter die Haut dringen, sind fast schon ein Vergnügen. Sie hat einen Stein um den Hals, der sie jede Nacht nach unten zieht. Auf allen vieren in jenem Zimmer.

Diego hat geschickte Hände, er hält sich gut. Zunächst macht er mit dem Kugelschreiber eine Zeichnung, dann paust er sie mit der Nadel durch. Stich für Stich. Im Hafen von Genua gab es keinen Hafenarbeiter, der nicht Tinte unter der Haut hatte, es war nicht schwer, davon etwas zu lernen.

Tätowierungen sind neue, selbstgewählte Kennzeichen. Man schiebt etwas zwischen seine Haut und sein Schicksal. Einen Tropfen Mut.

Aska hat sich eine Rose ausgesucht, dazu geraten hat er ihr. Auf der faltigen Narbe würden die Blütenblätter wie echte aussehen. Das Grauen begraben von einer Blume.

Als der Schorf abfällt und die Rose zum Vorschein kommt, berührt Aska sie. Es ist das erste Mal, dass sie ihren Nacken berührt. Sie kann ihn nicht sehen. Deshalb streift Diego ihr Haar hoch und macht ein Foto aus nächster Nähe.

Er bringt es in ein Labor, das noch arbeitet. Als er ihr das Bild schenkt, sagt sie *Es sieht aus wie eine Blume auf einem Grab*, das ist doch schon etwas.

Das ist eine Rose von Sarajevo.

Sie sitzen in einer Kaffeebar ohne Türen, draußen wird geschossen, die Mokkatassen vibrieren, auch der Kaffeesatz, der die Zukunft voraussagen sollte, vibriert.

Diego ist schmutzig, er ist ein Kriegsreporter, endlich ist er das, was er immer sein wollte. Er sagt zu ihr *Überleg's dir noch mal, du würdest ein Vermögen ausschlagen. Du brauchst bloß ein Weilchen durchzuhalten, es ist wie eine Abtreibung in ein paar Monaten. Du musst es dir nicht mal ansehen.*

Sie wendet den Kopf hierhin und dorthin, zu den schmutzigen Tischen, zu den Leuten, die darauf warten, dass sie zwischen den Bomben hinauskönnen. Sie erträgt den Gedanken nicht, dieses lebende Etwas im Leib zu behalten, ihre Peiniger zur Welt zu bringen und deren Leben so fortdauern zu lassen. Es erscheint ihr absurd, dass diese Gewalt ihr so viel Geld bringen soll.

Dieses Kind wird unausweichlich der letzte Dreck sein. Es gibt nicht ein gutes Wort für es.

Er stützt sein Kinn auf und schaut sie an. Er erinnert sich an das erste Mal, als er sie Trompete spielen hörte. Vor einem Krieg, vor einem Leben.

Sie sagt *Na gut*, sie werde es noch ein paar Monate im Stall behalten. Er habe ja recht, es sei ein gutes Geschäft. Da es nun schon eingefädelt sei, wäre es wirklich schade, alles über den Haufen zu werfen.

Doch als sich das Kind zu bewegen beginnt, zittert Aska. Sie nimmt ihre Arme vom Körper und schreit. Sie träumt, sie bringe Söhne zur Welt, die sie vergewaltigen.

Sie träumt, sie spiele Trompete und zerfließe zusammen mit ihr. Auch ihre Haare lösen sich in Tränen auf.

Diego möchte mir die Wahrheit sagen, doch es ist schon zu spät. Er möchte sich mit mir auf den kleinen, grünen Stuhl setzen, mich abkitzeln und zusammen mit mir umfallen. Er betrachtet meinen Rücken, die Stille. Legt eine Hand auf diese Stille. Die Wahrheit liegt in den Wendungen dieses Krieges. In dem Film, der in seiner Jackentasche brennt.

Er hat noch nie ein Geheimnis gehabt, der Typ ist er nicht. An ihm ist nichts Rätselhaftes, nichts Mysteriöses. Er ist ein Trottel. Und jetzt steht er mit diesem absurden Geheimnis da. Er kann mir nicht sagen, dass dieses Kind der Sohn der Teufel ist, dass es direkt aus der Hölle kommt. Dass es das Kind einer dreckigen Wand ist. Diesen Schrecken möchte er mir ersparen. Dieses Schicksal möchte er ihm ersparen.

Im Reinigungsbrunnen vor der Moschee ist kein Wasser mehr, Aska wäscht sich mit Schnee, er brennt auf der Haut. Diese Waschungen werden niemals ausreichen, um sie zu reinigen. Am liebsten möchte sie sich die Haut vom Leib reißen. Der Schmutz sitzt tief. Als sie sich bis zum Boden neigt, spürt sie ihren Bauch und den Dämon. Sie betet mit der Absicht, ihn zu erdrücken. Als sie starb, krallte er sich in ihr fest, darum hasst sie ihn und wird ihn immer hassen. Diego hat ihr einen langen, dunklen Fellmantel geschenkt, es gefällt ihr, wie ein Wolf auszusehen. Er weicht nicht von ihrer Seite, ist immer da, immer um sie. Manchmal dreht sie sich um und jagt ihn weg, und manchmal lässt sie sich an einem nächtlichen Feuer in den Arm nehmen.

Als die Wehen einsetzen, ist er derjenige, dem der Schweiß ausbricht. Sie will nicht angefasst werden, röchelt und stützt sich mit der Kraft ihres Kopfes an der Wand ab. Wieder spürt sie die Stöße. Die Entbindung ist wie jene Vergewaltigung, ein von einem Pflug zerschnittener Schoß.

Ihre Mutter hat ihr einmal vom Kinderkriegen erzählt und dabei ein starkes Bild benutzt, es sei wie ein wildes Tier, das dich von innen zerreißt. Ein Tier, das stirbt, sobald sich das Kind dem Leben fügt und in den Geburtskanal gleitet. Am Ende, in der letzten Phase des Herauspressens, überdecke das Kind den Schmerz mit seinem Gewicht. Dann bleibe nur diese große Last, die bereits die der künftigen Verantwortung ist.

Ihre Mutter sagte, schon in der Geburt stecke eine Lehre.

Aska fragt sich, welche Lehre wohl in einer Vergewaltigung stecke.

Sie denkt an die Felder, durch die sie als kleines Mädchen radelte, auf dem Weg zur Schule. Im Frühling waren sie mit gelben und violetten Blumen übersät.

Sie denkt an die Kleine. Als die Tschetniks sie holten, senkte sie den Kopf und folgte ihnen beflissen.

Sie fragt sich, warum Gott nicht wenigstens diesen Moment angehalten hat, warum er sie nicht gerettet hat. Wenigstens sie. Die wirklich zu klein war. Eine einzige stellvertretend für alle vergewaltigten Frauen.

Dieses jungfräuliche, unversehrt gelassene Mädchen hätte genügt. Eine Tür öffnet sich zum Licht, und sie geht fort, ruhig und mit diesem unsicheren Lächeln. Aska hat das Gefühl, dass die Kleine ihr bei der Entbindung hilft. Sie wirft einen Ball gegen die Wand und zählt. Als der Ball herunterfällt, ist das Kind geboren. Aska fühlt sich sofort besser. Sie dreht den Kopf weg. So wird sie nie wissen, welchem Teufel das Kind am stärksten ähnelt, ob dem mit den blauen Augen, dem mit der breiten Nase oder dem mit dem dunklen Fleck unter dem Auge.

Als die Ausgeburt der Hölle das Licht der Welt erblickt und dieser Auswurf in fleischlicher Vollendung geboren wird, sieht auch Diego ihn nicht gleich an. Verstohlen betrachtet er nur die Nabelschnur, die grau wie ein Schiffstau ist.

In den letzten Monaten hat sich sein Leben von ihm entfernt. Nun scheint es ihm unerreichbar zu sein. Er streichelt Aska, das Lamm, und flüstert ihr zu *Es ist geboren, es ist vorbei.*

Diego schaut das Baby an. Diesen schreienden, roten, dünnen Körper. Es sieht nicht aus wie ein Teufel, es sieht aus wie ein Hühnchen, wie eines von den noch kaum gebratenen, die sich auf dem Spieß drehen. Möglich, dass es das schlechte Herz seines Vaters hat, doch wer kann das schon sagen? Seine Stimme klingt wie die eines Lämmchens, das allein im Gestrüpp zurückgeblieben ist.

Aska hört es. Und denkt an die Stimme der Kleinen, an ihren sanften Singsang.

Sie denkt darüber nach, wie ungerecht es ist, dass die Kleine aus der Welt verschwunden ist, dem Himmel zurückgegeben wie eine vermoderte Hülle. Und dass stattdessen das Kind der Tschetniks geboren wurde. Heute Abend wird der Teufel die Champagnerkorken knallen lassen.

Diego fragt sie *Willst du nicht sehen, wie es ist?*

Sie sagt *Ich weiß, wie es war. Bring es weg.*

Bevor ich gehe, schaue ich sie an. Ich mache einen Schritt auf das Krankenbett zu. Würde ich sie jetzt fragen, würde sie mir die Wahrheit sagen. Sie hat nichts zu verlieren. Würde sagen *Weißt du, der Fotograf und ich hatten nie Sex zusammen. Das Hühnchen ist das Kind des Heiligen Geistes dieses Krieges, die Ausgeburt der Hölle.* Doch ich gehe nicht weiter auf sie zu. Ich will es gar nicht wissen. Das Kind wird unbefleckt bleiben.

Ein Regenbogen an diesem kleinen Himmel.

Aska ist leer. Ihr Bauch hängt herunter, in ihrer Brust schwellen die Milchdrüsen an. Zwischen den Beinen spürt sie noch immer diese zerschnittene Nabelschnur, die sie vom Kind der Vergewaltigung getrennt hat. Nun ist sie nicht mehr bewohnt, sie ist wieder sie selbst.

Sie hat das Geld, zählt es auf dem Bett. Sie könnte fortgehen, zwischen das Gepäck eines Nachttransports schlüpfen. Doch sie weiß, dass sie das nicht tun wird. Dieses Kind hat sie am Leben gehalten, jetzt weiß sie es. Ihr wird klar, dass sie es retten wollte, obwohl sie es hasste. Sie ist ehrlich zu sich selbst. Pfeifend spielt sie Trompete, drückt in der Luft die Finger nieder und schließt die Augen.

Jetzt weiß sie, dass auch der umgekehrte Weg möglich ist, dass aus einem Teufel auch ein Engel werden kann. Und dass vielleicht dies die Lehre ist.

Diego merkt nicht einmal, dass wir am Flughafen angekommen sind. Er betrachtet etwas, was im Gewebe seiner verschleierten Augen vor ihm aufblitzt.

Er steigt nicht ins Flugzeug. Er dreht sich um und geht zu sich selbst.

Diesmal begreift Aska wirklich nicht, warum der Fotograf immer noch da ist. Er ist zurückgekommen, um ihr beizustehen.

Er setzt sich zu ihr, spielt Gitarre, besorgt auf dem Markale etwas zu essen. Bis sie ihm eines Tages sagt, dass sie geheilt sei, dass sie wirklich versuchen wolle zu leben. Sie werde mit dem Geld eine Musikschule eröffnen.

Die letzte Nacht verbringen sie gemeinsam auf der Insel Korčula. Er klettert auf diesen Felsen. Sieht etwas, was er fotografieren möchte. Ein Kind, das mit der Hand Fische fängt, einen Ante. Es ist das Heroin, das ihm ins Blut schießt, es ist *etwas Schönes*. Hätte eine Hand seinen Flug aufgehalten und man ihn gefragt, wie das Leben war, hätte er gelächelt und mit den Fingern ein Okay gezeigt, er ist mit Anstand gegangen.

Er setzt sich auf seinen Holzsarg. Streckt die Beine aus und schaut mich an. Er hat noch diesen Film in der Tasche. Darauf sind die Gesichter der Teufel, einer von ihnen hat das blaue Kind erschossen, einer von ihnen ist Pietros Vater. Dieser junge, trottelige Fotograf hat nie ein Sensationsfoto gemacht. Er zieht den Film heraus und lässt ihn vom Licht verbrennen. Er nimmt Pietro aus der Geschichte und setzt ihn in die Welt.

Ich gehe durch den Sand

Ich gehe durch den Sand, er wirbelt rings um meine Schritte auf. Ich habe das Zimmer verlassen wie ein Roboter. Aska hat aufgehört zu weinen, sie hat erzählt und dabei die weiße Gardine angesehen, die sich am Fenster blähte. Für mich klang es wie ein verlorenes Lied, wie eine Sevdalinka. Die Grausamkeit fern von ihrem Schlund ist nichts mehr, ist umherwehende Asche. Geblieben ist der Geruch des Hauses, dieses kleinen Friedens.

Ihre Tochter rief sie, und sie wandte unruhig den Kopf. Ihr Hörvermögen auf dem rechten Ohr hat sie nicht wiedererlangt. Sie spürt ein ständiges Rauschen darin, wie das reißende Meer. Sie lächelte und sagte *Das ist das Ohr der Geschichte.*

Ich gehe weiter. Möchte stolpern, stolpere aber nicht. Möchte mich in den Sand legen, ihn umarmen und mich bei jemandem bedanken oder bei etwas, bei einer vorbeikrabbelnden Ameise, dem unendlichen Weg sämtlicher Leben.

Der Körper meines Sohnes hüpft im Gegenlicht, er boxt in die Wellen. Er ist das kleine Kind, das mit dem jungen Mann rangelt und zu ihm sagt *Lass mich noch einen Tag spielen.*

Er kommt aus dem Wasser, wirft sich in den Sand und läuft wieder auf die Wellen zu.

»Wie ist es?«, rufe ich ihm zu.

»Besser als vor Sardinien.«

Er bittet mich, mit dem Handy ein paar Fotos von ihm zu schießen, er will seinen Freunden dieses tiefblaue Meer zeigen. Sagt *Die sollen platzen vor Neid.*

Er baut sich mit den Händen in den Hüften auf, lächelt mit krausgezogener Nase und verdeckten Augen, weil ihn die Sonne blendet.

Ich gehe bis zu den Knien ins Wasser und fotografiere ihn beim Springen. Seinen Körper in der Luft und Spritzer von weißem Meer.

Er hat sich vorn am Wasser auf den Strand geworfen, sein Kopf ist voller Sand, seine Locken sehen aus wie die einer Meeresstatue. Er dreht sich um und sagt: »Ma, ich habe mir den Fuß gestoßen. Hast du ein Pflaster?«

Ich wühle in meiner Handtasche, wühle wie eine Verrückte, mit dem Wind, der mir die Haare in die Augen schleudert. Ich klappe meine Brieftasche auf und suche das Pflaster, das ich zwischen den Geldscheinen immer bei mir habe.

Ich habe es für ihn dabei, weil er sich ständig stößt, es ist eine alte Gewohnheit, so alt wie unsere Gewohnheit, Mutter und Sohn zu sein und gemeinsam spazieren zu gehen.

Pietro wartet, er sucht mit den Augen zusammen mit mir, er stöbert in meinen wirren Bewegungen. Ich finde das Pflaster, und mir ist, als hätte ich Wunder was gefunden. Auch er lächelt.

»Hast du's?«

»Ja, ich hab's.«

Er hält mir den Fuß hin, er ist voller Sand. Er ist gegen eine Klippe gestoßen, ein Stück des Zehnagels ist abgerissen, es blutet.

»Spül das im Meer ab.«

Er will nicht aufstehen, es tut ihm weh.

Ich beuge mich hinunter. Sauge mit dem Mund das Blut und den Sand ab. Trockne seinen Fuß, indem ich ihn mit einem Zipfel meines Rocks betupfe.

Das Pflaster klebt schlecht, weil der Zeh noch etwas feucht ist, und sowieso finde ich meine Brille nicht. Pietro beschwert sich nicht, er sagt sogar *Danke*.

Wer bist du? Wie oft sollte ich mich das fragen. Wie oft sollte ich dich argwöhnisch anschauen. Du lachst, wie Diego lachte, wie Jungen eben lachen. Du bist dumm und klug, bist harmlos und gefährlich. Du bist eine Möglichkeit unter Millionen. Ein Junge aus dem Jahr 2008, geboren Ende Dezember 1992 in Sarajevo. Du bist eines der ersten Kinder nach den Vergewaltigungen im Zuge der ethnischen Säuberungen.

Er atmet tief durch. Liegt auf der Seite, träge wie ein ans Ufer gezogenes Boot, sein knochiger Hintern steckt in einer Badehose, wie australische Surfer sie tragen. Er dreht sich um, ich betrachte seinen abgebrochenen Zahn und seine zu mageren Wangen. Er atmet tief durch.

Aus wie vielen Teilen besteht so ein Körper? Aus der Falte, wo ein Ohr ansetzt. Den Umrissen einer Faust. Einem Auge mit den sich bewegenden Wimpern. Dem Knochen eines Knies. Körperhaaren, wie verblasstes Gras.

Ich betrachte die Teile meines Sohnes. Vielleicht habe ich es schon immer gewusst, das ist wahr. Und ich wollte es nie wissen. *Du bist frei*, müsste ich ihm sagen, *du bist nicht sein Sohn. Du bist der Sohn eines Haufens hasstrunkener Teufel.*

Er hüpft auf einem Bein und stützt sich auf mich.

»Pass auf, ich kann dich doch gar nicht halten.«

»Doch, das schaffst du, das schaffst du schon.«

Ich erkenne einiges wieder, den Fischladen, der wie früher aussieht, mit seinem Vorhang aus Plastikstreifen gegen die Fliegen. Dann einen Busch wilder Geranien, baumhoch.

Pietro hat mir gesagt *Ich will da hin. Ich will zu der Stelle, wo Papa gestorben ist.* Plötzlich nennt er ihn *Papa*, und ich finde das alles reichlich absurd.

Ich laufe hinter dieser Lüge her. Pietro klettert schweigend.

Aska hat mir die Stelle gezeigt, es ist nicht schwer, dort ist nur dieser eine große Felsen, er sieht aus wie der Kopf eines Dinosauriers mit aufgesperrtem Maul.

Diego hat sich in dieses Maul gestellt.

Aska sagte *Er wollte zu dir zurück, er war schon reisefertig.*

Dann kletterte er hoch.

Es war das richtige Licht, kurz vor Sonnenuntergang. Das Licht seiner besten Fotos.

Pietro wirft einen Blick in die Runde. Er ist schneller als ich, er ist schon oben.

»Sei vorsichtig!«

Ich habe Angst, Angst.

»Hier ist nichts!«, schreit er.

Als ich ankomme, wiederholt er leise: »Hier ist nichts, Ma.«

Was hatte er erwartet? Ein Heiligtum? Einen Grabstein? Einen an den Klippen zerschellten Fotoapparat?

Ich bin verschwitzt und alt, er ist jung wie eine der hier herumfliegenden Möwen. Wir setzen uns und schauen aufs Meer, das wirklich unendlich zu sein scheint. Pietro legt seinen Arm um meine Schulter. Es ist wohl das erste Mal, dass er mich beschützt. Dann drückt er mir etwas in die Hand, mit einer seiner ruppigen Bewegungen. Mir zittert das Kinn.

»Die Verpackung ist zum Kotzen«, sagt er.

Ich öffne die rote, zerknitterte Tüte, die er offenbar schon ewig mit sich herumträgt, seit dem Abend am Brunnen. Es ist eine Anstecknadel, eine filigrane, silberne Rose. Es ist die aus dem Schaufenster in der Baščaršija.

»Gefällt sie dir?«

»Ja.«

»Wusste ich doch, dass sie dir gefällt.«

Er stöbert im Gestrüpp herum, kommt mit einem Stock wieder und bricht ihn über dem Knie entzwei. Er baut ein Kreuz und versucht, es mit Grashalmen zusammenzubinden, doch sie halten nicht. Also zieht er das Halstuch heraus, das er in der Tasche hat, und verknotet es mit den Stockenden. Er rammt das Kreuz in den Boden.

»Wie lange wird das halten?«

Bei dem Wind ...

Pietro gibt mir sein Handy und bittet mich, ihn mit dem Kreuz zu fotografieren.

Wir plaudern ein bisschen.

»Was soll ich mal werden, wenn ich groß bin, Ma?«

»Was willst du denn werden?«

»Keine Ahnung.«

»Du spielst doch gern Gitarre, vielleicht wirst du ja Musiker.«

Er sagt, er würde gern eine Hotelkette mit sieben Sternen aufmachen. Er möchte die größte Suite der Welt entwerfen, mit einem Golfplatz darin, der achtzehn Löcher hat.

Dann sieht er mich an.

»Ich weiß, warum Papa hier hochgeklettert ist.«

Er hebt die Hand und zeigt aufs Meer.

»Weil man von hier aus Italien sehen kann.«

Er lächelt.

»Er hatte Sehnsucht nach uns, Ma.«

Aska ist unter dem Laubendach geblieben, sie hatte nicht den Mut, zu uns zu kommen. Sie hat sich die Haare gewaschen und lässt sie an der Luft trocknen. Ich habe gesehen, wie sie umherlief, den Tisch deckte und sich bückte, um ein Spielzeug ihrer Tochter aufzuheben. Eine Frau wie ich.

Jetzt sieht sie uns entgegen.

Auf dem Land brachten viele Frauen diese Kinder um, die Mütter halfen ihren Töchtern, sie loszuwerden. Aus friedlichen Frauen waren verzweifelte Mörderinnen geworden. Aska ging in eines der Hilfszentren für kriegszerstörte Frauen, doch erst als ihre Tochter zur Welt kam, erst als ihr Körper sich ein zweites Mal öffnete und Gojko und sie lange weinten und sich gegenseitig hielten, erst da spürte sie, dass der Hass sich von ihr löste wie der unnütze Sack der Plazenta.

Aska hält den Kopf gesenkt, mit einer Hand lockert sie ihre nassen Haare auf.

Beim Näherkommen sehe ich diese Bewegung, die sie wiederholt, sehe, wie ihr Gesicht verfällt, sehe ihren Mund, der sich öffnet und wieder schließt.

Pietro hat die Augen auf dem Handy, ich stoße ihn an.

»Das ist Aska, Gojkos Frau.«

Pietro schaut mit seinen tiefblauen Augen auf. Er lächelt, legt die mageren Wangen in Falten und streckt seine Hand aus.

»Ciao, Pietro.«

Aska hält diese Hand fest. Sie schafft es nicht, sie loszulassen.

Also rückt Pietro mit dem Oberkörper und dem Kopf näher. Er küsst Aska links und rechts auf die Wange. Da öffnet sie die Arme und zieht ihn an sich.

Ich sehe zu, wie sich der Kreis dieses Schicksals schließt.

Sie dreht sich weg und sagt, sie wolle Gläser holen.

Ich finde sie in der Küche, mit dem Rücken zur Wand. Sie weint reglos. Als sie mich sieht, lächelt sie.

Sie hat sich eine Hand auf Mund und Nase gepresst, atmet in diese Hand.

Gojko kommt und deckt sie mit seinem lärmenden Körper zu.

Sie waren lange befreundet gewesen, bevor sie ein Paar wurden. Gingen zusammen ins Kino, plauderten in den Bars über die Filme, die sie gesehen hatten, und über anderes sinnloses Zeug. Über alles Übrige sprachen sie nicht, das war nicht schwer, sie wussten ja schon alles. Es war das Schweigen, das sprach, das war schon eine Heilung.

Gojko hat den Grill vorbereitet, er macht sich im Wind, der vom Meer aufsteigt, an der Glut zu schaffen. Wir essen Fisch mit verbrannten Schuppen, die wie Rinde abfallen, sodass nur das weiße, duftende Fleisch mit seiner saftigen Würze übrig bleibt. Heute Abend essen wir Meer.

Pietro fragt mich, ob er ein bisschen Wein trinken dürfe, und Gojko gießt ihm ein, bevor ich zugestimmt habe. Pietro lacht und sagt *Ich geh hier nie wieder weg.*

Aska sieht ihn an. Sie hat langsam gegessen, wie eine Zofe, wie eine Nonne. Sie hat Pietro nicht aus den Augen gelassen, obwohl sie nur selten aufschaute. Sie hielt ihren Blick auf die Gläser gesenkt, auf die Teller, auf ihr Leben. Als hätte sie Angst, meines zu stören.

Vielleicht schämt sie sich. Jahrelang hat die Scham sie verfolgt, und vielleicht sind dies nun die letzten Nachwehen. Sie scheint sich fremd zu fühlen, wie ein Eindringling, wie eine Diebin.

Es liegt ein leiser Schmerz in diesem weichen Abend, ich kann nichts dagegen tun. Jeder von uns hat ihn in sich. Kämpfen, um zu verlieren, ist der dumme Ehrgeiz menschlicher Seelen.

Der Wind bläst in die Glut, die zu verlöschen scheint und doch nie verlischt. Pietro unterhält sich mit Sebina, sie schreiben Wörter auf die Papierservietten und spielen mit dem Brot.

Gojko mischt sich in ihr Spiel und fragt *Welches ist das schönste Wort der Welt?*

Sebina sagt *Meer*.

Pietro schwankt zwischen *Freiheit* und *Tennis*.

Der Himmel ist mit Sternen übersät. Mit den immer gleichen Sternen, den nahen und den fernen. Denen, die uns kapitulieren lassen.

Gojko hat die Augen eines Kriegers, der verloren hat. Eines betrunkenen Dichters. Er sieht Pietro an und sagt: »Das schönste Wort der Welt ist für mich *danke*.«

Er hebt sein Glas, prostet der Flasche zu, hebt es zum Himmel, richtet es auf einen Stern und sagt: »Danke.«

Das Böse ist tot heute Nacht.

Wir verabschieden uns auf der Mole wie Freunde, die sich wiedersehen werden, mit Badelatschen und Rucksäcken wie Touristen. Leiber bewegen sich ringsumher. Wer würde auf eine Geschichte wie unsere kommen, enthalten in diesen beliebigen Körpern, die sich bei Tagesanbruch verabschieden? Das Meer schweigt, es verschluckt noch ein bisschen Nacht.

Gojko fährt uns zurück, es ist ein kurzer Weg, ein unglaublich kurzer. Auf dem Flughafen von Sarajevo trinken wir einen Kaffee, die Ellbogen auf dem hufeisenförmigen Tresen mit all den rauchenden Leuten.

»Was hast du jetzt vor?«

»In zwei Wochen beginnt das Filmfestival in Sarajevo, diesmal ist Kevin Spacey dabei, vielleicht führe ich ja Kevin Spacey herum, dann zeige ich ihm, von wo aus sie auf uns geschossen haben, ich mache *the war tour* mit ihm.«

Er lacht auf, dann wird er traurig. Er ist wie Pietro.

Ich muss los, weil der Flug aufgerufen wird und weil wir zu oft traurig und fröhlich gewesen sind.

Ich knuffe meinem Gojko gegen die Schulter, er nickt, wie ein großes Tier, wie ein Wildschwein.

Geweint wird nicht, das ist die Abmachung. Ich spüre die Härte seines Bartes.

Wir sind Meer, das kommt und geht. Wird es ein nächstes Mal geben?

Ich schnappe nach dem letzten Geruchshäppchen dieses Bosnien, dieser Liebe.

Pietro verkündet im Flugzeug, der Start sei das Schlimmste, wir könnten abstürzen, die Motoren liefen auf Hochtouren. Er ist nervös. Er hat seinen Kaugummi unter den Klapptisch geklebt, alles wie immer.

Ich trage meine Sonnenbrille, meine schwarzen Scheinwerfer. Ich nicke schweigend. Denke *Komm zur Ruhe, mein Kind. Nie bist du still, nie sitzt du still. Wie viel Leben hast du bloß im Leib?*

Der Igman unter uns ist klein, ein Katzenbuckel. Auch die Häuser sind klein, wie beim Monopoly.

Ich fühle mich wie dieser kleine Gipsgartenzwerg, der aus einem englischen Garten gestohlen wurde und eine Weltreise machte. Ja, wie eine Puppe, die man mehr als nötig herumgeworfen hat.

Nach einer Weile schlummert Pietro ein, den Kopf gegen das Fenster gelehnt, ein Bein auf den Sitz gezogen. Seine Gedanken, sein jugendliches Durcheinander geben Ruhe. Wolken ziehen vorbei, fleckig von den Strahlen der untergehenden Sonne.

Ich betrachte den Flügel des Flugzeugs, der wie immer stillzustehen scheint. Ich muss an meinen Vater denken. Vielleicht hat Diego ihn in der Garage am Meer ins Vertrauen gezogen, vielleicht wusste Armando die ganze Zeit Bescheid. Und seine Augen haben dieses Geheimnis bewahrt. Vor zwei Jahren ist er gestorben. Ich fuhr ihn zu einer Kontrolluntersuchung wegen seines Herzschrittmachers. Ich hielt in der zweiten Reihe und stieg aus, um schnell was im Supermarkt zu kaufen, wie immer. Ich ließ ihm die Autoschlüssel da, *Fahr den Wagen weg, wenn jemand hupt*. Als ich mit den Einkaufstüten herauskam, gab es bereits ein ganzes Hupkonzert. Mein Vater saß reglos auf seinem Platz, den Kopf in den Nacken gelegt. Es sah aus, als würde er schlafen. Ich ließ die Tüten fallen, ich spürte meine Arme nicht mehr. Die Situation war surreal, die Leute schimpften auf mich und meinen blöden Parkplatz. Ich musste auf die Bestattungspolizei warten, bevor ich das Auto wegfahren konnte. Es regnete, und ich saß in dieser Stadt ohne Geduld hinter beschlagenen Scheiben neben dem Leichnam meines Vaters.

Roms Luft, Seeluft. Der Flugplatz wie eine riesige Deckenlampe voller Lichter, voller Flugzeuge, die auf der Startbahn anstehen. Pietros Schritte sind lang, glücklich. Er ist in seiner Heimatstadt, dort, wo er aufgewachsen ist, wo er mit seinem Motorroller herumkurvt.

Er sieht mich an: »Was hast du denn?«

»Ich fühle mich irgendwie vertrottelt.«

»Papa hat recht, du solltest Papayapräparate nehmen.«

Im Flughafenbus, der uns zum Ausgang bringt, schaltet Pietro das Handy ein und liest seine Nachrichten. Ich schiele auf das Display und sehe ein Foto von Dinkas Bauchnabel, ihr Piercing.

Zwischen den ganzen Chauffeuren mit ihren Schildern wartet Giuliano. Ich sehe, wie er auffährt, als er uns entdeckt. Er umarmt Pietro, hält ihn am Nacken und sucht seinen Geruch.

»Ciao, Pietro.«

»Ciao, Papa.«

Bei mir ist er schüchtern, wie auch mein Vater es war, er gibt mir einen Kuss, sieht mich kaum an. Als er das Gepäck holt, späht er nach mir. Er fürchtet sich vor meiner Laune.

»Alles klar?«

»Alles klar.«

Er hat es eilig. Jetzt, da wir zurück sind, hat er es eilig. Den Flughafen zu verlassen, diesen Ort, an dem man sich trennt.

»Was hast du denn gemacht? Jeden Abend auswärts gegessen?«

»Hast du schlechte Laune mitgebracht?«

Ich muss lächeln, wir haben uns wiedererkannt.

Als er mich das erste Mal in Zivil abholte, um mit mir essen zu gehen, blieben wir ohne Benzin auf dem Autobahnzubringer liegen. Es war hundekalt, und nur ein paar Lastwagen kamen vorbei. *Ich fahre sonst immer mit einem Dienstwagen, entschuldige.* Wir gingen zu Fuß, immer dicht an der Leitplanke entlang, die Scheinwerfer schlugen uns ins Gesicht. Giuliano breitete die Arme aus, *Ich bahne dir den Weg.* Später entdeckte ich, dass er abgesehen von seiner Arbeit so gut wie nichts hatte, seine Wohnung sah aus wie ein Hotelappartement, und vielleicht war sie das auch. Ich erinnere mich an einen Haufen Gabeln und Löffel, die noch in der Verpackung waren. Ich spülte sie ab und räumte sie in sein Schubfach. Wir waren immer ein bisschen lächerlich zusammen, doch ich glaube, gerade das macht unsere Schönheit aus. Das Leben ist wie eine Lücke, die sich in eine andere Lücke fügt. Und sie erstaunlicherweise ausfüllt.

Im Auto erzählt Pietro ununterbrochen von allem, was er erlebt hat. Er erinnert sich an Daten und Namen. Er redet mit Gojkos Stimme. *Europa hat rein gar nichts unternommen. Karadžić haben sie erst jetzt eingesperrt, weil sie sich abgesprochen haben.*

Er sitzt hinten, taucht aber ständig zwischen uns auf. Er tippt Giuliano auf die Schulter. Zeigt ihm die Fotos, die er mit dem

Handy gemacht hat. Als das mit dem Felsen kommt, überspringt er es. Ich glaube, ich bin so ruhig wie dieses Kreuz auf dem Felsen.

Giuliano dreht den Schlüssel herum, die Wohnungstür springt auf, das Licht geht an, die Bücher und das Sofa sind wieder da.

Pietro sieht sich im Fernsehen ein Tennisspiel an, ich schminke mich ab, werfe den schmutzigen Wattebausch in den Papierkorb. Mache das Licht aus, schaue nach dem Gasherd. Im Kühlschrank ist nichts, nur das, was ich hineingetan hatte, ein schlaffer Salat, ein Zweierpack Joghurt.

Ich gehe auf den Balkon und lehne mich ans Geländer. Giuliano kommt zu mir, er legt seine Hand auf meine. Wir sehen zur Bar hinunter, zu den Halbwüchsigen, die an ihren Microcars lehnen.

»Wie war dein Tag?«

Er ist im Morgengrauen losgefahren, um ein illegales Camp von Flüchtlingen aus dem Osten räumen zu lassen.

Das ist die Arbeit dieses Sommers. Eine Arbeit, die ihn deprimiert. Diese Welt, die die Fingerabdrücke von Roma-Kindern nimmt und Minderjährige aktenkundig macht, gefällt ihm immer weniger.

Ich erzähle alles. Giuliano hört mir zu, mit verschränkten Armen, mit militärischen. Seine Kehle schluckt, schluckt hinunter. Er zieht mich zu Pietro. Er will ihn ansehen. Dieses Leben ansehen.

Die Tür ist geschlossen, an der Klinke das geklaute DO-NOT-DISTURB-Schild aus dem Hotel in Sarajevo. Wir gehen trotzdem rein. Der Tschetnik schläft in seinem verlängerbaren Ikea-Bett, das sich schon nicht mehr verlängern lässt, die Gitarre auf dem Boden, neben dem Handy und den hingeknüllten Jeans.

Giuliano bückt sich, verharrt, um an seinem Nacken zu schnuppern. Wie der letzte Hund, wie der letzte Vater. Er hebt die Gitarre auf, stellt sie an die Wand, er nimmt das Handy, steckt es ins Aufladegerät, sammelt die Jeans auf und legt sie zusammen. Er wandert im Zimmer umher, ich auch. Kreise von uns zusammen.

Inhalt

Die Reise der Hoffnung 9

Es war Gojko 49

Ich kroch in mein Leben zurück 81

Wir warten in der Hotelhalle 123

Was weiß ich noch von jenem Tag? 169

Es ist eine Kirche 201

In Dubrovnik schwamm die Sonne 237

Es ging ganz schnell 265

Wir sitzen in der Business-Class 281

Pietro dreht sich im Bett um 329

Die Frau in der Pension 373

Ich sehe den Himmel draußen 415

Batterien, Vitamine, Campinglampen 445

Nach dem Regen kommen die Schnecken 485

Pietro steht vor dem Spiegel 511

Die Tür öffnet sich zur Stille 561

Der Anruf erreichte meinen Vater 575

Die Koffer liegen gepackt auf dem Bett 599

Wir verlassen Sarajevo 617

Der Tag ist greller Himmel 635

Ich gehe durch den Sand 687

Danksagung

Ich danke Renata Colorni, der Wächterin meiner Arbeit.
Ich danke Antonio Franchini, dem stillen Unruhestifter.
Giulia Ichino für ihr leidenschaftliches Lektorat.
Moira Mazzantini, weil sie immer da ist.
Gloria Piccioni, die viel im Leben unterwegs war.
Mario Boccia, seine Fotografien haben mir die Augen geöffnet.
Ich danke Asja, für ihre Seele.